I0784258

Philipp Galen

Der Irre von St. James

OK Publishing 2021

Philipp Galen

Der Irre von St. James

Historischer Kriminalroman

MUSAICUM
Books

- Innovative digitale Lösungen & Optimale Formatierung -
musaicumbooks@okpublishing.info

2021 OK Publishing

ISBN 978-80-272-4947-3

Inhaltsverzeichnis

Kapitel 1

Es war in den ersten Tagen des Juni im Jahre 1843, als ich, von einer Reise nach Schottland zurückkehrend, denjenigen Teil Englands betrat, in welchem das steilere Gebirge allmählich in die wellenförmigen grünen Hügel übergeht, die, je mehr man sich dem Süden zuwendet, nach und nach sich in das flache Land verlieren.

Es war ein sehr warmer Tag gewesen, und ich hatte, nach meiner Gewohnheit zu Fuß reisend, viel von der Hitze gelitten, so daß ich mit Sehnsucht den kühleren Abendstunden entgegensah, die für den Reisenden so erquickend sind.

Mein Herz, noch erfüllt von den Wundern des Hochlandes, wurde getragen von den schönen Naturszenen, die mich umgaben.

Ich hatte viele fremde und entlegene Länder besucht, nicht nur, um sagen zu können, ich sei dagewesen, sondern ich fühlte mich als Arzt berufen, den Menschen in seinem freuden- und leidenvollen Treiben zu studieren, und ich hatte es mir diesmal zur besonderen Aufgabe gemacht, alle Krankenhäuser von Ruf, vorzüglich aber die Irrenanstalten, zu besuchen, die in England so musterhaft ausgestattet sind, daß sie sogar eine europäische Berühmtheit erlangt haben.

So wollte ich denn eine der namhaftesten dieser Heilstätten aufsuchen, die auf meinem heutigen Wege lag, und längere Zeit darin verweilen – ich meine die Irrenanstalt zu St. James. Mit mancherlei Empfehlungen von London aus versehen und schon daselbst angemeldet, hatte ich von meinem letzten Nachtlager aus mein ganzes Gepäck dahin vorausgesandt und hoffte nun, das alte St. James gegen Abend dieses Tages wohlbehalten zu erreichen.

Gerade nicht sehr ermüdet, denn ich hatte nur eine kleine Tagereise gemacht, sehnte ich mich doch, als der Abend näher und näher kam, nach einem Ruheorte.

Ich war von der gewöhnlichen breiten Landstraße abgewichen, denn ich liebte es, auf einem schmalen Fußwege zu wandern, der mich bald durch Wald und Feld, bald über Wiesen und Moore lockte; noch war ich in den Jahren jener jugendlichen Lebendigkeit und Willkür, der es ein größeres Vergnügen gewährt, bisweilen auf ein kleines abenteuerliches Hindernis zu stoßen, als die breite Fahrstraße entlang zu gehen, die nichts als das unveränderliche Einerlei darbietet.

So war ich also auch diesmal meiner alten Neigung gefolgt und hatte soeben einen schmalen Fußpfad eingeschlagen, der, in schneckenartiger Windung bergab führend, mich in ein kleines, stilles, grünes Tal brachte. Ich stand still und blickte rückwärts die Höhe hinauf, von der ich soeben herabgestiegen war. Die sinkende Sonne, am unbewölkten Himmel langsam dahingleitend, war ihrem Wendepunkte nahe und warf nur noch einige schräge, purpurrot glühende Strahlen auf die höchsten Wipfel der riesigen Bäume jener Anhöhe, während der breite und lange Schatten derselben das tiefere Tal schon dunkler färbte.

So meiner stillen Betrachtung hingegeben, ließ ich mich am Fuße einer schlank gewachsenen Tanne im frischen, duftigen Moose nieder und zog meine Karte hervor, um zu berechnen, wie weit St. James wohl noch von meinem jetzigen Ruheorte entfernt sein könne. Doch, wie es mir oftmals ging, konnte ich auch diesmal den Punkt, an dem ich mich gerade befand, nicht genau auf dem Papier finden, und ich war in einiger Verlegenheit, ob ich nicht ganz vom rechten Wege abgekommen sei, als ich zu meiner Beruhigung einige Menschenstimmen vernahm, die von jener schon erwähnten Höhe zu mir ins Tal herniedertönten.

Bei genauerem Hinhorchen vernahm ich bald, daß es zwei Knabenstimmen waren, die, einen Doppelgesang ausführend, mit ihren klaren Brusttönen anmutig zu wetteifern schienen. Bald auch trennte sich unfern des Gipfels der Höhe das breite Gebüsch, und ich sah, wie ich vermutet, zwei Knaben, die vorsichtig herabstiegen und eine Last aufzuhalten bemüht waren, die den Berg hinab auf sie niederzustürzen drohte. Es war ein Wagen, der eigentümlich gebaut, jenen Krämerkarren glich, wie man sie so häufig in England von Hunden oder einem alten trägen Pferde fortschleppen sieht.

Langsam kamen sie heran, und jetzt gewahrte ich auch hinter ihnen einen älteren Mann, der mit festem Schritte und sicherer Hand den Karren aufhielt, damit er nicht, die Knaben überwältigend, den ziemlich steilen Abhang hinabschieße.

Als der von weitem etwas abenteuerlich aussehende Zug ganz in meine Nähe gelangt war, so daß ich ihn einer genaueren Prüfung unterwerfen konnte, rief der eine der Knaben, der augenscheinlich der älteste von Beiden war, indem er von dem Wagen fortsprang und sich auf das Moos, ziemlich dicht an meiner Seite, niederwarf: »Hier wollen wir ein Weilchen rasten, Vater – das war ein abscheuliches Stück Arbeit, den Berg herab!«

Die Knaben, in Jäckchen und Beinkleidern von grauer Leinwand gekleidet, auf dem Kopfe ein kleines Mützchen von grünem Tuche tragend, sahen einander sehr ähnlich und waren Brüder, obwohl der ältere, der ungefähr sechzehn Jahre zählen mochte, von bei weitem stärkerem Muskelbau und auffallenderem Gesichtsausdruck war als sein jüngerer Gefährte. Es lag etwas Entschiedenes, Keckes auf seinem wohlgeformten Gesicht, das einen kräftigen und tüchtig sich entwickelnden Geist verriet, während der andere, etwa zwei Jahre jüngere Bruder mit seinen hellblauen Augen und blondgelockten Haaren weiche, kindlichere Züge darbot, die, ebenso offen und fröhlich wie die des anderen, doch eine viel zartere, fast weibliche Organisation verrieten.

Dieser angenehme Eindruck, den die Betrachtung der beiden Knaben hervorrief, wurde nicht vermindert durch den Hinblick auf die athletische Gestalt und die auffallend scharf gezeichnete Gesichtsbildung des sie begleitenden Vaters, der von Beruf ein Krämer zu sein schien und über die mittleren Jahre hinaus war, obschon sein dichtes dunkelbraunes Haar noch keine der gewöhnlichen Spuren herannahenden Alters zeigte. Der Umfang seines Armes verriet eine bedeutende Muskelkraft, und der eigentümlich knappe Anzug, den er trug, hob diesen schönen, kräftigen Wuchs nur noch mehr hervor.

Im Ganzen war er wie seine Söhne gekleidet, nur hatte er, zum Unterschied von ihnen, einen dunkelroten, von wollenem Zeuge gewebten, handbreiten Gürtel um den Leib geschlungen, der vorn von einer großen Schnalle zusammengehalten wurde und Papiere oder Geld sicher aufzubewahren bestimmt schien. Seinen starken Haarwuchs bedeckte ebenfalls eine kleine Mütze von grünem Tuche ohne Schirm, wodurch nur noch mehr das Adlerartige seines Gesichtes hervorgehoben wurde. Dieses Gesicht aber, männlich, ernst, mit scharf ausgeprägten, sonnverbrannten Zügen, war wie von einem dunklen Rahmen in einen sehr starken Backenbart eingefaßt, der mit einem großen Schnurr- und Spitzbart um Kinn- und Mundwinkel zusammenlief. Seine große schottische Nase verlieh diesem Gesicht den Ausdruck von Schärfe und Kraft, der den Hochländern so eigentümlich ist, und würde noch mehr aufgefallen sein, wenn er nicht durch die Gutmütigkeit und Biederkeit, die aus seinen dunkelblauen, offenen Augen unverkennbar hervorleuchtete, gemildert worden wäre. Es lag eine Art von gemütlicher und durch nichts zu besiegender Heiterkeit auf diesem merkwürdigen Antlitz, das sogleich Vertrauen erweckte; auffallender aber wurde es bei genauerem Hinblick noch durch einen um seinen Mund mit den kerngesunden Zähnen und die wohlgebildeten, fleischigen Lippen liegenden Anflug von momentaner Wehmut, der einen nicht unangenehmen Gegensatz zu jener Heiterkeit bildete und ihr gewissermaßen einen Zügel anzulegen schien.

Auf dem Hinterteil des kleinen vierrädrigen Wagens, den diese drei Personen zu mir heranleiteten, stand ein ziemlich hohes, korbartiges Gerüst, von starken Weidenruten geflochten; den vorderen Raum nahmen mehrere kleine Kasten und in Wachsleinwand eingeschlagene Pakete ein.

Als der Mann in meine Nähe gekommen, nahm er seine Mütze ab und sagte, indem er sich an meiner Seite im Moose niederließ, mit freundlichem Ton:

»Guten Abend, Sir! Wenn es erlaubt ist, setze ich mich zu Ihnen – in Wahrheit, ein warmer und schöner Abend nach einem heißen Tage!«

»Jawohl!« erwiderte ich und gab den Gruß ebenso freundlich zurück. »Ihr habt da eine schwere Last zu ziehen, wie es scheint, denn Ihr seid samt Euren Knaben in Schweiß geraten!«

»Ja!« rief der ältere der Knaben, »schwer genug für uns, zumal wenn es so heiß ist!«

Der Vater lächelte und schien mit Wohlgefallen auf den dreisten Burschen zu sehen.

»Bob!« sagte er, »du kannst dich jetzt ausruhen, wir sind bald, wo wir sein wollen. – Wohin führt Sie Ihr Weg, Sir?«

»Nach St. James, mein Freund; und es würde mir lieb sein, wenn Ihr mir sagen könntet, ob ich auf dem rechten Wege dahin bin.«

Der Mann sah mich mit einem eigentümlichen Blick an, den ich mir nicht zu deuten wußte, und erwiderte sogleich:

»Bravo! da sind wir Reisegefährten, denn ich will ebenfalls dorthin, und es wundert mich, daß Sie gerade den nächsten Weg gefunden haben, wenn Sie hier nicht bekannt sind.«

»Wie weit haben wir noch?«

»Nun, vier Meilen können es noch sein. Aus diesem Tale kommen wir auf einen grünen Anger. Dann steigen wir eine kleine Anhöhe hinauf und lenken wieder in die Landstraße ein, wo dann das Haus dicht vor uns liegt. Sie sind noch nicht in St. James gewesen, Sir?«

»Nein, es ist das erste Mal, obgleich ich viel davon gehört habe und brieflich schon mit einigen der Beamten daselbst bekannt bin.«

Mein neuer Gefährte ließ ein nachdenkliches Hm! hören und stützte den Kopf auf seine beiden Hände. Einen Augenblick noch schien er nachzusinnen, dann sprang er rasch auf und rief mit lautem, fast barschem Ton:

»Bob! – Will! – Marsch vorwärts – wir kommen vor Mondenschein nicht an. Tummelt euch, ihr Jungen! Wenn es gefällig ist, Sir, so gehen wir zusammen.«

Ich stand auf; die Knaben nahmen die Zugleinen um die Brust und erfaßten die Deichsel des Wagens. Wir Älteren aber schritten langsam hinterher.

Wie mein Begleiter es gesagt, das kleine Tal, in dem wir einige Minuten geruht hatten, mündete in einen weiten grünen Anger, der, ungefähr zwei Meilen weit sich erstreckend, den schönsten weichen Moorgrund bot. Wir waren eben etwa bis zur Mitte gekommen, als wir die Knaben, hinter denen wir, in gleichgültigem Gespräch begriffen, zurückgeblieben waren, stehenbleiben sahen. Wir näherten uns langsam, und als wir dicht bei ihnen waren, bemerkten wir, daß sich Bob auf die Erde geworfen hatte und Will auf der Deichsel saß.

»Nun, warum geht ihr nicht vorwärts?« fragte des Vaters ernste, aber freundliche Stimme.

»Weil wir nicht mehr können!« antwortete Bob mit einem trockenen Tone, während sein sanfterer Bruder ihm einen beschwichtigenden Blick zuwarf.

»Hoho, mein Junge! Sprichst du so! Aufgeschirrt! An die Deichsel, Bursch, und immer vorwärts!«

»Ja!« erwiderte Bob mit einem deutlichen Schmollen in Gebärde und Ton, »du hast gut reden! Du schlenderst gemächlich hinterher und deine armen, schwachen Knaben müssen die ganze Ladung allein ziehen. Der Kuckuck hole den Wagen! Aber ich dächte, du könntest es dir und uns bequemer machen, wenn du dir einen alten Gaul oder ein Paar Doggen zulegtest; solche Hundearbeit ist nicht für Menschen, und umso weniger für Kinder!«

»Da haben wir's!« rief der Vater, und sah mich mit einem ernsten, aber immer noch nicht unfreundlichen Blick an. »Der Junge ist wahrhaftig wie seine Mutter, die sich die Butter nicht vom Brote nehmen ließ – Gott mache sie selig! – Immer Feuer und Flamme; und das kommt ihm in der Tat zu Hilfe, sonst sollte es ihm diesmal schlimm ergehen! Bist du auch so müde, Will?«

»Nun, es geht!« sagte zögernd der sanftere Knabe und senkte errötend seinen lockigen Kopf, so daß man ihm anmerkte, er sei wenigstens ebenso ermüdet wie sein älterer Bruder.

»Ja, nun spricht er nicht!« rief Bob laut aus, »aber mir hat er es gesagt, daß er kaum noch fort kann!«

»Die Knaben sind in der Tat ermüdet«, sagte ich versöhnend, »der Grund ist weich und die Räder schneiden tief ein.«

»Ei ja doch, Sir, ich glaub's ja! Ich habe nichts dawider. Wenn er mir vorher ein gutes Wort gegönnt hätte, wäre ihm schon längst geholfen, aber der Bob ist ein Eisenkopf und ein Brausewind! Auf, Bob! Auf, Will! ich werde mit Hand anlegen!«

Die Knaben erhoben sich langsam und gingen wieder an ihre Arbeit. Der Vater schob hinten an der einen Seite des großen Korbes, ich an der anderen, und so ging es leicht und rasch vorwärts. Nach einer Weile aber wurde der Weg wieder etwas abschüssig, der Wagen rollte fast von selbst und unsere Hilfe war nicht mehr nötig.

Der Vater winkte mir, einige Schritte zurückzubleiben, und sagte dann in leisem Tone:

»Glauben Sie nicht, Sir, daß ich zuviel von meinen Knaben verlange. Ich habe das Einsehen, daß sie über ihre Kräfte nichts leisten können, aber die Umstände brachten es diesmal so mit sich; ich habe es auch schon überlegt, daß ein Paar tüchtige Doggen schneller und dauerhafter sind als diese Kinder. Überdies sehe ich ein, daß es zu ihrem eigenen Besten ist, wenn sie eine regelmäßige Schule besuchen; ich habe sie aber lange Zeit nicht bei mir gehabt und konnte es nicht über mein Herz bringen, mich sogleich wieder von ihnen zu trennen. Trennung tut weh. Wenn sie aber einmal bei mir sind und es sich gerade so fügt, so müssen sie etwas zu tun haben. Der Junge, der Bob, schlägt sonst über die Stränge, und da habe ich ihm denn diesmal die Arbeit eines Zugpferdes bestimmt. Übrigens ist es das erste Mal, und ungewohnte Arbeit ist saure Arbeit! Den Karren habe ich erst gestern gekauft, bisher trug ich meine paar Siebensachen selber auf dem Rücken; da haben Sie meine Bekenntnisse.«

»Ihr habt Recht, die Kinder zu schonen und sie etwas lernen zu lassen; sie scheinen mir Beide Anlagen zu haben, und es wäre schade, wenn auf Kosten ihres Geistes ihr Leib allein angestrengt würde.«

»Das ist auch meine Meinung, Sir! Und so ist es denn jetzt bestimmt, sie sollen in die Schule, ich habe schon meine Gedanken darüber; aber, sehen Sie den schönen Abend, und da kommt der Mond schon langsam hervor, wir haben heute Vollmond, denke ich!«

Wir blieben einen Augenblick stehen und betrachteten stillschweigend die Gegend, die sich bei der abendlichen Beleuchtung in der Tat höchst malerisch ausnahm. Die Luft war milde und erquickend gegen den so heiß gewesenen Tag.

»Halt!« rief der Vater seinen Söhnen zu. »Halt! setzt euch ein wenig und sehet den schönen Vollmond heraufsteigen.«

Wir gingen langsam vorwärts und hatten die Knaben bald wieder eingeholt.

»Sir!« fing der Vater an, als wir auf dem grünen Rasenteppich saßen und nach dem langsam sich hebenden Feuerball voller Spannung und Bewunderung emporblickten, »Sie haben mir gesagt, Sie gingen nach St. James. Darf ich wissen, welches Geschäft sie da haben? Sie verzeihen meine offenherzige Frage, aber ich denke, weil ich selbst keine Gründe habe, meinen Beruf zu verschweigen, ergehe es Anderen ebenso.«

Diese Worte wurden gutmütig und treuherzig vorgebracht, daß ich sie gar nicht übel deuten konnte, obwohl sie eine große Neugierde verrieten, und ich erwiderte daher:

»Nun wohl, da Ihr offenherzig zu sein Euch rühmt, so macht den Anfang und erzählt mir Euer Vorhaben und nennt mir Euren Namen, dann will ich gegen Euch ein Gleiches tun.«

»Das ist sehr einfach, Sir, und bald gesagt. Ich bin, wie Sie sehen, zur Zeit ein Krämer und heiße Phillipps. St. James ist einer der vielen Orte, wo ich einen Handel zu machen gedenke, denn ich habe die Erlaubnis, von Zeit zu Zeit daselbst einzusprechen.«

»So will ich denn ebenso kurz sein wie Ihr«, entgegnete ich. »Ich bin Arzt. Ich reise zu meinem Vergnügen und zu meiner Belehrung und besuche deshalb alle Irrenhäuser, wo ich sie finde, denn ich habe, was man in der Welt eine »Passion« nennt, für die armen Kranken darin. St. James aber ist eins der berühmtesten der Art, und ich denke, daselbst vortreffliche Studien zu machen.«

Ich blickte verwundert den Mann an, zu dem ich diese Worte sprach; er hing mit offenem Munde an meinen Lippen und sein Auge flog mit einem auffallenden, halb überraschten, halb zufriedenen Blick über mein Gesicht. Als ich zu Ende war, stieß er sein einsilbiges, diesmal ungemein melancholisch klingendes Hm! hervor.

»Was findet Ihr dabei, Ihr scheint Euch zu wundern?«

»Wundern, Sir? Warum das? Wo es leider Verrückte gibt, muß es auch, Gott sei Dank! Ärzte geben, die sie zu heilen versuchen; es muß aber eine schwere Aufgabe sein, obwohl höchst interessant. Hm.«

»Gewiß höchst interessant, und belehrend obendrein!«

»Und es ist auch ein gutes Werk, Sir, solchen Unglücklichen den verlorenen Verstand wieder zu verschaffen.«

»Gewiß!« sagte ich; »aber gehen wir wieder weiter, sonst kommen wir zu spät an.«

Und wir brachen alsbald wieder auf. Wir waren aber noch keine hundert Schritte gegangen, als Mr. Phillipps wieder das Wort nahm:

»Soviel ich weiß«, sagte er, »gibt es sehr viele belehrende Fälle da unten, Sie werden da auch den – den Irren von St. James kennenlernen, denke ich.«

Diese Worte, ziemlich unbefangen an sich, wurden doch mit einem gewissen Nachdruck vorgebracht und schienen mir etwas, um mich so auszudrücken, lauernd gesprochen zu sein.

»Den Irren von St. James?« fragte ich. »Wer ist das?«

»Ein Verrückter, Sir, ohne Zweifel, wie es deren viele in dem Hause gibt – was weiß ich!«

»Aber Ihr nennt ihn den Irren von St. James, warum wird er so genannt? Es muß doch seine Bewandtnis haben, gerade ihn den Irren von St. James zu nennen, da es doch daselbst der Irren viele gibt.«

»Nun, Sir! Das werden Sie ja selbst sehen, wenn Sie ihn kennen lernen. Ich für meine Person, der ich darüber nur eine untergeordnete Meinung habe, denke, man nennt ihn so, weil er ein ganz eigentümlicher, gebildeter und oft ganz vernünftiger Mann ist, der nur bisweilen seine tollen Anfälle hat, und weil so ein gewisses, geheimnisvolles Dunkel um ihn schwebt, doch lassen Sie es gut sein; wenn Sie sich aber, nachdem Sie ihn gesehen haben, vielleicht für ihn interessieren sollten, und das dürfte leicht möglich sein, so könnte es ganz gut für ihn sein.«

»Wieso gut für ihn?«

»Nun, lassen wir das, lassen wir das, Sir! Sagen Sie mir lieber, wo Sie Ihr Englisch gelernt haben; Sie sprechen es sehr gut, und doch höre ich, daß Sie kein Engländer sind.«

»Ihr seid auch keiner, mein lieber Mr. Phillipps!« sagte ich lächelnd.

Der Mann sah mich aufmerksam von der Seite an, dann lächelte er ebenfalls und erwiderte:

»Sie haben ein gutes Ohr, ich hätte es nicht gedacht, denn ich spreche für einen Schotten ein ziemlich reines Englisch; ja, ich gestehe es, ich bin eigentlich ein Schotte, oder vielmehr nur ein halber, denn meine Mutter war so gut englisch wie die Mutter dieser Knaben, aber mein Vater«, setzte er mit einem gewissen Stolz hinzu, »war echt schottisch, und das konnten Sie mir eigentlich gleich ansehen.«

»Das habe ich auch mehr gesehen als ich es gehört habe, mein Freund«, erwiderte ich. »Ihr habt eine echt schottische Physiognomie, aber ich will ebenso offenherzig sein wie Ihr, ich bin ein Deutscher von Geburt.«

»Ah!« rief der Mann, »habe ich es mir doch gedacht!« und er betrachtete mich zu meiner Verwunderung noch einmal so freundlich wie vorher.

»Nun, ist es etwas so Seltenes, einen Deutschen in England reisen zu sehen?«

»Nein, durchaus nicht, aber es freut mich, Sir, es freut mich sehr, und ihn wird es noch mehr freuen!« setzte er halblaut und mit eigentümlich weichem Tone hinzu.

»Welchen ihn?« fragte ich.

»Nun, nun, warten Sie die Zeit ab, ich will damit nur sagen, daß ich auch einige Jahre in Deutschland war und daß ich auch etwas von Ihrer schweren Sprache verstehe, ich bin mit meinem früheren Herrn dagewesen, ja, Sir, so ist es!«

»Ei, das ist mir ja ganz außerordentlich lieb!« rief ich aus und bot ihm die Hand, die er kräftig schüttelte. »Ihr glaubt nicht, wie gern man in fremden Ländern seine Muttersprache hört, und wenn es Euch recht ist, unterhalten wir uns jetzt Deutsch.«

»Ich bin dabei!« rief der Krämer Phillipps auf Deutsch aus, das er, wie ich in der Folge der Unterhaltung sah, ziemlich geläufig, obwohl mitunter falsch sprach, und nun unterhielten wir uns von Deutschland, und konnten nicht müde werden, mein schönes, stilles Vaterland zu loben und uns unseres Zusammentreffens zu freuen.

Das Gespräch wurde durch Bob unterbrochen, der jetzt im Ernst klagte, daß er und Will vollends müde seien.

»Noch eine halbe Stunde, mein Junge!« sagte der Vater; »und wenn du sie ohne Murren erträgst, so ist dir ein halber Schilling gewiß.«

»Das ist sehr gut!« erwiderte Bob mit einem eigentümlich zweifelhaften Kopfschütteln. »Wenn ich ihn nur erst hätte!«

»Damit du deinen Lohn sicher hast, Bob«, sagte ich, »so hast du von mir hier für's Erste einen ganzen Schilling, und du, kleiner Will, nimm auch einen.«

»Danke, Sir!« sagten Will und Bob zugleich. »Ich werde es Ihnen einst eingedenk sein!« fügte aber Letzterer hinzu.

»Was führt der alberne Junge für närrische Reden!« rief der Vater. »Halten Sie es ihm zugute, Sir, er ist ein Naseweis und Wildfang!«

»Sei doch still, Bob, und fass' tüchtig an, wir sind ja bald da!« flüsterte Will leise.

Wir beiden Erwachsenen halfen jetzt noch einmal den Wagen vorwärtsschieben, denn es ging bergan. Nach einigen Minuten hatten wir den Gipfel der Anhöhe erreicht und befanden uns jetzt auf der Landstraße, die mit Pappeln eingefaßt war. Jetzt ging der Mond helleuchtend auf, wir standen still und sahen vor uns in eine offene, lachende, vom sanften Mondlicht lieblich beleuchtete Gegend.

Ungefähr eine gute Büchsenschußweite vor uns, wenigstens schien es mir so nahe zu sein, lag in der Mitte eines weiten Kessels, zum Teil hinter großen Baumgruppen verborgen, ein ungewöhnlich langes und hohes Gebäude, dessen helle Farbe bei dem jetzigen Abendlichte dem Beschauer beinahe glänzend entgegentrat. Seine drei deutlich zu unterscheidenden Stockwerke waren, soweit man die Fenster durch die Schatten der Bäume erblicken konnte, sämtlich und gleichmäßig hell erleuchtet, was einen überaus freundlichen Anblick in dieser stillen Abendlandschaft gewährte. Vor dem Gebäude lehnte sich an die vor uns liegende Wand dieses großen Kessels ein weiter, mit vielen Bäumen und Buschwerk besetzter Raum, der mir eine parkartige Einrichtung zu verraten schien; wenigstens kam es mir vor, als wenn ich in dem unbestimmten glitzernden Mondlicht mit hellem Kiessande beworfene Wege und hie und da zerstreut liegende, weiß angestrichene Ruhesitze wahrnähme. Rings um diesen Park herum lief eine hohe steinerne Mauer, an welcher sich in ziemlich gleichmäßiger Entfernung voneinander kleine Häuserchen oder vielmehr Türmchen befanden, aus deren runden Fenstern hier und da ein schwacher Lichtschein hervorbrach. Auch konnte man, obwohl nur sehr undeutlich, einen Graben hinter der Mauer unterscheiden, der mit Wasser angefüllt war, über welchen bei jedem Türmchen eine kleine, hölzerne Brücke führte.

Das Ganze hatte somit das Ansehen einer Festung, welche absichtliche Einrichtung durch spätere Wahrnehmung noch deutlicher hervortreten sollte.

Alles dieses bemerkte ich jedoch nicht im ersten Augenblick meines Hinschauens, denn das auffallende Benehmen meiner Begleiter, besonders des älteren, lenkte meine ganze Aufmerksamkeit zunächst auf diese hin.

Wir waren nämlich auf der höchsten Spitze des Berges angelangt, von wo aus man das erleuchtete Gebäude zuerst wahrnehmen konnte, als er in einem aus Freude und Trauer gemischten Tone ausrief:

»Ach! da ist es ja, das alte St. James!«

Dann aber seinen Söhnen einen leisen Wink gebend, den diese sogleich verstanden und befolgten, nahmen sie alle drei ihre kleinen Mützen ab und, in tiefem Stillschweigen verharrend, das Auge vorwärts gewendet, schienen sie ein kurzes Gebet zu verrichten.

Als ihr Gebet beendet war, schlug der Vater seine Arme ineinander, stützte sein Kinn auf seine etwas erhobene rechte Hand, und ich sah, wie er mit ungeheuchelter Traurigkeit und Rührung schweigend auf das vor uns liegende Gebäude hinabschaute. Nachdem er sein Auge einige Minuten lang an dem Anblick desselben gesättigt hatte, ließ er die Hand sinken, ein tiefer Seufzer entquoll seiner Brust und kaum hörbar für mich murmelte er die Worte:

»Da bin ich einmal wieder bei ihm, Gott gebe, daß es bald das letzte Mal sei!«

»Habt Ihr einen Verwandten oder einen Freund in dem Hause, Mr. Phillipps?« fragte ich teilnehmend.

»Einen Verwandten? Nein!« erwiderte er und schüttelte traurig seinen Kopf, »aber einen Freund, einen Freund, ja, mag sein, ich bin ja hier sein einziger Freund, ja, ja, den hab ich dort, Sir!«

»Und ist er unter den Kranken oder unter den Gesunden?«

Hier vernahm ich wieder das bedeutsame Hm! welches er jedesmal auszustoßen schien, wenn ich eine bestimmte Antwort auf meine Frage erwartete. Doch setzte er diesmal, obwohl etwas zögernd und mit unsicherem Tone, hinzu:

»Ohne Zweifel befindet sich der, den ich meine, unter der Zahl der Kranken.«

»So habt Ihr auch wohl vorhin für sein Wohl gebetet?«

»Gewiß, Sir, indessen, wenn das auch nicht wäre, ich bitte jedesmal Gott, wenn ich dies traurige Haus sehe und mich eine ungewöhnliche Rührung ergreift, mir meinen und der Meinigen Verstand zu erhalten, denn Sir, glauben Sie mir, es gibt nichts Unglückseligeres, als – als – verrückt zu sein. Und nun, Jungen«, rief er plötzlich laut, als erwache er aus einem unfreiwilligen Traume, »nehmt die Deichsel und marsch vorwärts.«

Wir schritten alle Vier rüstig den Abhang auf der Landstraße hinab, und es dauerte nicht lange, so kamen wir an die erste der hölzernen Brücken, die über den ziemlich breiten und mit Wasser angefüllten Graben führte und mit einem starken und hohen Gitter, wie man es an einem Stadttore findet, verschlossen war.

»Das ist ja ganz festungsartig hier!« sagte ich.

»Warten Sie nur ein klein wenig, das wird noch besser kommen; jetzt folgen noch zwei Brücken und dann erst kommt die zwanzig Fuß hohe Mauer, mit ihren spitzen Widerhaken höchst künstlich verziert.«

»Diese starke Befestigung«, erwiderte ich, »setzt eine Besorgnis voraus, die mir nicht ganz klar ist.«

»Haha! Ist das nicht klar genug, Sir? Man fürchtet die Entweichung. Seitdem aber die Brücken und die Mauer und die vielen Wärter und Aufseher, die wie Spürhunde auf jeden Schritt und jedes Wort passen, und alle diese Teufeleien im Schwunge sind, kann kein Mensch unbemerkt heraus und hinein. Nun, was das Hinein betrifft, freilich, das hat gute Wege, aber das Heraus, Sir, das ist ein übler Umstand. Haha!«

»Aber ich dächte, so viele Vorkehrungen wären kaum nötig, um Wahnsinnige zurückzuhalten; sie sind doch keine Gefangenen.«

»O ja, doch, Sir! Wir sind in St. James, müssen Sie bedenken. Hier gibt es an die fünfhundert mehr oder minder Wahnsinnige, und diese Herren und Damen wollen behütet sein. Und denken Sie nur, wie viele reiche Leute darunter sind und welche schöne Summe jährlich für sie gezahlt wird, es kostet Geld, mit Anstand verrückt zu sein, ach! und dies Geld verliert man nicht gern. So mancher Springinsfeld von Gentleman würde sich trotz ihrer Höhe und trotz der Wachsamkeit der Aufseher doch auf die Mauer begeben und sich in Gottes freier Welt ein wenig umschauen wollen, wenn die allerliebste Verzierung mit den kleinen, spitzen Stacheln nicht wäre.« Und er ließ wieder sein bitteres Haha! hören, das mehr wie eine verhaltene Anklage als eine offene Ironie klang. – »Aber, heda! alter Brummbär, sollen wir denn ewig vor deinem Gitter stehen?« rief er laut und warf etwas unsanft einen Stein an ein Fenster des Türmchens, worin der Wärter wohnte, vor dessen verschlossenem Eingange wir schon eine Weile standen.

Eine in der Tat brummende Stimme ließ sich aus dem Innern des Hauses vernehmen, und gleich darauf trat ein bejahrter Mann, in einen Pelz gehüllt, heraus, um zu fragen, wer da sei.

»Ich bin's, Phillipps, der Krämer, mein Junge, und habe Tabak mitgebracht, einen Schilling das Pfund, wie du ihn längst gewünscht hast, morgen kannst du ihn kosten, he?«

»Das ist brav, Mr. Phillipps, aber was zum Teufel habt Ihr denn da für ein Gespann von jungen Eseln mit der seltsamen Korbtakelage?«

»Das kannst du dir auch bei Tag besehen, Dick, die jungen Füllen sind meine Söhne und in dem Korbe sind meine Waren, und hier ein Gentleman, ein Besucher, glaube ich, nicht, Sir?«

»Jawohl, jawohl, Mr. Phillipps!« sagte ich, »und ich will zum Besuche beim Herrn Direktor, mein werter Dick«, fügte ich, zu diesem gewandt, hinzu.

»Sie können alle passieren, Gentlemen!« erwiderte der Mann im Pelze und schloß, als wir sein Gitter überschritten hatten, hinter uns wieder zu.

»Sie taten Recht, daß Sie sagten, mein werter Dick«, flüsterte Mr. Phillipps, »man kann nicht wissen, wie man diese Leute künftig einmal gebraucht; ein freundliches Wort zu sprechen macht so wenig Mühe und trägt oft hohe Zinsen. Hollah! aufgemacht, Vetter Jenkins! ich bin's, Phillipps, der Krämer!«

Abermals schloß uns ein Mann das Tor auf, und wir wurden mit denselben Zeremonien eingelassen. Auf ähnliche Weise kamen wir durch ein drittes Gitter und befanden uns nun endlich innerhalb der großen Mauer, die den Park von St. James umschloß, der hinter dem Hause lag, welches uns bis jetzt seine Rückseite zugekehrt hatte.

Hier ließ Phillipps seine Söhne mit dem Wagen stehen, indem er ihnen den Bescheid gab, auf seine Wiederkehr zu warten, die sogleich erfolgen sollte, sobald er mich zum Direktor geführt haben würde. Wir durchschritten jetzt Beide den weitläufigen Park und kamen endlich an das große Hintertor des Hauses, welches ebenfalls verschlossen und von einem eigenen Schließer beaufsichtigt war. Hier erfuhren wir, daß der Direktor der Anstalt mit seiner Familie und einigen Beamten im Garten, der vor dem Hause gelegen war, beim Abendessen sei. Das Vordertor, gleichfalls verschlossen, ward uns von dem Oberportier geöffnet, und wir traten nun in einen, soviel ich sehen konnte, sehr wohl unterhaltenen und mit Blumenbeeten und schönen Staudengewächsen verzierten Garten, aus dessen einem Laubgange wir die Stimmen einer munteren Gesellschaft vernahmen, die in einem höchst heiteren Geplauder begriffen zu sein schien.

»Das klingt ganz gut für ein Irrenhaus«, dachte ich, als Phillipps zu der Gesellschaft getreten war und den Direktor einen Augenblick hervorzukommen bat, wozu wir uns hatten entschließen müssen, da im Augenblick kein anderer Diener in der Nähe war. Der Gerufene erschien sogleich und trat nach einigen Worten des Krämers schnell auf mich zu, worauf ich mich ihm vorstellte und zugleich erklärte, wie ich auf meiner Reise Phillipps begegnet und von diesem in den Bereich seines Gebietes eingeführt worden sei.

Der Direktor, Mr. Elliotson, ein hochgewachsener und wohlbeleibter Mann, der noch nicht fünfundvierzig Jahre zählen konnte, erfreute sich sehr einnehmender Gesichtszüge und eines gefälligen, obschon etwas vornehmen Wesens, welches seiner Erscheinung eine gewisse Würde verlieh. Er drückte mir herzlich die Hand, als ich ihm meinen Namen genannt und die mir aufgetragenen Grüße ausgerichtet hatte Dabei gab er mir die Versicherung, daß er mich mit Freuden schon lange erwartet und zu dem Ende eine Wohnung habe einrichten lassen. Er ließ mir die Wahl, ob ich mich schon jetzt dahin zurückziehen oder an der Gesellschaft im Garten teilnehmen wolle, wo er mich sogleich seiner Familie und einigen Beamten des Hauses vorstellen könne.

Ich wählte das Letztere, und so ward ich denn in eine große Geisblattlaube geführt, die durch mehrere Lampen erleuchtet war und in der ich eine ziemlich zahlreiche Gesellschaft bei dem Nachtisch eines guten kalten englischen Abendessens versammelt fand.

Unsere Ankunft und die von Seiten Mr. Elliotsons erfolgende Vorstellung meiner geringen Person unterbrach sogleich ihre lebhafte Unterhaltung, und sie waren artig genug, ihre Aufmerksamkeit von dem Gegenstande, der sie beschäftigt hatte, ab und auf mich zu wenden.

Ich fand hier die Gattin des Direktors und seine Kinder, einige Beamte des Hauses mit ihren Familien, die beiden unverehelichten Ärzte und den Prediger. Auch waren noch einige unverheiratete Personen beiderlei Geschlechts zugegen, und namentlich zeichneten sich die Damen durch eine geschmackvolle Toilette und ein freundliches Entgegenkommen vorteilhaft aus, so daß die ganze Versammlung mit ihrem ungezwungenen, vertraulichen Wesen mir bald offenbarte, wie man auch in einem Irrenhause ganz harmlos und behaglich in guter Gesellschaft leben könne.

Nachdem ich einen Imbiß genommen, wandte sich das Gespräch auf die Gegenden, aus denen ich herkam, auf die Hochlande, auf meine früheren Reisen und von da höchst freundlich auf mein gutes, ehrliches Deutschland, das ich so innig liebe.

Ich sprach, wie es mir immer geht, wenn ich warm werde und der Gegenstand mein Herz beschäftigt, mit Eifer und Lebhaftigkeit, und man hörte mir, wie es schien, aufmerksam zu. Unter allen Zuhörern bemerkte ich einen, der mir vom ersten Augenblick an aufgefallen war und der in bescheidener Entfernung von der übrigen Gesellschaft, bald stehend, bald sitzend, einen lebhaften Anteil an dem Gespräch nahm, indem er kein Auge von mir verwandte und mit seinen Blicken, wie gefesselt, an meinen Lippen hing.

Der noch junge Mann, der alle Eigenschaften männlicher Schönheit auf seinem Gesichte trug, saß mir schräg gegenüber, etwas seitwärts von der übrigen Gesellschaft. Die vom Lampenlicht herrührende und nicht ganz vorteilhafte matte Beleuchtung hinderte mich, seine einzelnen Züge genauer zu studieren; was ich aber sah, befriedigte mich nicht allein, sondern forderte mich zu einer umständlicheren Forschung auf.

Er war groß, mehr schlank als stark, aber in wunderschönen Verhältnissen gebaut. Sein blasses, scheinbar etwas leidendes Gesicht, seine hohe, edle, Nachdenken verratende Stirn, sein glänzend schwarzes Haupthaar, vor allem aber sein blitzendes, tiefes und intellektuelles Auge erweckten sogleich in mir das Verlangen, in näheren Verkehr mit ihm zu treten und den Geist, der in diese schöne Hülle gekleidet war, genauer kennenzulernen. Er hatte mich vom ersten Augenblick meines Eintretens an unaufhörlich, beinahe auffallend betrachtet und meinen Erzählungen eine ungeteilte Aufmerksamkeit geschenkt. Als ich von Deutschland sprach, nickte er mir einige Male beifällig zu, als wenn er mir sein Einverständnis dadurch anzeigen wolle, so daß ich bei mehrfacher Gelegenheit meine Worte ausdrücklich an ihn allein richtete.

Nichtsdestoweniger aber antwortete oder sprach er nie, und doch drückte seine Miene den Anteil aus, den sein Inneres an der Unterhaltung nahm.

Soweit ich an diesem Abend bemerken konnte, war er eigentümlich gekleidet, denn er trug ein kurzes schwarzseidenes Jäckchen ohne Schöße; ein feines batistenes Hemd, um dessen Kragen ein buntseidenes Tuch nachlässig geschlungen war, bedeckte seine breite Brust und ließ so den männlich kräftigen Hals wahrnehmen, der auf den starken Schultern so vornehm stolz getragen wurde. Seine kleinen weißen aristokratischen Hände umgab ebenfalls ein schmaler Batiststreifen; den unteren Teil seiner Kleidung konnte ich nicht genauer betrachten, doch war sie auch von dunkler Farbe.

Bald wurde das Gespräch wieder geteilt, man sprach in Gruppen geschieden über mannigfaltige Gegenstände, bis endlich der Ablauf der zehnten Abendstunde der Unterhaltung ein Ende machte und der Direktor sich freundlich erbot, mich auf mein Zimmer zu führen, das, im untersten Stockwerk gelegen, mich, den Müden, wie er sagte, mit allen wünschenswerten Bequemlichkeiten erwartete.

Ich verabschiedete mich und stieg mit Mr. Elliotson ein paar Stufen in dem Hauptgebäude empor und befand mich bald in einem freundlichen Zimmer, welches die Aussicht nach dem Garten darbot, den wir soeben verlassen hatten.

»Wenn Sie nun noch ein Bedürfnis haben, mein lieber Doktor«, sagte mein Begleiter, »so ziehen Sie diese Schelle, man wird jeden Ihrer Wünsche möglichst bald erfüllen.«

Ich dankte verbindlichst und Mr. Elliotson wollte sich schon entfernen, als mir noch etwas einfiel.

»Noch ein Wort, mein bester Mr. Elliotson!« sagte ich. »Wer ist der junge schöne Mann in dem schwarzen Anzuge, mit der hohen Stirn und der Adlernase?«

»Aha! gefällt Ihnen der? Das glaube ich wohl, nun, das ist Mr. Sidney, einer unserer Pfleglinge, in der Nachbarschaft und von den Bewohnern unseres Hauses gewöhnlich der ›Irre von St. James‹ genannt.«

»Was!« rief ich, »es ist ein Wahnsinniger?«

»So ist es, lieber Doktor! – Und nun schlafen Sie wohl, eine gute Nacht und angenehme Träume!«

Er ging und ließ mich über diesen seinen unerwarteten Ausspruch in tiefes Sinnen versunken zurück.

Das war also der Irre von St. James! Gerechter Gott! so jung, so schön und wahnsinnig!

Hier fiel mir, ich weiß nicht durch welche Ideenverbindung hervorgerufen, plötzlich und unwillkürlich das sonderbare Hm! meines ehrlichen Krämers wieder ein. Ich konnte nicht unterlassen, ein ebenso geheimnisvolles, einsilbiges Hm! auszustoßen und über das schreckliche Schicksal dieses Menschen nachzudenken, der, mit allen Gaben seines Schöpfers verschwenderisch ausgestattet, der höchsten, unentbehrlichsten Gabe ermangelte, des gesunden, zum Leben voller Selbstbewußtsein unerläßlich notwendigen ungetrübten Verstandes.

Kapitel 2

Ich bin oftmals im Leben, und namentlich in meinem Berufe als Arzt, über den merkwürdigen und unerklärlichen Einfluß erstaunt gewesen, den ein menschliches Antlitz in unserer Seele zurückläßt, das nicht allein überaus schön und edel ist, sondern einen unklar und nebelhaft in uns liegenden Keim zu wecken scheint und dadurch, wir wissen selbst nicht wie und warum, unserer Stimmung eine Richtung gibt, die sie vorher nicht hatte. Von jenem Eindruck rede ich, der wie ein geistiger Wink, ein Ausfluß von oben uns überrascht, den wir nicht bezeichnen, sondern nur empfinden können, der, schnell wie der Blitz sich in unser Herz grabend, uns mit Teilnahme erfüllt.

Warum zieht uns dieser tiefe, ruhige, unbefangene Blick des doch nur menschlichen Auges so unwiderstehlich an? Warum klopft unser Herz diesem auf jener Stirn sichtbaren Herzen entgegen? Was will dieser stumme Mund uns, was wollen wir der schweigsam uns gegenüberstehenden Erscheinung sagen? Jenes edle, so ruhige und so schöne Gesicht schwebte mir jetzt wie eine wesenlose Erscheinung vor, die ich in mir zum Wesen gestalten wollte, und was unsere Phantasie einmal erst mit Wärme erfaßt hat, das hält sie mit dauernder Kraft, nach allen Seiten es ausforschend, entwickelnd, Umfang, Inhalt und Tiefe des neugeschaffenen Problems zu ergründen suchend.

Bei aller Ergebung und männlichen Fassung, die auf diesem ausgezeichneten Antlitz thronte, lag etwas auffallend Trauriges in seinen blassen, ich möchte sagen, ein unseliges Geheimnis verbergenden Mienen. Das aber war die Traurigkeit des Wahnsinns nicht, die mir so oft in ihren stark ausgeprägten Zügen entgegengetreten war, nein! diese sanfte, stille und ergebene, doch aber nicht stumpfe Traurigkeit sah aus, als wenn sie aus einer zwar kummervollen und gepreßten, aber doch entschlossen und nur dem Geschick unterliegenden Seele käme. Aus ihr erst mochte der Wahnsinn allmählich entsprungen sein, nachdem die Hoffnungslosigkeit in Verzweiflung übergegangen war. Ja, nur so konnte dieser Mensch gefallen sein, dessen Zustand mir nun klarer wurde. Wenn aber diese Traurigkeit vielleicht zu heben, diese Hoffnungslosigkeit zu erhellen und diese Verzweiflung zu vernichten war, konnte dann nicht auch der Wahnsinn selbst zu besiegen sein? Ich muß gestehen, dieser Anschein hatte etwas für sich, was mich mit Hoffnung erfüllte. Ach! und um diese marmorne Stirn, die den Stempel des Göttlichen so unverfälscht trug, in dem leidenden Zuge um den gepreßten Mund, in dem strahlenden Blicke dieses tief dunklen, eine so klare Seele verratenden Auges lag etwas so unaussprechlich Verständiges, Geistreiches – Geistreiches? Kann ein Wahnsinniger geistreich sein? Gibt es doch viele Wahnsinnige, die, nur in einer einzigen Richtung abirrend, im Übrigen ganz gescheite, außerordentlich begabte und vorurteilsfreie Menschen sind!

Als ich in meinem Zimmer allein war, rief ich mir die ganze soeben gehabte Erscheinung wieder vor Augen. Ich brauchte nicht lange zu rufen, sie hatte schon Boden in mir gewonnen und saß fest in der Tiefe meines geistigen Seins; denn jene hohe, gebieterische Stirn stand immerwährend und unverrückt vor meinem Auge. Ich besichtigte meine beiden Zimmer, was ich stets auf Reisen zu tun pflege, ehe ich mich niederlege, aber wenn ich aus dem einen Zimmer in das andere trat, glaubte ich die dunkle, große Gestalt mit dem duldsam geneigten Kopfe und der unnachahmlichen Haltung vor mir stehen und mich fragend anblicken zu sehen.

Endlich legte ich mich nieder und schloß die Augen; da war sie auch da, und erst nach vielem Bemühen, den Schlaf zu erjagen, schlief ich endlich wirklich ein, aber ich träumte von ihr.

War es eine dunkle Ahnung, die mir andeuten wollte, wie das Geschick jenes Menschen mit meinem Verhalten in einer noch unbekannten Verbindung stehe? – ich weiß es nicht, aber es war so, und ich nahm es willig auf, indem ich beschloß, aufmerksam und des Augenblicks gewärtig zu sein.

Als ich am nächsten Morgen nach einem unruhigen Schlafe erwachte, fielen schon die Strahlen der Sonne in mein Gemach. Ich fuhr mit der Hand über die Stirn ich besann mich auf Alles, was ich am Abend vorher gesehen, gedacht und geahnt, was ich im Traume zum zweiten Male durchlebt hatte.

Da klopfte es an meine Tür und der Direktor trat herein.

»Aha!« rief er, als er mich noch im Bette sah, »Sie sind also ein Langschläfer, nun, das wird sich bald ändern. Hier ist man früh wach, denn es gibt viel Arbeit, und Sie werden es schon lernen, mit uns des Morgens tätig zu sein.«

Ich wollte mich entschuldigen, als er lächelnd erwiderte:

»Sagen Sie nichts, ich scherze nur. Schlafen Sie aus, und wenn es Ihnen genehm ist, kommen Sie alsdann zu mir hinüber, dann will ich Sie mit der Einrichtung unserer Anstalt bekannt machen.«

»Ich werde sogleich aufstehen«, antwortete ich, »in einer halben Stunde stehe ich zu Ihren Diensten.«

»So will ich Ihnen Ihr Frühstück senden und Sie in einer halben Stunde selbst wieder abholen. Adieu!«

Bald nach seinem Weggehen erschien ein halb blödsinniger Knabe, den man mir zum Diener gegeben zu haben schien, denn er besorgte auch meine Kleider und brachte mein Frühstück. Nachdem ich dasselbe eingenommen, kam der pünktliche Mr. Elliotson wieder, nahm meinen Arm und führte mich im Hause umher.

Ich erlaube mir, eine treue Schilderung von dem Zustande zu geben, in welchem ich dieses wegen seiner Einrichtung und seiner umfassenden Mittel mit Recht berühmte Irrenhaus antraf.

Was zunächst die Baulichkeit desselben und seine nächste Umgebung anbelangt, so war das Gebäude, wie ich schon erwähnt habe, ein sehr großes, durchaus massives, erst vor einigen Jahren wieder neu ausgebautes Haus, das aus einem Hauptgebäude und zwei Flügeln bestand, welche letztere, vorn und hinten weit über die Vorder- und Hinterfront hinausreichend, ein Stockwerk mehr trugen und so das Ansehen zweier stattlicher Türme hatten.

Die ganze rechte Abteilung des Gebäudes war für die weibliche, zahlreichere Hälfte, denn es werden überall mehr Frauen als Männer wahnsinnig, die linke für die Männer bestimmt. Über einem sehr wohnlich eingerichteten Erdgeschoß erhoben sich drei große Stockwerke, deren oberstes mit einem halbflachen Zinkdache versehen war, die sämtlich aber durch große und vergitterte Fenster von gleicher Größe erhellt wurden.

Die ungeheure Vorderfront des Gebäudes, von einigen vierzig Fenstern Ausdehnung, sah in den Blumen- oder Erholungsgarten der Anstalt, in welchem die Männer und Frauen abgesondert zu bestimmten Stunden des Tages die freie Luft genießen und sich an dem reizenden Anblick und dem Duft der Blumen erquicken konnten.

Große, grüne Rasenplätze wechselten anmutig und regelmäßig mit buschreichen Anpflanzungen ab; an dem zierlich erhaltenen Kiesweg entlang zogen sich teils üppig grünende Buchsbaumhecken, teils waren sie von einem dichten Gehege duftender Lavendelblumen eingefaßt.

Schattige Lauben, mit Bänken und Tischen versehen, reihten sich zu beiden Seiten aneinander, und außer ihnen, ebenfalls unter einem schattigen Gebüsch oder an einen breiten Baumstamm sich lehnend, boten sich den Ermüdeten bequeme Sitzbänke dar.

An den äußersten Grenzen dieses Erholungsgartens waren zu beiden Seiten breite, dunkle Weingänge gezogen, die mit ihrem reichen Blätterschmuck überall die hohe Mauer verdeckten, die auch hier, wie hinter dem Gebäude, die ganze Anstalt umfaßte.

In der Mitte dieses einladenden Aufenthaltsortes sprang täglich auf einem runden, mit Wasserblumen besetzten Rasenstücke ein dreißig Fuß hoher Wasserstrahl, der aus dem großen Wasserbassin in der Badeanstalt gespeist wurde und von welchem aus biegsame Lederschläuche nach allen Teilen des Gartens liefen, nicht allein ihn zu bewässern, sondern auch in der heißen Jahreszeit die Luft abzukühlen bestimmt.

Dieser Teil der Anstalt war, wie gesagt, nur dem Vergnügen und der Erholung der Bewohner derselben geweiht.

Hinter dem Hause aber lag der bei weitem größere, mit schönen uralten Bäumen geschmückte, von breiten Kieswegen durchschnittene und ebenfalls mit gefälligen Ruheplätzen besäte Park.

In ihm befanden sich, durch Hecken und Zäune voneinander abgesondert, die Räume für die Spiele, die gymnastischen Übungen und die zur Kur notwendigen Arbeiten der Irren.

Hier sah man zuerst einen großen Platz, zum Zerkleinern des Holzes bestimmt, eine Arbeit, die überall für eine vortreffliche Beschäftigung Gemütskranker gilt.

Dicht daneben war die sogenannte Rennbahn, ein mit weichem Sande bestreuter großer Platz. Hier zogen die Kranken zu ihrer Belustigung und zur Übung ihrer Kräfte das Seil; hier liefen sie um die Wette, hier übten sie sich im Ringen und Springen.

Dann kam die Kegelbahn, sehr beliebt und fleißig besucht. Sie trennte die Rennbahn von dem freien Ballplatze, der ebenfalls ein großer Lieblingsaufenthalt für viele Spiellustige war und von wo aus man denn auch stets ein lautes Rufen und Jauchzen vernahm.

An den Ballplatz schloß sich der sommerliche Fechtplatz, wo mit Degen von Holz und Korbgeflecht und von Einigen, denen man größeres Zutrauen schenken konnte, auch mit eisernen unter steter Aufsicht und Anleitung der dazu angestellten Lehrer gefochten wurde.

An diesen Raum lehnte sich der allbeliebte Turnplatz, und hier vorzüglich war es, wo man die seltsamsten Übungen, die sonderbarsten Anstrengungen und die bisweilen vollendetsten Geschicklichkeiten der im Allgemeinen scheuen, nur in einzelnen Fällen tollkühn sich abarbeitenden Menge sah.

Nach dem Turnplatze folgte die Reitbahn, die im Winter überdeckt werden konnte; denn auch für diese wohltätige Leibesübung war vortrefflich gesorgt und die duldsamsten Schulpferde standen dicht daneben in den massiven Ställen.

Hinter diesen Spiel- und Übungsplätzen lagen die Küchen- und Obstgärten, die meistenteils unter Anleitung zweier Gärtner von den Irren selbst bestellt wurden. Übrigens nahmen Männer und Weiber an diesen Arbeiten teil; doch nie arbeiteten die verschiedenen Geschlechter zu gleicher Zeit und an gleichem Orte.

Ich war von dieser Ausstattung angenehm überrascht und konnte nicht umhin, dem Direktor meinen ungeteilten Beifall darüber auszudrücken. Er schien sich über meine Bemerkungen zu freuen, und ich erfuhr von ihm, daß dies nach und nach entstanden sei und jedes Jahr erweitert und den Umständen gemäß verbessert wurde.

»Aber die Kosten, mein lieber Sir, wo kommen die her?«

»Das ist unsere geringste Sorge, denn sie müssen wissen, daß wir von Seiten des Staates einmal reich begabt sind, dann aber auch sowohl durch reichliche Spenden und Vermächtnisse zahlreicher Gönner, wie auch durch einen vortrefflich verwalteten Grundbesitz unterstützt werden; weshalb denn auch die, Ihnen vielleicht übermäßig erscheinende Besoldung der hier Angestellten möglich ist. Namentlich sind unsere beiden Ärzte vortrefflich gestellt. Ärzte müssen gut gehalten werden, wenn sie ihre schwere Pflicht mit Liebe und Selbstaufopferung üben sollen, denn es gibt keinen edleren, aber auch keinen mühevolleren Beruf als den ihrigen. Tag und Nacht ohne Ruhe, stets für das Wohl anderer tätig besorgt, muß die kurze Mußestunde, die ihnen von ihrem sauren Tagewerke übrig bleibt, sorgenlos und angenehm verfließen können, damit sie neue Liebe und Kraft zu ihrem Werke finden.«

Dieses Gespräch fand statt, als wir uns aus dem Parke in das Innere des Hauses zurückbegaben, um auch dies zu besichtigen.

Durch das große Eingangstor, wenn man vom vorderen Garten hereinkam, trat man in eine Art geräumiger Vorhalle, die von den aufwärts führenden Treppen durch eine verschließbare Glaswand geschieden war und von deren hochgewölbter Decke eine glänzend polierte metallene Lampe, die vom Einbruch der Dunkelheit an bis zum hellen Morgen mit sechs großen Flammen brannte, herabhing. Steinerne, breite Treppen führten doppelt gewunden hinauf in die höheren Stockwerke und hinab in die hellen und weiten Räume des Erdgeschosses.

In diesem letzteren befanden sich die Küchen, die Vorratskammern, die Wasch- und Rollstuben und ebenso die Wohnungen der Hauswarte, der Köche, der Mägde, der Waschfrauen und vieler anderer Personen, die in dem großen Hause zu allerlei Dienstverrichtungen gebraucht wurden.

Die langen und von Zeit zu Zeit durch Glastüren verschlossenen Korridore waren breit, hell und hoch und durch eine hinreichende Anzahl vortrefflicher Lampen hell zu erleuchten.

Jetzt traten wir in das erste Stockwerk. Die Zimmer desselben waren fast glänzend eingerichtet. Im ersten Teile des Hauses befanden sich die Wohnungen der Oberbeamten: des Direktors, des Predigers, der Ärzte, des Verwalters, des Apothekers, mehrerer Lehrer und vieler Anderer, auch waren hier die Besuchszimmer gelegen, also auch die meinigen. Von den Zimmern der Ärzte und des Direktors liefen sinnreich konstruierte Schallröhren in die oberen Stockwerke, mittels welcher sie Alles vernehmen, aber auch ihre Befehle schleunigst hinaufsenden und ebenso schnell hinaufgerufen werden konnten.

In der linken Hälfte des Hauptgebäudes befanden sich die Bibliothek, die Apotheke, die Bandagen- und Instrumentenkabinette und mehrere größere und kleinere Säle, wie z. B. der Konferenzsaal, das Billard- und Lesezimmer der Beamten, einige Erholungs- und Gesellschaftssäle für die Irren, sowie ebensolche für den Unterricht und verschiedene Männerarbeiten bestimmt.

In dem linken Flügel, innerhalb des sogenannten Turmes, lag die ziemlich große Kirche der Anstalt, die, würdig, aber einfach geschmückt, mit einer sehr wohlklingenden Orgel versehen war.

Im rechten Flügel des unteren Stockwerkes lagen die Säle für die weiblichen Handarbeiten, die Spinnstuben, die Lernzimmer und die Unterhaltungssäle für die Frauen und Mädchen.

Das zweite und dritte Stockwerk war gleichmäßig einfach, aber höchst zweckdienlich ausgestattet. Hier nämlich lagen die Krankensäle und kleineren Krankenzimmer in einer langen Reihe nebeneinander, die Privatzimmer in den Flügeln, die allgemeinen im Hauptgebäude. Die jüngeren Leute, männliche und weibliche, wohnten im dritten Stockwerk, die älteren im zweiten, damit sie nicht so hoch zu steigen brauchten.

Zwischen je zwei Krankenzimmern befand sich jedesmal ein Wärterzimmer, welches groß genug war, vier Wärter bequem beherbergen zu können, die sich zwei und zwei nacheinander ablösten, so daß jederzeit zwei im Krankensaale verweilten. Bei den Frauen waren dies natürlich Wärterinnen, ältere und jüngere, größtenteils Frauen derer, welche bei den männlichen Kranken denselben Dienst verrichteten. Es waren dies sämtlich sehr verständige, auserlesene und kräftige Personen, die wohlunterrichtet und gut besoldet wurden und welche vor ihrer förmlichen Anstellung eine bestimmte Lernzeit durchmachen mußten.

In den Flügeln beider Seiten lagen außerdem die Badestuben und die sonst zur Kur notwendigen Örtlichkeiten mit den dahin gehörenden Gerätschaften.

Namentlich aber waren die Badestuben und die dazu erforderlichen Räumlichkeiten mit einem gewissen Luxus und allen möglichen Bequemlichkeiten ausgestattet. Da waren Dusch-, Staub-, Tropf-, Dampf-, Sturzbäder und alle die mannigfaltigen Abarten derselben.

Außerdem befand sich dort ein großes Billardzimmer mit zwei Billards darin für die Kranken.

Die Krankensäle selbst waren höchst reinlich, luftig und hell. Die Erleuchtung geschah durch vortreffliche, am späteren Abend grün beschattete Lampen.

Die weiß überzogenen, reinlichen Betten, auf eisernen Rollfüßen beweglich, standen in zwei parallellaufenden langen Reihen, eine an den Fenstern, die andere an der entgegengesetzten Seite. An dem Kopfende eines jeden Bettes stand eine Art Tisch, mit verschließbaren Fächern und Kasten versehen, am Fenster eine Kommode, am Fußende ein Stuhl und ein stets mit weißem Sande gefüllter, zierlicher Spucknapf; über dem Bette hing ein kleiner Spiegel und die den Kranken bezeichnende sogenannte Nationaltafel; die anderen notwendigen Bedürfnisse lagen hinter einer grünen Gardine verborgen.

Die Privatzimmer waren natürlich nach den Mitteln und dem Geschmack ihrer Bewohner eingerichtet, doch sah ich nur wenige davon, denn ich wollte den Besitzern derselben mit meiner Neugierde, die fast allen Kranken so lästig ist, nicht beschwerlich fallen.

Auf jedem Treppenabsatze in jedem Stockwerke, ebenso an jeder Wendung des Hauses war ein Türsteher angestellt, der das Aus- und Eingehen der Kranken und die Besucher überwachte.

Den Privatzimmern gegenüber lag jedesmal ein Wärterzimmer, denn jeder Einzelne dieser Kranken hatte seinen eigenen Aufseher oder Aufseherin, die jedoch unter sich von vierundzwanzig zu vierundzwanzig Stunden abwechselten.

Im rechten Flügel endlich, der Kirche im linken gegenüberliegend, befand sich der große Konzertsaal der Anstalt, der über fünfhundert Personen faßte, ein ungeheurer, hoher und weiter Raum, der auch für Theatervorstellungen hergerichtet werden konnte, denn auch für diese Art von Erholung war in St. James vortrefflich gesorgt. Von der Decke dieses Saales hingen drei große prächtige Kronleuchter herab; die Wände matt rosenrot, mit sinnig abgeteilten Feldern, in denen Blumenstücke gemalt waren, zählten auf jeder Seite vier kleine Nischen, in welchen sich kleine Statuen befanden, von denen jede einen kleinen gläsernen Wandleuchter hielt, so daß, wenn bei einer Feierlichkeit alle Lichter brannten, hundertundzweiundfünfzig Flammen den Saal erleuchteten.

Die acht Fenster in diesem Saale konnten durch wolkenartig gearbeitete weiße Vorhänge verschlossen werden.

Der Platz für das Orchester war etwas erhöht, der übrige Teil des Saales mit Stühlen und Bänken vollständig besetzt.

»Das Alles ist ganz vortrefflich, Sir«, sagte ich zu dem Direktor, der mich auf alle Einzelheiten aufmerksam machte, »ich habe nie etwas Ähnliches an Zweckmäßigkeit, Geschmack und Eleganz gesehen.«

»Ja! und nun sollen Sie unsere Musik hören«, erwiderte er, »da werden Sie erst staunen. Dieser versöhnende Geist ist eins unserer kräftigsten und beliebtesten Heilmittel, und erst seit drei Jahren sind wir vollständig mit allen nötigen Instrumenten und ihren Spielern versehen. Sehr viele Irre haben bisweilen eine wahre Leidenschaft für die Musik und die Erlernung von musikalischen Instrumenten. Man begreift erst die beruhigende Wirkung dieser göttlichen Kunst, wenn man Gelegenheit hat, sich so davon zu überzeugen, wie wir sie haben. Alle Sinne der Wahnsinnigen sind mehr oder weniger stumpf; der des Gehörs allein, und zwar des Gehörs für Musik, scheint feiner ausgebildet zu sein als die anderen, was mir ein Beweis ist, daß beim Wahnsinn das Gefühlsvermögen bei weitem entwickelter ist als irgendein anderes. Daher ist denn auch bei uns die Musik das letzte und kräftigste Beruhigungsmittel für die Aufregung der Leidenschaft und die Überspannung der Nerven.«

»Sie mögen Recht haben«, unterbrach ich ihn, »zumal die Erfahrung auf Ihrer Seite ist, aber Sie werden mir die Bemerkung erlauben, daß die Musik nicht immer beruhigt, im Gegenteil, sie regt sogar bisweilen auf.«

»Ganz gewiß! Aber diese Klippe umgehen wir dadurch, daß wir unsere Musikstücke nach unserem Zwecke wählen oder diejenigen Kranken von der Aufführung ausschließen, bei denen doch noch irgendeine Aufregung zu fürchten wäre.«

»Aber woher nehmen Sie die vielen Musiker, die zu einem ordentlichen Orchester gehören?«

»Das scheint in der Tat schwieriger als es ist. Nicht allein fast alle unsere Beamte sind musikalisch und spielen die verschiedenartigsten Instrumente, sondern auch einige Irre sind ausgezeichnete praktische Musiker, ja, wir haben sogar einige Komponisten darunter, und was nun unsere Musiklehrer betrifft, so leisten sie das Möglichste, und sie werden auch durch ihre glücklichen Erfolge ermuntert, denn ihre Schüler machen ihnen Ehre und diese selbst streben nach Beifall und Lob, denn der Mensch, auch der Verrückte, ist nie ohne Ehrgeiz. Übrigens musizieren wir fleißig, denn wir geben regelmäßig alle Jahre vier große Konzerte und alle acht Tage ein kleines, und dann teilen wir für die vorzüglichsten Leistungen angemessene Preise aus. Zu diesem Behufe haben wir auch einen Musikorden gestiftet, und Sie werden die Inhaber desselben mit Stolz und erhobenem Selbstgefühl ihre unschuldigen Insignien tragen sehen und leien können, welche Nacheiferung eine solche Belohnung hervorzurufen im Stande ist. Ebenso geben wir regelmäßig jedes Jahr zwei Theatervorstellungen, und wenn Sie so lange hierbleiben, wie Sie uns versprochen haben, so sollen Sie sich von dem Nutzen derselben und den Freuden, die sie schaffen, genügend überzeugen. Doch diese Seite unserer Bestrebungen ist vorzugsweise Sache des Oberarztes, der sein ganzes Augenmerk auf diese Kurart gerichtet hat.«

Die Kranken selbst, die wir auf ihren Zimmern trafen, fand ich alle mit etwas Nützlichem beschäftigt; sie erhoben sich sämtlich bei unserem Eintreten und erwiesen dem Direktor durch eine Verbeugung ihre Achtung und ihr Wohlwollen.

Übrigens fand ich alle Gattungen von Irren, wie sie gewöhnlich in Irrenhäusern gefunden werden, auch hier vor. Von den Stumpf und Blödsinnigen, die mehr Tieren als Menschen gleichen, an, den sogenannten Melancholischen, die die Einsamkeit lieben und düstere, schwere Blicke um sich werfen, dann den eigentlichen Narren, die ewig schwatzen und nirgends Ruhe finden, bis zu den Tobsüchtigen hinauf, die teils durch Zwangsjacken, teils durch ernsthaftere Mittel unschädlich gemacht werden müssen, sah ich alle die traurigen Übergänge dieser leider so häufigen und bei den übertriebenen Anforderungen und steigenden Bedürfnissen des jetzigen Lebens immer mehr und mehr sich ausbreitenden entsetzlichen Krankheit.

Was die Kleidung der Kranken betrifft, so bestand die der Ärmeren allgemein in reinlichen, leinenen, blau und weiß gestreiften Beinkleidern und Überröcken, anständigen Halstüchern, dunkelblauen Tuchwesten und wollenen Strümpfen und Schuhen; die Frauen waren dementsprechend gekleidet. Die Bemittelteren dagegen, besonders die Privatkranken, die ihr eigenes Zimmer bewohnten, kleideten sich nach ihrem eigenen Geschmack; nur füge ich die Bemerkung hinzu, daß närrische und übertrieben luxuriöse oder kokette Kleidungen, sogenannte Phantasieroben, nicht geduldet wurden.

Auffallend war mir die Menge junger und wirklich recht hübscher, sogar einiger schöner Mädchen, die alle mehr oder weniger geschmackvoll, viele gar elegant und reich gekleidet waren.

So hatte ich denn die meisten Krankenzimmer besucht, und ich hatte alle Ursache einzugestehen, daß viele meiner Erwartungen übertroffen worden waren.

Die Wohnung des Irren von St. James aber, nach der ich ein so lebhaftes Verlangen trug, war mir nicht gezeigt worden, auch erwähnte der Direktor ihn gar nicht, obgleich er mich auf einige andere Privatkranke aufmerksam gemacht hatte. Gern hätte ich etwas Näheres über ihn erfahren, allein ich beschränkte noch meine Neugierde, indem ich mir vornahm, erst meine eigenen Beobachtungen über ihn zu sammeln, bevor ich mir die genauere Auskunft von seinen Pflegern erbat.

Hierauf führte mich Mr. Elliotson in seine eigene Wohnung, die ich wie das vornehmste Haus in London ausgestattet fand. Bei dem zweiten Frühstück, welches ich hier mit meinem gastfreien Wirte einnahm, hatte ich auch das Vergnügen, den Prediger der Anstalt näher kennenzulernen, der zufällig eben in die Türe trat, als der Kork von der ersten Flasche gezogen ward.

»Haha, Mr. Bromfield!« sagte der Direktor lächelnd, »Sie können keinen Propfen springen hören, ohne dabeisein zu müssen.«

»Sagen Sie lieber, ich habe ein gewisses Ahnungsvermögen, wo einer springen wird«, antwortete Mr. Bromfield, »denn sonst hätte ich unmöglich so schnell hiersein können, da der interessante Knall geschah, als ich gerade zwischen Tür und Angel stand.«

»Sie haben doch keinen Schaden von dem Schreck davongetragen, wie?«

»O nein, Sir! Sie wissen ja, ich liebe derartige Geräusche und habe auch viel dergleichen in meinem Leben gemacht«, setzte er mit einem heiteren Blick auf mich hinzu.

Dies waren die ersten Worte, die ich den Geistlichen von St. James in meiner Gegenwart mit dem Direktor wechseln hörte, und ich schloß daraus, daß Beide auf einem guten Fuße miteinander standen; auch ging das Gespräch noch eine Weile in ähnlicher Art fort, und ich konnte hinlänglich bemerken, daß Mr. Bromfield ein lustiger Gesellschafter und eben kein Duckmäuser war. Meine späteren Erfahrungen über ihn bestätigten denn auch diese Meinung vollkommen; er war gerade das Gegenteil davon.

Übrigens war er ein höchst origineller Mensch, der außer seinem weißen Halstuche mit lang herabhängenden Zipfeln, und seinem langen, bis weit über die Knie herabreichenden schwarzen Rocke nichts Priesterliches an sich hatte. Sein Gesicht war ohne Bart, immer heiter und von einer etwas rötlichen Farbe, besonders aber fielen mir seine lebhaften Augen auf.

Mr. Bromfield war bei weitem mehr der Geselligkeit und ihren reellen Freuden als den abstrakten Studien einer in zu enge Grenzen gewiesenen Wissenschaft zugetan, und er wollte sich auch jetzt, glaube ich, für die vielen Schicksalsprüfungen, die er hatte bestehen müssen, dadurch schadlos halten, daß er den Rest seines kostbaren Lebens wie ein echter Lebenskünstler hinbrachte. Denn er war früher als ein guter Kanzelredner berühmt, in einer kleinen wohlhabenden Stadt Englands Pfarrer gewesen, hatte aber diese einträgliche Stelle, ich weiß nicht aus welchen Gründen, verlassen und sich zufolge eines Befehls auf ein königliches Schiff verfügen müssen, das für eine drei Jahre dauernde Weltumseglungsreise bestimmt war.

Mr. Bromfield nahm jede Gelegenheit wahr, sich von den guten Sitten der Bewohner der Welt zu unterrichten, und er zog eine dreijährige Wasserreise einem vielleicht ebenso lange dauernden Aufenthalte an einem langweiligeren Orte, wo es auch sehr viel Wasser gab, vor. Der gute Mann kehrte nach überstandener Prüfungszeit nach England zurück, und es ist kein Wunder, daß ein so langes Verweilen unter so vielen Wilden, die er gesehen, ihn eben nicht viel zahmer gemacht hatte, und so sah er sich genötigt, auch aus dem beschwerlichen Marinedienst Seiner Majestät zu scheiden.

Jetzt aber hatte der in alle Welt wandernde Jünger nicht mehr viele Aussichten auf eine gute Pfarrei, aber der Himmel, der seine Lieblingskinder immer beschützt und versorgt, fügte es, daß einige ihm noch nicht erstorbene Gönner, die die Welt liebten, wie er sie liebte, ihm soviel Einsicht und Erfahrung zutrauten, um den Wahnsinnigen in einer entfernten Provinzstadt täglich einige heilsame Lehren zu geben. So kam er denn nach jener Irrenanstalt und von da, weil er sich in seinem neuen Berufe durch einen gewissen Takt auszeichnete, den er bis dahin noch nicht besessen, durch abermalige Verwendung jener Gönner nach St. James.

Hier stand er seinem Amte mit einem gewissen natürlich-gesunden Sinne vor, und sein früher etwas flüchtiger Charakter hatte sich endlich gesetzt. Dennoch aber liebte er immer noch Witz und Scherz, auch war er dem Vergnügen der Jagd und anderen erlaubten Zeitvertreiben wie der lebenslustigste Jüngling ergeben. Ich ergötzte mich an seinen Erzählungen von den vielen Bekehrungen, die er bei verschiedenen wilden Völkern versucht haben wollte und die ihm, wie er sich rühmte, meistenteils dauerhaft geglückt waren, sehr. Ob er aber Heiden zu Christen oder Christen zu Jägern bekehrt hatte, das weiß ich in der Tat nicht anzugeben, denn als ich ihn danach fragte, lachte er herzlich und meinte: wir verständen uns für eine halbe Stunde Bekanntschaft schon ziemlich gut.

Nach Beendigung unseres Frühstücks begab ich mich auf mein Zimmer, wo ich jedoch nicht lange allein blieb, denn es ließen sich Mr. Lorenzen, der Oberarzt, und Mr. Derby, der Unterarzt, bei mir anmelden. Es dauerte nach den ersten freundschaftlichen Begrüßungen gar nicht lange, so waren wir im lebhaftesten Gespräch über die Behandlung Geisteskranker begriffen.

Mr. Lorenzen, der Oberarzt, war zwar in England geboren, stammte aber von Vorfahren ab, die früher in Lübeck als wohlhabende Kaufleute ansässig gewesen waren; er war also seinem Ursprunge nach ein Deutscher, sprach aber unsere Sprache nicht, da er nie aus England gekommen war. Er war ein ziemlich großer und mit viel natürlicher Würde begabter Mann von ungefähr achtundvierzig Jahren. Seine Gesichtszüge, obwohl ernst, waren im Ganzen wohlwollend und angenehm, seine Ausdrucksweise bestimmt und überdacht; wenn er aber sprach, leuchtete noch mehr seine ungezwungene Freundlichkeit und Milde aus seinem Gesicht und seinen Gebärden. Vollkommen seinen Pflichten ergeben und von seinem Dienst beinahe erdrückt, ging er doch stets gleichen Schritt mit den waghalsigen neueren Theorien unserer umfangreichen Wissenschaft. Er las des Nachts, wenn schon Alles schlief, und arbeitete schon Morgens, wenn noch Niemand munter war. So gewann ich denn diesen Mann, den ich in die tiefen Lehren der neueren Psychiatrie vollkommen eingedrungen fand, sehr bald lieb, und konnte ihm auch späterhin bei genauerer Bekanntschaft, obgleich er, wie wir sehen werden, nicht ohne Irrtümer war, meine vollkommene Achtung nicht versagen. Er war durchaus der psychiatrischen Behandlung seiner Kranken ergeben und ein Feind jener heroischen und gewalttätigen Kuren, die dem Publikum – und nicht immer mit Unrecht – leider oft genug Gelegenheit gegeben haben, die Irrenhäuser als Stätten der Grausamkeit und Unmenschlichkeit zu verwünschen.

Ganz der Gegensatz im Benehmen, Persönlichkeit und wissenschaftlichen Ansichten war Mr. Derby, der Unterarzt. Schon sein Äußeres und seine Kleidung, die ihm possierlich stand, war auffallend und eigentümlich genug, denn er trug einen hellblauen Frack mit großen vergoldeten

Knöpfen, Nankingbeinkleider, eine bunte, großblumige Atlasweste und ein dünnes, schwarzseidenes Halstuch, aus dem ein ungeheuer großer gestreifter Hemdkragen hervorsah, der beinahe sein ganzes kleines Gesicht bedeckte und zwischen dessen abgestumpften Winkeln seine spitze, etwas rötlich gefärbte Nase munter und neugierig hervorguckte. Sein Haar trug er glatt am Kopfe anliegend, und wie es mir schien, war er sorgfältig bemüht, einige graue Streifen darin durch ein künstlich färbendes Mittel zu verdecken. Seine kleinen, grauen und lebhaften Augen sprühten wie ein Meer von Leben und Lebendigkeit. Seine kleine, bewegliche Gestalt verriet Anlage zu einem bedeutenderen Umfange, dies hinderte ihn aber ganz und gar nicht, sich lebhaft, wie ein Mensch von achtzehn Jahren, zu bewegen, alle Augenblicke seinen Sitz, seine Haltung, seinen Gang zu verändern und mit einer den Hörer fast aufregenden Überstürzung zu reden. Übrigens war er ungemein offenherzig und sagte Alles, was er dachte, jedem ins Gesicht.

Sehr bald merkte ich aus dem Gange unseres Gespräches, daß Mr. Lorenzen und Mr. Derby nicht gleichen Heilprinzipien in Ansehung ihrer Wissenschaft und Kunst huldigten. Der Erstere hatte, wie schon gesagt, seine ganze Aufmerksamkeit auf die psychische, der Letztere aber auf die physische Behandlung der Kranken gerichtet. Der Oberarzt hatte jedoch Ansehen und Würde genug, seine Meinung im Allgemeinen durchgeführt zu sehen, und Mr. Derby ließ sich ebensogut leiten, wie jener anzuordnen verstand.

Auch waren sie Beide die besten Freunde und teilten sich ohne Mißgunst und Vorwurf in ihre Arbeit, die, überhäuft wie sie war, einen so regen Geist und einen so tüchtigen Willen wie den ihrigen in vollen Anspruch nahm. Beide waren auch ganz die Männer zu diesem Posten, denn Beide waren voll warmen Eifers in ihrem Berufe, Beide fleißig und von früh bis spät tätig, Beide voll Menschenliebe, und ungeachtet ihrer entgegengesetzten Ansichten arbeiteten sie sich getreulich in die Hände, so daß ihr Wirken segensreich und von allen dabei Beteiligten dankbar anerkannt war.

Etwa nach einer halben Stunde unseres Beisammenseins wurde der Oberarzt abgerufen und ich befand mich nun mit Mr. Derby allein. Die Gelegenheit schien mir plötzlich günstig, über etwas, was mir auf dem Herzen lag, Licht zu erhalten, und ich beschloß, sogleich rüstig ans Werk zu gehen.

»Mein lieber Mr. Derby«, fing ich an, nachdem ich einige einleitende Worte vorausgeschickt hatte, »ich bin Ihnen sehr dankbar für die Unterweisung, die Sie so gütig waren, mir über den glücklichen Erfolg Ihrer so mannigfachen Kuren zu geben, und ich muß gestehen, daß ich, wenn derselbe nur halb so günstig ist, wie mir die ganze Einrichtung und Verwaltung dieser Anstalt wohlgefällt, wohlgefällt, alle Ehrfurcht vor St. James und den Leistungen seiner Ärzte haben muß. Und was Sie für herrliche Exemplare von lehrreichen und seltenen Krankheitsfällen hier haben, jede Art hat ihre eigenen und wieder merkwürdig voneinander unterschiedenen Vertreter.«

»Ja, ja, und Sie kennen sie kaum, das wird noch besser kommen, warten Sie nur.«

Endlich faßte ich mir ein Herz und sagte geradezu:

»Da haben Sie unter Anderen einen hübschen Menschen, da oben im Turme, glaube ich, ist sein Zimmer, es ist ein Privatkranker –

»Ah so, ich verstehe, Mr. Sidney.«

»Ja, das ist er, den ich meine.«

»Ja, ja!« fuhr er mit einer Schnelligkeit im Sprechen fort, die es mir fast unmöglich machte, ihn ferner zu unterbrechen. »Ja, ja, sieht er nicht aus wie ein verwunschener Prinz, dieser Mr. Sidney? Sollte man ihn nicht für eine Art von König halten, wenn man diese majestätische Miene und diese imposante Haltung sieht? Haha! Und nun sollten Sie ihn erst reden hören, wenn er auf dem Konversationsstuhl So wurde der Stuhl genannt, auf dem die Kranken zu sitzen pflegten, wenn die psychische Kurmethode hei ihnen angewandt wurde und sie zu der Überzeugung gebracht werden sollten, sie seien in der Tat nicht recht bei Verstand. sitzt, hier Mr. Lorenzen und da Mr. Sidney, und wenn Mr. Lorenzen ihm seine Sünden vorhält –«

»Was für Sünden?»

»Nun, ich meine, wenn er ihm einen Begriff von seiner Mangelhaftigkeit hier oben beibringen will!« »Aha! ich verstehe.«

»Da sollten Sie sehen, Sir, wie Mr. Lorenzen schwitzt, denn dieser Mr. Sidney führt eine brave Lanze, bei Gott! haha! das geht immer drauflos, frisch drauflos und schwatzt und schwatzt und schnick-schnackt von Philosophie und Psychologie wie ein Buch, und von Irrtümern derer, die Irrtümer vertreiben wollen, daß einem die Haare zu Berge stehen, hast du nicht gesehen! Und meiner Treu! er spricht sehr gut, ja, er spricht vortrefflich, sag' ich Ihnen, so daß man oft nicht aus noch ein weiß, denn dieser Mr. Sidney ist in jeder Beziehung ein außerordentlicher Fechter, ha! Sie sollten ihn einmal mit dem Degen umspringen sehen, wie die besten deutschen Studenten! Oder auf seinem schwarzen Barbaren sitzen, wie er mit ihm umherrast, daß die Funken stieben, heißa! immer über die fünf Fuß hohe Barriere hinüber, daß es nur so wettert! Und nun gar im Ringen und Laufen oder Klettern auf den Stangen unter den Turnern.«

»Aber, mein Gott! mein lieber Mr. Derby«, warf ich ihm hier ein, »Sie sind ja ganz in Ekstase über diesen Mr. Sidney!«

»Ja, das bin ich, das weiß ich, Sir, ich habe den Jungen lieb, diesen Sidney, und ich gäbe wer weiß was darum, wenn er nicht so schrecklich verrückt wäre. Er ist nun einmal unser Aller Liebling, obgleich man ihn das nicht merken lassen darf, sonst setzt er uns gar die Sporen in die Seite! Ha! Sie sollten sehen, wie das Volk hier ihn hätschelt, und die vermaledeiten Wärter obendrein, und alle Verrückte, männlich und weiblich! Wenn er nur den Kopf hinaus ins Freie steckt, sind sie schon Alle da – ah! da geht Mr. Sidney, da kommt Mr. Sidney! – das hat Mr. Sidney gesagt! – das hat Mr. Sidney getan! – und so hat er es gern! – daß du den Kuckuck kriegst!«

»Nun, das beweist, daß er die Fähigkeit hat, die Neigung seiner Umgebung zu gewinnen.«

»Die hat er, Sir, weiß Gott! Und unter der Fuchtel hat er die Teufel alle, die Besessenen, wenn sie nicht schon verrückt wären, sie würden verrückt aus Liebe zu ihm, glaube ich! Da braucht nur einmal Einer nicht etwas tun zu wollen, was er tun soll und muß, die Jacke her! ruft der Aufseher, die Jacke kommt und präsentiert sich, und Master tut es doch nicht! Da erscheint, wie der deus ex machina, unser Mr. Sidney. Was gibt's da? fragt er – das und das, Mr. Sidney! – Toms, laß das gut sein! sagt er; Tom tu das und tu jenes, sagt er, und Toms tut es ohne Zwangsjacke, Sir! – daß du das Wetter kriegst – das können Sie alle Tage erleben!«

»Das beweist abermals, daß er durch irgendein Mittel große Gewalt über die Gemüter der ihn Verehrenden hat, aber sagen Sie mir, wer ist er eigentlich und an welcher Art von Gemütskrankheit leidet er? Man sieht ihm sein Leiden gar nicht an.«

»Ja, das ist es eben, und doch steckt er voller Teufeleien, wenn er losbricht. Wer er ist? Ah, bah! das möcht' ich selber wissen, und doch kann ich's nicht erfahren. Unter uns gesagt, der Direktor, der seine Instruktionen über ihn hat, weiß es selber nicht genau.«

»Wie lange ist er denn schon hier?«

»Vier Jahre, Sir!«

»Vier Jahre!« rief ich erstaunt, »und noch immer nicht geheilt?«

»Das hat gute Wege, Sir! In Wahrheit, es ist ein höchst sonderbarer, verwickelter Fall – wird kein Mensch daraus klug – er leidet an periodischer Tobsucht – da haben Sie's! In der Zwischenzeit ist er ganz vernünftig und der beste, friedfertigste Mensch.«

»Und wie erkrankte er? Und wodurch?«

»Hm! Sie fragen viel und wollen viel wissen – durch unbekannte Ursachen – weiß kein Mensch – jetzt kommen die Anfälle freilich seltener als sonst.«

»Aber haben denn die, die ihn hierhergebracht, nichts über die Entstehung seiner Krankheit offenbaren können?«

»Ist mir nicht bekannt, Sir, diese Nachforschungen gehen mich nichts an, soviel ich aber weiß, ist die Grundursache niemals und Niemandem bekannt geworden, und er selbst ist darüber gar nicht zu examinieren, sowie man fragt, wird er widerspenstig, er lacht uns aus, ja, wahrhaftig, Sir, er hat uns schon oft ausgelacht und sogar verhöhnt, das ist aber eben die schlimmste Art, da können unsere höflichen Mittel freilich nicht viel helfen und keine radikale Heilung kann auf diese Weise zustandegebracht werden.«

»Und wie haben Sie ihn denn behandelt, wenn ich fragen darf?«

»Hm! ist hier eine andere Behandlung möglich? Wie alle Tobsüchtigen behandelt werden müssen – mit Gewalt!« »Was?«

»Ja, das versteht sich; denn Sie sollten ihn nur rasen sehen! Wenn er vernünftig ist, nimmt er es schon mit Sechsen auf, in seinem Anfalle können es Zehne sein, denn da zerschlägt und zerbricht er Alles, Herr meines Lebens! ich werde meine Lebtage an die Szene denken, als er hierher kam und wir zum ersten Male die Ehre hatten – au weh! Ich war gerade mit Mr. Lorenzen und einigen Männern zugegen, als er aus einem kurzen Schlafe erwachte, in den er gefallen war. – Wo bin ich? Was wollen Sie von mir meine Herren? – Und da er sich durch einen Brustriemen gefesselt sah, der über sein Bett fortging – heißa! reißt er ihn entzwei! – und nun auf uns los! – ha! das war ein Springen und Rennen nach Hilfe und Mannschaft – ja – Sie lachen!«

Ich mußte wider Willen lächeln, als ich mir diese schreckliche, aber auch komische Szene vorstellte, die mir Mr. Derby's Augen, Mienen und Gebärden mit vieler Natürlichkeit zur Anschauung brachten.

»Sie lachen, aber Sie hätten dabeisein sollen, nur durch die große Übermacht gelang es uns, seiner Herr zu werden, der wie ein Löwe tobte und brüllte; und erst, nachdem zwei zerschunden, zwei zerschlagen und einem – es war noch dazu ein Familienvater – beinahe die Nase abgebissen war – ha, Sir, da aber konnte man so recht sehen, was es heißt, über Ketten und Blöcke kommandieren zu können und Duschen und Sturzbäder zu haben – ja, Sir, das ist die wahre Kunst!«

Es entstand eine kurze Pause, die ich nur durch einen halblauten Ausruf des Staunens und Mitleidens unterbrach.

»Ist denn niemals Jemand mit Vertrauen und Sanftmut zu ihm getreten?« fragte ich wieder.

»Pah! hat nichts geholfen, was soll hier Sanftmut tun, Lämmer bei Tigern! Und wir mußten vorsichtig sein und auf seine Anfälle achtgeben. Anfangs freilich, ich erinnere mich, wollte er dem Direktor eine Geschichte erzählen – haha! das tut jeder Verrückte jetzt aber schweigt er klüglich davon und scheint sich um einen Vertrauten nicht viel zu kümmern. Im Gegenteil, wenn Jemand zufällig einmal davon anfängt, lächelt er so auf seine eigene Art, was mir manchmal vorkommt, als wenn er noch etwas für uns im Rückhalt hätte – haha! der Schurke! – Wenn er nur könnte, wie er vielleicht wollte! – Nun lebt er ganz gemütlich hier. Als Privatkranker stehen ihm viele Vorrechte zu, und er weiß sie alle aus uns herauszulocken. Auch muß er reiche Verwandte haben, denn er hat viel Geld, dieser Mr. Sidney, lebt wie ein Fürst, hat sein eigenes Pferd, seine Bücher, treibt Musik und studierte gern den ganzen Tag, wenn man es litte, denn das macht ihn erst recht toll. Ja, ja, Sir er führt ein ganz herrliches Leben.«

»Aber er ist eingesperrt und wahnsinnig!« sagte ich, wie zu mir selber, und tat einen waghalsigen Blick in das unermeßliche Reich der Möglichkeiten.

»Hm! – ja! es sind ihrer ziemlich viele von dieser Sorte hier, übrigens, das muß man ihm lassen, hat er auch seine guten Seiten. Er unterrichtet, ganz in unserem Sinne, andere Kranke in allerlei Dingen, wie im Reiten und Fechten, Turnen und Ringen, aber auch im Zeichnen, im Lesen und Schreiben – kurz, worin Sie wollen, denn er ist ein ganz gescheiter Kopf und hat außerdem alle Geschicklichkeiten eines tüchtigen Fechters, wie ich Ihnen sagte, und darum laufen sie ihm auch Alle nach, denn er hat auch ein Stück von einem guten Herzen, für jeden Genossen ein freundliches Wort oder auch ein Stück Geld, was manchmal noch besser ist.«

»Das ist ja ein merkwürdiger Mensch!« sagte ich und stand in Gedanken vertieft da.

»Sie scheinen sich sehr für Mr. Sidney zu interessieren, Sir«, sagte plötzlich der Unterarzt mit einem etwas schneidenden Ton und blickte mich mit seinen grauen Augen eigentümlich forschend an.

Ich war einigermaßen betroffen über diesen plötzlichen unerwarteten Blick, ich lernte durch ihn, daß es nie gut sei, unbekannten Leuten gegenüber vorschnell seine Gefühle zu verraten, und ich beschloß, künftig behutsamer zu Werke zu gehen.

»Ich interessiere mich für Alle« sagte ich, »die ihres Verstandes beraubt sind, und zu denen gehört ja auch Mr. Sidney. Ich bin selbst ein Irrenarzt und da können Sie mir mein Interesse nicht verdenken, Mr. Derby!«

»Ganz und gar nicht! Ich bedaure nur, Ihnen nicht genügendere Auskunft über ihn geben zu können, doch mögen Sie Mr. Elliotson fragen, der weiß vielleicht mehr, als er mir gesagt hat.«

»Bei Gelegenheit!« erwiderte ich gleichgültig und brannte mir eine Zigarre an.

Hier endigte der Besuch des Mr. Derby. Er ließ mich in einer Stimmung zurück, die mir selbst nicht recht klar werden wollte, denn ich war mehr unwillig als traurig gestimmt.

Während zahlreiche Phantasiebilder in allerlei Gestaltung mich erfüllten, um mich auf Wege zu führen, die ich in meinem Nachdenken noch nie betreten hatte und auch nicht zu betreten wagte, wurde es mir so eng, so einsam, so düster in meinem stillen Zimmer, daß ich nach den Sonnenstrahlen des Gottestages Verlangen trug, und ich begab mich in den Park hinab. Als ich aber hier den Anfang eines langen und breiten Weges betreten hatte, sah ich am anderen Ende desselben die unverkennbare hohe Gestalt des Irren von St. James auf und nieder schreiten.

Ich wollte mich zu ihm begeben, da kam mir ein Anderer zuvor, es war der Krämer Phillipps, mein Reisegefährte, der, aus einem Seitenwege hervortretend, langsam und gleichgültig sich Mr. Sidney näherte. Sie waren nicht allein, denn außer anderen Spaziergängern bewegten sich auch die gewöhnlichen Aufseher um sie her, die aufmerksam ihrer Pflegebefohlenen Handeln und Sprechen zu beobachten gewohnt waren.

Da sah ich, wie Mr. Sidney stehenblieb und gelassen auf den Krämer blickte. Dieser trat auf ihn zu und begrüßte ihn artig, aber kurz. Auch der Irre nickte ihm zu – weiter sah ich nichts, denn ich stand zu entfernt, um Beide genauer beobachten zu können.

Ich weiß nicht warum, aber es ergriff mich ein eigentümlich beklemmender Zustand; schnellen Schrittes ging ich einer anderen Gegend des Parkes zu und suchte eine einsame Stelle auf, um hier ungestört zu grübeln und zu phantasieren, wo ich noch kein Recht zu denken hatte.

Kapitel 3

Nach einer halben Stunde einsamen Umherwandelns näherte ich mich den Spielplätzen und wollte eben die Kegelbahn betreten, als ich durch einen lauten Wortwechsel, der mit Kreischen und Schreien einer heiseren Männerstimme untermischt war, in die offenstehende Reitbahn gelockt wurde, und in der Tat! hier stellte sich mir ein wahrhaft komisches, aber auch zugleich kindlich rührendes Schauspiel dar.

Innerhalb der vier Wände der großen Bahn lief eine Art Galerie herum, auf welcher sich viele Zuschauer, meist aus Kranken mit ihren Wärtern bestehend, eingefunden hatten. In dem weichen Sande, ungefähr in der Mitte der Bahn, stand der Reitlehrer der Anstalt, ein Pferd, es war ein Schimmel, ein gutmütiges, stilles Tier, an der Leine haltend. Um das Pferd herum, in neugierige Gruppen zusammengedrängt, stand ein ganzer Haufen von Männern und Jünglingen, die alle voll freudiger Erwartung und Lust schienen, das Pferd zu besteigen. Auf demselben aber saß ein Mann schon vorgerückten Alters, mit einem halb kahlen Scheitel und graugelockten Haaren, die in langen Ringeln über ein Gesicht herabfielen, das einst vielleicht schön und herrisch gewesen, jetzt aber von den deutlichen Zügen des Wahnsinns entstellt war.

Augenscheinlich hatte er seinen vorgeschriebenen Ritt beendigt und sollte nun herabsteigen, um seinem Nachfolger, der schon lange mit den Augen an dem Pferde gehangen hatte, Platz zu machen. Aber da es ihm auf dem Rücken seines geduldigen Schimmels behagte, weigerte er sich, dem Befehle zu folgen. Auf den Zuruf des Bereiters erschienen drei bis vier Aufseher, die dem Reiter anfangs mit Güte zuredeten, abzusteigen. Aber auch jetzt wollte sich der Mann nicht zum Gehorsam bequemen, und da er sah, daß es Ernst wurde, schrie er und widersetzte sich tätlich. Doch nun griff ihn die Übermacht mit starken Händen an. In seiner Angst, herabgerissen zu werden, und in seinem festen Willen, den bisherigen Platz zu behaupten, umklammerte er mit beiden Armen den Hals und mit seinen langen Beinen den Leib des Pferdes.

In diesem kritischen Augenblick erschien in der offenstehenden Tür der Reitbahn die hohe, würdevolle, aber anmutige Gestalt des Mr. Sidney. Sein Gesicht war durch irgendeine innerliche Bewegung schwach gerötet, aber er trug seinen schönen Kopf stolz aufgerichtet, und aus seinen Mienen leuchtete jene majestätische Ruhe und Selbstbeherrschung, die nur einem edlen und freien Geiste eigentümlich ist.

Kaum sah er, was inmitten der Reitbahn vorging, als er mit einer leidenschaftslosen und klaren Stimme, die die geistige Überlegenheit dieses wunderbaren Menschen, den übrigen Irren gegenüber, in das vollste Licht setzte, das eine Wort: »Willy!« rief.

Die Aufseher ließen bei dem Klange dieser Stimme von ihrem Opfer ab, und dieses erhob seinen auf den Hals des Pferdes niedergebeugten Kopf.

»Was hast du?« fragte Mr. Sidney ernsthaft, aber sanft.

»Willy«, war die Antwort, »will noch reiten, er hat noch lange nicht genug geritten – es ist so schön!« – Nach einer augenblicklichen Pause aber fuhr er eifriger fort: »Ich will reiten bis heute Abend, bis es finster wird, wenn ich auch kein Mittagbrot bekomme!«

Ein überlautes rohes Gelächter erscholl auf diesen sonderbaren Ausspruch, aber über das Antlitz des Irren von St. James flog nur ein Schimmer eines matten Lächelns. Er trat einen Schritt näher heran und sagte, indem ihm einer der Aufseher über den Vorfall Bericht abgestattet hatte, mit einem noch ruhigeren und festeren Tone:

»Steig herab, Willy! Ich will dir auch sagen warum.«

Sogleich stieg Willy vom Pferde, auf dem alsbald sein Nachfolger saß, näherte sich dem Sprechenden und neigte kindlich gehorsam sein Ohr zu ihm hin.

»Du tatest Unrecht«, fuhr der Irre fort, »denn das Pferd ist nicht allein für dich da; deine Kameraden hier wollen auch reiten.«

»Mr. Sidney hat Recht«, erwiderte der entthronte Reiter unterwürfig, obgleich mit weinerlicher Stimme, »Mr. Sidney schlägt und bindet mich nicht, nein! er gibt mir einen Schilling.«

Und als wäre er seiner Sache ganz gewiß, hielt er seine Rechte geöffnet dem vor ihm Stehenden hin.

Und er war auch seiner Sache ganz gewiß, denn der Irre von St. James griff in die Tasche und gab das Verlangte. Während die Menge sich verlief und das Reiten wieder seinen Anfang nahm, drehte er sich herum und wollte sich entfernen.

In diesem Augenblick aber gewahrte er mich, der ich etwas seitwärts gestanden hatte; sein Auge blieb einige Sekunden auf mir haften, dann aber leuchtete es mit unterdrückter Freude höher auf. Er grüßte, mit dem Kopfe nickend und mit der Hand winkend, als fordere er mich auf, mit ihm ins Freie zu kommen. Wir traten Beide hinaus in den Park, und jetzt war es mir zum ersten Male vergönnt, sein schönes Antlitz ungestört und bei vollem Tageslichte zu bewundern.

Es lag auf diesem Gesichte eine Ruhe und ein Frieden des Gemütes, als hätte nie der schneidende Griffel des Wahnsinns die Seele verstört, die ein solches Gesicht, im Widerspruch mit der unbezweifelten Tatsache, zur Schau tragen konnte.

Als wir einige Schritte von der Tür der Reitbahn entfernt waren, sah er sich mit einem gleichsam spähenden Blick um; doch als schäme er sich dieses Blickes, flog eine schnell wieder verschwindende Röte über seine bleichen Wangen. Dann aber, als er bemerkte, daß Niemand in unserer nächsten Nähe war, sagte er, und zu meinem größtem Erstaunen in deutscher Sprache, die er so rein und fließend sprach, daß ich ihr nicht den geringsten fremdartigen Akzent anmerken konnte:

»Guten Morgen, mein Herr! Ich bin Ihnen die Genugtuung schuldig, zu erklären, warum ich Ihre freundliche Anrede gestern unbeantwortet ließ; wenn Sie sich aber gestern, wo Sie mich noch nicht kannten, über mein Stillschweigen wunderten, so werden Sie es heute nicht mehr, da Sie ohne Zweifel jetzt wissen, wer und was ich hier bin!«

Die Freude, mich so unerwartet in meiner Muttersprache angeredet zu hören, war es nicht allein, die meine Antwort einen Augenblick verzögerte, nein! ich war erstaunt, das aussprechen und mit solcher Offenheit und Geradheit aussprechen zu hören, was ich am wenigsten von ihm erwartet hatte, denn offenbar lag in seinen Worten die Andeutung, daß ich gehört haben müsse, er gehöre zu den in St. James befindlichen Geisteskranken.

»Sie sind sehr gütig, daß Sie sich meiner noch von gestern her erinnern«, erwiderte ich ausweichend, »wenn Sie aber der Gegenstand, der uns dabei vor Augen lag, so interessiert wie mich, so hoffe ich, Gelegenheit zu haben, Ihre Meinungen darüber noch hinreichend zu vernehmen.«

»Sie kommen meinem eifrigsten Wunsche zuvor, mein Herr«, lautete die mit einer freundlichen Neigung des Kopfes gesprochene Antwort, »ich hoffe, man wird mir hier erlauben, mit Ihnen, einem Fremden, in eine freundschaftliche Unterhaltung zu treten, die ebenso meinem Geiste wie meinem Herzen ein längst gefühltes Bedürfnis ist.«

Diese Worte wurden mit einer eigentümlichen Betonung und mit einem Zuge um den Mund gesprochen, der an Ironie streifte.

»Sie bleiben längere Zeit hier, wie ich höre?« fragte er dann mit einem, wie mich dünkte, etwas weniger zuversichtlichen, aber gespannt forschenden Blick, indem er sein großes blitzendes Auge unverwandt auf mir haften ließ.

»Es ist so meine Absicht! Vier Wochen denke ich wenigstens hier zu verweilen.«

Mr. Sidney nickte mit dem Kopfe, sein Auge schweifte eine Sekunde lang umher, dann den Blick desselben senkend, sagte er halblaut, wie zu sich selbst:

»Vier Wochen! hm! eine schöne Zeit!«

»Freilich wohl«, erwiderte ich laut, »aber doch kaum lang genug, alles das zu erfahren, weshalb ich hierhergekommen bin.«

Diese Worte, so unbefangen gesprochen, schienen einen ganz entgegengesetzten Eindruck auf ihn hervorzubringen; er richtete abermals sein Auge auf mich, aber mit dem Ausdruck der Verwunderung, beinahe des Erstaunens.

»Weshalb sind Sie hierhergekommen?« fragte er rasch.

»Erfahrungen zu sammeln«, war meine Antwort, doch sogleich setzte ich hinzu, da ich eine Wolke der Enttäuschung über seine Stirn fliegen sah, »aber auch um Anteil zu nehmen und, wenn es möglich ist, Anteil zu erwecken.«

»Ha! Anteil!« erwiderte er lächelnd, »welch schönes Wort! Ich habe längst gewünscht, einen Arzt kennenzulernen, der Anteil an – an seinen Kranken nimmt.«

»Wie? Sollte Ihnen der hier nicht geworden sein? Ich dächte, der Oberarzt, Mr. Lorenzen, meinte es sehr gut mit den seiner Obhut Untergebenen –«

»Er meint es gut, ja, ohne Zweifel, auf seine eigene Weise. Aber ist diese Weise gut, die nicht vor Irrtümern schützt, welche einst schwer auf seine Seele fallen könnten?«

Er stand still und sah mich fragend an. Jetzt fiel mir zum ersten Male wieder ein, daß ich mit Jemandem sprach, der an periodischem Wahnsinn litt, denn bis hierher war mir sein Benehmen wie seine Sprache so unbedenklich vernünftig, ruhig und unzweideutig vorgekommen, daß ich ganz vergessen hatte, daß es der Irre von St. James war, mit dem ich mich unterhielt. In seinen letzten Worten aber, wie in dem Sinne, den er aussprach, spiegelte sich eine innere Leidenschaftlichkeit, die er durch seine äußere Ruhe geschickt verdeckte, und eine gewisse Hastigkeit ab, die mich leider nur zu sehr an das erinnerte, was ich von ihm gehört hatte. Dennoch richtete er seine Frage und seine Blicke so fest und bestimmt an mich, daß ich eine ganz ausweichende Antwort zu geben nicht imstande war.

»Ein Arzt muß vorsichtig sein, mein Herr«, sagte ich, »vor Allen der Doktor Lorenzen, er hat schwere Pflichten zu erfüllen. Dennoch aber ist er nicht unfehlbar, wie kein Mensch es ist, und man muß den Maßstab der Milde nie vergessen, wenn man einen solchen Mann beurteilt.«

»Sie haben ganz Recht, wenn Sie diesen Maßstab anempfehlen, aber in diesem Augenblick tun Sie etwas, was er nie getan hat, gegen mich wenigstens nicht, und das ist es, was ich tadle.«

»Und was ist das, wenn ich bitten darf? Was tue ich?«

»Sie verraten einen Anteil, der Ihnen aus dem Herzen kommt, und haben Vertrauen, zu einem – ja, ja, sage ich es immer – zu einem Wahnsinnigen zu sprechen, wie man zu einem Menschen spricht, der nie von dem Wege der gesunden Vernunft abgewichen ist.«

Ich wurde etwas verlegen – dahin wollte ich das Gespräch nicht gebracht sehen. Ich verbeugte mich und erwiderte schnell:

»Warum sollte ich keinen Anteil an Ihnen nehmen und kein Vertrauen zu Ihnen haben? Ich habe tausend Gründe dazu.«

»Tausend?« unterbrach er mich.

»Ja, und darunter einen oder zwei, die mir Ihre Gesellschaft wünschenswert machen.«

»Und die wären?« fragte er gespannt.

Ich suchte die Rührung, die mich allmählich überkam, hinter einer Miene von Gleichgültigkeit und künstlicher Ruhe zu verbergen; ob mir dies gelang, weiß ich nicht; soviel aber ist gewiß, daß ich die nächsten, unser Gespräch verändernden Worte zwar freundlich, aber mit berechneter Kälte sprach.

»Sie sprechen unter Anderm Deutsch und das so gut und rein, daß ich glauben muß, Sie haben die Sprache in Deutschland selbst gelernt?«

»Ah, ist es das? Nun, Sie könnten Recht haben, ich bin freilich in Deutschland gewesen, aber ich habe auch von früher Jugend an einen deutschen Erzieher gehabt«, setzte er mit einer so unverhohlenen Traurigkeit hinzu, daß sie mein tiefstes Mitleid erregte und mir augenblicklich die Wärme zurückgab, die ich vorher mit Gewalt zurückgedrängt hatte.

»Sie sind in Deutschland gewesen?« entgegnete ich freundlich, »das ist mir sehr lieb – kommen Sie, lassen Sie uns davon plaudern.«

Abermals sah er mich mit einem aufmerksam forschenden Blicke an. Es war augenscheinlich, ich hatte ihn mit meinem abspringenden Wesen zweifelhaft gemacht; jetzt tat es mir leid, und ich versuchte alles Mögliche, den dadurch entstandenen üblen Eindruck zu verwischen.

»Kommen Sie diesen Weg«, sagte er und ergriff mich am Arme, »nicht den da, hier ist es ruhiger, und nun, was wollen Sie von mir wissen?«

»Zuerst will ich Ihr Vertrauen wieder haben, das Sie halb aufgegeben haben«, erwiderte ich. Er sah mich an und lächelte.

»Da haben Sie es!« sagte er und bot mir die Hand, »ich hatte es noch nicht verloren, aber Sie leiteten mich einen Augenblick irre, doch ich denke, ich verkenne Sie nicht.«

»Dieses Bekenntnis macht mir Freude und ehrt mich; ich verkenne Sie auch nicht.«

Bei diesen Worten begegnete ich einem so unschuldig freudigen, ich möchte sagen, kindlich dankenden Blick seines großen Auges, daß ich von Minute zu Minute meinen Anteil wachsen und meine Neigung sich vermehren fühlte.

»Also Sie waren in Deutschland?« lenkte ich wieder ein.

»Ja, mein Herr, drei Jahre, und die schönsten Jahre meines Lebens. Die schönsten sage ich, denn ich war stark, jung, glücklich, ich kannte des Lebens Nachtseite damals noch nicht.«

»Fahren Sie fort!« rief ich ihm zu, denn ich sah, daß beiden letzten Worten, die er etwas gedehnt sprach, ein Schatten der Betrübnis seine Augen verdunkelte.

»Ich habe das redliche Deutschland von frühester Jugend an in meinem Herzen getragen und deutsches Wissen, deutsche Sprache, vor allem aber den echten deutschen Mann kindlich und liebend verehrt. Aber daran war meine Erziehung schuld, denn, wie schon gesagt, mein erster und mein letzter Lehrer war ein Landsmann von Ihnen, und ich hatte Ursache, ihn mehr als Alles auf der Welt zu lieben. Ehe ich nach Deutschland kam, und ich trug den Wunsch dazu lange mit mir herum, hatte ich in Bezug auf meine Ausbildung große Hoffnungen auf Ihr Vaterland gesetzt, und ich sah mich auch nicht getäuscht; ich fand sogar noch mehr, als ich suchte. Es ist ein edles, ein denkendes Volk, Ihr Volk, und was ich etwa tadeln möchte, werden Sie mir vergeben, wenn Sie mir künftighin erlauben, meine Ansichten deutlicher zu entwickeln. Und ich wünsche mir Glück, durch Ihr längeres Verweilen bei uns Gelegenheit zu haben, auch meine Irrtümer durch Ihre geprüftere Anschauung und Ihr gereinigteres Wissen verbessern zu können.«

»Sie sind sehr gütig und ich freue mich auf diese Unterhaltungen, wenn ich auch nicht hoffen darf, mehr zu wissen und besser zu sichten als Sie. Drei ganze Jahre also waren Sie bei uns?«

»Ja! – drei Jahre – und wie schön waren diese! Wohl mir, wenn ich ewig hätte dort bleiben können! Aber wehe, wehe! daß ich scheiden mußte!«

»Und warum kehrten Sie in Ihr Vaterland zurück, wenn es Ihnen weniger teuer war als ein anderer Aufenthaltsort?«

»Hm! – doch warum soll ich Ihnen das nicht sagen, man hängt nicht immer von seinen Wünschen ab, wenn man auch sonst ziemlich selbständig ist; es gibt in der Welt ein Wort, das ich immer mehr gehaßt habe als die Sünde, und dies Wort heißt – Zwang! Ja, es waren, glaube ich, Familienangelegenheiten – ich mußte Deutschland verlassen – ach! wie schnell mußte ich – abschiedslos kehrte ich meinen Lieblingsgegenden den Rücken – es war das erste Mal, daß ich einen Zügel auf meinem Nacken fühlte – Ha! warum müssen wir müssen? Der erste Zwang ist auch der letzte Atemzug einer freien Seele – und ich – ich war von jeher so gern frei – frei! mein Herr, ich spreche hier von jener Freiheit, die das Gesetz der Ordnung des Guten und des Sittlichen in sich trägt. Und ich glaube, ich sage keine Lüge, ich spüre einen Anflug von dieser Freiheit in mir, wenigstens suchte ich ihrer bewußt und klar zu werden – und daß ich einen Teil von ihr besessen, fühlte ich, als ich sie verloren sah – denn kaum hatte ich meinen Fuß auf Englands felsigen Boden gesetzt – da, da«, und er seufzte tief auf, »doch was betrübe ich Sie mit diesen für mich so inhaltsschweren und für Sie doch nicht verständlichen Worten!«

»Fahren Sie fort, ich bitte Sie – Sie betrüben mich nicht und ich verstehe.«

»Nun, wenn Sie es wissen wollen – da lernte ich jene Nachtseite des Lebens kennen, die, wenn sie uns einmal mit ihrem verpestenden Blick angeschaut, auch unser ganzes ferneres Dasein auf ewig vergiftet hat.«

»Wie? Ihr ganzes ferneres Dasein wurde durch einen Nachtblick vergiftet, kann einem Manne das begegnen?«

»Sie fragen noch und Sie sehen mich hier – hier? Doch nein, Sie verstehen mich nicht, ich dachte es mir wohl – so hören Sie noch zwei Worte. Ja, ich war ein Mann und ich entsetzte mich vor des Schicksals strengem Walten nicht. Dennoch aber war dieser eine Nachtblick hinreichend, mir meine Mannheit zu nehmen – denn, mein Herr, es faßte mich an einer sehr empfindlichen Stelle – ich war sehr unglücklich. An einem Tage, wo ich so glücklich war ward ich – krank – sehr krank – und das Resultat dieser Krankheit das, das sehen Sie jetzt in mir, jetzt, hier!«

Diese letzten Worte sprach er mit einer leisen Stimme, und doch auf eine so ergreifende und nachdrückliche Art, daß ich auf eine Weise erschüttert wurde, die ich nicht mit Worten beschreiben kann. Wie immer, wenn mein Gemüt heftig bewegt ist, schwieg ich auch diesmal und ging, in dieses Schweigen versunken, neben ihm her. Ich wagte nicht, ihn anzusehen, denn ich dachte mir, sein Gesicht müsse eine Trostlosigkeit, eine Niedergeschlagenheit ausdrücken, die, ein schönes menschliches Antlitz entstellend und demütigend, mir von jeher Schmerz verursacht hat. Aber wie erstaunt war ich, als ich nach einer Weile des Schweigens meinen Blick langsam und besorgt zu ihm erhob und mit einem Male dem strahlendsten Glänze seiner Augen, die mit einem gewissen Triumph mich betrachteten, begegnete. Ich bebte vor Entsetzen, indem ich mir dachte, diesen sonderbaren Gegensatz in seiner Sprache und in seinem Äußeren habe der Wahnsinn hervorgerufen; aber dennoch sagte ich mir wieder, daß der Wahnsinn nicht so klar, so intellektuell aussieht, und nach einem zweiten Blick glaubte ich nicht zu irren, wenn ich in dem Auge, das so fest und sicher auf mir haftete, eine mit einer gewissen nicht unedlen Schlauheit und List gepaarte, in ein kühnes Gewand gehüllte Frage, eine Frage, eine Prüfung, eine Erwartung sah, die aus meinem Benehmen und aus meiner Antwort meine individuelle Überzeugung herauslesen wollte. Mit einem Wort, ich ward irre an dem Manne, ich wußte nicht recht, was ich von ihm denken sollte; verstellte er sich oder sprach er natürlich, wie es ihm sein sonderbarer Wahnsinn eingab? Ich schwankte zwischen Ja und Nein, zum ersten Mal in meinem Leben hatte mir ein Wahnsinniger ein Netz übergeworfen, das, aus List und Schlauheit gewebt, den klaren und unbefangenen Blick verdunkelte, der mich sonst immer so richtig geleitet hatte; ich will nicht aussprechen, was im Grunde meines Herzens, in der tiefsten Tiefe meiner Gedanken, einem Hauche ähnlich – soll ich es Vorgefühl, Ahnung oder Instinkt nennen? – wie an meinem inneren Gesichte vorüberflog, aber dieser bloße Hauch war so furchtbar und entsetzlich, daß es mich graute, ihn Boden gewinnen zu lassen, daher drängte ich ihn zurück – ich wollte nicht glauben. Nein! sagte ich zu mir selber, sei still und warte die Zeit ab; es wird sich Alles aufklären. Aber ich werde mit allen Kräften meiner Seele aufmerksam sein, ich werde beobachten, beobachten wie ein Spion, der die Witterung einer verlorenen Seele hat und sie nicht wieder verlieren will; denn diese Seele ist entweder auf ewig verloren oder sie ist rein und hell, wie das ewige Blau des Himmels, das nur durch den Nebel, der von der Erde aufsteigt, verdunkelt und verhüllt wird.

Wie dies nun aber auch sein mochte, nach den zuletzt gesprochenen Worten des Irren von St. James fühlte ich, daß unser Gespräch eine andere Wendung genommen und ein Ziel erreicht habe, über dessen Grenzen hinaus ich es nicht weiter verfolgen durfte. Mit Schmerz brach ich es ab, aber mein Pflichtgefühl beherrschte noch so sehr meine Neugierde und den Wunsch, die interessanten Mitteilungen des Irren zu Ende zu hören, daß selbst die etwas zurückhaltende Miene desselben, der vielleicht erwartete, ich würde in seine Ideen eingehen, mich von meinem Entschlüsse nicht zurückhielt. Für heute hatte ich genug gehört, meinte ich, ich bedurfte des ruhigen Nachdenkens, Alles, was ich von seinen Ärzten vernommen und was ich mir selbst über ihn dachte, in Einklang zu bringen, damit ich auf dem Wege der Erkenntnis seiner Krankheit und der Wahl meiner vorzuschlagenden Mittel nicht fehlginge. Denn dies zu tun, war ich in der Tat fest entschlossen, da mir der Oberarzt der Mann zu sein schien, mir diesen Wunsch zu gewähren.

Damit mein Stillschweigen dem still neben mir Wandelnden nicht allzusehr auffalle, sagte ich endlich:

»Ich habe mich vorhin gewundert, zu sehen, wie Sie so viel Gewalt über die – die –«

Aber hier stockte ich schon wieder, denn es war mir nicht möglich, ein Wort auszusprechen, das ihn an seinen eigenen Gemütszustand erinnerte. Aber zu meiner Verwunderung ergänzte er schnell den von mir unbeendigten Satz und sagte mit einem so unschuldigen Lächeln, daß auch nicht der geringste Triumph durchschimmerte, den Wahnsinnige so gern verraten, wenn sie über andere Wahnsinnige sprechen:

»Daß ich so viel Gewalt über die Wahnsinnigen habe, wollen Sie sagen. Ach ja – doch das ist nicht so schwer. Beherrschen wir doch die unbändigsten Tiere, in denen bloß die rohe Kraft vorherrscht, mit unserer geringen Kraft, unserem Willen und unserer Einsicht – warum sollten wir daher nicht Menschen, unser eigen Fleisch und Blut, ebensogut beherrschen können?«

Hier hätte ich ihm gern eingeworfen, daß diese Menschen als jenes göttlichen Ausflusses, der den Menschen von dem Tiere unterscheidet, beraubt, schwerer zu bändigen seien als Tiere, allein ich wagte nicht, gegen ihn von einem Geistesmangel oder dem Fehlen jenes göttlichen Ausflusses zu sprechen, was ihn doch vielleicht verletzt oder aufgeregt hätte.

Jedoch, als hätte er meine Bedenklichkeiten wahrgenommen, setzte er sogleich ernst, aber freundlich hinzu:

»Sie könnten mir hier freilich einwenden, diesen Menschen fehle der Geist, ihre Einsichten seien geschwächt, ihr Urteil verkehrt, aber erlauben Sie mir zu sagen, mein Herr, obgleich Sie ein Arzt sind und alles dies weit besser wissen müssen als ich, daß alle diese Unglücklichen, die von der Welt entfernt in diesem Winkel der Erde leben, vielleicht nur mit wenigen Ausnahmen noch einen Funken jenes göttlichen Lichtes in sich tragen, und deshalb von den Tieren noch weit entfernt sind. Ach! tun Sie mir, der Menschheit zu Liebe, den Gefallen, wenn Sie jemals Ihre ganze Aufmerksamkeit diesen Unglücklichen widmen und so den erhabensten Beruf erfüllen, der einem Menschen auf Erden zugefallen sein kann, forschen Sie dann mit dem ganzen Eifer Ihres Gewissens und der ganzen heiligen Wärme Ihrer Menschenliebe, forschen Sie dann nach diesem kleinen göttlichen Funken! Haben Sie ihn aber entdeckt, o, dann beschwöre ich Sie, dann blasen Sie ihn an mit der unermüdlichsten Geduld Ihres strebsamen Geistes, und Sie werden sehen, wie endlich ein Licht und eine Flamme entsteht, die immer mehr und mehr an Glanz und Ausdehnung gewinnt und die jenen Irrtum, jene Finsternis besiegt, die früher unbesieglich und unaufklärbar erschien.«

Ich versicherte ihm, daß dies mein fester Wille sei, wie auch der aller besseren und einsichtsvolleren Irrenärzte, aber er ließ mich kaum aussprechen, er war augenscheinlich von seinem Gegenstande warm geworden, ja, es war vielleicht eine moralische Notwendigkeit bei ihm vorhanden, sich einmal das Herz zu erleichtern und weiter auszusprechen.

»Andere zu bemeistern! – nicht mit Gewalt, mit Stricken, kaltem Wasser oder glühendem Eisen – nein! mit Liebe, Einsicht und Geduld – wie leicht ist das! Aber freilich, ehe man dahin gelangt, ist eine heißere Arbeit zu vollbringen – und das ist die Überwindung seiner selbst. Glauben Sie mir«, fuhr er mit lebhafterem Glanze seiner Augen fort, und über seine blassen Wangen flog die schöne Röte eines edlen Selbstbewußtseins, »ich bin in Lagen des Lebens gewesen, die so außer allem Bereiche des Möglichen und Menschlichen liegen, daß eine weniger starke Natur dabei zu Grunde gegangen wäre; der Tod selber fraß an mir, aber trotz der Finsternis in mir und der Vernichtung um mich kam mir das Licht! Allmählich, langsam, aber sicher ward es größer und größer – ich sah ein, daß das Klagen vergeblich und die Wut nutzlos sei, daß nur eine gleichsam im Feuer der Leidenschaft gehärtete, männliche Seele imstande sei, ein solches Geschick, wie das meinige war, zu ertragen, und ich beschloß, diese Feuerprobe mit der meinigen vorzunehmen, ich riß mit eigener Hand alle Wurzeln des furchtbarsten, entsetzlichsten Schmerzes aus meiner Brust, verstehen Sie wohl, so oft ich es konnte, denn das Menschliche, das Irdische, Schwächliche und Vergängliche in uns läßt sich nie ganz aus einer menschlichen Brust ausrotten, und ich freue mich, Ihnen versichern zu können, daß ich – Sieger war!«

Er schwieg und blickte fest und frei in mein Gesicht. Sein schönes Antlitz war immer noch von seiner inneren Aufregung gerötet, sein Auge, ein wahres Feuermeer, schwamm in Empfindungen, ich fühlte mich beklommen, aber nicht ängstlich beklommen, ich ahnte wohl in den phantastischen Sprüngen meiner Einbildung, aber ich wußte noch nicht, daß dieser seltene Mensch in diesem Augenblick, wo er so viel sprach, aber noch viel mehr verschwieg, als er sprach, den größten Triumph, die vollkommenste Überwindung seiner selbst gefeiert habe.

Es entstand wiederum eine Pause, in der ich nach Worten suchte, aber keine fand. Mein Inneres, wie von einem plötzlichen Blitzstrahl erleuchtet, war zu voll von einem Gedanken, und dieser Gedanke war: dieser Mensch soll wahnsinnig, rasend sein? Ist dies Wahnsinn, Raserei? Schon wollte ich mir diese Frage, vielleicht vorschnell, beantworten, aber noch hielt ich mich mit Gewalt zurück. Ich wollte, ich mußte noch mehr von ihm erfahren, ihn noch genauer prüfen, denn ich war ein Arzt, ach, und leider! was ich als Mensch so gern hoffte, so eifrig verlangte, wünschte und glaubte, als Arzt warf ich es zweifelnd, ungläubig, beinahe hoffnungslos wieder um.

Da läuteten die Glocken aus dem Hause zum Mittagessen, er schien es nicht zu hören, denn er ging, in Gedanken vertieft, schweigend neben mir her.

Um wieder an das Wirkliche, das ich in ihm erstorben wähnte, zu erinnern, fragte ich, fast ohne Grund, bloß um etwas zu sprechen: »Sie sagten mir vorher, ich bliebe länger hier, woher wissen Sie das?«

Da sah er mich ruhig, so ruhig, als wenn er durch nichts aufgeregt gewesen wäre, und fast herzlich lächelnd von der Seite an, indem er erwiderte:

»Freilich! Wer sagt mir das? Vielleicht die Herren Ärzte, die es so gut mit mir meinen und mir eine neue, längst ersehnte und lange nicht genossene Unterhaltung gönnen? Oder wohl gar der Herr Direktor? Nein, nein, die gewiß nicht! Doch ich habe ja keinen Grund, Ihnen auch das zu verheimlichen! Ein Mann sagte es mir, mit dem Sie gestern reisten, ein einfacher, ehrlicher Mann, den ich kenne und der mich kennt.«

»Darf ich hoffen«, fragte ich, ihm herzlich meine Hand bietend, »Sie auch kennenzulernen?«

»An mir soll es nicht liegen, gewiß nicht!« erwiderte er. »In Ihren Augen leuchtet ein Geist, der mir lange gefehlt hat, und aus Ihrem Herzen quellen Worte, wie ich sie seit vier Jahren nicht gehört habe. Gewiß! Sie sollen mich kennenlernen – glaube ich doch schon, Sie zu kennen. Doch, da läutet es zum zweiten Mal und wir müssen gehen. Speisen Sie allein?«

»Nein, ich bin heut beim Direktor zu Tisch geladen.«

»Gut, so gehen Sie. Wenn Sie aber nach Tisch eine halbe Stunde für mich übrig haben, so besuchen Sie mich auf meinem Zimmer. Ich wohne zwei Treppen hoch, im linken Flügel, genannt der Turm; man wird Ihnen hoffentlich nicht wehren, Ihnen, dem Arzt, dem Irren von St. James einige Augenblicke zu schenken!«

Ein Zug feiner Ironie spielte um seine Lippen, als er sich selbst den Irren von St. James nannte.

Er war schon hinter einer Baumgruppe verschwunden, und ich stand und sah immer nach der Stelle hin, wo ich ihn zuletzt gesehen. Ich erinnerte mich erst wieder, wo ich mich befand, als der halb blödsinnige Knabe, der mir am Morgen das Frühstück gebracht, meinen Rockschoß von hinten ergriff und leise flüsterte: »Sir! die Herrschaft wartet auf Sie!«

Kapitel 4

Ich trat in das Tafelzimmer des Direktors, wahrlich! in diesem Augenblick weniger als je einem frohen Mahle beizuwohnen geneigt; allein ich bezwang mich und suchte meine Laune so viel wie möglich der meiner Tischgenossen anzupassen, zu denen der Direktor, die beiden Ärzte und einige andere Beamte gehörten. Der Prediger war durch ein plötzliches Unwohlsein verhindert, an der Festlichkeit teilzunehmen.

Es war übrigens das heutige Mahl das gewöhnliche monatliche, sogenannte Amtsessen, weshalb auch keine Damen zugegen waren. Wider englische Gewohnheit wurde gleich von vornherein tüchtig getrunken, und da ich durchaus kein starker Trinker bin, so hatte ich unter diesen geprüften Bachussöhnen einen ziemlich harten Stand, zumal da man mit Madeira begann und mit Portwein fortfuhr.

Schon ehe ich in das Zimmer getreten war, hatte ich mir vorgenommen, des Irren von St. James bei dem Zusammensein Mehrerer nie Erwähnung zu tun; ich wollte lieber jedem Einzelnen meine Meinung mitteilen und mir die seinige ausbitten, denn aus Erfahrung wußte ich, daß man mit diesem Verfahren bei weitem leichter zu einem erwünschten Ziel gelangt.

Allein man überhob mich bald dieser Vorsicht, denn der Oberarzt, der mir gegenüber saß, sagte treuherzig und offen, wie es seine Art war, zu mir:

»Sie haben sich heute viel mit Mr. Sidney zu schaffen gemacht, wie ich gesehen habe. Das ist recht. Der arme Teufel hat, trotz seiner vielen Bücher und seiner Musik, gewiß oft die tödlichste Langeweile, und ich kann mir denken, wie er sich freuen mag, wenn er seinem Herzen einmal gegen einen Fremden Luft machen darf, der im Wortgefecht noch keine Lanze mit ihm gebrochen hat. Wie finden Sie unseren Irren von St. James? Sprudelt er für einen Verrückten nicht genug Vernünftiges hervor?«

»Ich muß gestehen, Mr. Lorenzen«, erwiderte ich ebenso offen, »daß dieser Mr. Sidney meine ganze Teilnahme geweckt hat, da ich ihn so klug, so besonnen, geistesklar und geistesruhig wie noch nie einen Wahnsinnigen gefunden habe.«

»Aha!« entgegnete Mr. Lorenzen, »das ist es, was ich Ihnen sagen wollte. Aber lassen Sie sich durch diese feine Larve um Gotteswillen nicht verblenden; unter diesen Rosen schlummert ein Vulkan, und man muß den Ausbruch desselben gesehen haben, um nicht eine ganz falsche Ansicht von ihm zu gewinnen. Lassen Sie es sich gesagt sein, er ist ein gefährlicher Mensch, wenn er einmal losbricht; wenn Sie mit ihm während eines seiner Anfälle zufällig allein wären, dürfte Ihre vergnügliche Unterhaltung sich leicht in eine unerwartet unvergnügliche verwandeln. Übrigens hat er seinen Anfall schon lange nicht gehabt, und ich besorge eben deshalb bald etwas dergleichen.«

»Ich auch«, sagte der Direktor, »denn er scheint mir seit einiger Zeit schweigsamer, zurückhaltender und nachdenklicher denn je; er macht weit weniger Bewegung als früher und reitet sogar seinen Bravour seltener; Abends dagegen läßt er die traurigsten Melodien auf seiner Orgel ertönen.«

»Spielt er die Orgel?« fragte ich.

»O, ausgezeichnet, er spielt nicht allein oft in unserer Kirche, sondern auch in seinem Zimmer auf seiner Privatorgel, überhaupt hat er viel Gefühl, ein großes musikalisches Talent und einen ausgezeichneten Vortrag.«

Also Gefühl, Talent und Vortrag! dachte ich, und damit bist du abgefunden, mein armer Freund; es ist doch etwas Sonderbares mit den oberflächlichen Meinungen der Welt!

»Gefühl genug für einen Verrückten«, nahm der Unterarzt das Wort, »fast zu viel, und eben das sollte man ihm austreiben und dafür mehr Logik beibringen. Haha!«

»Ich würde mich nicht verwundern, wenn er nächstens wieder in seinen alten Zustand zurückfiele«, sagte Mr. Lorenzen, »denn er hat mehr Freiheit und eigenen Willen, zu tun und zu lassen, als je; man sollte einem solchen Menschen nie zu viel Spielraum gestatten und ihn dadurch die Überzeugung gewinnen lassen, er sei mehr unser Herr, als wir die seinigen.«

Und als der gute Oberarzt dies in der besten Meinung von der Welt sagte, blinzelte er dabei ziemlich bemerklich nach dem Direktor hinüber. Dieser verstand auch den Wink und erwiderte sogleich:

»Das zielt auf mich, ich habe Ihren Wink wohl verstanden, Herr Doktor; allein zu Ihrer und meiner Rechtfertigung muß ich Sie erinnern, wie Sie damit einverstanden waren, diesem Manne alle möglichen Annehmlichkeiten des Lebens zu gestatten, dem es nicht an der Wiege gesungen ward, daß er die schönsten Jahre seines jugendlichen Lebens in einem Irrenhaus zubringen würde; und außerdem, Mr. Lorenzen, ich für mein Teil habe diesen Kranken nur unter dieser Bedingung aufgenommen, wie Sie wissen, und kann ihn nur unserer Anstalt bewahren, wenn ich meine Instruktionen über ihn pünktlich und genau erfülle.«

»Ich stimme Ihnen, was Ihre Instruktionen betrifft, bei, Mr. Elliotson; aber wer kann über einen Kranken, wie er einer ist, anders richtige und passende Instruktionen erteilen, als seine Ärzte?«

»Ja, ja, Sir! Ich beschränke Ihren Wirkungskreis nicht, ich aber für mein Teil muß auch mein Recht als Vorsteher der Anstalt geltend machen: die Mitteilungen, die mir über diesen Mr. Sidney gemacht wurden, für mich zu behalten, und die Verbindlichkeiten, zu denen ich mich verpflichtete, in Ausübung zu bringen.«

Der Arzt wollte abermals etwas erwidern, allein Mr. Elliotson winkte ihm mit der Hand und sagte:

»Lassen wir das, mein lieber Freund und Amtsbruder, das gehört ja in unsere Konferenz, ein andermal mehr davon. Jetzt habe ich vielmehr einen Vorschlag zu machen, der sich besser bei einem Glase Wein besprechen läßt. Ich erlaube mir nämlich, Sie wiederum an die längst besprochene und immer noch aufgeschobene Komödie zu erinnern; der Leutnant mahnt mich alle Tage daran, und ich sehe nicht ein, warum wir unseren Pflegebefohlenen dieses Vergnügen noch länger versagen sollten; sie müssen wissen, Sir«, sagte er, zu mir sich wendend, »daß die Zeit, von unseren Kranken ein Schauspiel aufführen zu lassen, heranrückt und daß wir bis jetzt ebenso großen Nutzen davon gesehen wie auch angenehme Unterhaltung gehabt haben. Was meinen Sie dazu?«

»Die Sache ist mir neu, Sir«, erwiderte ich, »allein ich kann mir wohl denken, daß sie ihre Vorteile hat. Die Kranken werden dadurch von ihrer eigenen Gemütswelt abgezogen, indem sie künstlich in eine andere versetzt werden; außerdem werden sie gezwungen zu denken: sie üben ihr Gedächtnis und haben eine angenehme Zerstreuung. Es käme nur auf die schickliche Wahl des Gegenstandes an, wie mich dünkt.«

»Das ist es!« sagte der Direktor, »und darüber, Mr. Lorenzen, sollen Sie Ihre Meinung sagen.«

»Ich habe schon darüber nachgedacht«, entgegnete dieser, »nur bin ich diesmal entschlossen, die Komik aus dem Spiele zu lassen, denn wir haben sie das letzte Mal zum Überdruß komisch gehabt. Die Komik des geistig Gesunden ist ein Übersprudeln eben dieser seiner geistigen Gesundheit; die Komik des Irren aber ist eine Verzerrung des Geistigen, und die handhabt er schon an sich in hinreichendem Grade; überdies erweckt sie eher Traurigkeit als Frohsinn, und das ist doch nicht unser Zweck. Das Schauspiel soll uns vielmehr ein Heilmittel sein, und dazu brauchen wir ergreifende Affekte, aber keine schlecht und roh ausgeführten Spaße. Die Sache ist zu ernst, um damit zu spielen, und daher schlage ich eine großartige, erschütternde und alle Seelenkräfte aufregende Tragödie vor. Wenn es Ihnen genehm ist, werde ich bis morgen meine Wahl treffen und Ihnen in der Konferenz nach dem Konzert meine Meinung darüber sagen. Sind Sie mit mir einverstanden, Herr Kollege?«

»Natürlich!« erwiderte ich, denn er hatte die letzten Worte an mich gerichtet, und mir schien seine Meinung die richtige zu sein.

»Gut!« sagte der Direktor, »und somit ist diese Angelegenheit beendet, das Übrige morgen nach dem Konzert. Sie werden doch bei der Musik nicht fehlen, Sir?«

»Ganz gewiß nicht!« entgegnete ich und verbeugte mich.

»Sie werden etwas hören, was Ihnen neu und seltsam vorkommen wird, denn es ist ein Konzert der Irren, das heißt, für dieselben veranstaltet und von denselben ausgeführt. Und nun, da wir mit Geschäften fertig sind, meine Freunde – zur Flasche – heda, William! Andere Gläser und jenen Burgunder dort in der Ecke. Bravo! Das ist er, Gentlemen.«

Und er entkorkte die erste Flasche mit einer Art Wohlgefallen, welches ansteckend war, denn die ganze Gesellschaft blinzelte vor Vergnügen; sie kannte schon den edlen Saft, den der Direktor zum Besten gab, und es entstand bald eine allgemeine Munterkeit, die den vorherigen kleinen Wortwechsel schnell vergessen ließ. Man trank in der Tat nach Noten, wie man zu sagen pflegt; ich war der Einzige, dem es unmöglich war, gleichen Schritt zu halten.

Ich hatte mich nach dem Mahle in mein Zimmer begeben, es war ungefähr sechs Uhr. Ich hatte so Manches gehört, was mich zum Nachdenken stimmte und meine heftig angeregte Forschbegierde zu neuen Bestrebungen ermutigte, und war eben damit beschäftigt, meine Papiere darüber in Ordnung zu bringen, als es leise an meine Tür klopfte.

Auf meinen Ruf trat, vorsichtig sich umschauend, der ältere Sohn des Krämers Phillipps ein. Als er mich allein sah, zog er behutsam und schnell einen Brief aus seiner Tasche, drückte ihn mit einer eigentümlichen Hast in meine Hand und sagte:

»Guten Abend, Sir! Mein Vater schickt mich mit diesem Brief, aber heben Sie ihn wohl auf und lassen Sie ihn Niemanden sehen.«

Und ohne eine Antwort abzuwarten war der behende Knabe ebenso schnell und leise entwichen, wie er gekommen.

Der Brief aber, den ich so plötzlich in den Händen hielt, war mit Bleistift geschrieben und enthielt folgende in deutscher Sprache abgefaßte Zeilen:

»Mein Herr!

Ich kann Sie, ohne einiges Aufsehen zu erregen, das ich vermeiden muß, nicht mehr aufsuchen, daher grüße ich Sie schriftlich, indem ich mich soeben, nach Vollendung meiner Geschäfte, von St. James entferne. – Sollte der Himmel Sie auserwählt haben, ein gutes Werk zu tun – o! so beschwöre ich Sie! weihen Sie Ihr Mitgefühl und alle Ihre Kräfte dem Unglück, Ihren Trost und Beistand dem Elend, und aller Segen des Allmächtigen wird einst über Sie kommen! – Ihnen jetzt schon mehr zu offenbaren ist mir untersagt, doch vielleicht erfahren Sie bald, was ich Ihnen vorenthalte.

Noch einmal, leben Sie wohl und verzeihen Sie einem armen Krämer, daß er sich anmaßt, mit Ihnen ein Geheimnis teilen zu wollen, welches Sie selbst noch nicht einmal kennen.

Emanuel Phillipps.«

Schweigend faltete ich das Blatt und steckte es zu mir. Also ich hatte richtig vermutet, ich war inmitten eines Geheimnisses, dessen Vorhandensein ich mir selbst kaum hatte gestehen wollen, das mir aber eine ahnungsvolle innere Wahrnehmung wie ein fernes, noch halb unsichtbares Nebelbild gewissermaßen aufgedrängt hatte.

Und was war dies für ein Geheimnis und wen betraf es? Ohne Zweifel den Irren von St. James; denn daß dieser in irgendeiner Verbindung mit meinem Reisegefährten stand, war mir schon am Morgen dieses Tages klar geworden. Aber welches Band umschlang diese beiden, auf so entgegengesetzter Stufe des gesellschaftlichen Lebens stehenden Menschen? – Ich gab mir keine Mühe, es jetzt schon entziffern zu wollen, denn ich sollte es ja, wie mir verheißen war, erfahren.

In Betrachtungen ganz eigener Art vertieft, begab ich mich in den Park, wo ich die Kranken bei ihren gewöhnlichen Beschäftigungen fand, und sah ihren Spielen zu.

Ich beabsichtigte mein Versprechen zu erfüllen und Mr. Sidney auf seinem Zimmer zu besuchen; ich fühlte dabei einen leidenschaftlichen Trieb meine Brust durchwühlen und konnte kaum meinen Schritt mäßigen, um ohne Aufsehen zu erregen, zu ihm zu gelangen. Langsam stieg ich deshalb, auf meinem Wege absichtlich jede Kleinigkeit in der Baulichkeit und Einrichtung beachtend, die breiten steinernen Treppen im Hauptgebäude hinauf, zeigte den in jedem Stockwerke und auf jeder Wendung der Treppe befindlichen Türstehern meine mir vom Direktor eingehändigte und jede Tür öffnende Einlaßkarte und fand, ohne zu fragen, die mir bezeichnete Tür im zweiten Stockwerk, öffnete sie, nachdem auf mein Klopfen keine Stimme geantwortet hatte, und trat in ein Zimmer, welches die Aussicht über den Park hin hatte und gegenwärtig ohne Bewohner war.

Aber wie war ich überrascht, statt eines gewöhnlichen Krankenzimmers ein mit allen Behaglichkeiten ausgestattetes Wohngemach zu finden. Bunte, hellgestreifte Vorhänge von schwerem Stoff, silbergraue Tapeten, ein vielfarbiger wollener Teppich auf dem Boden, ein dunkelrot überzogener Divan, dem breiten Spiegel in Goldrahmen gegenüber, dementsprechend einladende Sessel, ein Schreibtisch, der fast ganz mit Büchern und Schreibmaterialien bedeckt war, eine tragbare Orgel von wunderschöner Arbeit und hohe Bücherschränke, gefüllt mit den Erzeugnissen der Dichter, Philosophen und Naturforscher aller Völker Europas – das war die Ausstattung des Zimmers, in dem der Mann wohnte, der zu den unfreiwilligen Bewohnern einer Irrenanstalt gehörte.

Das ziemlich große Gemach hatte außerdem zwei Fenster. Vor denselben rankte sich ein dichtes Gemisch wilden Efeus und verschiedener blühender und duftender Blumen, vielleicht um die schweren Eisenstangen zu verbergen, die von außen her die Fenster umgaben.

Nachdem ich mir dies alles genau betrachtet, trat ich leise in das offenstehende Nebenzimmer, welches zum Schlafgemach diente. Die Wände desselben waren mit grünen Tapeten bekleidet. An der Hinterwand stand ein großes Himmelbett mit weißen Vorhängen und gesteppter rotseidener Decke. Einfache Möbel standen an den Wänden. An dem einen Fenster, zwischen den ziemlich weit auseinanderstehenden Eisenstangen, rankten sich ebenfalls Efeu und bunte Blumen empor, davor aber stand, mir den Rücken zukehrend und mein Eintreten nicht wahrnehmend, der unglückliche Bewohner des Zimmers selbst.

Die Arme ausgebreitet haltend, hatte er die Brust gegen den Fensterrahmen gelehnt und drückte seine Stirn gegen eine der Scheiben, wie wenn er in ein trübes, melancholisches Sinnen verloren wäre. Auch hörte er mich nicht, als ich meine Anwesenheit durch einige Zeichen zu erkennen gab; um mich nicht in der Lage eines Lauschers von ihm überrascht zu sehen, war ich gezwungen, mit meiner Hand seine Schulter zu berühren, um ihn so aus den Träumereien zu erwecken.

Sobald meine Hand ihn berührte, drehte er sich sanft nach mir herum, nicht im Mindesten über die unerwartete Unterbrechung betroffen – seine Nerven waren also in einem sehr gesunden Zustande. Als er mich aber sah und erkannte, gab er sich Mühe, eine Träne, die ich in seinem großen Auge wahrzunehmen glaubte, zu zerdrücken, und lächelte mich sogar an.

»Da sind Sie ja!« sagte er, »aber – Sie finden mich in einer eigentümlichen Stimmung – meine Seele flog soeben ein wenig spazieren – da, sehen Sie einmal hinaus.«

Ich trat ans Fenster und blickte hindurch. Freilich, es war ganz der Anblick, eine gefangengehaltene Seele ins Freie zu locken und zu einem Fluge einzuladen.

Von dem hochgelegenen Fenster sah man zwischen zwei Baumgruppen über den weithin sich dehnenden Park und tat nun, in das freie, unbegrenzte Land gelangend, einen fröhlichen Blick in das lustige, grüne England. Weite grüne Wiesen wechselten im Vordergrunde des Bildes mit üppigen Saatfeldern und hie und da majestätisch eingestreuten riesigen Eichengruppen ab; im weitgedehnten Hintergrunde aber, bis an den in bläuliche Nebel sich verlierenden Horizont, sah man hier einen hochroten Giebel neugierig durch die Gebüsche schauen, dort das weithin leuchtende, weißgetünchte Landhaus eines benachbarten Squires, Gutsbesitzer während die rechte Seite des Bildes die große Landstraße begrenzte, auf der ich selbst gekommen war. Über alles dieses aber senkte sich, duftig und milde, der warme, klare Sommerabend herab.

Unwillkürlich fesselte mich dieser Anblick länger, als ich es wußte; stillschweigend schaute ich links und rechts, und blieb endlich auf dem Gipfel des Berges haften, über welchen die vorher erwähnte Landstraße führte.

Als mein Gefährte, der jeder Richtung meines Auges zu folgen schien, dasselbe auf dem Berge und der Straße verweilen sah, deutete er mit einem Finger schweigend auf eine wandelnde

Gruppe, die ich auch soeben erspäht hatte und durch längeres Hinsehen deutlicher zu entziffern versuchte. Ja, es war der Krämer mit seinem Karren, den seine Knaben wieder langsam zogen, der neuen Geschäften und neuer Betriebsamkeit entgegenging.

»Da geht er hin, der arme ehrliche Krämer«, sagte der an meiner Seite stehende Mann mit leisem, ruhigem Tone, »da geht er hin, und nicht aus Hab- oder Gewinnsucht beschreitet er diese weiten Wege, die ihn führen, er weiß selbst nicht, wohin, nein! aus menschlichem Mitgefühl, aus christlicher Liebe und aus freundschaftlicher Teilnahme an seinem Nebenmenschen. Gott gebe ihm seinen Segen auf seiner Pilgerfahrt!«

»Amen!« dachte ich, »mag es so sein!«

»Ha!« fuhr er etwas lauter fort. »Und sein widerspenstiger und sein sanfter Sohn, die er dennoch Beide gleich liebt und von denen er Gleiches hofft, ziehen seinen Wagen, und wozu? – Für mich! – Brave Jungen, arm, aber frei – frei – frei! Und was bin ich? – reich! reich – aber gefesselt, gefesselt und – was noch? Was soll ich noch sein? Ha! – still, still – sieh die schöne Landschaft, wie ruhig, wie friedlich sie daliegt! Und doch, und doch – wie viele Tausend unruhig pochende Herzen, wie viele hin und her sich bewegende, gequälte Geister mögen sich in ihr auf und ab bewegen, die man nicht sieht! Bild meines Lebens! Bild meiner Gegenwart! – Ah! in der Stille dieser Täler, dieser Wälder und dieser Häuser mögen sie ihre Tränen verbergen, mögen sie ihre Sorgen verhehlen, mögen sie in der bitteren Armut oft ihr trockenes Brot essen – und doch, doch sind sie glücklicher als ich, denn Freude, Hoffnung, Liebe, Alles das ist mit ihnen; Freunde, Gatten, Kinder, ach! Alles das ist bei ihnen – und was ist bei mir? Was habe ich auf dieser schönen, großen, weiten Welt? – Nichts! – Nichts! – Nichts!«

Und sein Haupt sank auf seine Brust. Von einer tiefen Rührung ergriffen, die mich mit dem Sprechenden fortriß, sah ich ihn an. Sein Gesicht war so ruhig, aber es war blaß, es war traurig, trostlos. Da näherte ich mich ihm, legte meine Hand auf seinen Arm und sagte laut:

»Einen Freund haben Sie wenigstens – Sie haben mich!«

Da sah er wieder empor. Seine ruhigen, traurigen Züge wurden plötzlich belebt. Einem Blitzstrahle gleich leuchtete sein Auge auf und eine dunkle, purpurfarbige Glut bedeckte seine eben noch so bleichen Wangen.

»Ja!« rief er mit einer so donnernden Stimme, daß ich erschrak und einen Schritt zurücktrat, »ja! Gott sei Dank! Ich habe Sie gefunden! Und es war die höchste Zeit! – Noch einmal«, und er griff schnell und heftig mit seiner starken Rechten durch das Efeugewinde nach einer der davor ausgespannten eisernen Stangen und rüttelte mit einer so furchtbaren Gewalt daran, daß die Adern an seiner Stirn von der Anstrengung aufschwollen, »noch einmal würde ich es versucht haben, und wenn – wenn es mir das Leben gekostet hätte! Doch«, und er beruhigte sich wieder, und der furchtbare Blick der mich vor Angst beben gemacht und mich an seinen Wahnsinn erinnert hatte, der einen Augenblick vorher gleich einer verzehrenden Flamme aus seinen Augen gebrannt hatte, schwand in sein gewöhnliches mildes und ruhiges Anschauen zurück.

»Doch jetzt – jetzt sind Sie da.« Und mit einer unaussprechlichen Demut in seiner wunderbar klang- und seelenvollen Stimme fügte er gesenkten Kopfes hinzu, indem er meine Hand in die seinige preßte:

»Sehen Sie, wie undankbar ich bin! – Ich habe ja noch Einen.«

Und er erhob den schönen, gedankenschweren Kopf mit einer gläubigen Gebärde nach oben.

»Aber ist es nicht sonderbar?« fuhr er lächelnd fort, »so gut, so verständlich ich früher mit ihm sprach, und so gut er mich und ich ihn verstand, seitdem Sie in meiner Nähe sind, verstehe ich ihn nicht mehr recht, ich kann keine Ruhe mehr im Denken, Hoffen und Glauben finden, ich kann gar nicht mehr mit ihm sprechen, ich denke zuviel an Sie und hoffe zuviel von Ihnen und einer Tat! – Aber freilich, wenn ich mir es recht überlege, so kommt es mir vor, als ob dies Gefühl neuer Hoffnung nur ein Wink von ihm wäre, als hätte er nur seine Schuldigkeit getan und mir den gesandt, den er mir senden wollte und um den ich ihn gebeten habe – ja, ja – das ist das Gefühl – nun begreife ich es – welches mich den ersten Augenblick ergriff, als ich Sie sah; ja, mein Freund, ja, es wird Zeit, daß ich rede, daß ich von mir und mit einem Menschen rede.«

»Reden Sie«, unterbrach ich ihn, »reden Sie, ich will, ich muß hören, und reden Sie wie zu einem kurze Zeit gekannten, aber dennoch bewährten Freunde, denn das Unglück macht schneller bekannt als das Glück, reden Sie – ich will – ich werde Sie verstehen und, was in meinen schwachen Kräften steht, für Sie tun!«

Er sah mich mit einem großen, dankbaren Blick an und preßte meine Hand noch stärker in die seinige.

»Ja«, rief er, »ich muß endlich reden! Mein Herz erträgt dies Schweigen nicht länger mehr, es zwingt mich mächtig zum Handeln und mein Geschick scheint endlich – endlich einer Wendung nahe zu sein; wer weiß, wann ich wieder einen so günstigen, freien Augenblick für mich habe! So hören Sie denn!«

Und er erfaßte auch mit seiner anderen Hand die meinige, drückte sie und sah mich mit einem Blicke unergründlicher Tiefe an. Um seine Lippen, die sich öffnen wollten, zuckte es wie ein entsetzliches Geheimnis. Ich war still – ganz still, was sollte ich sagen? Ich bedurfte nicht mehr der Aufforderung, von ihm zu hören, ich brauchte bloß seine Mitteilung zu erwarten – ich war schon ganz Ohr, da – klopfte es laut an die Tür, die vom Korridor aus in sein Wohnzimmer führte.

Wir fuhren Beide zusammen – das Licht, das mir in diesem Augenblick werden sollte, erlosch – wir drehten uns herum und lauschten nach der Tür.

Sie öffnete sich langsam, einer der Krankenwärter des Irrenhauses streckte seinen Kopf zögernd und vorsichtig herein, er bemerkte uns, fuhr etwas zurück, aber sagte gleich darauf mit seiner barschen Stimme:

»Ich bitte um Entschuldigung, Sir, das Bad ist fertig!«

Darauf zog er sich zurück und schloß die Tür.

Der Irre von St. James sah mich an, wie ich ihn ansah. Ein Schleier, ein Lächeln des Trübsinns flog über sein ausdrucksvolles Gesicht – er ließ meine Hände fahren und sank in einen Stuhl, der hinter ihm stand, zurück.

»Aha! – So, so – ja, ja!« murmelte er.

Dann stand er auf und sagte mit einer tonlosen Stimme:

»Jetzt also noch nicht! – Entschuldigen Sie, Sir, aber man hat für gut befunden – was ich vergessen hatte – mir heute Abend noch ein Sturzbad zu verordnen, um mir dadurch die trostlose Überzeugung zu verschaffen, daß ich noch nicht aus dem Bereiche ihrer – Fürsorge bin. Auf morgen denn oder übermorgen, wie es das Schicksal will oder wie – Gott es will – kommen Sie!«

Mit lautlosen Schritten ging er, ich folgte ihm mechanisch.

Draußen auf dem Korridor standen zwei Wärter und erwarteten ihn; er schloß sich ihnen schweigend an, keine Bewegung verriet seinen inneren Seelenzustand. Er ging mit ihnen die Treppe hinunter, willenlos, widerstandslos, das Opfer folgte seinen Henkern, ich zweifelte nicht mehr daran.

Kapitel 5

Am folgenden Abend um sechs Uhr sollte das vielbesprochene Konzert stattfinden, und ich konnte eine gewisse freudige Beweglichkeit in dem Treiben der Irren nicht verkennen. Alle waren an diesem ganzen Tage tätiger, gehorsamer, bereitwilliger denn je; man sah ihnen an, daß sie durch ihr Betragen und ihren Eifer des Vergnügens würdig erscheinen wollten, welches man ihnen verheißen hatte.

Schon um fünf Uhr sah man sie dem Hause zueilen, um sich zu reinigen und zu schmücken, wie es eine solche allgemeine Feierlichkeit verlangte, und um fertig zu sein, wenn um halb sechs Uhr die Glocke das Zeichen zur Versammlung geben würde.

Als ich daher die Zeichen vernahm, begab ich mich in den Konzertsaal. Eben als ich eintreten wollte und an einem Fenster vorüberging, sah ich einen Wagen über die Brücke fahren, der, mit vier Postpferden bespannt, vor die Seitentür des Weiberflügels lenkte.

Da man gewohnt war, in St. James alle Tage dergleichen zu erleben, so achtete man auch nicht mehr darauf, und ich war in meinem Innern viel zu sehr mit anderen Dingen beschäftigt, als daß mich die Neugierde verlockt hätte, die in dem Wagen sitzenden Personen einer näheren Musterung zu unterwerfen.

Im Saale fand ich Alles zum Beginn der Feier in Bereitschaft. Der breite, hohe Raum war durch Kerzen erleuchtet, ungeachtet man sich im Juni befand, wo um diese Zeit Abends noch Tageshelle herrscht, die man jedoch durch die herabgelassenen Vorhänge ausgeschlossen hatte.

Der für das Orchester bestimmte Teil war mit wohlbeleuchteten Pulten versehen, auf denen die Notenbücher aufgeschlagen lagen; in der Mitte desselben, ziemlich nach vorn, stand die schon erwähnte tragbare Orgel des Irren von St. James, denn dieser mußte auf allgemeines Verlangen jedes Konzert mit seinem Spiel beginnen.

Der große Raum für die Zuschauer, nur mit langen Bänken besetzt, stand noch leer; ich war in der Tat der Erste, der in dem Saale erschien.

Bald nachdem die Glocke das Zeichen zur Einführung der Zuhörer gegeben, wurde im Hintergrunde des Saales eine große Flügeltür geöffnet und, unter Vortritt ihrer Lehrerinnen und von ihren Aufseherinnen begleitet, traten zuerst die weiblichen Bewohner des Hauses, die Frauen aber von den Mädchen – und dies aus guten Gründen – gesondert, herein.

Fast Alle schauten gleich bei ihrem Eintritt mit aufgeheiterten Gesichtern zu den glänzenden Kronleuchtern empor, und ein freudiges Ah! ließ sich in langgedehntem Gesumme vernehmen. Sie begaben sich nach den vorderen Bänken, doch ließen sie ungefähr die sechs ersten, mit Polstern versehenen Stuhlreihen, die für die Beamten der Anstalt bestimmt waren, unbesetzt.

Alle waren reinlich und anständig, viele geschmackvoll, einige sogar elegant gekleidet, denn sie gehörten der vornehmeren Welt und einige wenige sogar dem Adel des Landes an. Übermäßigen Putz, gesuchten Luxus aber bemerkte ich auch hier auf keine Weise.

Nachdem der weibliche Teil der Zuhörer Platz genommen hatte, wurde zur Seite des Saales eine andere Flügeltür geöffnet und abermals unter Vortritt ihrer Lehrer und Aufseher traten die Männer und Knaben herein. Auch sie betrugen sich friedlich und sittsam, meist gingen zwei und zwei nebeneinander und hatten sich dann an der Hand gefaßt, manche führten sich auch am Arm herein, einige hatten sogar ihre Arme gegenseitig freundschaftlich sich um den Leib geschlungen. Eine Art rührenden Friedens lag auf allen diesen verschiedenen Gesichtern, kein Mensch auf der Welt hätte, zufällig eintretend, geahnt, wer und was diese Unglücklichen seien.

So saßen denn auch endlich die Männer hinter den Frauen. Erwartungsvoll und neugierig, teils sich untereinander, teils die Lichter und die bald sich öffnenden Türen der Musiker beobachtend, saßen Alle bescheiden und in ergebungsvoller Stille da.

Jetzt erschien der Direktor mit dem gesamten Verwaltungspersonale, den beiden Ärzten und dem Prediger, welchen die Frauen und Kinder der Beamten folgten, die alle auf den vorderen Stuhlreihen oder auf den an den Wänden entlanglaufenden Polstern Platz nahmen.

Kaum waren diese eingetreten, so erhoben sich alle Anwesende von ihren Plätzen und machten eine schweigsame Verbeugung.

Auf einen Wink des Direktors, der sich mit dem zugleich eingetretenen Beamtenpersonale wiedergrüßend und dankend verneigte, wurde alsdann hinter dem Orchesterraum eine Tür geöffnet, durch welche die ausübenden Musiker, aus Beamten. Musiklehrern und ihren Schülern, den Irren, bestehend, eintraten, von welchen die Letzteren, ehrerbietig sich verbeugend, ihre gewöhnlichen Plätze am Pult einnahmen.

Die Meisten derselben trugen ein Ordenszeichen, den sogenannten Musikorden: ein Beweis der Anerkennung ihrer Leistungen, den ihnen die Verwaltung überreicht hatte. Er bestand aus drei Klassen. Die erste Art bestand aus einem hellblauen, seidenen, in Form einer Rose zusammengeknüpften Band, welches im Knopfloch getragen wurde. Dies war die unterste Klasse. Die zweite war von rosarotem Atlasband, an welcher eine kleine silberne Lyra befestigt war; auch diese Rose wurde im Knopfloch getragen. Die dritte Art war von weißem Atlas, etwas größer, und wurde als die größte Auszeichnung gleich einem Ordensstern auf der linken Brust getragen.

Außerdem aber trug Jeder noch sein Instrument in der Hand.

Nachdem alle Anwesenden ihre Plätze eingenommen hatten, erhob sich der Direktor, stellte sich auf den erhöhten Platz vor die Orgel und sagte:

»Meine lieben Freunde und Genossen! Wir haben euch ein Konzert veranstaltet, weil wir wissen, ihr findet Vergnügen und Beruhigung in der Musik. Ich hege das Vertrauen zu euch, daß ein Jeder seine Gedanken sammeln und ein ebenso aufmerksamer wie ruhiger Zuhörer sein werde. Wenn Alles bereit ist, bitte ich den Anfang zu machen!«

Allgemeines Händeklatschen war die freundliche und dankbare Antwort auf die kurze Anrede.

Jetzt trat der Irre von St. James, den ich bisher noch nicht bemerkt hatte, aus dem Hintergrund des Orchesters hervor und begab sich an sein Instrument. Als er erschien, flüsterten die Frauen und Mädchen sich untereinander zu, und selbst unter den Männern hörte man das zischelnde Wort:

»Ah! Mr. Sidney! Mr. Sidney!«

Er verbeugte sich jetzt und dann setzte er sich an sein Instrument. Leider aber stand dies so, daß ich sein Gesicht während des Spieles nicht betrachten konnte, denn er kehrte mir den Rücken zu.

Jetzt begann er seinen Vortrag, und zwar mit einem jener bezaubernden, ergreifenden vollen Akkorde, mit dem ein Orgelspieler, wenn er ein erhabenes Lied anstimmt, stets des mächtigen Eindrucks gewiß ist. Gleich die ersten Minuten verkündeten den gewandten Meister. Vergeblich würde es sein, seine Musik schildern zu wollen; keine Musik läßt sich beschreiben, weil sie sich nicht begreifen, sondern nur empfinden läßt, am wenigsten aber läßt sich ein schönes Orgelspiel mit Worten zergliedern.

Bald war dem rauschenden Anfang eine stille, heilige, Frieden hauchende Melodie gefolgt. Die Töne schmolzen in sanften Wellenlinien dahin, rührend schwollen sie an und senkten sich wieder, es lag eine liebevolle Klage in dem milden Gange seiner Passagen, wie sie sich unwiderstehlich in jedes Herz drängten. Demnach war auch die Wirkung eine ungeheure; der Damm der Zurückhaltung ist bei Gefühlsmenschen weit leichter zu durchbrechen als bei geistesstarken, urteilsvollen Menschen, wie aber nun bei diesen mehr oder minder Wahnsinnigen, deren Herz allen sinnlichen Eindrücken unausweichlich geöffnet ist?

Schon nach einigen Minuten dieser klagenden, sanften, hinsterbenden Melodie sah ich, daß auf den ersten Bänken die Schnupftücher häufiger erhoben wurden, allmählich hörte man hie und da ein unterdrücktes leises Weinen, dann lauter und lauter; hier brach ein Schluchzen hervor, dort ein wimmerndes Ach! und endlich, denn das Weinen ist ansteckend wie das Lachen, weinte Alles ringsum, zuerst die Frauen, der Beamten, dann diese selbst, der Direktor, die Ärzte und ich selber.

Ich hätte den Spieler öffentlich an meine Brust drücken und mein ganzes Entzücken über ihn vor allen Ohren ausschreien mögen.

Da war er fertig. Das laute Weinen ließ nach, die Tränen, die so reichlich geflossen, wurden getrocknet, man vergaß über den Eindruck, den der Spieler gemacht, den Beifall, den man ihm schuldig war, und Aller Augen waren liebevoll und begeistert auf ihn gerichtet, als er langsam aufstand und sich im Saale, mit den Augen suchend, nach einem Platze umsah.

Da fiel sein Blick auf mich, und da er neben mir einen Stuhl leer sah, schritt er herab und setzte sich zu mir. Statt aller danksagenden Worte drückte ich ihm die Hand. Er schien mich zu verstehen und drückte die meinige auch wieder.

Jetzt trat ein Flötist auf. Der Spieler war ein ehemaliger Virtuose an der Oper zu London, durch Familienkummer in seine jetzige unglückliche Lage gebracht, aber nunmehr der Heilung nahe. Er schien ganz Musik zu sein und alles das zu empfinden, was er hören ließ.

Alsdann folgte ein Quartett, bestehend aus zwei Violinen, einem Violoncello und einer Klarinette, eine sonderbare Zusammenstellung, aber es machte einen guten Eindruck, zumal die vier Musiker tüchtig eingespielt waren.

Dann trat eine Pause ein. Ich fragte den neben mir sitzenden Direktor, ob nicht auch gesungen würde?

»Ha!« sagte er, »wissen Sie nicht, daß kein Mensch, der seinen Verstand verloren, seine natürliche wohlklingende Stimme behält? Zwischen den Organen des Denkens und Sprechens, also auch des Singens, scheint eine innige Sympathie zu bestehen.«

Einige Augenblicke des Nachdenkens reichten hin, mir die Überzeugung zu verschaffen, daß er Recht haben könne, obgleich mir dies noch niemals eingefallen war; auch erinnerte ich mich nicht, jemals einen Wahnsinnigen mit schöner, reiner Stimme singen gehört zu haben, deshalb erwiderte ich:

»Freilich, Beides steht in naher Verbindung miteinander, und meine geringe Erfahrung bestätigt auch diese Ihre Aussage, denn ich habe noch keinen Irren gut singen hören. Allein, wenn ich diese schönen, zarten Mädchengesichter hier vor mir betrachte, die mit dem Wahnsinn gar nichts zu tun zu haben scheinen, so sollte ich denken, daß es wohl Einige unter ihnen gäbe, die uns eine Ausnahme von der Regel annehmen ließen.«

»Ganz gewiß nicht!« sagte der Oberarzt, der unser Gespräch mitangehört hatte, da er dicht bei uns saß, »ganz gewiß nicht! obgleich von diesen jungen Damen eine sogar eine Sängerin von Profession ist. Es liegt immer etwas Totes, Heiseres, Kaltes, Geschmackloses in ihren Stimmen, mehr oder minder freilich, das gebe ich zu; ich habe lange mein Augenmerk auf diesen Umstand gerichtet und will mit Ihnen eine Wette eingehen, daß keine wohlklingende Stimme unter allen hier Versammelten ist, es gilt eine Probe.«

»Ich glaube es, ich glaube es!« erwiderte ich. »Doch was sind das da für Einrichtungen auf dem kleinen Tische?«

»Geben Sie acht, Sie sollen etwas Neues hören!«

Unser Gespräch wurde durch die Fortsetzung des Konzerts unterbrochen, und zwar durch ein Instrument, welches ich, in dieser Ausdehnung und Vollkommenheit wenigstens, noch nicht kannte und dessen so große Ausbildung ich auch für unmöglich gehalten hatte. Im Vordergrunde des Orchesters auf einem kleinen, zu diesem Zweck aufgestellten Tische wurden eine Menge größerer und kleinerer Instrumente nebeneinander niedergelegt, die aus verschiedenen Metallen bestanden. Es waren dies die bei uns unter dem Namen Maultrommeln oder Brummeisen bekannten und bei der Schuljugend einst so sehr beliebten Spielzeuge, die aber hier ernsthaftere Wirkungen hervorrufen sollten.

Als nun zwei Reihen dieser Instrumentchen geordnet waren, trat ein ganz junger Mensch mit melancholischer Miene, langen, dunklen, herabhängenden Haaren und geisterhaft bleichen, aber nicht unschönen Gesichtszügen an den Tisch und überblickte selbst noch einmal die Reihenfolge seiner Instrumente. Dann wurden die Lichter in der Nähe gelöscht, damit man das sonderbar verzerrte Mienenspiel des Künstlers nicht so deutlich gewahren könne, und nun setzte derselbe zwei Eisen, ein größeres und ein kleineres, in jeder Hand eines haltend, an die Zähne und begann sein Spiel.

Alsbald entwickelten sich mir bis dahin gänzlich unbekannte, summende und überaus klagende Töne, die aber mit solcher Meisterschaft hervorgebracht wurden, daß ich erstaunen mußte. Denn während der Spieler mit der einen Hand noch fortspielte, legte er mit der anderen ein

Eisen auf den Tisch; schnell ergriff er ein anderes, und so fort, bald ein größeres, bald ein kleineres wählend, wodurch er eine so große Abwechslung hervorzubringen verstand, daß man in Wahrheit ein ganzes kleines Orchester zu hören glaubte.

Es war eine einlullende, sphärenartige Musik, die den Hörer in ganz fremde Regionen zu versetzen vermochte, indem die Töne in der Tat zauberhaft und wie elfenartige Träumereien klangen. Diese sanften auf- und absteigenden Schwingungen, die bis in die feinsten Schattierungen sich verloren und in Luft aufzulösen schienen, dieses ergreifende Tremolo, welches jeden Nerv erbeben machte, dieses sanfte Hauchen wie ein dahinsterbender, an einem Felsen sich brechender kleiner Windstoß – doch wie kann es mir einfallen, diese sonderbare, nie gehörte Musik schildern zu wollen, die mit dem ganzen Eindruck, den dieser seltsame Spieler mit seinem nach der Decke gewendeten Gesicht und seinem rechts und links wankenden Oberkörper hervorbrachte, im genauesten Einklange stand.

Er war zu Ende, aber die tiefste Stille dauerte fort, als ob jeder Hörer die hinsterbenden Töne noch in seinem Innern nachsummen ließe.

Der Spieler war verschwunden, ehe noch dieser schweigsame Rausch vorüber war. Ich drückte den mir zunächst Sitzenden meine Verwunderung über das Gehörte aus, als der ganze versammelte Chor der Musiker sich an seine Pulte stellte, um die Schlußsymphonie mit vollem Orchester vorzutragen.

Die Komposition rührte von einem Irren her, der sie dirigierte, und hatte zum Gegenstand: »Gedanken Gottes vor Erschaffung der Welt.«

In der Tat ein Gegenstand, über den eine ausschweifende, exaltierte Phantasie Wunderdinge hervorbringen kann, und so war es denn auch. Dieser Teil des Konzerts war daher auch mehr aufregend als beruhigend, und ich bemerkte dies dem Direktor, der mir jedoch zur Antwort gab, daß man aus Rücksicht für den Komponisten die Aufführung seiner Musik zugelassen hätte, da er sich selbst einmal davon große Gemütserleichterung versprach, andererseits man aber befürchten müßte, die Nichterfüllung seines Wunsches werde ihn rasend machen, insofern er ein sehr exaltierter Mensch war und vor Erwartung, sich selbst aus seiner Musik zu hören, beinahe starb.

Der Charakter dieser Musik war geisterhaft und erschütternd, man glaubte nur Gespenster zu sehen und zu hören, und selbst mir schauerte die Haut vor großartigem Entsetzen. Nun denke man sich die Irren, die zusammengekauert, bebend dasaßen, als erwarteten sie nach den einzelnen Posaunenstößen, in welcher Tonart natürlich Gott sprach, der Himmel werde sich auftun und der Tag des ewigen Gerichtes seinen Anfang nehmen.

Jetzt sollte der Dank von dem Direktor und das Abendgebet von dem Prediger gesprochen werden, als sich mein Nachbar, der Irre von St. James, zu unser Aller Staunen erhob und um die Erlaubnis bat, noch einen Gesang zur Orgel vortragen zu dürfen.

Natürlich wurde das Gesuch freundlich genehmigt, nur konnte ich mich nicht enthalten, mit einem unwillkürlichen Lächeln nach dem Direktor und dem Oberarzte hinzublicken, um sie gleichsam an ihre vorherige Aussage zu erinnern. Beide verstanden mich auch sogleich, drückten aber eine verschiedene Meinung mit ihren Mienen aus. Denn während der Oberarzt, wie seiner Sache äußerst gewiß, scheinbar gleichgültig dem Kommenden entgegensah, glaubte ich in dem Gesichte des Direktors eine gewisse triumphierende herausfordernde Verwunderung zu lesen.

Es war ein wunderschönes Gedicht, welches, von Mr. Sidney vielleicht gedichtet, auch von ihm in Musik gesetzt war und jetzt von ihm gesungen wurde, und wie ich nachher erfuhr, betitelt: »Abendgedanken eines Gott für seine Kinder dankenden Vaters.«

Schon die ersten Strophen waren hinreichend, mir zu beweisen, daß der Sänger auch in dieser Kunst Meister sei. Die vollen, metallreichen und goldreinen Baritontöne, die wir vernahmen, seine deutliche Aussprache, sein gefühlvoller Vortrag, alles dies zusammengenommen reichte hin, den höchsten Anforderungen zu genügen. Der Direktor, die Ärzte und mehrere der anwesenden Lehrer und Beamten der Anstalt warfen sich einige Blicke untereinander zu, die deutlich zu verstehen gaben, wie überrascht sie seien.

Ihre Verlegenheit wurde noch gesteigert, als die mit Leidenschaft und dem innigsten Anteil zuhörenden Wahnsinnigen aus freien Stücken und wider ein bestehendes Hausgesetz den Sänger, als er zu Ende war, beklatschten, ja, ihn mit einem lauten Beifallsjauchzen, als er sich zurückzog, begrüßten.

In diesem Augenblick sah ich den Oberarzt an. Ich mußte lächeln, das schien ihn zu verletzen, sein Blick nahm etwas Spöttisches und Unheimliches an, was ich bisher noch nicht an ihm beobachtet hatte, aber ich sagte, mich zu ihm hinneigend, leise:

»Nun, ich denke, diese Irren haben keine Stimme? Mr. Sidney scheint Ihre Theorie zu Schanden machen zu wollen, ich wollte, ich hätte mit Ihnen gewettet!«

»Der Spitzbube!« erwiderte er flüsternd, »ich will wetten, daß er meine Worte vorher gehört hat und mich nun kompromittieren will – haha! so mag es denn Ausnahmen von der Regel geben, ich gestehe es ein.«

So war denn das Konzert, das so würdig mit dem schönen Orgelspiel begonnen hatte, ebenso glänzend mit dem Gesang beendigt.

Während nun die Aufregung der immer noch dasitzenden Zuhörer sich wieder legte, sprachen die Vorsteher der Anstalt einige Augenblicke miteinander; darauf näherte sich der Direktor dem Irren von St. James, der unter den Musikern stand, und wechselte einige Worte mit ihm. Alsdann trat er wieder auf die Erhöhung vor die Orgel und sagte laut: »Das Konzert ist vorbei, wir danken den Musikern für ihre angenehme Unterhaltung. Die kleine Belohnung, die wir heute Mr. Sidney zuerkennen möchten, hat derselbe, wie auch früher, abgelehnt und mich gebeten, dieselbe Mr. Viscount zu überreichen. Treten Sie hervor, Mr. Viscount, und empfangen Sie, was Ihnen gebührt und was wir Ihnen in Anerkennung Ihrer Verdienste in allgemeiner Übereinstimmung gern zuerkennen.«

Mr. Viscount, der Brummeisenspieler, trat bescheiden aus dem Hintergrunde hervor, wohin er sich zurückgezogen hatte, und empfing den ersten Grad des Musikordens, das in Form einer Rose geknüpfte hellblaue seidene Band.

Jetzt entstand abermals eine lautlose Stille worauf sich der Prediger erhob und also sprach:

»Meine lieben Kinder! Der allgütige Gort, unser Aller himmlischer Vater, hat uns die überredende Gewalt der Töne gegeben, auf daß sie durch unser Ohr in unser Herz gelangen und unser Gemüt beruhigen und kräftigen mögen, wie wir es, als arme Sünder, täglich bedürfen. Wir danken ihm auch für diese seine herzliche Gabe und wollen uns alle Tage bemühen, uns seiner Gnade immer werter zu machen. Gehet jetzt mit diesem edlen Vorsatz zur Ruhe und Gott wird über euch wachen und euren Sinn erleuchten. Amen!«

Alle wiederholten das Amen und erhoben sich dann, und in derselben Ordnung, wie sie gekommen waren, entfernten sich die Anwesenden. Nur der Direktor und die übrigen Beamten blieben zurück, um ihre Konferenz abzuhalten und unter anderen Angelegenheiten auch über die Wahl des aufzuführenden Schauspiels zu beraten.

Da ich keine besondere Einladung hierzu empfangen hatte, entfernte ich mich ebenfalls, denn ich sah Mr. Sidney noch in der Tür einen Augenblick stehenbleiben, als ob er mich erwarte. Ich trat zu ihm und ging mit ihm in den Park. Hier war ich schon einigemale mit ihm einen breiten Weg auf und ab geschritten, als wir, immer noch schweigend stehenblieben. Erst jetzt bemerkte ich, daß wir ganz allein waren und daß mein Gefährte sein melancholisches Auge fragend auf mich gerichtet hatte.

Was wollte er von mir wissen? Ich konnte es nicht erraten, und doch lag eine Frage deutlich auf seinem leicht zu entziffernden Antlitz ausgeprägt.

Späterhin erst, als ich schon inniger mit seinen Schicksalen vertraut war und ihn an diesen schweigsamen Spaziergang erinnerte, habe ich erfahren, daß in diesem Augenblick sein Herz, durch die Musik erwärmt und erweicht, eine größere Sehnsucht nach dem, was er liebte und entbehrte, empfunden habe denn je.

Wir waren, langsam wandelnd, in den Teil des Parkes gelangt, von welchem aus man den rechten Flügel des Hauses beobachten konnte, in dem die Frauen wohnten.

Der Wagen, dessen Ankunft ich am Nachmittag beobachtet hatte, stand noch vor der Tür, aber die Pferde waren abgeschirrt, um in den Ställen gefüttert zu werden.

Als wir in die Nähe dieses Wagens kamen, stand der Irre von St. James still und richtete erst gleichgültig, dann aufmerksam seine Blicke darauf. Er schien etwas unruhiger zu werden und blickte, traurig den Kopf schüttelnd, nach den Fenstern empor, auf denen eben der scheidende Blick der goldenen Sonne ruhte.

Da sagte er in einem leisen, fast nur hauchenden Tone, wie zu sich selber:
»Schon wieder Eine!«

Unwillkürlich folgte mein Blick dem seinigen in die Höhe, und ich sah nun deutlich ein weibliches Antlitz im dritten Stockwerke durch eines der Gitterfenster zu uns herabblicken. Sie war in ein weißes Gewand gehüllt, jedoch nur bis zur Hälfte der Brust sichtbar.

Das Gesicht dieser einsam und traurig zu uns herabblickenden Gestalt, soweit ich es erkennen konnte, war schön, aber eigentümlich, denn der allmählich schwindende Sonnenstrahl färbte es nicht mehr rosig und golden, sondern bleich, und es glich beinahe einem vom matten Mondlicht geisterhaft beschienenen Gespenst. Lange dunkelblonde Locken fielen über ein bloßgetragenes schönes Schulternpaar herab, und – sei es ein Spiel der Beleuchtung oder ein Spiegelbild meiner Phantasie – die großen, auf uns herabgerichteten Augen schienen voller Tränen zu sein, wie denn auch ihre abgehärmten, obwohl noch reizenden Wangen die unzweifelhaften Spuren dieser Tränen trugen.

Während ich diese Einzelheiten, im Stillen beobachtend, sammelte, hatte ich mein Augenmerk von meinem Gefährten abgezogen; kaum aber mit einem flüchtigen Blick auf ihn hinabschauend, erschrak ich über die plötzliche und entsetzliche Veränderung, die in seinen Gesichtszügen und in seiner Haltung vorgegangen war.

Eine leichenhafte Blässe bedeckte seine eisig gewordenen und bewegungslosen, sonst so freundlichen Züge, seine Augen waren starr in die Höhe auf das Fenster gerichtet, an welchem das weibliche Antlitz zu sehen war. Sodann fingen alle Muskeln seines jetzt zur Unkennbarkeit entstellten Gesichtes an, krampfhaft zu arbeiten, namentlich um seinen Mund zuckte es gleich Blitzen, die sich unaufhörlich folgten. Seine Arme hatte er, wie abwehrend, vor sich ausgestreckt, sein Kopf war, als ob er sich fürchte, etwas Entsetzliches zu schauen, rückwärts gebogen, sein Haar schien sich zu sträuben und seine Knie fingen an zu schlottern.

Alles dies war schneller geschehen, als ich es beschreiben kann.

Mich ergriff eine schreckliche Angst. Ich erinnerte mich sogleich alles dessen, was man mir von ihm gesagt hatte, der rasenden Wut, die ihn periodisch befiel, und der Unmöglichkeit, seiner Unbändigkeit in solchen Augenblicken zu widerstehen.

Da sah er mich plötzlich, wie um Hilfe flehend, dann aber mit dem Ausdruck der Wut und Verzweiflung an. Sein Auge sprühte ein glühendes Feuer, wie ich es noch bei keinem Menschen wahrgenommen, seine starke Hand erfaßte meinen Arm, ich fühlte, wie ihr Druck alle meine Muskeln lähmte und jeden möglichen Widerstand zunichte machte.

Ich weiß nicht, welches Grausen mich plötzlich ergriff, ich wußte bei der Schnelle des Vorgangs augenblicklich nicht, was ich tun sollte; meine Einbildungskraft suchte zu enträtseln, was er mit mir, dem gegen ihn Schwachen und Ohnmächtigen, vornehmen, wie und auf welche Art er mich umbringen würde, kaum ertrug ich den schmerzhaften Druck seiner furchtbar pressenden Hand, und in mir rief es wie mit einer Donnerstimme, die mich selbst erschüttern machte:
»Ja, ich sehe es, er ist verrückt!«

Dennoch wollte ich versuchen, mich loszureißen, ich wollte um Beistand rufen, aber es war unmöglich, mich von dem krampfhaften Griff zu befreien.

Doch diese Gedanken gab mir der knechtische Sinn der Selbsterhaltung nur einen Augenblick lang ein, ebenso schnell folgte darauf der Gedanke, und ich danke noch heute Gott für diese Eingebung, daß ich ein Arzt und ein Mensch sei, berufen und bestimmt, alle Qualen und Leiden meines Mitgeschöpfes tragen zu helfen, sie zu bekämpfen und, um Anderen Heil zu bringen, selbst die eigene Duldung nicht zu scheuen.

Ich beschloß daher, diesen vielleicht schnell vorübergehenden Augenblick zu ertragen, vielleicht könnte ich dem armen Unglücklichen hilfreich sein, der mir eine so große Teilnahme einzuflößen verstand.

In diesem Sinne faßte ich schnell meinen Entschluß. Ich sammelte meine Kräfte und ergriff langsam, energisch mit meiner einen freien Hand seinen linken Arm, schüttelte denselben mit aller mir übriggebliebenen Kraft, brachte meine Lippen seinem Ohre so nahe wie möglich und sagte mit fester, mutiger, aber sanfter Stimme:

»Was hast du, mein Bruder?«

Dieser wohlgemeinte und in der Eile auf meine Lippen gekommene Ruf schien wunderbar zu wirken. Seine Finger ließen in ihrem Drucke allmählich nach, sein starrer, glühender Blick erlosch, das Zucken seiner Muskeln beruhigte sich, er schien schwach zu werden und zu taumeln; ich sah mich schnell um, ob auch nicht Jemand uns belauschte, glücklicherweise sah und hörte ich nichts, und ihn mit beiden Armen unterstützend, führte ich den unglücklichen jungen Mann nach einer nicht weit davon stehenden Bank.

Aber kaum auf derselben sitzend, kehrte ihm das Bewußtsein, das er verloren zu haben schien, zurück, und er erinnerte sich, was ihn in diese elende und unvorhergesehene Lage gebracht. Er richtete seinen Kopf empor und sah mich mit einem unbeschreiblich milden, beinahe flehenden Blick an, dann aber rief er mit einer fast ton- und atemlosen Stimme:

»Geschwind – geschwind – hinauf! Schnell – schnell – wer ist sie? wie alt – woher? Schnell – um Gottes willen!«

Fast stieß er mich von sich, ich sprang mehr, als ich lief, durch den Garten, ich flog die Treppe hinauf und kam in dem Augenblick oben im Weiberflügel vor dem Fenster an, als eine Wärterin zu der weiblichen Gestalt trat und diese anredete. In ihrer Hand hielt sie einen Zettel; einen Blick darüber werfend, sah ich, daß es das sogenannte Nationale der eben neu Angekommenen war.

»Erlauben Sie«, sagte ich, »einen Augenblick nur, ich bringe es sogleich wieder!«

Die Frau sah mich verwundert an, gab mir aber das Papier, denn sie wußte, wer ich war.

Ich eilte, was ich konnte, hinunter, kam in den Park und sah ihn noch auf der Bank sitzen, von wo er, sobald er mich bemerkte, mir mit vorgestreckten Armen entgegenkam.

»Hier, hier!« rief ich, »hier ist ihr Name und Alles, worüber Sie Auskunft wünschen!«

Er ergriff das Blatt mit zitternden Händen, seine Blicke jagten über das Papier, er stammelte und ich las:

»Georgine Grey, sechsundzwanzig Jahre alt, aus London gebürtig.«

»Ach!« rief er und gab mir das Blatt mit einem tiefen, langen Atemzug zurück, »das war eine traurige, traurige Täuschung – aber so ähnlich – doch gelobt sei Gott!«

Und, wie mir däuchte, ein stilles Gebet sprechend, lehnte er sich gegen den Rücksitz der Bank und bedeckte sein Gesicht mit beiden Händen, das von kalten Schweißtropfen überflutet war.

Ich war so aufgeregt von den furchtbaren Gemütsbewegungen eines Fremden, als wenn sie mich selbst betroffen hätten. Das, was dieser Mensch Schlimmes erfahren, mußte in der Tat etwas Ungewöhnliches sein, und ich betrachtete ihn daher beklommen und auf das Höchste bewegt.

Da sah ich an ihm die unsichtbare Quelle der Seele geöffnet – Tränen, heiße Tränen durch seine Finger rinnen, und gestehe ich es doch gern, auch meine Augen wurden gefüllt von dem köstlichen Tau, der die volle Brust jener unerträglichen Last enthebt, die sie sonst sprengen und vernichten würde.

Nach einigen Minuten ließ er die Hände von seinem Gesichte sinken und zeigte mir ein ganz anderes Antlitz. Es war noch mit den Spuren der eben vergossenen Tränen bedeckt, aber schwach und sanft gerötet, ob durch das Gefühl der Scham, daß ich ihn in einem furchtbaren Augenblick, dem er nicht zu widerstehen vermochte, belauscht, ob durch die freudige Erhebung seiner Seele, ich weiß es nicht, aber es war ruhig, milde und durch die edelsten Empfindungen verklärt. Und mit seiner gewöhnlichen, ans Herz dringenden Stimme sagte er:

»Gehen Sie, gehen Sie – ach! Sie sehen, es war eine Täuschung meiner aufgeregten Phantasie, meiner durch vier Jahre der Trennung aufs Äußerste gestiegenen Sehnsucht, meiner armen, unablässig gequälten Seele – gehen Sie – Sie haben mich schwach gesehen – Andere nennen es verrückt – Ach!« fuhr er nach einer kurzen Pause des Sinnens fort, »ich muß Ihnen unerklärlich sein, ein unauflösliches Rätsel, aber – Sie sollen Alles erfahren, kein Geheimnis soll ferner zwischen uns sein, und da Sie die Wirkung gesehen haben, sollen Sie auch die Ursache kennenlernen – aber jetzt gehen Sie und lassen sie mich allein, ich bin mir selber einige Aufklärung schuldig – morgen oder übermorgen, sobald es geht, soll Ihnen die Ihrige werden.«

Und mit der Hand zum Gruße winkend, ging er langsamen Schrittes davon, durch den Park und in das Haus, während ich mich mit klopfendem Herzen und neu erregter Hoffnung auf mein Zimmer begab, um über das eben Erlebte weiter nachzudenken.

Kapitel 6

In der Konferenz, welche dem Konzerte gefolgt war, hatte man beschlossen, diejenigen Irren, welche man für die Darstellung des Schauspiels auserwählt hatte, am nächsten Morgen zu versammeln, um ihnen ihre Rollen zuzuteilen, die der Oberarzt längst zu dem Zwecke hatte ausschreiben lassen.

Man hatte ein allgemein bekanntes und ergreifendes Stück ausgewählt, Shakespeares »König Lear«, da dieses Trauerspiel durchaus der Absicht entsprach, welche die Unternehmer vor Augen hatten. Denn sie brauchten ein Schauspiel, welches alle menschlichen Leidenschaften in Anspruch nimmt, voll von Gemütsaffekten ist, den Geist spornt und dennoch wegen der darin befindlichen Gegensätze des Guten und Schlechten beruhigt und zur Lehre dienen kann.

Hauptsächlich hatte man sein Augenmerk auf den Kontrast gerichtet, denn dieser ist ein vorzügliches Heilmittel in der Hand eines erfahrenen Irrenarztes.

Betrachtet man nun »König Lear« von diesem Gesichtspunkte, so findet man nicht allein die ungeheuersten Kontraste darin, sondern in dem kurzen Zeitraum einiger Stunden entwickeln sich dieselben auf die anschaulichste und gemessenste Weise.

Shakespeare selbst läßt den Gloster in seinem Trauerspiel von den Zuständen, in welchen sich dasselbe bewegt, sagen:

»Liebe erkaltet, Freundschaft fällt ab, Brüder entzweien sich; Bande zwischen Vater und Sohn zerreißen, Sohn gegen Vater, Vater gegen Kind, die Natur selbst aus dem Geleise.«

Das sind alles vortreffliche Dinge, um einen Geist, der von seiner regelmäßigen Bahn abgewichen ist, auf seine Pflicht und sein Verhältnis aufmerksam zu machen.

Der Oberarzt, schon in ähnlichen Arbeiten geübt, hatte längst dieses Trauerspiel, seinem Zwecke gemäß, gesäubert, gekürzt und gewissermaßen, ohne seinem Werte, den es als Kunstwerk besaß, etwas Bedeutendes zu nehmen, künstlich zugeschnitten. Er legte mir seine Arbeit vor und ich hatte mit ihm ein langes Gespräch zu Ende geführt.

Bei genauerer Prüfung seines »König Lear« fand ich nicht ein einziges Wort zugesetzt, wie sich das von selbst versteht, nur das Ganze war in eine etwas gefälligere Form gebracht, die der Zeit und den Umständen angemessener war; und da ich den alten, unübertrefflichen Shakespeare, nur in verständlicherer Gestalt, wiederfand, so war ich natürlich mit ihm einverstanden.

»Wie wollen Sie aber dieses schwierige Stück besetzen?« fragte ich am Schlüsse unserer Unterredung.

»O, das ist sehr leicht«, war seine Antwort. »Ich kenne meine Leute und habe ihnen schon längst im Stillen ihre Rollen zugeteilt, ohne daß sie die geringste Ahnung davon haben. Nun ist es nur noch unsere Sache, daß jeder der Mitspielenden aus freiem Antriebe seine gerade für ihn ausgesuchte und passende Rolle wähle. Einige schöne, zur rechten Zeit angebrachte Redensarten, eine vorteilhafte Darstellung des Umfanges, des tiefen Sinnes und Inhaltes der Rolle, und wie natürlich der Beifall sein muß, den man damit ernten kann, das allein wird schon dazu beitragen, den von uns auserlesenen Darsteller zur Übernahme seiner Rolle geneigt zu machen. Freilich muß man sich gefaßt machen, alle kleinlichen, egoistischen Rücksichten und Spiegelfechtereien, wie wir sie auf den Brettern der Welt und der Schaubühne haben, auch hier in unserem Irrenhause wiederzufinden, denn diese Menschen sind wie alle Menschen und haben ihre starken und schwachen Seiten so gewiß wie jene. Natürlich aber sind nur diejenigen zur Rollenverteilung eingeladen, die wir zum Spielen tauglich befunden haben, denn wenn alle oder der größte Teil nur zugegen wäre, so würden wir so viele Schauspieler haben, als Verrückte da sind. Der verrückte wie der geistesgesunde Mensch spielt ungeheuer gern Komödie, wenn sich die Gelegenheit dazu bietet.«

»Aber wie? Erwacht kein Neid, keine Eifersucht unter den nicht Gewählten gegen die, welche glücklicher sind als sie?«

»O nein! Sie hören davon wie von einer abgemachten Sache, ärgern sich vielleicht ein wenig und geben sich nachher desto mehr Mühe, durch vorzügliches Betragen in den vornehmen

Rang der Spieler mit einzutreten. Deshalb beruhigen sie sich bald, denn sie hoffen von der Zukunft für sich ein Gleiches.«

»Aber«, fragte ich weiter, »fürchten Sie denn unter den Schauspielern verschiedenen Geschlechtes keine Vorfälle ernster Art, keine entstehende Neigung, keinen möglichen Abscheu, keinen Widerwillen?«

»Ganz und gar nicht!« erwiderte der Arzt. »Denn wir finden das ja auch in der Welt ebenso und oft noch viel deutlicher und schroffer ausgesprochen als hier. Betrachten Sie nur einmal den sogenannten künstlerischen Eigensinn und seine Laune, ob Sie da nicht manchmal an dem gesunden Verstande dieser liebenswürdigen, talentvollen Personen zweifeln möchten! Niemand aber hat von all dem Krieg und all der Feindseligkeit, mit der sie aufeinander losstürzen, einen entschiedenen Nachteil, man müßte denn die Verletzung der Eitelkeit dafür halten. Hierin ist Jeder sein eigenes Schicksal, und er hat sich zu hüten, daß er sich selbst kein Elend bereite Während wir nun diesen Vorteil mit den vernünftigen Menschen zugleich genießen, haben wir unsererseits noch einen anderen, und für uns einen viel wichtigeren, voraus, nämlich den, daß es uns schon oft gelungen ist, durch eine leidenschaftliche, unvorhergesehene Neigung, durch eine interessante nachhaltige Bekanntschaft, durch das Anspinnen eines unschuldigen Romans eine schnelle, glückliche Heilung zustandezubringen. Überhaupt gibt es ja nichts Heilsameres für unsere Pfleglinge, als wenn es uns gelingt, sie aus ihrem Insichversunkensein heraus und zu dem Sichhineindenken in eine andere Lage bringen zu können. Und was bewirkt dies mehr als die Liebe, diese am wenigsten egoistische Leidenschaft, deren Gegenstand eine fremde Individualität ist! Freilich haben Sie Recht, wenn Sie fürchten, es könne einmal ein Irrtum, ein Fehltritt, eine sogenannte Szene entstehen, das ist auch schon vorgekommen, aber, haha! dafür haben wir ja Mittel, dem Irren seine richtige Stellung in der Welt anzuweisen und ihn vor der Wiederholung seiner Torheit zu bewahren. Übrigens weiß hier auch ein Jeder, was sich für ihn ziemt, und da er es für einen Vorzug hält, mitzuspielen, so zeigt er sich von seiner besten Seite, um auf keine Weise sein einmal erlangtes Glück ein- für allemal zu verscherzen. Sie sehen, wir sind auf Alles gefaßt und vorbereitet.«

Ich sah die Vortrefflichkeit von dem, was er mir sagte, ein und wünschte ihm Glück, soviel Gutes durch soviel Angenehmes leisten zu können. Der Rollenverteilung, welche unmittelbar nach dem Gespräche stattfand, wohnte auch Mr. Sidney bei, obwohl er selbst nicht als Schauspieler mitwirkte.

Es vergingen hierauf mehrere Tage, an denen ich keine Gelegenheit hatte, mich mit Mr. Sidney ungestört zu unterhalten. Und selbst die kurzen Unterhaltungen, die wir den vielen Hindernissen, welche uns umgaben, abgewannen, wurden noch sehr oft unterbrochen. Es war ein Glück für ihn, daß keiner seiner Wärter vollständig Deutsch verstand und ihn somit wohl stören, aber nicht belauschen konnte; daher sprachen wir denn auch gewöhnlich Deutsch, sogar über Dinge, die Jeder hören konnte, damit nicht etwa unter den zufälligen Zuhörern der Verdacht entstände, er spräche nur das Gleichgültige englisch, das aber, was Niemand verstehen sollte, deutsch.

Hierbei bemerkte ich erst recht, unter wie strenger Aufsicht man diesen Kranken hielt, wenigstens fiel es mir bei ihm am meisten auf. Beständig machten sich einige Aufpasser um ihn zu schaffen, seine Zimmer wurden, wenn er darin war, beinahe stündlich von dem ihm gegenüber wohnenden Wärter besichtigt und jeder Besuch, der bei ihm eintrat, genau beobachtet und höheren Orts gemeldet.

Auch im Garten, im Park, in der Reitbahn, auf dem Turnplatz, im Billardzimmer, kurz überallhin folgten ihm scharf blickende Augen, die all sein Tun und Lassen mit der sorgsamsten Ausdauer bewachten. Die Klasse dieser Bediensteten war in St. James, wie sie nicht immer gefunden wird, ausgezeichnet an Aufmerksamkeit und Beharrlichkeit.

So kam mir der sogenannte Irre von St. James mehr wie ein Staatsgefangener als ein Kranker vor. Was mir hierbei am meisten auffiel, war, daß er selbst diese Aufpasserei kaum zu bemerken schien, entweder, weil er sich im Laufe der Zeit daran gewöhnt hatte, oder weil er von Natur zu stolz war, dergleichen Dinge zu beachten. Und wenn er es auch in Ausnahmefällen, in denen der Spion nicht zu verkennen war, bemerkte, so verriet doch kein Zeichen an ihm, daß er unangenehm dadurch berührt wurde. War dies jedoch wirklich der Fall, so bewies er durch seine Ruhe und sein durchaus gleichmäßiges Betragen, daß er wenigstens ebenso klug war wie diejenigen, die ihm diese Aufpasser zugesellt hatten.

Nur einigemale, als uns, auf einem Spaziergange oder auf einer Gartenbank beim Schachspiel sitzend, ein Wärter langsam und lauernd in immer engeren Kreisen umschlich und jedes seiner Worte und jeden seiner Blicke mit Augen und Ohren zu erhaschen bemüht war, sah er sich kaum lächelnd um und nickte demselben vertraulich zu, als wolle er gewissermaßen damit andeuten: ich bin da und befinde mich wohl! Geh' und sag's. Aber dergleichen Blicke waren im Ganzen überaus selten und konnten nur einem scharfen Beobachter wahrnehmbar sein.

Selbst das Vertrauen, welches er von Tag zu Tag mehr in mich zu setzen schien und vor Niemandem zu verbergen suchte, erregte allmählich ein leises Mißtrauen bei der Verwaltung und dem Oberarzt, der auf alle Kranken ein wachsames Augenmerk hatte. Eines Tages fragte mich der Direktor, obwohl mit der größten und zartesten Freundlichkeit, wie es komme, daß ich mich so viel mit dem einen und viel weniger mit den anderen Kranken beschäftige? Warum ich fast nur Deutsch mit ihm spreche, da mir das Englische doch geläufig genug sei, um über Alles und Jedes mich mit ihm unterhalten zu können, und ob ich auch meiner Überzeugung als Irrenarzt gemäß zu handeln gewiß wäre, wenn ich Mr. Sidney in seinen Lieblingsbeschäftigungen, seinem Sichgehenlassen usw. durch meine Teilnahme ermunterte?

Ich erwiderte ihm, daß mich der reine, erhabene Geist, der diesem liebenswürdigen jungen Mann innewohne, interessiere, daß ich Beobachtungen seltener und schwer zu erreichender Art über seinen sonderbaren Gemütszustand sammle, daß ich gewöhnlich Deutsch mit ihm rede, weil er sich darin üben wolle, und daß ich endlich nur nach meiner Überzeugung als Arzt handle, wenn ich mich bemühe, seine Ansichten zu berichtigen und ihn in seiner fortschreitenden Genesung zu befestigen und weiterzuführen.

Hiermit sprach ich die Wahrheit aus, und meine Worte waren ganz so eingerichtet, die Besorgnis des Fragenden aufzuheben und seine Wünsche in Bezug auf seinen Kranken zu befriedigen, aber dennoch konnte ich nicht umhin, wahrzunehmen, daß man in Kleinigkeiten anfing, ein gelindes Mißtrauen in mich zu setzen, oder wenigstens mein Kommen und Gehen mit mehr Aufmerksamkeit zu betrachten, und ich nahm mir daher vor, nur noch vorsichtiger in meinem eigenen Treiben zu werden.

So kam es denn, daß wir in unseren Gesprächen, die wir täglich zu führen geneigt waren, allmählich immer mehr beschränkt wurden, und zuletzt konnten wir uns fast nur im Billardsaal, wo wir unsere Partie spielten, wenn die Andern die ihrigen beendet hatten, einige abgebrochene Mitteilungen machen und uns über das, was wir gerade vorhatten, mit kurzen Worten verständigen. Denn auf den Spaziergängen, bei den gymnastischen Übungen, beim Reiten, woran ich in Gesellschaft der Ärzte und mehrerer anderer Beamten fast stets teilnahm, gesellten sich diese zu uns und schienen es darauf abgesehen zu haben, uns womöglich etwas fern voneinander zu halten. Auf seinem Zimmer ihn zu besuchen, unterließ ich fast ganz, denn jedesmal, wenn ich bei ihm gewesen war, geschah es, daß man ihn einer schärferen Aufsicht, wenn nicht strengeren Behandlung unterwarf, und diese Qualen ihm zu vermehren, der schon so viel erlitten hatte, konnte am wenigsten meine Absicht sein.

»Die Instruktionen, die der Direktor der Anstalt über diesen Kranken erhalten hat, müssen sehr dringend sein«, dachte ich oftmals. »Man scheint entweder von ihm zu fürchten, daß er irgend eine Untat begehen oder fliehen wolle, oder gar, daß er mir eine unerwünschte Mitteilung verborgener Tatsachen zu machen habe, denn anders kann ich mir diese eigentümliche Beschränkung nicht gut deuten!«

Daß übrigens durch alle diese Hindernisse, die man mir in den Weg schob, meine Neigung erhöht und meine Begierde, etwas Näheres von ihm zu erfahren, gesteigert wurde, brauche ich wohl kaum zu bemerken; es war in der Natur der Sache begründet. Es mußte ein wichtiges, schweres Geheimnis auf diesem Manne lasten, und wenn man dieses letztere auch nicht kannte, was ich in der Tat auch nie geglaubt habe, so mußte man doch Grund genug haben, sein Verweilen in St. James für äußerst wichtig und notwendig zu erachten. Was für ein Geheimnis dies aber sei, wen es betreffe, und wieweit der Obere der Anstalt von demselben unterrichtet sei oder ob er blindlings den Befehlen derer gehorche, die über Mr. Sidney zu bestimmen hatten, das zu enthüllen war allein der Zukunft vorbehalten, und ich sah unter solchen Verhältnissen noch gar keine Möglichkeit, wie ich die Mitteilungen, die mir der Irre über sich selbst versprochen hatte, erfahren sollte.

Nichtsdestoweniger aber reichten die kurzen, oft wiederholten Unterhaltungen zwischen uns hin, mich über seinen edlen und erhabenen Charakter, seinen scharfen und klaren Geist, seine außergewöhnliche, über so viele Fächer der Erkenntnis verbreitete Bildung, vor Allem aber über die Innigkeit und Zartheit seines tiefen und doch so schwer verletzten Gemütes aufzuklären. Von Tag zu Tag wurde meine Neigung zu diesem außergewöhnlichen Menschen größer und größer, und in gleichem Maße, wie ich ihn lieber gewann, mußte ich ihn achten und ehren lernen.

Von mir ermutigt und beraten, ertrug er mit dem männlichsten Gleichmut alle oft so unangenehmen Proben, die man seiner Standhaftigkeit und seiner Geduld unablässig auferlegte. Die moralischen Ermahnungen, die der Prediger ihm bisweilen angedeihen ließ, ebenso wie die psychologischen Auseinandersetzungen, die der Oberarzt herbeizuführen sich berufen fühlte, um ihn von seinen Irrtümern zu überzeugen und wieder auf den geraden, logischen Weg des kalten, gesunden Verstandes zurückzuführen, den man in seinen Grundfesten erschüttert glaubte, hörte und beantwortete er nicht allein mit der größten Leutseligkeit und Geduld, sondern er entgegnete sie sogar oft mit weit schärferen Widerlegungen, und richtigeren Bemerkungen, als Mr. Lorenzen und Mr. Bromfield auszusprechen imstande waren. Nur bisweilen, jetzt viel seltener als früher, und dann war sein Gemüt auf der Oberfläche zwar stets spiegelklar und ruhig, doch in der Tiefe bewegt und in einer für uns Alle unerklärlichen Wallung, nur bisweilen, sage ich, verteidigte er sich mit stechender Ironie und dem beißendsten Sarkasmus, ja, er bewies dann gerade, als ob ihm der Widerspruch ein Vergnügen gewähre, das Gegenteil von dem, was man ihm aufnötigen wollte, ohne daß irgendjemand ihn zu widerlegen fähig gewesen wäre; und gerade dieser unglückselige Umstand war es, der seine Lehrer und Leiter in der Meinung bestärkte, daß er unverbesserlich und alle ihrerseits so eifrig angewandten Bemühungen vergeblich seien.

»Vier ganze Jahre hat man sich nun schon vergebens abgemüht«, sagte eines Tages der Oberarzt zu mir, als eben eine solche kaustische Widerlegung stattgefunden hatte und der gute Mann erschöpft und unwillig von seinem Stuhle aufgestanden war, »vier ganze Jahre, und nichts Gewisses ist damit erreicht, nichts dauernd verbessert, nichts gänzlich vertilgt, da sehen Sie, welche Geduld derjenige haben muß, der sich berufen glaubt, das ungeheure Opfer zu bringen, dem Menschengeschlechte auf Kosten seiner eigenen Ruhe und Zufriedenheit seine Irrtümer, seinen geschmacklosen Unsinn, seine gemütlichen Verkehrtheiten logisch zu berichtigen. Man möchte manchmal des Teufels sein! Aber ich werde ihn schon einmal bändigen, diesen Mr. Sidney, meine Geduld ist länger als die seinige, und seine hartnäckige, verbissene Kraft wird meiner Ausdauer erliegen. Wenn es so fortgeht, kann er hier ein halbes Jahrhundert zubringen!«

Ich erschrak innerlich über diesen Ausspruch, aber was konnte ich Gründliches dagegen vorbringen? Hatte ich doch kein Recht dazu, meine noch unverbürgte Überzeugung auszusprechen, was wußte ich Bestimmtes, Gewisses über Mr. Sidney, was den Ärzten hier nicht auch bekannt war, und trotz jener inneren Stimme, die mir das Gegenteil zurief, mußte ich dem hellsehenden Arzte gegenüber, wenn auch nicht durch Worte, doch durch Schweigen meine Zustimmung zu erkennen geben.

Oft, ich gestehe es, quälte mich der Gedanke und machte mich vor mir selbst erröten, ich sei nicht fähig, die Richtigkeit der Einsicht des Arztes und die Unrichtigkeit der meinigen einzusehen. Ein andermal warf ich mir eine zu geringe Erfahrung, eine übereilte Neigung, eine durch dunkle, verworrene Gefühle hervorgebrachte irrtümliche Meinung vor. Wenn ich aber dann wieder auf den so ruhig einherwandelnden Mann, auf sein edles, durch nichts getrübtes, geistig gesundes Äußere hinsah, seine unnachahmlich gleichmäßige, überlegene und nur duldende Physiognomie betrachtete, und sein geistreiches, belehrendes und durch seine Anmut hinreißendes Gespräch anhörte, dann konnte ich, mochte man sagen, was man wollte, dann durfte ich nicht wider meine Überzeugung und gegen jene mächtige, innere Stimme, die nie lauter als jetzt sprach, seinen Ärzten eine richtige und mir eine falsche Ansicht seines Geisteszustandes eingestehen. Ach! und die Sache war, wie sie schwierig zu entscheiden blieb, ebenso wichtig in den Folgen, die dieser oder jener unwiderruflich festgesetzten Meinung auf dem Fuße nachkamen oder nachkommen mußten. Nichts auf der Welt ist schwerer, als über den gesunden oder nicht gesunden Geisteszustand irgendeines Menschen apodiktisch zu entscheiden. Beispiele dieser oder jener Art mit ihren entsetzlichen Folgen liegen mehrere vor. Ich brauche nur an einige wenige Fälle zu erinnern, wo Irre, namentlich Rasende, welche jahrelang vernünftig waren, plötzlich entsetzlich verrückt wurden und das größte Unheil zu stiften imstande waren, Fälle, wie sie, um nur einen zu nennen, der große Heim in Berlin, traurigen Angedenkens und glaublich genug, aufbewahrt hat.

Konnten wir hier nicht einen solchen Fall vor uns haben? Wer bürgte uns dafür, daß es nicht so war?

Doch ich tröstete mich wieder mit dem, freilich nichts für oder wider beweisenden Gedanken, daß diese Fälle sehr selten seien, und ich hatte ja selbst schon einen dieser Anfälle von scheinbarer Tobsucht an meinem Irren beobachtet und den Grund davon, wenn auch nicht vollkommen erfahren, doch ziemlich deutlich ahnen können, so daß ich mich durchaus nicht für überzeugt halten konnte, der vorliegende Fall sei unbedingt ein so seltenes und wirklich so gräßliches Spiel der Natur.

»Nein, nein!« sagte ich zu mir selbst nach solchen höchst widerwärtigen Momenten des Zweifels, »er ist nicht das, wofür sie ihn halten, er kann es nicht sein, es steckt hier irgendeine Schurkerei im Hintergrund, und die Ärzte sind nur getäuscht durch seltsame Verwicklungen in dem von einer schrecklichen Last bedrückten Gemüte dieses Menschen, und ich werde – ich will – ich muß diese Schurkerei erfahren und aufdecken, mag daraus entstehen, was will; aber klar muß ich sehen, denn diese Zweifel sind schrecklich für ihn und für mich, und Beide haben wir sie lange genug ertragen, um sie endlich unerträglich zu finden!«

Mit solchen oder wenigstens ähnlichen Gedanken und Entschlüssen beschäftigt, traf ich eines Nachmittags mit dem Irren von St. James im Parke zusammen, und ungeachtet der vielen Aufpasser, die sich wachsam im Bereiche ihrer Pflegebefohlenen umhertrieben, spazierten wir nach freundlicher Begrüßung in ziemlich ungezwungener Unterhaltung umher. Ich hatte schon seit länger als vierundzwanzig Stunden eine kleine Wolke, mehr der Besorgnis als des geistigen Leidens, auf der Stirn meines Begleiters wahrgenommen und war eben gesonnen, eine Frage deshalb an ihn zu richten, als er zu mir sagte:

»Kommen Sie auf jenen Hügel da; wir können von dem Gipfel desselben die Straße verfolgen, ich sehne mich heute mehr als je nach Freiheit und Bewegung, und wenn ich sie auch nicht genießen darf, dort oben wenigstens kann ich sie mir am besten denken.«

Ich folgte seinem Wunsche, und bald erreichten wir den Gipfel des kleinen mit niedrigem Gebüsch bepflanzten Hügels. Daselbst stand eine bequeme Bank, und wir ließen uns darauf nieder.

Jetzt war ich im Begriff zu sprechen, aber da fesselte mich wieder der Blick des Irren, der mit einer seltsamen Mischung von Erwartung und Besorgnis den Weg hin aufblickte, den ich selbst mit dem Krämer vor mehreren Wochen herabgekommen war. Die Straße schlängelte sich Anfangs ein wenig und verbarg sich hinter kleinen Erderhöhungen, obwohl die Pappeln, mit denen sie eingefaßt war, über dieselben hinwegragten, doch konnte man sie nachher noch beinahe eine ganze englische Meile weit ziemlich genau mit den Augen bestreichen.

Forschend hielt ich meine Blicke auf meinen Gefährten gerichtet; er bemerkte es selber und sagte dann:

»Bitte, sehen Sie nach dem Weg hinauf, es flimmert mir, seitdem ich in diesem Hause bin, alles vor den Augen, sobald ich in die Ferne schauen will; bemerken Sie nichts auf der Straße?«

»Nein!« erwiderte ich. »Erwarten Sie etwas?«

»Ja, sehr viel!« entgegnete er mit ungewöhnlichem Ernst. »Mein treuer Freund, der Krämer, ist nun schon über drei Wochen fort und diese Zeit ist für ihn lang genug, um das Eine oder das Andere ausgeführt zu haben, und da heute Posttag ist und die Post auf diesem Wege und um diese Stunde kommen muß, so werden Sie es natürlich finden, daß ich mich endlich nach einer Entscheidung meines Schicksals sehne.«

»Nach einer Entscheidung, Sir?« fragte ich etwas kleinlaut, denn ich hatte mir vorgenommen, mich auf keine Weise in sein Vertrauen zu drängen.

»Ja!« sagte er mit heller, kräftiger Stimme, und sein Auge blitzte in ungewöhnlichem Glanze, »Entscheidung, mein Freund! Denn es handelt sich hierbei um mehr als um ein Leben und um einen Tod, um zwei, um dreimal Leben und Tod, wenn Sie wollen entweder – oder; es ist dies das Letzte, was ich von dorther erwarte; schlägt auch das fehl, dann, wohlan! bin ich zu jedem Kampfe bereit-ich habe lange genug gezögert und gewartet-jetzt kann ich es nicht mehr, oder mein Herz weicht aus seinen Fugen!«

Die letzten Worte sprach er in einem so entschiedenen und festen Tone, halb mit Entrüstung und halb mit Schmerz, daß ich unwillkürlich erbebte; und aus seiner bewegten Miene und seinem glühenden Blicke sah ich, daß diese Entrüstung eine tödliche und daß dieser Schmerz ein fürchterlicher war.

Es folgte eine Pause, die mir unangenehm wurde, ich brauchte nicht mehr nach dem zu fragen, was ich vorher wissen wollte, ich hatte genug gehört. Um aber das peinvolle Schweigen zu brechen und seinen qualvollen Gedanken eine andere Richtung zu geben, fragte ich:

»Haben Sie volles Vertrauen zu dem Krämer, daß er Ihre Sache pünktlich und nach Ihrem Wunsche führt?«

»Vollkommenes, ich kenne ihn seit achtundzwanzig Jahren solange ich lebe – er war bei meiner Geburt.«

»Ah!« unterbrach ich ihn, »nun wird es mir klar – so waren Sie der Herr, mit dem er in Deutschland gewesen ist?«

Der Irre von St. James blickte mich von der Seite an und lächelte so ruhig, als ob er soeben aus den sanftesten Empfindungen erwacht wäre.

»Der war ich«, sagte er, »ist Ihnen dies erst jetzt eingefallen? Seien Sie aufrichtig.«

»Gewiß will ich es sein – ich habe schon früher einmal daran gedacht, damals, als Sie mir sagten, daß Sie in Deutschland gewesen, was ich auch von ihm wußte; indessen hatte ich wieder meine Zweifel, wie es auch nicht anders –«

»Wie es auch nicht anders sein kann, wollen Sie sagen und Sie haben auch ein Recht dazu. Warten Sie noch eine kurze Zeit, eine sehr kurze Zeit – doch halt! sehen Sie da nichts?«

»Ja!« rief ich und stand auf, denn er war mir schon mit einem Sprunge vorangeeilt, um besser sehen zu können, und blickte scharf in die angedeutete Richtung.

Es war wirklich der Postwagen. Er kam schnell näher, denn der Weg führte bergab. Wir schritten wieder den Hügel hinunter und gingen den Brücken zu. Nach einer Viertelstunde ungefähr fuhr der Wagen in den Hof, und bald darauf wurden die Pakete ausgeteilt und die Briefe herumgetragen. Auch für mich fand sich einer dabei, obgleich ich gerade jetzt keinen erwartete, den mir sogleich der halb blödsinnige Knabe, der mich bediente, in den Park herabbrachte. Der Überbringer ging wieder davon, und ich hielt noch den Brief in der Hand, ohne ihn sogleich zu öffnen, da ich gesehen hatte, daß er von einer mir unbekannten Hand geschrieben war.

Der Gedanke, daß der Irre seinen so sehnsüchtig erwarteten Brief nicht empfangen hatte, schmerzte mich, doch schien es mir, als wenn er selbst darüber ungemein ruhig wäre.

»Und Sie haben wirklich keinen erhalten?« fragte ich.

»Wer kann das wissen!« erwiderte er, »direkt an mich kommt nie einer und darf keiner kommen. Einen erwarte ich nur durch den Direktor und den andern durch – Sie!«

»Durch mich?« fragte ich etwas erstaunt, indem ich meinen Blick auf sein ruhiges Antlitz heftete.

»Nun ja! Sobald jener Mann da vor uns sich um das große Gebüsch wendet, zeigen Sie mir die Aufschrift Ihres Briefes.«

Ich wartete, bis der Mann unseren Blicken entschwunden war, dann hob ich den Brief in die Höhe.

»Richtig«, rief er, beinahe zu laut für die Horcher, als er kaum einen flüchtigen Blick auf den Brief geworfen hatte, »er ist von Phillipps – öffnen Sie und lesen Sie geschwind, geschwind!«

Während ich den Brief erbrach, schaute ich den also Sprechenden verwundert an, denn seine Stimme bebte, trotz des Zwanges, den er sich antat, um ruhig zu bleiben, und drückte eine unbeschreibliche Beängstigung aus. Da sah ich sein sonst so gleichmäßig blasses Gesicht dunkelrot gefärbt bis an den Hals hinab und sein Blick hing, leuchtend vor Erwartung, an meinen Händen, die den Brief hielten.

Ich blickte auf denselben hin und las folgende wenige Worte:

»Einliegendes unserem Freunde, dem Irren von St. James – trösten Sie – helfen Sie – gehen Sie nicht eher fort, als bis ich wieder bei Ihnen gewesen bin. Adieu! ich komme bald!«

Ich gab das offen darin liegende Blättchen an den, der es empfangen sollte.

Das ist sonderbar, dachte ich, ich soll immer trösten und helfen und weiß nicht weshalb und womit. – Und dennoch war ich nie entschlossener gewesen, zu trösten und zu helfen, weshalb und womit es auch wäre!

»Da!« sagte der Irre mit einer schrecklichen Ruhe, die mit seiner vorigen Bewegung einen erschütternden Gegensatz bildete, und er sah plötzlich wieder ebenso blaß aus, wie er vorher rot gewesen. »Da – stecken Sie das Blatt ein, ich darf es nicht behalten, man könnte es bei mir finden oder erraten, was darin ist; denn alle Leute hier, die nicht weniger als ihre fünf gesunden Sinne haben, haben ihrer sechse – halt! lesen Sie, lesen Sie zuvor, und wenn Sie auch nicht dadurch erfahren, was ich abermals verloren habe, so erfahren Sie doch, daß ich auch nichts gewonnen habe.«

Ich nahm schweigend das Blatt, das ich schon eingesteckt hatte, und las:

»Die Spur war falsch – sie war es nicht; aber ich bin schon wieder auf einer anderen und hoffe, Ihnen in acht Tagen mündlich etwas darüber mitteilen zu können. Doch – was wichtig ist – ich habe auf meinem letzten Wege die Fährte eines andern Suchenden gefunden – Sie wissen, wen ich meine. Weiß der Doktor schon, was er wissen soll? Leben Sie wohl und Gott behüte Sie!«

»Meint der Schreiber mit diesem Doktor mich?« fragte ich.

»Ja, er meint Sie, und Sie wissen noch nicht, was Sie wissen sollen? Wie?«

»Nein!« entgegnete ich. »Wenigstens weiß ich noch nicht, was ich wissen möchte. Doch wie dem auch sei – Sie wissen gewiß, daß Sie in allen Dingen auf mich rechnen können?«

»O, mein Freund!« rief er, halb traurig, halb freudig, »das hätten Sie nicht nötig gehabt, mir zu sagen. Ihr Auge hat längst zu meinem Herzen gesprochen, und nun will dieses Herz auch noch ein Wort mit dem Ihrigen sprechen. Und Sie werden es verstehen?«

»Ich hoffe es, wie ich es wünsche. Wann aber wird es sprechen? Ich brenne vor Verlangen, es endlich zu hören.«

»Ich danke Ihnen, aber ich muß Ihnen die Antwort noch schuldig bleiben, denn da unten kommt der Direktor, und wenn ich nicht irre, so hat er ebenfalls einen Brief in der Hand – Ha! er lächelt, wie er mir gegenüber immer lächelt – das ist ein böses Zeichen – auch da habe ich verloren – das Unglück hat stets seinen Doppelgänger zur Seite.«

In diesem Augenblick winkte der Direktor dem Irren von Weitem zu; dieser ging ihm einige Schritte entgegen, während ich zurückblieb und mir auf der Stelle zu schaffen machte, wo ich gerade stand, denn ich wollte aus den Gebärden dieser beiden Personen erspähen, was zwischen ihnen vorging, da ich wußte, daß es mir kein Geheimnis bleiben würde und daß es kein Kinderspiel war, was sie verhandelten. Aber ich konnte nichts entnehmen, obgleich der Direktor, wenn auch ziemlich leise, doch sichtbar heftig sprach, denn er machte mit seinen Armen einige energische Bewegungen. Der Andere schien bloß Ohr zu sein, denn er stand wie ein Fels da, unbeweglich, als wären seine Füße in den Boden gewurzelt und sein Körper aus Marmor gehauen.

Nach einer Viertelstunde, so lange mochte das Gespräch zwischen ihnen gedauert haben, ging der Direktor langsam denselben Weg zurück, den er gekommen war, aber der Irre blieb sinnend stehen und blickte ihm nach. Dann drehte er sich halb nach mir herum und winkte, daß ich mich nähern sollte.

Ich trat heran und erschrak über den seltsamen Ausdruck, den seine Gesichtszüge angenommen hatten; es war nicht Wut, nicht Schrecken, nicht Angst, nicht Besorgnis, nein, es war die kalte, aber energische Verachtung einer stolzen Seele, die sich erhebt, wenn sie lange niedergetreten war, und einen Entschluß gefaßt hat, der Denjenigen zittern machen muß, der ihn hervorgerufen hat.

Er sah mich an und lächelte, aber es war ein Lächeln, welches, wenn es nicht das eines zürnenden Engels war, auch einem Dämon der Finsternis angehören konnte.

»Was ich Ihnen sagte«, flüsterte er, »o, mein Unglück weissagendes Herz hat mich auch diesmal nicht getäuscht. Alles, Alles, war umsonst. Aber jetzt sind wir quitt. Wenn ich morgen bei Tage keine Gelegenheit finde, Ihnen meine Geschichte zu erzählen, so stehle ich mich Nachts zu Ihnen, und sollte ich wie ein gemeiner Verbrecher meine Gitterstangen durchbrechen– das tue ich – so wahr mir Gott helfe!«

Und damit drückte er meinen Arm, den er erfaßt hatte, heftig und krampfhaft, winkte mit der anderen Hand, wie um Schweigen bittend, und ging dann rasch von mir fort. Ich folgte ihm bis zur Reitbahn. Hier rief er einem Stallknecht zu, ihm sein Pferd herauszuführen, und als der Mann es brachte, warf er sich mit Ungestüm auf das stolze, herrliche Tier und jagte im sausenden Galopp mehr als zwanzigmal in der großen Runde herum.

Ach, ich fühlte, daß diese schwindelnde Bewegung nötig war, um der größeren, gewalttätigeren Bewegung in seinem gepreßten Herzen einigermaßen das Gegengewicht zu halten.

Kapitel 7

Der nächste Morgen kam und mit ihm in meinem Herzen die gespannte Erwartung, auf welche Weise der Irre seinen Vorsatz ausführen und mir seine Geschichte erzählen würde.

Ich begab mich nach dem Frühstück in den Park, wo ich ihm zu begegnen und das Nähere seines Entschlusses zu hören hoffte. Aber er war noch nicht da, obgleich ich alle Übrigen schon in vollster Tätigkeit fand.

Besonders aber zeichneten sich vor Allem die Darsteller des »König Lear« aus, indem sie, anderweitige Geschäfte und Spiele zur Zeit vergessend, sogar die Frühstückstunde überhörten, um ihren ganzen Eifer auf das Studium und die Erlernung ihrer Rollen zu verwenden, denn die ersten Proben waren bereits, nachdem die Leseprobe glücklich überstanden, angesetzt worden. Ihre Rollen in der Hand, von den Übrigen abgesondert, gingen oder liefen sie vielmehr an den einsamsten Stellen des Parkes auf und nieder, indem sie laut vor sich hin redeten und ihre Gesten probierten; und ich glaube, wenn ihnen Jemand jetzt ihre Freiheit hätte schenken wollen, sie hätten dieselbe nicht angenommen, um nur nicht den Ruhm zu verlieren, ihre Rolle in dem Trauerspiele gut aufgefaßt und mit Beifall durchgeführt zu haben.

So aber ist der menschliche Geist, im gesunden wie im kranken Zustande – wenn irgendein wichtig erscheinendes Phantom vor ihm schwebt. Was ist die Wirklichkeit mit allen ihren Reizen, ihren reellen Genüssen und Vergnügungen gegen das traumartige Nebelbild eines vor der Seele schwebenden Gedankens in der aufgeregten, und entflammten Phantasie eines Denkers!

Um elf Uhr trat der Irre in den Park und näherte sich mir mit einer gewissen Vorsicht, denn er fühlte wie ich, daß wir gerade jetzt bei unserem immer näher rückenden Vorhaben darauf bedacht sein müßten, jeden möglichen Verdacht von demselben fernzuhalten.

»Guten Morgen!« sagte er und reichte mir die Hand. »Kommen Sie wieder hinauf nach dem Hügel, da sind wir wenigstens von drei Seiten vor Horchern sicher; ich habe mit Schrecken vernommen, daß einige der jüngeren Spürhunde seit einiger Zeit Deutsch lernen müssen, wie andere schon Französisch verstehen, und das ganz in der Eile und in aller Stille. Wie gefällt Ihnen das? Ohne Zweifel eine kluge Maßnahme, um recht inquisitorisch zu verfahren und alle Geheimnisse aus der ersten Hand erhaschen zu können. Ich glaube, sie wollen jetzt allen Ernstes wissen, was wir Beide so eifrig miteinander zu tun haben, und ich muß Sie um Gotteswillen bitten, keinen Augenblick aus Ihrer Gemütsruhe zu fallen oder irgendeine menschliche Leidenschaft blicken zu lassen, die hier verpönt ist, sonst könnte man Ihnen ebenfalls ein kaltes Spritzbad zur Abkühlung verordnen.«

Er lächelte, als er dies sagte, und bewies dadurch ebenfalls, daß er bei gesundem Verstande sei, wie er es durch seinen Gesang getan hatte. Denn der Oberarzt hatte diesen Morgen gegen mich behauptet – und hierin stimmte ich ihm unbedingt bei – daß wirklich Verrückte nicht lächeln könnten; wenn sie es versuchten, so lachten sie entweder oder grinsten; nur den geistesklaren Menschen allein sei es gegeben, mit Ruhe zu lächeln.

»Ja, ja!« fuhr er fort, »man ist hier überaus schnell und läßt kein Mittel unbenutzt, um zum Ziel zu kommen; auch in St. James gibt es Jesuiten. Haha! Aber wir sind noch schneller und klüger als sie, denn wir kommen ihnen zuvor, und ehe sie unsere Sprache verstehen können, sind wir über alle Berge. – Hören Sie nur, es wird heute Nacht gehen, besser sogar als ich dachte. Ich habe ausgekundschaftet, wer diese Nacht mein Wächter ist. Es ist Einer von denen, die mir am meisten wohlwollen, nicht allein, weil sie von Zeit zu Zeit ein kleines Geschenk empfangen, sondern weil ich ihnen dann und wann erlaube, mit mir zu plaudern, und nichts gewinnt diese Art Menschen mehr, als wenn sie sehen, daß man sie der Unterhaltung und des Meinungsaustausches für wert hält. Sehen Sie, dort ist er, und ich werde gleich meinen Vorsatz bei ihm ausführen.«

Während wir dem bezeichneten Manne langsam entgegengingen, machte ich Mr. Sidney den Vorschlag, der mir anfangs besser gefiel und leichter ausführbar erschien, mir lieber auf seinem eigenen Zimmer seine Geschichte zu erzählen.

»Das geht gar nicht«, erwiderte er, »so leicht es auch scheinen mag. Als Gesunder dürfen Sie keine Laune haben, Nachts spazieren zu gehen; würden Sie bei mir entdeckt, und wie wollen wir Jemanden abhalten, auf mein Zimmer zu kommen, so hätten wir Beide Unannehmlichkeiten davon. Ihr Zimmer aber zu durchsuchen wird keinem Menschen einfallen. Und erfährt man auf irgendeine Weise, daß ich – ein Bewohner des Hauses und in das Register der Irren Eingetragener – daß ich außerhalb meines Zimmers gewesen bin, nun, so hält man es höchstens für eine mit meiner Krankheit übereinstimmende Handlung, und ich gebe alsdann als Grund meines nächtlichen Spazierganges Unruhe, Schlaflosigkeit, Hitze oder sonst irgendetwas an.«

»Das kann ich aber auch –«

»Freilich, das können Sie gewiß, aber Sie werden nicht, wenn Sie frische Luft schöpfen wollen, drei Treppen hinaufsteigen, um sich in dem Zimmer eines Wahnsinnigen zu erholen, sondern der Natur der Sache gemäß werden Sie sich ins Freie begeben.« »Ganz gut, aber wenn man Ihren Ausflug bemerkt, wird man Sie bestrafen –«

»Ha! als wenn ein Sturzbad mehr oder weniger mein Herz noch eisiger erkälten könnte – was denken Sie! Doch wenn Ihnen auch dieser Grund nicht genügt, so hören Sie noch einen anderen. In meinem Zimmer können wir vor Belauschung nie ganz sicher sein, denken Sie nur an die verteufelten Röhren –«

»Richtig! daran habe ich nicht gedacht –«

»Ihr Zimmer aber entspricht allen Erfordernissen, links hat es die Treppe, rechts Ihr eigenes Schlafgemach, vorn den Garten, hinten den Korridor, unten die Küche und oben eine Irrenschlafstube – Sie sehen, ich weiß das Alles, denn ich habe mich genau von diesen notwendigen Kleinigkeiten unterrichtet. Also erwarten Sie mich, doch nicht vor Mitternacht, denn erst um diese Zeit schlafen die Türsteher fest, und viel später darf ich auch nicht kommen, denn gegen Eins geht der Mond auf und ich habe bis gegen Morgen Ihre Aufmerksamkeit in Anspruch zu nehmen. Von Ihnen begebe ich mich nicht wieder nach meinem Zimmer, das ist ein zu weiter Weg und ein Frühaufsteher könnte mir auf der Treppe begegnen –«

»Sondern?« fragte ich erstaunt, denn ich glaubte schon, er wolle sogleich entfliehen; auch schien er mein Erstaunen recht zu deuten, denn er sagte sogleich beschwichtigend:

»O, besorgen Sie noch nichts – ohne Ihre Hilfe kann ich nicht fort und mein Plan geht auch noch weiter, aber ich gehe von Ihnen in den Garten. Begegnet mir dort Jemand, so genieße ich den Morgen; und ist auch das noch eine zu freie Handlung für einen unfreien Menschen, wie ich einer bin – nun, so mögen diese Freien sich ihrer von Gott verliehenen Kraft bedienen, ich werde nichts dagegen haben.«

»Alles sehr schön, aber wie kommen Sie aus Ihrem Zimmer heraus, da es jede Nacht von Ihrem Wärter verschlossen wird?«

»Das ist es gerade, was ich mit jenem Mann zu bereden gedenke. Kommen Sie, er grüßt mich schon!«

Der Mann hatte seine Mütze ehrerbietig und freundlich gezogen, als er näher gekommen war.

»Guten Morgen, Gentlemen! Ah! ein warmer Tag!«

»Guten Morgen, Mr. Chappert«, erwiderte leutselig der Irre, »ja, sehr warm. Nun, bei Tag geht's noch, aber des Nachts – da ist es kaum zu ertragen. Sagen Sie mir, wie fangen Sie es an, in Ihrem kleinen Verschlag nicht zu ersticken, da die Fenster nach hinten verschlossen sind?«

»Ei, Sir, das ist ganz einfach, ich lasse die Tür zum Korridor auf, und da an den großen Schlußtüren Zugfenster sind, so weht des Nachts eine erträgliche Luft vor meinem Zimmer.«

»Da sind Sie sehr glücklich, Chappert, ich komme in meinem verschlossenen Zimmer vor Hitze beinahe um.«

»Sir!« sagte der Mann leise und trat einen Schritt näher, »wenn es Ihnen heute Nacht ansteht, ich habe die Wache, so lassen wir Ihre Tür auf, und ich wette, Sie werden eine behagliche Nacht hinbringen.«

»Ich zweifle gar nicht an Eurem guten Willen, aber es geht nicht.«

»Und warum nicht?«

»Weil Eure große Uhr so laut tickt, daß ich nie schlafen kann, wenn ich sie höre, und ich höre sie sogar oft durch zwei Türen.«

»Die Uhr? O! Das hätten Sie mir nur früher sagen sollen, das ist ja eine Kleinigkeit – die halten wir an!«

»Und verschlafen morgen die Zeit, wenn sie nicht weckt, und kommen um unser Frühstück!« sagte der Irre und lächelte überaus gutmütig den gefälligen Menschen an.

»Hm!« entgegnete dieser. »Es ist nicht zu verwundern, wenn Unsereins einen festen Schlaf hat, den ganzen lieben langen Tag auf den Beinen, und Nachts auch oft keine Ruhe. Sie haben Recht, ich könnte wirklich die Zeit verschlafen, und man würde mich dieser Kleinigkeit wegen auch für nachlässig in wichtigeren Dingen halten.«

»Eben darum!« sagte der Irre, »es geht nicht!«

»Ja, und doch geht's!« rief jener plötzlich, »ich brauche ja nur meine Tür zu schließen.«

Beinahe hätte ich laut gelacht – es war zu komisch, wie der arglose Mann mit der pfiffigsten Miene von der Welt und voller Freude, einen Ausweg gefunden zu haben, gerade das angab, was Mr. Sidney wollte, ohne es selbst fordern zu müssen, aber ich nahm mich zusammen, zumal ich meinen Gefährten so ruhig und ernst wie vorher bleiben sah.

»Sie sind sehr gefällig«, erwiderte dieser, »ich wünschte, es wären alle Wärter wie Sie, Chappert – was macht Ihr Knabe?«

»Danke, Sir, danke! Nächsten Sonntag wird er getauft.«

»Hier, Chappert – da, kaufen Sie ihm eine silberne Klapper zur Taufe und grüßen Sie Ihre Frau.«

Und so sprechend, warf er ihm rasch eine Guinea in seinen oben offenstehenden Rock.

Der Mann drehte sich augenblicklich nach allen Seiten um, um zu sehen, ob auch Niemand diesen glücklichen Wurf bemerkt habe. Da er aber nichts Verdächtiges entdeckte, sagte er mit freudestrahlendem Gesicht:

»Rechnen Sie auf mich, Sir; was in meinen Kräften steht, will ich tun, und diese Nacht sollen Sie einen frischen Luftzug haben. Guten Morgen, meine Herren, ich muß weitergehen.«

Er ging fort und wir blickten uns mit zufriedener Miene an.

»Sehen Sie«, sagte Mr. Sidney, »es geht Alles, man muß es nur auf die rechte Art versuchen. Und nun können Sie mich bestimmt erwarten, jetzt hält mich nichts mehr. Halten Sie nur Ihre Tür geöffnet und sorgen Sie dafür, daß sie nicht knarre; dann ein offenes Ohr und ein offenes Herz, und wir werden uns bald näher kennen. Jetzt aber wollen wir uns trennen und uns den ganzen Tag nicht mehr zusammenfinden lassen, damit durchaus kein Verdacht entstehe – und so sage ich Ihnen denn einen guten Morgen!«

Wir trennten uns, und ich begab mich zu den gewöhnlichen Krankenvisiten, die ich in der Regel mitzumachen pflegte.

Der übrige Teil des Tages aber verstrich mir langsamer, als mir je ein Tag verstrichen war, er wollte gar kein Ende nehmen, und wohl zwanzigmal sah ich nach der Uhr.

Endlich ging ich aus Langeweile zum Prediger, dem ich einen Besuch schuldig war, fand ihn aber nicht und sah mich so genötigt, da ich zum Lesen durchaus keine Ruhe hatte, mit den Beamten zu spielen.

Endlich kam der Abend, das Abendessen ward eingenommen, die Kranken verließen allmählich den Park und wurden in ihre Zimmer geführt. Es wurde stiller und ich begab mich in den Garten, wo der Direktor wieder mit seiner Familie der Abendkühle genoß. Hier, um mich den Gedanken zu entreißen, die mich unaufhörlich beunruhigten, gab ich mich einer ungewöhnlich lebhaften Unterhaltung hin, aber ich weiß kein Wort mehr von dem, was wir sprachen. Meine Gedanken kreisten in ganz anderen Gefilden, und ich bemühte mich nur, so ruhig wie möglich zu erscheinen.

Gegen elf Uhr endlich trennte man sich auch im Garten und wir begaben uns alle in unsere Zimmer.

Jetzt betrat ich meine Wohnung und traf alle Vorkehrungen, die ich für unsere nächtliche Zusammenkunft für zweckmäßig erachtete, ich lehnte die Tür bloß an, damit das Aufklinken kein Geräusch verursache, und ließ die grünen Vorhänge an den Fenstern herunter. Dann zündete ich zwei Wachskerzen an, holte zwei Gläser und eine Flasche französischen Weines aus dem Kamin, überblickte meine ganze einfache Vorbereitung noch einmal, als gäbe es eine Schlacht zu liefern, und begann langsam in meinem Zimmer auf und ab zu gehen. Da Niemand unter mir wohnte, konnte dies keine üblen Folgen haben.

Aber trotz aller dieser kleinen Beschäftigungen, womit ich mir die Zeit zu vertreiben suchte, nahm meine Unruhe immer mehr zu, wie Jemand, der ein wichtiges Ereignis herannahen sieht, stets beklommener wird, je näher es kommt.

Und in der Tat, es war das Beginnen, dem ich entgegenging, nicht gleichgültig für mich. Wenn ich die Folgen bedachte, die es haben konnte, wurde ich zu einem nicht eben erfreulichen Ernste geführt. Ich tat etwas, was den Gesetzen einer wohlorganisierten Anstalt, die streng in ihren Beschlüssen und konsequent in der Ausführung derselben war, schnurstracks zuwiderlief, ich ermunterte sogar durch meinen Anteil einen dieser Anstalt Anvertrauten, den Gesetzen derselben zuwider zu handeln, und zwar auf eine Art, die, wenn sie mißglückte, für uns Beide die unangenehmsten Folgen haben konnte. Und dennoch war ich keinen Augenblick zweifelhaft, vor oder rückwärts zu schreiten, dennoch sah ich sogar mit einem heißen Verlangen der Lösung des Rätsels entgegen, das mich schon seit einigen Wochen umgab.

Und dieses bis jetzt unaufgeschlossene Rätsel erfüllte mich mit aller der Spannung, welche der menschliche Geist zu empfinden fähig ist, wenn es sich um so wichtige Interessen handelt, wie sie hier im Spiele zu sein schienen. Unzähligemal hatte ich mir schon im Stillen die Geschichte des Irren von St. James nach meiner Idee vorerzählt und ich konnte nicht müde werden, mir dieselbe auch jetzt von Neuem mit allen möglichen Variationen zu wiederholen.

So kam es denn, daß ich mich mit diesem Hin- und Herwenden in eine Art künstlicher Erregung versetzt hatte, aus der ich nur durch die Wahrheit selbst gezogen werden konnte, und ich sah derselben mit einer wahrhaft fieberhaften Anspannung entgegen. Ich zählte die Minuten, die noch bis Mitternacht verfließen sollten, und trat endlich, als es dreiviertel nach Elf schlug, an das Fenster und öffnete es leise.

Der Himmel war klar und rein, kein Lüftchen regte sich – es herrschte eine so tiefe Stille um mich herum, daß ich das Klopfen meines eigenen Herzens hören konnte. Aufmerksam auf die lebhaftere Bewegung desselben, fühlte ich neugierig meinen Puls – er hatte hundertundzehn Schläge in der Minute und dabei war er voll und hart. Ich führe diesen Umstand an, so sonderbar es auch erscheinen mag, den Umfang meiner Empfindungen nach Pulsschlägen zu berechnen, aber ich konnte mich nicht erinnern, jemals eine so große Gemütsaufregung überstanden zu haben.

Wenn ich jetzt einem Arzte meine Hand gereicht und gefragt hätte: mein Kopf brennt, mein Herz klopft ungestüm, ich bin sehr beängstigt, da ist mein Puls, was wollen Sie tun – so bin ich überzeugt, daß er mir fürs erste einen Aderlaß verordnet hätte, und doch war ich vollkommen gesund. Ich war nur voll Erwartung der Dinge, die da kommen sollten, mein innerstes vegetatives und animalisches Leben war nur durch eine Spannung des Geistes gesteigert, wie ich sie in meinem ganzen Leben noch nicht empfunden hatte. Und ich frage den Leser, ob er diese Schilderung übertrieben findet. Gewiß nicht, wenn er sich jemals in einer ähnlichen Lage befunden hat.

Um mich abzukühlen, trank ich Wasser und setzte mich dann, um besser lauschen zu können, auf einen Stuhl, der dicht neben der Tür stand, die nach dem Korridor führte.

Ob es ihm glücken wird, ungehindert bis zu mir herabzukommen? dachte ich; wie! wenn man ihn auf seinem nächtlichen, unerlaubten Wege ertappte! Was würde man mit ihm beginnen! Und würde er in seinem jetzigen aufgeregten Gemütszustande eine Bestrafung erdulden?

Ich horchte genau auf, aber es herrschte eine Totenstille im ganzen Hause; nicht das geringste Geräusch konnte ich vernehmen, obgleich mein Gehörsinn von Natur außerordentlich fein und durch mannigfache Übungen noch ausgebildet war.

Da schlug die große Hausuhr die Mitternachtsstunde, und ich fuhr bei dem ersten lauten Schlage unwillkürlich zusammen, als wenn mich plötzlich eine unsichtbare Faust gepackt hätte.

Über diese unangenehme Gereiztheit meiner sonst so kräftigen Nerven mit mir selbst unzufrieden, wollte ich mich eben von meinem Stuhle erheben, als ein noch größerer Schreck durch meine Glieder fuhr, denn die Tür öffnete sich plötzlich und – der Irre von St. James trat mit lautlosen Schritten ins Zimmer. Er hatte die langsam aufeinanderfolgenden Schläge der Uhr benutzt, um, durch ihren verhallenden Ton geschützt, desto unhörbarer die Treppe herabeilen zu können.

Sein Gesicht war bleich, aber es lag eine Energie auf seinen schönen, von dem Lichte geisterhaft beleuchteten Zügen und in allen seinen Bewegungen, wie ich sie in diesem Grade noch nicht an ihm wahrgenommen hatte.

Ohne ein Wort zu sprechen, schloß er leise die Tür, drehte den Schlüssel zweimal herum und flüsterte mir nun erst seinen »guten Abend!« entgegen.

»Aus Ihrem Hiersein schließe ich«, sagte ich freudig und mit dem Gefühle einer großen Beruhigung, »daß alles abgelaufen ist, wie Sie es gewünscht haben.«

»Kommen Sie«, entgegnete er, »wir haben keine Zeit zu verlieren, der Stein will endlich von meiner Brust.«

Er ergriff meine Hand, doch da bemerkte er die brennenden Kerzen auf dem Tische.

»Das geht nicht!« sagte er leise und löschte beide schnell aus, »das möchte unsere Schatten am Fenster zeigen und erweckt überdies Verdacht, den wir jetzt auf alle Fälle vermeiden müssen. Auch geht in einer Stunde der Mond auf, und Sie können im Dunklen ebensogut hören, wie ich erzähle.«

Es war jetzt stockfinster in meinem Zimmer; wir saßen Beide schweigend auf dem Sofa, er hielt immer noch meine Hand. –

Leser! ich brauche Dir nicht zu sagen, wo ich war, mit wem ich mich zusammen befand und wie ich allein mit ihm in einem dunklen Zimmer um Mitternacht und hinter verschlossenen Türen saß, in der Gewalt eines Menschen, der, wenn er seine Kraft gebrauchen wollte, viel stärker war als ich, und den ich nur durch die Sprache meines Herzens, durch das geistige Auge meiner individuellen Überzeugung kannte, der aber in seinen periodischen Anfällen von Raserei unbändig sein sollte, wovon ich ja selbst etwas Ähnliches erlebt; hättest Du an meiner Stelle nicht einige Besorgnis gefühlt und wäre diese überhaupt nicht zu rechtfertigen gewesen? Sei aufrichtig und gestehe es Dir selbst, wenn Du auch mir es nicht gestehen kannst!

Was mich betrifft – das Auslöschen der Lichter überraschte mich; allein es geschah zu plötzlich, als daß ich es hätte verhindern können, und als es einmal geschehen war, wollte ich mir meine Überraschung nicht merken lassen, da ich ohnehin die Richtigkeit seines Einwurfs einsah.

Einige Minuten saßen wir jetzt schon nebeneinander, wie um zu lauschen, ob auch Alles still um uns sei, als der Irre folgendermaßen begann:

»Es ist weit gekommen mit mir, daß ich verstohlen wie ein Dieb in der Nacht und voller Besorgnis, ergriffen und an meinem Vorhaben gehindert zu werden, umherschleichen muß, und warum? Um einem fühlenden, getreuen Herzen einige wichtige Momente aus meinem traurigen Leben mitzuteilen. Wer hätte das früher denken – ja, wer hätte es nur für möglich halten sollen! Durch die Bitterkeit dieses Gefühles, die ich mir nicht verschweigen darf, könnte ich gereizt werden, die Menschen anzuklagen, die mir das getan – aber ich klage noch Niemanden an, ich erzähle nur einfach eine Begebenheit, und dann sollen Sie – Sie sollen Richter sein, Sie sollen mir sagen, was Sie tun würden, wenn Sie an meiner Stelle wären.

»Doch bevor ich mich des Vertrauens entledige, welches Sie mir vom ersten Augenblick an, da ich Sie sah, eingeflößt haben, und welches zugleich mit der Hoffnung verbunden war, Sie würden mich richtig erkennen und zu meiner Rettung aus meinem gegenwärtigen Verhältnisse beitragen, und welches Vertrauen und welche Hoffnung – ich gestehe es gern – mit jedem Tage wuchs, wenn ich Ihre Stimme hörte und Ihre Blicke beobachtete, doch da erst in aller Vollkommenheit vor mir stand, als die Stimme, die sonst immer von Oben zu mir sprach, mir zu schweigen und mich dadurch auf Sie hinzuweisen schien – bevor ich mich dieses Vertrauens entledige, sage ich, erlaube ich mir, Ihnen zwei einfache Fragen vorzulegen und Sie um deren vollständige und, wie es einem rechtschaffenen Manne zukommt, offene und ehrliche Beantwortung zu bitten.

»Diese Beantwortung mag für Sie schwierig, unerwartet und unerfreulich sein, aber für meine Ruhe ist sie unerläßlich, da von der Verneinung oder Bejahung derselben der ganze Eindruck der Erzählung, die ich Ihnen vorzutragen habe, und die Überzeugung von ihrer Wahrheit abhängt, welche sie in Ihnen hervorrufen wird. Deshalb dürfen Sie sie nicht unbeantwortet lassen. Aber ich sage Ihnen im Voraus, ebenso, wie ich Ihnen die Wahrheit mitteile, so verlange ich auch von Ihnen Wahrheit – nicht Wahrheit, wie sie der Mensch dem Menschen, nein, ich verlange Wahrheit, wie sie Gott dem Menschen durch seine Werke und der Mensch sie Gott in seinen reinsten Gebeten sagt, denn das Gebet des Menschen selbst ist ja das reinste Werk, welches der Mensch überhaupt verrichten kann.

»Auch sprechen Sie nicht zu schnell Ihre Meinung und nur Ihre vollkommene Überzeugung aus, bedenken Sie Ihre Worte; oder haben Sie vielleicht irgendeine Besorgnis oder irgendeinen Grund, die Fragen, die Sie hören werden, nicht beantworten zu wollen?«

»Ich habe weder irgendeine Besorgnis noch einen anderen Grund«, erwiderte ich, »irgendeine Frage von Ihnen nicht beantworten zu wollen. Nichts auf der Welt soll mich abhalten, Ihnen diejenige Wahrheit zu sagen, wie sie mir stets im Herzen und auf der Zunge gethront hat. Darum fragen Sie dreist und getrost – ich bin bereit, zu hören und meine Überzeugung auszusprechen.«

»Sie wollen also – ich frage!«

Hier nahm seine Stimme eine eisige Kälte an. Zwar war sie fest und sicher, aber alle Melodie war daraus verschwunden, so daß ich den Sprecher, den ich kaum sehen konnte, beinahe vergaß und es mir vorkam, als wäre die Stimme, die ich hörte, nicht aus eines Menschen warmer Brust, sondern aus einem metallenen Instrumente, einer empfindungslosen Trompete gekommen.

»Ich lege Ihnen die erste Frage vor – hören Sie aufmerksam zu. Sie kamen in dieses Irrenhaus, um Ihre Kenntnisse zu bereichern und die mannigfachen Erfahrungen, die Sie bereits gesammelt, bestätigen zu lernen – Sie fanden unter den vielen Irren hier auch mich – den sogenannten Irren von St. James – Sie haben oft mit mir selbst und vielleicht noch häufiger mit meinen Ärzten über mich gesprochen. Sie lernten mich von einer Seite kennen, die den Bewohnern dieses Hauses unbekannt war, ja, Sie dachten gewiß auch über mich nach. Dann wurden Sie freundlich und vertraulich gegen mich – gegen mich, den Verrückten unter den Verrückten – Sie sind selbst Arzt und außerdem auch ein zartfühlender Mensch – was man in einer Person leider seltener findet, als man glauben sollte – und nun frage ich Sie auf Ihr Wort, sowohl als Arzt wie als Mensch – halten Sie mich wirklich für verrückt?«

Obgleich ich diese Frage beinahe erwartet hatte, so fuhr sie doch jetzt, so deutlich und nackt ausgesprochen, wie ein schneidendes Messer durch mein Herz. Es muß ein schreckliches Gefühl sein, genötigt zu sein, diese Frage an eine teilnehmende Seele zu richten. In diesem Sinn, und erwägend, wie viele Qualen jede von meiner Seite zweifelhaft hinausgezogene Minute in ihm erwecken mußte, bedachte ich mich keinen Augenblick und erwiderte sogleich:

»Ich möchte es beschwören, daß Sie es nicht sind!«

»Ist dies Ihre unumstößliche, wahrhafte Überzeugung von mir?«

»Es ist meine wahrhaftige Überzeugung!« rief ich lebhaft aus.

»Gelobt sei Gott!« fuhr er mit seiner gewöhnlichen ruhigen und klangvollen Stimme fort, und ich hörte, wie ein langgezogener Seufzer seiner Brust entschlüpfte, »Gelobt sei Gott! – ich danke Ihnen!«

»Doch die zweite Frage! Sie ist ebenso ernst, vielleicht noch ernster als die erste und für Sie schwieriger, denn Sie sollen bei ihrer Beantwortung nicht als Arzt, nicht als Mensch allein, sondern auch als – Richter auftreten.«

Ich konnte mir nicht denken, was er wissen wollte, daher horchte ich mit gesteigerter Spannung auf. Er fuhr sogleich fort:

»Wenn Sie mir Ihre Überzeugung ausgesprochen haben, daß ich, zwar unter Irren in einem Irrenhause lebend, doch kein Irrer bin, so sagen Sie mir um Gotteswillen, warum halten mich meine Ärzte für verrückt, und gibt es eine Entschuldigung ihres Tuns oder muß ich annehmen, daß sie entweder Dummköpfe oder Bösewichter sind?«

»Das ist eine Frage, Sir, deren Beantwortung allerdings unendlich schwieriger für mich ist als die erste«, entgegnete ich, »allein es wird mir vielleicht möglich, auch hier den Schein von der Wirklichkeit zu trennen. Sie, die Ärzte, sind gewiß weder Dummköpfe noch Bösewichter, und ich finde, ja, ich behaupte und ich kann beweisen, daß –«

»Was?« rief er mit atemloser Stimme.

»Daß sie nicht anders handeln konnten.«

»Wer?«

»Die Ärzte.«

»Ach! tun Sie es, tun Sie es – schnell, schnell, und ich werde Ihnen, wie für mein neues geistiges Leben, auch für die Ersparung meiner – Rache dankbar sein.«

»Sie bedenken nicht, mein Freund«, sagte ich sogleich, »in welchem Zustande und unter welchen Anmeldungen Sie wahrscheinlich hier angekommen sind. Kamen Sie frei, ich will sagen gutwillig, oder wurden Sie mit Gewalt hierher gebracht?«

»Mit Gewalt, mit Gewalt!« preßte er heraus, »mit unwiderstehlicher Gewalt! An Händen und Füßen gebunden! – Bei Gott! Wie könnten Sie denken, daß eine kleine Kraft mich bezwingt, wenn es um Leben und Seele geht!«

»Und Sie widersetzten sich – ist es nicht so?« fragte ich.

»Mit aller meiner Kraft!« sagte er, beinahe triumphierend, »ich habe ihnen zu schaffen gemacht.«

»Dann ist es kein Wunder, gar kein Wunder, daß man Sie für tobsüchtig hielt.«

»Aber ich beruhigte mich nach einigen Tagen wieder, als meine Wut der Überlegung wich.«

»Das ist kein Grund, Ihre Bewachung so bald wieder aufzugeben, Sie nicht vollkommen und dauerhaft herstellen zu wollen man weiß, daß unter Rosen oft ein Vulkan schläft. Es gibt eine periodische Tobsucht, wie es überhaupt periodische Krankheiten gibt, die, geheilt scheinend, bei irgendeiner Veranlassung, die nicht einmal mit der ersten Ursache der Erkrankung in Verbindung zu stehen braucht, wieder hervorbrechen – und Sie hatten vielleicht eine Veranlassung, abermals widerstrebend, aufgebracht, leidenschaftlich, wütend zu werden?«

»Ja, ja, die hatte ich – ich wurde wütend wie jede nicht ganz gemeine Natur wütend werden muß, wenn sie sich wie einen tollen Hund mit Ketten und Eisen behandelt sieht – hatte ich kein Recht dazu?«

»Das hatten Sie, aber desgleichen hatten wiederum die Ärzte das Recht, den – erlauben Sie auch mir diesen Vergleich – der wie ein toller Hund beißen zu wollen schien, unschädlich zu machen, es war sogar ihre Pflicht, denn sie taten nach ihrer Überzeugung und nach ihrem besten Wissen und Gewissen. Wie nun Ihre Ärzte überzeugt waren, Ihnen nützlich zu sein, wenn sie Sie in Banden legten, so fuhren Sie selbst fort, sie in dieser Überzeugung zu bestärken, indem Sie sich den Handlungen derselben widersetzten.«

»Aber, mein Freund, sie konnten sich überführen, daß die Angaben, welche mich hierher begleiteten, falsch waren, sie konnten mir mit Vertrauen entgegenkommen, wie Sie es taten, sie konnten mich fragen: wie kommt es, daß du –«

Er hielt inne und besann sich, als verhinderte ihn irgendein Einfall, in seiner Rede fortzufahren. Ich ging auf den Gedanken, der sich ihm aufdrängte, ein, indem ich fragte:

»Wer aber schickte Sie hierher? Und wissen Sie, welche Berichte man über Ihren Gesundheitszustand und über die von Ihnen in Ihrer Wut verübten gesetzwidrigen Handlungen einsandte? Sollte man eher einem Wahnsinnigen glauben, als dem, der ihn in ein Irrenhaus schickte, um ihn zu seinem eigenen und seiner Verwandten Besten heilen zu lassen? Sie kennen ja die Gesetze in England und wissen, daß die Unterschrift zweier beliebiger Ärzte genügt, Jedermann in ein Irrenhaus zu sperren.«

Er schwieg nachdenklich – ich fragte noch einmal – aber er verharrte im Schweigen. Endlich sagte er in einem Tone, welcher bewies, daß meine Gründe ihm einleuchtend schienen und daß er innerlich von dem überzeugt war, was er sprach:

»Es war eine schreckliche Alternative – ja, ja, Sie haben mich überzeugt, auch habe ich mir dies schon selbst manchmal gesagt; und es ist mir sowohl der Ärzte als auch meinetwegen lieb – nein, nein! sie konnten nicht gut anders handeln, ich war ein sehr gefährlicher Mensch – hm! ich glaube es. Und nun, mein Freund, da Sie mir diese zwei Fragen, die eine für mich, die andere gegen mich – was mir Beides gleich lieb ist – beantwortet haben, kann ich als freier Mann zu Ihnen, dem freien Manne, reden, und so hören Sie denn, ich bin –«

»Halt!« rief ich leise, rückte ihm näher und legte meine Hand auf seinen Arm, »was war das für ein Schrei? – Da – noch einer!«

»Ach! eine Wahnsinnige, welche schreit und tobt – das höre ich alle Nächte und ich kenne den Ton.«

»Weiter nichts?«

»Verlassen Sie sich darauf, es war eine Wahnsinnige, die nicht schlafen kann und die man daher – zur Ruhe bringt.«

Kapitel 8

Und so begann die Geschichte des Irren von St. James: »Ich bin auf Codrington-Hall in Codrington, dem Landsitze eines Mannes geboren, dessen Namen man sonst nur mit Ehrfurcht ausspricht, den ich aber leider! nur mit dem Gefühl des bittersten Schmerzes und einem von ihm selbst erzwungenen Abscheu – das Wort will kaum über meine Lippen – meinen Vater nennen kann. Es ist dies der Marquis von Seymour, Graf von Codrington – und ich bin sein ältester Sohn Percy, seit dem Tode meines Großvaters mütterlicher Seite Besitzer der Grafschaft Dunsdale. Jener, mein Vater, ist einer der ersten Pairs von England; er bekleidete zwölf Jahre lang eins der höchsten Ämter im Hofstaate des Königs. Sein Grundbesitz ist ungeheuer und demgemäß auch sein Reichtum, also sein Einfluß von Bedeutung; aber so groß sein Ansehen bei verschiedenen Parteien und so gesucht seine Teilnahme an den mannigfaltigsten Interessen des Landes, so gefürchtet ist sein Charakter, wegen einer Strenge, Härte, Unbiegsamkeit, die ihresgleichen nur in dem Hasse derjenigen hat, die auf seine Tyrannei sich erstreckt.

Das ist eine traurige Schilderung, Sir, die ein Sohn von seinem Vater entwirft, aber ich habe mir vorgenommen, die Wahrheit zu reden, und – ich bin noch mit Mäßigung zu Werke gegangen.

Das Gegenteil in allem von meinem Vater war meine Mutter. Sie war die einzige und über Alles geliebte Tochter des Viscount von Dunsdale und Erbin seines ganzen, nicht unbedeutenden Vermögens, welches durch gewisse Ereignisse und Familienbeschlüsse, auf die ich im Laufe meiner Erzählung noch zurückkommen werde, gegenwärtig auf mich als einzigen Erben übergegangen ist.

Wie diese edle, sanfte, vortreffliche Frau in die tyrannische Gewalt meines Vaters kam, durch welche Macht der Verhältnisse sie unauflöslich mit ihm verbunden und ob Liebe oder irgendeine Leidenschaft diese himmelweit voneinander verschiedenen Gemüter vereinigt, weiß ich nicht, aber das weiß ich, daß diese unglückliche Heirat erst geschlossen wurde, leider kann ich die Wahrheit auch hier nicht verschweigen, nachdem sie notwendig geworden war, und daß ich einige Monate nach dieser Verbindung als erster Sohn geboren ward.

Drei Jahre später erkaltete das förmliche Verhältnis zwischen meinen Eltern, welches nie ein zärtliches gewesen war, fast gänzlich, dennoch aber wurde nach dieser Zeit mein jüngerer Bruder geboren. Acht Wochen nach der Geburt desselben kehrte jedoch meine Mutter mit ihren Dienerinnen in den Equipagen ihres Vaters zu diesem zurück, und die bis dahin traurig bestandene Ehe war für ewig getrennt.

Die Bedingungen, welche dabei von Seiten meines Vaters und Großvaters in Bezug auf uns beide Brüder gestellt wurden, sind mir nie bekannt geworden und, soviel ich weiß, nie aus den Händen meines Vaters gekommen.

Auf wessen Seite die Schuld jenes unseligen Ereignisses gelegen, habe ich mir wohl denken, aber nie bestimmt erfahren können; denn Andere hatten ebensoviel Ursache, darüber zu schweigen, wie ich keinen Beruf, sie aufzuklären, in mir fühlte, nachdem ich älter geworden war. Nur soviel haben mir alle braven Leute gesagt, die meine Mutter kannten, daß sie eine schöne, sanfte und in allen Dingen liebenswerte, wiewohl schwächliche Frau gewesen sei.

Als diese unglücklichen Vorgänge alle an unseren Familienverhältnissen Teilnehmenden mit Verwunderung und Trübsal erfüllten, war ich ungefähr vier Jahre alt; ich weiß daher persönlich nichts von meiner Mutter und habe nur den Schmerz, sie nie kennen gelernt und allzufrüh verloren zu haben; denn sie starb ein Jahr nach ihrer Trennung von meinem Vater, wie ich hörte, vor unsäglichem Gram.

Gleich nach der Abreise meiner Mutter wurde ich, während mein Bruder mit seiner Amme beim Vater blieb, einer anständigen Familie in der Nachbarschaft des Marquisats meines Vaters übergeben; drei Jahre später erhielt ich einen Erzieher, einen Deutschen von Geburt, dem ich fast alle meine geistige Bildung, und einen Diener, jenen treuen Phillipps, den Krämer, dem ich alle meine körperlichen Fertigkeiten verdanke. Diese beiden, jeder in seinem Fache und in seinem Geiste so vortrefflichen Männer haben einen großen Teil meines Lebens mit mir verlebt, namentlich Phillipps, der erst vor vier Jahren mir entrissen wurde, während mein Erzieher starb, als ich in Deutschland war.

Die sanfte, überzeugende geistige Leitung des Letzteren und die feurige, entschlossene, männliche Gemütsart des Ersteren lockten bald die entsprechenden Eigenschaften meines allmählich sich entwickelnden Geistes hervor, ich konnte ruhig, friedlich und nachdenkend wie der Eine, aber auch entschlossen, schnell und wild wie der Andere sein. Doch will ich mich nicht schildern, sondern nur von mir erzählen.

So wuchs ich heran und wurde stark und groß, und meine unermüdlichen Erzieher bemühten sich abwechselnd, diejenigen Eigenschaften in meinem Geiste zu entwickeln, welche nach ihrer Ansicht immer in einem großen und starken Körper wohnen sollten; und während ich meinen Leib durch allerlei Übungen und Ermüdungen zu stählen trachtete, entfaltete sich meine Erkenntnis über alle die Fächer, welche die umfangreiche Gelehrsamkeit meines vortrefflichen Lehrers mir zu eröffnen vermochte. Vorzüglich aber war es die deutsche Philosophie und Literatur, auf die er den jugendlich frischen Geist hinzuleiten versuchte, und bald hatte er es dahin gebracht, daß ich seine Lieblingsschriftsteller gemeinschaftlich mit ihm lesen und studieren konnte.

So zog denn deutsches Wesen und Wissen früh in mein junges Herz und meinen Kopf ein, und es ist nicht mehr zu verwundern, daß ich eine so große Vorliebe für das Volk zu hegen anfing, welches, wie mir gelehrt worden war, gleiche Seelengröße mit uns gemein hat, eine innigere Tiefe des Gemütes, nur nicht den selbständig und kräftig heranstrebenden, ich möchte sagen, saftigen Trieb nach Freiheit und Allgemeinheit besitzt wie wir.

In meinem achtzehnten Jahre bezog ich mit meinen beiden Getreuen die Universität Oxford, um sie, an Seele und Leib gefördert, im einundzwanzigsten zu verlassen.

Ich hatte fleißig studiert, aber mehr nach eigener Wahl als nach strenger einseitiger Vorschrift, obwohl mein überall einhelfender Mentor auch diese Wahl zu regeln und zu leiten verstand.

Als ich einundzwanzig Jahre alt geworden war, erhielt mein Erzieher, nicht ich, von meinem Vater den Befehl, mit mir zu ihm nach London zu kommen, wo er sich damals aufhielt. Bis auf diesen Tag hatte ich, was Sie kaum glauben werden, meinen Vater seit meinem Austritt aus dem väterlichen Hause nur dreimal bei verschiedenen wichtigen Gelegenheiten gesehen.

Wir gehorchten; und als ich vor meinem Vater voller Erwartung stand, warum er mich zu sich beschieden und was er mir mitzuteilen hätte, sagte er zu mir, ohne weiter eine väterliche Neigung für mich zu verraten, daß ich jetzt mündig geworden und als ältester Sohn meiner Mutter – merken Sie wohl – den Titel und die Einkünfte meines Großvaters mütterlicher Seite – der unterdessen gestorben war, in Besitz nehmen würde. So wurde ich aus einem namenlosen und unbekannten Jüngling ein geehrter und mit Lebensgütern reichlich begabter Mann und vertauschte meinen einfachen Namen mit dem viel schöneren eines Viscount von Dunsdale. Aber dies war nicht das Ziel, wohin meine jugendliche Ehrbegier strebte, im Gegenteil, Niemandem konnte an solcher Auszeichnung weniger gelegen sein als mir.

Die dazu notwendigen Dokumente wurden ausgefertigt und einem Notar in London übergeben, der, ein rechtschaffener Mann, von nun an mein Sachverwalter und in manchen Beziehungen, von denen mein bisheriger Erzieher nichts verstand, auch mein Ratgeber wurde.

Bemerken muß ich noch, daß ich bei dieser Gelegenheit meinen Bruder Mortimer nicht sah, denn derselbe war zufällig abwesend, was höchst selten geschah, da er sich stets um meinen Vater aufhielt und, wie man zu sagen pflegt, seine rechte Hand war.

So besuchte ich denn auf kurze Zeit das mir zugefallene Erbteil, ordnete den neuen Ausbau der halb verfallenen Gebäude an, übergab dem alten Haushofmeister auf Dunsdale-Castle meine schriftliche Anweisung in Bezug auf die Verwaltung meiner Güter und bat schließlich meinen Vater schriftlich um die Erlaubnis, meine längst beschlossene Reise nach Deutschland antreten zu dürfen, denn wie durfte ich ohne seinen Willen, obgleich ich mündig und mein eigener Herr war, einen so wichtigen Schritt auf meinen eigenen Kopf unternehmen!

Er beantwortete meine Bitte durch Mortimer kurz, aber bejahend, und ich konnte aus keinem Worte in seinem Schreiben vermuten, daß er gegen diese Reise sei. Und ich reiste ab.

Jetzt, meinen treuen Mentor und meinen guten Phillipps wie bisher zur Seite, erfuhr ich in dem erfreulichen Zustande meiner Freiheit zum ersten Male die Bedeutung des Wortes: Leben. Vermögend, unabhängig und – glücklich, nach Gefallen mit meiner Zeit und meinen Fähigkeiten schalten und walten zu können, besuchte ich drei Jahre lang die größten Städte und die schönsten Gegenden meines geliebten Deutschland, besonders aber alle berühmten Universitäten, lernte überall die ersten Vertreter akademischer Bildung kennen und bereitete mich am Ende dieser drei Jahre vor, der schwankenden Gesundheit meines Erziehers wegen nach Italien zu gehen, als dieser plötzlich starb und dadurch eine Lücke in meinem Herzen ließ, die nie wieder ausgefüllt werden sollte.

Noch war die Leiche nicht aus dem Hause, welches wir bewohnten, geschafft, als der Befehl von meinem Vater eintraf, so schnell wie möglich nach Codrington-Hall zu kommen, wo er krank darnieder liege und mich sprechen wolle.

Vierundzwanzig Stunden später aber, als bereits Alles zur Abreise vorbereitet war, kam ein zweiter Brief, worin mir Mortimer schrieb, meine Rückkehr sei nicht nötig, denn mit des Vaters Gesundheit stände es besser, er selbst sogar befehle mir zu bleiben, wo ich wäre.

Ich entschloß mich zu bleiben, wie ich mich entschlossen hatte zu reisen. Aber acht Tage darauf erhielt ich abermals einen Brief, und zwar von dem Pfarrer aus Codrington-Hall, worin dieser mir sagte, daß mein Vater in der Tat lebensgefährlich erkrankt sei und daß er für seine Person es geratener hielte, ich käme unter allen Umständen nach England zurück.

Ich reiste sogleich mit Phillipps ab und hatte unterwegs Muße genug, über meine nächste Zukunft ernstlich nachzudenken. Hatte ich das Unglück, meinen Vater zu verlieren, so sollte ich einen Mann beerben, den ich nie Vater, sondern Seine Herrlichkeit zu nennen belehrt war, ich sollte seine Reichtümer, seinen ehrenvollen Platz in der Gesellschaft einnehmen und in der Politik unseres Landes sogar seinen mir wohlbekannten Ansichten folgen.

Doch hier muß ich noch einmal meines Erziehers gedenken. Dieser unbescholtene, gerechte und ehrliebende Mann war nichts weniger als ehrgeizig gewesen. Die Wissenschaften – die einzigen Pole, um die seine Welt sich drehte – hatte er nie äußeren Vorteils, sondern nur um ihrer selbst willen geliebt und getrieben, und dieses geringe Maß von Ehrgeiz war von ihm auf mich als unverändertes Erbteil übergegangen, nur daß ich es, als sanguinischer und die Unabhängigkeit als das höchste Gut liebender Mensch, nicht allein auf die Wissenschaft, sondern auch auf alle anderen Verhältnisse des Lebens, auf die Politik, auf die Gesellschaft, auf das, was man Ruhm nennt, übertrug. Mit einem Wort, ich liebte nicht meinen Stand und Rang, weil er hoch, nicht meine Reichtümer, weil sie mich tragen und heben konnten, sondern ich liebte beides, weil ich mir vorgenommen und als Aufgabe meines ganzen Lebens gestellt hatte: die Vorzüge, welche dies Besitztum dem Besitzer verleiht, zu verdienen und die Mängel, die es von anderen begehrenswerteren Gütern trennen, zu vertilgen oder wenigstens geringer darzustellen, als sie waren. Das Wort Edelmann hatte für mich einen ernsthafteren Klang als das Wort Macht und Reichtum, und ich wollte mich bemühen, das zu sein, was ich hieß.

Sie entschuldigen diese kleine Auseinandersetzung, aber sie bildet den Grundstein meines Denkens und Handelns, und darum bin ich gezwungen, sie zur Ehre der Wahrheit vor Ihnen – vor Ihnen allein – aufzudecken.

Ich kam in Codrington-Hall an, stieg bei dem vorhererwähnten Pfarrer ab, dessen Persönlichkeit und Charakter ich Ihnen noch später zu schildern haben werde, und schickte Phillipps auf das Schloß, um meine unerwartete Ankunft zu melden und mich nach dem Befinden meines Vaters zu erkundigen.

Ach! ich wartete mit Schmerzen auf die Nachricht, der ich entgegensah, denn einen Vater zu verlieren, ist unter allen Umständen für einen Sohn ein trauriger, durch nichts zu vergütender Gedanke.

Aber es dauerte zwei Stunden, ehe ich den Befehl erhielt, mich zu meinem Vater zu begeben.

Es war Abends sechs Uhr im August, die Luft sehr warm, aber trübe, es war alle Aussicht auf ein heftiges Gewitter vorhanden.

Ich ging nach dem Schlosse meines Vaters, wo mir die Diener, die mich kaum kannten, wie einem Fremden begegneten und mich in eine große Halle führten, aus welcher dichte, herabgelassene Vorhänge jeden eindringenden Strahl der scheidenden Sonne ausschlossen. An dem einen Ende der Halle sah ich meinen Vater mit bleichem, kaltem Gesicht auf seinem Bette liegen – am Kopfende desselben stand, hochaufgerichtet, Mortimer, mein Bruder.

Erstaunt trat ich ein, denn man empfing mich nicht mit der willkommenheißenden Begrüßung, mit der man einen Sohn und Bruder nach mehrjähriger Abwesenheit zu empfangen pflegt, man schien mich vielmehr kaum bemerken zu wollen.

»Da ist Percy!« sagte endlich Mortimer zu meinem Vater.

Dieser bewegte sich nicht, sah sich auch nicht nach mir um, als er in einem Tone zu mir sprach, aus dem kein Mensch etwas Väterliches herausgehört hätte:

»Percy! Du bist gegen meinen Willen so lange fortgewesen und ohne meinen Willen zurückgekehrt – was willst du?«

Ich war betroffen über diese Anrede, einmal wegen ihrer Kälte und dann wegen der Bemerkung, daß ich gegen seinen Willen so lange fortgewesen sei, da ich niemals von ihm seine Meinung darüber erfahren hatte. Doch ich vergaß beide Punkte, er sah mir so krank aus, der alte Vater, und ich erwiderte mit größter Milde und Herzlichkeit:

»Eure Herrlichkeit, meinen teuren Vater will ich sehen, zumal ich ihn gefährlich erkrankt wußte.«

»Ich habe dir schreiben lassen«, war die kalte Erwiderung, »daß du bleiben könntest, wo du lieber wärest als hier – warum gehorchst du nicht?«

»Mein Vater!« stammelte ich, »am liebsten wäre ich stets bei Ihnen gewesen und –«

»Was?« fragte er hart.

»Und dann erfuhr ich – ich wiederhole es – daß Sie gefährlich krank seien –«

»Durch wen?«

»Durch den Pfarrer, Mr. Graham!«

»Der Pfarrer, Mr. Graham, hat sich allein um sich selbst, nicht aber um andere Dinge zu bekümmern – sag’ ihm das, Mortimer –«

»Jawohl, mein Vater!«

»Und nun, was willst du?« fuhr mein Vater mich an.

»Sie sehen – pflegen – unterstützen –«

»Und beerben!« ergänzte er schnell.

»Beim allmächtigen Gott! Das ist nie mein Wunsch gewesen!« rief ich wahrhaft erschreckt und mit einem Blick auf meinen Bruder aus, dessen Miene ein eigentümliches Lächeln nicht unterdrücken konnte.

»Es ist mir lieb, das zu hören«, sagte mein Vater, »jetzt bin ich müde, morgen werde ich dich rufen lassen, wenn ich deiner bedarf.«

Darauf drehte er sich nach der Wand und schloß die Augen.

Ich war durch diesen Empfang bis in das Mark meiner Seele erschüttert; aber die Wahrheit meines Gemütes und der feste Wille, meinen Vater von meiner kindlichen Liebe zu überzeugen, gebot mir, nichts unversucht zu lassen.

Ich trat einen Schritt näher an das Bett, beugte meine Knie und streckte die Hand aus.

»Was willst du noch?« fragte mein Vater in seinem hartem Ton, der mir durchs Herz schnitt.

»Ihnen die Hand küssen, mein Vater, und Sie bitten, Ihren Percy an Ihr väterliches Herz zu drücken.«

Es entstand eine Pause, in der ich meine Hand nach ihm ausgestreckt hielt. Allmählich und wie durch eine innere Gewalt zurückgehalten, ließ er seine linke Hand langsam nach mir heruntergleiten, erhob mühsam halb den Kopf und sah mich mit einem Blick an, der das brennendste kindliche Gefühl hätte erstarren machen können.

Aber meine Gefühle erstarrten nicht; ich ergriff die Hand, küßte sie zwei- oder dreimal und ließ eine Träne des Schmerzes darauf fallen, wie sie nie ein Sohn aufrichtiger und ergebener auf die Hand seines Erzeugers vergossen hat.

Dann stand ich auf, machte meine Verbeugung, und, ohne meinen Bruder anzublicken, dem ich – ich wußte nicht, warum – zu mißtrauen anfing, verließ ich das Zimmer.«

In diesem Augenblicke brachen die ersten mattleuchtenden Strahlen des aufgehenden Mondes in mein Zimmer und erhellten mit einem bleichen Schimmer das blasse, jetzt so traurig aussehende edle Gesicht des Erzählers, der sogleich fortfuhr:

»Ich muß damals eine kummervolle Miene zur Schau getragen haben, denn als ich, aus dem Schlosse meines Vaters tretend, durch den Park ging, durch den eben die Diener mit meinem Gepäck von dem Pfarrer herkamen, blieben sie stehen, grüßten mich ehrerbietig, da sie gehört hatten, wer ich war, und ich sah trotz des tiefen, mein ganzes Innere ausfüllenden Schmerzes, der mir die äußere Welt entfremdete, wie sie teilnehmende und in ihrem Sinne mitleidsvolle Blicke auf mein Antlitz hefteten.

Ich trat wieder beim Pfarrer ein – doch nun muß ich Ihnen wenigstens einige Worte über diesen tugendhaftesten Mann sagen, dem ich auf meinem Lebenswege begegnet bin.

Robert Graham war der jüngere Sohn eines herabgekommenen Baronets und aus Notwendigkeit wie aus Neigung zum priesterlichen Stande übergegangen. Von Charakter sanft und weich, aber doch männlich und fest in seinen Entschlüssen, wenn sie einmal zur Reife gebracht werden, hatte er mit leidenschaftlicher Beharrlichkeit die Studien ergriffen. Seine Bücher und das Nachdenken, welches sie in ihm hervorriefen, waren, außer noch einer Leidenschaft – die Sie später erfahren werden – das einzige Band, welches ihn, den harmlosen, friedfertigen und genügsamen Mann, mit dem Leben verknüpften.

Ich sehe ihn jetzt im Geiste vor mir – groß, hager, blaß, aber mild, freundlich – auf den ersten Anblick einen mehr als einnehmenden Eindruck hervorrufend; wenn man Mr. Graham sah, mußte man sich freuen; wenn man ihn sprechen hörte, mußte man ihn lieben.

Er bewohnte ein altes Jagdschloß, das für seine Bedürfnisse eingerichtet war und in der Mitte des großen Wildparkes lag, welcher das Schloß meines Vaters umgab; und man konnte, vor der Tür der Pfarrerswohnung stehend, die Hinterfront jenes großen, alten Gebäudes mit den Augen erreichen, welches am Ende einer breiten, dichtbelaubten, uralten Kastanienallee lag, die an dem ehemaligen Jagdschlosse ihren Anfang nahm.

Dieses alte, aus den Zeiten der Königin Elisabeth herstammende Haus, jetzt die stille, friedliche Pfarrerswohnung, bestand aus einem schmalen und kurzen Hauptgebäude von nur vier Fenster Länge, an dessen jedem Ende ein runder, etwa achtzig Fuß hoher Turm stand – beide, wie das Mittelstück, aus großen, scharfbehauenen Quadersteinen erbaut.

In dem einen dieser Türme, und zwar im obersten Stockwerke, war das Studierzimmer des Pfarrers gelegen. Es war rund wie der Turm und hatte einen aus alten schwarzen Marmorplatten bestehenden Kamin. Alle Wände dieses kleinen, obwohl sehr hohen Zimmers waren bis zu der weißen, mit Stuckwerk verzierten Decke mit Büchern bekleidet, zwischen denen in regelmäßiger Reihenfolge sechs oder acht kleine marmorne Büsten der Weisesten ihrer Zeit von ihren ebenholzenen Gestellen dem Eintretenden entgegenleuchteten. Ein großer Arbeitstisch, ein gepolsterter Lehnsessel und mehrere andere kleinere Stühle, fast alle mit Büchern belegt, bildeten die ganze Ausstattung dieses wie zum Studium geschaffenen behaglichen Aufenthaltsortes. In die weite Nische vor dem hohen gotischen Fenster tretend, sah man weit fort über den großen See, der die Besitzungen meines Vaters von einer Seite begrenzte, und der blaue und klare Himmel, der über diesem spiegelglatten Gewässer lag, schien mit dem Gemüte des einsamen Bewohners dieses Zimmer auf das Lieblichste zu harmonieren.

Erschüttert und aufgeregt, wie ich war, trat ich in dies Gemach zu dem lesenden Pfarrer, der sogleich aufstand und freundlich grüßend mir entgegentrat. Aber der Frieden, der in diesem stillen Raume und auf diesem ergebenen Gesichte thronte, beruhigte das krampfhafte Zucken meines Herzens fast zauberartig schnell, und ich ergriff, von der mir entgegenwehenden Zufriedenheit des edlen Mannes aufgeheitert, mit einem Lächeln, so gut es über meine Lippen wollte, die dargebotene Hand des Pfarrers.

Aber dieser geprüfte Menschenkenner las durch meine Augen in meinem Herzen.

»Was ist Ihnen, Mylord«, fragte er, »ist Seine Herrlichkeit wirklich gefährlich leidend?«

»Er ist es«, antwortete ich, »denn sein Benehmen sprach dafür.«

Und ich erzählte ihm mit dem Zutrauen, welches er mir augenblicklich eingeflößt hatte, Wort für Wort den ganzen Hergang meines Besuches.

Der brave Mann blickte mich, als ich geendet hatte, schweigend, aber teilnehmend an. Dann berührte er mit der einen Hand meine Schulter und zeigte mit der anderen nach dem blauen Himmel die heraufziehenden Gewitterwolken hatten sich wieder gänzlich zerstreut – und dem unter ihm sanft dahinfließenden, dasselbe heitere Bild zurückstrahlenden weiten See, denn wir waren während meiner Erzählung in die Nische an das Fenster getreten.

»Mein junger Freund!« sagte er mit einer Zuversicht in Stimme und Miene, daß mein trauriges Herz sich gehoben und voll Hoffnung fühlte, »mein junger Freund, dieser blaue Himmel da oben spiegelt sich jetzt in diesem stillen Gewässer ebenso klar und rein, wie er selber ist – aber es werden Tage mit Gewitterwolken kommen und dann wird dieses Gewässer schwarz und düster sein. Etwas Ähnliches, nur umgekehrt, ist es mit Ihrem Geschick – jetzt ist es trübe und traurig und drückt Ihren männlichen Geist danieder – aber es werden sonnig lächelnde Tage heraufsteigen und Ihr Herz wird voller Freude sein!«

Diese, mit prophetischem Tone gesprochenen Worte, die ich nie vergessen werde, erhoben mein Herz. Ich drückte schweigend und dankbar seine Hand, denn ich glaubte ihm so gern. Er fuhr fort:

»Und nun hören Sie mich an! Was Sie auch hören werden, denken Sie nichts Übles von mir; ich bin das, was ich Ihnen sage, der Wahrheit und meinem Berufe schuldig zu sagen, und ich hege das Vertrauen zu Ihnen, Sie werden die kurze, aber ernsthafte Mitteilung, die ich Ihnen zu machen habe, nicht als eine Zwischenträgerei zwischen Vater und Sohn aufnehmen, sondern als eine Mitteilung von Wichtigkeit, die ich gelobt habe, Ihnen zu machen, mag auch daraus entstehen, was da will!«

»Sie machen mich neugierig, Sir!« antwortete ich ihm. »Es scheint, als wenn Sie in der Tat ein warmes Interesse für mich beseelte – sprechen Sie, ich werde hören.«

»Sie haben Recht, wenn Sie sagen, ein warmes Interesse beseelt mich für Sie – aber ich will aufrichtig gegen Sie sein, Mylord; nicht Ihretwegen allein mache ich Ihnen diese Mitteilung, sondern der Gerechtigkeit und der Wahrheit wegen, die ich verteidigen und verkünden werde, solange ein Atemzug in mir ist. Auch kennt mich Seine Lordschaft, Ihr Herr Vater, von dieser Seite; er weiß von mir, welche Partei ich ergreifen werde, denn ich habe nie meinem Gegner verhehlt, daß ich sein Gegner bin, sei es im Kampfe um die Wissenschaft oder im Streite mit den Begebenheiten des Lebens gewesen. – Ja, Mylord, Sie finden hier in Ihrem Vaterlande, in Ihrem Familienhause, wo Sie Frieden und Liebe erwarteten, eine Partei. Soll ich Ihnen noch sagen, daß diese Partei gegen Sie ist?«

»Das scheint mir allerdings so – jedoch fahren sie fort.«

»Aber so erfahren Sie auch, daß es hier Leute gibt, die nicht diese Partei ergriffen haben, da dieselbe, ohne ihr Zutun, schon mächtig genug, vielleicht schon zu mächtig ist. Darf ich hoffen, daß Sie mir erlauben, auf Ihrer Seite und für Ihren Vorteil mein geringes Gewicht mit in die Wagschale der Gerechtigkeit zu legen?«

»Ich danke Ihnen, Sir, für Ihren guten Willen; aber wie mir scheint und wie Sie selbst sagen, ist meine Partei die schwächste. Sie kann somit unterliegen, und dann unterliegen Sie mit mir.«

»Dann bin ich ein Opfer, wie Sie eins sind, und weiter nichts. Das soll mich am wenigsten von meinem Wege ablenken – ah, Sie kennen mich noch nicht!«

»O, ich kenne Sie! und nun teilen Sie mir mit, was ich wissen muß.«

»Ich mache wenig Worte, Mylord, aber diese werden für Sie hinreichend sein, wenn Sie auf Alles Acht haben, was geschehen ist und vielleicht geschehen wird. – Ich bin nicht daran gewöhnt, oft zu Seiner Herrlichkeit, dem Marquis, gerufen zu werden, und ich habe mich darein gefunden, obwohl es mich schmerzte, denn Ihre Familie ist seit achtundzwanzig Jahren die meinige gewesen. So oft es aber dennoch geschah, und außerdem, sooft ich ihm begegnete, fragte ich nach Ihnen, Seiner Herrlichkeit ältestem Sohne, der durch mich in den Schoß der christlichen Kirche aufgenommen ist – aber ich erhielt nie eine ausreichende und genügende Antwort. Ich muß gestehen, dies fiel mir oft und nachdrücklich auf, jedoch glaubte ich mich zu irren. Da geschah es denn vor mehreren Jahren schon, daß von Zeit zu Zeit Gerichtspersonen und Advokaten hier erschienen, die ich durch den Ruf kannte, die ich aber aus eigener Erkenntnis verachtete. Mit ihnen und in Gegenwart Sir Mortimers fanden geheime Unterredungen statt, deren Beschlüsse Niemandem anvertraut wurden. Viele aber sprachen davon. Da sprach auch ich von dem, was ich gehört hatte, gegen Seine Herrlichkeit, aber mir wurde gesagt, daß mich das nichts angehe. Ich schwieg; aber ich hörte mehr – und da sprach ich auch mehr aus. Da verlachte man mich, aber man verlachte mich – so glaube ich – mit einigem Zwang. Die Folge davon war, daß ich für die Zukunft unnötig wurde, und, wie gesagt, ich fügte mich darein.

»Endlich aber wurde vor etwa drei Wochen in meiner Gegenwart eine Beratung gehalten, wobei die Frage vorkam: ob es geratener sei, Sie in Deutschland zu lassen oder zurückzurufen. Das erschreckte mich. In den Worten zwar, die ich hörte, lag nichts, was mir hätte bedenklich erscheinen können; wohl aber in dem geringschätzenden Tone, womit diese Worte gesprochen wurden – verzeihen Sie meiner allzugroßen Sorge – schien mir eine – wie soll ich sagen – eine Beseitigung Ihrer Person –«

»Eine Beseitigung meiner Person? Wie verstehen Sie das?«

»Das frage ich Sie, Mylord. Genug, ich fühle ein Unheil voraus, und von diesem Augenblick waren Sie der Gegenstand meiner ungeteiltesten Sorgfalt.

»Hören Sie weiter, ehe Sie urteilen. Jetzt erkrankte Mylord, und auf meinen Rat schrieb man Ihnen, Sie möchten kommen. Aber – wie es mir schien – nach einer geheimen Unterredung zwischen Mylord und Sir Mortimer widerrief man diesen Befehl. Als ich dies vernahm, erkannte ich meine Besorgnis für gerechtfertigt, und fürchtend, ein im Verborgenen vorbereitetes, für Sie unheilbringendes Ereignis schwebe über Ihnen, hörte ich gern auf die Bitten Jemandes, der in Sachen, die nicht mit Augen zu sehen und mit Ohren zu hören sind, schon oft das Rechte gefühlt hatte; ich hörte, daß Sie es wissen, auf den Instinkt eines weiblichen Herzens und glaubte nun, das Recht zu haben – denn alles Recht stammt von oben, und nicht der Mensch ist es, der es gibt – Sie zurückzuberufen. Hiermit wissen Sie Alles, was ich Ihnen sagen kann; ob ich darin Recht oder Unrecht tat, weiß Gott allein – ob Sie mit meinem Tun zufrieden sind, wissen nur Sie!«

Ich sann einen Augenblick nach; allmählich tauchte in meinem Herzen eine Stimme auf, die mir Vergangenes und Gegenwärtiges erzählte – ich ward plötzlich sehr betrübt. Aber der gute Pfarrer sah mich an und wartete auf meine Antwort.

»Sie haben nach Ihrem Gewissen gehandelt«, sagte ich, »und wer Gott zum Zeugen seiner Redlichkeit hat, kann nichts Unrechtes tun. Was mich hierbei anbetrifft, so fürchte ich zwar nicht ganz so viel, wie Sie zu fürchten schienen, indessen ich danke Ihnen, ja ich danke Ihnen vom Herzen. Aber sie sprachen von dem Instinkte eines weiblichen Herzens, das in meiner Sache das Rechte fühlte, ohne es zu sehen oder zu hören – darf ich dies Herz nicht kennen, welches, ohne mich zu kennen, so viel Teilnahme für mich hegt?«

»O, das war Ellinor!« rief er schnell.

»Und wer ist Ellinor?« fragte ich.

»Mylord!« sagte der Mann, und eine beinahe leidenschaftliche Innigkeit leuchtete aus seinem klaren Auge, »das ist ja mein Kleinod, mein Kind, meiner Betty Kind – meine einzige Tochter!«

»Und wie erfuhr Ihre Tochter die Dinge, die mich betrafen?« fragte ich weiter.

»Aus dem Munde dessen, der ziemlich dabei beteiligt scheint aus Sir Mortimers Munde.«

»Und Mortimer – sieht er Ihre Tochter oft?«

»Er besucht mich beinahe täglich und würdigt mein Kind bisweilen seines Vertrauens –«

»Kennen Sie den Grund dieses Vertrauens?«

»Nein, Mylord, ich kenne ihn nicht, aber Sir Mortimer –«

»Ist mein Bruder!« ergänzte ich, »Sie haben Recht!«

Aber während ich dieses sagte, starrte ich hinaus in das unbegrenzte Blau des Himmels, und an dem Horizonte meines Geistes stieg eine kleine dunkle Wolke auf – es war das geheimnisvolle Vorüberschweben einer noch nicht zum Bewußtsein erstarrten trüben Ahnung.

»Es ist kein Wunder, Mylord«, fuhr der Pfarrer fort, »daß wir uns oft mit Ihnen beschäftigten. Die sonderbare Erziehung, die Ihnen zuteil ward, Ihre stete Entfernung von dem elterlichen Hause und der Umstand, daß Ihr jüngerer Bruder immer um den Vater war, was ganz gegen unsere Sitte und Gewohnheit ist, gab uns Gelegenheit genug dazu. Hierzu kam das Gespräch der Leute – die es immer mit dem Erben halten, und Sie waren ja in den Augen Aller der Erbe und sind es noch, und unser eigenes Gefühl, das uns wie mit Sympathie stets zu dem Entfernten, Unbekannten zieht, und wir beschlossen, Ihnen, wenn es notwendig würde, unseren Rat – Sie entschuldigen, Mylord – nicht vorzuenthalten, falls Sie ihn verlangten.«

»Und was ist das für ein Rat?«

»Wenn Sie mir erlauben, Mylord, so behalte ich ihn noch für mich, Sie haben für heute genug erfahren und müssen abwarten, was Ihnen der morgige Tag bringt. Im glücklichsten Falle werden Sie meines Rates nicht bedürfen, und ich spare ihn daher für den Notfall auf, sollte dieser eintreten, nun, dann wird noch Zeit genug sein, ihn zu vernehmen.«

»Ich stimme Ihnen bei und danke Ihnen, Mr. Graham!« erwiderte ich, und so endete unser erstes Gespräch.

Am folgenden Morgen um elf Uhr wurde ich zu meinem Vater beschieden. Ich eilte, an das Gespräch mit dem Pfarrer denkend, besorgt, aber doch innerlich gefaßt, zu ihm.

Er saß aufgerichtet in seinem Bette, die Vorhänge waren von den Fenstern fortgezogen und ich konnte bei dem vollen Tageslichte jetzt zum ersten Male das Antlitz meines Erzeugers deutlich erkennen. Es war zwar noch immer bleich, sah aber weniger krankhaft aus als am Tage vorher, doch seine Miene erschien mir noch finsterer und kälter als das erste Mal. Hinter ihm, wieder an dem Kopfende des Bettes, seiner gewöhnlichen Stelle, stand Mortimer.

Sobald mein Vater meinen ehrerbietigen Gruß mit einem kaum bemerkbaren Kopfnicken erwidert und auf meine Frage, wie er sich befinde, kurz geantwortet hatte: »Es geht besser!«, sagte er kalt, aber mit fester Stimme:

»Percy, Viscount von Dunsdale! Du hast mir gestern gesagt, du seiest nicht hierher gekommen, mich zu beerben, und du hast Gott zum Zeugen für die Wahrheit dieser Worte angerufen. Darum habe ich dich heute zu mir beschieden, um dich beim Worte zu nehmen. Und so erfahre denn von mir, was ich dir schon längst mitgeteilt haben würde, wenn mich nicht dein guter Bruder Mortimer davon zurückgehalten hätte, daß – die Ehe zwischen mir und deiner Mutter bis nach deiner Geburt gesetzlich aufgehoben wurde und daß also erst Mortimer mein ehelicher, mithin einziger und ältester, rechtmäßiger Sohn ist. – Unterbrich mich nicht, sondern höre weiter. Zu deinen ohnehin reichlichen Einkünften als Viscount von Dunsdale bin ich, väterlich genug, gesonnen, dir jährlich dreitausend Pfund zu geben, und mit dieser Aussteuer, denke ich, wirst du reicher sein als mancher begüterte Edelmann in diesen Landen.«

»Und wer erbt Ihren Namen und dessen Ehre?« fragte ich mit möglichster Ruhe, denn ich beherrschte mit Gewalt die strömende Flut, die nach meinem Herzen drängte.

»Mein Sohn Mortimer!« war die einfache, aber mir sehr verständliche Antwort.

»Aber Mortimer, Euer Herrlichkeit Sohn, ist mein Bruder, mein jüngerer Bruder, und noch dazu Sohn derselben Mutter!« sagte ich.

»Er ist ehelich geboren – du nicht!«

»Und wer kann mir das beweisen – wer kann gegen mich und meine Rechte auf solche Weise einschreiten?« fragte ich.

»Ich – und die Gesetze!« erwiderte er bestimmt.

»Sie wurden aber mit meiner Mutter vor meiner Geburt ehelich verbunden«, entgegnete ich sehr ernst und bemerkte sogleich den Triumph, den meine gerechte Sache feierte, denn Beide waren vielleicht der Meinung gewesen, ich habe mich um diese Dinge nie recht bekümmert.

»Wisse!« rief er, »es lebt kein Zeuge dieser Verbindung mehr und kein Register existiert auf der ganzen Welt, das meine Worte Lügen strafte!«

»Sie irren sich, Mylord!« rief ich ebenfalls. »Mögen die übrigen Zeugen gestorben und die Register alle vernichtet sein – ich lebe und Sie leben und Mortimer lebt und – Gott lebt. Und mit diesen vier Zeugen, Mylord – denn ich werde Ihr und meines Bruders Gewissen zu Zeugen aufrufen – sind die Gesetze ebensogut für mich da wie für Sie und Mortimer – und seien Sie überzeugt, ich werde nimmermehr freiwillig, und einer blinden Willkür gehorchend, den Namen meines Vaters ablegen, um von der Welt als Bastard gebrandmarkt zu werden und von dem Pöbel Ihres Hofes mit den Fingern auf mich weisen und sagen zu lassen: das ist wohl der ältere, aber nicht der echte Sohn!«

»Holla«, rief er auffahrend und lauter, als ich seiner gebrochenen Kraft zugetraut, »so erfahre, Knabe, der du die Welt und einen bloßen Namen mehr liebst als deinem Vater gehorchst und seine Ehre achtest, daß ich dich öffentlich als meinen Bastardsohn und als weiter nichts anerkennen werde.«

»Sie irren sich noch einmal, Mylord!« rief auch ich etwas lauter als vorher. »Ich werde nie dulden, daß Sie mit mir auch diejenige beschimpfen, welche mir das Leben gab! Und wie können Sie die Lüge vor Gottes Richterstuhl vertreten, daß dasselbe Weib, welches mich und Mortimer von Ihnen gebar, mich unehelich, diesen aber ehelich zeugte?«

»Dulden?« schrie er wütend und knirschte mit den Zähnen. »Wer spricht von Dulden, wo ich befehle?«

»Ich!« sagte ich. »Ich, Percy Viscount von Dunsdale, Ihr rechtmäßiger, ehelicher und Ihr erster Sohn!« und trat dabei einen Schritt näher zu ihm.

»Verfluchter Bube!« schrie er, außerstande, seinen Zorn bewältigen zu können, »Mortimer! laß ihn hinauswerfen und mag es der Pöbel meines Hofes sehen, daß ich ihn von meiner Schwelle jage!«

Dicke, kalte Schweißtropfen rannen von meiner Stirn – ich bebte vor unterdrücktem Zorn. Ich sah Mortimer an – aber Mortimer regte sich nicht – meine Miene und Haltung schienen ihn zu warnen – er trat sogar noch einen Schritt zurück.

Aber was ich in diesem schrecklichen Augenblick empfand, kann ich mit Worten nicht beschreiben. Meine Eingeweide brannten, mein Kopf schwindelte, meine Hand zitterte – doch nur einen Moment, und dieser ging rasch vorüber. Das Göttliche war in diesem Moment stärker in mir als das Menschliche – ich ward wieder ruhig und besonnen, denn ich wollte nicht – verflucht sein.

»Mein Vater!« sagte ich, indem ich meine rechte Hand auf mein klopfendes Herz drückte, »Sie haben einen Sohn, der, ohne sich Ihren Fluch aufzuladen, doch Ihren Willen tun wird, sobald dieser Wille unwiderruflich ist.«

»Er ist es – was willst du?«

»Die Erbschaft freiwillig abtreten!« erwiderte ich.

»Und wer bürgt mir, daß dies dein Ernst ist?«

»Gott ist mein Zeuge!« rief ich, und hob meine Rechte zum Himmel empor.

»So schreib es nieder – da ist Papier – Mortimer! leg ihm die Schrift vor.«

Das war mir zuviel, ich hatte noch nicht erfahren, daß böse Menschen einem rechtschaffenen Manne auf sein Wort nicht glauben – man muß ein Schurke sein, um ohne Unterschrift und Siegel davonzukommen.

»Nie! Nie und nimmermehr!« rief ich laut aus, »werde ich meinen ehrlichen Namen unter ein Blatt setzen, das mich und meine Mutter zugleich entehrt!«

Hier machte der Erzähler eine Pause und lehnte sich, wie vor Erschöpfung, einen Augenblick zurück und bedeckte seine Augen mit der Hand. Als er sie aber fortnahm, war sein Antlitz wieder so still und klar wie das eines Kindes – und doch – wie mochte es in seinem Herzen sein! Nach einigen Minuten richtete er sich wieder auf und fuhr mit minder festem Tone fort:

»Ich glaubte sterben zu müssen – so hatte mich dieser Auftritt erschüttert. Wie ich aus dem Zimmer, aus dem Hause kam, weiß ich nicht, nur soviel erinnere ich mich, daß Phillipps mir an der Schwelle des Zimmers meines Vaters entgegentrat und mich starr, wie ich ihn nie gesehen hatte, anblickte.

Ich trat in den Wald, in Gottes freie Natur, ich schöpfte tief Atem – die Brust war mir so beklommen, ich kam mir so klein, so erniedrigt, so vernichtet vor, daß ich mich befühlte, mich selbst betrachtete und meinen Blick zu dem reinen Äther über mir emporrichtete und ihn fragte:

»War das dein Wille, Vater da oben?!«

Mechanisch schritt ich weiter und sah schon vor mir das Haus des Pfarrers, zu dem ich unwillkürlich ging – da, in meinem unsäglich beklemmenden Gefühle, begegnete mir etwas, das – wie ich es nie, nie in meinem Leben vergessen werde – in diesem Augenblicke deutlich, wie in einer Art Verklärung vor mir steht. So sendet uns Gott oft in unserem größten Schmerze, in dem bittersten Krämpfe unserer gequälten Seele, einen Balsamtropfen, einen Trost, eine Beruhigung, und gibt uns damit ein Zeichen, daß er wacht, daß er sieht, daß er regiert.

Hören Sie die einfache Erzählung an, die Einleitung zu dem schrecklichsten Ereignisse, welches schon in nicht allzu weiter Entfernung über meinem Haupte schwebte.

Kapitel 9

Ich hatte in Wien von einem ungarischen Edelmanne einen jungen Hund zum Geschenk erhalten, ein großes, schönes schwarzzottiges Tier, welches in den Gebirgen seines Vaterlandes zur Wolfs- und Bärenjagd gebraucht wird. Er hieß Othello und war von außerordentlicher Kraft und Klugheit. Dieser Hund war nebst Phillipps mein beständiger Gefährte auf allen meinen Reisen gewesen und hing mit ungewöhnlicher Treue an mir, so daß er außer meinem Rufe nur eben jenem Phillipps gehorchte.

Nach England zurückgerufen, war er mir auch bis hierher gefolgt, hielt sich immer in meiner Nähe und schlief sogar Nachts vor meinem Bette auf einer wollenen Decke.

Aber schon den ersten Tag in Codrington-Hall sah ich meinen Othello weniger als sonst, obgleich es mir wegen der ernsthaften Angelegenheiten, die mich den ganzen Tag beschäftigten, weniger auffiel, und gerade an jenem für mich so schrecklichen Morgen war er mir ganz aus den Augen gekommen, auch dachte ich gar nicht an ihn, weil Kopf und Herz mit weit abschweifenden Gedanken und Empfindungen angefüllt waren.

Als ich nun in jenem, mich fast betäubenden Schmerze von der Halle meines Vaters die Kastanienallee zur Pfarrerswohnung hinabschritt, sah ich plötzlich, nicht weit von mir entfernt, in dem Schatten einer großen Buche meinen Hund zu den Füßen eines weiblichen Wesens liegen, welches, ein Buch in der einen Hand und die andere auf dem Kopfe Othellos gelegt, in einer halb sitzenden, halb liegenden Stellung in der Stille des grünen Waldes ruhte. Sie schien mich noch nicht zu sehen; als ich mich aber langsam und still beobachtend näherte, erhob der Hund leise seinen Kopf und blickte mich, mit seinem großen zottigen Schweife wedelnd, so klug und freundlich wie immer an, als wollte er sagen: »Da bist du ja auch, ich habe dich schon lange erwartet, denn sieh! es gefällt mir hier sehr wohl!«

Als das Mädchen endlich meine über das Moos gleitenden Schritte vernahm, blickte es auf und erhob sich, und nun erst war ich vollständig von dem ungewöhnlichen Anblick vollendeter weiblicher Anmut und Schönheit betroffen. Ein weißes Gewand vom feinsten Musselin umschloß bis zu den entblößten runden Schultern den zartesten und wohlgeformtesten Leib, den ich in meinem Leben gesehen habe; ihre langen hellbraunen, gleich Gold und Seide glänzenden und bei jeder Bewegung des schönen Halses wogenden Locken beschatteten ein Gesicht, welches an zartem Reiz auf Erden seinesgleichen nicht haben konnte, so daß mir plötzlich ein neuer Sinn aus der innersten Tiefe meines Wesens zu erstehen schien, der mich ein Wunderwerk bemerken ließ, das vorher wohl dagewesen, aber nie von mir wahrgenommen war.

Vor Allem aber war es ihr großes dunkelbraunes, halb von langen schwarzen Wimpern bedecktes Auge, welches, so offen und verständig und ohne alle Verwunderung mich anblickend, in meinem Herzen zu lesen schien, so daß es mir vorkam, als träte aus ihr etwas mir geistig Verwandtes, ein zweites mir gleichendes Ich mir entgegen und hieße mich mit einer Sprache willkommen, die zwar noch nicht erklungen war, die ich aber dennoch zu verstehen glaubte.

Doch wie soll ich Ihnen ein weibliches Wesen beschreiben, welches in seiner unendlichen und zauberhaften Anmut sich nicht beschreiben läßt, das ich nur empfinden kann und mir im ersten Momente, wo es vor meine Augen kam, wie ein Bote des Gottes erschien, zu dem soeben mein Herz gesprochen, und welchen er mir gesandt hatte, um die Finsternis zu erhellen, in die meine ganze Seele getaucht war.

So war denn auch die Wirkung dieser für mich himmlischen Erscheinung – ein Frieden, eine Ruhe der Seele und Behaglichkeit des Geistes, die ich am wenigsten jetzt erwartet, obschon am meisten bedurft hatte.

Sie trat mir einige Schritte entgegen. Und meinen stummen, ehrerbietigen Gruß auf die anmutigste Weise erwidernd, sagte sie mit einer Stimme, die ganz mit dem wohltätigen Gefühle, welches ihre Erscheinung hervorgerufen, übereinstimmte und mich allen Kummer und Sorge der Welt vergessen ließ:

»Ich bitte um Verzeihung, Mylord, wenn es scheint, als hätte ich Ihnen Ihren Hund abwendig gemacht, allein er kam von selbst und leistete mir Gesellschaft bei meinem Morgenspaziergange durch den Wald.«

Was ich ihr entgegnete, weiß ich nicht mehr, nur fühlte ich immer mehr und mehr, je länger ich sie sah und mit ihr sprach, wie meine bittere Vergangenheit einer süßeren Gegenwart wich, und so näherte ich mich mit ihr, vielleicht ohne es zu wissen, der Wohnung ihres Vaters, denn dies war – Miß Ellinor, Mr. Grahams Tochter, die ich so unerwartet im Walde gefunden.

Vor der gewöhnlich verschlossenen Haustür angekommen, blieb sie stehen, klopfte und rief:

»Bob, alter Bob! öffne die Tür – rasch! Mylord Percy ist da, der meinen Vater zu besuchen kommt!«

»Sie kennen mich? Und doch haben wir uns noch nie gesehen?« fragte ich erstaunt.

»Was das betrifft«, sagte sie und lächelte, wie nur ein Engel lächeln kann, »so sah ich Sie gestern schon, als Sie kamen, und mein Vater berichtete mir, daß Sie Derjenige seien, den er längst erwartet hat.«

Hier öffnete Bob, der alte Diener des Hauses, die Tür, und wir traten ein.

»Darf ich Sie bitten, mich zu Mr. Graham zu begleiten?« sagte ich, denn mir fiel ein, daß Miß Ellinor bereits durch ihren Vater von meinen Verhältnissen unterrichtet sei und daß ihr weibliches Gefühl sie richtig zu leiten pflege, wo der Verstand und das Urteil des Mannes nicht immer ausreichend sei. In meiner trostlosen Lage aber bedurfte ich sowohl des Einen wie des Andern, und ich schätzte mich glücklich, in dem Hause des Pfarrers Beide zu finden.

Wir stiegen daher zusammen die schmale, gewundene Treppe in den Turm hinauf und traten in das stille Studierzimmer des Gelehrten, und hier erst, als er mir gegenüberstand und mich aufmerksam betrachtete, war es, wo mir wieder einfiel, was ich bei meinem Vater erfahren und warum ich den Pfarrer aufgesucht hatte.

Mr. Graham blickte mich, wie ich schon sagte, mit aufmerksamer und gespannter Miene an, als wolle er, schon ehe ich sprach, auf meinem Gesichte lesen, was ich ihm mitzuteilen hätte.

»Mr. Graham!« begann ich, »ich hoffe, ich kann in Miß Ellinors Gegenwart von meinem Besuche bei meinem Vater sprechen?«

»Wenn Sie es wollen, Mylord«, erwiderte er, »ich will es gewiß, sie ist ja schon mit Ihren Angelegenheiten bekannt.«

»Nun denn, mein Freund, so bezeichnen Sie mir eine Wohnung hier in der Nähe, die ich sogleich für einige Zeit beziehen kann, und die, jenseits des Gebietes des Marquis von Seymour gelegen, doch nicht allzuweit entfernt ist, um es nicht in einigen Stunden erreichen zu können.«

»Und ist es unmöglich, daß Sie in dem Schlosse Seiner Herrlichkeit wohnen?« fragte besorgt der Pfarrer.

»Es ist unmöglich, Mr. Graham!« erwiderte ich und erzählte kurz das soeben Vorgefallene.

Vater und Tochter standen sprachlos, als ich meine Erzählung beendigt hatte; dann aber ergriff Ersterer meine Hand und sagte mit einem Tone ernster Würde und männlichen Entschlusses:

»Es freut mich, Mylord, daß Sie in Ihrer Bedrängnis als Mann zu mir, dem Manne, gekommen sind, und ich hoffe, daß Ihnen, wenn nicht meine Hilfe, doch meine Teilnahme in diesem Ihren Mißgeschicke einigen Trost gewähren wird.«

»Und was tun Sie nun?« fragte Ellinor, innerlich erbebend, und sah mich forschend und besorgt an, indem eine Träne in ihrem großen Auge glänzte.

Ich stand jedoch ohne Worte da, denn ich hatte kaum alle Gedanken zusammen, um über die so wichtige Frage nachdenken zu können. Da ergriff abermals der Pfarrer meine Hand und sagte nachdrücklich Folgendes zu mir:

»Mylord Percy! Gestern Abend verlangten Sie von mir einen Rat, aber ich verweigerte Ihnen denselben, weil ich noch hoffte, er würde unnötig werden. Aber diese Hoffnung ist vollkommen gescheitert, wie ich beinahe fürchten muß, nach dem, was Sie mir mitgeteilt haben. So will ich Ihnen denn diesen meinen Rat nicht länger vorenthalten, vorausgesetzt, daß Sie ihn mit denselben Empfindungen aufnehmen, wie ich ihn gebe, durchdrungen von dem heiligen Gefühl für

Gerechtigkeit und Menschenliebe. Mylord! Ihr Vater ist alt und krank – er kann seinem Alter und seiner Krankheit unterliegen – irregeleitet – ja, ja, so ist meine Meinung irregeleitet durch uns unbekannte Tatsachen, begeht er einen Gewaltstreich gegen Sie. Um seiner Handlungsweise aber den Schein des Rechts zu geben, verschanzt er sich hinter ein Gesetz; soviel ich aber weiß und wir alle wissen, existiert dies Gesetz in Bezug auf Sie nicht, und Sie dürfen sich daher nicht schrecken lassen oder, im Notfall, das wirkliche Gesetz in Anspruch nehmen.«

»Das Gesetz?« rief ich. »Wäre es dahin gekommen? Und gegen meinen Vater? Nein, Sir, ich bin entschlossen, zu dulden von meinem Vater, was ich als Sohn dulden muß, und obgleich es traurig für mich sein mag, dieses Schicksal zu ertragen – glauben Sie mir ich werde es ertragen.«

»Ha! ich verkenne Sie nicht, Mylord!« rief mit Wärme der edle Mann, »Sie wollen großmütig sein, wo Sie gerecht sein dürfen aber Sie bedenken nicht die Folgen. Mich, als Fremden, geht Ihre Sache nichts an – aber als Mensch fühle ich, daß man Sie mit Füßen tritt, und es ist etwas in meinem Herzen, was niemals solche Erniedrigung einer edlen Seele hat ertragen können. – Noch einmal, Mylord, bedenken Sie, daß Ihr Vater heute sterben kann und daß ein Bruder, den ich wenigstens nicht achten kann, morgen mit herrischen Mienen auf Sie herabblickt, der Sie ihn geduldig und ohne murren zu dürfen in dem Besitze dessen sehen, was Ihr Eigentum ist.«

Ich stand, die Augen zu Boden gesenkt, vor dem Vater und seiner Tochter – in mir häufte sich Schatten auf Schatten, und es war in meinem Herzen wie die Nacht, auf die kein Tag zu folgen scheint. Der Pfarrer fuhr fort:

»Mylord! Nehmen Sie wenigstens Ihre Zuflucht für mögliche Fälle zu gerichtlichem Beistande-ich weiß, Sie werden es mir einst danken, obgleich ich Ihres Dankes nicht begehre, denn ich tue hier nur meine Pflicht, wie ich sie schon früher getan habe. Hören Sie! Ich habe einen älteren Bruder in London, der ein redlicher, ein gelehrter Mann und ein tüchtiger Rechtsgelehrter ist – ich will an ihn schreiben und ihm die Sache vorstellen, und Sie, verfügen Sie sich wenigstens zu ihm und fragen Sie ihn um seinen Rat, denn Ihre Sache, die noch lange nicht ganz verloren ist, kann bald vollständig gewonnen werden.«

»Hören Sie auch mich an, Mr. Graham«, sagte ich, »und Sie, Miß Ellinor, urteilen Sie, ob ich Recht oder Unrecht tue. – Meine Sache ist bereits verloren, denn ich habe auf das Recht, meinen Vater einst zu beerben, schon verzichtet, und wenn ich es überhaupt in Anspruch hätte nehmen wollen, so geschah es, nicht um seine Reichtümer genießen und seine Güter beherrschen, sondern einzig und allein, um den Namen desjenigen führen zu können, der mir das Leben gab. Umso hartnäckiger aber nahm ich es in Anspruch, damit ich, im Besitze des Namens meines Vaters, nicht der öffentlichen Beschimpfung ausgesetzt wäre, von mir sagen zu hören, ich führte zwar den Namen meiner Mutter, aber nicht den meines Erzeugers. Jetzt aber will ich auch auf dieses ebenso schöne wie billige Recht verzichten, und nichts in der Welt soll mich bewegen, einen Prozeß um dieses Recht zu beginnen, der, wenn ich ihn verlöre, mich als einen Bastard und Schurken, und wenn ich ihn gewönne, als den undankbaren Sohn bezeichnen könnte, der gegen seinen eigenen Vater und Bruder die Gewalt der Gesetze in Anspruch genommen hat, und somit auf jede Weise mich in den Augen der Welt erniedrigte. Nein, ich verzichte auf alles – Erb' und Gut, und Namen und Titel! nur soviel mögen sie mir gönnen, daß ich noch so lange hier verweile, bis ich gewiß weiß, ob dieser Vater, der mich ehrlos zu machen strebt und vor dem ich dennoch in Ehrfurcht mein Haupt beuge und ihm Glück und Gesundheit gönne, dem Leben erhalten bleiben wird, und ob dieser Bruder, der meine Rechte antastet, derjenige ist, welcher es verdient, daß ihm dieses Opfer von mir gebracht werde. Nur in einem einzigen Falle – und soweit wird es kein Mensch treiben – würde ich von Ihrem Anerbieten und der Anrufung der Gesetze Gebrauch machen: wenn ich nämlich öffentlich angegriffen, mein guter Ruf dadurch geschmälert würde und meine Ehre in Gefahr geriete, befleckt zu werden.«

»Ich ehre Ihren Entschluß, Mylord, denn er ist edel und groß, aber ich sehe es kommen, daß Sie bedauern werden, so milde gewesen zu sein, wo man gegen Sie grausam und verräterisch war; denn dieser Bruder – dieser Mortimer –«

»Sie fürchten von meinem Bruder?« fragte ich.

»Ich mißtraue ihm«, erwiderte der Pfarrer und sah seine Tochter mit einem Blicke an, der mir wegen der Besorgnis und der Rührung, die er aussprach, auffiel. Als ich gleich darauf mein Auge ebenfalls auf sie wandte, sah ich ihr reizendes Gesicht mit einer flammenden Röte übergossen, die sie nicht mehr verbergen konnte.

»Sie wissen mehr, als ich vermutete«, sagte ich zu Beiden, »darf ich, ohne unbescheiden zu sein, nicht erfahren, was Sie erröten macht, Miß Ellinor?«

»Ach, Mylord Percy«, erwiderte diese, »es ist nicht gut, alles Böse in der Welt wissen zu wollen; schon das Gute macht uns oft Kummer und Sorge genug. Doch seien Sie versichert, daß mein Vater es ehrlich mit Ihnen meint und diesmal den Anschein des Rechten in seiner Aussage hat.«

»Miß Ellinor, ich will das Rechte und nicht den Anschein des Rechten!«

»Nun, wenn Sie es denn wissen wollen, er hat das Rechte selbst gesagt.«

»Und mein Bruder hätte schon früher über seine Verhältnisse mit Ihnen gesprochen?«

Das Mädchen zögerte mit der Antwort einen Augenblick, dann aber ihr Lockenhaupt gerade emporhebend und mich mit einem Blicke der unverhülltesten Offenheit anschauend, sagte sie, indem sie abermals errötete:

»Es kann wohl sein!«

»Also er hat mich bei Ihnen verleumdet?« rief ich entrüstet.

»Das hat nichts zu bedeuten«, war die einfache, weder bejahende noch verneinende Antwort, »ich konnte nicht vermeiden, daß Sir Mortimer bisweilen von seinen Aussichten und den möglichen Ansprüchen seines Bruders sprach, was er aber auch sprach – seien Sie versichert, Mylord! – ich habe meine eigenen Ansichten und Meinungen, die Sie einem Mädchen wohl gestatten werden.«

»Nun! was er auch sprach – fahren Sie fort –«

»Nun denn – ich habe es mir angehört, aber es hat seine Wirkung nicht getan.«

»Seine Wirkung nicht!« wiederholte ich und dachte nach, was das für eine Wirkung sein könnte, die mein Bruder gegen mich zu erzielen beabsichtigte.

»Denken Sie nicht darüber nach, Mylord«, unterbrach sie mich in meinem Sinnen, »es hat nichts zu bedeuten.«

»So danke ich Ihnen, Miß Ellinor, für Ihre gute Meinung von mir, und ich hoffe, Ihnen noch beweisen zu können, daß mein Bruder wenigstens kein Recht hatte, von mir als einem Manne zu sprechen, der, Ihrer Teilnahme unwürdig, das Schicksal verdient, welches so unerwartet über mein Haupt hereinbricht, mich aber auf keine Weise erniedrigen kann.«

Und so schloß unsere Unterredung.

Aus der Verlegenheit, in welcher ich mich um eine Wohnung befand, zog mich noch an demselben Tage Phillipps. Seine Schwester, die Witwe eines Försters auf einem der angrenzenden Gebiete, besaß und bewohnte ein im Walde gelegenes kleines Haus, wo sie, da sie selbst keine Kinder hatte, die beiden Söhne meines Dieners, dessen Frau während seiner Reisen mit mir gestorben war, erzog. Zu dieser verfügte ich mich noch am Abend dieses für mich so verhängnisvollen Tages und bezog ein kleines, aber freundliches Gemach von acht Fuß Breite und acht Fuß Länge, dessen schmales Fenster mit grünem Geisblatt umrankt war und das mir die brave Frau in der Eile zuvorkommend geräumt und eingerichtet hatte.

Bei mir waren von allen meinen Besitztümern, die nicht ganz siebzig Meilen davon lagen und die ich in ihrer neuen Ausstattung noch nicht gesehen und genossen hatte, außer Phillipps – Bravour, mein schwarzes, arabisches Pferd, welches Sie mich hier reiten gesehen, Othello, mein Hund, und – mein gefaßtes, gegen alle Stürme der Welt mächtig ankämpfendes Herz – war ich nicht reich genug, um, ohne die Anfechtungen meiner nächsten Blutsverwandten, glücklich und zufrieden zu sein?

Lassen Sie mich jedoch über die nächsten Tage, die ich in meinem einsamen Waldhäuschen, teils lesend und schreibend, teils über meine nächste Vergangenheit und Zukunft nachdenkend, zubrachte, hinweggehen und die Ereignisse vorbereiten, die bald, in gedrängter Folge, auf mich hereinstürzen sollten. Alle Tage, gegen Mittag, ritt ich, gewöhnlich von Othello begleitet, zu

Mr. Graham, der mir bald der teuerste Freund und Ratgeber wurde, speiste bei ihm und blieb, bis der späte Abend, oft auch erst die hereinbrechende Nacht mich zu meinem stilleren Wohnorte zurückrief.

Bei diesen regelmäßigen und durch keine Widerwärtigkeit unterbrochenen Zusammenkünften unterhielten wir uns nicht allein von meinen Verhältnissen und dem, was uns zunächst begegnet war und zunächst wieder begegnen konnte, sondern wir beschäftigten uns auch mit den Ereignissen des Tages, mit welchen uns die nach Codrington-Hall kommenden Zeitungsblätter bekannt machten, oder auch mit der Literatur fremder Völker und Länder. Vorzüglich aber waren es die griechischen und römischen Klassiker, deren besänftigenden und erhabenen Geist wir gemeinschaftlich zu enträtseln suchten und deren Studium uns stets eine unversiegbare Quelle geistigen Genusses, freudiger Belehrung und Herzenserleichterung war.

Miß Ellinor nahm fast an allen diesen Unterhaltungen Teil, wenn das Hauswesen, dem sie selbst vorstand, sie nicht davon abhielt; tätig und einsichtig bei dem Gespräch und dem Nachdenken über längst entschlafene oder sich vorbereitende Dinge, kam mir der Wert dieses ausgezeichneten Mädchens immer klarer ins Bewußtsein, und ich mußte nicht allein den edlen Geist, der sie beseelte, nicht allein ihr für alles Gute und Schöne empfängliches, heiteres Gemüt, sondern auch ihren gediegenen und festen Charakter bewundern, der nicht durch den Umgang mit der Welt, sondern durch Nachdenken und Unterricht entwickelt war und den eine glückliche Naturanlage und ein schnelles Auffassen alles Schicklichen gestählt und unendlich verschönert hatte.

Es waren beneidenswerte Stunden, die wir Drei, in dem kleinen Turmzimmer, das bald unser Lieblingsaufenthalt wurde, eng beieinander sitzend und von dem Gewühle des Weltlebens gänzlich geschieden, in stiller Zufriedenheit und Harmlosigkeit verlebten. Gewöhnlich arbeitete Ellinor an einer Stickerei und einer von uns Männern las oder sprach, sie aber las auch bisweilen, sogar zur Abwechslung sang sie mit engelreiner und melodischer Stimme zu ihrer kleinen Harfe Lieder, besonders alte schottische Balladen, die sie in ihrer Kindheit von ihrer Amme, einer Schottländerin, gelernt hatte und die, von ihr vorgetragen und über den weiten, spiegelklaren See hingehaucht, einen noch unendlich größeren Zauber auf uns übten, als diesen alten klassischen Gesängen schon von Natur eigen ist.

Oft gerieten wir so, durch Gespräch und Gesang verlockt, tief in die späte Nacht hinein, bis endlich Ellinor aufstand und sagte:

»Mylord Percy, Ihr Pferd stampft ungeduldig vor der Tür, Sie haben einen weiten Weg und es ist kein Mond am Himmel – morgen ist auch ein Tag!«

Und ich ritt davon, um recht, recht bald wiederzukommen und mich abermals an meine Rückkehr erinnern zu lassen.

Das, Sir, waren meine Tage im Hause des Pfarrers zu Condrington-Hall.

Aber auch dieser besuchte mich, obwohl seltener, in meiner stillen Waldhütte, bisweilen zu Fuß, wenn er einer solchen Bewegung zu bedürfen glaubte, in der Regel aber auf seinem braunen, langschweifigen Pony, das allgemein schnell trabte, obgleich es nicht viel größer als Othello war.

Phillipps, der treue Phillipps, der mit mir im Hause seiner Schwester wohnte und mit Wohlgefallen das Heranwachsen seiner beiden Söhne beobachtete, war mir in dieser Zeit mehr als ein guter Diener. Immer schon aufmerksam und wachsam um mich beschäftigt, verdoppelte er jetzt seinen Eifer und war bemüht, mir in meiner Abgeschiedenheit ein so anhänglicher Gefährte und Gesellschafter wie ein bescheidener und redlicher Diener zu sein.

Er ging oft zwischen dem Schlosse des Marquis von Seymour, dem Pfarrershause und meiner Wohnung hin und her und brachte stets Nachrichten mit, die sich in der Folge als richtig erwiesen. Seine stete Sorgsamkeit um mich bemerkend, fragte ich ihn einst, was ihn denn so aufmerksam auf mich mache, und nun vertraute er mir, mit der inständigen Bitte, ihm seine Dreistigkeit zu verzeihen, daß er an jenem bösen Morgen an der Tür des Kabinetts meines Vaters mit dem Haushofmeister desselben, einem alten ehrlichen Manne, gehorcht habe und über alle meine Verhältnisse aufgeklärt sei.

Nach dieser seiner Mitteilung brauchte ich denn mein Geheimnis vor ihm nicht mehr zu verbergen und ich hatte Vorteil davon, denn einen treuen Menschen um sich zu haben, der von unseren Verhältnissen unterrichtet ist und seine Kenntnis zu unserem Besten zu benutzen versteht, ist in Stunden der Not und Einsamkeit eine große Erleichterung und ein guter Trost.

Er war es auch hauptsächlich, der mir fast jeden Tag ernstlich anlag, nicht ohne Waffen auszugehen, was ich bis dahin unterlassen hatte, und sich auch erbot, mich auf meinen nächtlichen Ritten von dem Pfarrershause zu meiner Wohnung zu begleiten.

»Fürchtest Du denn für mich?« fragte ich ihn eines Tages, »und von wem?«

»Gewiß, Mylord, fürchte ich für Sie, und wenn Sie es wissen wollen, ich fürchte von Seiner Herrlichkeit Sohn – Ihrem Bruder.«

»Und warum von ihm, da er mein Bruder ist? Kennst Du ihn von einer so schlimmen Seite?«

»Ich kenne ihn aus jener Unterredung, Mylord, wenn er auch nicht viele Worte sprach, und da ich seine Pläne und seine Absichten weiß, so weiß ich auch, daß man eine solche Erbschaft, wie er sie sich – ich bitte um Verzeihung – erschlichen hat, bei Lebzeiten eines älteren Bruders, wie Sie, nicht antritt, ohne die Besorgnis zu hegen, aus dem Besitze dieser ungerechten Erbschaft vertrieben zu werden – und gegen eine solche Vertreibung ist man auf seiner Hut.«

»Nun, dann muß er auf seiner Hut sein und dann fürchtet er mich, statt daß du willst, daß ich ihn fürchte.«

»Es gibt eine zweifache Hut, Mylord, wie es Schutz- und Trutzwaffen gibt; und da man nicht weiß, welche von beiden er trägt, so rate ich Euer Herrlichkeit, sich wenigstens mit Schutzwaffen zu versehen.«

»Weißt Du etwas näheres von ihm und seinem Vorhaben?«

»Nichts, als was mir die Diener von ihm gesagt haben, daß er heftig, wild, jähzornig und weit leichter zum Schlimmen als zum Guten geneigt sei.«

Hier endete das Gespräch über diesen Gegenstand, und ich versprach und nahm mir vor, auf meiner Hut zu sein, wenn es denn nicht anders ginge. Jedoch begegnete ich niemals dem von Phillipps Gefürchteten, obgleich er bisweilen Vormittags in meiner Abwesenheit in die Wohnung Mr. Grahams kam.

Anfangs wunderte ich mich über dieses Nichtzusammentreffen, und ich war sogar der Meinung, mein Bruder müsse eine Gelegenheit suchen, brüderlich mit mir über das zwischen uns Vorgefallene zu reden, allein bald beruhigte ich mich mit dem Gedanken, daß meines Vaters fortdauernde Krankheit ihn von weiteren Ausflügen abhalte und andererseits, daß der Zufall unser Begegnen nicht wolle. Daß er und mein Vater wisse, ich sei noch in der Gegend, war ganz offenbar, denn seine Diener sprachen mit Phillipps und sie hatten mich auch oft, wenn auch nicht vom Pfarrer gehen, doch zu ihm kommen sehen, und übrigens war die Entfernung zwischen beiden Häusern nicht groß genug, als daß man von meines Bruders Fenstern aus, die nach dem alten Jagdschlosse hin lagen, mein Pferd und mich selbst nicht hätte vor der Tür desselben stehen sehen können, zumal wenn man mein Treiben beobachten wollte.

Das Einzige, was ich aus diesem Umstände besorgte war, daß mein Vater des Pfarrers Umgang mit mir übel deuten und ihm sogar meinen Besuch untersagen könne, und hierin hatte ich mich auch nicht geirrt, wie Sie sogleich hören werden.

Denn als ich eines Morgens, es war noch ziemlich früh, vor meiner Tür saß und in einer Zeitung las, die Abends vorher angekommen war, hörte ich von Weitem den Huftritt des kleinen Pferdes, wie es über einige auf dem Wege hinkriechende Baumwurzeln daherklappte. Verwundert, zu so ungewohnter Zeit Mr. Graham mich besuchen zu sehen, stand ich auf, um ihm entgegenzugehen, als Othello, laut aufheulend vor Freude, heranstürzte und mich zuerst begrüßte.

Dieser Hund nämlich hatte gleich von Anfang seiner Bekanntschaft an eine große Zuneigung für Miß Ellinor bewiesen und auf Bitten derselben ließ ich ihn bisweilen beim Pfarrer. Auch machte es uns Vergnügen, ihn von Zeit zu Zeit als Botschafter zu verwenden, denn er kannte seinen Weg genau und man brauchte ihm bloß sein silbernes Halsband mit dem eingenähten Brief umzuschließen, die Tür zu öffnen und zu sagen: Othello, geh zu deinem Herrn! so lief er schon schnaubend davon und Niemand richtete dann schneller und getreuer seine Botschaft aus als er. Von diesen Botengängen aber mußten wir bald abstehen, denn eines Tages mit seiner leichten Bürde beladen und zu mir geschickt, blieb er länger aus als gewöhnlich, und als er endlich langsam daherkam, streckte er sich sogleich zu meinen Füßen nieder, indem er seine rechte Vorderpfote beleckte. Ich betrachtete den Fuß genauer und fand zu meinem Bedauern eine Schußwunde, die glücklicherweise nur leicht und durch eine Streifkugel erzeugt war, ihn aber verhindert hatte, seinen Weg mit der gewöhnlichen Schnelligkeit zurückzulegen. Von wessen Hand der Schuß gekommen, war zur Zeit Niemandem bekannt, obwohl Phillipps seine eigentümlichen Vermutungen darüber hegte.

Doch ich kehre zu dem am frühen Morgen mich besuchenden Pfarrer zurück.

Kaum vom Pferde gestiegen, rief er mir seinen guten Morgen entgegen, drückte mir die Hand und sagte:

»Ich konnte heute den Mittag nicht erwarten, Sie zu sehen, Percy, und da komme ich denn, Sie abzuholen, zumal es ein so schöner Morgen ist, und wir reiten alsdann zusammen heim. Ellinor hat Rebhühner für heute und ich den schönsten Burgunder bekommen – haha! es ist des lieben Mädchens Geburtstag, Percy!«

Er wollte fröhlich sein, der gute Pfarrer, aber trotz seiner angenommenen heiteren Laune merkte ich ihm eine gewisse Ängstlichkeit an, die auf seinem sonst so ruhigen, friedfertigen Gesichte mir nicht lange verborgen bleiben konnte.

»Und was haben Sie außerdem, Graham?« fragte ich, ebenfalls eine lächelnde Miene annehmend, »verstellen Sie sich nicht, ich sehe, Sie haben noch etwas Anderes zum – Dessert.«

»Kommen Sie hinein!« sagte er mit einem Anflug traurigen Ernstes, und wir gingen in mein kleines Gemach.

»Nun, was gibt es?« fragte ich hier.

»Zweierlei!« antwortete er. »Erstens ließ mich heute gleich nach Tagesanbruch Seine Herrlichkeit, der Marquis, rufen. Ich fand ihn, natürlich im Bette noch, aber doch bedeutend kräftiger, als ich ihn einige Tage zuvor gesehen.«

»Setzen Sie sich, Graham!« sagte er zu mir, sobald ich eingetreten war, ganz wider seine Gewohnheit, »und antworten Sie mir: mein Sohn – der Viscount von Dunsdale, wollt' ich sagen, besucht Sie oft? Hm?«

»Ja, Mylord, alle Tage beehrt er mich mit seinem Besuche!« antwortete ich und sah ihn so ruhig und natürlich an, wie es die Sache mit sich brachte.

»Er beehrt Sie! Hm? – Und warum tut er das?«

»Aus Freundschaft für mich, glaube ich, Euer Herrlichkeit.«

»Und er beklagt sich über mich? Wie?«

»Ich hoffe nicht, daß er Ursache dazu habe, und wenn er sie hätte, so beklagt sich Mylord Percy über nichts, als höchstens über das Unglück, seinem Vater, Eurer Lordschaft, vielleicht einigen Kummer verursacht zu haben.«

»Kummer? Was soll das heißen? Aha! er belügt Sie oder – ihr seid Beide boshaft! Kummer! – Graham! Sie gefallen mir nicht mit einem Worte – mein Sohn darf Sie nicht mehr besuchen! In meiner Nähe sich aufhaltend und alle Tage sein begehrtes Besitztum vor Augen, sinnt er auf Handlungen, die mir nicht behagen und die ihm teuer zu stehen kommen könnten, falls er sie ausführen wollte. Ha! ich weiß –! Hat er sonst noch Ursache, euch zu besuchen, Graham?«

»Soviel ich weiß, keine!« antwortete ich und mochte ihn etwas zu dreist und fragend dabei anblicken, denn sein scharfes Auge heftete sich stechender auf mich und schien aus meinem Innern etwas herauslesen zu wollen, was meines Wissens nicht darin war.

»Schlimm genug, daß Ihr es nicht wißt!« rief er erbittert; »ich weiß es und habe also zwei Gründe, ihn nicht bei Euch zu wünschen – Ihr versteht mich!«

»Ich verstehe Sie nicht, Mylord, und ich kann und werde ihm mein Haus nicht verbieten, er kommt als Freund zu mir und ich liebe ihn!«

»Was! Ihr liebt ihn?«

»Ja, Mylord, ich liebe ihn. Von ganzem Herzen!« beteuerte ich.

»Sir!« rief Seine Herrlichkeit plötzlich laut, »ich verbiete Euch, ihn zu lieben, und ich werde dafür sorgen, daß er meine Nähe verlasse. Er umspinnt Euch und mich mit Ränken; nehmt Euch in Acht, wie ich mich in Acht nehme, denn, weiß Gott! ich werde mich von ihm nicht betören lassen! Und weilt er noch länger hier wider mein Gebot, so entziehe ich ihm auch noch die 3000 Pfund und – und –«

»Mylord!« unterbrach ich ihn, »soviel ich von Percy weiß, fragt er gar nicht nach diesen 3000 Pfund, überhaupt nicht nach Geld, denn er ist ein Ehrenmann!«

»Graham!« rief der Marquis, auf das höchste erbittert, »schweigt! Ich habe Euch verkannt! Ein Sohn, der trotzig genug ist, seinen Vater wider Fug und Recht und auf Kosten eines Bruders, der ihm nie etwas zu Leid getan, beerben zu wollen, kann kein Ehrenmann sein –«

»Und will er denn das?« fragte ich lauter und heftiger als zuvor.

»Ja, er will's! Er hat sich geweigert, die Schrift zu unterzeichnen, die ihm seine richtige Stellung in der Welt und zu mir und seinem Bruder anweist.«

»Aber er hat sein Wort gegeben, diese Stellung anzuerkennen, das heißt sein Erbrecht abzutreten.«

»Das ist nichts, das ist nichts! Das ist keine Bürgschaft oder nur eine, die der morgige Wind verweht! Haha! Solange ich lebe, ist er ruhig – ja! wenn ich aber tot bin, wenn Mortimer, mein teurer Mortimer, sein Erbe antreten will, dann ist er da! Haha! Dann ist er da!«

»So wird er nicht handeln, Mylord, ich weiß es.«

»Ihr wißt nichts – und die Sache ist abgemacht. Ihr kennt meine Meinung, und die laßt ihn wissen – guten Morgen, Sir!«

»Und ich ging, Percy – und hier bin ich!«

»Und Sie kommen, mir zu sagen, daß ich Sie nicht mehr besuchen soll?« fragte ich.

»Mylord Percy! mein teurer Freund!« rief er, »was denken Sie von mir? Im Gegenteil, ich komme, Ihnen zu sagen, daß heute ein Festtag in meinem Hause ist, und ich bitte Sie, heute früher zu kommen und länger zu bleiben als sonst! Sieht dieses Verlangen wie eine Vertreibung aus?«

»Das nicht, aber Sie erwarten vielleicht von mir, daß ich freiwillig Ihre Schwelle nicht mehr betrete?«

Der edle Mann sah mich mit einer Miene an, in der ein freundlicher Unwille mit dem Gefühle verletzten, aber erhabenen Stolzes kämpfte.

»Percy!« rief er, »Sie tun mir weh! Das habe ich nicht verdient jetzt fordere ich Ihre Gegenwart, und augenblicklich!«

»Wohl, ich bin gern bereit, und somit feiern wir unsere Versöhnung, mein teurer Mr. Graham!«

Ich drückte den biederen, treuherzigen und für die Wahrheit und das Recht mit feurigem Jugendmute kämpfenden alten Mann an mein Herz – von diesem Augenblick an war unsere Freundschaft eine ewige.

»Und nun, Graham«, sagte ich, »Ihre zweite Mitteilung.«

»Ja! Sie erinnern mich daran. Hier ist sie!«

Mit diesen Worten zog er eine Zeitung aus der Tasche. Darin stand Folgendes, aus London datiert:

»Soeben hören wir aus zuverlässiger Quelle, daß Mylord Percy, Viscount von Dunsdale, nach bisheriger Annahme ältester Sohn des Marquis von Seymour, Grafen von Codrington, von langen Reisen zurückgekehrt ist, um seine Rechte als Erstgeborener des Marquis, der auf dem Sterbebette liegt, in Anspruch zu nehmen. Von seinen demokratischen und illoyalen Gesinnungen aber unterrichtet, hat Seine Herrlichkeit, der Marquis, sich bewogen gefühlt, gerichtlich darzutun, daß Mylord Percy usw. nicht sein rechtmäßiger Sohn, sondern aus einer früheren, nicht anerkannten Verbindung entsprossen sei, so daß also Sir Mortimer, der bisherige zweite Sohn Seiner Herrlichkeit, als wirklich gesetzmäßiger Erbe betrachtet werden muß. Wir berichten dies als eine Tatsache und werden demnächst Näheres darüber melden, zugleich aber nehmen wir diese Gelegenheit wahr, um dem liebenswürdigen und edlen Erben eines so hohen Namens und so großer Reichtümer das Glück zu wünschen, welches er auf alle Weise zu verdienen scheint.«

Ich las diese Zeitungsnachricht, und ich sage die Wahrheit, wenn ich hinzufüge, ohne Erstaunen. Eine offenbare Niederträchtigkeit – und ohne Zweifel war diese Veröffentlichung jener groben Lüge eine solche – hat mich nie außer Fassung zu bringen vermocht; im Gegenteil, sie machte mich stärker und gab mir allen Mut und alle Besonnenheit, die nötig ist, derselben kühn und männlich entgegenzutreten.

»Demokratisch!« wiederholte ich, indem ich noch einmal die schändliche Nachricht überflog, »als ob das ein Tadel nach unserer Verfassung wäre! Wie dumm, wie abscheulich dumm! Und das Nähere versprechen sie noch in der Folge mitzuteilen. Ja – ihr sollt es mitteilen, aber ich selbst werde es euch diktieren! Nun, Mr. Graham – mutig und tapfer! furchtlos und gottgetreu! das ist letzt unsere Losung! Was tun wir zuerst?«

»Wollen Sie nicht an meinen Bruder schreiben, Mylord?« fragte der Pfarrer, der etwas bleich geworden war.

Ich besann mich, ehe ich antwortete, eine Weile.

»Nein, Graham, noch nicht!« sagte ich. »Gönnen Sie mir vierundzwanzig Stunden Bedenkzeit, denn einmal einen Entschluß fassen, heißt bei mir, ihn auch ausführen, und jeder Schritt, den ich hierin tue, ist wichtig; wenn ich auch meinen Bruder nicht schonen kann – mein Vater ist ein alter, kranker Mann! Sie verstehen mich! Gefällt es aber Gott, mir den Entschluß zum Handeln zu geben – nun ja, dann meinetwegen vorwärts – Gefahren kennt meine Seele nicht.«

Der Pfarrer sah mich verwundert, lächelnd, fragend an.

»Man sollte meinen«, sagte er, »es handle sich um ein Butterbrot, wenn man Ihre ruhige, gleichgültige Miene bei dem Allen sieht.«

»Gleichgültig, Graham?« rief ich. »Ja, allerdings, es gibt eine Höhe des Schmerzes, auf der einem fühlenden Herzen Alles gleichgültig wird – doch nein, nein, nein, teurer Graham! Nicht Alles! – Aber jetzt lassen Sie uns mein Pferd bestellen und Miß Ellinor unseren Glückwunsch bringen.«

Phillipps führte die Pferde heraus, erhielt die Weisung nicht unruhig zu sein, wenn ich etwas lange bliebe, und wir stiegen auf und ritten davon.

Kapitel 10

Da wir eine gute Stunde lang rasch forttrabten, sprachen wir nicht miteinander, ein Jeder mochte das Seinige zu überlegen haben. Othello lief, nur bisweilen sich nach uns umschauend, weit voraus, denn er wußte ja Weg und Ziel unseres Rittes und er konnte die Zeit nicht erwarten, wieder bei derjenigen zu sein, die ihn mit Liebkosungen und guten Bissen an sich gewöhnt hatte.

Diese Betrachtungen führten meine Gedanken sanft auf Miß Ellinor hinüber, und sie weilten gern bei ihr.

»Also ihr Geburtsfest ist heute!« sprach ich zu mir selber. »Und ich habe ihr kein Geschenk zu bringen – ich bin so arm jetzt!«

Und ich dachte nach, was ich ihr wohl verehren könnte von dem Wenigen, was mir noch für die Gegenwart geblieben war.

Und nun, mein Freund, lassen Sie mich einen Augenblick bei der Erinnerung an dieses liebliche Mädchen verweilen.

Sie denken gewiß, ich liebte diese Ellinor! Ja! wenn das Liebe ist, nichts denken, nichts empfinden als nur einen einzigen Gegenstand allein, den eigenen Schmerz und die eigene Sorge vergessen und nur ihr Wort, ihren Blick, ihr Lächeln uns vor die Seele rufen und Gott bitten, allen seinen reichen Segen über dies einzige Wesen auszuschütten – ja, dann liebte ich!

Ach! ich war damals vierundzwanzig Jahre alt und Ellinor war achtzehn geworden; ich hatte auf meinen Reisen viele der schönsten Frauen gesehen, aber noch nie mit einer in näherer Verbindung gestanden oder auch nur den Wunsch dazu auftauchen gefühlt, denn mein Geist war noch mit seinen extremen weltlichen Ideen und mein Herz mit seinen jugendlichen Idealen erfüllt. Das beseligende Gefühl, für sich selbst nichts und einem Anderen Alles zu sein, kannte ich noch nicht, ich wußte noch nicht, was es hieß, aus dem Blick eines anderen, gleich mir menschlichen Geschöpfes Leben und Seligkeit zu trinken, sein Lächeln zu verstehen, seinem Winke zu folgen und so, Herr und Sklave in einer Person und in süßester Bedeutung, sich auf Erden fast überirdisch und unvergänglich zu wähnen. Denn die Liebe, Sir, jetzt weiß ich es wohl, läßt uns den Gedanken nicht fassen und ausbilden, daß wir einst für das geliebte Wesen, und dieses für uns, aufhören könnten zu sein!

Damals hatte die Freundschaft, die ich für meinen Erzieher empfunden, noch alle übrigen Gefühle verschlungen, und für das allmächtigste, alle Fugen meines Seins ausfüllende Wesen auf Erden und im Himmel hielt ich nur Gott. Erst als ich, nach England zurückgekehrt, allein und verlassen dastand, erst als Vater und Bruder sich von meinem Herzen gerissen hatten und ich Ellinor mit meinem Hunde auf dem grünen Rasen des Waldes liegen, als ich diesen offenen, reinen, kindlichen und doch so verständigen Blick auf mich gerichtet sah und ihn in die tiefste Tiefe meiner Seele dringen fühlte, erst als ich ihre Stimme vernahm, die eine ganz neue Welt von Empfindungen in meinem schlafenden Busen erweckte, erst da fing der erste Ton jener Saite an zu beben, der, einmal erklungen, schnell lauter und lauter ertönt und mit seiner verständlichen, aufregenden Musik unser ganzes Sein, Geist und Leib zugleich, durchdringt und erfüllt.

Aber dieses, meiner Phantasie unaufhörlich vorschwebende und aus meinem Herzen alles Leid verdrängende Mädchen erschien mir für meine Empfindungen und Wünsche noch zu rein, zu erhaben, zu göttlich! Ich hielt mich nicht für den auserlesenen Mann, der in Allem würdig genug war, Ellinor zu lieben und von Ellinor geliebt zu werden; ich wollte erst arbeiten an mir, mein Herz und mein Gemüt noch lauterer stimmen, erst alles Irdische, allen Haß, allen Verfolgungstrieb aus meinem brütenden Gedanken verbannen und so das Glück, die Seligkeit verdienen, dieses Engels Lächeln auf meinem Antlitze ruhen zu sehen.

Aber wie konnte ich nach dem, was mir geschehen war, diese löblichen Vorsätze so schnell vollbringen! Vater und Bruder, und Alles, was sie mir Böses getan, standen auf der einen Seite vor meinem geistigen Auge, und Ellinor, was sie mir Gutes verhieß, auf der anderen; und wie mich diese in meiner Selbstschätzung hob, zogen mich jene herab, und ich schwankte in dem entsetzlichen Bewußtsein, nicht zu wissen, was ich tun, wohin ich mich wenden, ob ich zuerst lieben oder zuerst hassen sollte!

Und dann auch: konnte ich wagen, jetzt mich diesem reinen Wesen mit zärtlichen Wünschen zu nähern, wo Schande und Verlust auf mich herabgeworfen waren? Schande und Verlust, die, wenn ich sie auch nicht verdiente, doch in den Augen der nicht sehenden und fühlenden, aber immer urteilenden Welt mich herabsetzen mußten? Und mußte nicht das Mädchen, die Geliebte, das Weib an meiner Seite diese Herabsetzung mitempfinden und doppelt empfinden, wenn sie mich innig liebte und verehrte?

Und Ellinor sollte diesen Kummer, der so tief verwundet, so früh schon kennenlernen? Ellinor, das engelgleiche Geschöpf, deren Wort mir ein Hauch der Göttlichkeit, deren Blick mir ein Sonnenstrahl, deren Lächeln mir der Wink der Unsterblichkeit selber war, sie sollte schon jetzt, in der zarten Blüte ihrer Jahre, den kalten, verachtenden Blick des pöbelhaften Haufens ertragen lernen? – Nein, nein! Das sollte sie nicht!

Und dennoch trieben alle meine Gedanken um sie herum, dennoch umkreisten alle meine Empfindungen den Ort, wo sie atmete, wo sie lebte, wo sie ging, wo sie sprach – dennoch stand mir ihr schönes Bild Morgens, wenn ich erwachte, und Nachts, wenn ich schlief, bei Tag, wenn ich ging, wenn ich las, nicht nur vor Augen, sondern es kam mir vor, als wäre ihre geistige Erscheinung in meine Stirn gegraben, als fühlte ich sie da, wo der Sitz und die Quelle meiner Gedanken war, ja, als klopfte sie in jedem Pulsschlag, den ich über alle meine Glieder sich ausbreiten fühlte, wenn ich sie sah oder nur an sie dachte. – Das waren die Gedanken, die mir während der schnellen Bewegung, welche der Lauf meines Pferdes verursachte, mehr durch den Kopf fuhren, als daß ich sie eigentlich ausgebildet hätte.

Wir kamen endlich an einen breiten Graben auf unserem scharfen Ritte, den Grenzpunkt der Besitzungen meines Vaters und seines nächsten Nachbarn. Bravour sprang zuerst mutig hinüber und ihm folgte Grahams kleines Pferd etwas langsamer nach; dann sahen wir in der Ferne das altertümliche Pfarrhaus mit seinen grauen Mauern aus seiner grünen, blätterreichen Umgebung hervortreten, und wir ritten nun langsamer nebeneinander her, um unsere Pferde etwas verschnaufen zu lassen.

»Woran haben Sie gedacht, Percy?« fragte der Pfarrer, »Sie haben ja durch keinen Laut Ihr Dasein verraten.«

»Ich habe an Ellinor gedacht!« erwiderte ich. »Ob sie sich freuen wird, daß wir so früh zurückkehren – ach! ich habe keine Gabe für sie, nicht einmal eine schöne Blume –«

»Lächeln Sie, Percy, lächeln Sie! und mein Kind wird sich freuen, Sie froh und heiter zu sehen!«

Wir ritten wieder schweigend weiter, meine Blicke waren unverwandt auf das graue vor uns liegende Haus gerichtet – jeden Augenblick glaubte ich Ellinor in der Tür erscheinen zu sehen. – Aber sie erschien nicht. Statt ihrer jedoch trat ein Mann heraus, sah einige Sekunden lang nach uns hin, dann bog er rasch in die Kastanienallee ein und verschwand unseren Blicken.

Ich glaubte ihn zu erkennen, und rasch meinem Pferde die Zügel schießen lassend, sprengte ich in vollem Galopp vor das Haus. Aber ich kam zu spät, der Mann war schon hinter den Bäumen und dem dichten Gebüsch verschwunden und ich sah nichts mehr von ihm.

»Wer war das?« fragte ich den Pfarrer, als dieser endlich auch herangekommen war. »Haben Sie ihn nicht gesehen?«

»Ich sah ihn, Percy, und wenn ich nicht irre, so war es Sir Mortimer – Ihr Bruder!«

»Und in Ihrer Abwesenheit, Graham?«

»Er wird ihr einen Blumenstrauß zu ihrem Festtage gebracht haben, wie er es alle Jahre tat«, erwiderte Mr. Graham mit ruhiger Stimme.

Wir stiegen ab, gingen die Treppe hinauf und fanden Ellinor in dem Speisezimmer, welches mitten in dem Hauptgebäude lag und sämtliche vier Fenster desselben einnahm.

Sie errötete sichtbar, als wir eintraten. Aber Alles vergessend, als ich sie wiedersah, trat ich ihr näher, ergriff ihre Hand, küßte dieselbe und sagte:

»Miß Ellinor! Kein Mensch wünscht Ihnen mehr Ruhe und Zufriedenheit für Ihre stille Seele, als Percy, der jetzt so arm ist, daß er nicht einmal eine Blume hat, sie Ihnen als Pfand seiner Aufrichtigkeit und Ergebenheit darzubringen!«

Ihre schöne, weiße, zarte Hand war heiß, als ich sie ergriff, und schien zu zittern. Sie erwiderte einige freundliche Worte und beschäftigte sich dann wieder mit der Bereitung des Frühstücks.

Ich blickte mich nach dem Blumenstrauß um, den ihr, wie ihr Vater gemutmaßt hatte, Mortimer gebracht haben sollte – aber ich fand ihn nicht. Mein Herz drängte mich, nach dem eben weggegangenen Besuche zu fragen, aber ich bezwang mich und schwieg, denn auch ihr Vater fragte nicht, der doch die meiste Ursache zu fragen hatte. – Ach! es lag so viel Schonung in diesem Schweigen! Denn welche Erinnerungen rief er nicht mit der bloßen Erwähnung des Namens meines Bruders in mir wach!

Wir hatten das Frühstück eingenommen. Der Vater ging in sein Zimmer, um einige Augenblicke zu ruhen, da der scharfe Morgenritt ihn etwas ermüdet hatte.

Ellinor und ich blieben einige Augenblicke allein sitzen; jetzt drängte es mich stärker, die Frage zu tun, die ich vorher schon auf den Lippen gehabt hatte und als eine so große Last auf meiner Seele lag, daß ich mich von ihr zu erleichtern beschloß.

Wir standen auf, Ellinor nahm ihren Strohhut an den Arm und wir gingen in den Wald hinab. Ohne Zögern reichte sie mir auf meine Bitte ihren Arm – lieblich wallten ihre seidenen Locken um ihre schwellenden Schultern, das junge Moos schien mir unter ihrem leichten Schritte zu jauchzen – meine Seele schwamm in einem Meer von Zufriedenheit und Wonne.

»Miß Ellinor!« begann ich. »Als ich eintrat, erröteten Sie, und Ihre Hand war heiß und zitterte, als Sie mir dieselbe reichten – hatten Sie eine Gemütsbewegung gehabt?«

Sie sah mich an – rasch – aber dieser rasche Blick drang bis in das Innerste meines Wesens.

»Ja!« flüsterte sie mehr als sie sprach. »Ich hatte eine Gemütsbewegung!«

»Und welche?« fragte ich. »Falls Sie Ursache haben, mich für Ihren Freund zu halten, so schenken Sie mir Ihr Vertrauen in Allem, was Sie bedrängt, und ich werde es mit dem freundlichsten Danke, den ich habe, bezahlen – mit meinem eigenen Vertrauen!«

»Sie sind gütig, Mylord!« erwiderte sie. »Und warum sollte ich Ihnen nicht mein Vertrauen schenken, da Sie mir so oft Gelegenheit gegeben haben, das Ihrige zu empfinden? Auch würde ich schon gesagt haben, was Sie jetzt von mir zu hören verlangen, aber ich wollte den Vater nicht in seiner Heiterkeit stören, denn seine Stirn umwölkt sich, wenn ich ihm von Ihres Bruders Besuch rede.«

»Also er war hier – ich habe mich nicht geirrt?«

»Sie irrten sich nicht – und eben das war die Gemütsbewegung, die ich hatte. Denn als Sie meine Hand faßten, bedachte ich, daß soeben dieselbe Hand Ihr Bruder berührt hatte – und als ich verglich –«

»Was?«

»Still, Percy, Sie durchbohren mich mit ihren Blicken – was ist Ihnen?«

Ich schämte mich des Gefühls, das in mir aufloderte, ehe sie mir diese Frage tat.

»Erlauben Sie mir noch eine Frage, Miß Ellinor!« fuhr ich in einem so sanften Tone fort, wie ich annehmen konnte, um sie nicht wieder zu schrecken, »war mein Bruder Ihretwegen hier?«

»Ich glaube es!« war die leise Antwort, die mit einem Senken des Kopfes und einer Purpurröte auf dem holden Gesichte gegeben wurde.

»Sie glauben es nur?«

»Ach, Percy! Sie zürnen mir nicht, ich bin dessen gewiß!«

»Und kommt er, weil er weiß, daß er gern gesehen ist?«

»Mylord!« rief sie, fast weinend. »Was denken Sie von mir?«

»Still, still, Miß Ellinor – ich bin schon zufrieden! Ach! Sie wissen ja, ich muß meine brüderlichen Gefühle zurückhalten, wie ich auch keine kindlichen äußern darf –«

»Halten Sie sie zurück, Mylord – äußern Sie sie nicht!« rief sie mit einer so ernsten, so besorgten Stimme, wie ich sie noch nie von ihr gehört hatte.

Ich war betroffen – ich schwieg und ging voller Gedanken neben ihr her. Wie ich nicht wußte, was ich von diesem Allem denken sollte, wußte ich auch nicht, welchen Weg ich ging, und Ellinor folgte mir, ohne aufzusehen. Ich hatte vergessen, wo ich war, ob im freien Walde, ob in einem verschlossenen Zimmer – es war mir auch gleichgültig, denn in meinem Innern gärte und trieb es und arbeitete an einem Gefühle, welches mich fast erstickte. Ich war von ihm dergestalt beherrscht, daß ich wider Willen mein Schweigen brach und abermals begann:

»Meine Bitte um ihr Vertrauen hat noch kein Ende, Miß Ellinor! Haben Sie schon bedacht, daß Ihr Vater nicht immer um Sie sein wird?«

»Das kann ich nicht denken, Mylord, – mein Vater wird ewig bei mir sein!«

»Ja so!« sagte ich, »Sie sprechen von der Ewigkeit – ich spreche nur von dieser Erde – ach! es ist so schön, an Ihrer Seite auf Erden zu sein! – Noch einmal, Ellinor! Haben sie schon bedacht, daß Ihr Herz auch noch für einen anderen Mann Raum haben muß?«

»Nein, Mylord, das habe ich noch nicht bedacht – es ist auch nicht notwendig –«

»Notwendig ist es nicht, aber möglich!«

»Ach ja – möglich ist es!«

»Und wie muß der Mann beschaffen sein, der Raum in diesem Ihrem Herzen hat –?«

»Sie tun da eine schwere Frage, Mylord, ich habe mich noch nie so gefragt. Aber freilich – anders muß er sein als einige Männer, die ich bisher kennengelernt habe – geträumt habe ich wohl davon, aber niemals daran gedacht!«

»Und wie war dieser Traum?«

»O, er war schön und erhebend! Meine teuersten Empfindungen und Wünsche erfüllte er, denn in meinen Träumen kam mir jener Mann unter den Bäumen entgegen aus dem Walde, meinem geliebten grünen Walde – die ganze Natur müßte sich in seinem Blicke spiegeln und in seinem Herzen die Welt leben, wie sie nicht ist, aber sein könnte – und diese ganze Welt müßte die Liebe sein, und diese ganze Liebe – müßte er für mich haben – ach! Mylord, solche Menschen gibt es nicht, ich habe es ja nur geträumt!«

»Ellinor!« rief ich, hingerissen von dem Bilde ihrer Phantasie, das sie, ohne es zu wollen und zu wissen, teilweise der Wirklichkeit so nahe geschildert hatte, »Ellinor! wenn so ein Mann aus dem Walde käme, freilich nicht so vollkommen, wie Sie ihn sich geträumt, aber doch die ganze Welt in seinem Herzen tragend, und wenn diese ganze Welt voll Liebe und all diese große grenzenlose Liebe für sie wäre – was würden Sie dann tun?«

»O! Ihn würde ich wieder lieben – doch!«

»Ellinor! Und wenn ich dieser Mann wäre?«

»Percy! Um Gotteswillen!« rief sie in der größten Bestürzung und ihre Augen flehend und doch so voller Liebe auf mich gerichtet. »Wohin führen Sie meinen Geist?«

Ach, Percy hatte genug gehört – Percy hielt sie in seinen starken Armen – Percy fühlte zum ersten Male in seinem Leben einen weiblichen Busen an seine klopfende Brust sich schmiegen, Percy hatte Himmel und Erde, Freuden und Schmerzen, Vergangenheit und Zukunft vergessen, denn Percy fühlte sich zum ersten Male in seinem Leben geliebt – und geliebt von der, die er liebte; und geliebt ohnegleichen, wie er unaussprechlich, ohne Rückhalt liebte! –

Eine Minute verging und noch eine – da wagten wir es erst, uns anzusehen, ach! und was sahen wir? Tränen in unseren Augen, obgleich Seligkeit in unseren Herzen war.

Da richteten sich, wie aus einem tiefen Traum erwachend, unsere Blicke empor – wir bemerkten, was wir vorher nicht bemerkt hatten – daß wir weiter als wir gedacht, von unserer stillen Wohnung fort bis ganz in der Nähe des Schlosses meines Vater gekommen waren, daß man uns von dort hatte sehen können, ja, daß man uns wirklich gesehen, denn in der Hintertür des alten, grauen, wie der finstre Aufenthalt eines gespenstischen Dämons erscheinenden Gebäudes stand regungslos ein Mann, und dieses Gesicht hing wie eine drohende Wetterwolke über uns, und dieses drohende, fürchterliche Gesicht – war meines Bruders Mortimer Gesicht.

Ellinor drückte zusammenzuckend, wie von einer Natter gestochen, meinen Arm, und mehr in ihrem als in meinem Geiste besorgt, drehte ich mich schnell mit ihr herum; wir gingen ruhig, aber doch wie vor einer Gefahr hinwegeilend, schleunigst zurück und hielten nicht eher in unserem Gange an, als bis wir Mr. Grahams Wohnung dicht vor uns liegen sahen.

Die Stille, die einladende Ruhe um dieses einsame Haus gab uns auch unsere Ruhe wieder – wir lächelten uns wieder freudig an und drückten uns in einem namenlosen Entzücken die Hände.

Schneller als gewöhnlich sprang ich mit Ellinor die Treppe hinan, und noch die Tür zu des Pfarrers Zimmer in der Hand haltend, rief ich, indem ich meine mich beseligenden Empfindungen nicht länger bemeistern konnte:

»Mr. Graham! Wir bringen Ihnen eine unerwartete Botschaft!«

»Und wenn ich ihre Stimme zu deuten vermag«, erwiderte er, von seinem Buche aufblickend, »so ist es eine fröhliche Botschaft!«

»Ja!« sagte ich und stellte mich vor ihn hin, Ellinor an der Hand haltend, »ich habe doch ein Geschenk für Ellinor und sie eines für mich gehabt, woran wir Beide nicht gedacht haben – und raten Sie welches!«

»Ich weiß es nicht«, entgegnete er freundlich, »aber es muß ein Geschenk sein, gern gegeben und eben so gern genommen, denn ihr seht Beide ziemlich zufrieden aus.«

»Ellinor liebt mich und ich liebe Ellinor!« rief ich, denn ich konnte mein Geheimnis nicht länger verschweigen »und was sagen Sie dazu?«

Mr. Grahams, des Pfarrers, Blick hing an uns Beiden, nicht mit Erstaunen, aber mit einem Leuchten und mit einer Erhebung, die mich fühlen ließ, daß die ihm soeben mitgeteilte Nachricht sein ganzes Innere bewege.

»Wenn es Gott so will«, sagte er endlich, »wie kann ich, der ich Gottes Diener bin, es anders wollen!«

Und mich und Ellinor an seine Brust schließend, feierten wir Drei einen Triumph, den uns aller Haß und alle Feindschaft der ganzen Welt nicht zu trüben vermochte.

Ja, mein Freund, wir hatten einmal einen glücklichen Tag!

Kapitel 11

Abermals saßen wir, Ellinor und ich, im Walde allein, denn der Vater hatte uns nach dem Mittagessen uns selbst überlassen. Da plauderten wir denn von dem, was uns jetzt das Nächste und Neueste war, von unserer Liebe – wie sie entstanden und gewachsen war, wie sie gehegt und gepflegt werden sollte und wie unsere Zukunft nach unseren Wünschen sich gestalten würde.

Die schönen Stunden eines warmen Sommernachmittags vergingen wie im Fluge und die Sonne senkte sich bereits, als Mr. Graham zu uns trat und sagte:

»Nun meine Kinder, nachdem Ihr Euren Herzen Luft gemacht habt, gönnt auch mir einen Ted Eurer Gegenwart, und zunächst, Percy, habe ich ein ernstes Wort mit Ihnen allein zu reden.«

»Was hast du ihm allein zu sagen, mein Vater, das ich nicht hören könnte!« erwiderte ihm Ellinor. »Sein Glück wie sein Unglück ist zur Hälfte mein, und nicht das Ernste allein, auch wenn es Trauriges wäre, will ich hören – ich verlange von Allem mein Teil.«

»Sie hat Recht«, sagte ich, »ich denke, sie, solange ich hier bin, keinen Augenblick zu verlassen, denn das Glück ist so kurz und die Stunde verrinnt dem, der es genießt, ohnehin schon schnell genug. Was Sie mir daher zu sagen haben – sagen Sie es in ihrer Gegenwart.«

»ich habe nichts dawider«, entgegnete der Pfarrer, »wenn Sie und Ellinor es wollen, und es ist auch eigentlich ihre Sache so gut wie die Ihrige. Hören Sie mich an – aber gehen wir lieber in das Haus; wer kennt und sieht die Ohren alle, die die Wälder haben!« fügte er leiser hinzu.

Wir gingen hinein und setzten uns in das einsame, freundliche Turmzimmer, das uns, je stiller es war, mit jedem Augenblicke lieber wurde.

»Haben Sie bedacht, Percy«, fing der Pfarrer an, »welche Wirkungen die Ereignisse, welche heute hier stattgefunden haben, in dem benachbarten Herrenhause hervorrufen werden?«

»Ich habe es bedacht, ja!« entgegnete ich. »Da ich aber mündigen Alters bin und als mein eigener Herr, nicht aber als Erbe des Marquis von Seymour und Codrington, um Ellinors Hand geworben habe, so kann mir die Meinung meiner Verwandten über diesen Punkt wenigstens gleichgültig sein. Und da es gewiß einen Tag dauert, bis unser Glück in seiner ganzen Ausdehnung ihr Ohr erreicht (hier vergaß ich, daß Mortimer ein halber Zeuge gewesen war), so ist diese Zeit, wenn wir sie richtig anwenden, lang genug, Pläne zu fassen und auszuführen, die allen fremden, vielleicht nachteiligen Bestrebungen zuvorkommen. Weit mehr als das aber fürchte ich, nach dem, was Sie, mein lieber Graham, mir über Ihre letzte Unterredung mit meinem Vater mitgeteilt haben, daß der Unwille desselben, wenn er durch meine heutige Handlung erregt werden sollte, mehr gegen Sie als gegen mich sein wird.«

»Glauben Sie das nicht«, erwiderte Mr. Graham, »glauben Sie das ja nicht! Wenn man unwillig wird – und ich zweifle keinen Augenblick daran – so wird sich die ganze Wucht ihre Unwillens nicht gegen Einen von uns, sondern gegen uns Beide wenden.«

»Dann wollen wir uns schnell entschließen!« sagte ich. »Und nun hören Sie einen Vorschlag, der aus meinem Herzen kommt und der, wenn er bei Ihnen Anklang findet, nicht schnell genug ausgeführt werden kann. Solange ich in England bin, brennt die Sonne dieses Landes meinen Scheitel mehr, als sie ihn erwärmt. Ich weiß stillere Orte, wo weder Feindschaft noch Unruhe uns ereilt; dahin lassen Sie uns gehen, und mein Besitztum, wenn es auch keins der reichsten und ausgedehntesten in England ist, wird hinreichend sein, uns allen Dreien Mittel zu gewähren, froh, glücklich und unabhängig leben zu können. – Was sagst du, Ellinor, und was sagen Sie, mein teurer Graham, zu diesem, meinem Vorschlage?«

Ellinor senkte das schöne Haupt auf meine Schulter und sah mich dabei schweigend und freudetrunken, doch mit einem Blicke an, den ich zu verstehen glaubte. Aber der Pfarrer schüttelte bedächtig sein ehrwürdiges Haupt und erwiderte langsam:

»Der Vorschlag ist gut für euch, meine Kinder, aber nicht für mich. Soll ich den Boden und die Stätte verlassen, die mich so lange genährt, und soll ich die Gemeinde fliehen, der ich seit beinahe vierundzwanzig Jahren mit meinen besten Kräften und Wünschen gedient habe? Und dies Alles aus dem Grunde, weil ich die Schwachheit haben soll, Beleidigungen und Kränkungen zu fürchten, die vielleicht noch zu umgehen sind? Bedenken Sie wohl! Soll ich nicht lieber zu Ihrem Vater gehen, ihm das Vorgefallene mitteilen, wenn nicht für Sie, doch für mich um seine Einwilligung bitten? Ich bin, wenn nicht sein Untertan, doch immer sein Diener und außerdem Diener der Kirche auf seinem Besitztum, mein Percy!«

»Nein, mein Vater«, erwiderte ich freundlich, »das ist nicht meine Meinung. Bedenken auch Sie! Um seine Einwilligung bitten, heißt: ohne dieselbe nicht nach Ihrem Gutdünken und Ihrem freien Willen schalten und walten können. Lassen Sie uns bei unserem ersten Entschlüsse verharren, und wollen Sie dennoch Ihre Pflicht ganz erfüllen, so erwarten Sie den Augenblick, wo er selbst Ihnen seine Ansicht der Dinge vorlegen wird.«

»Der Augenblick wird nicht fern sein, mein Sohn!« sagte der Pfarrer leise und versank in ein kurzes, aber tiefes Sinnen. Ich unterbrach es, indem ich fortfuhr:

»So wollen wir bis dahin wenigstens unser Glück genießen und alle Vorkehrungen treffen, der Ausführung unseres Vorhabens jeden Augenblick gewärtig zu sein. Ich werde vorläufig morgen früh Phillipps nach Dunsdale-Castle senden, um Alles zu unserem Empfange in Bereitschaft setzen zu lassen. Dann aber, mein Vater«, und mein Blick streifte Ellinor, die schweigend, aber errötend zu ahnen schien, was ich andeuten wollte, »darf ich hoffen, daß die Erfüllung des höchsten meiner irdischen Wünsche mir nahe sein wird?«

»Ich habe ihr nichts entgegenzusetzen«, entgegnete der Pfarrer, »das ist Ellinors Sache, an diese wenden Sie sich deshalb.«

»Nun, Ellinor«, wandte ich mich zu dieser, »hörst du, was dein Vater sagt? Ich für mein Teil eile nicht, aber die Verhältnisse verlangen diese Eile – fasse einen Entschluß und teile ihn uns mit.«

Ellinor blickte erst ihren Vater, dann mich an – einen Augenblick schien sie zu überlegen, dann aber, statt aller Antwort, senkte sie ihren lockigen Kopf auf meine Schulter und flüsterte:

»Ich bin entschlossen, zu tun, was du wünschest und was mein Vater will.«

»So sei es denn!« sagte dieser, »und der Allmächtige, der über uns ist, uns kennt, uns sieht und für uns sorgt, er gebe seinen Segen. Amen!«

Ach! die wenigen Stunden, die noch bis zur Nacht übrig waren, eilten geflügelt dahin; es war mein erster glücklicher Tag in England – aber auch mein letzter. Denn schon rauschte das Verhängnis über uns und wir vernahmen seinen dumpfen Flügelschlag nicht, wenngleich eine leise, zitternde Ahnung mein Herz beklemmte, daß ich zu glücklich, zu schnell, zu überaus schnell glücklich geworden war.

+++

Der stille Abend war der stilleren Nacht gewichen; unzählige Sterne flimmerten an dem reinen Himmel, aber der Mond war noch nicht aufgegangen, denn erst die Mitternacht sollte er erleuchten.

Wir standen am Fenster, wir drei glücklichen Menschen, und hatten schon zwei Stunden vom Abschiede gesprochen und immer war ich noch da. Schon zweimal hatte Bob, der alte, treue Diener, mein Pferd aus dem Stalle und wieder hineingeführt, und nun endlich ging er mit demselben vor der Tür auf dem Rasen hin und her, von Zeit zu Zeit zu uns heraufblickend, als ob er den Augenblick nicht erwarten könnte, wo ich ihn von seinem Nachtwandeln befreien würde.

Ich war mehr als zwanzigmal so spät davongeritten, aber noch nie war uns der Abschied so schwer geworden.

»Bleib, bleib!« flüsterte Ellinor mir immer wieder leise zu.

»Sieh!« sagte sie dann lauter, »sieh die vielen schönen Sterne, wie unwandelbar sie stehen, obgleich sie mich jede Nacht besuchen; du aber, mein Lieblingsstern, den ich erst heute aufgefunden, du willst schon nicht mehr bei mir bleiben.«

»Kind!« sagte der Vater liebevoll, »dein Stern bleibt dir wie die andern gewiß, wenn er auch heute verschwindet – morgen geht er dir wieder auf.«

»Morgen! Jawohl, morgen! Aber es ist so schön, dieses Heute.«

Und ihr Arm umschlang mich und ich fühlte die zarte, warme, elastische Gestalt sich inniger an mich schmiegen.

Da schlug die große stehende Wanduhr elfmal. »Ellinor!« sagte ich, »ich muß gehen! Vor ein Uhr bin ich nicht zu Hause, und um acht Uhr will ich schon wieder hier sein. Ich bedarf keiner Ruhe, aber du, du bedarfst ihrer.«

»Gut, wenn du mußt, so geh! Ich werde niemals deinem Wunsche und der Notwendigkeit im Wege sein. Aber komm' gewiß Punkt acht Uhr!«

Ich nahm meinen Hut; Ellinor und ihr Vater begleiteten mich vor die Tür und traten mit mir zu dem Pferde, welches der alte Bob sogleich heranführte.

»Ach, was für ein schönes Tier dieser tapfere Bravour ist«, sagte Ellinor und klopfte mit ihrer sanften Hand den rabenschwarzen, stolzen, schlanken Hals des edlen Rosses, das leise wieherte und mit dem einen Vorderfuße scharrte.

»Trag ihn sicher nach Haus, Bravour!« sagte sie schmeichelnd zu dem Pferde, »trag ihn sicher, du nimmst mein Leben mit dir!«

»Er bringt dir auch dein Leben wieder«, entgegnete ich, und küßte sie zum letzten Male. »Adieu!«

Ich sprang in den Sattel und ergriff die Zügel.

»Bleibt Othello hier oder geht er mit?« fragte ich.

»Nimm ihn mit, nimm ihn mit! die Nacht ist vor Aufgang des Mondes finster und ich ängstige mich so sehr – ach! wenn es doch erst wieder Tag wäre –!«

»Du hast mich so oft diesen Weg in der Nacht reiten lassen, ohne eine Besorgnis zu äußern, und ist es heute nicht wie sonst?«

»Nein, mein Freund, es ist heute nicht mehr wie sonst!« sagte das liebliche Geschöpf und drückte mir noch einmal die Hand. »Und nun reite langsam fort, ich bleibe mit dem Vater vor der Tür, bis wir Bravours Hufschläge nicht mehr hören, dann bist du erst allen meinen äußeren Sinnen entflohen. Gute Nacht – gute Nacht – gute Nacht!«

»Gute Nacht!« rief auch ich und pfiff Othello, der sogleich freudig aufsprang und vor dem Pferde herlief, auf dem ich langsam davonritt. So stark und mutig ich mich bei dem Abschiede gestellt hatte, ich empfand dieselbe peinigende und doch nicht zu entziffernde Besorgnis wie Ellinor, und jetzt erst, da ich allein war, gestand ich sie mir selbst. Indessen beruhigte ich mich allmählich, denn ich dachte: »Es ist die erste Trennung, die du bestehen mußt, du bist in ein neues ungekanntes Verhältnis des Lebens getreten, das seine Gebühren fordert, du wirst jetzt die Sorge um ein zweites teures Ich noch öfter erfahren!«

Aber nein! auch diese Betrachtung reichte nicht hin, mir meinen gewöhnlichen Gleichmut und meine ruhige Unbefangenheit wiederzugeben – dunkle Bilder, wie die Schatten einer unbekannten Welt, schwebten in ununterbrochener Reihenfolge an dem Auge meines Geistes vorüber und erhielten endlich eine solche Macht über mich, daß ich, als ich noch keine Viertelstunde weit geritten war, mein Pferd umwandte und zu mir selbst sagte: »Du willst sie nur noch einmal sehen – es wird der unbekannte Trieb liebender Sehnsucht sein, der dich so bemeistert – und dann willst du rasch nach Hause zurückkehren.«

Ich ließ dem Pferde die Zügel, flog zurück und im Augenblick fühlte ich eine sanfte Beruhigung in mein Herz zurückkehren. Ich kam an, aber die Gesuchte war nicht mehr vor der Tür – ein matter Lampenschimmer zeigte mir ihr Schlafgemach unter dem Studierzimmer ihres Vaters, der selbst in dem entgegengesetzten Teile des Hauses schlief, denn eine Gefahr, mochte sie sein, welche sie wollte, war in diesem sicheren und stillen Teile des Landes noch niemals zu fürchten gewesen.

Ich blieb lange vor dem Hause stehen und betrachtete es mit Entzücken. Es herrschte eine so tiefe, feierliche Stille um das einsame Gemäuer, eine so liebliche, friedliche Öde lag auf dem See zur Rechten, auf dem Walde zur Linken, daß ich, von dieser Einsamkeit durchdrungen, wie gefesselt auf meinem Pferde hielt und mich nicht genug an dem Anblick und dem Gefühle, welches sie mir einflößte, laben konnte.

»Nein! ich kann noch nicht von hier fort!« sagte ich zu mir selbst, ritt einige Schritte in den Wald zurück und band mein Pferd an eine junge Birke. Dann Othello leise zu mir rufend, der in den niedrigen Gebüschen herumschnupperte, sagte ich zu ihm: »Du sollst allein mein Gefährte in dieser schönen Nacht sein« und nahm nun meinen vorigen Standort wieder ein.

Ach! es war das erste Mal in meinem Leben, daß ich in einer klaren, stillen Sternennacht unter dem Fenster eines so heißgeliebten Wesens stand und mir ihr teures Bild vor die Seele rief; und ich lernte begreifen, was ich früher nie begriffen hatte, eine wie tiefe Poesie in einer solchen Nacht und in einem solchen Beginnen lag, und daß der süße Genuß desselben einer der schönsten des liebenden Menschen auf der Welt ist.

»Was mag sie denken«, sagte ich zu mir, »oder träumen? – Nein! sie schläft und träumt noch nicht – sie betet!« Ach! und ich betete im Stillen mit ihr. »Mag sie ahnen, daß ich hier bin? Würde sie eben so ruhig schlummern, wenn sie wüßte, daß ich ihretwegen vor ihrem Fenster wache!«

Solche liebliche Gedanken erfüllten mein Herz und ich stand, wie vorher, still – bewegungslos – glücklich – und doch, wenn ich es mir recht genau zergliederte, lag etwas auf diesem glücklichen Herzen wie eine bleierne Hand, die es fast krampfhaft preßte und seine freudigen Schläge zurückzuhalten schien.

Da fühlte ich plötzlich, wie Othellos Körper sich unter meiner linken Hand, mit der ich sein Halsband hielt, damit er sich ganz ruhig verhalte und nicht etwa wie gewöhnlich an der Haustür scharre, langsam dehnte und sein Hals sich allmählich und leise vorstreckte.

Ich wußte aus dieser Bewegung, daß er etwas Fremdes wittere. Ich stand im tiefsten Schatten einer, ihre Zweige fast bis auf den Boden senkenden Kastanie und konnte unmöglich von irgendwem wahrgenommen werden, während ich die ganze Umgebung des vor mir liegenden Hauses ziemlich genau beobachten konnte.

»Pst!« sagte ich zu Othello, und der vollkommen gehorsame Hund regte sich weder, noch gab er einen Laut von sich, nur sein Schweif streckte sich, wie es diese Tiere auf der Lauer zu tun pflegen, und seine Nase ließ die eigentümlichen Töne eines auf Witterung befindlichen Hundes hören.

Aber Alles war noch still – kein Blatt bewegte sich.

Da schien es mir plötzlich, als wenn die dunkle Gestalt eines Mannes jenseits aus dem Gebüsche trat. Ein längerer scharfer Hinblick überzeugte mich, daß ich mich nicht getäuscht hatte – es war wirklich ein Mann – er kam näher – immer leiser über den Rasen schlüpfend – schon stand er Ellinors Schlafzimmer gegenüber jetzt kletterte er, alles Geräusch so viel wie möglich vermeidend, auf einen der nächsten Bäume – in diesem Augenblick erlosch der Lampenschimmer in dem Gemache – bald verbarg den Nachtschwärmer ein dichter Blätterteppich – ich sah nichts mehr von ihm.

Mein Herz klopfte so laut, daß ich es hören konnte, und mein Arm, mit dem ich den Hund fast gewaltsam zurückhalten mußte, fing an zu zittern.

Jetzt stieg der Mann wieder vom Baume herab – langsam – leise – er schlich mehr, als er ging, über den Rasen zum Hause hin und schaute sich, soviel ich sehen konnte, nach allen Seiten um. In diesem Augenblick erhob sich ein leiser Wind, der Vorbote des aufgehenden Mondes, da kletterte der Mann – er schien sehr geübt in diesem Geschäfte – an den Vorsprüngen des Turmes bis zum nächsten Fenster, dem Schlafzimmer Ellinors, empor. Hier blieb er stehen und schaute durch das Fenster in das dunkle Zimmer hinein sein Fuß war höchstens zwei Ellen vom Boden entfernt.

Ich atmete kaum, aber ich machte mich bereit. Hätte ich meine Pistolen bei mir gehabt, die geladen in der Satteltasche meines Pferdes staken, ich hätte ihn erschossen, denn ich fühlte, wie eine wallende leidenschaftliche Empfindung, wie ich sie noch nie gehabt und gekannt, sich meines Herzens bemächtigte.

Der Mann erhob seinen Arm am Fenster und tastete daran herum. Der Moment des Handelns war gekommen. Ich bog mich zum Ohr des Hundes hinab und flüsterte:

»Jetzt faß' ihn an und halt ihn fest!«

Meine Hand ließ ihn fahren – der Hund flog lautlos und wie der Wind auf sein Opfer los. Es bedurfte nur eines Sprunges und eines Ruckes, und der Mann stürzte herab und taumelte zu Boden; sogleich aber sprang er wieder mit einer heftigen Bewegung auf die Füße, während Othello, dem Befehl getreu, sich begnügte, ihn an seinen Kleidern festzuhalten.

Da ging der Mond vollends auf und ich sah – o, Sie wissen es schon – ich erkannte Mortimer, meinen Bruder!

»Halt!« rief er mit einem unterdrückten Schrei, »wer ist da?«

Und er bemühte sich, die Pfoten Othellos abzuschütteln, die jetzt auf seinen Schultern lagen und ihn hielten wie die Tatzen eines Panthers, und der nur auf meinen Ruf zu warten schien, um mit seinen scharfen Zähnen einen ernsteren Angriff zu beginnen.

In den leidenschaftlichen Gefühlen, die meinen Busen durchtobten, begann ich zu vergessen, daß es mein Bruder war, der auf solche Weise vor mir stand, aber noch bezwang ich mich und rief mit einem unterdrückten, aber energischen Tone:

»Dieb bei Tage und Dieb bei der Nacht! was willst du hier?«

»Ha!« rief er ebenso leise, aber wütend, denn jetzt erst erkannte er mich, da des Mondes noch schwaches Licht wohl ihm, aber nicht mir ins Gesicht schien, »Ha! Schurke – bist du es?«

Doch sogleich faßte er sich und sagte ruhiger:

»Rufe den Hund zurück, du wirst doch deinen Bruder nicht von der Bestie zerreißen lassen wollen?«

»Ich wollte, du wärest nicht mein Bruder«, antwortete ich ihm, »dann sollte nicht mein Hund – ich selbst wollte dich zerreißen! Komm zurück, Othello! der Mann ist zu schlecht für dich!«

Der Hund gehorchte und trat hinter mich, aber geneigt, den ersten besten Augenblick wieder auf ihn loszustürzen.

Kaum aber fühlte sich Mortimer von der Last des gewaltigen Tieres befreit, so kam ihm der Mut wieder und mit ihm der Zorn.

»Bist du auch hier?« rief er mit verbissener Wut und suchte sich mir etwas zu nähern, »willst du auch hier eine Erbschaft holen?«

»Schweig!« rief ich, »und entehre den Frieden dieses Hauses nicht mit deinen hämischen Worten wie mit deiner schamlosen Tat. Du wagst viel, denn du bist hier auf meinem Gebiete – Ellinor ist meine Braut und morgen vielleicht schon mein Weib!«

»Dein Weib? Haha! Verfluchter Schurke – dein Weib. Erst sei ein Mann und dann nimm du dir ein Weib!«

Und mit diesen Worten sprang er auf mich los und faßte unversehens meine Kehle. Aber ich, mit der linken Hand den aufspringenden Othello mit einem Rufe zurückwerfend, dem er glücklicherweise gehorchte, da ein Kampf mit uns Beiden zu ungleich war, faßte mit meiner Rechten kräftig seine Brust und drängte ihn gegen einen Baum zurück, indem ich ihn so weit wie möglich von dem Hause zu entfernen suchte.

Es gelang mir, aber meinen Gegner machte dieser erste Erfolg von meiner Seite wütend – und noch wütender wurde er vielleicht, da er sich ohne Waffen wußte. Nochmals sprang er auf mich los und suchte hämisch einen meiner Füße mit seinem Fuße zu erreichen. Da aber riß mir die Geduld; ich fühlte, daß es an mir war, den unnatürlichen Kampf zu beenden, der kurz, aber gewaltsam und entscheidend war.

Mein Bruder war groß und kräftig gebaut, Wut und Verzweiflung verdoppelten seine Kräfte; was aber vermochte seine Stärke gegen meinen eisernen Arm und meine breite gigantische Brust, gegen mich, der ich in allen Künsten des Fechtens und Ringens so geübt war und mit der besonnensten Ruhe Verteidigung und Angriff unterstützte.

Nach einigen fruchtlosen Anstrengungen, ihn von mir abzuschütteln, umfaßte ich seinen Leib in der Mitte, und ihn mit aller meiner Kraft hoch vom Boden erhebend, was er am wenigsten erwartete, schleuderte ich ihn wie eine Natter zur Erde, daß das Gebüsch, in welches er fiel, knackte, brach und über ihn zusammenschlug.

Othello wollte ihm nach – abermals rief ich ihn zurück.

Mit hoch aufatmender Brust stand ich und wußte nicht, was ich tun sollte – da, nach einigen Minuten, erhob sich der Gefallene wieder und, einen Stein nach mir werfend, der dicht an meinem Kopfe vorbeisauste, schüttelte er gegen mich die geballte Faust, und mit den Zähnen knirschend, rief er, als schäme er sich, laut seine Niederlage auszuschreien, mit halb unterdrücktem Hohnlachen:

»Diesmal ist die Übermacht und der Sieg dein, aber freue dich nicht deines Triumphes, rebellischer Knecht – weder die Braut, noch weniger das Weib soll dir gehören!«

Und also sprechend, schleuderte er mir einen Fluch zu und verschwand augenblicklich in dem dunklen Schatten der Bäume.

Laut- und regungslos stand ich da und sah ihm nach, den treuen Gefährten, meinen Hund, haltend, daß er ihm nicht nachstürze und ihn zerreiße. Aber mein Herz und meine Glieder zitterten, als hätte ich eine Mordtat verübt, und über meinen Körper lief ein kalter Schauer, als fühlte ich das Herannahen eines schrecklichen unentrinnbaren Verhängnisses.

Wie lange ich so stand – ich weiß es nicht. Nur langsam erholte ich mich. Es war aber nicht die gehabte Anstrengung, die mich so erbeben machte, nein! es war ein voraussehendes Gefühl, der Instinkt einer kommenden Gefahr, der ich nicht entrinnen konnte, welche mich so ergriff und mir andeutete, ein Kampf habe begonnen, ein schrecklicher, erbitterter Kampf, der nie enden werde, ohne den Einen oder den Anderen von uns Beiden zu entseelen.

Allmählich erst kam mir die ruhige Überlegung wieder; mein Geist arbeitete kräftig gegen die von außen andringenden Gefahren – was sollte ich jetzt tun? Nach Hause zurückkehren? Nimmermehr! Die Gefahr für Ellinor konnte noch nicht vorüber sein und meine Hilfe noch einmal notwendig werden. Ach! sie hat nichts von diesem Streite gehört, dachte ich, und das war meine größte Beruhigung; und sie soll auch nicht erfahren, daß ein Bruder, und noch dazu der Bruder ihres eigenen Geliebten es war, der ihr diese Schmach bereitet hat! Ihre Ruhe soll durch solche Schändlichkeit nicht getrübt, ihr kindliches Vertrauen zu der Menschheit auf diese Weise nicht mit Füßen getreten werden! – Ich ging zu dem Baume zurück, wo mein Pferd stand, löste Sattel und Zügel, damit es sich legen könne, und trat wieder mit Othello unter die Bäume, hinaufblickend zu dem stillen Fenster, wo vielleicht die lieblichsten Traumbilder das edelste der Herzen umrauschten und ihm Liebe und Lust sangen, während dicht unter demselben Fenster Bruder mit Bruder um das Leben und um des Lebens Preis, die Liebe, rang.

So blieb ich stehen, bis die Sterne erbleichten, bis das Mondlicht erlosch und der erste rosige Schimmer des goldenen Tages heraufkam, mit frischem Lichte Wald und Flur erquickte und die Sänger des Waldes zu erneutem Leben wach rief, letzt mein Pferd sattelnd und besteigend, ritt ich langsam und in geringer Entfernung um das stille Haus herum, und erst, als ich die erste Bewegung in seinem Innern wahrnahm, stieg ich ab und klopfte an die Tür, die mir sogleich von Bob geöffnet wurde, der mich verwundert ansah und fragte:

»Was! Schon wieder da, Mylord? Miß Ellinor schläft noch, aber Mr. Graham sitzt schon oben und betet sein Morgengebet.«

»Ich will mit ihm beten!« erwiderte ich. »Melde Niemandem meine Ankunft und führe mein Pferd in den Stall.«

Und die Zügel desselben ihm zuwerfend, stieg ich leise die Treppe hinan, damit Ellinor meinen Schritt nicht hören und erkennen sollte, denn die Ohren der Liebe hören scharf.

Ich klopfte leise an die Tür und trat ein. Der Pfarrer sah mich, meinen zerknitterten Anzug, meine aufgeregte, aber bleiche Miene kaum, als er schon rief:

»Gerechter Himmel! Percy, wo kommen Sie her? Was gibt es was ist geschehen?«

»Nichts, Sir!« sagte ich in einem so ruhigen Tone, wie ich ihn anzunehmen vermochte. »Nichts, als daß zwei Söhne eines Vaters auf Tod und Leben um Ihre und Ihrer Tochter Ehre gerungen haben!«

»Ha! es ist doch kein Blut geflossen –?«

»Nein, nein! Wie zwei Athleten haben sie in Ermangelung besserer Waffen mit ihren bloßen Armen gekämpft und ich – bin Sieger geblieben!«

Und hierauf erzählte ich ihm, in welcher Beklemmung ich fortgeritten, wie ich, von innerer Angst getrieben, umgekehrt und wieder angekommen war, und was sich dann ereignet hatte.

»Und nun«, schloß ich, »sehen sie hieraus, Graham, wie nötig es war, gestern schon auf einen schnellen Entschluß gefaßt zu sein? Sie begreifen, wie Ihr Haus, Ihr einsames, unbeschütztes Haus keine Sicherheit mehr bietet, wie selbst Ihr ehrwürdiger Stand als Pfarrer der Gemeinde meines Vaters keine Achtung mehr erweckt, und daß Ihre Tochter eines kräftigen Beschützers nicht mehr entbehren kann, der sie vor ähnlichen Anfällen behüte und über sie wache, selbst in der Unantastbarkeit des jungfräulichen Schlafes. Nur um Eines, Graham, bitte ich«, fügte ich hinzu. »Kein Wort von dem Vorgefallenen an Ellinor; ihre Ruhe ist mir zu teuer, als daß ich sie mit dem Gifte dieser bösen Tat beflecken sollte – verstehen Sie mich? Lassen Sie uns Männer allein handeln; meine Sache wird es sein, sie unserem Willen und unseren Entschlüssen fügsam zu machen – und ich weiß, sie wird mir gehorchen.«

»Ist es dahin gekommen!« rief mit vor Schreck und Entrüstung bleichem Gesicht der Pfarrer. »Ist das der Dank für meine gewissenhafte Dienstführung im Hause des Edelmanns und für die unbescholtene vieljährige Pflichterfüllung in meinem göttlichen Berufe, daß sein eigener Sohn es wagen kann – pfui! abscheuliche Tat – Nachts – meine Tochter – mein einziges teures, teures Kind – nein! nein! es ist zuviel! – Erlauben Sie, Percy!« rief der Mann mit dem auflodernden Feuer eines edlen Stolzes, »erlauben Sie, daß auch ich handle! Ich muß hin – hin muß ich – dem arglosen Vater die Schandtat seines verzogenen, teuren, ehrenhaften Sohnes mitzuteilen – vielleicht weiß er es nicht, welche Zierde er an ihm hat, und kennt ihn noch nicht ganz – aber ich werde reden und in Sir Mortimers höchsteigener Gegenwart werde ich reden – und ich werde den Schutz, den er als Christ meinem Berufe und als Gutsherr meiner Stellung schuldig ist, in Anspruch nehmen und für die mir widerfahrene entsetzliche Kränkung Genugtuung fordern!«

»Und wer ist Ihr Zeuge, Graham«, fragte ich, »daß diese Schandtat wirklich hier verübt wurde? Hoffen Sie nicht zuviel – der Täter wird sie nicht eingestehen!«

»Sie, Sie, Percy, sind mein Zeuge – ha! ich werde, ich will ihn seine Söhne kennen lehren – endlich ist es Zeit, ihm die Augen zu öffnen, und wenn noch ein Funken göttlichen und menschlichen Gefühles in seiner starren Brust glimmt, so will ich ihn zur lebendigen Flamme anfachen – ich will auch einmal Sieger sein – o, Sie kennen mich noch nicht!«

»Handeln Sie nach Ihrer Einsicht und nach Ihrem Willen, Graham, mir aber erlauben Sie, unterdessen zu tun, was ich zu tun für gut halte.«

Aufgeregt und zu einem kühnen Schritte entschlossen, wie ein stilles, aber festes Gemüt es immer ist, wenn es zu einer entscheidenden Handlung gereizt wird, ging der Pfarrer, sich in sein priesterliches Gewand zu kleiden, um seinem Vorhaben eine Feierlichkeit zu geben, die es nachdrücklicher machen sollte. Unterdessen schickte ich den alten Bob mit einem Pony zu Phillipps und ließ ihm sagen, von der nächsten Post sogleich einen bequemen, mit vier Pferden bespannten Wagen nach meiner Wohnung bei der Försterswitwe zu befördern, wo er auch selbst auf meine Befehle warten solle.

Als ich dieses eingeleitet hatte, kam der Pfarrer angekleidet zurück.

»Es ist noch zu früh«, sagte ich zu ihm, »Sie werden nicht eingelassen werden.«

»Für die Botschaft eines Dieners der Kirche und für die, welche ich bringe, ist es nie zu früh. Auch ließ er mich neulich um dieselbe Stunde rufen, denn Seine Herrlichkeit hat schlaflose Nächte und sein Morgen bricht vor dem unsrigen an. Also lassen Sie mich auch muß ich hin, solange mein Blut warm und die Sache frisch in meinem Gedächtnis ist.«

»So gebe Ihnen Gott seinen Segen!« sagte ich und schüttelte ihm die Hand, aber ich hatte kein Vertrauen zu dem Gelingen seines Vorhabens, denn ich begann den eigentlichen Herd des Verderbens zu ahnen, welches über unseren Häuptern angebrochen war.

Er ging.

Ellinor aber, die aus ihrem ruhigen Schlummer vielleicht eben freudig erwachte, Ellinor, die nur an die achte Stunde des Morgens dachte, wo ihr Geliebter wieder bei ihr sein würde, und die vielleicht die Minuten zählte, bis die Uhr die Stunde schlug, wußte noch nicht, daß ich ihrer Erwartung zuvorgekommen, daß ihr Vater schon ihretwegen auf dem schweren Wege zum

Herrenhause war und daß vielleicht noch dieser Tag ein Ereignis herbeiführen könnte, welches die Hoffnung ihres ganzen Lebens vernichtete. –

Endlich schlug es acht Uhr. Da sah ich sie vor die Tür treten und in die Richtung ausschauen, in welcher ich ihr gestern entschwunden war und heute zurückkehren sollte. Elastischen, munteren Schrittes betrat sie den von lindem Tau betropften Wald – sie kam an den Baum, wo Bravour die Nacht zugebracht hatte, und blieb eine Weile unschlüssig, wahrscheinlich im Angesicht der Spuren, die sein ungeduldiger Huf zurückgelassen, verwundert stehen – dann aber ging sie wieder weiter, sorglos, froh, erwartungsvoll. –

In ihre Betrachtung verloren, vergaß ich sogar die Gefahr, die ihr abermals im Walde drohen konnte, aber ich überwachte mit meinem Auge jedes Gebüsch und jeden Pfad – da rannte der Hund, welcher Bravour nach seiner Gewohnheit zuerst in den Stall gefolgt war, ihrer Spur nach – ich hörte ihren freudigen Ruf und den Hund sein gewöhnliches Freudengeheul ausstoßen – jetzt, dachte ich, ist sie sicher, und meine Gedanken flogen wieder zu ihrem Vater zurück, den ich mit Ungeduld erwartete, bevor ich sie grüßen wollte, aber – wo bleibt er?

Ich sollte nicht lange mehr warten; er kam – aber wie kam er! Blaß, verstört, leidenschaftlich – er, der sonst so ruhige, besonnene, unerschütterliche Mann. In demselben Augenblick stürzte Ellinor herein.

»Um Gotteswillen! Was gibt es?« rief sie. »Du schon hier, Percy, und ich weiß es nicht, und du, mein Vater im Ornat – ich bitte euch – o, sagt mir, was gibt es?«

»Ruhig, Kind!« sprach der Vater feierlich ernst, obgleich mit bebender Stimme. »Mische dich jetzt nicht in unsere Angelegenheiten. Du kannst hier nichts tun, du bist uns im Wege – geh und überlaß Männern die Sorge um dich!«

Das Mädchen hing erschrocken an meinem Arm, so hatte sie ihren Vater nie sprechen hören – sie sah mich flehend an.

»Geh auf dein Zimmer, teure Ellinor«, redete ich sie an, »der Vater hat Recht. Es hat sich etwas Ernsthaftes zugetragen, was von Folgen sein kann. Du sollst es zuerst von mir erfahren – jetzt aber tu mir die Liebe und geh auf dein Zimmer, bis wir zu dir kommen.«

Das Mädchen ging, ohne ein Wort zu sprechen, sie sah sich nicht einmal mehr nach mir um.

Kaum aber war die Tür hinter ihr ins Schloß gedrückt, so trat der Pfarrer auf mich zu. Er hatte seinen Talar abgeworfen, sein kahler Scheitel war ohne sein gewöhnliches schwarzsamtnes Käppchen und in seinen Mienen lag ein unendlicher Schmerz, aber Mut, Vertrauen, Fassung und Seelenstärke thronten auf seiner hohen gedankenschweren Stirn. Meine beiden Hände ergreifend, rief er:

»Percy, mein Sohn! Es ist Alles vorbei – die Mühe war vergebens.«

»Ha! Alles, sagen Sie? Was hat er gesagt?« »Fordere nicht zu hören, was geschah. Begnüge dich zu wissen, daß du und meine Tochter und ich selbst beschimpft – ja, beschimpft wurden. Und nun laß uns die Anstalten treffen, dieses Haus und diese Gegend zu verlassen, die mir bis heute so lieb, wert und teuer waren – denn es besteht zwischen deinem Vater und mir fernerhin kein Verhältnis mehr. Arm, wie ich kam, gehe ich auch wieder fort. Was ich von seinem Gelde erworben – ich lasse ihm Alles zurück.«

Ich sah ihn teilnehmend, fragend, bittend an – es kam eine Träne in sein Auge, aber er zerdrückte sie standhaft.

»Es ist Alles-Alles vorbei!« wiederholte er. »Sieh mich nicht so forschend an – du darfst nicht mehr wissen, du kannst es dir aber denken. Und nun antworte mir: bist du noch entschlossen, des armen brotlosen Pfarrers beschimpfter Tochter, was du ihr gestern gelobtest, heute zu halten, ihr Beschützer und ihr Berater zu sein? Und bist du es bald zu sein entschlossen?«

»Jeden Augenblick!« erwiderte ich, »und lieber jetzt gleich als später.«

»So ist es gut! Meinen Segen wenigstens hast du und ich denke, ich werde auch, obgleich ich nur ein armer, ehrlicher Pfarrer bin, bei dem etwas gelten, zu dem Könige und Grafen und Herren um Erfüllung ihrer Wünsche flehen!«

Ich fühlte kalten Schweiß von meiner Stirn herabrinnen und zitterte.

»Hat er mir geflucht?« fragte ich leise und atemlos.

»Still, mein Sohn, ich habe dich gesegnet. – Nun aber laß mich einige Stunden allein; ich habe einige Briefe zu schreiben und noch mehreres zu bedenken – dann bin ich dein, dann euer, und, wenn ihr wollt, trennen wir uns fürs ganze Leben nicht mehr.«

Ich ging und begab mich zu Ellinor. Sie war vernünftig genug, nicht mehr wissen zu wollen, als was ich für gut fand ihr zu sagen sie war entschlossen, ja, mein Freund, entschlossen, noch an diesem Tage mein Weib zu werden. –

Nach zwei Stunden kam Mr. Graham in unser Zimmer und fragte, wann der bestellte Wagen an Ort und Stelle sein könne.

»Nachmittags vier Uhr!« sagte ich.

»Gut«, erwiderte er, »so sei es! Nimm Abschied Ellinor, von deinem kleinen Besitztum und belaste dich nur mit dem, was dir das Liebste und Notwendigste ist. Das Übrige bleibt denen, die es uns gaben, doch wird es Niemand antasten.«

»Und wann brechen wir auf?« fragte Ellinor. »Eure Mienen sind so entsetzlich verstört, daß mich ein Schauer überläuft, wenn ich sie sehe. Ich fühle, daß unsere Heimat hier nicht mehr ist – laß uns eilen, uns eine andere zu suchen.«

»Ich denke, nach dem Essen ziehen wir fort«, sagte ihr Vater, »es wird unsere letzte Mahlzeit in diesem Hause sein.«

Mittags zwölf Uhr kehrte Bob zurück, nachdem er meinen Auftrag an Phillipps ausgerichtet. Wir nahmen stillschweigend unsere Mahlzeit ein – dann rüsteten wir uns. Zurück blieb nur eine Magd, die zum Herrenhause gehörte und beim Pfarrer in Diensten gewesen war. Das wenige Gerät, die Leibwäsche und die Kleidungsstücke, die mitgenommen werden sollten, wurden auf ein Pony gelegt. Als ich Ellinor auf das kleine Pferd hob, lächelte sie mich unter Tränen an, mit diesem süßesten Lächeln in der Welt, denn es ist, wie wenn die Sonne unter einer schwarzen Wolke freudig hervorblickt.

Mein Pferd führte Bob; der Pfarrer und ich schritten zu Fuß mit Othello nebenher.

Schweigend verließen wir den schattigen, mit grünem, weichem Rasen belegten Vorplatz – keiner sah den Andern an, der eigene Schmerz war groß genug, um ihn nicht noch durch die Traurigkeit des Andern zu vermehren. Dreihundert Schritte mochten wir gegangen sein, da hielten Alle unwillkürlich an, wendeten uns um und blickten auf das stille Heiligtum zurück, welches wir verließen und das uns nun kein Heiligtum mehr war.

Da lag das stille Häuschen – der breite blaue See – ach! der Himmel darüber war so hell und rein! – und der schweigende, geliebte grüne Wald – wir blickten uns an, wir drückten uns die Hände, aber nur unsere Herzen sprachen ihre Gefühle aus. Die Lippen blieben stumm. –

So wanderten wir Mittags zwei Uhr aus dem Pfarrhause und kamen gegen fünf Uhr Abends in der stillen Wohnung der Försterswitwe an.

Phillipps stand schon mit dem Wagen und den Pferden bereit.«

Kapitel 12

Hier machte der Erzähler wieder eine kurze Pause und schöpfte tief Atem. Ich wagte nicht, ihn zu unterbrechen, denn ich war auf das Kommende äußerst gespannt; auch wollte ich ihm keine Minute seinerzeit rauben, da es nicht weit vom Anbruch des Morgens sein konnte. So fuhr er denn weiter fort:

»Lassen Sie mich über das Ende meiner traurigen Geschichte rasch hinweggleiten, auch bricht der Tag bald an und ich kann nur mit Anstrengung der Erinnerung an das mich hingeben, was noch für sie zu hören nötig ist.

Zwei Meilen von dem Orte entfernt, wo wir unseren Wagen gefunden und bestiegen hatten, stand auf dem Gipfel eines kleinen, mit Laubholz bewachsenen Hügels eine Waldkapelle, die, noch ziemlich wohl erhalten, von einem alten Kloster übrig war, dessen Ruinen in der Nähe lagen und schon seit langer Zeit wegen ihrer architektonischen Schönheiten vielfältig besucht wurden. Ein alter, von der Welt abgeschieden lebender Kirchendiener hatte seinen Wohnsitz dicht daneben aufgeschlagen, und er war es, der dieses stille, kleine Heiligtum bewachte, in Ordnung erhielt und den von Nah und Fern kommenden Reisenden zeigte.

Von der Abendsonne matt beleuchtet, stand das altertümliche Gebäude auf dem weit hinausschauenden Hügel friedlich und freundlich da, als wäre es absichtlich zu dem heiligen Zwecke, den wir in unserem Herzen trugen, dahingestellt – denn dies war der Ort, den Mr. Graham ausersehen hatte, um mir die unbescholtensten Rechte eines Beschützers der Unschuld und Hilflosigkeit seiner Tochter gesetzlich und unwiderruflich zu übertragen.

Wir traten in das kleine Gotteshaus mit den Empfindungen von Menschen, die, vor ihresgleichen flüchtend, vertrauensvoll sich ihrem Schöpfer überliefern, die, das irdische, vergängliche Glück abstreifend, sich der himmlischen Seligkeit übergeben, und selbst ich, der ich am meisten von uns Dreien zu leiden gehabt, fühlte das Entzücken der lieblichsten Ruhe und des innersten Friedens über mich kommen und vergaß des unendlich bitteren Schmerzes, der noch kurze Zeit vorher meine Brust durchwühlt und an den Grundwurzeln meines Daseins genagt hatte.

In diesem süßen, friedlichen Gefühle gedachte ich mit Wärme und Erhebung meines Schöpfers, dankte ihm für das, was er mir in diesem heiligen Augenblick zum Unterpfand unseres ewigen Bundes in die Hände legen wollte, und war bereit, das ernste Gelübde mit dem festen Vorsatze auszusprechen, stets so viel Liebe und Hingebung für das teure Wesen an den Tag zu legen, wie mir jetzt aus ihren wehmütig blickenden und doch so strahlenden Augen entgegenleuchtete und Liebe und Treue für alle Zeiten versprach.

Mit wenigen und einfachen, aber unseren gegenwärtigen Verhältnissen entsprechenden Worten ward die heilige Handlung von dem Pfarrer verrichtet, bei der nur Phillipps und Bob als Zeugen zugegen waren.

Der Segen war gesprochen und Ellinor und ich hatten das unzerreißbare Gelübde ewiger Liebe in die Hand ihres Vaters gelegt, der jetzt am geeignetsten war, unsere wunden Herzen mit dem Troste dessen zu erfüllen, der über uns wachte und gebot. Eine tränenreiche, stumme, aber Alles, was in unserer Seele vorging, aussprechende Umarmung hatte uns für ewig vereinigt, und wir begaben uns nun wieder den Hügel hinab, an dessen Fuße der Wagen uns erwartete, den wir sogleich bestiegen. Der Postillion trieb seine Pferde an und wir flogen davon, nachdem ich Phillipps unsere Pferde mit der Weisung übergeben hatte, in langsamen Tagemärschen nach meiner Besitzung in Dunsdale nachzukommen, wohin wir fürs Erste uns zu begeben die Absicht hatten.

Der alte Bob saß nach seinem Wunsche auf dem Bocke, Othello lag bei uns im Wagen, der geräumig und bequem genug dazu war, denn Ellinor wollte sich auf keine Weise von dem treuen Tiere trennen, welches ihr so viel Beweise der Anhänglichkeit und Zuneigung gegeben hatte. Schon daß Phillipps von uns entfernt sein mußte, war ihr und uns Allen schmerzlich, denn in Zeiten, wie wir sie soeben durchlebt hatten, ist es wohltuend und trostreich, Alles, was wir lieben, mag es sein, was es wolle, um uns versammelt zu sehen.

Wir flogen mit Windeseile unserem Ziele entgegen, als die Sonne sank und der Abend mit seinem Schatten heraufkam. Was wir sprachen, ich weiß es nicht mehr, unser Herz war aber voll von dem, was zuletzt Trauriges und Freudiges über unsere Häupter hingegangen war, und das schöne Gefühl der Sicherheit, des Glücks und der Zuversicht zu diesem Glücke fing allmählich an, sich unserer Gemüter zu bemächtigen, als plötzlich der Wagen hielt und der Postillion laut fluchend von seinem Pferde stieg.

Ich öffnete ein Wagenfenster und fragte, was es gäbe. »Das abscheuliche Tier!« rief der Postillion und schwang unbarmherzig seine Peitsche über eines der Vorderpferde. »So oft hat es seine Schuldigkeit getan und gerade heute läßt es mich im Stich.«

»Schlagt es nicht!« rief ich ihm zu, »hier ist weiter nichts zu tun, als an das erste beste Haus zu fahren und bis zur nächsten Station ein anderes zu borgen. Wißt Ihr in der Nähe keine Gelegenheit, für eine gute Bezahlung ein tüchtiges Pferd zu erlangen?«

»O ja, aber es ist eine Stunde Weges dahin!« erwiderte der wutschnaubende Postillion.

Ich sah oder glaubte zu sehen, daß der Mann es ehrlich mit uns meine, reichte ihm eine Guinea hin und sagte, ich wolle ihm die Unterbrechung der Reise nicht anrechnen, er solle nur für ein taugliches Pferd sorgen.

Er stieg wieder auf und fuhr im Schritt eine gute Stunde weit, wo wir bei einbrechender Nacht eine Art Herberge erreichten, die von der Landstraße entfernt, einem jener Diebslöcher glich, wie wir sie, Gott sei Dank! immer mehr und mehr aus Altengland verschwinden sehen.

»Bleibt sitzen, Kinder«, sagte ich zu Ellinor und ihrem Vater, »ich werde selbst um das Pferd handeln und nach Möglichkeit unseren Aufenthalt abzukürzen suchen.«

Ich stieg aus – ach, mein Freund, ich hatte keine Ahnung von dem, was im nächsten Augenblicke mit mir geschehen sollte!

Der Besitzer der Herberge befand sich im Hofe im Gespräch mit einem Manne, und ich fand ihn willig, mir sogleich das verlangte Pferd zu liefern und anspannen zu lassen.

Eben wollte ich mich wieder zurück nach dem Wagen begeben, als plötzlich aus allen Ecken des dunklen Hofes handfeste Männer auf mich lossprangen und mich, der ich in der größten Unbefangenheit nichts einer Gewalttat Ähnliches erwartete, im ersten Anlaufe zur Erde rissen.

Ich wußte anfangs nicht, was mir geschah; und erst, als ich wieder aufgesprungen war und meine Kräfte mit Glück gebrauchte, sah ich ein, daß die Rache einen ernsthaften Anstrich gewann.

Schon glaubte ich, Sieger zu sein, da ich drei oder vier von mir abgeschüttelt und mit Faustschlägen bedeckt hatte, als ich, mit einem Knüttel von hinten über den Kopf getroffen, abermals zu Boden stürzte.

Ich verlor das Bewußtsein, und als ich es wiedererlangte, fand ich mich in einem durch herabgelassene Vorhänge verdunkelten Wagen liegen, der in schnellster Bewegung dahinfuhr, so daß ich, weder Himmel noch Land sehend, unmöglich bestimmen konnte, wo ich mich befand, wenn ich auch Kraft und Freiheit gehabt hätte, mich nach Wunsch zu bewegen. Aber durch jenen gewaltigen Schlag über den Kopf gelähmt, war ich außerdem noch an Händen und Füßen gebunden und durch ein zwischen meine Zähne geklemmtes Tuch der Sprache beraubt, also doppelt unfähig, irgendeine Kraft, wenn ich sie noch hatte, zu äußern und mich einer so unwürdigen Lage zu entziehen.

Neben mir saßen drei oder vier Männer, die ich nicht kannte, die mich aber stumm und dumpf betrachteten, als ich die Augen aufschlug, und mir von Zeit zu Zeit das Blut abwischten, welches aus meinem verletzten Kopfe in warmen Tropfen über mein Gesicht rieselte.

Hätte ich auch in diesem Augenblick sprechen können, ich wäre sprachlos geblieben, denn den Ingrimm, die Wut, die Verzweiflung, die hinreichend waren, einem Menschen alle Besinnung zu rauben, machten mich stumm und erlaubten mir kaum noch, in abgerissenen hellen Momenten ruhig über den furchtbaren Wechsel nachzudenken, der mich aus einem glücklichen Menschen so plötzlich wieder zu einem so unglücklichen gemacht hatte.

Wieviel Tage wir so unaufhaltsam über Berg und Tal fuhren – ich weiß es nicht, denn ich verlor von Zeit zu Zeit abermals meine Besinnung. Als ich indessen wieder völlig zu mir gekommen war, befand ich mich – Herr! raten Sie es nicht? – an dem Orte, wo Sie mich gefunden haben.

Der betäubungsartige und mit wilden Rasereien abwechselnde Zustand, in dem ich in St. James angekommen war, muß ziemlich lange gedauert haben, denn ich konnte mich anfangs nur schwer auf die an mir vorübergegangenen einzelnen Begebenheiten besinnen.

Als ich eines Morgens aus einem unruhigen Schlummer, der mir die schrecklichsten Phantasiebilder vorgeführt hatte, erwachte, fand ich mich in einem stillen Zimmer, in welchem ich weiter nichts als vier Männer, meine Krankenwärter, und einige Instrumente bemerkte, deren Bedeutung und Zweck mir damals noch unbekannt waren.

Ich verlangte zu trinken und man willfahrte mir, jedoch, wie es mir vorkam, nicht ohne Besorgnis, daß ich dem mir den Trank Reichenden den zinnernen Becher ins Gesicht schleudern würde. Als ich getrunken hatte, fühlte ich mich gestärkt und schlief wieder ein.

Doch zur gewöhnlichen Stunde – es war gegen Abend – erschienen die Ärzte, und ich erwachte halb, ohne aber die Augen zu öffnen, denn ich wollte hören, was sie über meinen Zustand sagen würden.

Kaum aber hatten sie den Mund geöffnet, als ich erfuhr, wo ich war.

»Was?« rief ich plötzlich in einem Tone, der alle Anwesenden zu erschrecken schien. »In ein Irrenhaus haben sie mich gesperrt? Ich soll wahnsinnig sein?«

Und dabei, in der Absicht, mich aufzurichten, bemerkte ich erst, daß ich mittels eines breiten Gürtels an das Bett festgeschlossen war. Aber ich versuchte schnell, ehe man es hindern konnte, eine gewaltsame Anstrengung, zerriß das Band, das mich wider alle göttlichen und menschlichen Rechte gefesselt hielt und war mit einem Sprunge aus dem Bette.

Man fiel über mich her – es entstand abermals ein fürchterlicher Kampf – drei der Krankenwärter lagen schon am Boden, als die Ärzte, die sogleich hinausgesprungen waren, mit Beistand herbeieilten.

Geschickt warfen sie mir eine große Decke über den Kopf, rissen mich auf diese Weise nieder und banden meine Hände und Füße, unter Flüchen und Verwünschungen, mit den schon erwähnten Instrumenten zusammen. Dann brachten sie mich unter ein eiskaltes Gießbad, das mir anfangs beinahe alle Besinnung raubte, aber dennoch half es mir und meinen Henkern, denn ich wurde ruhig und nachdenklich.

Und soll ich Ihnen sagen, welche Empfindungen dieses entsetzliche Nachdenken in mir hervorrief? Nein – Sie sind ein Arzt, aber auch ein Mensch – Sie wissen es – und diese schreckliche, Geist und Leib lähmende Empfindung war es, die mich wieder zu neuen Anfällen von Wut und Verzweiflung trieb. Erst allmählich lernte ich einsehen, daß der Zorn mir nicht helfen könne, wenn ich meinen Quälgeistern auch Furcht damit einflößte; ich rief daher die Vernunft, die ich schon längst hätte verlieren können, zu Hilfe, um mich zu fassen und für den Augenblick in das Unvermeidliche zu fügen.

Doch dauerte es lange, ehe man mir traute, ja, es gab trotz meines Entschlusses und meiner Überlegung Momente in denen ich, durch Erinnerung und Sorge gequält, wieder tat, was ich nicht tun sollte, und ich wurde auch bisweilen durch Rohheiten, die einige meiner Aufseher trotz der strengen Befehle der Oberen gegen mich ausübten, so empört und entrüstet, daß ich dieselben selbst zu strafen mich gedrungen fühlte. Aber allemal zog ich nach solchen eigenmächtigen Äußerungen meiner Stärke und meiner Selbsthilfe den Kürzeren – man rief die Gewalt zu Hilfe, und diese hat ja, wie Sie wissen, tausend Arme, während ich deren nur zwei hatte.

So verstrichen sechs Monate – da fing man an, milder gegen mich zu verfahren und einiges Vertrauen in mich zu setzen, wahrscheinlich aber mehr, um mich auf die Probe zu stellen, was ich jedoch damals noch nicht ahnte, als weil man von meinem Gehorsam und meiner Besserung überzeugt war.

Während dieser milderen Behandlung tauchte in mir abermals der Gedanke an die verlorene und möglicherweise wiederzugewinnende Freiheit auf, und die Beschäftigung mit diesem köstlichen Gedanken erheiterte und stärkte mich – ich fing an, mich zu erholen.

Nun faßte ich Entschlüsse, mir jene Freiheit selbst zu verschaffen und meinen Aufpassern durch eine wohlangelegte Flucht mich zu entziehen. Allein, wie ich auch mit Schlauheit, Überlegung und nach einem geregelten Plane verfuhr – Alles war vergebens, mein Vorhaben wurde entdeckt und vereitelt, denn man verstand es ebensogut, schlau zu sein, nach Überlegung zu handeln und Pläne zu schmieden, wie ich – mit einem Worte, alle meine verschiedenen Versuche, auch späterhin, mißlangen, und ich zog mir dadurch mehr als die übrigen Kranken, wie Sie selbst gesehen haben, die Aufmerksamkeit und Beobachtung meiner Vorgesetzten und deren Helfershelfer zu.

Jetzt, um doch etwas Nützliches zu tun zu haben, widmete ich mich einzelnen Kranken, indem ich ihnen Einsicht und Vernunft predigte, jedoch erst nachdem ich ihr Vertrauen gewonnen und sie von meinem guten Willen überzeugt hatte, denn diese Überzeugung scheint mir das Wichtigste zu sein.

So gewann ich mir Freunde, wenn Sie es so nennen wollen, denn ich hatte Glück mit meinen dilettantischen Versuchen. Ein einziges Wort von mir reichte oft hin, von einem Wahnsinnigen etwas zu erlangen, was alle Gewalt und Drohung der Aufseher nicht vermochte, und ich lernte einsehen, daß die sanfte, wiewohl ernste und überzeugende Methode, diese Art Kranke zu behandeln, die besten und schnellsten Erfolge zur Seite habe.

Oft sprach ich mit meinen Vorgesetzten hierüber, und man war gutwillig genug, mich anzuhören, obgleich ich nie bemerkte, daß man meinen Angaben unmittelbare Folge leistete, denn wie konnte aus einem verschrobenen Kopfe, wie ich einen hatte, etwas Gescheites kommen!

Dennoch aber hatten diese Unterredungen Einfluß auf die Ärzte in Betreff der Behandlung meiner selbst. Man gab mir bessere Kost, ich erhielt teilweise, was ich wünschte, nach und nach sogar wurde man zuvorkommender gegen mich. Ich fing an, ein für ein Irrenhaus erträglicheres Dasein zu führen; ich durfte lesen, nach Wohlgefallen spazieren gehen, arbeiten, mich ermüden und nach Bedürfnis ruhen. Mein Schlaf wurde ungestörter und erquickender, ich fühlte mich zu meiner vorigen Gesundheit und Kraft zurückgeführt.

Da kam mir der Gedanke, mich dem Direktor, der fast täglich mit mir sprach, zu vertrauen – ich versuchte es – er lächelte, und dieses Lächeln sagte mir, daß er Alles besser wisse als ich. Man hörte mich an, man erlaubte mir unter einer anderen Adresse an meinen Vater zu schreiben, der sich gehütet hatte, seinen wahren Namen zu nennen, wie man auch mich nur unter meinem angemeldeten Namen kannte – und ich schrieb an meinen Vater, denn ich glaubte damals nicht, daß er an der verruchten Tat teilgenommen habe – ich schob alles mir Widerfahrene dem Hasse, der Eifersucht, der Rache meines Bruders zu.

Mein Brief ging ab. Der Direktor erhielt eine Antwort – aber eine Antwort, die alle meine Hoffnungen vernichtete und mein Blut zu Eis erstarren ließ, denn mein Vater, mein eigener Vater erklärte mich für vollkommen verrückt, indem er mir Handlungen gegen sich und meinen Bruder unterschob, die, einem Unbefangenen und Unbekannten mitgeteilt, mich allerdings des fürchterlichsten Wahnsinns verdächtigen mußten.

Da brach mir das Herz, mein starkes Männerherz brach, und ich beschloß fürs Erste nichts zu tun, als das Unvermeidliche mit Ergebung zu ertragen und Gott anheimzugeben, wie lange er mir diese Prüfungen auferlegen und wie er sie selbst zu beendigen für ratsam halten würde.

So vergingen volle zwei Jahre.

»Und Ellinor und Mr. Graham, ihr Vater?« unterbrach ich ihn, denn es war mir unmöglich, diese Frage länger zu unterdrücken.

»Ja! wo blieben sie – wo sind Sie?« Sie sollen es sogleich hören. Zwei Jahre, sage ich, verstrichen so – da, eines Tages, als ich im Parke, von meinen gewöhnlichen Aufpassern umgeben, spazieren ging, sehe ich – denken Sie sich meinen freudigen Schreck sehe ich plötzlich Phillipps, meinen treuen, guten Phillipps in jener Ihnen bekannten Kleidung durch den Park auf mich zuschreiten.

Fast war ich gelähmt von unbeschreiblichem Erstaunen – ich fühlte eine krampfhafte Empfindung in meinem Herzen, in meinem Geiste, die mir in ihrer erschütternden Wohltätigkeit noch heute fühlbar ist. Aber ich faßte mich, wie er selbst es tat, denn ich hatte einen verstohlenen Blick von ihm bemerkt, der mir den Rat gab, ihn nicht zu kennen – der gute Mensch war selbst bleich geworden, als er mich plötzlich, unerwartet vor sich sah, er stand erschrocken still und blickte sich um, als ob er etwas suche; dann betrachtete er mich von weitem, mit einer Rührung auf seinem männlichen Gesichte, daß ich sah, wie er nur mit Mühe die Tränen zurückhielt, die ihm in die Augen gekommen waren.

Der treue, edle Mensch hatte sich es zur Aufgabe seines Lebens gestellt, wie es gegenwärtig seine Aufgabe ist, Ellinors Aufenthaltsort zu entdecken, mich selbst aufzufinden, aber alles Suchen war zwei Jahre lang vergeblich gewesen.

Um seinen Zweck bequemer zu erreichen und seine Erscheinung hier und da weniger auffallend zu machen, hatte er das Geschäft eines wandernden Krämers angenommen; er kam in diese Gegend ohne alle Mutmaßung, hörte wohl von dem Irren von St. James sprechen, wie man mich bald – ich weiß nicht warum – in der ganzen Umgegend nannte, ohne im mindesten zu ahnen, daß ich dieser, die allgemeine Teilnahme erregende Wahnsinnige sei, und fand mich.

Nie in meinem Leben werde ich das selige und doch so wehmütige Gefühl vergessen, welches mich nach dem ersten Schrecken überfiel. Die Vergangenheit und die Erinnerung an die schönen hellen Momente derselben erwachte wieder von Neuem in meiner fast erstorbenen Brust, das Leben bekam wieder einen Glanz und eine Hoffnung, und ich glaubte an eine Zukunft.

Phillipps hatte vom Direktor die Erlaubnis für sich auszuwirken gewußt, mit einzelnen wohlhabenderen Kranken um Dinge der Bequemlichkeit und der Zerstreuung handeln zu dürfen – er fand also Gelegenheit, mit mir zu sprechen – ach! wie klang der Ton seiner Stimme so süß in meinem Herzen wider, das so lange nach Freundschaft, Mitteilung und Vertrauen gedürstet hatte!

Wir teilten uns unsere Schicksale gegenseitig mit – von ihm erfuhr ich nun, indem er mir seine Waren vorzeigte und anzupreisen schien, wie es ihm seit unserer Trennung ergangen sei.

Meinem Befehle zufolge war er langsam nach Dunsdale-Castle geritten und dort am Abend des dritten Tages angelangt. Er hatte natürlich weder mich noch leider Ellinor und ihren Vater daselbst vorgefunden. Je unerklärlicher ihm unser Ausbleiben war, umso unruhiger erwartete er uns zwei – acht – vierzehn Tage – da konnte er endlich den Zustand der Ungewißheit nicht länger ertragen – er ging zurück, wo er uns verlassen, aber Niemand wußte ihm von uns auch nur ein einziges aufklärendes Wort zu berichten.

Jetzt erst ahnte er einen verräterischen Plan. Er sandte vertraute Boten nach allen Richtungen aus, er stellte heimlich und mit der größten Vorsicht Nachforschungen in meines Vaters Hause an, er kehrte in einer Nacht zu seiner Schwester und zu der verlassenen Pfarrerswohnung zurück, aber nirgends erfuhr – sah – hörte er etwas von uns.

So im Suchen und Nichtfinden auf einer Pilgerfahrt begriffen, wie nie eine edlere und aus treuerem Herzen unternommen worden ist, waren ihm die zwei Jahre ebenso qualvoll wie mir verstrichen, bis er mich, durch den Wink des Schicksals geleitet, zufällig in St. James antraf.

Jetzt war sein und mein Wunsch zunächst erfüllt – wir blieben in stetem Zusammenhang; er kam, sooft es tunlich war, und wir schmiedeten von Neuem Pläne zur Entweichung, die aber alle als unausführbar sich erwiesen, bis er vor kurzer Zeit auf den Einfall kam, sich seinen jetzigen Korbwagen machen zu lassen auf den sich unsere Hoffnung mit mehr Zutrauen richtete.

Doch ich habe Ihnen noch einige Worte aus den zwei letzten von mir hier verlebten Jahren zu sagen. Ich erhielt vom Direktor die Erlaubnis, mir ein Pferd anzuschaffen, denn man hatte in dem Schreiben, welches mich bei meiner Ankunft in St. James begleitete, alle Bequemlichkeiten und die meiner Gewohnheit entsprechenden Mittel für mich in Anspruch genommen, um wenigstens nicht ganz verrucht an mir zu handeln. Phillipps brachte mir mein eigenes Pferd, meinen Bravour! Ach! die Empfindung, die ich das erste Mal hatte, als er unter mir wieherte, als er, der mich hundertmal zu meiner Ellinor getragen, mich jetzt in meinem Irrenhause trug, kann ich Ihnen nicht beschreiben.

So bezog ich auch das Zimmer, welches ich jetzt bewohne; ich schmückte es nach und nach mit allen Gegenständen aus, die Phillipps mir angeblich verkaufte, und nur von Zeit zu Zeit, wenn der riesenmäßige und unvergeßliche Schmerz der erlittenen Schmach über mich kam und alle meine sanfteren Entschließungen verwischte, hatte ich wieder einzelne Anfälle trotzender Leidenschaftlichkeit und widersetzlichen Unwillens, deren Wirkung und Behandlung Ihnen bekannt ist.

Doch je seltener diese Anfälle wurden, umso mehr ließ man in meiner Bewachung allmählich nach, auch gewann ich, teils durch Geschenke, teils durch Teilnahme, einzelne Krankenwärter für mich, die mir das Leben hier möglichst erleichterten, bis sich erst jetzt, seit Ihrer Anwesenheit hierselbst, und ich weiß nicht, aus welchem Grunde, die allgemeine Wachsamkeit wieder vermehrt, als wenn man eine unbestimmte Ahnung hätte, ich arbeitete jetzt stärker und entschlossener denn je an meiner gewaltsamen Befreiung.

Phillipps hatte es nicht unterlassen, auf seinen vielfachen früheren Wanderungen ebenso eifrig nach Ellinor und ihrem Vater wie nach mir zu forschen, aber auch alle diese Bemühungen waren vergeblich.

Doch vor sechs Wochen etwa hatte er eine Spur entdeckt, die ihn richtig leiten zu wollen schien – Sie wissen, daß er sich geirrt; daß er aber zugleich die Spur meines Bruders, der auch auf der Verfolgung Ellinors war, gefunden, das wußten Sie bisher noch nicht. Gegenwärtig ist er zu demselben Zweck entfernt.

Schließlich unterließ ich nicht, durch ihn noch einmal heimlich mit meinem Vater unterhandeln zu wollen, aber auch dieser letzte Versuch hatte ebensowenig Erfolg wie die früheren – die Antwort gelangte abermals an den Direktor und enthielt dieselben Instruktionen wie die ersten Male: man solle fortfahren, mich mit der größten Strenge zu bewachen und mit allen möglichen Mitteln meine Krankheit zu bekämpfen, damit ich, wenn ich im Verlauf mehrerer Jahre gründlich geheilt entlassen werden könnte, meiner Familie weniger Unruhe und Kummer verursachte, als ich ihr bisher in meiner entsetzlichen Raserei bereitet hätte.

So, mein Freund«, schloß der Erzähler, »habe ich Ihnen meine Geschichte zu Ende erzählt. Erst als ich Sie hier sah, ging mir ein neues Leben auf – ich las durch Ihre Blicke in Ihrem Innern, daß Sie gemeinschaftlich mit mir etwas besitzen, was hier Niemand zu besitzen scheint: ein unbefangenes, fühlendes Herz; und der Gedanke, der sich früher unausführbar erwies, ist mir jetzt mit erneuerter Hoffnung zurückgekehrt, nämlich zu entfliehen, und diese Flucht kann ich einzig und allein mit Hilfe eines in diesem Hause wohnenden und mit allen Verhältnissen desselben vertrauten Menschen bewerkstelligen.«

»Sie wollen fliehen?« fragte ich.

»Ja!«

»Und dann?«

»Fragen Sie nicht! Sie werden die Mäßigung bewundert haben, mit der ich zu Ihnen von meinem Vater und meinem Bruder sprach – diese Mäßigung ist jetzt erschöpft. Vier Jahre als ein Verrückter eingesperrt und behandelt zu werden, haben mich vergessen lassen, daß ich Pflichten gegen diesen Vater und diesen Bruder fernerhin zu erfüllen habe, und aller Ingrimm und alle Leidenschaft, die ich so lange zurückgedrängt und beschwichtigt habe, ist reif, um, sobald ich mich durch die Flucht dieser unwürdigen Haft entzogen habe, mich auf eine Art zu rächen, die streng, aber auch gerecht ist. Zuvor aber und ehe ich meine Hand gegen den Dieb meiner Ehre erhebe, muß ich Ellinor gefunden haben – sie und ihr Vater sind die einzigen lebendigen Zeugen wider diejenigen, welche mir nicht allein das Leben, sondern auch das Schönste, das Herrlichste des Lebens, die Vernunft und die Freiheit, auf eine so scheußliche Weise haben rauben wollen.«

Eben wollte ich noch eine Frage an ihn richten, als ich zu hören glaubte, wie eine Tür über uns heftig zugeschlagen wurde.

»Pst!« rief ich, »was war das?«

Wir horchten Beide schweigend. Schon seit einiger Zeit war es mir vorgekommen, als hörte ich einige Bewegung auf den Gängen und in den Zimmern über uns langsam sich ausbreiten. Der Tag graute bereits, aber es war doch noch zu früh, um diese, wie es schien, allgemeine Bewegung in den über uns gelegenen Krankensälen hervorzurufen.

»Hören Sie es nicht?« fragte ich.

»Ja! ich höre Menschen gehen – sogar reden.«

Dann folgte wieder eine gleichmäßige Stille – man hörte deutlich eine Tür öffnen und wieder schließen, dann eine zweite, dann mehrere.

»Was denken Sie davon?« fragte mein Gefährte, nachdem er mit Spannung auf diese verschiedenen Geräusche gehorcht hatte.

»Ich fürchte sehr, Mylord, es ist etwas vorgefallen, was auf Sie Bezug hat.«

»Ich glaube es noch nicht!« erwiderte er und trank das erste Glas von dem Weine, den ich ihm vorgesetzt, obgleich vielleicht Jahre vergangen waren, in denen kein Tropfen dieses Getränkes über seine Lippen gekommen war.

»Gehen Sie lieber in die Kammer«, sagte ich, »ich will die Tür öffnen und sehen, was es gibt.«

Er befolgte sogleich meinen Rat. Es wurde allmählich heller und heller.

Jetzt horchte ich noch einmal an der Tür, bevor ich sie öffnete; es stiegen mehrere Menschen in raschem Laufe die Treppen auf und ab – alle schienen die größte Eile zu haben.

Der Verdacht, den ich vom ersten Augenblick an gefaßt hatte, wurde immer reger in mir – ich schloß langsam die Tür auf, öffnete sie ein wenig und steckte den Kopf hinaus, um vielleicht Jemanden reden zu hören.

In demselben Augenblicke aber fuhr ich unwillkürlich zurück, denn soeben ging der Oberarzt an meiner Tür vorüber. Glücklicherweise aber war er schon vorbei und er konnte mein Zurückfahren nicht bemerkt haben. Allein kaum war er vorüber, so hörte er das Geräusch, welches ich mit der Tür verursachte, und drehte sich herum.

Ich hatte mich schnell wieder gefaßt und trat zu ihm auf den Korridor hinaus. Er stand vor mir und sah mich, wie mir schien, etwas bestürzt an.

»Was gibt es denn, Sir?« fragte ich, »ich höre so früh eine ungewöhnliche Bewegung.«

»Den Teufel auch!« antwortete er. »So wissen Sie es noch nicht? Hm! er ist fort, unser Irrer, Mr. Sidney – der gute vernünftige Mr. Sidney.«

»Was?« rief ich mit erkünsteltem Erstaunen, »er ist entflohen?«

»Entwischt, entwischt! Ja, ja, so kommen Sie nur, Sie können uns suchen helfen, Ihnen sind ja seine Lieblingsplätze bekannt, wenn er etwa noch irgendwo versteckt sein sollte.«

»Erlauben Sie, Sir, einen Augenblick«, erwiderte ich, »ich will mich nur rasch ankleiden.«

»So eilen Sie!«

Obgleich ich beinahe vollständig in meinen gewöhnlichen Kleidern war, so brauchte ich doch diesen Vorwand, um in mein Zimmer zurückkehren und meinen Freund benachrichtigen zu können.

»Man sucht Sie in der Tat«, sagte ich rasch und leise zu ihm, als ich eingetreten war und ihn langsam in der Kammer auf- und abgehend fand, wobei er sich die Stirn mit seinem Taschentuche abtrocknete.

»Ich gehe hinaus und lasse die Tür offen!« fügte ich hinzu.

»Man hat doch keinen Verdacht auf Sie?« fragte er.

»Gewiß nicht, sonst wäre der Oberarzt an meiner Tür nicht vorübergegangen, ohne einzusprechen.«

»Das ist gut, das ist sehr gut – machen Sie, daß Sie fortkommen, ich werde mich schon hinausfinden.«

Ich warf schnell einen anderen Rock über, drückte dem Zurückbleibenden die Hand und schlüpfte dem Oberarzt nach, den ich im zweiten Stockwerk alle Zimmer durchsuchen fand.

Die Entfernung des Irren aus seinem Zimmer war ganz einfach durch Mr. Derby bemerkt worden. Dieser nämlich war gegen Morgen zu einem schwer Erkrankten im obersten Stockwerk gerufen worden; beim Zurückkehren, nachdem es unterdessen heller geworden, war ihm die offenstehende Tür des wohlbekannten Zimmers aufgefallen, die der Bewohner als er sich leise entfernte, wegen des damit verbundenen Geräusches nicht wieder schließen wollte – er war eingetreten, in das Schlafzimmer gekommen und hatte das Bett berührt, aber Niemanden darin gefunden. Nun weckte er schnell den eingeschlafenen Wärter; von diesem auf keine Weise

Erklärung erhaltend, war er zum Oberarzt und dem Direktor geeilt, und so war endlich das ganze Haus in Bewegung geraten.

In der Eile des Suchens und Fragens hatte man sogar den Befehl zum Glockenläuten zu geben vergessen, um den außerhalb der Ringmauer wohnenden Aufsehern das Zeichen der Flucht eines Kranken zu liefern, und erst, nachdem ich schon eine geraume Zeit mit dem Direktor und Mr. Lorenzen im eifrigsten Suchen begriffen war, ertönte die Glocke, deren schnell aufeinanderfolgende Klänge laut genug waren, eine Meile weit in der ganzen Umgegend vernommen zu werden.

»So ist er noch nicht gefunden?« fragte ich den Direktor, als er zu uns getreten war, denn ich war immer noch nicht außer Besorgnis, man möchte ihn in meinem Zimmer vermuten, dort suchen und zu meiner größten Beschämung auch entdecken. Ein böses Gewissen zu haben, auch in einer Angelegenheit, die nicht zu unserer Unehre gereicht, ist stets ein übles Ding!

Indessen sah ich bald, daß man durchaus keinen Verdacht auf mich geworfen hatte, zumal da ich so eifrig wie die Anderen zu suchen schien.

Das ganze Dienstpersonal war jetzt auf den Beinen; alle Stockwerke, Zimmer, Korridore waren durchsucht; rufend und schreiend lief man schon einzeln durch den Park – es war ein höchst bewegter Auftritt, und ich konnte sehr deutlich wahrnehmen, wie viel Allen an dem Habhaftwerden dieses ihnen so bedächtig anvertrauten und jetzt vermeintlich entflohenen Menschen gelegen sei. Es hatte ganz den Anschein, als wäre nicht ein Wahnsinniger aus einem Irrenhause, sondern ein großer Verbrecher aus einer Strafanstalt entwichen.

Als wir aber im Hause mit dem Durchsuchen fertig waren und hinunter in den Park gehen wollten, wo sich jetzt Alles versammelte, kam man wieder an meiner Tür vorbei-sie stand weit offen, mißtrauisch blickte ich hinein – da stand der Oberarzt still und sagte zu mir:

»Ach, Sir, haben Sie etwas Wasser in Ihrem Zimmer? Wenn Sie erlauben, trinke ich einmal, ich bin außerordentlich durstig.«

Nun fiel mir die Flasche Wein mit den beiden Gläsern ein, die auf einem Tische standen – schon sah ich im Geiste die verschlossene Kammertür geöffnet und den dahinter Versteckten ergriffen.

Aber wie groß war mein Erstaunen und auch meine Freude, als ich nur ein einziges Weinglas und noch dazu leer, da ich es doch voll verlassen hatte, die Flasche verkorkt auf dem Tische und durchaus keine Spur eines kurz vorher dagewesenen Besuchers vorfand.

Der Arzt war mit mir zugleich eingetreten, goß sich ein Glas Wasser ein, welches ebenfalls auf dem Tische stand und trank es aus, wobei er Alles genau zu mustern schien. Er setzte es wieder hin und wollte eben gehen, da sagte er:

»Hören Sie, ich bitte um Entschuldigung, ich muß einen Augenblick Ihr Schlafzimmer in Anspruch nehmen.«

Und mit diesen Worten auf die Kammertür losgehend, sah er nicht mein bleiches, von Schreck und Besorgnis entstelltes Gesicht, das ich selbst nur zu gut im Spiegel gewahrte, und war eben im Begriff, die Kammertür zu öffnen, als der Direktor, an meiner Tür vorübergehend, auf dem Korridor laut des Arztes Namen rief.

Sogleich gehorchte er dem Rufe und eilte mit mir hinaus. Der Direktor wechselte einige Worte mit ihm, während wir in den Garten hinabschritten. Dann plötzlich sich zu mir umwendend, sagte er, als hätte er auf die Bedeutung der Frage einiges Gewicht gelegt, mit einem, vielleicht ganz natürlichen, mir aber bei meinem bösen Gewissen ganz eigentümlich klingenden Tone:

»Haben Sie gestern Abend Besuch gehabt?«

»Ja«, sagte ich ganz unbefangen, »Mr. Bromfield war da!«

Hiermit sagte ich keine Lüge, denn der Prediger war wirklich in meiner Abwesenheit einige Minuten auf meinem Zimmer gewesen und hatte auch zufällig eine andere angebrochene und auf dem Tische stehende Flasche Wein geleert.

»Nun, dann wund're ich mich nur«, fuhr Mr. Lorenzen fort, »daß er die Flasche nicht leergemacht hat, es ist sonst nicht seine Sache, bei einem solchen Unternehmen auf halbem Wege stehenzubleiben.«

Er scheint doch einigen Verdacht zu schöpfen! sagte ich zu mir, allein ich irrte mich – was ich jedoch erst nach langer Zeit erfuhr.

Wir traten jetzt in den Park – jeden Augenblick kam ein Bote mit der Nachricht, daß man den Entwichenen noch immer nicht wieder habe.

Wir durchschritten einige Gänge, bogen durch ein Holundergebüsch – da – Alle schrien vor Verwunderung laut auf – kam uns der so eifrig Gesuchte langsamen Schrittes, die Hände auf dem Rücken gefaltet, wie er gewöhnlich ging, und anscheinend in das tiefste Sinnen verloren, entgegen.

Schnell, mit einer gewissen Ängstlichkeit, fuhr ich mit meinem Auge nach seinem Gesicht.

Es war noch etwas gerötet, seine Augen sprachen für mich noch die beredte Sprache der gehabten Aufregung, des Kummers, des Schmerzes; sonst aber lag die gewöhnliche Ruhe in seinen uns fragend anblickenden Mienen.

»Ha! da sind Sie ja, Mr. Sidney«, riefen der Direktor und der Oberarzt zugleich, »wo stecken Sie? Wir suchen Sie bereits seit anderthalb Stunden!«

»Ich bin im Parke, wie Sie sehen!« lautete die einfache Antwort.

»Und wie kommen Sie so früh in den Park, wenn ich fragen darf?« forschte der Direktor.

»Aus Laune, wenn Sie wollen, Sir! Oder aus Bedürfnis, wenn Sie es lieber haben. Ich hatte genug geschlafen und mein Zimmer war so warm, daß ich mich sehnte, frische Luft zu schöpfen – und nun bin ich hier!«

Selbst diese kleine unschuldige und gewiß notwendige Lüge brachte er, ich merkte es wohl, mit Mühe heraus; auch sah ihn der Oberarzt, der ein ziemlich scharfer Beobachter war, etwas ungläubig an.

»Und wer ließ Ihr Zimmer offen?« fuhr der Direktor fort.

»Das ist nicht meine Sache, Sir, aber wahrscheinlich derselbe, der es nicht verschlossen hat.«

»Das klingt ziemlich richtig – haha! – Morton!« wandte er sich zu einem der Wärter, die uns umstanden, »schicken Sie sogleich den Schließer und den Mann, der heute Nacht die Wache bei Mr. Sidney hatte, auf mein Zimmer. Wer war der Mann?«

»Mr. Chappert!« sagte einer der Umstehenden halblaut.

»Aha!« rief der Direktor. »Ich jage den Kerl aus dem Dienste für seine nichtswürdige Nachlässigkeit. Sie aber, Mr. Sidney, gehen Sie ebenfalls auf Ihr Zimmer, ich werde mit Ihren Ärzten sprechen, Sie scheinen entweder kränker zu sein, als Sie selbst denken, oder wenigstens zuviel Launen und Bedürfnisse zu haben.«

Dies sprechend, entfernte er sich und die Übrigen mit ihm. Langsam, von einigen Wärtern umgeben, folgte der Irre von St. James – denn er war es ja noch in den Augen Aller, außer in den meinen – aber er lächelte, als ich mich nach ihm umdrehte, und schaute, anscheinend gleichgültig, dem Fluge eines Kranichs nach, der sich vor uns erhob, über die Mauern des Irrenhauses flog und dann in der bläulichen Ferne verschwand.

Kapitel 13

Im Laufe dieses Tages, der für mich so unruhig begonnen, hatte ich nur eine fünf Minuten lange Gelegenheit, mit dem Viscount von Dunsdale zu sprechen, und diese fand sich wieder im Parke zur Zeit des allgemeinen Spazierganges. Den übrigen Teil des Tages konnte ich mich ihm unmöglich nähern, denn es war ihm für seine Laune oder für sein Bedürfnis – wenn er es so lieber wollte, hatte ja Mr. Elliotson gesagt – der gebräuchliche Zimmerarrest auferlegt worden.

In dieser kurzen Zeit unserer Unterredung nun ließ er kein Wort über seine Angelegenheit fallen, sondern beschäftigte sich allein mit der bedenklichen Lage, in welche durch sein Verschulden der gutmütige Chappert geraten war. Er gab mir mit kurzen Worten die nötige Anweisung, mit diesem Manne nach seiner Meinung zu verfahren, und schob mir ein zusammengefaltetes Papier in die Hand, die ich ihm bei unserer Trennung reichte.

Sobald ich ihn verlassen hatte, begab ich mich zu Chappert, den ich auf seinem Zimmer traurig und niedergeschlagen fand; denn der Direktor hatte ihm nicht allein einen harten Verweis angedeihen lassen, sondern ihm auch seinen bevorstehenden Abschied angekündigt.

Als ich eintrat, stand er sogleich auf und kam mir entgegen.

»Chappert«, sagte ich zu ihm, »Sie haben in dieser Nacht Jemandem einen Dienst geleistet, der Ihnen übel bekommen ist!«

»Ei, den Henker, Sir! was hat Mr. Sidney auch nötig, sein Zimmer zu verlassen – ich bin für meinen guten Willen streng genug bestraft worden!«

»Jawohl, Chappert! Und es tut demjenigen leid, der Ihnen die Veranlassung dazu gegeben hat.«

»Es hat von seiner Seite nichts zu sagen, Sir; ich habe den Mann lieb und würde vielleicht noch mehr für ihn getan haben, wenn er es verlangt hätte.«

»Nun, er verlangt jetzt nichts mehr von Ihnen für sich, im Gegenteil, er sendet mich Ihretwegen hierher, unter dem Versprechen von Ihrer Seite, daß Sie nichts über diesen Auftrag verlauten lassen.«

»Ah, Sir, wie werde ich! Ich habe auch meine Geheimnisse, die Niemand erfahren soll.«

»Gut! Und für die Unannehmlichkeit, die Ihnen durch ihn im Dienst widerfahren ist, schickt Mr. Sidney Ihnen diese Kleinigkeit«, und damit reichte ich ihm eine Zehnpfundnote hin, die ich für ihn empfangen hatte.

»Was denken Sie von mir, Sir!« fuhr der Mann auf. »Zehn Pfund wegen einer solchen Kleinigkeit – nein, nein, Sir! ich brauche nichts, und wenn ich Jemandem eine Gefälligkeit erweise, so tue ich es aus eigenem Antriebe und weil ich meine besonderen Gründe dazu habe, nie aber wegen des Geldes. Das ist wider den Dienst und mein Gewissen zugleich.«

»Gut!« sagte ich abermals und steckte die Banknote ein. »Wenn Sie das Geld jetzt nicht brauchen, so will es Ihnen aufbewahren. Fürs Zweite aber habe ich Ihnen noch etwas mitzuteilen, und das werden Sie mir hoffentlich nicht abschlagen.«

»Nun«, entgegnete der Mann mit gespannter Miene, »betrifft es auch noch Mr. Sidney?«

»Es betrifft ihn, ja! Und wenn ich mich nicht irre, so haben Sie eine Frau und drei Kinder?«

»Die habe ich – Gott sei Dank! ja!«

»Dann muß es Ihnen schmerzlich sein, Ihr Brot zu verlieren?«

»Nicht doch, Sir, ich glaube noch nicht daran. Die Direktion schickt nicht sogleich einen brauchbaren Menschen fort – sie haben eben keine große Wahl – und wenn sie es tut – gut! ich bin ohnedies der ewigen Quälerei müde!«

»Das ist mir Ihretwegen lieb. Aber für den Fall, daß Sie Ihren Dienst verlieren, habe ich Ihnen ein Anerbieten zu machen.«

»So sprechen Sie, Sir – ich höre.«

»Für den Fall also, daß Sie Ihren Dienst verlassen müssen und in keinen anderen zu treten gesonnen sind, habe ich hier diese Anweisung auf einen Notar in London in Händen, die bereit ist, aus meinem Besitz in den Ihrigen überzugehen, sobald Sie dies Haus verlassen. Sollte ich jedoch eher gehen als Sie, so erhalten Sie dieselbe bei meinem Abgange. Für den Fall aber, daß

Sie einen anderen Dienst anzutreten gesonnen sind, habe ich die Vollmacht, Ihnen auch diesen vorzuschlagen, falls sich gewisse Dinge ändern und sie werden sich ändern!«

»Halt, Sir! Meinen Sie hiermit Mr. Sidney, den Irren von St James?«

»Fragen Sie nicht, ich habe keine Antwort darauf.«

»Gut, gut, Sir, ich verstehe! Aber wenn Sie auch nicht darüber reden wollen, so erlauben Sie doch wenigstens mir, da wir einmal davon sprechen und unter uns sind, eine Bemerkung über diesen – diesen ungewöhnlichen Herrn –«

»Und die wäre?« fragte ich, auf das Äußerste gespannt, zumal der Mann, der so zu mir sprach, mit einem außerordentlich klugen Blick mich zu durchforschen schien.

»Sie werden zwar lächeln«, fuhr er fort, »daß ich in diesem Punkte eine Meinung haben will – allein es schadet nicht, ich habe sie – so gut als die Herren Ärzte die ihrige haben.«

»Nun – nun? Sie machen mich neugierig!«

»Nun denn, gerade herausgesagt – glauben Sie in Wahrheit, Sir, daß dieser Mann, den sie den Irren von St. James nennen, als wenn er unter Allen der einzige Verrückte wäre – daß er, sage ich, wirklich verrückt ist?«

Ich schaute den Mann verwunderungsvoll an, der dies mit einer ungemein gutmütigen und zuversichtlichen Miene sprach.

»Ja, ja!« fuhr er fort, »Sie wundern sich, aber ich halte ihn gerade unter Allen für am wenigsten verrückt.«

»Und was berechtigt Sie zu dieser Meinung?«

»Ja, Sir, das ist schwer auseinanderzusetzen – ich bin kein Theoretiker, wie die Herren sagen – aber ich habe viele Jahre mit so vielen Wahnsinnigen zu tun gehabt, daß ich mir einen gewissen praktischen Blick in dem Punkte angeeignet habe.«

Ich war zwar anfangs sehr überrascht über diese merkwürdige und unerwartete Äußerung, aber in der Tat wunderte ich mich gar nicht darüber. Denn wie oft begegnet es uns im Leben, daß ein auf einer niedrigeren Stufe der Bildung stehender Mensch in manchen Verhältnissen einen richtigeren Takt verrät, als ein bei Weitem mehr gebildeter und klügerer. Sein Urteil ruht nicht auf Gründen, wenigstens nicht auf Gründen, deren er sich bewußt ist, es scheint vielmehr ein innerer instinktmäßiger Trieb zu sein, der ihn zur Erkenntnis treibt und namentlich häufig das Richtige treffen läßt, wenn, wie es hier der Fall war, einige Erfahrung mit im Spiele ist.

Mochte der Mann nun seine Weisheit leiten, woher er wollte, ich war befriedigt und erfreut über seinen Ausspruch, und indem ich ihm die Hand drückte, sagte ich:

»Behalten Sie das für sich, was Sie eben mir, mir allein gesagt haben. Ich wenigstens werde es Ihnen nicht vergessen und nur die Zukunft kann uns lehren, ob Sie Recht haben oder nicht.«

»Und was glauben Sie?« fragte er mit einer schlauen Miene.

»Nichts!« entgegnete ich. »Tun Sie Ihre Menschenpflicht und behalten Sie die beste Meinung von Mr. Sidney!«

»Aha, Sir! Wir verstehen uns! Und mein Wort als das eines ehrlichen Mannes darauf – ich werde die beste Meinung von ihm behalten und hoffe, es ihm noch einmal zu beweisen. Übrigens danke ich ihm für seine gute Absicht, mich zu belohnen, und ich bitte Sie, ihm dies mitzuteilen.«

»Das werde ich – adieu!«

»Leben Sie wohl!«

Ich ging und war endlich allein, um über die Mitteilungen nachzudenken, die mir in der verflossenen Nacht gemacht worden waren Diese schauerliche Kette böswilliger Handlungen, noch dazu von einem Vater gegen seinen Sohn und von einem Bruder gegen seinen Bruder geübt, empörte mein Gefühl und übertraf Alles, was ich dergleichen je gehört hatte, an Abscheulichkeit und Ruchlosigkeit.

Somit war denn zwischen jenem unglücklichen und für wahnsinnig gehaltenen Manne, der mir vom ersten Augenblick unserer Bekanntschaft an soviel Teilnahme eingeflößt, und mir kein Geheimnis mehr – das Rätsel war gelöst! Erklärt war jener sympathische Zug meines Herzens und die vor meiner Seele dunkel schwebende Ahnung gelichtet. Die Schranke der Zurückhaltung war übersprungen, ich war ihm kein Fremder mehr, ich war der Einzige in diesem großen Hause, der ihn nebst Chappert richtig erkannt hatte und in das Unglück seines Lebens eingeweiht war. Ja! das Unglück verbindet schnell zwei sich erkennende Seelen, das fühlte ich diesmal deutlicher denn je, und ich faßte den unwiderruflichen Entschluß, er solle mich nicht vergeblich unter so Vielen ausgesucht haben, ich wolle ihm beweisen, daß ich ein Mensch sei, wie er ihn so lange vermißt hatte und wie er ihn gerade jetzt am meisten bedurfte.

Im Stillen ging ich nun die einzelnen Hauptpunkte seiner Erzählung noch einmal durch, und je genauer ich sie prüfte, umso größere Neigung empfand ich, die Entwicklung dieses schauerlichen Dramas zu Gunsten dessen, der die erste Rolle darin spielte, herbeigeführt zu sehen, ja, umso begieriger wurde ich, selbst mit Hand ans Werk zu legen und ihm, wie und wo ich nur konnte, in Befreiung aus seiner Haft und in Erlangung seiner Rechte beizustehen.

So kam es denn, daß ich, in der Frische und Lebendigkeit meiner Empfindungen, schon allerlei Pläne faßte und wieder verwarf, bis endlich ein Gedanke in meiner Seele haften blieb, den ich, falls Percy nichts dagegen hatte, so bald wie möglich auszuführen fest entschlossen war.

Es erwachte plötzlich all meine jugendliche Abenteuerlust in mir – ich sah mich mitten im Gewirre verschlungener menschlicher Handlungen – was konnte es Schöneres und Ermutigenderes für eine Gefahr und Aufregung liebende Natur geben, als Fesseln zu brechen, wo sie gegen Recht und Gerechtigkeit getragen wurden, und Ordnung und Eintracht herzustellen, wo die Gewalt und die kriechende Bosheit tyrannisch alle Bande der Natur zerrissen und mit Füßen getreten hatten?

Späterhin wiederum, in sanfteren Augenblicken, wie sie uns überkommen, wenn wir die Vorfälle des Tages in ruhigem Geleise an uns vorüberziehen lassen, entwickelte ich einen geebneteren Plan. Ich dachte daran, meine Ansicht der Sache dem Direktor selbst vorzulegen, ihn zum Vertrauten unseres Geheimnisses und es ihm so zur Pflicht zu machen, eigenhändig zur Befreiung des schändlicherweise Eingekerkerten und Verratenen mitzuwirken.

Welcher Weg von beiden nun zu beschreiten sei, wollte und mußte ich natürlich dem überlassen, dem einzig und allein die Entscheidung hierüber zustand – ich für meine Person war jeglichen zu betreten entschlossen; ich wollte jeden seiner Vorsätze ausführen und, wenn der eine mißlang, unermüdet und ohne Säumen mich dem anderen hingeben, und sollte selbst eine gewaltsame Flucht aus dem Irrenhause unsere letzte Zuflucht sein.

In letzterer Hinsicht jedoch wollte ich vorsichtiger und minder waghalsig zu Werke gehen. Es gab hier einen Punkt, der mir heilig war und den ich sowenig wie möglich verletzen durfte – es war dies das Verhältnis, in welchem ich zum Direktor, weniger zu den Ärzten der Anstalt stand. Mr. Elliotson hatte mich mit Gastfreundschaft aufgenommen und behandelt – ich durfte nicht undankbar gegen ihn sein. Wenn es mir daher gelang, die Flucht des Irren von St. James im Stillen zu begünstigen und mir so den Vorwurf zu ersparen, undankbar und hinterlistig zugleich gewesen zu sein, und erst später, wenn Percys Flucht gerechtfertigt war, meine Teilnahme daran darzutun und des Direktors Verzeihung gewiß zu sein, dann war Alles geschehen, was wir Beide zu unserem Vorteil nur wünschen konnten.

Indem ich aber die Flucht als vielleicht unabweislich vor Augen behielt, sah ich bald ein, daß der mehrfach erwähnte Chappert uns von wesentlichem Nutzen sein konnte; ich beschloß daher, diesen Mann, der übrigens, von seinen Vorgesetzten begnadigt, bald wieder seinen gewohnten Dienst antrat, nicht aus den Augen zu lassen und von Zeit zu Zeit seine Meinungen und Gesinnungen in Bezug auf unseren Freund genügend zu prüfen.

Da mir nun kein anderer Zweck hierbei vorschwebte, als ein unschuldiges Opfer den Händen der Gewalt und des Irrtums zu entreißen, so gestattete mir mein Gewissen gern diese Untersuchungen, ich konnte sie verantworten, und selbst vor den höchsten Richterstuhl gezogen, sie nachdrücklich und mit aller Kraft meines Herzens und meiner Überzeugung verteidigen.

Doch bevor wir uns zu irgendeiner entscheidenden Handlung entschließen konnten, sie mochte sein, welche sie wollte, mußten wir erst das Wiedereintreffen des Krämers Phillipps erwarten, denn er war derjenige, welcher von allen uns notwendig zu wissenden Verhältnissen außerhalb des Irrenhauses besser unterrichtet sein konnte als irgendein Anderer. Ihm war vielleicht der gegenwärtige Aufenthalt des Marquis von Seymour bekannt, es war sogar nicht unmöglich, daß er auf seinen letzten Wanderungen etwas Wichtiges und für seinen Herrn Unschätzbares in Bezug auf Ellinor und ihren Vater erfahren hatte.

Die Unterredung, die ich über alle diese Gegenstände mit Mr. Sidney hatte, fand am nächsten Tage im Park während der Turnübungen statt, wo wir den Aufpassern einige Minuten abgewannen, um nur wenigstens über einzelne Hauptpunkte uns gegenseitig aufzuklären. Aber am zweiten Abend nach diesem Tage gelang es, uns vollständig zu verständigen, indem die Zimmerhaft meines Freundes beendet und ihm die Erlaubnis zuteil geworden war, mit der gewöhnlichen Begleitung, unter welcher sich diesmal wieder Chappert befand, ein Stündchen spazieren zu gehen Ja, dieser war es selbst, der, durch das Billardzimmer kommend, in welchem ich mich zufällig befand, zur mir sagte:

»Mr. Sidney läßt um Ihre Gesellschaft im Park bitten, Sir – er darf spazieren gehen – Sie werden ihn in der Nähe der großen Bank treffen.«

»Ach, Mylord!« sagte ich leise, als ich dicht bei ihm war, aber er unterbrach mich sogleich, indem er meinen Arm leise berührte:

»Freund meines Herzens, Sie einziger Vertrauter meiner Seele beabsichtigen Sie nie wieder, wir mögen sein, wo wir wollen, mich mit dieser Anrede zu kränken, für Sie bin und heiße ich Percy oder – Sie wissen ja – Sidney.«

»Ich verstehe, also, wenn Sie es lieber wollen – Percy.«

»Sagen Sie Sidney, Sidney – Sie könnten sich einmal versprechen.«

»Gut! Also Mr. Sidney, wie freue ich mich, endlich ein ernstes Wort ungestört mit Ihnen wechseln zu können – ich habe nicht nötig, Ihnen die Versicherung meiner ungeteiltesten Freundschaft zu geben.«

»Lassen Sie es gut sein, ich glaube Ihnen ohne Worte; wir haben jetzt wichtigere Dinge zu beraten. Was wollten Sie sagen?«

»Ja, ich habe Vieles auf dem Herzen für Sie.«

»Und ich auch für Sie! Ich bin fleißig gewesen, und wenn wir künftig soviel handeln, wie wir jetzt erdenken und entwerfen, und nur die Hälfte davon in der Ausführung glückt, so dürfen wir zufrieden sein. Aber sprechen Sie rasch, die Zeit ist kurz – was haben Sie mir zuerst mitzuteilen?«

»Mein erster Vorschlag ist der«, sagte ich, »den Direktor ins Vertrauen zu ziehen und so vielleicht in Güte zu erreichen –«

»Nichts, nichts davon!« warf er mir fast heftig ein. »Keine Vertrauten mehr und gegen Niemanden von diesen hier. Meine Geduld ist erschöpft; ich muß endlich handeln. Von ihrer Überzeugung ist nichts mehr zu erwarten; und selbst, gelänge es Ihnen, sie zu überzeugen – es käme zu spät, viel zu spät! Vergessen Sie nie, daß ich vier – vier ganze Jahre als Verrückter eingeschlossen und behandelt worden bin und daß ich, sobald ich meine Freiheit wiedererlangt habe, alle Geistes- und Leibeskräfte, welche mir die Natur verliehen, anzuwenden gezwungen bin, die unerhörten, mir widerfahrenen Leiden und die ganz zu vertilgende Schmach an denen zu vergelten, welche mir dieselbe bereitet haben. Ich bin durch die Not behutsam und vorsichtig geworden und ich werde Mittel und Wege finden, mich künftig vor allem Hinterhalte und vor jeder Betrügerei sicherzustellen. Also sparen Sie sich die unnütze Mühe, jene Herren überzeugen zu wollen – und wie? wenn Ihnen dies nicht gelänge? Was glauben Sie, was man mit Ihnen tun würde?«

»Bei Gott! Man würde mich nicht einsperren und unter ein Spritzbad bringen.«

»Nein, das zwar nicht; aber man würde Ihnen ein anständiges Geleit und ein freundschaftliches Wort mit auf den Weg geben und Sie ganz sicher über die Grenze des Hauses bringen. Verlassen Sie sich darauf, man macht hier kurzen Prozeß und Sie wären hier nicht der erste Rebell gegen die öffentliche Ordnung, dessen man sich auf schlaue Weise zu entledigen verstände. Und mir würde es dann nur umso schlimmer ergehen. Außerdem aber ist es mein sehnlichster Wunsch, Niemanden mehr in meine Angelegenheiten schauen zu lassen: das Geheimnis ist ein trauriges Familiengeheimnis, und wenn man es auch beklagen muß, so darf man es doch nicht preisgeben.«

»Ich bin ganz geneigt, nach Ihren Wünschen zu handeln«, antwortete ich, »doch glaubte ich, Ihnen wenigstens alle Vorschläge machen zu müssen, die ich durchgedacht habe.«

»Ich bin auch ganz zufrieden damit, und es nützt uns. Denn indem wir uns über Alles aussprechen, wird uns umso deutlicher, was wir unterlassen und was wir tun müssen, um unser Ziel zu erreichen. – Was haben Sie mir ferner vorzuschlagen?«

»Sie haben mich«, fuhr ich fort, »ehe Sie ihre Erzählung begannen, aufgefordert, Richter über Sie und Ihre ferneren Handlungen zu sein. Ich finde, Sie sind entschlossen, als Mann die Ihnen widerfahrene Schmach zu rächen, und ich kann Ihnen darin nur vollkommen beistimmen. Denn Sie haben die ganze Welt und deren günstiges Urteil auf Ihrer Seite, und es wird genug unbescholtene Richter in England geben, die Ihre Sache mit Leichtigkeit, ja mit Freuden, sowohl zu ihrem eigenen Ruhme wie auch zu Ihrem Besten führen werden, vorausgesetzt, daß Sie von ihrem angenommenen Wahnsinne freigesprochen und der Viscount von Dunsdale, nicht aber mehr Mr. Sidney in St. James sind. Bevor Sie jedoch auf die kürzeste Verfolgung Ihrer nächsten Zwecke sinnen, ja bevor Sie an die schwierige Flucht aus St. James denken, ist – meiner Ansicht nach – noch ein einziges Mittel übrig, diese Flucht unnötig und Ihr gewaltsames Einschreiten in die angemaßten Rechte Anderer weniger notwendig zu machen. Ihr Austritt aus dem Irrenhause wird auf diese Weise ein gesetzlicher, wenn auch die hiesigen Beamten Sie nicht als den gesetzwidrig und irrtümlich eingesperrten Viscount von Dunsdale, sondern als den geheilten Mr. Sidney betrachten.«

»Ha! Ich bin neugierig auf dieses vortreffliche Mittel – auch ich habe an ein solches letztes Mittel gedacht, aber ich wage es kaum gegen Sie auszusprechen.«

»Und warum wagen Sie es nicht?«

»Weil die ganze Last der Ausführung desselben auf Sie allein fallen würde, weil nur Sie allein diesen Weg der Güte einschlagen und mich vor Gewalttat und Veröffentlichung meines ganzen Geheimnisses retten könnten.«

»Wenn es nur das ist«, erwiderte ich freudig, »so sagen Sie schnell Alles. Ich fange an zu begreifen, daß die Mittel, die wir ersonnen, sich sehr ähnlich sehen. Und was meine Bereitwilligkeit, dieselben auszuführen, betrifft, so seien Sie versichert, daß ich die ganze Sache nicht als die Ihrige, sondern als die meinige betrachten und also keine Mühe, keine Gefahr scheuen werde. Ihnen dienstbar und von Vorteil zu sein.«

»So habe ich mich denn in gar nichts in Ihnen geirrt, teuerster Freund! Empfangen Sie meinen innigsten Dank für Ihre Liebe, denn Sie haben einen großen Stein von meiner Brust gewälzt. So hören Sie denn diesen meinen wohlerwogenen Vorschlag. Und wenn Sie mich auch des Widerspruchs, vielleicht sogar einer Unmännlichkeit beschuldigen – denn die Urteile der Welt sind oft hart und grausam – ich kann nichts dafür, meine Natur ist zwar empört und entflammt, aber sie ist nicht aus Eisen und Stein geformt. Nein! ich kann das Gefühl, daß der Mann, der mich so erniedrigt und beschimpft, der mich fast vernichtet hat, mein Vater ist, nie ganz aus meinem Herzen reißen. Gebe es eine Möglichkeit, denselben seine unnatürliche Tat gegen mich einsehen und wieder gut machen zu lassen, freilich! dann könnte Alles in Ruhe und Frieden, nichts durch Gewalt und richterlichen Ausspruch beendet werden. Nur meinen Bruder würde – müßte ich züchtigen. Doch ich fürchte, daß diese Möglichkeit sehr unwahrscheinlich ist – allein, der Versuch muß gemacht werden – und da Sie es mir erlauben, so erfahren Sie denn, daß ich Sie ausersehen habe, diese höchst unwahrscheinliche Möglichkeit möglich, sogar wahrscheinlich zu machen.«

Er sah mich mit seinen großen, glänzenden Augen durchdringend an. Ich nickte bloß mit dem Kopfe, lächelte und sagte dann:

»So ist es! Wir sind auf verschiedenen Wegen zu demselben Ziele gelangt, wenn ich auch nicht diese Ihre Lobsprüche verdiene. Nur guter Wille ist mein Eigen, das Übrige teilen Viele mit mir. Aber fahren Sie fort.«

»Edler Mann! so gehen Sie denn zu meinem Vater, handeln Sie nach Ihrer Einsicht, Ihrer Überzeugung und Ihren Kräften. Ich werde Ihnen Vollmacht erteilen, Alles zu versuchen, was Sie für mich günstig oder wichtig erachten. Gehen Sie mit Gott auf Ihre beschwerliche, ja bedenkliche Reise und nehmen Sie das schöne Bewußtsein mit sich, das Edelste gewollt zu haben, was ein guter Mensch nur wollen kann – einen Vater und einen Sohn, die tödlich entzweit sind, auf milde Weise zu versöhnen und so das Einschreiten des unerbittlichen Gesetzes und die Handhabung der unnatürlichsten Gewalt unnötig gemacht zu haben. – Wie aber können Sie Ihre Abreise von St. James bewerkstelligen, da Sie Ihren Aufenthalt hierselbst noch auf längere Zeit bestimmt und öffentlich bekanntgemacht haben?«

»Dafür lassen Sie mich sorgen, ich habe auch das überlegt. Ich habe in London einen angesehenen Freund, den Gefährten und Liebling der Jugend- und Studienzeit meines Vaters, den berühmten Arzt Sir John ... Bei ihm war ich schon zweimal und zu ihm kehre ich noch einmal zurück, ehe ich England verlasse. Er ist es, an den ich sogleich mit der Bitte schreiben will, wichtiger Angelegenheiten wegen mich schnell von hier abzurufen, und zwar unter dem Versprechen, bald wieder hierher zurückkehren zu können. Die Erklärung dieser sonderbaren Bitte verspreche ich ihm mündlich zu geben, und daß er auf mein Gesuch eingeht, bin ich gewiß. Alsdann setze ich mich mit Phillipps, sobald ich ihn nur hier gesprochen habe, in Verbindung, und was ihm allein nicht gelungen ist, gelingt vielleicht den vereinten Bestrebungen zweier Menschen, die es ehrlich mit Ihnen meinen und mit Liebe und Lust an ihre Arbeit gehen. Denn Sie werden hoffentlich nichts dagegen haben, wenn ich ein doppeltes Ziel verfolge – die Versöhnung mit Ihrem Vater und die Auffindung Ihrer – Ellinor!«

Unaussprechliche Rührung und Freude bemächtigte sich bei diesen Worten Mr. Sidneys, kaum konnte der sonst so gefaßte Mann seine Gefühle beherrschen. Eine Träne lief wider seinen Willen über seine Wange und seine Lippen zuckten so schnell, daß ich fürchtete, das Übermaß seiner Freude werde ihn verraten.

»Ach!« sagte er mit seiner, wenn er wollte, so sanften und überredenden Stimme, »ach! Wann wird die Zeit kommen, wo ich Ihnen nicht allein mit dem Worte, sondern auch mit der Tat beweisen kann, wie unendlich ich Ihnen verpflichtet bin. Ja! Sie haben den besten, edelsten Teil meines Geistes, den Glauben an eine unwandelbare, ausgleichende Vorsehung wieder in meinem verödeten Herzen befestigt, der durch meiner nächsten Verwandten unnatürliche Tat gelockert worden war; Sie haben mir bewiesen, daß diese schöne Erde Menschen bewohnen, die es verdienen, ihre Geschenke zu genießen, und nun, nachdem Sie mir alles Dies, statt des irdischen Vaters den himmlischen und statt des Bruders den Freund gegeben haben, wollen Sie mich auch zu meiner Ellinor zurückführen – ach! Warum bin ich jetzt nicht schon Herr meiner selbst und meiner Handlungen, und warum liegt der Himmel noch so schwer auf mir, als wenn seines Gewitters Toben nur mich, mich allein verfolgen wollte!«

Es war dies die erste Klage, die ich aus seinem Munde hörte, und nur der Gedanke an die von ihm gerissene und vielleicht mißhandelte Ellinor konnte sie hervorgerufen haben; aber es war auch die letzte, die je über seine Lippen kam, denn die Schwäche zu klagen besaß dieser seltene Mann nicht – er konnte nur dulden und, wenn er genug und des Mannes würdig geduldet hatte – handeln.

»Gedenken Sie«, sagte ich, so überzeugend, so ernst, so prophetisch ich konnte, »gedenken Sie der Worte Mr. Grahams, des Pfarrers, als er Ihnen den See und den blauen Himmel darüber zeigte: dieser stille See wird einst die schwarzen Wolken des stürmenden Himmels abspiegeln – aber über Ihr Haupt wird Ihres Geschickes freundlichste Sonne Ihre Strahlen ausgießen!«

»Ja«, rief er, »ja so wird es sein! Mich beschleicht ein dunkles Vorgefühl – und das hat mich im Schmerze nie getäuscht, warum sollte es mich in der Freude täuschen – daß der Abend meines Elends gekommen und der Morgen meines Glückes bald anbrechen werde! Leben Sie wohl, da kommt Mr. Chappert und zeigt mir die Uhr. Er hat mich länger, als das Gesetz es erlaubt, spazieren gehen lassen – noch beherrscht mich die Stunde des Zwanges, aber er ist schon erträglich geworden; laut wird aber einst die Stunde der Freiheit ertönen, und dann – und dann – Guten Abend, Mr. Chappert! ja, ja – ich bin schon bereit – Leben Sie wohl, leben Sie wohl!«

»Leben Sie wohl!« rief ich ihm nach, und wir trennten uns.

Ich begab mich nach meinem Zimmer, schrieb meinen Brief an Sir Iohn …in London und sandte ihn am nächsten Tage, der ein Posttag war, unter der Adresse eines meiner vertrautesten Freunde, der bei der preußischen Gesandtschaft in London angestellt war, ab und bereitete mich nun im Stillen vor, nach Empfang der Antwort jeden Augenblick meine Reise antreten zu können.

Zwei Tage darauf saß ich Morgens an meinem Schreibtisch, als an meine Tür geklopft wurde. Auf meinen Ruf trat zu meiner größten Freude und Überraschung der sehnlichst erwartete Phillipps ein. Um seine Schulter hing sein Kästchen und deutete den Zweck an, den er auch bei mir zu verfolgen scheinen wollte.

Ich sprang auf und lief ihm rasch entgegen.

»Guten Morgen, Sir!« rief er, nachdem er einen schnellen Blick in meine Kammer geworfen hatte, »da sind wir ja beisammen doch vor allen Dingen, was macht er?«

»Alles gut, Alles in Ordnung!« sagte ich rasch und sah den treuen, braven Menschen jetzt mit ganz anderen Augen an als früher, wo ich ihn und seinen Charakter noch nicht im ganzen Umfange begriffen hatte.

Und das liegt in der Natur der Dinge, denn wir begegnen so oft fremden Menschen, die zwar durch ihre sprechende Physiognomie unsere Aufmerksamkeit erregen, aber in dem starken Strome der Welt rasch an unserem Sinne vorübergleiten, ohne etwas mehr als diese kurze Aufmerksamkeit auf sich zu ziehen. Wenn wir bisweilen wüßten, welche Kleinodien sich in den Herzen dieser fremden Menschen verbergen, wir würden kaum so viel Zeit übrig haben, in ihren Zügen ihr Herz zu lesen, noch viel weniger aber, um genügend über das nachdenken zu können, was ihr Augenblick an Erinnerungen oder neuen Ideen in unserer Seele hervorruft.

So betrachtete ich jetzt den vor mir stehenden Mann mit anderen Gefühlen als früher. Freilich, nun, nachdem mir der Schlüssel gegeben, war es mir leichter, alle die Züge der Treue, der Anhänglichkeit und der Selbstaufopferung in den ernsten, mutigen und milden Linien seines Gesichtes wiederzufinden, welches mir ehedem bei oberflächlicher Beobachtung nur einen gutmütigen, zuverlässigen und biederen Charakter anzukündigen schien.

»Vollkommen in Ordnung, mein guter Phillipps, und was bringt Ihr uns für neue Nachricht?«

»Keine guten und keine schlimmen – das heißt soviel wie gar keine!«

Und hier erzählte er mir kurz seine Bemühungen und seine Forschungen, nannte die Orte, wo er vergeblich gewesen, die falschen Spuren, die ihn irregeführt, und endlich die Gegenden, in welche er sich nun abermals auf Wanderung begeben wolle.

»Und was beabsichtigen Sie nun zu tun?« fragte er mich.

»Ich werde tun, was Ihr so lange getan habt und zu tun noch nicht müde seid – ich werde suchen und hoffentlich auch finden.«

»Finden, finden! Sir, das ist die Hauptsache – doch wann treffe ich Sie wieder und wo? Denken Sie sich bis dahin alles geläufig aus, ich kann nur ungefähr sechsunddreißig Stunden hier bleiben und augenblicklich muß ich Sie verlassen, denn man weiß, daß ich bei Ihnen bin.«

»Jeden Morgen um dieselbe Zeit werdet Ihr mich in meinem Zimmer finden. Also morgen – nicht?« Er nickte.

»Nun aber geht Ihr zu ihm, nicht wahr?«

»Zu ihm, ich verstehe. Sprechen Sie nicht das andere Wort wir kennen ihn Beide – haha! Mr. Sidney! Mr. Sidney! Aber wart! es soll bald anders kommen, und dann sollen Sie die Hüte von ihren Köpfen nehmen vor diesem Mr. Sidney – Mr. Sidney! Nicht?«

»Ja, ja, es soll anders kommen – es muß, so wahr ein Gott lebt!«

Er ging um seinen Herrn aufzusuchen, seinen Herrn, der es verdiente, einen solchen Diener zu besitzen, und der in bangem Hoffen gewiß schon die Minuten zählte, wieder ein treues Gesicht zu sehen und aus seinem Munde Worte zu vernehmen, die ihn an ein Glück erinnerten, welches längst schlafen gegangen war, jetzt aber wieder erwachen sollte.

+++

Der nächste Morgen kam und mit ihm Mr. Phillipps, sein hölzernes Kästchen wieder auf dem Rücken. Wir hielten eine ziemlich lange und genaue Besprechung über Alles, was ein Jeder von uns zunächst zu tun hatte und wie er sich auf diese oder jene Weise sein Unternehmen erleichtern könne.

An demselben Tage, noch vor Phillipps Abreise, teilte ich Mr. Sidney, sobald ich ihn sprechen konnte, unsere Beschließungen mit, und ich hatte die Freude, ihn in allen Punkten unserer Meinung beitreten zu sehen; nur in Einzelheiten fügte er noch eine Bemerkung hinzu, vervollständigte, was wir seinem Urteil allein überlassen hatten, und versicherte uns seiner Zufriedenheit mit allen unseren Plänen.

Was zuerst Mr. Phillipps betraf, so wollte er diesmal einen seinen früheren vergeblichen Unternehmungen entgegengesetzten Weg einschlagen, während ich selbst eine Gegend besuchte, die von ihm weniger in Betracht gezogen war. Er ging nach dem Süden und ich vorläufig nach dem Norden Englands; doch hatten wir bestimmte Zeiten und Orte unter uns festgesetzt, um auf diese Weise leichter miteinander in schriftlicher Verbindung bleiben und den ganzen Gang unseres Unternehmens uns gegenseitig mitteilen zu können.

Was den Weg anbetraf, welchen ich wählen sollte, so war als mein nächstes Ziel Dunsdale-Castle festgestellt. Hier auf Percys Landsitz mußte natürlich wegen der langen Abwesenheit des Besitzers sowohl die größte Besorgnis um seine Person, wie auch die größte Verwirrung in Bezug auf die Verwaltung der vom Notar des Viscount in London und von den umliegenden Pächtern eingelaufenen Gelder herrschen. Was daselbst vorgegangen, auch was daselbst über ihn selbst bekannt geworden, hatte Percy bis zu diesen Augenblick keineswegs genau erfahren können. Phillipps war zwar einmal im Anfang seiner Reisen dort gewesen, allein, dem dortigen Verwalter in seiner vertrauten Stellung zum Viscount von Dunsdale unbekannt und mit keiner Legitimation desselben versehen, hatte er nur oberflächlich die Meinungen der umwohnenden Leute erfahren können, und dies war natürlich nicht hinreichend, dem täglich wachsenden Verlangen Percys Genüge zu leisten, zumal dieser selbst in früheren Zeiten, mehr mit sich und seinem trüben Geschick beschäftigt, um seine Glücksgüter ziemlich unbekümmert gewesen und ihm vierteljährlich eine für seine Bedürfnisse hinreichende Summe Geldes vom Direktor richtig ausgezahlt wurde.

Aber auch aus einem anderen Gesichtspunkte war mir Dunsdale-Castle wichtig erschienen. Denn ich dachte mir, Ellinor würde, falls sie mit ihrem Vater in der Lage sei, schreiben zu können, in Ungewißheit über Percys Aufenthalt, sich schriftlich an ihn gewendet und dann ohne Zweifel nach jenem Landsitze ihr Schreiben gerichtet haben. Wie wertvoll aber der Inhalt eines solchen Schreibens hinsichtlich ihres Auffindens für mich sein mußte, hatte Percy sogleich eingesehen und mir deshalb auch ein Legitimationsschreiben an seinen alten Haushofmeister zugestellt, worin derselbe aufgefordert ward, ohne Ausschluß alle Briefe und Nachrichten mich untersuchen zu lassen, welche überhaupt in seiner Abwesenheit eingelaufen waren. Denn diese Briefe, wenn überhaupt welche angekommen, mußten natürlich liegen geblieben sein, da Niemand des Viscount Aufenthaltsort kannte und jeden Augenblick eine Nachricht von ihm oder gar eine Rückkehr selbst erwartet werden konnte.

Von den in Dunsdale-Castle vorzufindenden Geldern hatte ich nun dem Eigentümer derselben auf mein Ehrenwort versprechen müssen, meine zu seinem Besten unternommenen Reisen zu bestreiten, auch sollte ich ihm bei meiner Rückkehr einen Teil derselben, in Papier umgesetzt, überbringen, denn vor allen Dingen mußten hinreichende Geldmittel vorhanden sein, um seinen heimlichen Austritt aus St. James erleichtern zu können.

So sehr ich mich auch anfangs gegen das erste Anliegen gesträubt hatte, so mußte ich späterhin doch der Notwendigkeit und Mr. Sidneys dringenden Bitten nachgeben, denn meine eigenen Mittel reichten wohl aus, meine Reise und meinen Aufenthalt in England bequem zu bestreiten, zu einer größeren Ausgabe aber, wie diese plötzlich unternommene Rundreise erforderte, war ich nicht vermögend genug.

Nachdem ich nun in Dunsdale-Castle alle möglichen Erkundigungen eingezogen und die vorliegenden Geschäfte im Namen des Besitzers vollendet und endlich nach dem alten Haushofmeister der gräflichen Besitzungen von dem Aufenthalte und der Rückkehr seines Herrn dasjenige mitgeteilt hatte, was ich den Umständen nach für das Zweckmäßigste würde erkannt haben, sollte ich meinen Weg nach dem Landsitze des Marquis von Seymour in Codrington fortsetzen und, wenn ich diesen daselbst fände, was nach Phillipps Aussage ziemlich unzweifelhaft war, meine Operationen mit Percys Vater selbst beginnen, mich jedoch nur an ihn allein, niemals aber an Sir Mortimer wenden, um, was ich mir als Hauptaufgabe gestellt und Percy selbst mit Hand und Mund gelobt hatte, ohne Aufenthalt in Ausführung zu bringen.

War der Erfolg ein glücklicher, wie wir Beide es hofften, so sollte ich unverweilt nach St. James zurückkehren und dann mit ihm gemeinschaftlich mich auf die Reise zur Auffindung Ellinors begeben.

Blieben meine Bemühungen aber fruchtlos, so sollte ich so schnell wie möglich, ohne irgendeinen Zeitverlust nach London gehen, mich direkt an den Notar des Viscount wenden und in Übereinstimmung mit Sir William Graham, dem Advokaten, die zweckdienlichsten gerichtlichen Schritte einleiten und Mr. Sidney in St. James durch Phillipps hiervon benachrichtigen lassen. Nur im äußersten Notfalle war ich entschlossen, an diesen selbst zu schreiben, und dann sollte der Brief ohne Namensunterschrift und Anrede und an die Adresse der Frau des Mr. Chappert abgefaßt und befördert werden.

Hätte ich den Prozeß glücklich eingeleitet und sähe ich die sich damit befassenden Personen zu Gunsten des Klägers gestimmt, so sollte ich ebenfalls nach St. James zurückkehren und in Gemeinschaft mit Phillipps und Chappert, welchen letzteren Percy bis dahin ganz zu gewinnen hoffte, die Flucht desselben erleichtern helfen.

Fand ich auf meinen Hin- und Herreisen Ellinor und ihren Vater, so sollte ich dieselben entweder nach London zu Sir William Graham oder nach Dunsdale-Castle begleiten, wohin sie nun zu gehen wünschten. Erhielte ich irgendeine Nachricht von ihrem Aufenthaltsorte, so sollte ich, von allen anderen Schritten einstweilen abstehend, ohne Rast ihre Spuren verfolgen, bis ich sie gefunden und in Sicherheit gebracht hätte.

Dies war ungefähr der Plan zu meiner Reise und meinen Unternehmungen. Man sieht daraus, daß ich Geschäfte genug übernommen und alle mögliche Aufmerksamkeit nötig hatte, ein günstiges Resultat zu erzielen.

Damit ich nun aber die lange und beschwerliche Reise nicht allein unternähme und den notwendigen Beistand eines dienstwilligen Begleiters entbehrte, hatte Mr. Sidney in Übereinstimmung mit Phillipps mir den Vorschlag gemacht, den ältesten Sohn des Letzteren zu meinem Diener zu nehmen, der gegenwärtig bei einem Landpfarrer in die Schule getan war, dessen Wohnung auf meinem Wege nach Dunsdale lag, von wo ich ihn bei meinem Vorüberkommen, falls ich ihn tauglich und bereitwillig fände, gleich mit mir nehmen konnte.

Phillipps war diesmal ohne seine Söhne erschienen, teils weil ihm die beiden Knaben bei seinen weiten Märschen beschwerlich waren, teils aber auch, weil er einsah, daß die Erziehung der Knaben bei seiner herumstreifenden Lebensart unmöglich gefördert werden könnte. An ihrer Statt hatte er sich nun, um seinen Karren zu ziehen, wie es in verschiedenen Gegenden Englands bei Leuten seines Gewerbes gebräuchlich ist, ein Paar große Doggen angeschafft, die stark und schnell genug waren, das Erforderliche mit Leichtigkeit zu leisten, ohne so viel Unbequemlichkeiten wie ein Pferd zu verursachen.

Kapitel 14

Bis hierher war nun, wie der Leser sieht, Alles reiflich erwogen und vorbereitet, und es kam nur noch auf die Ankunft des von mir sehnlichst erwarteten Briefes an, um mich, reisefertig wie ich war, sogleich in Bewegung zu setzen. Und auch hierauf sollte ich nicht lange warten, denn der alte Sir John ... in London war, ungeachtet seiner vielen Geschäfte und seiner Kränklichkeit, pünktlich und bereitwillig genug gewesen, meine sonderbare Bitte sogleich zu erfüllen.

Phillipps war fort auf dem Wege nach dem Süden und zwischen Mr. Sidney und mir alles Erforderliche abgemacht, als etwa sieben Tage nach der Abreise des Ersteren eine kleine Gesellschaft, bestehend aus dem Direktor, den Ärzten, mehreren Beamten und einigen der vernünftigsten Irren, worunter Mr. Sidney, sich auf der großen Kegelbahn im Park zusammengefunden hatte und einen zwar warmen, aber etwas trüben Nachmittag der Ergötzlichkeit dieses allbeliebten Spieles weihte.

Es war Posttag, und schon oft hatte ich mich, den nahe gelegenen Hügel besteigend, erwartungsvoll nach dem bekannten gelben Wagen umgeschaut, als ich denselben in seinem gewöhnlichen Tempo auch diesmal den breiten Fahrweg herabrollen sah.

Langsamen Schrittes kehrte ich zur Gesellschaft zurück und gab Mr. Sidney ein Zeichen, daß die Post gekommen und wir unserem Vorhaben vielleicht wieder um einen Schritt näher gerückt wären.

Keine halbe Stunde verging, da erschien der Postbote und überbrachte in seiner großen Tasche einen Haufen Briefe, die, meist an die Anwesenden gerichtet, sogleich von einem Jeden in Empfang genommen wurden.

Auch an mich waren drei darunter, zwei von Freunden in London und Deutschland und der dritte, der am sehnlichsten erwartete, von Sir John ... aus London.

Jeder, der einen Brief empfangen, setzte sich, abgesondert von den Übrigen, irgendwo nieder und las in der Stille die ihm zugekommenen Nachrichten.

Nachdem ich alle drei Briefe ruhig zu Ende gelesen, stand ich auf, näherte mich dem Direktor und sagte, indem ich ihm das Schreiben Sir Johns hinreichte, in einem so ruhigen und unbefangenen Tone, daß ich mich nachher selbst darüber wundern mußte:

»Sehen Sie hier, Mr. Elliotson, ich habe Ihnen einen Gruß von Sir John ... aus London auszurichten, aber leider ist dieser Gruß von etwas begleitet, was mich einigermaßen bekümmert.«

Der Direktor nahm den Brief und las ihn still zu Ende. Er enthielt wörtlich folgende Zeilen:

> »Mein sehr werter junger Freund! In der Voraussetzung, daß diese Zeilen Sie noch in St. James antreffen, sende ich Ihnen den freundlichsten Gruß mit der Bitte, sobald es die Annehmlichkeiten, die Ihnen an Ihrem jetzigen Aufenthaltsorte zu Teil werden, erlauben, Ihren Weg zu mir zurück zu nehmen. Einige Nachrichten von Wichtigkeit für Sie, die ich Ihnen jedoch nicht schriftlich mitteilen mag und die ich soeben über Hamburg erhalten habe, sind die Ursache dieser meiner ergebenen Bitte. Indem ich Ihnen die Eile, mit der Sie das Nähere zu erfahren wünschen, überlasse, bedaure ich zugleich, Sie von einem Orte abrufen zu müssen, wo es sich, wie ich aus Erfahrung weiß, so behaglich lebt und wo es Ihnen auch, nach Ihrem langen Aufenthalte zu schließen, so wohl zu gefallen scheint; jedoch freue ich mich sehr, Sie, dieses Ereignisses wegen, umso früher wieder bei mir zu sehen. Bringen Sie meine achtungsvollsten Grüße dem Mr. Elliotson, Mr. Lorenzen, Mr. Derby – dem kleinen, muntern Mr. Derby – und genehmigen Sie den Ausdruck meiner Achtung und Liebe, womit ich zu verharren die Ehre habe
>
> Ihr alter Freund John...«

»Das tut mir leid um unsertwegen!« sagte der Direktor, als er zu Ende gelesen. »Ha! wie der alte Knabe – er hat es selbst geschrieben und es muß also von Wichtigkeit sein – schon eine so zitternde Hand hat – der alte, gute Sir John!«

»Sie kennen ihn schon lange?« fragte ich, um etwas zu sagen.

»O, wohl! Er war ja in früheren Tagen oft bei uns und hat hier den eigentlichen Grund seiner Kenntnisse und Erfahrungen gelegt – ist ein wackerer alter Herr. Aber wahrhaftig, es tut mir leid, Sir, daß Sie so schnell abreisen müssen.«

Die Anwesenden gruppierten sich um mich herum, als sie hörten, wovon die Rede sei, und drückten mir auf ihre Art und Weise ihr Bedauern aus, mich so schnell und unerwartet von St. James scheiden zu sehen.

»Wann werden Sie gehen?« fragte der Oberarzt, der plötzlich nachdenklich geworden war, als Sir Johns Name genannt wurde, und der, wie über einen Entschluß mit sich selbst uneins, einige Male abseits auf und nieder gegangen war. »Wann werden Sie gehen, Sir? Ich habe – ich möchte dem alten Sir John eine Frage stellen und Sie bitten, ihm dieselbe zu überbringen.«

»Morgen, morgen schon, mein lieber Mr. Lorenzen!« erwiderte ich, »wenn es möglich ist, daß ich mich bis dahin reisefertig mache!«

»Ach!« rief Mr. Derby, der unterdessen einige Worte leise mit dem Oberarzt gewechselt hatte, »da werden Sie ja aber nicht unsere Tragödie aufführen sehen?«

»Ich kehre so bald zurück, wie ich kann«, war meine Antwort, »wenigstens hoffe und verspreche ich es – und dann komme ich vielleicht noch zu rechter Zeit, um der Aufführung des »König Lear« beiwohnen zu können.«

Mit diesen Worten wandte ich mich an die Irren, indem ich mich freundlich vor ihnen verneigte. Diese verbeugten sich ebenfalls, lächelten auf ihre Art und schüttelten mir die Hand.

»Und in diesem Falle«, fuhr ich, zum Direktor gewendet, fort, »gestatten Sie mir gewiß, den größten Teil meines Gepäcks zurückzulassen?«

»Auf alle Fälle«, erwiderte Mr. Elliotson. »Ganz gewiß! Ihr Zimmer bleibt auch in Ihrer Abwesenheit das Ihrige – kommen Sie, wann Sie wollen, je eher, umso lieber zurück; Sie werden uns stets so angenehm wie das erste Mal sein.«

»Und wenn Sie es mir erlauben«, fügte er sehr artig hinzu, »so biete ich Ihnen meinen Wagen bis zur nächsten Station an.«

»Ich bitte, bemühen Sie sich nicht, Sir«, entgegnete ich, »Sie wissen, ich bin ein guter Fußgänger und wie ich gekommen bin, will ich auch wieder gehen, es hat nun einmal für mich einen besonderen Reiz, ohne alle Begleitung zu reisen.«

»Erlauben Sie mir dann einen Vorschlag«, sagte der Irre von St. James, der bis jetzt geschwiegen hatte, und trat näher an mich heran, »wenn Sie mir einen Gefallen tun wollen, so bedienen Sie sich meines Pferdes, es wird mir ein Vergnügen sein, Ihre Reise auf diese Art zu beschleunigen und annehmlicher machen zu können.«

Ich sah den Sprecher und die Umstehenden etwas betroffen an, denn der Vorschlag überraschte mich, obgleich er mir durchaus nicht unangenehm war.

»Wenn ich nicht fürchtete, Sie eines Vergnügens und einer Gewohnheit zu berauben, Mr. Sidney«, erwiderte ich, indem ich mich verbeugte, »so würde ich gern Ihre Güte in Anspruch nehmen, aber –«

»Schlagen Sie ein, schlagen Sie ein!« rief hier Mr. Derby. »Reiten ist auf alle Fälle bequemer als zu Fuß gehen, und Mr. Sidney würde es Ihnen nicht angeboten haben, wenn es ihm nicht ein Vergnügen gewährte.«

»Gut, so nehme ich Ihren Vorschlag mit Freuden an!« sagte ich und verbeugte mich noch einmal vor diesem und drückte ihm die Hand.

»Schön, schön!« rief der Direktor, »und da die Sache abgemacht ist, Gentlemen, so lassen Sie uns zu unseren Kegeln zurückkehren, der Tag ist noch lang und Sie werden heute Abend noch Zeit genug haben, Ihr Päckchen zu schnüren.«

Niemand hatte etwas dagegen und wir setzten somit unser Spiel fort, obgleich ich meinerseits mit meinen Gedanken schon weit fort und noch einer unter uns war, dessen Hoffnungen, bereits ebenfalls auf weitem Meere des Lebens segelnd, mit mir ihrem Ziele entgegenflatterten.

+++

Und so war denn also der Augenblick gekommen, wo ich nach fast sechswöchentlichem Aufenthalt in dem Irrenhause zu St. James auf eine so unerwartete und schnelle Weise ganz gegen meine früheren Pläne eine neue Reise antreten sollte, deren Dauer nicht vorherzusehen und deren Ausdehnung fürs Erste nicht zu berechnen war.

Es war am zwanzigsten Juli, Morgens acht Uhr, als ich mich, nachdem ich am Abend vorher alle diejenigen besucht hatte, denen ich diese Aufmerksamkeit schuldig war, zur Abreise in den Park begab, wo mich alle schon erwarteten, welche mir das Geleit zu geben gedachten. Ein Diener des Hauses stand mit dem gesattelten und einem kleinen Mantelsack versehenen Pferde vor der Tür.

Es war dies in der Tat ein edles und ausgezeichnet schönes Tier vom glänzendsten, dunkelsten Schwarz, nicht ein einziges weißes Härchen war an seinem vollkommen ebenmäßigen, schlanken und leichten Körper zu sehen. Es war nicht groß, wie es alle diese herrlichen, aus arabischem Blute entsprossenen Vollblutpferde sind, aber in allen Verhältnissen gleichmäßig vorteilhaft gebaut, dabei außerordentlich klug und lenksam, und so schien es weniger zu einer so beschwerlichen Reise, denn in einer Rennbahn als ein Muster von Schönheit und Schnelligkeit zu glänzen geeignet. Es war indessen Percys Wille, daß ich mich dieses seines Lieblingspferdes bedienen solle, und ich fügte mich ihm.

Außer diesem erwarteten mich noch an der Tür der Direktor, der Prediger und einige Andere; die Ärzte waren auf ihren Stationen und hatten schon am frühen Morgen von mir Abschied genommen.

»Führe das Pferd voraus, Simons!« sagte der Direktor zu dem dasselbe haltenden Diener. »Wir begleiten den Herrn Doktor noch eine kleine Strecke zu Fuß. Und Sie, Mr. Sidney, wollen Sie nicht auch mitgehen, um zu sehen, wie sich der Doktor auf Ihrem Pferde ausnimmt?«

»Mit Vergnügen, wenn mir die Ehre vergönnt ist!« erwiderte dieser und schritt mit mir hinter den Anderen her, die langsam vorausgingen und sich über die Vortrefflichkeiten Bravours, meines neuen Reisegefährten, besprachen.

»In der Tat!« sagte ich so laut, daß Alle es hören konnten, »ich bin besorgt um das Verhältnis, welches sich zwischen mir und Ihrem Bravour entspinnen wird; hoffentlich wird es nicht zu unbändig sein, denn obwohl ich gerade kein schlechter Reiter bin, so ist er doch einen ausgezeichneten gewohnt.«

»Besorgen Sie gar nichts«, entgegnete Mr. Sidney, »das Tier ist feurig, stolz und rasch, aber ohne alle Tücke, und was es leisten kann, werden Sie bald erfahren. Wäre es nicht der Leute wegen, Sie hätten gar keine Sporen gebraucht. Ein Ruf ist hinreichend, ihn in Bewegung zu setzen und, wenn es Not tut, ihm Flügel zu geben.«

Alsdann gingen wir ein Weilchen, ohne zu sprechen, nebeneinander her. Ich war still, denn in der Tat, der Abschied von dem teuren Freunde, dem ich so tief in die Seele geschaut, und den ich so unaussprechlich liebgewonnen hatte, drückte schwer auf mein Herz, während er selbst scheinbar unbefangen, fast heiterer als gewöhnlich, neben mir herging.

»Sie scheinen sehr ernst gestimmt zu sein, Robert«, fing er wieder leise an und berührte meinen Arm, wie er gewöhnlich tat, wenn er mit mir im Vertrauen sprach, »ist es irgendein Gedanke oder eine Besorgnis, die auf Ihrer Seele lastet?«

»Ja, Percy, es ist der Gedanke, daß ich mich von Ihnen trennen soll!«

»Weiter nichts? O, das ist es gerade, was mich heiter stimmt. Sie gehen, um wiederzukommen, und wie wiederzukommen! Ja, ich muß Ihnen gestehen, ich habe lange nicht eine so frohe Stunde gehabt, wie diese Stunde des Abschieds ist, denn es ist der Anfang des Handelns, einer neuen Tätigkeit, einer –«

Er wollte weitersprechen, aber irgendein Gedanke mußte ihn aufhalten.

»Ach!« fuhr er etwas gepreßt fort, »wie glücklich sind Sie! Könnte ich doch mit Ihnen hinaus – da hinaus in die freie bergige Ferne – aber still, still, es geht nicht – erwarten wir die Zeit und was sie uns bringt!«

»Haben Sie mir noch irgendetwas zu sagen?« fragte ich, denn ich bemerkte, wie die vor uns Wandelnden langsamer gingen. »Haben Sie etwas, so sagen Sie es geschwind. Wir werden bald unterbrochen werden.«

»Nein!« sagte er fest, »ich habe Ihnen nichts mehr zu sagen, denn ich bin überzeugt, daß Sie Alles wissen und danach handeln werden. Ich hege ein großes Vertrauen zu Ihrem jetzigen Unternehmen, so daß es mir ist, als könnte kein Mensch einen besseren Erfolg erzielen als Sie.«

»Möchte es doch so sein, wie Sie sagen, und möchte die Gunst des Schicksals mit meinen Wünschen übereinstimmen. Niemand würde glücklicher sein als ich!«

Wir wurden unterbrochen. Mr. Elliotson rief laut:

»Mr. Sidney – hören Sie – Mr. Sidney! Wir streiten uns eben, wieviel Meilen unser Freund mit Ihrem Pferde machen kann – was meinen Sie dazu?«

Wir näherten uns und Mr. Sidney lächelte, denn er kannte sein Pferd.

»Es kommt auf den Reiter an«, antwortete er, »vorausgesetzt, daß der Boden gut ist und daß es die geziemende Pflege genießt. Wieviel Meilen denken Sie, daß es machen könne?«

»Nun, ich dächte, zwanzig bis fünfundzwanzig Meilen täglich hielte es auf einem Boden, wie der nach London, aus.«

»Und ich mache mich anheischig, dreißig bis vierzig, drei Wochen lang, damit zu machen; es kommt, wie gesagt, sehr viel auf den Reiter an, und dabei will ich weder Peitsche noch Sporen gebrauchen.«

Man wunderte sich, wollte nicht recht glauben, stritt hin und her und kam zuletzt zu dem gewöhnlichen Ende, zur Wette, als wir auf dem Punkte anlangten, wo das Gebiet des Irrenhauses aufhörte und unsere Trennung erfolgen sollte.

Hier blieben wir stehen, sprachen einige Worte des freundlichsten Abschieds und schüttelten uns die Hände. Mr. Sidney war der Letzte, der sich empfahl. Ich durfte ihm nichts mehr sagen, aber wir brauchten auch nicht der Worte, uns zu verständigen, ein Druck der Hand und ein Blick sprach Alles aus.

Bravour ward herbeigeführt. Als ich aufgestiegen war, wandte das kluge Tier seinen schönen kleinen Kopf mit den glänzenden Augen nach seinem Herrn, als wollte es fragen: Und willst du diesmal nicht mit mir fort?

Noch ein Lebewohl, noch ein Gruß – und ich ritt langsam die breite Straße den Hügel hinauf!

Mein Herz war etwas beklommen – ich ritt, ohne etwas Bestimmtes zu denken, vorwärts, bis zu dem Punkte, wo die Straße sich auf dem Gipfel des Berges wendet und man den letzten Blick auf das Gebiet von St. James hat.

Da lag das weite, große, schöne Gebäude, ein helleuchtender Punkt in dem reichen, grünen Blättermeere der dasselbe umgebenden alten Bäume – was ging mir Alles durch das Herz! denn was hatte ich nicht in dem kurzen Zeiträume einiger Wochen daselbst erfahren und empfunden!

Ich blickte spähend über den Park fort, soweit mein Auge reichte – ich suchte etwas, was ich nicht gleich finden konnte – da sah ich etwas flattern auf dem wohlbekannten Hügel, ein weißes Tuch, von einem Menschenarm hin und her bewegt. Ich erhob das meine und winkte tausend Grüße hinüber, denn ich wußte, von wem es kam und zu wem es ging. Noch einen Blick, noch einen Gruß – und den Kopf meines Pferdes wendend, ritt ich im Schritt dem Norden Altenglands zu, den Weg nach London zu meiner Rechten liegen lassend, und da gewahrte ich erst, daß ich wieder in Gottes freier Natur, daß ich selbst frei war, und ich sagte zu mir mit einem stillen Seufzer:

»Warum sind nicht Alle so wie ich Herr ihrer selbst, zu schalten und zu walten mit ihren von Gott verliehenen Fähigkeiten – und was habe ich getan, um so glücklich zu sein?!«

Kapitel 15

Eine Reise zu Pferd durch die schöneren Teile Englands bietet einem denkenden Menschen nicht viel Gelegenheit zur Langeweile dar, sollte er auch keinen höheren Zweck vor Augen haben, als durch die Abwechslung der Bilder derselben sich zu zerstreuen. Denn das lachende Grün der Felder und Wiesen, die mit uralten Bäumen und jungfräulichem Gebüsch bewachsenen Gründe, die sanft aufsteigenden wellenförmigen Hügel und die üppig fruchtbaren Täler, sodann die schattigen dunklen Wälder, bisweilen von düsteren, einförmigen Mooren unterbrochen, führen ein so heiteres, vielseitiges und reiches Bild der Betrachtung vor, daß man bei jeder Biegung des Weges in ein neues Land zu treten glaubt.

Aber auf mich wollten alle diese reizvollen Annehmlichkeiten diesmal keinen so freundlichen Eindruck hervorbringen, denn meine ganze Seele war von dem ersten Augenblicke an, wo ich mich allein fühlte, von dem Zweck meiner diesmaligen Reise dergestalt erfüllt, daß ich in der ersten Zeit beinahe unfähig war, auf irgendetwas Äußerliches zu achten, noch weniger aber es mit den Gedanken, die in meinem Kopfe durcheinander schwirrten, in Übereinstimmung zu bringen.

Obgleich ich mir die Schwierigkeiten der von mir aus freien Stücken übernommenen Aufgabe keinen Augenblick verhehlt und dieselben, schon ehe ich den Weg angetreten, nach allen Seiten in Überlegung gezogen hatte, so war doch gerade eine längere einsame Wanderung vollkommen geeignet, alle meine Gedanken, also den ganzen Trieb meiner geistigen Fähigkeiten in diese einzige Richtung zu werfen.

Aber wie genau ich mir auch alle Einzelheiten wiederholte und dadurch meinen Geist in ein lichteres, günstigeres Feld der Tätigkeit versetzte – mein Gemüt fühlte keine große Erleichterung dabei. Ich sah mich in ein Labyrinth menschlicher Leidenschaften gewaltsam verstrickt, in dessen unwirtbare Mitte hineingestoßen und zu eigener entschiedener Handlung gezwungen, so daß ich mich kaum kräftig und geschickt genug glaubte, das ersehnte Ende glücklich und zur Zufriedenheit aller dabei Beteiligten erreichen zu können.

Günstigerweise indessen trat diesem Übelstande nach einigen Tagen der Bewegung und des Nachdenkens mein glückliches Naturell und die individuelle Richtung meines Geistes siegreich gegenüber. Von frühester Jugend an durch Erziehung und lebhafte Neigung meines Herzens geleitet, war ich dem geheimen Schaffen und Wirken der Natur leidenschaftlich zugetan. In früheren Tagen Schwärmer, in späteren treuer Beobachter, war ich durch fleißiges Studium mit den erheiternden Stimmen der Natur vertraut, und einmal in ihre Wunder eingeweiht, hatte ich mich längst gewöhnt, den geheimnisvollen Zauber ihres göttlichen Atems auf mich einwirken zu lassen, mir eine Erklärung, wo sie möglich war, zu verschaffen, und ihr dagegen aus Erkenntlichkeit alles das aufzubürden, was ich selbst und allein zu tragen für zu schwer oder gar unmöglich hielt. Alles in ihr, was mich umgab: ihre Bäume, ihre Berge, ihre Täler, ihr Regen und ihr Sonnenschein, ihre Winde und ihr lautloses, feierliches Schweigen, hatten tausend Ohren für mich geöffnet, wie sie selbst aus tausend Lippen zu mir zu sprechen schienen, und ich verstand diese liebliche, wunderbare, ewig redende Sprache, und es war kein Wunder, daß ich mich so gern stundenlang, ohne etwas Anderes zu wollen oder zu denken, in dieses an Schätzen so reiche Meer zu vertiefen und immer näher an die Quelle von dem zu dringen strebte, was auf ewig das Ziel alles Ringens einer menschlichen Brust, aber auch für ewig der Stein des Sisyphus sein wird, der nie den Berg hinaufzuwälzen ist.

Und wie ich in meiner Jugend die Natur zu betrachten und zu erkennen gelehrt worden war, so wollte ich als Mann, ja, besonders in meinem Berufe als Arzt, in vorgerückten Jahren auch den Menschen erforschen und behandeln, der ja weiter nichts als die Natur im Kleinen ist, der, wie sie, seinen Sonnenschein und seine Stürme, sein Licht und seinen Schatten, seinen Frühling und seinen Winter hat. Wenn ich mit einem fremden Menschen in ein neues Verhältnis trat, so suchte ich sogleich seine Fähigkeiten, seine Neigungen und seine Bestrebungen kennenzulernen; ich übte mich, mich an seine Stelle, in seine Verhältnisse zu versetzen und aus ihm heraus, nach seinen Ideen zu denken und zu handeln, und durch diese fleißig fortgesetzte Übung war es mir oft geglückt, zu erkennen, wie und was der Mensch war und wie ich demnach mit ihm umgehen müsse.

Diese Erkenntnis, ich gestehe es ein, täuschte mich zwar bisweilen, denn manche Menschen umhüllen sich mit einem so dichten Schleier und Undurchdringbarkeit, daß alle Versuche dieser Art an ihnen scheitern; im Ganzen aber hatte ich doch die Freude, den Vorteil dieser geistigen Spekulation auf meiner Seite zu sehen, ich selbst war gefördert und gewann oft das Vertrauen derer, mit denen ich mich so sorgfältig beschäftigte.

Von jeher war es aber meine Lieblingsbeschäftigung gewesen (und ich glaube, ich habe dies schon früher einmal angedeutet), das Äußere des Menschen mit einem Blicke zu erfassen und daraus, wenn auch kein Urteil, doch eine Mutmaßung über seine intellektuellen, moralischen und gemütvollen Eigenschaften zu erzielen.

Nichts Interessanteres gibt es ja für einen Arzt, als dieses sonderbare, bewegte Mienenspiel der verschiedenen gesunden und kranken Menschen genau zu beobachten und treu mit ihrer inneren Begabung zu vergleichen. Es haben dieses sinnreiche Studium schon vor mir unendlich viele Ärzte getrieben, und daraus sind die sogenannten physiognomisch-diagnostischen Krankheitstabellen entstanden, indem man so weit ging, anzunehmen, daß jede Krankheit – wie jede Leidenschaft – einen bestimmten Gesichtsausdruck, einen gewissen eigentümlichen Blick hervorrufe. Dies will ich nun nicht behaupten, noch weniger verteidigen, denn der Schmerz drückt sich nicht allemal nach dem Sitze des Schmerzes und dem Teile des Leidens auf dem Gesichte verschieden aus, sondern er drückt sich einzig und allein der individuellen Reizempfänglichkeit des Leidenden und seiner moralischen Kraft und geistigen Bildung gemäß aus. Für mich waren nur die individuellen Mienen und Züge des Kranken interessant, und da ich diese Lieblingsbeschäftigung von den Kranken auf die Gesunden übertrug, so bewegte ich mich forschend, denkend und phantasierend in diesem ewigen Kreise – Natur und Mensch, in Beiden war ich zu Hause, Beide gaben mir von dem Ihrigen und ich ihnen von dem Meinigen.

Doch ich darf mich nicht in dieses Gewirr anthropologischmedizinischer Spekulation verlieren! Sehr viele Leser, nicht allein die, welche leicht gelangweilt werden, wollen überhaupt nichts Medizinisches, wie sie sagen, hören, und so kehre ich denn zu meiner stillen Reise, meinen stummen Betrachtungen und namentlich mit Freuden zu der Beruhigung zurück, welche ich empfand, als die schöne, frische, kräftige Natur anfing, auf mein gedrücktes Herz zu wirken und mich den Grübeleien zu entziehen, welche mein phantastisches Hirn ausgeworfen hatte.

Auf diese Weise ganz dem Reize der Gegenwart wieder hingegeben, wandte ich vor allen Dingen meine größte Sorgfalt auf das von der Freundschaft mir anvertraute Pfand, mein Pferd, das unter mir so leicht und munter tanzte, als hätte es nicht eine mehrwöchentliche Reise, sondern einen Spazierritt von einigen Stunden vor sich gehabt. Da ich stets selbst nach seiner Pflege und Wartung sah und mit ihm sprach und es liebkoste, wie ich es von Mr. Sidney gesehen, ihm auch nie die Kraft meiner Herrschaft zu fühlen gab, vielmehr es fast ganz seinem eigenen Triebe überließ, so verstanden wir uns gar bald und ich warf meine ganze Neigung auf das edle Tier, das so froh und heiter schien, wie ich es selbst geworden war.

Die ersten beiden Tagereisen hatte ich höchst mäßig eingerichtet; ich mußte mich erst selbst an diese Art zu reisen gewöhnen, daher machte ich nur ungefähr zwanzig Meilen, die Bravour kaum zu fühlen schien. Den dritten Tag aber machte ich fünfundzwanzig und den vierten mußte ich noch mehr eilen, um mein Nachtquartier in dem Hause des Landpfarrers zu erreichen, dem die Söhne des Krämers zum Unterricht anvertraut waren.

Es ging gegen Mittag dieses Tages, als ich in eine bewohntere und vom menschlichen Verkehr blühendere Gegend kam, die, von kleinen Flüßchen bewässert, von jeher die volkreichste und betriebsamste Englands gewesen war.

Rings um mich her sah ich die von Rauch geschwärzten Schornsteine der großen Fabriksgebäude, die Tag und Nacht ihre künstliche Arbeit verrichten, nie müde werden und nie schlafen, aber ewig stöhnen, als fühlten sie die Mühe, die es ihnen macht, in der erfindungsreichen Hand des Alles besiegenden menschlichen Geistes ihre unausgesetzte Tätigkeit zu unterhalten.

Zwischen ihnen, hier und da zerstreut, lagen belebte Meier- und Pachthöfe, auch wohl einmal das schöne Landhaus eines reichen Baronets, und überall waren die Bewohner in lebhafter Bewegung, das Brot zu verdienen, welches, durch eigener Hände Arbeit erworben, so süß schmeckt.

Nachdem ich in einem kleinen Weiler mein einfaches Mahl eingenommen, mein Pferd gesättigt und mich nach dem besten Wege erkundigt hatte, stieg ich wieder auf und trabte der mir genau bezeichneten Gegend zu.

Allmählich gewann das Land wieder einen mehr ländlichen Anstrich. Alle Felder, welche ich durchschnitt, wogten von der üppigen, seiner Reife entgegengehenden Saat, an manchen Orten sogar fand ich den emsigen Landbewohner schon mit Vorbereitungen zur Ernte beschäftigt, und endlich Nachmittags fünf Uhr erblickte ich von ferne das kleine Dörflein, in welchem der mir bezeichnete Pfarrer seinen Wohnsitz hatte.

Friedlich leuchtete der weiße Kirchturm, um den eine Schar zahmer Tauben flog, über die niederen, braunen Giebel der Häuser hervor, die von schattigen Linden umgeben und rings mit grünen wohlbeschnittenen Hecken geschmückt waren.

Ich näherte mich langsam, indem ich mich durch die neugierig versammelte Dorfjugend drängte, und befand mich bald inmitten des Dörfchens, wo ich dem Kirchhofe gegenüber das stille, harmlose Häuschen des Geistlichen erfragte, welches, aus Backsteinen erbaut, vor den übrigen Häusern durch einen grün gestrichenen Zaun vor der Tür sich auszeichnete.

Eben als ich abgestiegen und beschäftigt war, den Zügel meines Pferdes an das hölzerne Gehege zu binden, sprang ein rotwangiger, lockenköpfiger, stämmiger Bursche von etwa sechzehn Jahren lärmend aus der Tür, den ich sogleich als meinen alten Bob, den ältesten Sohn unseres guten Phillipps, begrüßte. Nicht ich, sondern die Ankunft eines schönen Pferdes hatte ihn herausgelockt; sobald er mich aber genauer betrachtete, erkannte er auch mich und rief:

»Ach, Sir! Sie sind's! Das habe ich nicht gedacht, und was für ein schönes Pferd! Gelt! es ist besser zu reiten, als zu gehen!«

»Das war auch meine Meinung«, sagte ich lächelnd, »und darum bin ich auch zu Pferd gekommen. Wie geht's dir, Bob, und dem kleinen Will, deinem Bruder?«

»Ei, ganz gut, Sir! Und haben Sie den Vater gesehen?«

»Jawohl, Bob, und eben seinetwegen komme ich zu dir und hoffe, du wirst dich freuen, etwas Angenehmes von ihm zu hören.«

»Nun, Sir, soll ich etwa wieder die Wagen ziehen?« sagte der Junge und sah mich fragend an.

»Keineswegs – doch vor allen Dingen, wo ist Mr. Smith, der Pfarrer?«

»Treten Sie herein, Sir, er ist noch nicht da, aber er wird gleich kommen, denn er ist schon vor zwei Stunden aufs Feld gegangen, die Saat zu besehen.«

Er öffnete mir die Tür und wir traten in ein reinliches, mit feinem weißen Sande bestreutes und mit eichenen Möbeln versehenes Zimmer. An einem Fenster saß ein bejahrtes Mütterchen, eifrig beschäftigt, ihr leise schnurrendes Spinnrad zu drehen, doch sobald wir eintraten, stand sie auf und kam mir entgegen.

»Guten Abend, Mütterchen!« redete ich sie an und reichte ihr die Hand. »Wie ich höre, ist Seine Ehrwürden, der Herr Pfarrer, nicht anwesend, ich hoffe aber, daß Sie mir erlauben werden, einen Augenblick auf ihn zu warten.«

»Mit Vergnügen, Sir!« erwiderte die Haushälterin des Geistlichen, denn das war sie, und rückte mir einen mit braunem Leder überzogenen Sessel an den Tisch.

»Erlauben Sie, Sir, daß ich das Pferd in den Stall bringe?« fragte Bob, der schon in Erwartung einer bejahenden Antwort die Türklinke in der Hand hielt. »Die Jungen da draußen sind so neugierig um den wackeren Bravour, der zwar gutmütig, aber doch ein Hengst ist.«

»Was!« fragte ich staunend, »kennst du das Pferd?«

»Ei Sir, ein Pferd wie dieses, was ich selbst oft gefüttert und gestriegelt habe, als ich noch jünger war, das kennt man immer wieder, und Mylord Percy hat mich sogar darauf reiten lassen, als ich noch kleiner war.«

»Geh und führe es in den Stall!« sagte ich zu dem Knaben, der mir immer verständiger, stärker und größer erschien, je länger ich ihn betrachtete, je mehr er sprach und mit seinen großen blauen Augen mich so treuherzig ansah, wie es sein Vater getan haben würde, wäre er an seiner Stelle gewesen.

Der Knabe sprang vor die Tür, warf dem Pferd eine Decke über und führte es, unter frohlockendem Jauchzen der die Tür umgebenden Dorfjugend, durch das große Tor in den Stall.

Nach zehn Minuten war er schon wieder im Zimmer.

»Nun, Bob, ist alles gehörig besorgt?«

»Ja, Sir, ja! Und ich glaube wahrhaftig, Bravour hat mich erkannt, denn er wieherte mich an, als ich ihn, wie ich es sonst tat, am Halse streichelte.«

»Da ist Bravour beinahe so verständig wie du – aber jetzt sage mir, womit beschäftigst du dich hier?«

»Ich lese, schreibe und höre die Predigten Seiner Ehrwürden; auch lerne ich Geschichte, Geographie und Arithmetik, Sir. Aber was die Arithmetik anbetrifft, die liebe ich nicht sehr!«

»Ganz wie bei uns!« dachte ich und lachte herzlich über den aufrichtigen Burschen.

»Du bist überhaupt wohl lieber auf dem Felde, als am Schreibtisch?« fragte ich und sah ihn bedeutsam an.

Der Junge lächelte und warf der Alten einen Blick zu, die ihrerseits versetzte:

»Ja, Sir! Will lernt besser, und Bob ist nur schneller im Handeln und vorlauter im Reden als er.«

»Kannst du auch reiten?« fragte ich.

Jetzt aber wurde der Junge rot, stockte mit der Antwort und blinzelte mit einem Auge nach der Seite hin, wo die Haushälterin saß; diese aber nahm plötzlich ein ernsthafteres Aussehen an und sagte in einem weniger scherzhaften, aber immer noch gutmütigen Tone:

»Was das anbelangt, Sir, so tun Sie da eben eine Frage, die heute Abend, wenn Seine Ehrwürden zurückkehrt, noch ernstlich zur Sprache kommen wird.«

»Wieso?«

»Ei nun, ich habe Bob lieb, recht lieb, denn er ist ein guter Junge, wenn auch etwas zu wild, aber er hat dem Herrn Pfarrer während seiner Abwesenheit heute eine Verlegenheit bereitet, die ihm einen harten Verweis zuziehen wird, wenn gar nicht eine Strafe –«

»Nun, mein Gott!« rief Bob in einem sehr ergötzlichen, halb komischen, halb tragischen Tone, »mein Gott! was ist es denn weiter, ein Füllen zu reiten!«

»Ja, aber es halb tot und steif zu reiten, dächte ich, wäre mehr als genug!« entgegnete die Alte scheltend.

»Halb tot?« rief der Knabe und lachte laut auf, »da höre Einer die Geschichte! Ein halb totes Pferd läßt sich im Stall den Hafer vortrefflich schmecken; könnt' es das, Sir, wenn es halb tot wäre?« »Sei ruhig, Bob, ich sage, was ich gesagt habe –« »Hast du das wirklich getan, Bob?« fragte ich ernst. »Nein, Sir, nein, die Wahrheit zu sagen! Ich schlenderte hinten auf der Wiese herum, und da ging das Füllen, was eigentlich längst kein Füllen mehr ist, auf dem Klee, der uns gehört, nicht aber dem Nachbar, der das Pferd besitzt. Auf alle Fälle, dachte ich, ist es besser, daß ich ein bißchen auf dem Füllen des Nachbars reite, als daß es allen Klee Seiner Ehrwürden abfrißt, und da habe ich ihm einen Zaum angelegt, mich aufgesetzt und es ein wenig herumtraben lassen. Das ist die ganze Geschichte, wenn Sie es wissen wollen!«

»Traben!« rief die Alte, jetzt wirklich im Zorn, »du mein Herrgott, traben! Er hat es springen lassen, Sir, über die Deichselstange des Heuwagens, bis es nicht mehr konnte – ja – lache nicht, Bube und da – da kommt der Herr Pfarrer.«

Die Vortüre draußen knarrte, und gleich darauf trat der ehrwürdige Mr. Smith ein; ein grauköpfiger kleiner Mann von würdigem Aussehen, in schwarzem Frack mit breiten Schößen und großen Knöpfen, Hut und Stock in der einen und einen Büschel Feldblumen in der anderen Hand. Sein Gesicht war milde und freundlich und sein ganzes Wesen trug den Stempel eines echten britischen Landpriesters aus der guten alten Zeit. Ehe ich aber noch meinen Gruß hatte sprechen können, kam Will hinter ihm her, schüttelte mir die Hand und rief in einem frohlockenden Tone:

»Ei! da ist der Herr, Euer Ehrwürden, von dem ich Ihnen neulich erzählte, daß er uns einen Schilling gab und den Wagen mit fortschieben half.«

»Guten Abend, ehrwürdiger Herr!« sagte ich und drückte dem Geistlichen die Hand, der mich willkommen hieß.

»Was verschafft mir die Ehre Ihres angenehmen Besuches?« fragte er ebenso bescheiden und sanft, wie er aussah.

»Wenn Sie erlauben, Sir, so habe ich einen Brief für Sie und eine Bitte von dem Vater dieser beiden Knaben – könnte ich nicht ein Wort mit Ihnen unter vier Augen reden?«

»Sehr gern, sehr gern – treten Sie näher!«

Und er öffnete mir die Tür eines anderen Zimmers, in welchem er seine Predigten zu studieren pflegte. Es war womöglich noch einfacher ausgestattet als das Wohnzimmer und sah gerade so aus, wie es für einen bescheidenen und gottesfürchtigen Landgeistlichen aussehen mußte und fast überall aussieht.

Ein großer Schreibtisch von Nußbaumholz und ein Sessel davor, an der Wand hinauflaufende, auf Brettern stehende Bücherreihen, über dem Schreibtisch ein schöner Kupferstich des heiligen Abendmahls und auf dem Kamin ein schwarzes Kreuz von Gußeisen – das war Alles, was in diesem kleinen Gemache zu bemerken war.

Die Zeit, während der Pfarrer den Brief las, reichte gerade hin, diese Betrachtungen anzustellen; als er fertig war, faltete er das Blatt zusammen und sagte:

»Also Sie wollen mir meinen guten Bob schon wieder nehmen, und zwar zu einer ernsthaften Reise – wohl! ich kann nichts dagegen haben, obgleich ich gewünscht hätte, ihn länger als sechs Wochen bei mir zu behalten. Doch es ist auch so gut und Gott segne Sie und ihn, wie das, was Sie mit ihm vollbringen wollen.«

»Ich danke von ganzem Herzen, Euer Ehrwürden – Bob ist doch konfirmiert?«

»O, schon vor einem halben Jahre, ehe er zu mir kam. Auch hat der Knabe Kopf, obwohl nicht so viel Ruhe und Ausdauer wie sein jüngerer Bruder Will – wollen Sie ihn nicht gleich sprechen und seine Einwilligung vernehmen?«

Auf meine Bejahung öffnete der Geistliche die Tür und rief Bob, der sogleich erschien, aber mit etwas trübem Gesichte, denn er mochte an das gejagte Füllen denken, und die Strafpredigten wurden immer in diesem ernsthaft aussehenden Zimmer gehalten.

»Höre, mein guter Bob«, redete ihn freundlich der Pfarrer an, »dieser Herr hier, den du schon kennst, bringt mir eine Nachricht von Mr. Phillipps, deinem Vater, und wünscht dich zu seinem Diener oder, wenn du lieber willst, zu seinem Begleiter auf der Reise, die er antritt. Wie ich weiß, warst du schon lange zu diesem Berufe bestimmt, ehe dieser Herr hierher kam, obgleich zu dem Dienste Seiner Herrlichkeit des Viscount von Dunsdale. Da aber dieser Herr in Angelegenheiten Seiner Herrlichkeit unterwegs und es ziemlich gleichgültig ist, ob du einige Monate früher oder später diesen Dienst antrittst, so frage ich dich: hast du Lust mitzureisen und wirst du, meinen häufigen Ermahnungen eingedenk, stets treu, fromm und zu jedem dir aufgetragenen Dienste bereit und willig sein?«

»Ja, Sir, ja!« sagte Bob rasch, »ich habe große Lust; ei was, und gleich soll ich mit auf diese Reise? Das wäre mir gerade recht!«

»Und noch dazu zu Pferd!« bemerkte ich, »denn wir müssen Beide beritten sein.«

»Hoho!« rief der Junge und sprang vor Freude in die Höhe, »Reiten, mit Ihnen? Und durch das lustige England? Das ist ja gerade, was ich mir immer gewünscht und worüber mich Will so oft ausgelacht hat. Das ist schön, das ist schön! Ja, ja, Euer Ehrwürden, ich will treu, fromm und fleißig sein, ich will Ihre guten Lehren nie vergessen, ich will an Sie denken und für Sie beten, wie ich für den Vater und den Viscount von Dunsdale, unseren Herrn, bete.«

»So ist es recht, mein Sohn!« erwiderte der Geistliche, und legte segnend seine Hand auf des Knaben Haupt.

Darauf kehrten wir in das Wohnzimmer zurück, wo die alte Haushälterin das Abendbrot bereitet hatte, bestehend aus dicker Milch, Eiern, Käse, Schinken und Fisch, und wo sie erfuhr, daß ich für die nächste Nacht der Gast ihres Herrn sein würde.

»Höre, Will!« schrie Bob seinen Bruder an und legte ein ganzes Pack Bücher vor ihn auf den Tisch; »da hast du sie alle, und ich will nichts dafür haben, denn ich brauche sie nicht mehr.«

»Was denn, Bob, willst du wirklich fort?« Ja, Will, mit dem Herrn Doktor und Bravour und meinem eigenen Pferde fort, und heißa! durch das ganze lustige England hin –!«

Wir lachten und freuten uns des muntern Knabensinnes, der tüchtig zu werden versprach.

»Es kann nicht anders sein!« sagte der Geistliche, »er ist seines Vaters leiblicher Sohn!«

Während des Essens besprachen wir das für die Gegenwart Notwendige, und namentlich wurde der benachbarte Pächter zum Ankauf eines passenden Pferdes und der Dorfschneider behufs der Anfertigung der nötigsten Kleider für Bob zum Pfarrer beschieden.

Ersterer erschien, und da er vom Ankauf eines Pferdes hörte, vergaß er den ihm von Bob gespielten Streich, stellte seinen starken und ziemlich großen Fuchspony vor und erhielt für Pferd, Sattel und Zaum achtzehn Pfund und vier Schillinge, welchem ersteren Bob sogleich, wie ein echter Pferdekenner, nach dem Gebiß sah und dann seine Zufriedenheit äußerte.

Als der Schneider kam und ich Bob fragte, was für Kleidungsstücke er haben wollte, sagte er:

»Nichts weiter, Sir, als ein Paar Stulpenstiefel mit neusilbernen Sporen, eine rehlederne Hose mit Knöpfen besetzt und einen solchen hellgrauen Regenmantel, wie der Ihrige da ist – alles Übrige habe ich.«

»Teufelsjunge!« rief ich, »mit den Hosen und dem Mantel mag es meinetwegen gehen, aber wo sollen wir die Stulpenstiefel mit den Sporen hernehmen, wir sind in einem Dorfe!«

»Wenn's Geld da ist«, war die Antwort, »sollen auch die Stiefel da sein – drei Häuser von hier wohnt Mr. Touton, der Schuster, und der hat gerade solche am Fenster stehen.«

Wir mußten wiederum über den guten Kopf lachen, der sich zu helfen wußte, und bestellten die Kleider, die der Schneider zum Abend des nächsten Tages versprach.

Dieses Umstandes halber war ich genötigt, zwei Nächte bei dem Pfarrer zu bleiben, was mir meines Pferdes wegen nicht unlieb war.

Endlich aber war die Stunde des Abschieds gekommen; Bob war gestiefelt und gespornt und, mit den Rehledernen und dem Regenmantel versehen, bestieg er so geziemend sein Pferd, wie es der erste Reitknecht Ihrer Majestät nur hätte tun können.

Der Pfarrer und Will, dem die Tränen in den Augen standen, begleiteten uns vor die Tür, und von des ehrwürdigen Mannes besten Segenswünschen begleitet, ritten wir an einem schönen Julimorgen fort in das duftige Grün der von Bob so sehr geliebten Saatfelder und Wiesengründe.

Kapitel 16

Solange wir noch an den Häusern des Dorfes vorüberkamen und Bob noch hier und da ein bekanntes Gesicht sah, nickte und grüßte er mit Hand und Mund; als wir aber das letzte Haus und seine grünen Hecken hinter uns hatten, wandte er seine Aufmerksamkeit mit erneutem Vergnügen auf sein munteres Pferdchen, sein Reitzeug und seine blanke Peitsche, dann wieder auf sein längst ersehntes Kleidungsstück, die Rehledernen, sowie auf die Sporen und die gelben Handschuhe; als aber endlich auch dies alles gehörig gemustert und bewundert war, ward er ernst, sah mich, der ich schweigend und ihn betrachtend an seiner Seite ritt, mit sprechenden Blicken an und konnte endlich die auf seiner Zunge schwebende Frage nicht länger zurückhalten, indem er lächelnd sagte:

»Und nun, Sir, wo geht die Reise eigentlich hin?«

»Ja so! Das wollte ich dir eben sagen, du warst nur noch mit anderen Dingen beschäftigt – du kennst also den Viscount Percy von Dunsdale?«

»Gewiß, Sir, er hat damals, als ich noch bei meiner Tante war, in einem Hause mit mir gewohnt.«

»Und auch seine Gemahlin ist dir bekannt, wie?«

»Ah, Miß Ellinor! Jawohl, Sir – o, die kannte ich schon lange, ehe ich den Viscount kennenlernte; sie war Mr. Grahams, des Pfarrers auf Codrington-Hall, Tochter.«

»Dieselbe! Es war ein schönes Mädchen, Bob, oder weißt du das nicht mehr?«

»Ach, warum sollt’ ich nicht, Sir! Und eine vortreffliche Dame! Ich sah sie oft, wenn sie im Walde Blumen pflückte oder mit ihrem Vater spazieren ritt – zum letzten Male habe ich sie gesehen, als sie zu ihrer Hochzeit mit Mylord Percy fuhr, und obgleich ihre schönen Augen von vielem Weinen rot waren, sah sie doch aus wie ein lebendiger Engel. Ich durfte ihr sogar die Hand küssen, als sie in den Wagen stieg. Meine Tante hat mir oft gesagt, ich sei ein glücklicher Mensch, künftig in ihre Dienste zu kommen, denn dazu war ich bestimmt, und obgleich sie nur die Tochter eines Geistlichen wäre, der aber noch einmal eine Baronie erben wird, so müßten sie doch alle guten Menschen so lieben und ehren, wie man die vornehmste, schönste und tugendhafteste Frau liebt und ehrt. Das sagte uns meine Tante, und dabei weinte sie, Sir!«

»Hm!« dachte ich, »Miß Ellinor muß sehr schön gewesen sein, wenn sie schon einen Knaben so sehr begeistert hat!« Und während ich dies dachte, verlor ich mich wieder einen Augenblick in die mir von Percy erzählten Begebenheiten, die der Knabe mit seiner natürlichen, harmlosen Beschreibung von Neuem in mir lebendig gemacht hatte.

»Weißt du noch etwas von ihrem ferneren Schicksal?« fragte ich nach einer Weile.

»Nichts weiter, Sir, als daß sie ein großes Unglück gehabt und von ihrem Ehegemahl, dem Herrn Viscount, gleich nach der Trauung getrennt worden ist. Wohin sie gekommen, das weiß ich nicht, und warum dies geschah, ebensowenig.«

»Du würdest sie aber jeden Augenblick wiedererkennen, wenn du ihr irgendwo begegnetest oder ihr Gesicht zufällig sähest?«

»Ach, Sir, so wahr ich Bob heiße! Es war die einzige schöne Dame, die ich in meinem Leben gesehen habe!«

»Auch ihres Vaters erinnerst du dich, nicht?«

»Noch viel besser, Sir, aber wenigstens ebensogut. Er besuchte ja Mylord Percy sehr häufig auf seinem kleinen Pony, Dick genannt, auf dem ich immer reiten durfte, bis er kalt geworden war, denn Mr. Graham hatte es stets sehr eilig. Auch hat er mir bisweilen etwas geschenkt, wofür ich ihm noch immer dankbar bin.«

»Nun, dann wisse, mein guter Bob, fürs Erste, daß ein Hauptgrund meiner Reise die Aufsuchung dieser beiden mir sehr teuren Personen ist.«

»Was Sie sagen! Nun, da bin ich dabei! Ich will schon aufpassen, wenn ich sie von Weitem sehe.«

»Gedulde dich nur, sie werden uns nicht gerade entgegenkommen.«

»Das nicht! Aber ich werde schon Acht haben.«

»Brav von dir! Und nun will ich dir sagen, wohin meine Reise zunächst geht, wenn du mir noch ein Versprechen gibst, welches ich dir jetzt abnehmen will.«

Der Knabe horchte aufmerksam und sah mich beifällig an. Ich fuhr fort:

»Ich habe wichtige Gründe, Bob, meine Reise und deren besondere Zwecke gewissermaßen geheimzuhalten. Du darfst gegen Niemanden wider meinen Willen davon sprechen.«

»Die Hand darauf!« rief der Knabe ehrlich und reichte mir seine behandschuhte Rechte hin. »Und nun, wo geht es zunächst hin?«

»Nach Dunsdale-Castle! Kennst du diese Besitzung auch?«

»Nein, ich habe nur den Vater davon reden hören, als er mit Seiner Ehrwürden, dem Pfarrer Mr. Smith, davon sprach.«

»Noch eine Frage, mein lieber Bob! Kennst du auch vielleicht den Marquis von Seymour, den Vater?«

»Ei, Sir, was werde ich nicht! Er war ja unser schwarzer Mann bei der Tante!«

»Was für ein schwarzer Mann?«

»Nun wir spielten schwarzer Mann, und da sagten wir immer statt: der schwarze Mann kommt – Lord Seymour kommt – ha! wenn er das gewußt hätte! – weil er beständig fluchte und böse war und uns von seinen Wildhütern mit der Peitsche drohen ließ, wenn wir einmal ein Kaninchen aus seinem Gehege in das unsrige hinüberjagten.«

»So! Er war sehr böse?«

»Gerade wie sein Sohn, Sir Mortimer, das war auch ein so schrecklicher Wüterich. Und der war es auch, der den Othello in den Fuß schoß.«

»Was? Woher weißt du das?«

»Das hat nachher ein Jäger meiner Tante erzählt, der dabeigewesen war; aber er hat es ihr erst erzählt, als der Vater fort war und Mylord Percy auch.«

»Und Othello kennst du also auch?«

»Nun gewiß! Ich werde doch meinen Spielkameraden kennen, den großen, prächtigen, schwarzen Othello, mit den ungeheuren Zähnen und den langen Haaren!«

»Das ist mir sehr lieb; und nun will ich dir sagen, daß ich auch deinem schwarzen Manne, dem Lord Seymour einen Besuch abzustatten gedenke –«

»Auf seinem Landgute Codrington-Hall, Sir, wie?«

»So ist es, wenn ich ihn nämlich dort finde.«

»Gerechter Himmel! dann kann ich ja meine Tante Ursula besuchen.«

»Die Erlaubnis hast du, wenn wir dort sind. Ich werde überdies wahrscheinlich mehrere Tage in Codrington-Hall bleiben.«

»Wahrhaftig, Sir, das übersteigt alle meine Wünsche; nun reise ich noch lieber als vorher.«

+++

Solcherlei Art waren unsere ersten Gespräche, die ich dem Leser mitteile, weil sie vielleicht einiges Interesse für ihn haben möchten.

Die beiden ersten Tage machten wir wiederum kleine Märsche, ich wollte Bob nicht gleich die Beschwerlichkeiten seiner ersehnten Reise empfinden lassen und glaubte auch, die Pferde schonen zu müssen. Übrigens hatte ich schon in diesen beiden Tagen hinreichend Gelegenheit, Bobs Wahl zu meinem Reisegefährten nicht zu bedauern, denn der Knabe zeigte sich eben so willig wie gewandt, namentlich was die Wartung der Pferde betraf, und war so aufmerksam und zuvorkommend in kleinen Bequemlichkeitsbeweisen, die er mir an den Augen abzulesen schien, daß ich ihn mit jeder Stunde lieber gewann.

Schon sein natürliches und lebhaftes Geplauder ergötzte und zerstreute mich; er offenbarte dadurch, daß er bereits anfing, sich eine Meinung zu bilden, die ich in keinem Fall gering schätzen durfte, da sie stets die einfachste und natürlichste war. Auch verstand er vortrefflich die abweichende Sprache der uns begegnenden Landleute, die mir nicht recht zugänglich war, und wußte aus Jedem, was er gerade wissen wollte, schnell herauszubringen.

Am Ende unserer vierten Tagereise erfuhren wir, daß die Grenze der Grafschaft Dunsdale dicht vor uns liege und unser nächstes Ziel, Dunsdale-Castle selber, nur etwa fünfzehn Meilen von unserem gegenwärtigen Rastorte entfernt sei. Wir brachen daher am nächsten Morgen früh auf, sowohl um die drückende Hitze des Mittags zu vermeiden als auch, um noch vor Tisch an Ort und Stelle zu kommen.

So trabten wir denn an einem köstlichen Morgen eine halbe Stunde weit von unserem Nachtquartier fort, als wir, in größeren Zwischenräumen voneinander entferntstehend, sechs hoch aufgeworfene Grenzhügel hinter einem Graben erblickten, die uns sogleich begreiflich machten, wo wir uns befanden.

Gleich darauf nahm uns ein herrlicher Weg auf. Ein natürlicher Rasenteppich, wie ihn kaum die Kunst schöner hervorbringen kann, bedeckte den schwarzen fruchtbaren Boden meilenweit, und der duftige Schatten eines dicht belaubten Eichenwaldes, wie ich ihn nie in meinem Leben schöner gesehen, kühlte höchst erfreulich unser vom Ritt und der strahlenden Sonne erhitztes Blut.

Es waren uralte Bäume, unter denen wir uns langsam fortbewegten, deren riesenmäßige, wie dunkle Schlangen vom Stamm sich fortschlängelnden Äste sich über der Mitte des breiten Weges kreuzten und so ein Blätterdach bildeten, das von dem blitzenden Sonnenscheine vergoldet schien, aber kaum einen einzigen neugierigen Lichtstrahl hindurchdringen ließ.

Hier hielt ich mein Pferd an; ich fühlte mein Herz lauter pochen, denn ich befand mich auf dem Gebiete des Mannes, dem ich für den Augenblick mein ganzes Streben geweiht hatte, und dessen Angedenken meine ganze Brust schwellend erfüllte.

Ach! diese lieblichen Schatten hatten seine brennende Stirn noch nie gekühlt, noch nie hatte das stille, liebkosende Säuseln der Blätter dieser alten Bäume und der fröhliche Gesang der zahllosen Vögel, die darin nisteten, sein Ohr berührt! An einem für ihn traurigeren und trostloseren Orte, als in einem Kerker schmachtend, hatte er keine Ahnung von der Fülle der Reize, die ihm der gütige Schöpfer auf Erden verliehen, er hatte nie das köstliche Gefühl empfunden, Herr schöner Besitztümer sich zu wissen. Mein ganzes Gemüt war in einer freudigen und doch schmerzlichen Bewegung, als ich hier das traurige Los dieses so vortrefflichen Mannes in meinen Gedanken erwog, denn erst wenn man sah, was er besaß, konnte man berechnen, was er verloren hatte.

»Ach, wie schön ist es hier!« rief Bob, ebenfalls von dem Reize der Umgebung ergriffen, obgleich er nicht ahnen konnte, warum mir diese Gegend doppelt schön und teuer war.

»Wunderschön! herrlich! erquickend!« waren die einzigen Worte, die ich hervorbringen konnte.

Nachdem wir uns aber durch und durch an dem kühlen Schatten gelabt und an dem wundervollen Anblick des Waldes erfreut hatten, trabten wir wieder eine halbe Stunde schweigend weiter, während ich dachte: »Wenn er an meiner Stelle wäre! wie müßten seine Gefühle beschaffen sein, sich zum ersten Male wieder auf eigenem Grund und Boden zu befinden!«

»Da ist es, das ist es!« rief plötzlich laut mein junger Begleiter.

»Was ist da?« fragte ich, so eigentümlich aus meinem Sinnen aufgeschreckt, und hielt die Zügel an.

»Das Schloß, das Schloß – Dunsdale-Castle! Sehen Sie da den breiten Turm, dessen Zinnen die Wipfel der Bäume verdecken, und die blinkenden Fenster, in welchem sich die Sonne spiegelt –«

»Es ist's, es ist's, Knabe, und nun drauflos, was die Pferde laufen können!« rief auch ich in ebenso freudiger Wallung wie das junge Herz an meiner Seite. Und den Pferden die Zügel schießen lassend, jagten wir durch den Wald, als wenn wir auf einer wilden Jagd wären oder mit eingelegter Lanze einen Feind aus dem Sattel heben wollten. Und nicht eher hielten wir in unserem Laufe an, als bis das ersehnte Ziel dicht vor uns lag.

Es war ein köstlicher, labender, gesegneter Anblick, der sich uns darbot. Der Wald öffnete sich allmählich und umzog in einem weiten dunklen Bogen einen großen grünen Raum, in dessen Mitte auf einem ziemlich hohen und terrassenförmig ausgeschnittenen Rasenhügel, hier und da hinter blühendem Gebüsch und malerischen Baumgruppen versteckt, das stolze und schöne Schloß des Viscount von Dunsdale sich erhob.

Lange hielten wir, im Anschauen verloren, an, und ich atmete in dem frohen Bewußtsein, das erste Ziel meiner Pilgerfahrt erreicht zu haben, tief auf.

Das Schloß, augenscheinlich neu erbaut oder wenigstens im Äußeren neu hergestellt, glänzte in der warmen Morgensonne gleich einem funkelnden Sterne in dem Meere des ringsum sich ausdehnenden Blätterwaldes. Es war die unnachahmliche schöne altdeutsche Bauart mit den vielkantigen und ausgezackten Türmen, den mit Spitzbogen verzierten Fenstern und den hoch emporragenden Zinnen, die uns so wohltuend und heimisch entgegenblinkte, wie es nur dieser soliden und königlichen Bauart eigen ist. Nur der nackt und kahl emporragende, auf der höchsten Zinne sich erhebende Flaggenstock zeigte, daß der Besitzer des schönen Schlosses abwesend, wie auch die Einsamkeit, die es in seinem Innern und Äußern zur Schau trug, uns belehrte, daß das lebhafte und den bewohnten Schlössern sonst einen angenehmen Anstrich gebende Gewoge fröhlicher Menschen daraus entfernt sei.

»Nun, Bob, wie gefällt es dir?« fragte ich frohlockend.

»Ach, es ist prächtig, Sie haben Recht, Sir! und da – da, so wahr ich lebe! grasen die kleinen Pferde des Mr. Graham – ich kenne sie, ich kenne sie – das ist Dick und das ist Heinz – sie sind's!«

In der Tat, mittels einer Leine an einem Vorderfuße irgendwo befestigt, nährten sich auf dem üppigen Rasen vor dem Schlosse zwei kleine braune Ponies – mein Herz schlug fast hörbar, und unwillkürlich griff ich nach meiner Brust, denn ich sah, wie Bob mir versicherte, Mr. Grahams, Ellinors Vaters, Pferde, die in den traurigen Begebenheiten, deren Entwicklung ich jetzt entgegenging, auch eine Rolle mitgespielt hatten.

Wie lange ich über diesen einfachen Gegenstand nachgedacht haben würde, weiß ich nicht, hätte Bob mich nicht auf einen Mann aufmerksam gemacht, der, vor einem Gebüsche zur Erde gebückt, die Blumen zu pflegen schien, die in wohlgeordneten Beeten den Rasenhügel verzierten, auf dessen Gipfel das stolze Schloß selbst sich erhob.

»Geh, Bob, und ziehe die Glocke!« sagte ich, und der Knabe ritt an das eiserne Gitter, welches, mit vergoldeten Spitzen geziert, rings um das Ganze lief und gerade vor uns ein prächtiges Tor zeigte, an dem die Schelle hing.

Der reine Ton dieser Glocke zitterte durch die Luft, und der alte Mann, der mit seinen Blumen beschäftigt war, kam, als er ihn hörte, selbst herab, um zu sehen, wer da sei.

In diesem Augenblicke näherte auch ich mich dem Torwege. Der Mann sprach mit Bob, aber ich verstand ihn nicht recht aus der Ferne, denn seine Stimme war leise und durch das Alter gedämpft. Ich sah nur, wie er sich die Hand vor die Augen hielt, um die Sonnenstrahlen abzuhalten, die ihn blendeten, und wie er, plötzlich laut aufschreiend, das Tor aufriß und mit lautem Frohlocken ausrief:

»Gott sei mir gnädig! Das ist ja meines Herrn Pferd – nur herein, Sir, nur herein! Sie bringen mir Nachricht vom Viscount Dunsdale, oder ich traue meinen eigenen Augen nicht!«

Wir sprangen von den Pferden; der Alte schüttelte treuherzig unsere Hände, wie alten lieben Bekannten – und erst jetzt begriff ich die Absicht Percys vollständig, die er hegen mochte, als er mir sein Pferd anbot, das, ohne mich ein einziges Wort sprechen zu lassen, mich sogleich als seinen Freund ankündigen mußte, wenn ich irgendeinen der Seinigen traf.

Kaum aber waren wir innerhalb des Tores, noch stand es hinter uns offen, als der alte Mann, so schnell er laufen konnte, die marmornen Stufen, die den Hügel zum Schlosse hinaufführten, hinauflief, in einer Seitentür des zunächst stehenden Turmes verschwand und an einer großen Glocke zog, die, ihre lauten Klänge rings versendend, sogleich mehrere Diener herbeizog, denen er hastig einige Worte befehlend entgegenrief.

Man umstand uns, man gaffte uns an, es wußte Keiner, was er zuerst sagen und tun sollte.

Wir folgten endlich dem alten Manne, der uns mit einladenden Worten und beide Arme schwenkend voranschritt, die breiten Stufen zum Hügel hinauf, wo er einen Türflügel öffnete und mit uns in eine halbrunde und mit schönen Bildwerken geschmückte Vorhalle trat – wir befanden uns in der Behausung des edlen Viscount von Dunsdale.

»Hier, Herr, hier!« sagte ich und nahm das Schreiben Percys an seinen Haushofmeister aus meiner Brieftasche, »sind Sie der, an den die Aufschrift dieses Briefes lautet, wie ich aus der Beschreibung des Viscount von Dunsdale beinahe entnehmen kann, sind sie Mr. Trallope?«

»Ja, Sir, der bin ich.«

»So lesen Sie diesen Brief, damit Sie sehen, daß ich wirklich von ihm komme, den Sie zu lieben scheinen – lesen Sie und überzeugen Sie sich genau von Allem, was Ihnen zu wissen nötig ist.«

Ja, Sir, ja!« rief der Alte noch immer in seinem frohlockenden, abgerissenen Tone. »Er lebt also – ist nicht tot – nicht verschollen ach, habe ich es doch immer gesagt!«

»Wohl lebt er, alter Freund«, erwiderte ich, »und in Fülle der Gesundheit lebt er und noch dazu mit der Absicht, bald, recht bald hier zu sein – doch lest, lest, es steht Alles darin!«

Der Alte las aufmerksam und mit einem Entzücken, das aus allen seinen Bewegungen und Mienen strahlte, den Brief, und während des Lesens rief er beständig:

»Ja, ja – er ist's und er lebt noch! – ist nicht tot – und will kommen – ach! das ist schön – und Sie, Sir, sollen Alles sehen, Alles haben – ja, ja!«

»Ja, Sir«, fuhr er fort, als er mit dem Lesen fertig war, »er wird hierher kommen und Gott wird mich segnen für meine frommen Wünsche durch diese seine Erscheinung. Ach, Sir!« schluchzte der Mann und die hellen Tränen liefen über sein gefurchtes Gesicht, »ich habe lange in meines Herrn Familie gelebt – ich habe Vieles mit ihr durchgemacht – und glauben Sie mir – ich habe für meinen Herrn gefürchtet! Und ich liebe ihn so! Ha! ich habe das Kind, den Knaben, den Jüngling Percy gekannt, wie ich seine schöne, teure, unvergeßliche Mutter kannte – was muß das für ein Mann geworden sein! Einen Kopf höher, als alle seinesgleichen! und ein Wuchs und ein Gesicht – und ein Herz dazu! Doch damit Sie sehen, wie ich während seiner endlosen und traurigen Abwesenheit gewirtschaftet und Ordnung gehalten habe, so kommen Sie und untersuchen Sie sogleich, dann wollen wir uns hinsetzen und erzählen – erzählen die halbe Nacht durch, und der alte Keller soll seine rostigen Türen einmal wieder öffnen, und der neue Bratspieß soll seine erste Drehung machen, und im leeren, öden Kamin soll das Feuer ja, das Feuer soll wieder lodern.«

»Aber, Alter«, unterbrach ich ihn, »wir leben ja im Juli!« Und ich konnte kaum die Rührung verbergen, die mich befiel, als ich diese Freude, diese Anhänglichkeit, diese Glückseligkeit sah. Erst jetzt – hier fühlte ich vollkommen, welch ein entsetzliches Schicksal für Percy es war, vier Jahre in einem Irrenhause hinbringen und unter Fremden, Kranken, Wahnsinnigen leben zu müssen, da ihn zu Hause Liebe und treue Hingebung, Freude und Lebensgenuß auf allen Seiten erwartet hatten. Großer Gott –!

Doch ich hatte nicht Zeit, in neue Grübeleien zu fallen; der Alte zog mich fast mit Gewalt durch die schönen Zimmer des Schlosses, die Prachtzimmer, die Wohnzimmer, die Besuchsäle, die Bibliothek und was er mir Alles sonst noch zeigte und nannte.

Und wie fand ich alle diese reichen und kostbaren Räume geschmückt, geordnet, gesäubert! Die goldenen Bilderrahmen der alten Familienstücke und die neueren Gemälde, so rein und glänzend, die Samttapeten so frisch, die dicken, seidenen Vorhänge so sauber und zierlich aufgesteckt, als wäre Alles erst gestern vollendet, und die großen, breiten Spiegel so hell und blank wie der getäfelte und von farbigem Holze geschnitzte Fußboden glatt und blinkend.

»Wie wird Mylord sich freuen, das Alles zu sehen, zu bewohnen und Euch zu danken!« sagte ich.

»Danken, Sir? Was denken Sie! Er soll uns danken! Bei Gott! Das ist ja unsere Schuldigkeit – er soll nur kommen, weiter nichts als kommen, mit seiner schönen Gemahlin, und die Freude, die er uns damit macht, soll unsere ganze und alleinige Belohnung sein!«

Nachdem wir alle bewohnbaren Räume des Schlosses durchwandert hatten und ich noch durch Lobsprüche, die mir vom Herzen kamen, weil ich in der Tat Alles lobenswert fand, die unschuldige Freude Mr. Trallopes vermehrt hatte, zeigte er mir den ebenso wohl erhaltenen und mit auserlesenen Obstbäumen und Blumen ausgestatteten Gartenpark, wie auch endlich die Remisen, die Ställe und die Pferde darin, die großenteils noch von der Hinterlassenschaft des Vaters der verstorbenen Lady Seymour herrührten. Ich fand außer einigen ausgezeichneten Rennern sechs bis acht schöne kräftige Zugpferde, und diese, wie auch der Anblick einer leichten Jagdkalesche, erregten in mir einen neuen Gedanken, auf den ich jedoch nachher noch zurückkommen werde.

Nachdem nun auch dies bis in die kleinsten Einzelheiten besichtigt war und ich alle Erzählungen darüber von meinem leutseligen Führer vernommen hatte, kehrten wir in die freundliche Vorhalle des Schlosses zurück, wo mir der Haushofmeister seine getreue Ehehälfte, Mrs. Trallope, die sich unterdessen in Staatskleider geworfen hatte, vorstellte. Sie war eine bejahrte, wohlbeleibte Frau von phlegmatischem Temperament, ohne die so häufige, beschwerliche Redseligkeit vieler ihrer Schwestern, hatte aber den Fehler der Zerstreutheit und Vergeßlichkeit an sich, die ihre Rede oft langweilig und ihre Erinnerungen höchst oberflächlich machten. Daher war denn, auch ihre Freude, einen Freund Seiner Herrlichkeit, ihres Gebieters, zu sehen und von diesem sprechen zu hören, eine ungleich gemäßigtere und stillere als die ihres Mannes, denn sie entsprach völlig ihrer Gemütsart.

Nachdem sie mich bewillkommnet und ich ihr die Versicherungen meiner lebhaften Freude, sie kennenzulernen, dargebracht, fragte sie mich, ob ich befehle, sogleich zur Tafel zu gehen, oder eine spätere Stunde nach Belieben dazu bestimmen wolle. Da indessen mein Appetit durch den Morgenritt nicht wenig vermehrt worden, war es mir angenehm zu hören, daß Alles bald bereit sei, und auf mein Gesuch, mir die Ehre ihrer Gesellschaft bei Tische zu schenken, erhielt ich die Antwort, daß ich sehr gütig sei und daß sie nicht ermangeln werde, meinen Befehlen Folge zu leisten, zumal sie auch um diese Stunde zu speisen gewohnt sei. Demnach ertönte sogleich die Eßglocke, und wir setzten uns an den eilig bestellten aber wohl besorgten Tisch, wobei ich Gelegenheit fand, zu bemerken, daß in den so lange verschlossenen Kellern der Wein nicht verdorben sei und der neue Bratspieß so vortreffliche Dienste zu leisten vermöge, wie es irgend nur der alte mochte gekonnt haben.

»Haben sie alle Papiere und Rechnungen geordnet«, fragte ich den Haushofmeister während des Essens, »damit wir nach Tisch unsere Geschäfte bald beendigen können?«

»Alles ist zu Ihrer Ansicht bereit, Sir, es liegt auf meinem Zimmer in dem eisernen Kasten«, erwiderte der Mann.

Als der Nachtisch aufgetragen war, konnte der alte Herr seine Neugierde nicht länger bezähmen und legte mir so bestimmte Fragen über seinen abwesenden Herrn vor, daß ich mich endlich genötigt sah, die Mitteilungen, die ich ihm über den Viscount von Dunsdale zu machen mir vorgenommen, nun endlich zum Besten zu geben.

»Sie haben gewiß von Phillipps, Seiner Herrlichkeit Diener, gehört«, fing ich an, »daß Mylord Willens war, mit seiner schönen Gemahlin hierher zu kommen?«

»Ja, Sir, ja, das habe ich von ihm gehört!«

»Nun gut, so wissen Sie auch durch das Ausbleiben Seiner Herrlichkeit, daß seine Reise und sein Vorhaben unterbrochen wurde, und zwar durch Ereignisse die ich nicht befugt bin, Ihnen in aller Weitläufigkeit mitzuteilen, die Ihnen aber in Zukunft höchst wahrscheinlich bekanntwerden dürften.«

»Ja, Sir, ja, das vermuten wir.«

»Genug, es war durch unglückliche und unvorhergesehene Umstände eine Trennung Seiner Herrlichkeit von seiner Gemahlin notwendig, die beiden Teilen eben nicht erwünscht und deren Dauer unbestimmt war.«

»Hm, ja! Das glaube ich.«

»Durch diese plötzliche und übereilte Trennung nun, die, wie gesagt, in keinem der beiden Teile ihren Ursprung hatte –« »Ich verstehe, Sir!«

»Ereignete sich der unerwartete Fall, daß Mylord Percy, auf einer weiten Reise ins Ausland begriffen, seiner Gemahlin keine bestimmten Nachrichten über seinen zeitweiligen Aufenthalt konnte zukommen lassen, welche Erstere jedoch in England verblieb und, von einem Orte zum andern reisend, jeden Augenblick mit Sehnsucht die Rückkehr des Viscount erwartete.«

»Schön! Aber wo ist sie denn jetzt?«

»Ja – das eben ist die Frage, die kein Mensch beantworten kann und ich Ihnen vorlegen wollte, denn ich glaubte, sie würde vielleicht hierher gekommen sein und auf Seiner Lordschaft Ankunft gewartet haben, der eben jetzt in Begriff steht, nach Dunsdale-Castle endlich zurückzukehren.«

Der Haushofmeister, der ein Glas guten alten Weines getrunken hatte, sah mich und seine Frau etwas verblüfft an, als könne der Fall eintreten, daß man ihm die Schuld der Abwesenheit der Gemahlin seines Gebieters beimessen würde.

»Nein, Sir, nein!« stammelte er äußerst verlegen, »sie ist niemals hier gewesen – das ist ein schwerer Punkt –«

»Ein höchst verdrießlicher Punkt!« sagte ich, »und es bleibt uns, da alle ihre Briefe wahrscheinlich verlorengegangen sind, nichts weiter übrig, als anzunehmen, daß sie zu irgendeinem zerstreut lebenden Verwandten gegangen sei und sich dort bis auf weitere Nachrichten aufhalten werde oder –«

»Aber wer und wo sind denn diese Verwandten?«

Diese Frage war für mich eine sehr verfängliche. Ich mußte entweder die Wahrheit oder die Unwahrheit sagen, Beides aber wollte ich nicht und daher umging ich sie in meiner Antwort, indem ich fortfuhr:

»Oder daß Lady Dunsdale ihrem Gemahl nachreist und vielleicht immer da anlangt, wo er vor ihr gewesen ist. Und da ich nun der Meinung war, sie werde, wenn sie nicht selbst hier sei, doch wenigstens irgendeine Nachricht hierher gesandt haben, so wollte ich diese von Ihnen in Empfang nehmen.«

»Ach so, Sir! Nein, das ist sehr traurig – mir hat Niemand eine Nachricht zugesandt, ich weiß nichts davon.«

»Halt, lieber Mann, und Sie, Sir, entschuldigen Sie«, fiel die Frau in ihrem ruhigsten Tone ein, »da fällt mir soeben etwas ein. Es mögen jetzt etwa sechs Wochen sein – es war, glaube ich, als du zum Pächter Thomson geritten warst –«

»Das sind sieben Wochen her.«

»Nun gut, sieben Wochen, daß – daß in der Nachmittagsstunde – so um vier Uhr –«

»Meinetwegen auch fünf Uhr! – fahr nur schnell fort!«

»Daß ein Wagen vorfuhr, in dem eine junge Dame und ein alter Herr saßen, die nach Seiner Herrlichkeit, dem Viscount von Dunsdale, sich angelegentlich erkundigten –«

»Was!« riefen der Mann und ich zugleich.

»Und du hast mir kein Wort davon gesagt?« setzte der Haushofmeister hinzu.

»Ich hab's vergessen, mein Kind, es ist so viel zu tun hier.« »Und ist denn kein anderer Mensch dabei gewesen, als sie vorfuhr?«

»Keine Seele, mein Schatz, ich stand gerade im Torwege.« »Wie und mit wem kam sie und woher?« fragte ich, so schnell ich konnte, denn ich hatte sogleich eine richtige Vermutung.

»Wie gesagt, in einem Wagen kam sie und mit einem alten Herrn.«

»Hat sie denn keinen Namen genannt?«

»Daß ich nicht wüßte, Sir!«

»Aber wie sah sie aus und was fragte sie?«

»Ach, Sir, schön, sehr schön sah sie aus, obgleich etwas blaß und traurig. Sie fragte, ob Seine Herrlichkeit in Dunsdale sei? Und auf meine Antwort, seit vier Jahren sei er nicht hier gewesen und wir hätten auch nichts von ihm gehört, seufzte sie und gab mir – ja richtig – nun besinne ich mich – und gab mir einen Brief.«

»Was! und kein Wort weiß ich davon!« rief Mr. Trallope auf das Ernstlichste erzürnt, indem er die Serviette heftig auf den Tisch warf.

»Ich hab's vergessen, dir zu sagen, mein Kind –«

»Zum Teufel mit deiner Vergeßlichkeit, und da soll –«

»Wo ist dieser Brief?« unterbrach ich ihn.

»Ja, Sir – wo ist der Brief? Hm! Warten Sie, warten Sie – ich muß mich besinnen – ja, ja, ich glaube, in meinem Schranke muß er sein –«

Und die vergeßliche Frau, die ihr sonst so friedlich gesinnter Mann zum Teufel wünschte, ging hinaus, den Brief zu holen. Nach einiger Zeit aber, während welcher Mr. Trallope wütend und schnaubend im Zimmer umherlief und zur Abwechslung pfiff, kam sie wieder und meldete uns zu unserem Schrecken, daß es ihr für jetzt unmöglich sei, den Brief zu finden, sie wisse nicht bestimmt, ob sie ihn in den Schrank oder woanders hingelegt habe, werde sich aber gewiß besinnen.

»Wie sonderbar!« dachte ich. »Vor sechs Wochen sollte Lady Ellinor hier gewesen sein, gerade zu der Zeit, als ich Percy in St. James kennenlernte. So merkwürdig sind die Spiele des Schicksals.«

»Wissen Sie weiter nichts von der Dame, hat sie nichts weiter gesagt?« fragte ich.

»Nichts, Sir, nichts, gar nichts. Sie gab den Brief und fuhr ab.«

»Fiel Ihnen gar nichts bei oder an der Dame auf?«

»Nein, Sir, nichts! doch – ja, doch! ein großer schwarzer Hund sprang aus dem Wagen, als er hielt – ich habe mich noch vor ihm gefürchtet, denn er war so groß wie Mimi, unsere kleine schwarze Kuh –«

»Sie war's, sie war's – es ist richtig!« rief ich frohlockend. »Und wo fuhr sie hin? Welchen Weg nahm sie?«

»Nach London zu, Sir!«

»Nach London!« ächzte der Alte sarkastisch und warf seiner Frau einen entsetzlichen Blick zu. »Es liegen viele Örter zwischen Dunsdale-Castle und London! Daß dich das Wetter – und ich mußte auch gerade nicht zu Hause sein!«

»Das ist Schicksal, mein Lieber!« sagte ich und sann nach.

»London!« dachte ich, »das war etwas; das Andere wird wohl in dem Briefe stehen. Ich werde auch nach London gehen, unbezweifelt ist sie dann zu ihrem Oheim, Sir William Graham, gegangen, und ihr Vater war bei ihr – das ist wenigstens etwas.«

»Also Sie sind sicher, daß sie es war?« fragte der Alte, der von seinem Zorne etwas zurückkam, als er sah, daß ich nicht ganz unzufrieden war.

»Ich bin dessen vollkommen gewiß; es war Lady Dunsdale, Seiner Herrlichkeit Gemahlin, die ich suche, die Mylord Percy sucht und die Niemand finden kann – um Gotteswillen, bemühen Sie sich um den Brief, Mrs. Trallope, er ist von der höchsten Wichtigkeit.«

Sie versprach es und entfernte sich abermals.

»Und nun noch eine Frage, mein lieber Mr. Trallope, haben Sie neuerdings nichts von Seiner Herrlichkeit, dem Marquis von Seymour, gehört?«

»Nichts, Sir, gar nichts, und schon seit ebensovielen Jahren nichts, als sein ältester Sohn, eben dieser Viscount Percy, Ihr Freund und mein Gebieter, so plötzlich verschwand – es war gerade die merkwürdige Zeitungsnachricht, die mir zuletzt in die Hände fiel – Sie werden wissen –«

»Wohl weiß ich – nun?«

»Eine Nachricht, die mich zwar sehr betrübte, die aber, wenn Sie mir ein aufrichtiges Wort zu reden erlauben, so lügenhaft ist wie irgendeine. Wenn ich Mylord Percy wäre, so würde ich – ach! was würde ich nicht – doch –«

»Wieso lügenhaft?« fragte ich, »man berief sich ja auf die Gerichte – he?«

»Und doch ist sie verdammt lügenhaft, denn ich kenne trotz ihrer juristischen Kniffe und Windbeuteleien, die sie angewendet haben mögen, noch Einen, der die echte Wahrheit beweisen kann, und der bin ich, Sir – ich! Denn ich war auch bei der wirklichen Hochzeit gegenwärtig, woran vielleicht kein Mensch mehr denkt, da es beinahe neunundzwanzig Jahre her sind – und das dumme Weib, meine Frau, war auch dabei, doch die wird das längst vergessen haben!«

»Es ist mir lieb, daß Sie mir das sagen, ich werde es nicht vergessen.«

Ich war in der Tat höchst erfreut über diese Auffindung eines Zeugen, die also doch noch nicht alle von der Erde verschwunden waren, wie selbst Percy anzunehmen schien.

»Doch fahren Sie fort, mein alter Freund!«

»Ja, Sir, die Nachricht betrübt mich sehr, mich, den alten Diener der ehrenwerten Familie des Viscount von Dunsdale. Allein, da ich Mylord Percy wenigstens sein Erbteil als ältester

Erbe dieser Familie antreten sah, kümmerte ich mich um die Seymours nicht so viel. Auch war Mylord Percy reich genug von seiner Mutter Vater her, um ohne jene ihm freilich gesetzlich zustehenden Güter leben zu können, und wer weiß, ob Seine Herrlichkeit so glücklich mit den Reichtümern dieses seines Vaters geworden wäre, wie er sicher ist, es mit denen seines Großvaters und seiner Mutter zu werden!«

»Wieso? Noch mehr als viel, dächte ich, könnte in Bezug auf Geld einem vernünftigen Manne nicht schaden?«

»Nun ja, Sir, es ist wohl so, aber es ist auch anders – hm! Gott vergebe Mylord Seymour seine Handlungen, wie mir die meinigen; aber ich dächte, es wäre einiger Unterschied zwischen Reichtümern, von wem sie ererbt und wie sie angewendet werden! Und was Lady Dunsdale – der Herr habe sie selig! – anbetrifft, so hat sie ihm gewiß vergeben, aber noch ein höherer Richter lebt über uns, wie Sie wissen werden!«

Dies: wie Sie wissen werden, welches der Alte mehr auf die Vorfälle zwischen dem Marquis von Seymour und seiner Gemahlin als auf den höheren Richter bezogen zu haben schien, war mir ein Fingerzeig, meine Forschungen in dieser Richtung einzustellen, da der Alte das, was er wußte, auch bei mir als bekannt voraussetzte. Freilich hätte ich durch einige nähere Andeutungen seinerseits, die ihm abzulocken ein Leichtes gewesen wäre, klarere Aufschlüsse über diese mir noch ziemlich unbekannten Verhältnisse erhalten können, allein ich fühlte keinen Beruf in mir, mich in Geheimnisse einzudrängen, die selbst Percy mit dem Schleier des Schweigens vor mir verhüllt oder sich gestellt hatte, als sei er selber mit ihnen nicht vertraut. Deshalb schwieg ich denn auch nach den letzten Worten des Haushofmeisters, der mit seinen Herzensergüssen ebenfalls zu Ende zu sein schien, und wir standen vom Tische auf.

Aus dem Speisezimmer begaben wir uns in das Wohngemach Mr. Trallopes, denn es drängte mich, die Papiere des Viscount zu besichtigen, indem ich immer noch eine unbestimmte Hoffnung hegte, es werde sich unter ihnen eine Nachricht von Ellinor vorfinden!

Der Alte hatte Recht, wenn er mir sagte, es sei Alles in der besten Ordnung, denn ich fand es vollkommen so. Zuerst legte er mir die Überweisungen des Notars Seiner Herrlichkeit aus London vor, die der Empfänger im Namen seines Herrn quittiert und beantwortet hatte, dann kamen die Rechnungen und Belege der durch die Pächter eingekommenen Gelder, und auch diese waren in genauester Richtigkeit. Die vom Notar eingegangenen Gelder waren sämtlich in Papier vorhanden, die der Pächter großenteils ebenfalls, doch war auch einiges Gold dabei.

Wie ich es mit Percy verabredet hatte, nahm ich das Gold und einen Teil der Papiere, bescheinigte, wieviel ich vorgefunden und wieviel ich selbst mitgenommen, gab dem Haushofmeister zu seinem eigenen Bedarf eine Abschrift dieser Bescheinigung und ließ den Kasten wieder an seinen sicheren Ort unter Schloß und Riegel tragen.

Eine größere Arbeit aber war es, sämtliche eingegangene Briefe zu durchlesen; ich nahm sie mit auf mein Zimmer und brachte fast den ganzen Nachmittag und Abend mit ihrer Durchsicht hin. Keine einzige Adresse derselben war von einer Frauenhand geschrieben, wonach ich sogleich gesehen; die meisten stellten sich nach ihrer Eröffnung als freundschaftliche Ergüsse vom Aus- und Inlande dar, keiner jedoch enthielt etwas, was zu den Angelegenheiten, in welchen ich jetzt reiste, in irgendeiner Beziehung stand.

Bereits war ich zu den letzten Briefen gekommen und hatte eben ein kleines Billet erbrochen, als ich, schon über das feine Seidenpapier erstaunt, die Unterschrift betrachtend, in die größte Spannung und Freude versetzt wurde, die jedoch bald wieder schwand, als ich es zu Ende gelesen hatte.

Der Brief war in der Tat von Ellinor, obwohl schon vom vorigen Jahre her datiert und in einem kleinen Orte geschrieben, der ungefähr mitten auf dem Wege von Dunsdale-Castle nach London lag. Er enthielt wörtlich folgende wenige Zeilen:

> »Mein teurer Percy! Gott nur allein weiß, ob dieser Brief wie die früheren, die ich an Dich geschrieben, in Deine Hände gelangen wird; aber obwohl ich in diesem Glauben fast verzweifle, werde ich nicht müde, Dich mit meinen Wünschen

und Segnungen zu verfolgen, wenn sie auf Erden Dich auch nicht mehr erreichen sollten. Daß Du lebst, sagt mir mein Herz, denn wie könnte es sonst noch von Hoffnung aufrecht erhalten werden – daß Du aber zu schweigen und von Deiner Ellinor entfernt zu bleiben gezwungen bist, sagt mir der traurige Umstand, daß ich nie etwas von Dir vernehme.

Wärst Du in Freiheit und im Besitz Deines Willens, so bin ich überzeugt, daß Dich nichts abhalten würde, schriftlich sowohl wie persönlich nach mir zu forschen. Möge es Gott gefallen, mir noch so lange mein Leben zu lassen, bis ich wenigstens weiß, daß Du glücklich bist – ach! für mich hoffe ich ja doch nichts mehr! Man hat eine Mauer zwischen uns aufgerichtet, die nicht zu übersteigen ist – ach! daß der Fluch eines solchen Vaters im Himmel erhört werden muß!

Ich sende diese Nachricht nach Dunsdale-Castle; dorthin wirst Du ja wohl zuerst Deine Schritte lenken, wenn Du wieder in Freiheit, und dahin vermag ja auch Dich und mich die Rache derer am wenigsten zu verfolgen, die bis jetzt zwischen uns und unsere Liebe getreten sind.

Wir gehen, das heißt: ich und der Vater, der Dich herzlich grüßt, nach London zu Sir William Graham, meinem Oheim, der seine Geschäfte niedergelegt hat und unserer Pflege bedarf; dort findest Du mich gewiß. Sollte eine Veränderung in unserem Aufenthalte eintreten, so soll die Kunde davon wieder nach Dunsdale-Castle gelangen.

Lebe wohl, Du einzig und endlos Geliebter! Wenn auch mein Herz vor Sehnsucht und Wehmut krank ist – Gott hält aufrecht, standhaft und ergebungsvoll

Deine *Ellinor*.«

In diesem so schönen Briefe fiel mir zweierlei auf. Einmal schien er mir etwas zurückhaltend zu sein, dann aber deutete die Schreiberin wiederholt auf einen Gesundheitszustand hin, der mir nicht ganz wahrhaft erscheinen wollte. Das Erste konnte eine Folge früher vergeblich abgesendeter und genauerer Nachrichten sein, das Zweite ließ mich in das schonungsvolle Herz Ellinors blicken, die Percy verbergen wollte, was sie litt. Daß sie leidend und nicht in geringem Maße leidend war, schien mir gewiß.

»Möge es Gott gefallen, mich so lange am Leben zu lassen«, und »wenn auch mein Herz usw. krank ist, Gott erhält mich aufrecht«, diese Worte flößten mir eine ernsthafte Besorgnis um dieses teure Leben ein, denn sie schienen mir nur der Deckmantel eines tieferliegenden körperlichen Übels zu sein.

Und wie? Sie gab an, in London zu bleiben, und wollte, wenn sie ihren Aufenthaltsort veränderte, wieder Nachricht nach Dunsdale-Castle senden? Nun war sie aber selbst vor sechs Wochen hier gewesen und hatte einen Brief eigenhändig abgeliefert; war in diesem die Nachricht enthalten, die sie versprochen, und hatte sie wirklich ihren Wohnungsort verändert? Und wo war der Brief, den sie selbst gebracht? Von ihm hing mein ganzes Unternehmen ab!

Er wurde gesucht, aber er fand sich nicht. Fast den ganzen folgenden Tag beschäftigten wir uns mit Suchen, wir kehrten beinahe die Wohnung des Haushofmeisters um – aber nirgends der Brief.

Ermüdet von der unaufhörlichen Spannung, in welche man sich bei einem so verdrießlichen Geschäft, wie es das vergebliche Suchen nach einem wichtigen Gegenstande ist, stets zu versetzen pflegt, und gegen die alte zerstreute Mrs. Trallope aufgebracht, die uns diese Verlegenheit ganz allein bereitet hatte, wie auch endlich voller Besorgnis über das Geschick Ellinor's, brachte ich die letzten Stunden in Dunsdale-Castle ebenso unruhig wie ärgerlich zu.

Sorgenvoll, erbittert und ohne eigentliche Tätigkeit, die das beste Hilfsmittel bei solchen Gelegenheiten ist und hier überdies so notwendig war, beschloß ich am Morgen des dritten Tages nach meiner Ankunft, mich wieder auf die Reise zu begeben, während ich dem Haushofmeister die zweckmäßigsten Anweisungen in Bezug auf sein ferneres Verhalten hinterließ.

»Mein lieber Mr. Trallope«, sagte ich zu ihm, »über Eins freue ich mich in Dunsdale-Castle, und über das Andere bin ich traurig. Ich habe Alles im besten Zustande vorgefunden, wie Mylord Percy mir es von Ihnen vorhergesagt und erwartet hatte, und das erfreut mich. Daß ich aber den Zweck, dem ich außerdem nachging, nicht erreichte, ja, in meinem Nachforschen nach Mylord Percys Gemahlin in manche Verwirrung geriet, das betrübt mich sehr.«

»Jawohl, Sir, jawohl – Sie meinen den fatalen Brief –«

»Den meine ich! Und gerade der Verlust dieses für mich und meine ganze Reise höchst wichtigen Briefes ist das Schlimmste, was mir hier begegnen konnte. Auf ihm beruhte alle meine Hoffnung und er allein ist die Ursache, daß ich nicht so froh von Ihnen scheide, wie ich erwartungsvoll gekommen bin. Jedoch man muß den Mut nicht sogleich verlieren, es wird mir noch manches fehlschlagen, und der Brief kann auch nach meiner Abreise wider Erwarten aufgefunden werden. Sparen Sie keine Mühe, keine Zeit, und sollten Sie so glücklich sein, ihn zu finden, so senden Sie ihn mir auf der Stelle durch einen sicheren Boten, nicht mit der Post, denn sonst könnte er mich wieder verfehlen. Senden Sie ihn alsdann zunächst nach Codrington-Hall, wohin ich mich jetzt begebe, und sollte er mich da nicht mehr treffen, an die Adresse, welche ich dem Haushofmeister in Codrington-Hall hinterlassen werde.«

Die Vorsichtsmaßregel gebrauchte ich, weil ich nicht bestimmt wußte, ob ich den Marquis von Seymour auf seinem Landsitze finden und wie lange ich bei ihm zu bleiben genötigt sein würde, wenn er mich überhaupt bei sich zu behalten für gut fand. Traf ich ihn aber nicht daselbst an, so war ich entschlossen, ihm sogleich nachzureisen, mochte er sein, wo er wollte.

»Also, Sie haben mich richtig verstanden, Mr. Trallope?«

»Jawohl, Sir – nach Codrington-Hall zunächst – es soll Alles, wie Sie wünschen, besorgt werden.«

»Dann aber seien Sie auch aufmerksam auf etwa einlaufende Nachrichten – es könnten wieder Briefe abgegeben werden –«

»Seien Sie außer Sorge und setzen Sie kein Mißtrauen in mich. Ohne mein Vorwissen sollen keine Briefe mehr abgegeben und angenommen werden.«

»Und wenn wieder ein Wagen vorfährt –«

»O, ich verstehe – seien Sie außer Sorge – der Teufel der Vergeßlichkeit soll nicht alle Tage hier sein Wesen treiben.«

»Und alle neuen Briefe werden mir ebenfalls nachgeschickt, nötigenfalls mit einem neuen Boten –«

»Gewiß, Sir, ganz gewiß! Ich kenne meine Schuldigkeit.«

»Fürs Zweite aber halten Sie sich bereit, meinen Anordnungen im Namen Seiner Herrlichkeit auf der Stelle nachzukommen. Denn es könnte der Fall eintreten, daß ich Ihnen Nachricht sende, mir sogleich einige Pferde und Wagen irgendwohin zu schicken säumen Sie dann keinen Augenblick, jede Minute ist ihm und mir kostbar. Was Ihnen in allen diesen seltsamen Vorfällen jetzt noch unklar ist, soll Ihnen künftig deutlich werden, und nun, mein bester Mr. Trallope, lassen Sie sogleich meine Pferde herausführen und leben Sie wohl!«

Der gute Mann sprach einige Worte des Abschieds und entfernte sich dann, um meine Befehle ausführen zu lassen.

In Bezug auf die Mittel meines Fortkommens hatte ich einige Augenblicke geschwankt, ob es nicht geratener wäre, eine Jagdkalesche zu nehmen, mit vier von Percys Pferden so rasch und weit wie möglich zu fahren und dann mit Postpferden weiterzugehen. Ohne Zweifel war diese Art zu reisen bequemer und brachte mich schneller an die Orte, die ich erstrebte.

Was jedoch meine Bequemlichkeit betraf, so fühlte ich mich nicht im Mindesten geneigt, derselben auch nur den kleinsten Vorteil für Percy zu opfern, daher kam sie hier gar nicht in Betracht. Etwas Anderes jedoch war es mit der Schnelligkeit meiner Beförderung. Ja, ich reiste schneller – aber erreichte ich in Wahrheit dadurch mehr? Ich glaube nicht. Konnte ich, in einem Wagen sitzend und auf der gewöhnlichen großen Fahrstraße mich bewegend, konnte ich da überall, wo ich wollte, die nötigen Forschungen anstellen und alle die kleinen Spuren, die sich mir boten, auf der Stelle verfolgen? Gewiß nicht! Zu Pferd aber konnte ich langsamer, schneller, mit einem Worte ganz nach Erfordernis reisen, ich konnte halten, warten, Erkundigungen einziehen, ja umkehren, wann und wohin es mir beliebte und wie es mir notwendig erschien. Auch hatte Percy selbst – und das gab diesmal den Ausschlag – meine Art zu reisen bestimmt, und ich war vollständig überzeugt, daß er gute Gründe dafür hatte. Mißlang mir zu Wagen meine Aufgabe, so konnte er mir vorwerfen, daß ich von dem mir vorgeschriebenen Wege abgewichen wäre, mißlang sie mir zu Pferd, so war ich nur seinen eigenen Wünschen nachgekommen. Nichtsdestoweniger aber würde ich, wenn Klugheit oder Notwendigkeit es dringend erfordert hätte, unbedingt meine Transportmittel gewechselt haben; das war jedoch für jetzt noch nicht der Fall, obgleich er später eintreten konnte.

Diesen guten Gründen nun gemäß zu handeln, beschloß ich unbedenklich, meine Reise fürs Erste so fortzusetzen, wie ich sie angefangen hatte. Und diesen Entschluß führte ich aus. Die Zukunft aber wird lehren, daß der Erfolg meiner diesmaligen Entscheidung entsprach.

Die Pferde, wohlgenährt und gepflegt, kamen herbei. Wir stiegen auf, und unter den Segenswünschen der ganzen um uns versammelten Dienerschaft ritt ich mit meinem guten Bob an einem Sonntagmorgen von Dunsdale-Castle ab und begab mich sogleich auf die Straße nach London, die ich jedoch nach einigen Stunden wieder verließ, um mich der Richtung zuzuwenden, in welcher Codrington-Hall lag – denn das sollte das nächste und gerade nicht angenehmste Ziel meiner gegenwärtigen Reise sein.

Kapitel 17

Ich hatte ungefähr siebzig Meilen von Dunsdale-Castle bis Codrington-Hall vor mir, und diese beschloß ich, in drei Tagen zu machen, was keine große Anstrengung für unsere guten Pferde war. Der Weg führte anfangs durch einen Wald, der zwar nicht so schön wie der vor Dunsdale-Castle, aber doch schattig und angenehm genug sich erwies. Mit meinen Gedanken über die Lage der Dinge beschäftigt, hatte ich auf das Tun meines Begleiters weniger mein Augenmerk gerichtet, und erst als wir einige Meilen schweigend fortgeritten waren, blickte ich mich nach ihm um, weil es mir gerade einfiel, daß er nicht wie gewöhnlich an meiner Seite war.

»Wo bist du, Bob?« fragte ich den Knaben, der hinter mir ritt und von dem Frühstück aß, das er sich aus Dunsdale-Castle mitgenommen hatte.

»Ach, Sir!« rief er und trabte rasch an meine Seite, »ich wollte nicht stören, Sie schienen in Gedanken vertieft zu sein –«

»Es tut nichts, du kannst immer neben mir reiten – und iß nur weiter, schmeckt es dir?«

»Vortrefflich, Sir – Morgens immer am besten!«

»Nun, es fehlt dir Mittags und Abends auch nicht an Appetit.«

»O nein, Sir, aber es war auch eine schöne Küche, die da in Dunsdale-Castle; ich habe in meinem Leben so was nicht gegessen!«

»Du hast noch sehr Vieles nicht gegessen, was dir geboten werden wird –«

»Ja – hm! ich wäre gern noch ein paar Tage, den Sonntag wenigstens, dageblieben.«

»Du kannst umkehren und mir nach einigen Tagen nachkommen, wenn du willst – ich erlaube es dir.«

Der Knabe sah mich ernsthaft an, steckte sein Frühstück ein und erwiderte:

»Nicht doch, Sir! So habe ich es doch nicht gemeint – ich dachte nur, es wäre schön, solch ein Leben zu führen, wie der alte Herr Haushofmeister führt –«

»Hm! den Wunsch könntest du noch einmal in deinem Leben in Erfüllung gehen sehen!« sagte ich, in der Meinung, Bob aufzumuntern, der durch meine vorherige, etwas hastige Anrede verlegen schien.

»Schon recht! Das wäre gerade, was ich mir wünschte Sir – die Stelle möchte ich haben!«

Ich dachte einige Augenblicke nach und wiederholte dann: »Der Wunsch ist so übel nicht und kann wohl einmal in Erfüllung gehen.«

»Ja, ja«, fuhr ich fort, als er ungläubig lächelte, »deinem Vater wenigstens ist die Stelle gewiß genug, und du bist ja jünger als er und sein nächster Erbe.«

»Dann muß aber erst Mylord Percy wieder dort sein!«

»Hm«, dachte ich, »der Junge hat recht! Das ist die Sache!«

Und wir ritten wieder eine Weile, ohne zu sprechen, weiter.

Der Morgen war schon warm, der Mittag wurde heiß, und wir ruhten in der größten Hitze zwei Stunden länger als gewöhnlich. Gegen Abend erreichten wir die Grenze der Herrschaft Dunsdale und am nächsten Morgen befanden wir uns in einer Gegend, die zwar kaum weniger fruchtbar war, aber doch ein ganz anderes Gepräge trug. Graugrüne Fichten bedeckten meilenweit den Boden, dann kam niedriger Anbau, dann Schonung, dann wieder Fichtenwald, Heidekraut und endlich ein tiefer Moorgrund.

»Es ist doch nirgends so schön wie in der Grafschaft Dunsdale, Sir! Ach! der große, schöne Eichenwald und der Rasenteppich darunter – wenn wir doch erst wieder zurückkönnten!«

»Die Welt ist groß, Bob, und viele Gegenden sind noch schöner als die um Dunsdale. Dennoch ist es ganz vortrefflich dort, und ich bliebe auch gern, wo es mir gefällt; jetzt aber haben wir Geschäfte vor uns und reiten ohne Rückblick weiter – morgen bist du schon bei deiner Tante Ursula.«

»Ha, Tante Ursula! was wird sie sagen, wenn ich zu Pferd vor ihr Haus komme!«

»Ja, und wie wird sie sich freuen, Bob! Wie lange hast du sie nicht gesehen?«

»Seit drei Monaten nicht, Sir.«

»Seit drei Monaten nicht!« dachte ich, »und der Knabe fühlt schon wieder Sehnsucht nach der Heimat und seinen Lieben. Percy hat mehr verlassen müssen als er und ist schon vier Jahre fort, und wo?«

Und wir ritten weiter, bis der Abend kam und das zweite Nachtquartier uns aufnahm.

Der dritte Morgen fand uns früh wieder reisefertig. Bobs Herz klopfte vor Freuden, das meine vor Erwartung. Ich sollte Codrington-Hall sehen, Mr. Grahams Wohnung am See sehen und – Mylord Seymour kennenlernen. Süßes und Bitteres wogte durch meine Brust, und in der Ungeduld meiner Erwartung trabte ich schneller als gewöhnlich fort. –

Es war Nachmittag, wir erreichten wieder ein grünes Laubgehölz, welches von mehreren Wegen durchschnitten war. Je weiter wir kamen, umso stiller wurden ich und Bob, obwohl Jeder aus verschiedenen Gründen. Der Knabe wandte sein Auge rechts und links, plötzlich aber hielt er sein Pferd an, ergriff meinen Arm und rief aus voller Brust:

»Da – hier, halt, Sir! – da sind die beiden Wege endlich, die wohlbekannten – dieser zur Rechten führt zu meiner Tante Haus, dieser zur Linken nach Codrington-Hall, gerade auf Mr. Grahams Haus los. Sie können es nicht verfehlen, Sir!«

Ich merkte, was der Knabe damit sagen wollte. Ich hielt still und sah mich um.

»Es ist gut, Bob«, sprach ich mit einer eigentümlichen Beklemmung, »geh zu deiner Tante, grüße sie von mir und freue dich des Glücks, sie wiederzusehen. Wenn du dich aber satt erzählt hast, so komm morgen früh nach Codrington-Hall, wo ich die Nacht zu bleiben gedenke. Pflege aber dein Pferd gut, und nun lebe wohl – auf Wiederseh'n!«

Der Knabe nahm sein samtnes Mützchen ab, verbeugte sich auf dem Pferde und sagte:

»Auf gut Glück, Sir! und grüßen Sie den schwarzen Mann Seymour von seinem besten Kaninchenjäger. Adieu, Adieu!«

Dies mit lächelnder Miene rufend, die aber unendlich kindlich und gutmütig war, gab er seinem kleinen Fuchswallach die Sporen und jagte mit verhängtem Zügel der Wohnung seiner Tante zu, denn er mußte ja ritterlich und stattlich wie ein Herr vor ihr erscheinen!

Ich hielt still, bis ich ihn aus den Augen verloren hatte, dann ritt ich, ohne mich um irgendetwas außer mir zu kümmern, langsam weiter.

Ich war wieder allein mit meinen Gedanken, und diese Gedanken erfaßten mich mit der Gewalt, welche überhaupt ein tiefer, schwerer Gedanke haben kann, wenn er das Gehirn eines ihm unterworfenen Menschen gänzlich eingenommen hat.

Ich war also in der Nähe der Stätte, die so süße und so schreckliche Dinge gesehen hatte! Wie würde ich sie finden – was würde sie zu mir sagen? Denn auch leblose Gegenstände, um die der Sturm des Lebens gesaust oder auf welche die Sonne des Glückes geschienen, haben ihre eigene Sprache, und diese Sprache tönt um so lauter und verständlicher, da sie nicht zu unserem Ohre, sondern zugleich zu unserem Herzen und zu unseren Augen spricht.

Aus dem träumerischen Zustande, in den ich mich bei Annäherung an Mr. Grahams Haus versetzt fühlte, wurde ich durch das sonderbare Benehmen meines Pferdes allmählich geweckt, das ich anfangs nicht beachtete und erst dann gewahr wurde, als die Wirkung eine körperlich fühlbare für mich geworden war.

Allmählich war das Tier aus seinem ruhigen Schritte in einen kurzen Trab gefallen, hatte die Ohren erhoben, schnupperte mit der Nase herum, und endlich wieherte es, mit einem freudigstolzen und wiederholten Schwenken des Kopfes, laut. Ohne daß ich irgendetwas dazu tat, fiel es in einen sanften Galopp, der bald so ungestüm und reißend wurde, daß ich kaum sein Feuer zu zügeln vermochte. Ich blickte um mich her, um zu erspähen, ob irgendetwas vorhanden sei, was das Pferd dergestalt aufregen könne, aber es war nichts zu bemerken.

Da wurde es mir plötzlich klar – sollte es wohl der Instinkt des Tieres sein? Sollten es die früher gesehenen und wohlbekannten Wege sein, die es durch seine Witterung wahrnahm oder die in seinem Gedächtnis wie eine freundliche Erinnerung wieder auftauchten? Ja, es konnte nichts Anderes sein, Bravour erkannte die Wege und das Ziel wieder, wohin sie führten, und um bald das Ende seiner Reise zu erreichen, fiel er in ein rasches Tempo seines Laufes und begrüßte die bekannten Gegenden durch sein Wiehern!

»Aha!« dachte ich, »Bravour weiß, wohin er geht, er hat diesen Weg oft gemacht, er kennt ihn besser als ich – vorwärts, guter Freund!« und ihm die volle Freiheit gebend, sauste er mit mir unter den Bäumen und durch das Gesträuch dahin, daß es ringsherum krachte und rauschte und der schwarze Moorgrund hinter mir aufflog.

Da ich seinen sicheren Tritt, selbst beim flüchtigsten Laufe, kannte, war ich unbesorgt – rasch ging es vorwärts, der Renner schnaubte und flog dahin, daß ich mir den Hut halten mußte siehe! da kam ein Graben, mit einem gewaltigen Satze wurde er übersprungen – ach! es war jener Grenzgraben, über den er auch Percy so oft in glücklicheren Tagen getragen – noch einige Sekunden, und er stand schnaubend still und wieherte laut vor der verschlossenen Tür eines altersgrauen Gemäuers, das zwei runde und mit grünem, uraltem Moose bedeckte Türme zu jeder Seite einschlossen.

Aber kein Ruf, keine bewillkommnende Stimme beantwortete den freudigen Gruß Bravours.

Ich sprang ab und ließ die Zügel des Rosses fahren.

Ich klopfte an die verschlossenen Fensterläden – Alles war still wie in tiefster Nacht. Ja, als wenn der sonst so lebendige Wald um das Haus herum mittrauere, war auch in ihm Alles ruhig und schweigsam. Kein Vogel zwitscherte, kein Blättchen rührte sich, es lag eine so vollkommene Öde über dem verlassenen Hause, daß ich vor dieser Einsamkeit schauderte, die mir in meinen Phantasien so belebt vorgekommen war.

Ja, wir finden die Räume, die mit unseren Idealen bevölkert sind, immer anders, als wir sie uns vorgestellt haben! Selten schöner, lebendiger, ermutigender – viel häufiger beschränkter, öder, verlassener!

Eine unendlich melancholische Stimmung erfaßte mich und bewältigte mich fast ganz – das Haus mit seinen verödeten Türen und seinen verschlossenen Fenstern kam mir vor wie der Leichnam eines eben entschlafenen teuren Menschen, dessen Augen zugedrückt sind und die, von ewiger Nacht befangen, nie mehr dem lieblichen Tageslichte erschlossen werden sollten!

Mußte – konnte es für ewig sein? flüsterte eine traurige Stimme in der Tiefe meiner Brust.

Ich antwortete nichts – ich hörte nichts als das laute Atmen und das abgebrochene Schnuppern meines Pferdes, das an den Ritzen der Tür herumsuchte, aus welcher ihm früher vielleicht oft eine süße Hand einen Leckerbissen dargeboten und seinen schlanken Hals liebkost hatte.

Ich wandte mich rechts – ach! da lag der stille, blaue See, weithin sich dehnend, klar, ruhig, wie die Seele eines schlummernden Kindes! Keine einzige rauschende Welle trug ihren Schaum an das moosige Ufer, kein einziges Lüftchen kräuselte seinen wie tot daliegenden, nur im Sonnenschein glänzenden Spiegel!

Unwillkürlich erhob ich meine Augen zum Himmel. Ach, auch er war so klein und rein und durchsichtig wie ein geschliffener Kristall! Ich schaute nach allen vier Richtungen – kein flimmerndes Wölkchen war an ihm zu sehen, so weit und hoch er sich auch dehnte. Percy! rief ich, ohne daß ich es wußte, laut aus, dein Geschick ist noch nicht erfüllt – Wolken und Sturm und Wogen und Nacht gibt es nur noch für dich allein!

Wie lange ich hinschauend und sinnend dastand, ich weiß es nicht mehr, aber es mußte sehr lange sein – ich fand mich aus meinen Träumereien erst wieder, die Arme auf der Brust gekreuzt und meine Blicke auf die kalten Steine vor der Haustür gerichtet, aus der Niemand hervortrat, mich zu begrüßen, als mein Pferd, vielleicht ebenfalls nach einer lebendigen Erscheinung sich umblickend, laut zu wiehern anfing. Fast mit Gewalt riß ich mich aus meinen Träumereien empor und ging rings um das alte Gebäude herum, um mir jedes Einzelne, jedes Fenster, jeden Sims zu betrachten, denn Alles war mir ja wichtig und teuer! Ich rief auch einmal laut, denn es kam mir vor, als hörte ich im Innern eine leise Bewegung, als wenn sich Jemand aus langem, tiefem Schlafe erhebe, aber die Bewegung war nur in mir – keine Stimme antwortete, das Haus wie die Natur waren stumm – wohl! hatten sie doch früher genug in Freude und in Schmerz gesprochen!

Ich ging wieder vor die Tür zu meinem Pferde, nahm es am Zügel und schritt mit ihm in die mir so deutlich beschriebene Kastanienalle hinein. Jeden Baum untersuchte ich hier mit meinen Augen – hier hatte vielleicht Ellinor mit Othello auf dem Rasen gelegen, als der Mann aus dem Walde mit der ganzen Natur im Herzen und den ganzen Busen voller Liebe, als Percy zu ihr trat – nein da – nein hier – nein dort – unter jener Buche war es vielleicht gewesen.

Träume! Träume! weshalb besucht ihr des Menschen schlummernde Seele so oft, sie zu quälen, sie zu stacheln, sie zur feurigen Tat und zu kühnen Unternehmungen zu treiben!

Diese Träume aber, welche diesen Tag in dieser Stunde mich gaukelnd umschwebten, waren wohl quälend, aber nicht stachelnd, keine Lust zur Tat erweckten sie in mir – ich bekenne es offen – nein! es war nur das Gefühl der Wehmut, der stillen, unergründlich tiefen Wehmut um das verlorene Glück zweier edler, zweier vortrefflicher und so schwer geprüfter Herzen!

Ich schritt die Kastanienallee hinab – schon von Weitem hatte ich das graue, altertümliche Schloß Lord Seymours erblickt, das so öde und finster aussah, wie es in dem erstorbenen Herzen seines Besitzers war, und das diesen stolzen, kalten, unzähmbaren Geist schon von früher Jugend an mit seiner ansteckenden trüben Finsternis wie eine Wohnung des bösen Dämons gefesselt hatte.

Ich trat näher – alle Wärme entwich aus meiner Brust, es wurde in mir kalt, mitten im Sommer und in den sengenden Strahlen einer Julisonne, eisig kalt mitten im Gefühle der Liebe und der Erinnerung an die Liebe.

Endlich stand ich dicht davor, an der Tür, wo der Mann mit dem grimmig lächelnden Gesicht gestanden, wo Mortimer gestanden und die erste glückliche Umarmung seines Bruders und Ellinors mit angesehen und bei seinem verlorenen Himmel Rache geschnaubt und – auch vollführt hatte!

Alle meine Wehmut erlosch plötzlich, ich ermannte mich, ich fühlte wieder, daß ich nicht ein bloß träumender, sondern auch ein handelnder Mensch sein sollte – ich sprang aufs Pferd und rasch ritt ich um das lange Gebäude herum vor das Eingangstor.

Aber mir wurde weder ein freundlicher Anblick noch ein froher Empfang zuteil. Kalt, wie die Menschen, die darin wohnten und die nur glühend wurden, wenn die Hitze der Leidenschaft ihre starre Brust aufschüttelte, war der Anblick des einsamen, aus einem harten, dunkelfarbenen Sandstein errichteten Gebäudes, denn auch dieses Haus war für den Augenblick beinahe verlassen.

Eine große und breite, schwerfällig sich erhebende Terrasse aus demselben Gestein wand sich in der Mitte empor und war mit einer Anfahrt versehen. Auf derselben standen acht alte, fast verkümmerte Orangenbäume mit gelben, trockenen Blättern, die ebenso einsam und traurig blickten wie das ganze Haus. Da war keine Blume, kein freundlich blühender Strauch, kein grünender Rasen, keine üppig vegetierende Einfassung der vergilbten Rasenplätze, nur Stein, falbes Moos und graue Erde – das war Alles, was sich meinen Blicken darbot.

Ich ritt die Terrasse hinan und sah mich nach Jemandem um, der mich empfinge. Alles war totenstill. Schon wollte ich durch einen lauten Ruf mein Dasein zu erkennen geben, da bemerkte ich den alten verrosteten Klopfer an der Tür. Ich ergriff ihn und bewegte ihn heftig, so daß seine dumpfen und klanglosen Töne durch die stille Umgebung schallten und an dem düsteren Walde im schaurigen Echo sich wiederholten.

Da hörte ich Schritte im Innern sich der Tür nähern, und nach einer Weile erschien auf der Schwelle ein trotzig blickender Mann, der mich anstaunte, als hätte er eher etwas Anderes als einen Menschen vor dem ungastlichen Hause erwartet.

»Was ist Ihr Begehr?« fragte er mich rauh.

»Wie der Herr, so der Diener!« dachte ich und versetzte:

»Ist dies Codrington-Hall, des Marquis von Seymour Besitztum?«

»So ist es, und was wollen Sie von ihm?« »Ihn sprechen – ist er zu Hause?« »Nein!«

»Und wo ist er?«

»Seit drei Tagen nach London – er ist krank und will sich heilen lassen!«

»Weiß man nicht, wann er zurückkommt? Hat er nichts hinterlassen?«

»Ich weiß nichts. Wenn er gesund ist und es ihm beliebt, kommt er.«

»Da habt Ihr dieselbe Meinung wie ich – ist Niemand von seiner Familie hier?«

Der Mann starrte mich, wie es schien, verwundert an und erwiderte:

»Niemand, Sir! Sir Mortimer ist mit nach London!«

»Und seit drei Tagen –?«

»Ich habe es schon gesagt – seit drei Tagen!«

»Ihr scheint noch nicht zu wissen, daß man das, was man zweimal hört, besser versteht. Merkt Euch das für die Zukunft! – Welchen Weg nahm seine Herrlichkeit?«

»Den da!« Und er zeigte mit dem Finger in den Wald hinein. Ich drehte mich nach dem angedeuteten Wege um und sah einen Augenblick schweigend hin. Als ich mich nach ihm zurückwandte, hatte der Grobian die Tür schon wieder halb geschlossen.

»Es ist gut!« sagte ich und wollte mich entfernen.

»Habe ich nichts zu melden von Ihrem Besuche?« fragte der Mann zögernd und machte die Tür wieder halb auf, als er meinen nicht sehr freundlichen Blick bemerkte.

Ich dachte einen Augenblick nach. Da kam mir ein Gedanke ein, von dem ich heute noch nicht weiß, wie er mir über die Lippen flog, der aber in Zukunft den Mann für seine Grobheit bestrafte, wie der Leser zu seiner Zeit erfahren wird.

»St. James lasse grüßen, könnt Ihr sagen.«

»St. James? – Es ist gut!«

»Adieu!«

»Leben Sie wohl, Sir!«

Und der Mensch schlug laut krachend die Tür hinter sich zu.

»Nach London!« sagte ich zu mir selber, »also ich soll und muß nach London! Gut! Ellinor ist vielleicht auch dort, und da ist nicht allein die Nacht, sondern auch der Tag auf meinem Wege!«

Ich wandte Bravours Kopf wieder nach der Kastanienallee; er schien lieber von diesem Hause zu gehen, als er gekommen war. Noch einmal wieherte er, als ich vor Mr. Grahams ehemaligem Hause vorüberkam. Noch einmal sah auch ich mir das ausgestorbene Gemäuer an, warf noch einen Blick auf den See, einen Blick nach dem Himmel, dann, so leid es mir tat, das gute Tier heute ungewöhnlich anstrengen zu müssen, trabte ich raschen Schrittes den Weg zurück, den ich gekommen war, der Waldwohnung der Schwester des Krämers zu, denn ich sehnte mich, wieder unter Menschen zu sein.

Der Abend war bereits angebrochen, als ich vor dem kleinen Waldhäuschen, das ich ohne weiteres gefunden hatte, abstieg. Ich klopfte an das Vorderzimmer zur rechten Hand, worin ich sprechen hörte, und eintretend fand ich Tante Ursula mit ihrem Neffen Bob höchst behaglich an einem Tische sitzen und ihr einfaches Abendbrot verzehren.

Beide sahen mich betroffen an, als ich mit einem freundlichen Gruße so plötzlich vor ihnen stand, und erhoben sich sogleich von ihren Plätzen.

»Sie erhalten heute Abend mehr Gäste, als Sie heute Morgen erwartet haben, Mrs. Dickstone!« sagte ich. »Indessen zwingt mich die Not, mit meiner Gegenwart beschwerlich zu fallen.« Und dabei reichte ich ihr meine Hand hin, da sie mir die ihrige zuvorkommend entgegengestreckt hatte, sobald Bob durch den Ausruf meines Namens ihr angezeigt, daß es sein gegenwärtiger Herr sei, der soeben ins Zimmer getreten war.

»Obgleich Ihre unerwartete Erscheinung mich überrascht, Sir«, antwortete sie, »so freut es mich doch, Sie zu sehen und Ihnen meinen Dank für Ihre Güte gegen meinen Neffen ausspre- chen zu können. Jedoch wundere ich mich, daß man Sie nicht in Codrington-Hall behalten hat, zumal es, wie ich höre, Ihre Absicht war, daselbst zu übernachten.«

»Der Mensch denkt und Gott lenkt, liebe Frau! Es war allerdings meine Absicht, dort zu blei- ben, jedoch werden Sie sich erinnern, daß vor einigen Jahren ein anderer Gast Ihre Gefälligkeit in Anspruch nahm, der noch mehr Recht hatte, in Codrington-Hall zu übernachten, als ich, und der es dennoch vorzog, Ihr stilles Haus zu bewohnen, als jene prächtigen Säle. Übrigens ist Mylord Seymour vor drei Tagen nach London gereist und unter seinen groben Dienern zu verweilen, wenn sie mich auch dazu eingeladen hätten, fühlte ich keine besondere Neigung.«

»Ach! Ist es so! Freilich, dann, dann nehmen Sie vorlieb, setzen Sie sich, Sir, und genießen Sie ebenso gern, wie wir es geben und was wir haben, ein wenig Wild und Eier – es ist heute Festtag bei mir, denn der gute Bob ist wieder da!«

Bob war entzückt über die Freude seiner Tante und rückte mir einen Stuhl an den Tisch, auf den sogleich Teller und Zubehör aufgetragen wurden. Ich nahm auch ohne Umstände Platz und ließ es mir Wohlsein.

»Ich höre«, begann die Frau wieder, »Sie reisen in Angelegenheit Seiner Herrlichkeit Mylord Percys, und da ich vergeblich auf meinen Bruder gewartet habe, der ebenfalls mit Mylord in Verbindung steht und mir nicht hinterlassen hat, wo ich ihn finden könnte, so ist es mir lieb, daß ich Sie sehe, denn ich habe einen Brief für Seine Herrlichkeit.«

»Einen Brief?« rief ich. »Wo ist er?«

Bob nahm ihn aus seiner Tasche, in der er schon für mich aufbewahrt war, und überreichte ihn mir.

Meine Vermutung traf ein, er war abermals von Ellinor. Auch hierher hatte sie Nachricht gesandt, in der Hoffnung, man werde vielleicht Mittel und Wege wissen, Percy dieselbe zuzustellen. Der Inhalt des Briefes war dem vorigen ziemlich ähnlich, nur hatte er den Vorzug voraus, erst vor einem Vierteljahre geschrieben zu sein: also war er gleich nach der Zeit angelangt, nachdem Phillipps seine Knaben von der Schwester abgeholt hatte. Durch diese Nachricht war ich daher der Schreiberin schon näher gekommen, zumal als ihr bestimmter gegenwärtiger Wohnort London und das Haus ihres Oheims angegeben war. Doch weshalb hatte sie vor sechs Wochen eine abermalige Reise nach Dunsdale unternommen, wenn ihre Verhältnisse dieselben geblieben waren? Der Grund dieser Reise schien mir etwas dunkel, wenn man nicht annehmen wollte, daß sie durch persönliche Nachforschung einen sicheren Erfolg hätte erzielen wollen. War dies Letztere nicht anzunehmen, so hielt ich mich überzeugt, daß sie ihren Wohnort gewechselt habe, jetzt also nicht mehr in London sei, und daß jener an Mrs. Trallope unglücklicherweise abgegebene Brief diesen Wechsel habe andeuten sollen. Was sie also anbetrifft, so ging ich ihr in London auch nicht bestimmt entgegen, doch war ich wenigstens voll Hoffnung, von ihres Oheims Hause aus ihre Spuren am besten weiter verfolgen zu können.

Was mich aber von Neuem etwas traurig stimmte, war, daß sich auch in diesem Briefe, obwohl auf die schonendste Weise vorgetragen, ein leidender Gesundheitszustand der Schreiberin auszusprechen schien.

Ich lehnte mich einige Augenblicke nachdenklich gegen die Lehne meines Stuhles zurück und fügte dieses neue Ergebnis meiner Forschung den übrigen schon in meinem Kopfe befindlichen hinzu.

»Der Brief enthält traurige Nachrichten, Sir, nicht?«

»Nein, Mrs. Dickstone, das gerade nicht! Im Gegenteil, er belebt meine Hoffnungen, Lady Dunsdale zu finden, die, wie Sie höchstwahrscheinlich wissen, von ihrem Gemahl getrennt lebt; aber dennoch macht er mich einigermaßen wegen ihres Gesundheitszustandes besorgt, obwohl nichts Ausdrückliches darüber in dem Schreiben enthalten ist.«

»Ach, sollte das sein? Das würde mich über Alles schmerzen. Wohl weiß ich, welche traurigen Ereignisse damals hier vorgegangen sind, wenn mir auch nicht bekannt ist, wo Seine Herrlichkeit sich so lange gezwungenermaßen aufhält, da mein Bruder über diesen Punkt Niemandem, selbst mir nicht, etwas mitgeteilt hat. Und sollte sie noch leidend sein, die schöne Miß Ellinor, das teure Kind!«

»Erzählen Sie mir, was sie von diesem lieben Mädchen wissen, ich höre so gern von ihr, da ich sie nie gesehen habe.«

Und die gute Frau erzählte ein paar Stunden lang so viel Liebes und Vortreffliches von Ellinor und ihrem Vater, daß ich kaum Ohren genug hatte, zu hören, und nicht halb soviel Gedächtnis, um Alles zu behalten.

Ehe wir uns zur Ruhe begaben, sprachen wir noch, was wir am nächsten Morgen, bevor wir uns auf die Reise begaben, tun wollten, unterhielten uns über diese selbst, und endlich, da die Nacht herangekommen war, führte mich meine Wirtin in mein Schlafzimmer, das für Bob, nun aber für mich in Bereitschaft gesetzt worden war.

Es war dasselbe, welches Percy vor vier Jahren während jener Verbannung aus seinem väterlichen Hause bewohnt hatte, dieselben schmalen Wände, dieselbe niedrige Decke, die ihn umschlossen, und dieselben wilden Weinreben vor dem kleinen Fenster, die ihm Schatten gegen die Strahlen der Sonne gewährt hatten. Ich brachte darin eine lange und beinahe schlaflose Nacht zu. –

Früh am nächsten Morgen sandten wir einen Boten nach Codrington-Hall mit einem schriftlichen Auftrag von meiner Hand, jeden möglicherweise an mich ankommenden Brief unter meiner Adresse mit demselben Boten, der ihn bringen würde, sogleich nach London zu senden, für den ich die Adresse Sir William Grahams versiegelt beigefügt hatte.

Ich mußte mich zu diesem Schritte entschließen, so ungern ich es auch tat, indem ich, wenn der Inhalt dieser versiegelten Adresse bekannt wurde, durch Nennung des bekannten Namens Graham sowohl Verdacht erregte als auch geradezu die Mittel und Wege, mir entgegen zu arbeiten, enthüllte.

Allein einmal erforderte ihn die Notwendigkeit, denn es bot sich mir keine andere Gelegenheit dar, Ellinors Brief, wenn er sich noch finden sollte, in meine Hände zu bekommen, was doch das Wichtigste war; dann aber war es mir auch am Ende gleichgültig, ob Verdacht gegen mich entstände oder nicht, ich war jetzt auf dem Wege zu handeln und offen mit meinen Absichten herauszutreten, mochte kommen, was wollte. Zurück nach Dunsdale-Castle aber konnte ich gar nicht, denn die Zeit war mir karg zugemessen und mein eigenes Verlangen drängte mich gewaltsam vorwärts, irgendeiner Entscheidung entgegen.

Um die zu unserer Abreise festgesetzte Stunde führte Bob die Pferde heraus, die sich auf der weichen Streu wohlbefunden und das schönste Futter der Umgebung sich hatten schmecken lassen, und wir saßen nach einem, namentlich von Bobs Seite lebhaften Abschiede, wieder einmal in den Sätteln.

Auch an Mrs. Dickstone vergaß ich nicht den Bescheid ergehen zu lassen, im Falle noch ein Brief käme, mir denselben an die bekannte Adresse nachzusenden.

Die Reise, die jetzt vor mir lag, war die längste von allen bisher unternommenen, denn ich brauchte, der Pferde wegen, beinahe neun Tage dazu. Alles ging nach Wunsch vonstatten, außer daß mir, trotz aller meiner Bemühungen und Anfragen, irgendeine Spur von Ellinor zu finden, in dieser Beziehung alles mißglückte.

Um den Leser indessen nicht zu ermüden, der mir gern die nähere Beschreibung des langen Rittes erläßt, versetze ich ihn schnell an das Ende meines nächsten Zieles, denn die neuen Bekanntschaften, die er mit mir zu machen hat, drängen allmählich näher auf mich ein, und die noch nicht handelnd aufgetretenen Personen wollen von dem Leser ebenfalls beobachtet sein.

Somit führe ich ihn denn sogleich mit mir nach London, welches ich Ende April verlassen hatte, um mich nach Schottland zu begeben, von wo ich Anfang Juni in St. James eingetroffen war, woselbst ich zum ersten Male die Ehre hatte, meinen Freunden mich redend vorzustellen.

Kapitel 18

Der Leser kennt das laute Gewühl und die drückende Schwüle, die Anfang August den Reisenden umgeben, wenn er von der Seite der City in die ungeheure Hauptstadt eintritt. Der Eindruck der Unruhe aber und der Verwunderung, den dieses nirgends wieder anzutreffende Treiben auf jeden Fremden hervorzubringen pflegt, trat bei mir diesmal nicht ein, denn ich sah in London jetzt nur den Ort, um welchen meine Gedanken so lange hoffnungsvoll umhergeschwärmt waren und der alle die Vorbereitungen, die ich bisher erzählt habe, durch einen glücklichen Erfolg krönen sollte. Der große Kreis meiner Unternehmungen war mir durch die Ankunft in dieser Stadt, wo alle meine gegenwärtigen Interessen sich vereinigten, geöffnet, und ich beschloß, dieselben sogleich tätig und eilig zu beginnen.

Während meiner früheren Anwesenheit in London hatte ich bei einem befreundeten Landsmanne gewohnt, jetzt aber, um Herr meiner Zeit und völlig unabhängig zu sein, bezog ich ein Hotel, so nahe wie möglich der Wohnung meines Gönners, des Freundes meines Vaters, des berühmten Arztes Sir John ..., der damals in Regent-Street wohnhaft war.

Es ist ein behagliches Gefühl, von einer anstrengenden Reise zurückgekehrt, auf einem stillen und wohnlich eingerichteten Zimmer sich der Ruhe und dem Nachdenken überlassen zu können, ich aber empfand dieses behagliche Gefühl damals nicht. Denn mein Geist war zu rege und umherschweifend und mein Gemüt zu bewegt, um friedlichen Gedanken und ruhigen Betrachtungen Zutritt zu gestatten.

Vor allen Dingen entledigte ich mich des vielen Geldes, welches ich bei mir trug, und ordnete meine Papiere, denn am nächsten Morgen schon wollte ich meine notwendigsten Besuche machen, um mich sogleich von der Lage der Dinge zu überzeugen.

An andere Besuche, in Betreff meiner eigenen Angelegenheiten, dachte ich nicht.

Mein erster Schritt in London sollte daher der auf den frühesten Morgen festgesetzte Gang zu Sir John ... sein, und um ihn von meiner Anwesenheit zunächst zu unterrichten, schickte ich noch Abends zuvor, bald nach meiner Ankunft, eine Karte zu ihm, worauf ich die Antwort erhielt, daß mein Besuch angenehm sein würde und schon erwartet wäre.

Doch um den Leser über die ungewöhnliche Persönlichkeit dieses Sir John ... etwas aufzuklären, halte ich es für geraten, einige Bemerkungen über seine Stellung, seinen Charakter und seinen Wirkungskreis voranzuschicken.

Der Baronet Sir John ... war einer der ausgezeichnetsten Ärzte und zugleich einer der gebildetsten Männer, die ich auf meinen weiten Reisen kennenzulernen das Glück hatte. Mit einem unerschütterlich festen Charakter und doch der zartesten Gemütlichkeit begabt, hatte er durch eisernen Willenfleiß, durch ununterbrochenes Studium an den ersten Quellen ärztlichen Wirkens sowie durch die originelle Begabung seines klaren Geistes Anerkennung und Beifall während der ganzen Laufbahn seines tatenreichen Lebens gefunden. Denker, Arzt und Mensch in einer Person und außerordentlich reich an den mannigfaltigsten Erfahrungen, hatte er stets als Held an der Spitze der Gesellschaft und des akademischen Lebens gestanden. Früher einer der ersten und gesuchtesten Ärzte sowie ein geschickter, kühner Operateur, hatte er sich erst später mit einer fast grenzenlosen Neigung auf das unerforschlich tiefe Studium der Gemütskrankheiten des Menschen geworfen, und seine Bestrebungen waren auch in dieser Richtung von den herrlichsten Erfolgen gekrönt worden.

Er dachte und lebte jetzt nur in dem Geiste Anderer, die weniger Verstand und Urteilskraft hatten als er, um jenen mattglimmenden Funken, wie Percy es nannte, der von dem erloschenen Lichte noch übrig geblieben war, heller anzufachen; und die Ursachen dieses Erlöschens zu ergründen und zu beseitigen, war die weite Rennbahn, auf der er gegenwärtig seine großen Fähigkeiten tummelte.

Als erstem Arzte am Bethlehems-Hospitale, dem größten Irrenhause der Welt, war das Geschick ihm günstig entgegengetreten, und wie er hier unausgesetzt tätig war, so wirkte er auch mit seinem Rate und seinen Mitteln in der großen Welt fort. Daß ein solcher Mann die Achtung und Ehrenbezeigungen des Aus- und Inlandes und nebenbei ein großes Vermögen auf die segensreichste Art erworben, brauche ich wohl nicht noch besonders zu erwähnen.

Seine Persönlichkeit war so auffallend und originell, wie seine Kenntnisse umfassend und seine Gutmütigkeit erstaunlich waren. In jüngeren Jahren von ruhigem, besonnenem Betragen, erschien er jetzt, in seinem Alter auf den ersten befangenen Anblick eisig kalt. Diese Kälte aber war nicht die Folge eines erstorbenen Herzens, sondern seiner immer mehr und mehr zunehmenden Geistesruhe und Klarheit, sie war die reine kontemplative Isolierung – wenn ich mich so ausdrücken darf – von Allem, was außer ihm lag, und er bediente sich ihrer, um desto ungestörter seine Ideen entwickeln und seine Absichten verfolgen zu können.

Vor zwei Jahren vom Schlage getroffen, bewegte er sich nur mit Mühe; seine Hände zitterten, seine Füße schlotterten etwas und seine Zunge lallte bisweilen, so daß er manche Wörter nur mit Anstrengung aussprechen konnte, die er jedoch, wenn er anstieß, mit der schnellsten Fassung, obwohl langsam und mühsam, wiederholte. Daher war sein Gang unsicher, seine Haltung zusammengesunken, seine Ausdrucksweise in der Regel kurz, schnell, abgebrochen und gab sich oft durch die sonderbarste Zusammenstellung von Bildern und kurzen Ausrufungen kund.

Höchst charakteristisch aber erschien sein geistreiches Gesicht, und der Ausdruck seiner Züge war bisweilen überwältigend und hinreißend. Seine Gesichtsfarbe war bleich, beinahe aschfarbig; wenige Haare bedeckten seinen Scheitel und diese wenigen waren silberweiß. Seine Wangen waren eingefallen, schlaff und der Knochenbau seines ganzen Antlitzes deutlich zu verfolgen. Seinen Mund hielt er, wenn er schwieg, stets zusammengekniffen; wenn er aber sprach, wo er überhaupt ein ganz anderer Mensch wurde, entwickelten sich blitzschnell so sprechende Mienen und Züge in allen Linien um diesen Mund, daß ich oft mit staunender Verwunderung diesem bewegten Spiele seiner Muskeln zusah.

Die auffallendste Sonderbarkeit seiner ganzen Erscheinung bestand aber in dem eigentümlichen Verhältnis seiner Augen zu seinem Blick. Die Augen, graublau, rund und groß, erschienen beim ersten Hinblick, und wenn er still vor sich niedersah, matt, beinahe träge und fast erloschen; sobald er aber aufmerksam den Blick auf Jemanden heftete, sei es im eifrigen Gespräch, sei es bei der Untersuchung und Beobachtung eines Menschen, namentlich bei der Erforschung seines Seelenzustandes, so war man geblendet von diesem eigentümlich brennenden Feuer, von dem bannenden Festhalten, welches dem Scharfblick des Adlers glich, und von dem durchbohrenden Ausdruck seines immer tiefer und tiefer sich einsenkenden Strahlenblickes. Daher denn auch seine große Gewalt über die Menschen und besonders über alle Irren, die diesem Blicke unterworfen waren. Einmal auf einem Menschen ruhig und unverrückt wurzelnd, durchdrang er unwiderstehlich jede Mauer des Willens und des Hinterhalts, und indem er zu Boden schmetterte, las er selbst die Gedanken aus der Seele und die Empfindungen aus dem Herzen seines Opfers. Dieser seinen klaren Geist und seinen überwältigenden Verstand verratende Blick reichte hin, seinen Willen überall durchgeführt zu sehen, und kein Mensch, auch der roheste und unbändigste nicht, vermochte ihm zu widerstehen, er bezwang Jeden.

Wie er aber streng als Arzt, bestimmt in seinen Entschlüssen und unbeugsam in der Ausführung derselben sich zeigte, war er aufrichtig als Freund, milde als Mensch und nachsichtig gegen Irrtümer, vor allen Dingen aber nie übermäßig eitel und eingebildet, nie übelwollend und neidisch wie viele seiner Kollegen, nie nachtragend – immer offen, immer freisinnig, immer heiter, und auch insofern ein beneidens- und nachahmungswerter Mensch.

Eine Eigentümlichkeit aber hatte er sich in seinen späteren Jahren zugelegt – mein Vater wenigstens hatte sie an ihm noch nicht gekannt – er liebte den Scherz, dieser ernste Mann, und nichts ging ihm in Gesellschaft über einen guten Spaß, den er gar zu gern selbst, in seiner abgebrochenen Redeweise aber scharf und schlagend, vortrefflich erzählte und dabei nie die Grenze der Wahrheit und des Anstandes überschritt. Wer ihn so zum ersten Male sah und eine Weile plaudern hörte, konnte unmöglich jenen erhabenen und geistvollen Denker in ihm vermuten, als welcher er doch überall bekannt, ja berühmt war. Ebenso war seine gewöhnliche Unterhaltung, obgleich immer geistreich und mehr ahnen lassend als aufschließend, keine gesuchte, gewählte, vielmehr ließ er sich gehen und sprach ganz nach seiner Bequemlichkeit und seiner Laune.

So war denn dieser seltene und geniale Mann von denen, die ihn kannten, über Alles geehrt und geliebt, von denen, die ihn nicht kannten, angestaunt und von seinen Kranken gefürchtet, aber gesegnet, denn sie wußten, daß er hielt, was er versprach, und daß das Andenken an ihr Leiden in seinem Herzen nicht verloren war.

+++

Zu der Stunde, in welcher ich ihn zu Hause wußte, begab ich mich in seine Wohnung, und ohne mich von seinem Kammerdiener, der mir gesagt hatte, daß sein Herr schon zweimal nach mir gefragt habe, melden zu lassen, eine Gunst, die nur Wenigen vergönnt war, trat ich bei ihm ein und fand ihn vollständig zum Ausfahren gekleidet, wie er es immer war, auf einem Lehnstuhle, in seinem großen Empfangssaale sitzend, dessen Wände mit den vortrefflichsten Ölgemälden bedeckt und dessen übriges Mobiliar von dem feinsten Geschmack zeugte, aber von der solidesten Beschaffenheit war.

Als ich die Tür, durch welche ich eingetreten war, schloß, drehte er sich halb auf seinem Stuhle herum, und den Kopf, wie er es pflegte, nach vorn geneigt haltend, rief er, seine zitternde Rechte mir schon von Weitem entgegenstreckend, in einem so gutmütigen und sanften Tone, wie ich es stets von ihm gewohnt war:

»Ach, da ist ja der kleine Job!«

Denn so nannte er mich, obgleich ich weder Job hieß, noch klein war; aber Job war in früheren Zeiten der Spitzname meines Vaters gewesen und von diesem auf mich übertragen, denn Sir John, wie fast jedem großen Manne, waren seine Jugenderinnerungen heilig, und so mußte es mir denn eine Ehre sein, wenn sich der alte Herr auf meine Kosten ein so kleines Vergnügen machte.

»Da ist ja endlich der kleine Job«, rief er, »mit seinen Geheimnissen aus St. James, he? Ist doch sonderbar, alle Leute auf der Welt haben Geheimnisse, und ich habe in meinem Leben keins gehabt! Hm!«

»Dafür haben Sie, Sir, viele Geheimnisse der Übrigen gewußt!« entgegnete ich, ihm herzlich die Hand drückend.

»Hm! Wer Anderen etwas verbirgt, verbirgt sich selbst in der Regel am meisten – und nun, kleiner Job, wie geht's?«

»Ich danke von Herzen, Sir, bei Ihnen geht es mir immer gut!«

»Und glücklich einmal wieder da? Diese Reiselust – komisch Ding! Ist doch am besten und ruhigsten zu Hause – aber es freut mich – was machen die da oben?«

Er meinte hiermit St. James, weil es nördlich von London liegt.

Ich bestellte ihm die Grüße, die mir aufgetragen waren, und überreichte ihm den bewußten Brief des Oberarztes, den er beiseite legte, und wollte eben auf das Abenteuer kommen, welches mich an seine Seite gerufen hatte, als er lächelnd sagte:

»Warte noch ein bißchen damit, kleiner Job – was macht Mr. Derby, der Unterarzt? Trägt er noch immer seinen hellblauen F – Frack?«

»Ja, er trägt einen blauen Frack.«

»Fatales Wort das – F – Frack, meine Zunge will gar nicht mehr fort, Job, hm! Der blaue F – Frack! Kennen Sie die Geschichte vom blauen Frack, he?«

»Nein!« sagte ich und lächelte, denn ich wußte, daß die Geschichte jetzt kam.

»O, Sie sind in St. James gewesen und wissen das nicht! Ist gar keine Lust mehr da – na! Sie sollen gleich hören: Damals, als ich da oben war – ist etwas lange her – trug sich diese Geschichte zu. Denn Mr. Derby kleidete sich immer in einen blauen Frack; da er außerdem nur noch einen schwarzen hatte, der jedoch nur bei großen Feierlichkeiten zum Vorschein kam, war der Bratenrock-hm! war bald eine bekannte Sache das, und Mr. Derby hieß allgemein: der blaue Frack! Als nun einmal ein Festtag herbeikam, beschlossen seine geliebten Pfleglinge, sich einen Spaß mit dem blauen Frack zu machen. Eine gewisse, lustige Person, die außer daß sie verrückt war, auch als Schöngeist galt, dichtete eine Komödie und nannte sie: der blaue – F –

Frack! Komödienspiel war immer Mode unter Leuten ohne Verstand – hm! besonders damals zu St. James. Hm! – Sie lächeln, kleiner Job? Aber ich habe auch Komödie gespielt – als Liebhaber – machte immer den Anbeter, haha! Nun die Rollen wurden verteilt und gelernt. Die Kegelbahn war das Schauspielhaus – Zuschauer sitzen – Akteure kommen – aber da fehlt das Beste – die notwendigste Garderobe – der blaue F – Frack! Ja, was nun? Stille, sagte der Schöngeist, Mr. Derby schläft, ist die Zeit seiner Mittagsruhe – werde den Rock aus seinem Zimmer stibitzen. Gut! schleicht zu ihm hinein – ha! da liegt der Rock auf dem Stuhl – vortrefflich! – nimmt ihn wie der beste Taschenspieler, läuft im Triumph nach der Kegelbahn – hier ist er, Gentlemen, der blaue F – Frack! Haha! wird mit Beifall empfangen – Händeklatschen muß dabei sein, sonst ist's Nichts – und das Stück nimmt seinen Anfang.

Aber nun geht's los – Mr. Derby erwacht, will ausgehen – auf die Visite. Aber wo ist der Frack? Mr. Derby sucht, findet ihn aber nicht. Mr. Derby wird böse, denn er versteht mit seiner Person keinen Spaß, und schreit und tobt und lärmt und klingelt das ganze Haus zusammen. Zufällig kommen Mr. Elliotson und Mr. Lorenzen auch herbei, und nun geht's allgemeine Suchen los. Aber die alten Burschen merken was und lachen schon im Voraus. – Meine Herren! sagt Mr. Derby, das ist nicht zum Lachen – das ist nichtswürdig, meine Herren, das ist ein dummer Spaß, meine Herren, ich kann doch nicht in Hemdsärmeln auf die Visite gehen – und Sie lachen, meine Herren! – Genug, der Rock fehlt, und Mr. Derby ist in seiner Wut genötigt, den schwarzen anzuziehen! Haha! schwarzer Rock und Nankinghosen, haha! Aber Mr. Derby ist schlau, ahnt das Bubenstück, weiß nicht woher, und stürzt hinaus. Wir alle ihm nach, 's geht in den Park – hoho! meine Herren, was ist das für ein Spektakel auf der Kegelbahn? Und da haben wir's, da findet er sie gerade bei der Kata – Katastrophe. Ha! mein blauer Frack, ruft er wütend, der soll Komödie spielen? Meine Herren, Sie sind Zeuge von der Infamie und dem Attentat gegen meinen blauen Frack – gehen Sie sogleich, Sie Schöngeist, und tragen ihn an Ort und Stelle, Mr. Toms – fünf Eimer – Sie verstehen mich! und der Schöngeist ging und trug den blauen Frack zurück und nahm fünf Eimer kaltes Wasser mit dem Anstande eines Mär – Märtyrers – hahaha! Nun, kleiner Job, weißt du nun die Geschichte von Mr. Derbys blauen Frack?«

»Ja, Sir John, nun weiß ich sie, und ich werde sie nicht vergessen, haha!«

Und wir lachten Beide unmäßig über die Geschichte vom blauen Frack; auch war es unmöglich, es nicht zu tun, bei den unübertrefflich nachahmenden Gebärden des Erzählenden.

Als der alte Herr sich auf diese Weise erleichtert, sagte er ernsthaft:

»Das war gelacht – Lachen ist sehr gesund, das weiß ich am besten – doch nun zu den Geschäften!«

»Jawohl, Sir, ich bin Ihnen schuldig, die Gründe meines Benehmens auseinanderzusetzen, warum ich schrieb und Sie bat –«

»Halt! kleiner Job – geht mich die Geschichte was an? Hat sie Bezug auf mich? Weiß so ungeheuer viel alte Geschichten, hab' kein Verlangen nach neuen –«

»Nein, das nicht, Sir, sie hat keinen Bezug auf Sie.«

»Nun, dann brauche ich sie nicht zu wissen – jeder Mensch hat seine Gründe, warum er etwas Ungewöhnliches tut, Sie auch –«

»Es ist aber ein höchst wichtiges Geheimnis, Sir –«

»O, bin überzeugt – bin überzeugt! Wenn ich nötig werde und Ihnen dienen kann, bin ich bereit, solange hat es gute Wege – wird den kleinen Job nicht auffressen, haha! Aber ich habe auch etwas für Sie und das ist für uns Beide das Wichtigste. Sie kommen mir wie gerufen. – Sehen Sie«, und er zog einen Brief aus seinem Pulte und entfaltete ihn, »da habe ich gestern dieses Schreiben erhalten, von einem meiner alten Patienten, dem Marquis von Seymour–«

»Ha!« rief ich wider Willen und fuhr zurück.

Der Baronet sah mich mit einem seiner forschenden und aufmerksamen Blicke an.

»Nun – kennen Sie ihn? Wissen Sie schon, was ich will –?«

»Nein, Sir, nein! Ich hörte bis jetzt nur von ihm.«

»Bravo! Das paßt ja – treffe immer den rechten Mann auf dem rechten Flecke – und sind Sie soweit mit Ihrem Erstaunen gekommen, mich ruhig anhören zu können?«

»Ja, ja, Sir!« sagte ich und setzte mich zurecht, denn ich bemerkte an seinem fortwährend auf mich gerichteten Blick, daß ich eine große Unruhe verraten haben mußte.

»Nun, sehen Sie, da schreibt mir sein eigener Sohn – man sagt, es sei der Erbe – hm! ein Sir Mortimer, daß sein Vater nach London gekommen sei und vier Meilen von der Stadt einen Landsitz bezogen habe – nun? wissen sie schon was?«

»Ich vermute, Sir –«

»Nun ja, um sich von mir heilen zu lassen. Hahaha! Jeder will geheilt sein, als wenn das immer so eine leichte Sache wäre. Hier bin ich, Herr Doktor, und nun kommen Sie und machen Sie es kurz – hier ist auch mein Dank. Hahaha! Als wenn ich, alter Krüppel, alle Tage gleich da hinaus könnte, – und habe schon hier so viel zu tun, daß ich acht Füße und vier Köpfe haben möchte. Aber Sir Mortimer ist doch vernünftig; schreibt mir, sein Vater litte an einer Nervenüberspannung – jedes Geräusch erschrecke ihn – jedes fremde Gesicht beunruhige ihn – hm! Das muß nun gleich eine Nervenüberspannung sein – die armen Nerven! Jeder Mensch kennt seine Krankheit am besten und glaubt dem Arzte nicht mehr – schöne Wirtschaft! Aber ich sage, Sir Mortimer ist doch noch vernünftig, denn er meint ganz richtig, was ich auch meine, wenn ich nicht selber kommen könnte, möchte ich einen ernsthaften Mann aus meiner Schule schicken – als wenn ich ein Schulmeister wäre – aber doch sagt mir dieses Wort Schule genug«, und er machte hier ein charakteristisches Zeichen, indem er mit seinem rechten Zeigefinger seine Stirn berührte, »und ich möchte ihm gleich bedeuten, daß er einige Tage der Beobachtung wegen bei seinem Vater bliebe.«

»Und nun, Sir?« fragte ich, als er mich forschend ansah, ohne Zweifel, um meine Geneigtheit zu seinem Vorschlage aus mir herauszulesen.

»Nun, kleiner Job, da habe ich Sie als diesen ernsthaften Mann gewählt – Sie haben ja auch einen solchen Blick, eine solche Manier, mit solchen – solchen kranken Nerven umzuspringen – wie wäre es, wenn Sie meine Empfehlung mit auf den Weg nähmen und heute Morgen ein bißchen hinausführen – Sie werden gute Tafel finden –«

»Erlauben Sie, Sir«, sagte ich schnell, »ich muß Ihnen mein Geheimnis vertrauen –«

»Nein, kleiner Job, das mußt du nicht, ich will es noch nicht wissen. Du sollst einmal allein handeln, und wenn du mit deiner Weisheit zu Ende bist, werde ich mein Urteil schreiben, ob du ein Mann von Praxis bist oder nicht – he?«

»Gut, gut, Sir, ich werde handeln –«

»Ja, ja, Sir, das sollen Sie – nur noch einige Worte über den Mann – kenne ihn schon lange – stolzer Aristo – Aristo – krat – schlechter Ehemann – parteiischer Vater – aber – reich, künftiger Herzog – und die Welt sagt Amen! Aber ich nicht! Habe immer meinen Verdacht gehabt – hm!«

»Was für einen Verdacht, Sir?«

Sir John sah mich komisch lächelnd, aber überaus schlau an.

»Was für einen Verdacht? Ja, das sollen Sie mir sagen, wenn wir uns wieder sprechen – ist nicht ganz richtig in seiner Familie – hat schon was davon in der Zeitung gestanden –«

»Ah, ich weiß, ich weiß, Sir –«

»Du weißt, kleiner Job? Das ist ein Irrtum – vor vier Jahren warst du noch nicht hier –«

»Und dennoch weiß ich, Sir – so wahr ich lebe, ich weiß es!«

»Nun, dann ist's umso besser für dich – wollen uns weiter sprechen – wollen Sie ihn besuchen, Herr Doktor?«

»Ganz gewiß!« rief ich, »und auf der Stelle!«

»Haha! Das ist vortrefflich, wie gemacht! Gehen Sie«, fuhr er mit einem plötzlich sich entwickelnden und fast strengen Ernste fort, »gehen Sie und werfen Sie Ihr Senkblei – tief, immer tiefer mit sicherer Hand – Sie verstehen mich, – wenn Sie keinen Grund finden, bin ich auch noch da – ich erwarte in einigen Tagen von Ihnen zu hören – haben Sie schon gefrühstückt?«

»Ja, Sir, ja!«

»Aber bei mir nicht!«

Und der alte Mann schellte mit seiner silbernen Klingel, die immer vor ihm auf dem Tische stand, und befahl, für mich ein Frühstück aufzutragen, denn er selbst aß stets allein, Morgens

Punkt sieben Uhr und Abends Punkt sieben Uhr, damit es ihm, wie er sagte, nicht zu viel Zeit wegnähme.

Ich hatte weder Lust zum Essen noch zum Trinken, am liebsten wäre ich gleich abgefahren, allein ich konnte es nun nicht mehr ablehnen und blieb. Während des Essens kam mir der Gedanke an Sir William Graham.

»Mein teurer Sir«, sagte ich, »kennen Sie einen Sir William Graham, einen ehemaligen berühmten Rechtsgelehrten oder Notar hier in London?«

»Ich habe ihn gekannt, kleiner Job – schmecken die Austern? He? Nun ja, ich habe ihn gekannt – was sehen Sie mich so an – vor zwei Monaten noch – war ein vortrefflicher Mann – mein Freund, auch mein Notar – aber jetzt – Schlagfluß wie ich, aber nicht so glücklich wie ich – noch einer und noch einer – konnte kein Mensch was machen – tot!«

»Was!« rief ich und stand sprachlos vor Erstaunen von meinem Stuhle auf.

»Ja, kleiner Job, wollen Sie es ändern? Ich kann's nicht! Wer kann dafür! Gott hat's so gewollt!«

Und der edle alte Mann sah mich mit einem so aufrichtig trauernden, aber ergebenen Blick an, daß ich mich ihm nähern und ihm die Hand drücken mußte.

»Hat er keine Kinder hinterlassen?« fragte ich.

»Nein, kleiner Job, keine Kinder, ein Bruder erbt Baronie und Alles.«

»Und wer ist dieser Bruder?«

»Ein ehemaliger Pfarrer, sagt man, ich habe ihn nie gesehen; als ich Sir William besuchte, war er verreist, aber soll ein braver Mann sein – das Vermögen kommt diesmal in gute Hände – freut mich sehr.«

»Wo hat Sir William Graham gewohnt?«

»Seitdem er seine Geschäfte aufgegeben hat – und das ist schon lange her – meiner und seiner Freunde Angelegenheiten führte er nur aus Gefälligkeit und alter Gewohnheit – hatte er einen Landsitz, sechs oder acht Meilen hinter Seymour-Castle, das Sie eben besuchen wollen – da können Sie von ihm hören, wenn Sie was Näheres wissen wollen – und nun, kleiner Job, bist du schon satt?«

»Vollständig, Sir!«

»Schön! dann wollen wir an die Arbeit gehen, ich nach Bethlehem und du – nach Jerusalem!«

Und der alte Mann lachte herzlich über seinen sonderbaren Einfall.

»Guten Morgen, Sir! Ich sehe Sie also nach einigen Tagen wieder und dann mein Geheimnis –«

»Es hat keine Eile – guten Morgen, kleiner Job – mein Wagen soll Sie in einer Stunde hinausbringen aufs Land – hören Sie – laufen Sie doch nicht so schnell, Sie werden sich den Hals brechen – in einer Stunde – Adieu!«

Ich lief die Treppe hinab, was ich laufen konnte, und kam beinahe atemlos in meiner Wohnung an.

War diese Sendung zu dem Marquis Zufall, war sie Schickung? Ich weiß es nicht. Ich hatte nur ein Gefühl – das Gefühl der inneren Befriedigung eines Teiles meiner lebhaftesten Wünsche, des Dankes gegen die Vorsehung, und des festen, unumstößlichen Vorsatzes, mit Ernst und Bedacht den Weg weiter zu verfolgen, den ich einmal betreten hatte.

Ich besprach rasch mit Bob das Nötigste, ordnete meinen Anzug, mein kleines Gepäck, und nach einer Stunde schon saß ich in Sir Johns Wagen und rollte geraden Weges Seymour-Castle, dem Landsitze des mächtigen und reichen Marquis von Seymour, zu.

»Werfen Sie das Senkblei – tief – immer tiefer, und wenn Sie keinen Grund finden sollten, bin ich auch noch da!« Dieser sehr bezeichnende Ausdruck des berühmten Arztes, der höchstwahrscheinlich die Gemütsbeschaffenheit seines alten Patienten ahnungsvoll voraussah, ging mir beständig während meiner kurzen Fahrt nach Seymour-Castle im Kopfe herum, so daß ich gar nicht davon loskommen konnte.

»Ich werde es werfen!« sagte ich zu mir selbst, »werfen in die tiefste Tiefe seiner Brust, in den verborgensten Winkel seiner dunklen Seele, und da ich schon im Voraus die entsetzliche Bodenlosigkeit seiner geheimsten Gedanken kenne, so werde ich mich schon vorsehen, sie zu erreichen. Sir John hat diesmal nur einen Verdacht, ich aber habe die Gewißheit vor mir. Mag sein, daß ihm, dem erfahrenen Manne und dem Meister menschlicher Herzen, dieser Verdacht hinreichend ist und daß er bald die Gewißheit, deren er bedarf, damit gefunden hätte; ich aber besitze den Schlüssel zu der Tür seines innersten Herzens und werde damit in das verborgene Heiligtum seiner Gedanken dringen und mich daselbst einnisten, bis ich Alles daraus vertrieben habe, was der guten Tat, die ich mir vorgesetzt, im Wege ist. Vor allen Dingen aber muß ich, ehe ich den wunden Fleck mit meiner Sonde berühre und das ausschälende Messer ansetze, sein Vertrauen gewinnen, ohne dies geht es nicht und er entschlüpft mir wie ein gewandter Aal.

Wenn mir das gelingt und er einsieht, daß ich mit Eifer und Wärme zu Werke gehe, und er mir dann noch nicht mit seinem Vertrauen entgegenkommt, dann ist es Zeit, daß ich die Siegel seiner Erinnerungen löse, dann sei mein Verfahren behutsam, sicher, milde und schonend, aber nachdrücklich und ernst.

Und hilft mir auch das noch nichts, und ich finde in ihm, was ich nicht finden möchte: einen verstockten und mit kaltem Vorbedacht handelnden Sünder – dann breche ich mit Gewalt die Eisrinde seines Herzens, und meine Schuld ist es nicht, wenn ich, anstatt seines Trösters, sein Dämon werde. Denn hier ist nicht die Krankheit allein zu beseitigen, die ihn verzehrt, hier muß ich alles Gift vertilgen, was aus ihm ausgeflossen ist und das Leben so vieler Menschen traurig und elend gemacht hat. Mut, Percy! Mut, Ellinor! Mut, Mr. Graham! jetzt bin ich euer Advokat, den Gott sendet, jetzt schlägt eure Stunde und meine Stunde – doch Gott wolle es wenden, daß ich barmherzig sein kann!«

So noch mit meinen Plänen und mit der Art und Weise meines Benehmens beschäftigt, fuhr mich der Wagen rasch über das Feld und hielt schon vor dem Herrenhause des Landsitzes des Marquis von Seymour, ehe ich mit meinen Beschlüssen zu Ende war.

Noch bevor ich Zeit hatte, mich aus meiner nachdenklichen Stellung zu erheben, sprangen einige Diener, unter ihnen der Haushofmeister, an den Schlag, denn sie mochten die Equipage Sir Johns erkannt haben, und waren mir beim Aussteigen behilflich.

Die Vorderseite des alten, aber ziemlich wohlerhaltenen Prachtgebäudes von Seymour-Castle lag vor mir. Sie sah in eine lachende, grüne, weit geöffnete Gegend, während die Hinterseite ein dichter, dumpfer und einsamer Tannenwald begrenzte.

»Sie kommen von Sir John...?« redete mich der Haushofmeister mit einer Verbeugung an, »nicht wahr, Sir? Ach, Sir, wir haben Sie sehnlichst erwartet!«

»Ich komme von ihm, da er selbst leidend ist – und wer hat mich sehnlichst erwartet?«

»Mylord Seymour, Sir Mortimer und wir Alle, denn es tut Not!« setzte er flüsternd hinzu. »Sie erlauben doch, daß ich Ihre Sachen auf Ihr Zimmer tragen lasse, da Sie hoffentlich hier bleiben, Sir?«

»Ich denke!« erwiderte ich und schritt die steinernen Stufen in die Vorhalle hinauf, während sogleich einer der Diener mit meinem Gepäck uns voranschritt und der Wagen Sir Johns auf mein Geheiß nach London zurückfuhr.

Wir traten in das Haus – alle Gänge, Treppen und Zimmer waren mit dickem, grünem Fries bedeckt, so daß kein Fußtritt gehört werden konnte. Alle Türen öffneten und schlossen sich lautlos, keinen Menschen hörte man sprechen, eine durch nichts unterbrochene, unheimliche

Stille herrschte in dem ganzen Hause, als wäre dasselbe ein Grab oder die Ruhestätte eines schlafengegangenen Tyrannen, vor dem jeder Laut verstummt und jedes Lebenszeichen erlischt.

Der Haushofmeister führte mich schweigend in ein Gemach, welches im ersten Stockwerk lag, durch dessen Fenster man nichts als den traurigen, düsteren Kiefernwald sah. Als mein Führer mit mir eingetreten war, schloß er vorsichtig hinter sich die Tür sowie die offenstehenden Fenster und setzte mir einen Sessel hin.

»Es tut mir außerordentlich leid«, fing er an, »daß Sir Mortimer gerade jetzt nicht zu Hause ist; er wollte so gern den erwarteten Arzt sprechen, ehe er sich zu Seiner Herrlichkeit begäbe.«

»Und wo ist Sir Mortimer?«

»Auf der Jagd, Sir, mit einigen Freunden aus der Nachbarschaft!« sagte der Mann mit einer traurigen Miene, indem er einen nachdenklichen Blick durch die Scheiben in den finsteren Wald warf.

»Auf der Jagd? So! Sir Mortimer jagt wohl viel?«

»Je nun, Sir, wir sind erst einige Tage hier und es ist sein Lieblingsvergnügen. Auch bedarf er vielleicht der Erholung, denn Mylord ängstigt ihn, wie uns Alle.«

Diese Worte sprach der ältliche, stille Mann mit einigem Rückhalt aus, wie mir schien.

»Er ängstigt ihn? Womit denn? Ich dächte, wenn er so ernstlich krank ist, müßte er ihn mehr besorgt machen als ängstigen?«

»Nein, Sir, – doch ja, das wohl auch! Aber das ist eben die sonderbare Krankheit Seiner Herrlichkeit, daß er Alles, was ihn umgibt, in Bewegung und Furcht versetzt. Er selbst hat keine Ruhe, weder bei Tag noch bei Nacht, und da dürfen wir auch keine haben; und weil er vor jedem Geräusch erschrickt und eine unbezwingbare Furcht hat, so müssen wir uns demnach ganz still verhalten.

»Wovor fürchtet er sich denn?«

»Ja, Sir, das weiß ich nicht. Wir wechseln alle Nächte in der Wache bei ihm ab, und der, den die Reihe trifft, muß bei ihm schlafen oder munter sein, wie er nun selbst schläft oder munter ist. Sie sollten das hören, wie er alle Augenblicke fragt, ob man bei ihm und wach sei und ob man nichts gehört oder gesehen habe? Anfangs hat Sir Mortimer nur allein bei ihm sein wollen, aber er konnte es auf die Dauer nicht aushalten, da Mylord stets etwas sieht und hört, was – was ihn außer Fassung bringt.«

»Was sieht und hört er denn? Sprechen Sie deutlich!«

»Je nun! Gespenster, glaube ich! Es ist ein schrecklicher Zustand, Sir, Sie sollten nur dabeisein.«

»Ich glaube es wohl. Und wie lange dauert das schon?«

»O – wann es eigentlich anfing, weiß ich nicht recht – aber es ist schon ziemlich lange her, wohl über ein Jahr.«

»Und wie fing es an?«

»Ganz allmählich, man merkte es kaum. Anfangs wechselte Seine Herrlichkeit oft den Aufenthaltsort, dann das Zimmer, die Bedienung, das Bett. Er hatte eine entsetzliche Unruhe und war mit nichts zufrieden. Dann fing er an, sich zu fürchten, besonders vor dem Tode oder vor fremden Menschen, und er ließ Niemanden mehr vor sich, bis er denn endlich so wurde wie er jetzt ist.«

Der alte Mann war ganz blaß geworden, während er mir dies erzählte.

»War Sir Mortimer immer um ihn?« fragte ich weiter.

»Ja, Sir, und – unter uns gesagt – Seine Herrlichkeit hat es mir in einer Nacht anvertraut, als er sehr ängstlich war – vor ihm fürchtet er sich am Meisten.«

»So! und wissen Sie von diesen Vorgängen keinen wahrscheinlichen Grund?«

Der Mann zuckte die Achseln und sagte stotternd und zögernd:

»Nein, Sir, nein! Wenigstens keinen triftigen. Aber das ist es eben, glaube ich, was Sir Mortimer vorher mit Ihnen besprechen wollte.«

»Wann kommt Sir Mortimer zurück?«

»Um drei oder vier Uhr, denke ich.«

»Jetzt ist es halb Zwei – also noch etwa zwei oder drei Stunden – das ist zu lange. Ich möchte wohl Seine Herrlichkeit sehen – auch kann ich ja nachher noch mit Sir Mortimer sprechen.«

»Das ist auch wahr – doch bitte ich Sie, Sir Mortimer zu sagen, wenn er zurückkommt, daß es Ihr alleiniger, ausdrücklicher Wunsch war, zu Seiner Herrlichkeit zu gehen.«

»Verlassen Sie sich darauf, ich werde es ihm gewiß sagen.«

»Nun gut, so werde ich fragen lassen, ob er Sie empfangen will.«

Der Mann ging hinaus und ließ mich ein paar Minuten allein.

»Der Wind bläst aus einer anderen Richtung, als ich dachte«, sagte ich zu mir; »er bläst mir nicht ganz entgegen – ich werde gut lavieren können. Es wird leichter gehen, als ich es für möglich hielt. Es hat mir ein Anderer schon vorgearbeitet. Gut!«

Der Haushofmeister kehrte zurück und zeigte mir an, daß Mylord einwillige, mich sogleich vor sich zu lassen.

Wir stiegen eine Treppe hinauf, denn das Zimmer des Kranken lag gerade über dem meinigen mit der ebenfalls unerfreulichen Aussicht auf den trüben, einsamen Wald.

Obgleich meine Ankunft gemeldet war und der voranschreitende Haushofmeister so leise wie möglich die Tür öffnete, so hörte ich doch, noch außen auf dem Korridor stehend, die aus dem Zimmer heraustönenden, aber mit einer durchaus tonlosen, kalten, fast erstorbenen Stimme gesprochenen Worte rufen:

»Still! Wer kommt da? – Ha? Du bist es, Paul, so mach' doch langsam die Tür auf – du erschreckst mich!«

Ich trat leise ein, sah aber im ersten Augenblick beinahe gar nichts. Denn das ohnehin schon dunkle Zimmer war von langen und schweren grünseidenen Vorhängen, die noch dazu dicht zugezogen waren, so beschattet, daß kaum ein einziges Lichtstäubchen durch die Fenster dringen konnte. Der ganze Boden des großen Zimmers war mit einem moosähnlichen, ebenfalls dunkelgrünen Velourteppich belegt; und obgleich wir uns im Monat August befanden, glimmte doch in dem Kamine, der aus großen schwarzen Marmortafeln bestand und dessen Spiegel verhangen war, ein großer Haufe mattglühender Kohlen. Auch nahm ich einen dumpfen, unangenehmen Geruch im Zimmer wahr, den alle im Übermaß verschwendeten Wohlgerüche nicht verdecken konnten, denn er rührte von der verdichteten Luft her, die auf Befehl des Bewohners nie durch das Öffnen eines Fensters erneuert werden durfte.

»Der Herr Doktor aus London, Euer Herrlichkeit!« sagte der Haushofmeister, indem er sich tief verbeugte, »Sie haben befohlen –«

»Es ist gut, Paul! gut, William! Geht hinaus, ich werde Euch rufen lassen – aber leise, tretet nicht so hart auf – Ihr erschreckt mich!«

Ich sah in die Gegend hin, woher der frostige Ton kam, ich suchte den Mann, der sich fürchtete – da lag in einem großen Lehnsessel, dicht am Kamin, eine Gestalt, vor der, da sie vom Kopf bis zu den Füßen fast ganz mit Pelzen verhüllt war, nur das Gesicht allmählich deutlicher mir entgegentrat. Ich strengte meine Augen an, etwas Bekanntes und Liebgewonnenes aus diesen Zügen herauszufinden, aber es war mir unmöglich, denn dieses Gesicht war kaum dem eines lebendigen Menschen ähnlich, weit eher glich es einer Totenmaske. Es war graubleich und erdfarben; langgezogene und tiefe Falten bedeckten es von den Augen bis zum Kinn, und nur einige wenige Haare glänzten silberweiß über einer ungeheuer großen, aber einen ungewöhnlich unangenehmen Eindruck hervorrufenden Stirn, denn sie war in allen ihren Verhältnissen über das Maß hinausgehend, zu breit, zu hoch und zu weit hervorragend, so daß die, wenn auch nicht kleinen, doch unter dichten Augenbrauen scheu hervorblickenden Augen in ihren tiefen Höhlen kaum aufzufinden waren. Das war Alles, was ich für jetzt zu erkennen vermochte.

»Ah, Sir!« sagte die Stimme des Patienten etwas belebter, »Sie kommen von meinem Freunde Sir John...?«

»Ja, Mylord! Ich bringe Euer Herrlichkeit die ehrerbietigsten Grüße von ihm, der auch mein Freund ist; seine Geschäfte und seine eigene Kränklichkeit verhinderten, daß er selbst das Vergnügen hatte –«

»Gut, gut, ich bin's zufrieden – setzen Sie sich, Sir!«

Ich sah mich nach einem Stuhle um, aber ich konnte in der Dunkelheit, die mich umgab, keinen finden, daher blieb ich noch einen Augenblick vor ihm stehen.

»Setzen Sie sich, Sir!« rief er lauter und, wie mir schien, mit etwas zu gebieterischem Tone.

»Noch nicht, Mylord!« erwiderte ich. »Ein Arzt muß mit allen seinen Sinnen bei seinem Kranken sein; erlauben Sie, daß ich erst diesen Vorhang etwas zurückschiebe –«

Und, während ich noch sprach, schnell mich an ein Fenster begebend, zog ich ohne weiteres die eine Hälfte des Vorhanges mit einer Schnur zurück, die daran hing, und ein schrillendes Geräusch verursachte, als sie sich in Bewegung setzte. Augenblicklich fiel ein hellerer, doch durchaus nicht blendender Tagesschimmer in das weite Gemach, denn hinter dem grünen Vorhange war noch ein weißer vorhanden, der dicht vor dem Fenster herabgelassen war.

»Halt!« rief der Marquis, auf das Äußerste erschreckt, »was tun Sie – und welcher Ton?«

»Es ist notwendig und unabänderlich, Mylord –«

»Machen Sie zu, geschwind zu – das Licht! ha! ich ertrage das Licht nicht –«

»Nein, Mylord, ich mache es nicht zu und Sie werden es ertragen!«

Und ich stellte mich vor ihn, damit der ungewohnte Schein des Tages ihn nicht im Geringsten blende, und schaute ihn jetzt ruhig an – aber ich erschrak beinahe selbst vor dem unruhigen, furchtsamen, aufgescheuchten Blicke, dem ich begegnete. Die gläsernen Augen dieses überaus ängstlichen Mannes zitterten in beständiger Bewegung, sie flogen ringsherum im Zimmer und blieben endlich nur mit Mühe und angstvoll auf mir haften. Ich fand keine Spur von Ähnlichkeit mit Percys edlem und schönem Gesichte, wenn es nicht vielleicht die Form desselben war, aber ich konnte nicht lange meine Beobachtung fortsetzen; er sagte sogleich:

»Sie wagen viel, Sir! Ich bin nicht gewohnt, daß man meinen Befehlen entgegen handelt – ich kann das Licht nicht ertragen –«

Diese mit einem unverkennbaren Eigensinn gesprochenen Worte flößten mir Vertrauen gegen mein eigenes Benehmen ein. Ich blickte ihn ruhig, aber fest an und erwiderte:

»Und ich kann Sie ohne Licht nicht beobachten!«

»Beobachten? – Ha!«

»Ja, Mylord, beobachten! Sie haben einen Arzt kommen lassen, damit er Ihnen helfe. Ein Arzt aber läßt sich keine Vorschriften machen, er handelt nach seiner Überzeugung – Sie müssen Licht haben und auch in allem Übrigen Ihren Willen dem meinigen unterordnen, solange ich eben Ihr Arzt und Sie mein Patient sind.«

Er sah mich jetzt stumm und staunend, mit einem mehr verwunderungsvollen als zornigen Blick an, dann fuhr er fort:

»Es war mir anfangs lieb, daß Sir John nicht selbst kam, er hat einen solchen – solchen vernichtenden Blick, einen so eisernen Willen und einen so befehlshaberischen Ton – aber Sie – Sie –«

Ich ließ ihn nicht aussprechen, sondern unterbrach ihn.

»Nicht vernichtend! Das scheint Euer Herrlichkeit nur so, wohl aber erwägend und prüfend, und solchen Blick muß der Arzt haben, wenn er die verborgenen Tiefen des –«

»Ha! Sir!«

Ich ließ mich nicht stören, sondern fuhr ruhig fort;

»Wenn er in die verborgenen Tiefen und die Quellen der menschlichen Leiden dringen will. Muß doch sein Blick noch schärfer sein, wenn er das beste und passendste Heilmittel für den vorliegenden Fall auswählt; und je schärfer daher dieser mein Blick ist, um so vorteilhafter wird er für Sie sein –«

»Setzen Sie sich, Sir – es ist gut; ich sehe, mit Ihnen ist nicht gut streiten – aber warten Sie, erst – bitte! – schüren Sie die Kohlen in dem Kamin auf, es ist so kalt hier –«

Ich schürte die Kohlen mit dem glühenden Schüreisen an, obgleich es so heiß in dem Zimmer war, daß mir bereits die Schweißtropfen von der Stirn rieselten; dann nahm ich einen Stuhl und setzte mich dicht vor ihn hin.

»Und nun, Mylord«, sagte ich, »erlauben Sie mir, Sie zu bitten, Ihren Zustand mir recht genau zu erzählen.«

»Erzählen? Sie reden sonderbar, sehr sonderbar! Das hat mir noch kein Mensch zugemutet. Ich dächte, Sie fragten – fragen Sie, ich werde beantworten, was sich beantworten läßt.«

»Nein, Mylord, das geht nicht! Es ist meine Meinung so. Meine Fragen kommen nachher, erzählen müssen Sie zuerst.«

»Aber mein Gott! was soll ich Ihnen denn erzählen?«

Er schöpfte tief Atem und wandte sich ungeduldig hin und her. Ich wußte es wohl, daß er keine bestimmten Klagen hatte, denn die von eigener Schuld belastete Seele ergeht sich nicht gern in deutlichen Klagen, sie wirft alle ihre Qualen auf ein eingebildetes oder vorgeschütztes Leiden des Körpers, wagt aber nie offenherzig sich dieselben zu erklären.

»Nun«, fuhr er fort, »wenn Sie durchaus so wollen – aber ich denke, Sie ziehen den Vorhang wieder zurück –«

»Nein, Mylord, ich muß darauf bestehen; ich bitte, erzählen Sie nur dreist, aufrichtig – wir sind unter uns –«

Er schien sich gewaltig zusammenzunehmen und brachte endlich mit Mühe eine Menge unbestimmter Klagen vor, von denen ich nur eine begründet erachtete, und das war Luftmangel und das Gefühl, als liege eine schwere Last auf seiner Brust.

Jetzt begann ich damit, ihm einige Fragen vorzulegen, die er mir kurz beantwortete. Dann bat ich um seine Hand – er reichte sie mir schweigend, sah mich aber durchdringend während meiner Untersuchung an und zuckte merklich, als ich sie berührte. Sie war, trotz der Pelze und der Hitze im Zimmer, kalt und mit einem klebrigen Schweiße bedeckt – ihr Puls war hart, gespannt, äußerst voll und langsam, gerade wie bei einem Menschen, dem ein Schlagfluß bevorsteht.

Ich setzte mich zurück und sann einige Augenblicke nach. »Du mußt jetzt dadurch sein Vertrauen gewinnen, daß du ihm einige Erleichterung verschaffst«, dachte ich.

»Wie finden Sie meinen Zustand, Sir?« fragte er zögernd.

»Ich finde Sie nicht bedenklich krank, Mylord«, war meine Antwort, »doch erlauben Sie noch einige Fragen. Sie schlafen sehr wenig?«

»Fast gar nicht.«

»Sie machen aber auch keine Bewegung?«

»Ich denke, nein!«

»Sie fühlen wohl das Bedürfnis des Schlafes, aber Sie können nicht?«

»Nein, Sir, nein – ich kann nicht!«

»Es kommen Ihnen, wenn Sie einschlafen wollen, immer ungewisse Traumgestalten vor die Augen?«

»Ungewisse? Nun ja, Sir, ja – weiter, weiter –«

»Sie denken zu viel über gewisse Gegenstände nach?«

»Ha! Welche Gegenstände?«

»Über Ihr Leiden –«

»Nun wohl, Sir –«

»Und finden in keinem Worte, in keiner Tat, ja, in keinem Gedanken irgendeinen Trost – nicht?«

»Sir! was sprechen Sie da? Sie kennen meinen Zustand vollkommen – so ist es –«

»Und warum haben Sie mir das nicht selbst gesagt?«

»Ha! wie kann ich so von der Leber weg sprechen – ich kannte Sie ja nicht – jetzt kenne ich sie schon besser – ha! es ist schwer, das zu sagen – und woher wissen Sie das? Wer hat Ihnen das gesagt?«

»Es hat mir's Niemand gesagt, aber ich habe es gelesen –«

»Gelesen, Sir?«

Und er fuhr halb vom Stuhle mit einem fürchterlichen Blick auf, als wenn eine Natter ihn gestochen hätte.

»Gelesen? Wo? Wann?«

»Beruhigen Sich Eure Herrlichkeit – ich habe es nur auf Ihrem Gesichte gelesen –«

»Was – auf meinem Gesichte? Spricht das so deutlich?«

»Für mich wie ein Buch!«

»Ha! das ist nicht wahr, Sir! – Geben Sie mir da – dort – den Spiegel – auf dem Tische muß er liegen –«

Ich ergriff den runden Handspiegel und hielt ihm denselben vor – er fuhr zurück und bedeckte sich das Gesicht mit beiden Händen.

»Ist das mein Gesicht?« murmelte er mit halb erstickter Stimme.

Ich blickte ihn zaudernd – ich muß sagen – voll Mitleid an.

»Sprechen Sie, Sir, sprechen Sie! Schweigen Sie nicht, Ihr Schweigen ist furchtbarer als Ihr Reden – wer sind Sie? Was wollen Sie von mir? – Sie können gut lesen –«

Ich sah ihn immer fester an – unsere Blicke begegneten sich – er wollte den meinigen ausweichen, aber er konnte nicht; eine unbezwingliche Gewalt, vielleicht die seiner erwachenden Seele, schien ihn zu fesseln – ich las jetzt wirklich in seinem Gesichte – es war etwas Verständliches für mich darin – und auch er schien meine Miene zu verstehen – es war mir geglückt, ihn aus sich selbst, die verborgene Seele aus ihrer Umhüllung herauszubringen.

»Hören Sie«, fuhr er fort, »ich will Ihnen etwas sagen – aber kommen Sie näher – noch näher – ganz nahe –«

Und er flüsterte mir ins Ohr, das ich ihm hinhielt, so leise, daß ich es kaum verstehen konnte:

»Was ich Ihnen sagen wollte – ja! Sprechen Sie leise, sagen Sie Niemanden, was Sie mit mir gesprochen haben – meinem Sohne Mortimer, wenn er kommt, am wenigsten – wir Beide wollen allein Vertraute sein – hören Sie – wir ganz allein – ach, ich habe Ihnen noch viel zu sagen – ich bin ein alter unglücklicher Mann – oder haben Sie auch schon gelesen –?«

»Mylord!« erwiderte ich, in der Tat von der furchtbaren Angst gerührt, die sich auf seinen zusammengekniffenen Gesichtszügen aussprach, und faßte seine knöcherne Hand, die ich warm, vielleicht zu warm drückte, »Sie haben Recht, Mylord, wir wollen Vertraute sein – Niemand braucht sich in unsere Angelegenheit zu mischen, als Sie, der Kranke, und ich, der Arzt.«

Er lehnte sich zurück und ließ einen langen Seufzer hören.

»Ach!« sagte er, »ich glaube, Sie können mir helfen – es ist Alles wider mich –!«

Ich sann abermals einige Augenblicke nach.

»Mylord!« fing ich wieder an, »ich habe einige Verordnungen für heute, für jetzt zu machen – morgen sprechen wir weiter.«

»Morgen? warum nicht heute – nicht gleich?«

»Nein, es geht nicht; erst muß ich Ihnen einige Erleichterung und Ruhe verschaffen, dann fahren wir fort in unserer Unterredung, und es wird darauf nur umso leichter gehen.«

»Aber Sie kommen doch noch heute Abend zu mir – ach, der Abend und – die Nacht – hu!«

Er bebte zusammen, als wenn ein eisiger Schauer über ihn lief, seine Lippen zitterten und sein ganzes Antlitz wurde noch um einen Grad blasser, als es vorher gewesen war.

»Fürchten Sie sich nicht mehr!« war meine Antwort. »Ich werde stets um Sie sein, und Sie können mich jeden Augenblick rufen lassen. Bieten Sie Ihrem Mißgeschick eine männliche Stirn – mit Gottes Hilfe werden Sie Alles besiegen, was Ihnen im Wege steht –«

»Mit Gottes Hilfe? Ja – o ja! Und Alles? hm! Das ist viel! Doch es ist gut – es ist sehr gut, Sir – was haben Sie mir zu verordnen?«

»Luft,! Licht! Auch Bewegung will ich Ihnen geben und einige Unzen Blut nehmen!«

»Blut – Blut? warum Blut? Ich denke nicht, daß meine Krankheit im Blute steckt –«

»Sie steckt nicht im Blute, nein!«

»Aber wo?«

»Das werde ich Ihnen später sagen – fürs Erste will ich Ihre stockenden Säfte in Umlauf bringen – Sie müssen frische Luft atmen und dem Lichte Zutritt zu Ihnen gönnen –«

»Das wird nicht gehen, Sir – das Licht haßt mich!«

»Es muß geschehen, Mylord! Das Licht haßt Sie nicht – Sie hassen vielmehr das Licht. Mit einem Worte, ich will es so, und Sie brauchen es so –«

»Sie sprechen sehr bestimmt, Herr Doktor!«

»Es ist meine Pflicht, Mylord. Haben Sie Neigung zu fahren, Mylord!«

»Fahren? Mit Pferden? Um Gottes willen nicht! Wohin wollen Sie mich fahren?«

»Aha!« dachte ich. Doch ich tat, als merkte ich nicht sein Erschrecken, und fügte sogleich hinzu:

»Nun, so können wir einen kleinen Rollwagen aus London kommen lassen, und Eurer Herrlichkeit Diener können Sie im Garten auf und nieder fahren. Unterdessen lassen wir das Zimmer lüften, oder, was noch besser ist, Sie beziehen ein anderes vorn nach dem Parke hinaus – die grünen Vorhänge müssen fort und weiße, durchsichtige hinein – so muß es sein.«

»Weiße Vorhänge? Lüften? Ein anderes Zimmer? Sie kommen mir ganz merkwürdig vor –«

»Lassen Sie es gut sein und gehorchen Sie mir.«

Ich ging nach der Tür und öffnete sie.

»Wo wollen Sie hin? Bleiben Sie!« rief er sogleich.

»Ich will nur Ihre Diener rufen!« erwiderte ich und rief den Haushofmeister herein, der schon bereitstand. In seiner Gegenwart ordnete ich Alles, wie ich es haben wollte, noch einmal an und machte mich dann bereit, dem Patienten sogleich einiges Blut abzulassen.

Auch ließ dieser wider Erwarten Alles ruhig mit sich geschehen. Nach einigen Minuten war ich fertig. Er wurde auf seinen Sessel gesetzt und in den Garten getragen, wo zum ersten Mal seit langer Zeit das volle, heitere Sonnenlicht auf seinen kahlen Scheitel fiel. Dann wurde ein Wagen nach London geschickt, den Rollwagen zu holen, und Vorbereitungen getroffen, ein freundliches, auf der Sonnenseite gelegenes Zimmer zu beziehen.

+++

Es war an demselben Tage, Nachmittags gegen vier Uhr; ich hatte bereits mein Mittagbrot eingenommen, das man mir auf mein Gesuch in meinem Zimmer aufgetragen, und war eben in den Teil des Parkes gegangen, welcher neben dem Schlosse lag, als ich, hinter einem dichtbelaubten Akaziengebüsch auf einer Bank sitzend, das Geräusch einer lauten, von der Jagd zurückkehrenden Gesellschaft vernahm. Die Diener im Schlosse eilten sogleich herbei und führten die schnaubenden Pferde und die kläffenden Hunde fort, als ich eine heftige und ziemlich unangenehme Stimme nach dem Haushofmeister rufen hörte.

Augenblicklich sagte mir eine instinktmäßige Ahnung, daß dies Sir Mortimers, Percys Bruders, Stimme sei. Mein Herz bebte bei diesem Gedanken, aber ich hatte keine Zeit, meine Empfindungen zu verfolgen, denn ich war durch die Nähe des Sprechenden gezwungen, wenn auch ungesehen, was immer etwas Peinliches hat, aber diesmal von hohem Interesse war, Ohrenzeuge eines sogleich stattfindenden Gespräches zu sein. Denn zu dem schnell herbeieilenden Haushofmeister sagte diese Stimme mit einem Tone, der vertraulich klingen sollte:

»Was gibt's Neues, Alter? Nichts vorgefallen da oben?«

»Ja, Sir Mortimer, der Arzt aus London ist gekommen.«

»Aha! Wo ist er? Hast du ihm gesagt, daß ich ihn vorher sprechen wolle, ehe er – du weißt –«

»Jawohl, Sir! Aber Sie blieben so lange und Mylord verlangte so sehnlichst nach ihm –«

»Was? Er ist doch nicht schon bei ihm gewesen?«

»Ich konnte es nicht hindern, Sir!«

»Halunke, befolgst du so meine Befehle?«

Und hier hörte ich das Schwirren einer Reitpeitsche, wie sie über den altersgrauen Kopf des treuen Dieners sauste.

»O, nicht doch – nicht doch, Sir – ich bitte Sie – ich schwöre, ich konnte nichts dafür –«

»Halt das Maul, Vielfraß! Ihr Schurken mästet euch in der untergehenden Sonne, aber wartet! in der aufgehenden sollt Ihr Arbeit finden – und was hat er ihm gesagt, du bist doch im Zimmer geblieben?«

»Keinen Augenblick, Sir – ich weiß nichts davon –«

»Verfluchter Halunke! Was ist geschehen – was hat er gesagt?«

»Weiß es wahrhaftig nicht, Sir, was er gesagt hat – aber er hat Seine Herrlichkeit zur Ader gelassen und Anordnungen wegen der neuen Wohnung gemacht – Mylord sitzt drüben im Garten –«

»Mylord im Garten – neue Wohnung? Bist du verrückt – wie ist das möglich?«

»Ich wund're mich selbst, aber es ist, wie ich sage –«

»Ha, verdammt! daß ich nicht hier war! Wo ist der Mensch? Ist es der Alte selber?«

»Nein, Sir, aber ein Freund von ihm –«

»Alt oder jung?«

»Dreißig etwa – und sehr bestimmt, Sir, sehr bestimmt!«

»Sehr bestimmt, sehr bestimmt!« äffte die Stimme nach, »und du bist sehr dumm, sehr dumm! – Wo ist er jetzt?«

»Auf seinem Zimmer ohne Zweifel –«

»Ohne Zweifel bist du ein Schafskopf – hm! Fort – es ist gut, wir sprechen uns noch. Laß die Glocke läuten zum Essen!«

»Die Glocke, Sir? Aber seine Herrlichkeit –«

»Laß die Glocke läuten! sag' ich, auf der Stelle, oder – ich habe drei Gäste – schnell!«

Hier hatte das erbauliche Gespräch ein Ende. Die Glocke fing an zu läuten, aber wie mich dünkte, etwas sanfter, als gewöhnlich die Eßglocken auf den englischen Landgütern läuten. Dann war Alles wieder still.

»Das war eine kleine Probe von Sir Mortimer!« dachte ich; »nun! du wirst ja auch noch die Ehre haben, kleiner Job, Seiner Herrlichkeit vortrefflichen Sohn, die aufgehende Sonne, von Angesicht zu Angesicht zu sehen.« Somit verfügte ich mich auf mein Zimmer, wo ich ungefähr zwei Stunden blieb, an meinem Reisebuche schreibend, als die Tür aufging und Sir Mortimers hohe Gestalt ohne Anmeldung ins Zimmer trat.

Ich war im ersten Augenblicke betroffen über seine Erscheinung, denn Sir Mortimer hatte große Ähnlichkeit mit seinem Bruder Percy, aber auch nur Ähnlichkeit, sonst nichts von ihm, gar nichts. Er war groß und kräftig gebaut, sein Gesicht stark von der Sonne gebräunt, seine Stirn, sein Mund wie Percys Stirn und Mund, aber wie himmelweit war der Ausdruck derselben von dem jenes Gesichtes verschieden, welches ich so wohl kannte und so innig lieben gelernt hatte.

In Percys Antlitz war jede Miene, jeder Zug, jede Linie der Ausdruck eines edlen Gedankens, einer innigen Empfindung; die innere Herzenswärme selbst hauchte aus diesen offenen, schönen Zügen hervor: auf den ersten Blick erkannte man die erhabene Richtung seines freigeborenen Geistes, die Tiefe seines zarten Gemüts – hier herrschte aber weder ein Gedanke, noch eine Empfindung, noch sonst etwas Friedliches, Angenehmes, Geistiges vor – es lag ein verwilderter, unbezähmbarer, leidenschaftlicher Zug in diesem Gesicht, die moralische und intellektuelle Bildung, der letzte glättende und veredelnde Meißel des menschlichen Antlitzes, hatte keine Spuren auf ihm hinterlassen oder vielleicht nie welche hervorgerufen; die Haare hingen verworren um das sonst so regelmäßig geformte Haupt; die Stirn, mehr frech als kühn, entbehrte der anziehenden und fesselnden Gewalt, die eine gedankenvolle hohe Stirn so allmächtig ausübt; seine grauen Augen blickten unverschämt und stechend umher, als forderten sie unbedingte Unterwerfung; und um den eigentümlich zusammengekniffenen Mund lag etwas so Höhnendes und Verachtendes, daß man sogleich die Grundrichtung seines hochmütigen Herzens erriet, welches alle Welt als Knecht und jede plötzliche auftauchende Laune als Richtschnur seines Willens betrachtete.

Außerdem aber war Sir Mortimer eben vom Tisch aufgestanden; er hatte getrunken, seine Wangen glühten und seine Zunge stockte, er war noch weniger Mensch als im nüchternen Zustande und flößte mir auf der Stelle ein Gefühl des Abscheus ein, das ich nur mit Mühe unterdrücken konnte.

Seine Kleidung bestand aus dem gewöhnlichen scharlachroten Jagdrock der Engländer, bis unter das Kinn zugeknöpft, weißen ledernen Beinkleidern und Stulpenstiefeln mit großen Sporen. Den Hut hatte und behielt er auf dem Kopfe.

»Guten Tag, Sir!« sagte er und warf sich auf einen Sessel. »Ich muß Ihre Bereitwilligkeit loben, so schnell hierhergekommen zu sein.«

»Loben Sie Sir John…«, erwiderte ich, »denn er allein hat meinen Besuch so beeilt, da er mich mit seinem Wagen hierher fahren ließ.«

»Sehr gut von ihm! – Wie ich höre, waren sie schon bei Seiner Herrlichkeit – es tut mir leid – ich hatte bestimmte Befehle erlassen – indessen kann ich Ihnen noch genug mitteilen. Wie finden Sie seinen Zustand? Nicht wahr, hoffnungslos, meinen Sie nicht?«

»Durchaus nicht, Sir!« sagte ich ernsthaft; »im Gegenteil, ich hege einige Hoffnung.«

»Haha! Daß er vollständig – verrückt wird, nicht wahr?«

Ich ließ einen ruhigen, aber, wie mich dünkt, sehr bedeutsamen Blick über den Sprecher laufen und blieb mit meinem Auge auf seinem höhnenden Antlitz haften. Jedoch Sir Mortimer ertrug ihn frech – es war Stein, was ich anblickte, dieser Busen war nur vergifteten Pfeilen zugänglich, er blickte mich sogar wieder fest und nicht im Geringsten aus der Fassung gebracht an.

»Lassen Sie es gut sein, Doktor«, entgegnete er; »Sie wollen mich beruhigen, Sie wollen mich trösten – das ist hübsch von Ihnen, aber gebrauchen Sie bei mir nicht Ihr alltägliches Kunststück, sagen Sie immerhin die Wahrheit, und bedenken Sie – eine Ruine, so zerbrechlich wie diese, muß zerfallen, wenn ein heftiger Wind weht, und glauben Sie mir, seine Säfte sind schlecht, sein Gehirn zerrüttet, Sie werden es noch zur Genüge erfahren – der arme Mann hat beständig Visionen – wie lange kann das dauern und zu welchem Ende kann es führen?«

Obgleich ich auf das Äußerste über diesen Ausbruch kindlicher Gefühllosigkeit empört war, hielt ich mich doch zurück; ich wollte für jetzt den nicht zu meinem persönlichen Feinde machen, der es meinem Herzen schon längst im höchsten Grade war, und ich erwiderte daher gelassen, obwohl sehr ernst:

»Ja, ja – aber wir dürfen die Hoffnung nicht aufgeben – ich will Sie mit keiner großen und gewissen Hoffnung erfreuen, aber auch mit keiner übermäßigen Besorgnis betrüben, denn fürs Erste, ehe ich einen entscheidenden Ausspruch wage, müssen wir die Wirkung der angewandten Mittel abwarten.«

»So, so!« Und Sir Mortimer erhob sich und ging mit gekreuzten Armen und wie über eine ernste Sache nachdenkend, mit gesenktem Kopfe im Zimmer auf und ab.

»Haben Sie keine Ursache seiner Krankheit erforscht?« fragte er mich plötzlich schlau und blieb vor mir stehen, anscheinend mit nachlässiger und gleichgültiger Miene; aber ich war hinreichend vorbereitet, hinter dieser künstlichen Ruhe die heftigen Gedanken zu erraten, die in seinem Innern kämpften und nur mit Mühe von der Oberfläche ferngehalten wurden.

»Nein, Sir, aber ich denke, Kummer und Sorge und Alter und Lebensart sind hinreichend, eine solche Krankheit zustandezubringen«, erwiderte ich.

»Das ist es, dieses Letztere mein' ich«, unterbrach er mich hastig, »darauf richten Sie Ihr Augenmerk – Kummer und Sorge ist es nicht, denn er hat immer in Fülle des Genusses gelebt, wohl aber Alter und Lebensart – o, ich sehe sehr deutlich – doch wir werden noch weiter darüber sprechen. Ich wollte Sie jetzt nur zu meinen Freunden rufen, die mich erwarten – kommen Sie.«

»Ich habe gegessen und getrunken, Sir.«

»Pah! jawohl, man wird Sie nicht hungern lassen – aber nicht in Gesellschaft – allein bei Tische zu sitzen ist nur durchbrochene Arbeit – kommen Sie, wir müssen trinken, spielen und jagen, um uns die Zeit zu vertreiben, was bietet das Leben sonst als Langeweile –«

Und halb mit Gewalt zog er mich die Treppe hinab.

Das war Sir Mortimer, Leser! Kennst du ihn nun von einer Seite? Nur Geduld! Du wirst ihn noch von einer anderen kennenlernen.

Wir traten in das Tafelzimmer – die drei Gäste saßen oder lagen vielmehr bei Tische in ihren roten Jagdröcken, die Hüte auf dem Kopfe, die Füße auf herangezogenen Sesseln, und begrüßten mich mit einem höchst vornehmen Kopfnicken, als ich die Ehre hatte, ihnen von unserem gemeinsamen Wirte vorgestellt zu werden.

»Was macht der Alte, he?« fragte einer, ein Baronet aus der Nachbarschaft.

»Ei nun, der Doktor ist über die Maßen zufrieden, nicht wahr?« erwiderte der gefühlvolle Sohn mit einer verbissenen Miene, welche seine Zufriedenheit ausdrücken sollte.

»Nicht über die Maßen«, antwortete ich, »aber doch leidlich zufrieden.«

»Bist du es auch?« zischelte ein Anderer der Gäste Mortimer an.

Mortimer winkte ziemlich verständlich und rief:

»William! Neue Flaschen und neue Gläser – Burgunder!«

Der Wein kam, die Gläser wurden gefüllt und geleert, und je mehr man trank, umso lauter und ungezwungener wurde das Gespräch, umso schallender das Gelächter, als wäre kein Kranker und, wie Mortimer glaubte, kein Sterbender im Hause und – der Sohn des Sterbenden mit unter den Zechern. Anfangs wurde die Jagd und deren Abenteuer ausgebeutet. Dann kamen, wie gewöhnlich unter jungen Leuten geschieht, wenn die Flasche ihre Schuldigkeit tut, Liebesangelegenheiten an die Reihe, und auf Kosten eines Jeden wurde gelacht, getrunken und gewettet.

Mit der Zeit wurde mir diese aufgezwungene Unterhaltung langweilig, und ich sann schon nach, auf welche Weise ich mich schicklich entfernen könne, als das Gespräch plötzlich eine Wendung nahm, die nicht allein meine ganze Aufmerksamkeit fesselte, sondern auch für mich und mein Unternehmen von höchstem Interesse war, obgleich sie mir kein allzugroßes Licht gab.

Von allen Anwesenden nämlich war Sir Mortimer der heiterste, beinahe lustigste; doch es entging meiner stillen Beobachtung nicht, daß er hinter dieser Lustigkeit etwas Trübes, etwas, was seine geheimsten Gedanken störend erfüllte, verbergen wolle, denn er sank bisweilen, wie es mir vorkam, in ein eigentümliches Träumen, wobei er still und stier vor sich niedersah, aus welchem ihn dann wieder die Späße seiner Gäste aufregten und abermals zu neuer Teilnahme antrieben. In einem solchen augenblicklichen Hinbrüten war es, wo jener schon erwähnte Baronet ausrief:

»Seht den Mortimer an, glüht er heut' nicht wie eine Rose?«

»Gerade so«, rief der neben ihm und mir gegenüber Sitzende, »wie die Wangen des Mädchens glühen würden, wenn sie ihm nicht wieder entwischt wäre – das ist ja eine verzweifelt lange Jagd!«

Hierbei warf er seinen Kameraden einen verstohlenen Blick zu, indem er mit dem Kopfe nach Mortimer hindeutete.

Mortimers braunes Gesicht wurde dunkelrot, als er diese Worte vernahm, und den Sprecher eben nicht sehr freundlich anblickend, entgegnete er finster:

»Keinen persönlichen Spaß, Gentlemen, und keine empfindliche Stelle berührt! – Aber Sie erinnern mich, Gladstone, an das ernsthafteste Abenteuer meines Lebens, und ich schwöre es Ihnen zu, mag der neugebackene Sir Robert Graham seine ererbte Baronie verpachtet oder verkauft haben und mag er, wohin er nun will, in einen Winkel oder in eine Höhle der Erde gekrochen sein – ich werde ihn finden, trotz seines ewigen Umherschweifens, und ich will das Mädchen haben trotz aller Teufel, die sie beschützen!«

»Das war ein arger Schwur, Mortimer!« rief der Baronet. »Vergessen Sie ihn nicht, sonst fällt er auf Ihr Gewissen!«

»Nun, da wird es ihm nicht bange werden, er findet Gesellschaft!« flüsterte mein Nachbar.

»Pah!« rief der, welcher bisher geschwiegen. »Pah! Ein Mädchen und ein Gewissen!«

»Still!« rief Mortimer selbst. »Wir langweilen den guten Doktor, ich sehe es ihm an.«

»Halten Sie sich meinetwegen nicht zurück, Sir!« sagte ich, mich verbeugend. »Ich habe auch in der Welt gelebt und bin mit dergleichen, wenigstens vom Hörensagen, vertraut.«

»Noch eins, Mortimer!« rief der Baronet wieder, »wenn ich an Ihrer Stelle wäre und Sie doch einmal ohne die Person nicht leben können und es Ihre Lebensaufgabe ist, wie Sie mir oft sagten, sie zu finden und zu besitzen, warum gehen Sie nicht ihrer Spur nach und enden mit einem Schlage die ganze Geschichte?«

»Noch einmal still, meine Herren!« rief Mortimer finster, »Sie wissen Alle nicht, wie nahe ich ihr endlich bin, und was mir allein bekannt ist. Denken Sie, ich habe bloß zwei Arme und sie sind nur eines Menschen Arm lang? Hoho! Das wäre schlimm! Doch das ist die Sache nicht – ich kann – jetzt kann ich nicht von hier fort!«

»Warum nicht? Mylord Seymour ist ja in der besten Pflege, da der Doktor hier ist, und was wollen Sie mehr?«

Ich heftete meine Augen mit der größten Spannung auf Sir Mortimer, der sein Haupt auf seine beiden Hände stützte, die er einen Augenblick auf den Tische legte.

»Es geht nicht!« flüsterte mein Nachbar wieder. »Ist ein schlimm' Ding das, was denkt ihr denn? Sir Mortimer sitzt für den Augenblick vor zwei Fuchslöchern, und in eine Richtung kann ein Mensch doch nur bekanntermaßen sehen!«

»Wieso, was meinst du?«

»Hm! Siehst du das nicht ein? Der eine Fuchs sitzt hier im Hause, ein köstlicher Balg, den will er haben! Haha! Und jene Füchsin streift in dem anderen Revier, und die will er nicht verlieren.«

»Ach!« dachte ich, während die Anderen sämtlich in ein leises Gelächter ausbrachen, das Sir Mortimer ruhig hinnehmen mußte, »wenn ihr wüßtet, daß es mir jetzt gerade ebenso geht – aber ich will den Fuchs, die Füchsin und den Jäger obendrein!«

»Nun, was kann er denn hier noch weiter wollen?« fragte der Baronet ziemlich laut. »Die Sache mit der Erbschaft ist ja abgemacht, denke ich?«

Sir Mortimer erhob sich stolz, und dem Baronet einen Blick zuschleudernd, den ich meinem Todfeinde gegenüber nicht verachtet hätte, wollte er eben etwas erwidern, als ein Diener mit brennenden Kerzen eintrat und an mich die Bitte richtete, zu Seiner Herrlichkeit zu kommen, der schon mehrmals nach mir gefragt habe.

»Sie entschuldigen mich, Gentlemen!« sagte ich und erhob mich mit einer abschiednehmenden Verbeugung.

»Warten Sie, warten Sie, Doktor, ich gehe mit!« rief Sir Mortimer. Dann zu seinen Gästen sich wendend, fügte er lallend hinzu:

»Sie sind in meiner Abwesenheit hier zu Hause, meine Freunde. Überdies kommen wir bald wieder, und dann eine Partie!«

Mit diesen Worten nahm er mich beim Arm und stützte sich schwerfällig darauf, während wir die Treppe hinaufstiegen, denn er hatte viel getrunken und seine Beine waren wenigstens ebenso schwer wie seine Zunge.

Unterdessen war es Abend geworden und die Dunkelheit, durch einen leichten Nebel begünstigt, lag rings auf der ganzen Natur. Die blanken Lampen brannten hell auf den Korridoren, die wir durchwanderten, und außer dem lauten Reden und Lachen, welches aus dem Trinkzimmer Sir Mortimers durch das halbe Haus schallte, herrschte eine so tiefe Stille in den öden Räumen desselben, daß mir unsere über die Teppiche hinschreitenden Tritte wie das Dahingleiten eines nächtlichen Gespenstes vorkamen.

Ohne an die Wohnungsveränderung des Marquis zu denken, gingen wir Beide nach dem Zimmer, welches derselbe bis heute Mittag bewohnt hatte.

Mortimer öffnete es, fuhr aber sogleich mit einem unheimlichen leisen Schrei zurück, als er hineingeblickt und es dunkel und unbewohnt gefunden hatte.

»Haha!« sagte er, indem er über sich selbst lächelte. »Ich dachte – ich dachte – er wäre – doch er ist ja nur ausgezogen, kommen Sie – aber zum Teufel, ist denn kein Mensch hier – Heda! Paul! Paul!«

Der Haushofmeister, von dem lauten Rufe herbeigezogen, stürzte atemlos heran. Der alte Mann hatte die unverdiente Züchtigung des Morgens nicht vergessen und kannte das zornige Gemüt seines künftigen Herrn. Die Hand über die Stirn haltend, auf der ein roter Streifen sichtbar war, stotterte er:

»Was beliebt, Sir Mortimer?«

»Wo ist der Marquis, Halunke, he? Und wo steckst du mit den anderen Halunken?«

»Wir erwarteten Sie vor Seiner Herrlichkeit Tür, Sir.«

»Führ' uns hin und verliere keine Worte!«

Der Haushofmeister schritt uns voran; wir stiegen eine Treppe hinab und wieder eine hinauf, während Sir Mortimer ein Jagdlied pfiff, und nun sahen wir einige Diener vor der Tür ihres

Herrn stehen, die mit Besorgnis seinen Zustand beobachteten und wahrscheinlich nicht erwartet hatten, Sir Mortimer werde noch heute selbst am Krankenbett seines Vater erscheinen, da er Gäste hatte.

Aber Sir Mortimer schien es daran gelegen zu sein, mit mir zugleich bei seinem Vater zu verweilen, und die Diener waren daher betroffen, als sie ihre aufgehende Sonne etwas schwerfällig mit mir heranwandeln sahen.

»Was tut ihr hier, Schurken! He?«

Keiner wagte zu antworten, einer sah erschrockener als der Andere aus.

»Hinauf vor mein Zimmer, ihr Esel – hier ist einer genug!«

Die Diener schlichen leise fort, mit Ausnahme eines, der an der Tür stehenblieb.

Wir traten jetzt in das neubezogene Zimmer Mylord Seymours, mit uns der Haushofmeister, der, wie gewöhnlich, die Tür leise öffnete.

Das Zimmer sah ganz heiter aus und brachte einen unglaublich freundlicheren Eindruck hervor als das, in welchem ich den Kranken bei meiner Ankunft gefunden hatte. Es hatte weiße Vorhänge, die großen Spiegel waren unbedeckt, Gemälde hingen an den mit hellblauem Damast bekleideten Wänden, und nur der dunkle Fußteppich war derselbe geblieben oder wenigstens ein ähnlicher. Auch in dem mit hellstreifigem Marmor verzierten Kamine glimmten wieder die Kohlen, aber von der Decke hing eine Art Ampel herab, die ein, wenngleich düsteres, doch nicht unfreundliches mildes Licht im ganzen großen Gemache verbreitete.

»Ach, guten Abend, Sir! und guten Abend, Mortimer!« redete uns der Marquis an.

»Guten Abend!« erwiderte Mortimer rauh und ging sogleich zum Kamin, wo er mit einer Kohlengabel tüchtig zu klopfen und das Feuer anzuschüren begann, als wolle er sich absichtlich von seinem Vater entfernt etwas zu schaffen machen.

»Halt, Mortimer! Du erschreckst mich mit deiner Gabel – schlag nicht so zu, und setz dich, setz dich!«

Mortimer stand von den Kohlen auf und warf sich in einer Ecke auf einen Sessel, daß es krachte.

Der Marquis ließ einen furchtbaren und fast stechenden Blick auf seinen zartfühlenden, vortrefflichen und ihn beerbenden Sohn gleiten, den dieser aber nicht im Geringsten beachtete, sondern sich dehnte, reckte und nach allen Seiten verwundert umschaute.

»Wie befinden sich Eure Herrlichkeit?« fragte ich und näherte mich dem eingeschüchtert und zusammengekauert dasitzenden Greise.

»Ich denke besser, Sir – danke, danke – Sie sind ein Wundermann – sehen Sie nur, wie tief ich Luft schöpfen kann – Ah! Auch bin ich müde, die Luft scheint hier wirklich besser – wenn das Licht nur nicht wäre –«

»Sie werden sich allmählich daran gewöhnen, Mylord!« sagte ich und faßte seine Hand, die weniger eisig war und deren Pulsschlag mich befriedigte.

»Man hat dir zur Ader gelassen, he?« schrie beinahe Mortimer, der nicht vergessen konnte, daß er eben vom Trinkgelage gekommen war, und den es nicht zu bekümmern schien, daß sein elender Vater bei jedem seiner lauten Worte entsetzt zusammenschauerte.

»Stille, Mortimer, stille!« rief der Marquis. »Du erschreckst mich jeden Augenblick mit deinem Schreien – du hast ja Gäste, wie ich höre, geh doch zu ihnen – der Doktor wird schon bei mir bleiben, nicht wahr, Sir?«

Ich verbeugte mich schweigend.

»Wo der Doktor bleibt, bleibe ich auch!« sagte Mortimer gähnend. »Er muß mit uns trinken – er ist nicht hergekommen, um den Krankenwärter zu spielen.«

»Nun gut, wenn du willst, nimm ihn mit dir – heute, aber morgen ist er mein.«

»Morgen ist Jagd, Fuchsjagd – da geht er auch mit.«

Jetzt hielt ich es für Zeit, für mich selbst das Wort zu nehmen, und ich versetzte höflich, aber bestimmt:

»Ich danke, Sir, ich danke Ihnen sehr, aber ich trinke und spiele weder heut', weil ich nie spiele und ungern trinke, noch jage ich morgen, denn wenn ich hier in meinem Berufe nichts mehr zu tun habe, rufen mich ernsthafte Geschäfte an einen anderen Ort.«

Sir Mortimer blickte mich finster an, schwieg aber und setzte sich noch bequemer in seinen Sessel zurecht, indem er beide Füße auf einen vor ihm stehenden Stuhl legte, den er im Heranschnellen beinahe umwarf.

»Das ist schön von Ihnen!« sagte mit einem dankenden Blick der Marquis. »Aber Sie dürfen noch nicht fort –«

Und er gab mir einen Wink mit der Hand, den Niemand weiter sah, den ich aber sehr wohl verstand.

Es folgte eine Pause, die Sir Mortimer damit ausfüllte, daß er ganz leise ein Jagdlied durch die Zähne pfiff. Der alte Haushofmeister sah mich verstohlen an, ich gab ihm einen leisen Wink und saß schweigend und erwartungsvoll auf meinem Stuhl.

»Wer schläft heute Nacht bei mir?« fing der Marquis wieder an, sich an Paul wendend. »Er wird heute schlafen können – ich bin müde –«

»Charles ist an der Reihe«, antwortete dieser. »Soll ich ihn rufen?«

»Nein, nein, den will ich nicht! Er schnarcht und das ist entsetzlich – da sehe ich nicht allein, da höre ich auch –«

Er schwieg und sah uns mit einem geisterhaften Ausdruck in seinen erstarrten Mienen der Reihe nach an.

»Da haben wir's!« murmelte Mortimer; »die Visionen kommen schon wieder – o, der Doktor! der gelehrte Doktor!«

»Wer sprach da?« fuhr der Vater entsetzt auf. »Ha! wer sprach da?«

Mortimer rief laut:

»Ich bin's, Mortimer, Euer Herrlichkeit Sohn! – Er träumt schon mit offenen Augen!« setzte er etwas leiser hinzu.

»Ach! ich glaubte – geh, geh doch, Mortimer, geh! ich bitte dich – mein Sohn, mein Sohn!«

Und er ließ einen Seufzer hören, der wie das Gewimmer eines über die Erde hinschwebenden Geistes durch das stille Zimmer bebte.

Es entstand eine schreckliche Pause. Einer starrte den Andern an. Mortimer's Gesicht kam mir drohend vor. Des Marquis Antlitz war krampfhaft verzerrt; der Haushofmeister hielt den Mund vor Entsetzen geöffnet und zeigte mit einer ausdrucksvollen Gebärde auf den Kranken, der allmählich, sich rückwärts beugend, einzuschlafen schien. Wenigstens schloß er die Augen – vielleicht gab er sich auch willenlos, halb ohnmächtig, den ihn überwältigenden Phantasiegebilden hin.

Die Pause dauerte fort und mit ihr das Unheimliche der nächtlichen Szene.

»Er schläft!« sagte Sir Mortimer lächelnd und erhob sich von seinem Stuhl; »kommen Sie, daß wir ihn nicht wecken.«

Und mich am Arme fassend, zog er mich halb mit Gewalt hinaus.

»Ich werde die Nacht hier bleiben«, flüsterte der Haushofmeister, »und wenn etwas vorfällt –«

»Dann rufen Sie mich! Gute Nacht!«

Wir gingen hinaus. Ich setzte meinen Willen durch und begab mich in mein Zimmer, während Mortimer zu seinem Gelage zurückkehrte.

Es war schon längst Mitternacht vorüber, als ich die wilden Gäste noch lärmen und lachen hörte.

Kapitel 20

Ich fand keine wohltätige Ruhe auf meinem einsamen Zimmer; tausend neue Gedanken waren mir im Laufe des Tages, durch die unerwarteten Ereignisse hervorgerufen, in den Sinn gekommen und verwirrten einigermaßen die klare Anschauung, welche ich mir bisher bewahrt hatte, so daß ich einige Mühe hatte, zu einem durchgreifenden Entschlusse zu gelangen, wie ich mir anfangs es vorgestellt hatte.

»Doch es wird mir noch klar werden«, sagte ich zu meinem Troste mir selbst, »was ich zunächst zu tun haben werde; ob ich sogleich einschreiten oder von dem Laufe der Dinge das Beste erwarten soll – morgen ist auch noch ein Tag, und ich habe für heute genug gehört und gesehen, um wenigstens zu wissen, daß ich auf dem rechten Wege bin.«

Auf diese Weise mir selbst Mut einsprechend, legte ich mich nieder, aber es war mir anfangs unmöglich, einzuschlafen. Als ich endlich zu einiger Ruhe gelangt war, zogen die Traumbilder an meinem regen Geiste vorüber, so daß ich das bisher Erlebte noch einmal zu gewahren und das Kommende schon im Voraus zu erkennen glaubte.

Von allen Traumbildern aber stand keines so lebhaft vor meiner Phantasie, wie Percys hohe, gebieterische Gestalt. Flüchtig schwebte sie vor mir her und winkte stets mit der Hand, mich vorwärtstreibend, und schon als ich fest eingeschlafen war, kam es mir noch beständig vor, als würde ich im schnellsten Laufe vorwärtsgejagt und könnte mich mit aller Macht nicht zurückhalten, denn die mich gewaltsam treibende Kraft war wie eine höhere, gleich dem Sturm, der die Wolken jagt, unwiderstehliche Übergewalt.

Da faßte mich eine Hand an – ich fuhr empor und verfolgte meinen Traum im halb wachenden Zustande – welche Hand war es, die mich ergriff? Percys Hand allein, die mich im eiligen Dahinjagen aufhielt, konnte und mußte es sein, und wie es uns geschieht, wenn wir, auf die Spitze eines überwältigenden Traumes gelangt, nicht mehr wissen, wie wir widerstehen und was wir tun sollen, daß wir laut schreien und den Namen dessen rufen, der uns bedrängt oder dessen wir voll sind, so rief auch ich diesmal mit lauter Stimme:

»Percy! hier – hier – ich bin da!«

Erst mein eigener Schrei weckte mich vollends. Ich schlug die Augen auf und erblickte ein bleiches, voller Verwunderung und Entsetzen mich anstarrendes Gesicht.

Es war der alte Haushofmeister, der, ein Licht in der Hand haltend, vor meinem Bette stand.

»Was gibt's denn, Paul?« fragte ich, als ich mich von dem Schrecken erholt hatte, der mich ergriff, da ich aus meinem Traume gerissen wurde.

»Mein Gott, Sir – wen riefen Sie denn?«

»Wen ich rief?«

»Sagten Sie nicht Percy – Percy?«

»So? Sagte ich das – nun, warum sollte ich nicht? Ich habe geträumt –«

»Gut, gut! Sir, ich glaube es ja.«

»Aber was wollt Ihr von mir?«

Der alte Mann stand unbeweglich da und starrte mich noch immer verwundert an; er schien sich zu besinnen, was er mir hatte sagen wollen.

»Ja, was wollte ich? – Ach ja, Sir! Um Entschuldigung wollte ich Sie bitten, daß ich Sie störe. Aber kommen Sie doch hinauf zu dem armen gnädigen Herrn – er hat gerade seinen Anfall – vielleicht können Sie ihn beschwichtigen.«

»Hm! Und ist Mortimer bei ihm – Sir Mortimer?« verbesserte ich mich sogleich.

»Nein, Sir, er schläft. Seine Gäste sind seit einer halben Stunde fort und seine Diener haben ihn zu Bett gebracht, er schläft den festen Schlaf der Trunkenheit – heute ist er nicht mehr zu erwecken.«

»Und den Schlaf des guten Gewissens!« dachte ich und kleidete mich schnell an.

Ich war schon oft in meinem Leben in der Nacht geweckt worden, um einen Krankenbesuch zu machen, aber noch niemals war ich so freudig gegangen wie diesmal. Die Gewalt, die mich im Traume vorwärtsgetrieben, schien mich auch jetzt zu beseelen, und ich folgte ihr gern, voll von einer Hoffnung, der ich, wie man es so oft im Gefühle der Hoffnung nicht kann, keinen Namen zu geben vermochte. Percys Geschick war nie inniger mit meinen Empfindungen verbunden und meine Seele nie vollkommener von dem Wunsche erfüllt gewesen, seine Rechte zu vertreten, als in dieser Nacht, da ich, durch das leere Haus seiner Väter schreitend, mich zu dem Krankenlager dessen begab, der ihn, mit seinem Fluche zur Mitgift, von seiner Schwelle stieß und in die traurige, öde Welt jagte.

Wir traten in des Marquis Zimmer. Er lag wie gewöhnlich in seinem Sessel, den Kopf nach hinten geworfen und die Augen geöffnet, aber starr nach der Decke stierend. Bei unserem leisen Eintritt fuhr er zusammen – seine Sinne schienen außerordentlich scharf und leicht erweckbar.

»Wer ist da?« murmelte er zwischen den Zähnen.

»Ich bin es, Mylord!«

»Wer?«

»Ich, der Arzt – ihr Vertrauter!«

»Und wer bist du?« fragte er, den Haushofmeister anblickend.

»Ach! ich bin es ja, Eurer Herrlichkeit untertänigster Diener, Paul!«

»Ha! Das ist gut, daß ihr Beide da seid – ihr seid stark – ihr könnt mir helfen – ich bin so schwach gegen ihn – gegen ihn –«

»Was ist Ihnen, Mylord?« fragte ich teilnehmend und faßte seine kalte feuchte Hand, die sich sogleich an die meinige fest anklammerte, als wollte sie die eben gewonnene Stütze nicht gleich wieder verlieren.

»Gegen wen sollen wir Ihnen helfen?«

Er warf mir einen unvergeßlichen Blick zu, so klagend, so hilflos, so zerschmettert, daß ich, so fest ich war, unwillkürlich erbebte.

»Er will mich – umbringen!« preßte er mit Mühe hervor.

»Umbringen? Wer?«

»Percy!« schrie er laut auf, daß es durch das ganze Zimmer schallte und der alte Paul erschrocken zusammenfuhr. Denn es war das zweite Mal, daß er diesen Namen in dieser Nacht so unerwartet hören mußte.

»Percy?« fragte ich leise und innerlich erbebend, »wer ist das?«

»Ha! er weiß es nicht – Sie wissen es nicht, und ich dachte, Sie wüßten es –«

Der Haushofmeister schüttelte seinen grauen Kopf und warf mir einen jammervollen Blick zu. Ich war schon auf dem Sprunge, mich – Alles zu entdecken, aber ich zögerte noch, ich mußte noch mehr erfahren und den Zustand des mir Anvertrauten schonend berücksichtigen.

»Wer ist Percy?« fragte ich daher noch einmal.

Der Greis richtete sich plötzlich auf, sah mich durchdringend, aber milde an, als wollte er versuchen zu lächeln, und sagte:

»Ach, er ist mein Sohn – ja –«

»Und er wollte Sie umbringen? Warum das?«

»Weil er tot ist!« ächzte er.

»Aha!« dachte ich, »ist es das? Vorwärts, Percy! – Weil er tot ist, will er Sie umbringen? O, bringen Tote einen Lebenden um? Das ist nicht möglich, Mylord, durchaus unmöglich!«

»Ja, aber er bringt mich um, weil ich – ich – ihn umgebracht habe.«

»Das ist nicht wahr, Mylord!« stammelte der Haushofmeister, »Euer Herrlichkeit haben ihn nicht umgebracht.«

»Nicht? Habe ich nicht? Ich dächte! Wo wäre er denn?«

Ich nahm mich zusammen – ich winkte dem alten Paul mit der Hand, daß er schweige, und sagte fest und feierlich:

»Nein, Mylord, das haben Sie nicht. Percy – Ihr Sohn Percy lebt!«

»Er lebt? Ha! woher wissen Sie das?«

»Ich lese es!«

»Schon wieder lesen! Und auf meinem Gesicht? Ha! sagt mein Gesicht auch, daß ich ihn nicht umgebracht habe – das ist ja ein vortreffliches Gesicht – hu! ich habe aber schreckliche Gesichter.«

Und er stierte in das wesenlose Reich des Nichts hinein. Ich faßte seine Hand fester, um ihn von seinen Träumen abzulenken, denn ich wollte ihn nur allmählich, ohne Sprung und Gewalt, in die Wirklichkeit hinüberführen.

»Hören Sie mich, Mylord, richten Sie Ihr Auge auf mich! Glauben Sie mir, Sie haben ihn in Wahrheit nicht umgebracht – er lebt.«

»Er lebt? Ach! Aber er haßt mich.«

»Auch das nicht – nein! Er liebt Sie – er betet für Sie.«

Jetzt schaute mich der alte Haushofmeister beinahe ebenso starr vor Verwunderung an wie der Marquis. Beide glichen Statuen von Stein, ihre Augen hingen an meinen Lippen, und die Stille, die diesen Augenblick um uns herrschte, war so tief, als wäre nichts Lebendiges im Zimmer gewesen.

»Er liebt mich – er betet für mich!« schrie der Greis plötzlich und rang die Hände; »dann werde ich verrückt, dann muß ich verrückt werden – Tat für Tat und Blut für Blut!«

Und er sank wie leblos in seinen Sessel zurück.

»Bringen Sie kaltes Wasser und einige Handtücher, Paul«, sagte ich zu diesem, der noch immer sprach- und bewegungslos dastand und nicht wußte, ob er meinen Worten trauen sollte oder nicht.

»Rasch, rasch, Paul! Wir dürfen jetzt nicht weiter fortfahren, es ist genug für heute.«

Der Mann holte schnell das Geforderte selbst herbei; wir machten dem Kranken kalte Umschläge über den Kopf und ich flößte dem widerstandslos Dasitzenden ein beruhigendes Mittel aus meiner Reiseapotheke ein.

Es wurde nichts weiter gesprochen; der, um den wir uns bemühten, litt ruhig Alles, was wir mit ihm vornahmen. Nur hielt er meine Hand fest, immer fester – die Nacht verstrich allmählich, schon brach der erste Schimmer des rosigen Morgens langsam herein – er hielt immer noch meine Hand. Endlich ließ er sie sanft los, die krampfhafte Spannung, die auf seinem Gesichte gelegen hatte, ließ nach – er war eingeschlafen.

Ich deutete auf ihn hin mit einem Blick auf den Haushofmeister.

»Kein Wort von dem, was wir gesprochen und Ihr von mir gehört habt«, sagte ich leise. »Niemand darf es wissen, er selbst nicht, wenn er erwacht – wir wollen sehen, ob es nachwirkt – Ihr versteht mich, Paul, nicht?«

»Ich weiß Alles, Sir, Alles – ach Gott! aber ich werde gehorchen!«

Und ich kehrte in mein Zimmer zurück, beinahe erschöpft von der Anspannung, in welcher ich meinen Geist hatte erhalten müssen.

»Es geht gut«, sagte ich zu mir, als ich allein war. »Aber handle ich hier? Oder handelt die Vorsehung? – Die Vorsehung ist es, die Vorsehung; sie, die allmächtige, hat mir in dieses Menschen Brust vorgearbeitet, und was ich noch daran zu tun habe, ist eitel Flickwerk!«

Jedoch fühlte ich an meinem Herzen, daß ich das schwache, aber willige Werkzeug in ihrer allmächtigen Hand war, – und ich war zufrieden damit.

»Percy!« sagte ich leise zu mir, als ich mich niederlegte, »Percy! jetzt können wir ruhig schlafen – deine Sache steht gut!«

+++

In der Frühstunde des anderen Tages, noch bevor ich meinen ersten Morgenbesuch bei dem Marquis gemacht hatte, erschien Sir Mortimer, zur Jagd gerüstet, abermals in meinem Zimmer. Der erst halb verschlafene Rausch mit allen seinen Folgen lag noch scharf ausgeprägt auf seinen unschönen Gesichtszügen, er sah blässer aus als gewöhnlich und älter, seine Stimmung war grämlich, wie sie es gewöhnlich nach einer wüsten Nacht zu sein pflegt. Nachdem er mir frostig und eilfertig seinen Morgengruß geboten, redete er mich mit folgenden Worten an:

»Sie sehen mich gerüstet zur Jagd; ich komme Sie abzuholen. Kleiden Sie sich rasch an und folgen Sie mir.«

»Sir, es kann nicht Ihr Wille sein, mich meinen heiligsten Pflichten untreu zu machen, zumal ich mit den meinigen auch die Ihrigen erfülle. Wie ich schon gestern Ihre gefällige Einladung abgelehnt, so kann ich sie auch heute nicht annehmen – lassen Sie mich hier, ich bin jetzt notwendiger bei Seiner Herrlichkeit als je.«

»Gut denn, wenn Sie es so wollen. Ich habe es beinahe erwartet. Sie – Sie können mir auch hier dienen.«

»Gewiß, Sir, das ist auch meine Meinung.«

»Ja, Sir, ja – verstehen Sie mich recht! Doch kommen Sie, setzen wir uns traulich zueinander, ich habe mit Ihnen ein ernsthaftes Wort zu reden.«

Sir Mortimer sprach diese Worte, deren Inhalt mich verblenden sollte, offenbar, um mein Vertrauen zu gewinnen und mir das seinige anzudeuten, aber der Ton, mit dem er sie sprach, strafte seine Absicht Lügen; es lag nichts Trauliches darin, sie wurden kalt und so zuversichtlich, ich möchte sagen, befehlshaberisch ausgestoßen, daß der erfreulichere Sinn sogleich einen widerwärtigen Eindruck auf mich hervorbrachte.

»Sprechen Sie – ich höre!« erwiderte ich und setzte mich neben ihn auf das Sofa.

»Nun ja, mein lieber Doktor«, fing er an, »wenn Sie die Gesellschaft meines Vaters der meinigen vorziehen, so kann ich nichts dagegen haben.«

»Erlauben Sie, Sir, es ist hier nicht von der Gesellschaft, sondern von einer Pflicht die Rede.«

»Auch gut! Sie sehen, ich stimme Ihnen in Allem bei – wenn also Ihre Pflicht Sie hier zurückhält, womit ich zufrieden sein muß, da ich es nicht ändern kann, so können Sie mir, sage ich, auch hier sehr nützlich sein.«

»Von ganzem Herzen! Ich bin deshalb hierher gekommen.«

»Lassen Sie mich ausreden. Sie haben sich gestern hinreichend von dem Zustande meines Vaters überzeugt – hegen Sie noch große Hoffnungen?«

»Große nicht, aber einige doch, einige.«

»Nun gut, glauben Sie diesmal mir, es geht bergab mit ihm – die Visionen nehmen überhand und kommen sehr oft – er wird bald gar keine freie Zeit mehr haben – wie? Müssen wir das nicht erwarten?«

»Leider! wir müssen es erwarten!«

»Nun sehen Sie! Und also muß das, was geschehen soll und was ich wünsche, noch eher geschehen, als diese freien Zwischenräume aufhören.«

»Und was muß geschehen, wenn ich fragen darf? Was wünschen Sie?«

»Sie sollen es sogleich hören – hier haben Sie meine Hand, daß ich es ehrlich meine – denken Sie – ha! denken Sie, daß mein Vater – ohne Testament – die Welt verlassen wird?«

Ich erstaunte. Wie? Wäre es noch nicht geschlichtet? Doch ich verbarg mein Erstaunen hinter einer ungeteilten Aufmerksamkeit und erwiderte unbefangen:

»Ich dächte, das wäre nicht nötig, da Sie der einzige Erbe Seiner Herrlichkeit sind?«

Ich blickte ihn scharf bei diesen Worten ins Gesicht – aber der Mann, der neben mir saß, hatte ein eisernes Herz, er hielt unverrückt stand.

»Es ist so! Zweifeln Sie nicht!« erwiderte er. »Indessen sind einige Vettern aus einer nahen Linie da, die mehr oder weniger Anspruch auf meines Vaters Güter haben, und nur wegen dieser – Sie verstehen mich!«

»Wenn das ist, so wäre freilich ein Testament für diese Vettern wünschenswert, deren Wohl Ihnen so warm am Herzen liegt, obwohl ich noch nicht glaube, daß die letzte Zeit da ist –«

»Lassen wir das jetzt; wir sprechen vom Testament – und nun hören Sie, was ich Ihnen sagen will. Es ist allerdings eins vorhanden – schon vor Jahren von meinem Vater in Gemeinschaft mit einigen Gerichtsleuten entworfen und von diesen unterzeichnet, und darin stehen die Legate für alle Verwandte. Aber was die Hauptsache ist – mein Vater, sei es aus Laune oder Vorbehalt für diesen oder jenen Verwandten oder auch aus Furcht vor dem dadurch schneller herbeigeführten Tode, wie die alten Leute glauben – mein Vater, sage ich, hat sich nie entschließen können, dieses für uns Alle so wichtige Dokument früher zu unterzeichnen, als bis er selbst seinen letzten Augenblick gekommen fühlt. Falls er nun plötzlich stürbe, ohne es unterzeichnet zu haben, so würde eine allgemeine Verwirrung, ein Hin- und Herziehen, unaufhörliche Auseinandersetzungen und Gott weiß was! die Folge sein, und ich allein würde dabei die meiste Zeit und Mühe opfern müssen –« »Nun – und?«

»Sie sehen ein, daß daher mir, dem eigentlichen und Haupterben, Alles auf die Unterzeichnung ankommen muß, und da Sie vielleicht Gelegenheit finden und mein Vater vielleicht eine Frage an Sie richten könnte – so ist es mein Wunsch, daß Sie die Gelegenheit wahrnehmen und ihn zu dieser Unterzeichnung geneigt machen mögen. Daß ich Ihnen für diesen freundschaftlichen Dienst in der Folge erkenntlich sein werde, brauche ich wohl nicht noch hinzuzufügen.«

O! ich verstand die ganze, wunderschön ausgedachte List! Bereits fing ich an zu ahnen, warum der Marquis diese Schrift bis jetzt noch nicht unterzeichnet habe – er war mit sich noch nicht vollkommen einig – das Schwanken zwischen Recht und Unrecht verzehrte ihn und hielt ihn hin – so war es, so mußte, so konnte es nur sein.

Indem ich die Erkenntlichkeit Sir Mortimers in der Folge, die er mir anzudeuten die Güte hatte, nicht beachtete, sagte ich:

»Wenn er aber dennoch nicht unterzeichnen will?«

»Nun, dann ist es nicht Ihre Schuld! Doch wird einiges Zureden von Ihrer Seite helfen. Alter und Krankheit haben ihn zwar noch hartnäckiger, eigenwilliger gemacht, als er früher war, aber umso mehr müssen Sie ihm diesen gesetzlich rechtmäßigen Akt als notwendig und unaufschiebbar darstellen. Nehmen Sie also die Minuten wahr und – reden Sie ihm ins Gewissen. Sie verstehen mich!«

Ha! Das wagte mir der Unverschämte ins Gesicht zu sagen! Und mit einer solchen bedächtigen und überlegten Ruhe! Ich sollte seinem Vater zu seinen Gunsten ins Gewissen reden! »Ja, ja«, dachte ich, »das soll geschehen, nur weiter!«

»Und was dann?« fragte ich. »Ich sehe, Sie sind noch nicht zu Ende –«

»So ist es – noch eins bleibt uns übrig. Die Unterschrift meines Vaters nämlich muß von einem Arzte unterzeichnet werden, mit der ausdrücklichen Bemerkung, daß er sie aus freiem Willen und bei vollkommener Geistesklarheit geschrieben habe – Sie sehen also, wie nötig Eile ist.«

»Und wo steht dies geschrieben?«

»Geschrieben, Sir? Wie? Es ist für diesen besonderen Fall höchst wünschenswert – sehen Sie das nicht ein? Die Vettern könnten kommen und sagen: die Unterschrift ist zwar von heute, das Testament aber von gestern. Gestern war Seine Herrlichkeit bei Verstand – heute aber nicht – wir verlangen mehr! Wie? Ist Ihnen das nicht deutlich?«

»O! vollkommen – Sie haben Recht – und dann?«

»Dann unterzeichnen Sie!«

Und das wurde so bestimmt, so ganz in blindem Vertrauen auf mich gesprochen, daß ich meinen Unwillen kaum bezähmen konnte und mir Gewalt antun mußte, ihm nicht gerade ins Gesicht zu lachen. Wahrlich! eine schöne Zumutung für mich, dachte ich, mir, zu Gunsten Sir Mortimers, auf Kosten Percys, die Ablegung dieses Zeugnisses anzutragen!

»Ich werde keinen Finger breit von meiner Pflicht abweichen«, war meine Antwort; »ich werde alles so tun, wie ich es tun muß.«

»Das ist gut, Sir, sehr gut – ich sehe, Sie haben Einsicht in meine Sache – und eben das wünschte ich. Wir sind einverstanden.«

»Ja! ich kenne Ihre Absicht und Sie – meine Meinung!«

»Sie genügt mir – und nun, guten Morgen, Sir!«

»Eine glückliche Jagd, Sir!«

»Das sollen Sie mir nicht sagen – nun schieße ich nichts. Treffen Sie besser!«

»Ich fasse immer das richtige Ziel ins Auge!«

»Haha! Manchmal verfehlt man es doch!«

»Ich werde mir diesmal doppelte Mühe geben!«

»Das ist vortrefflich! Guten Morgen!«

»Guten Morgen, Sir!«

Hinaus ging er, mit dem Gedanken, einen Dummkopf hinter sich zu lassen; ich aber blieb zurück mit der Überzeugung, einen Schelm durchschaut zu haben!

Wollte er mich betrügen? Mich und noch mehr seinen Bruder? Ohne Zweifel! Wollte ich ihn betrügen? Heißt das betrügen, einem Bösewicht das nehmen, was nicht sein ist? – Gewiß nicht! Aber hatte ich ein Recht dazu? – Ja! Denn ich stand in diesem Augenblick als moralischer Anwalt für Percy hier, und auf seiner Seite war Alles, mein Gewissen, mein Gefühl, meine Überzeugung und – das Gesetz.

Nun erst wußte ich, wie und was ich für Percy, den edlen, rechtschaffenen, betrogenen Percy, tun mußte und tun konnte. Alles kam darauf an, den Marquis verständig zu leiten. Forderte dieser von mir das Rechte, so tat ich es mit allen Wünschen und Hoffnungen meiner Seele. Forderte er es nicht, so mußte ich ihm sagen, was das Rechte sei. Und das war ich denn zu tun entschlossen, mochte kommen, was wollte! Bis dahin ohne Sorge! Nur zu, kleiner Job! Jetzt wirf dein Senkblei bis auf den tiefen Grund – Gott wird helfen!

Kaum hatte ich dieses Selbstgespräch beendet, welches meinen Entschlüssen einen neuen Schwung und meinen Wünschen eine neue Richtung gab, als an meine Tür geklopft wurde und der Haushofmeister erschien. Auf seinem faltenreichen Gesichte lag eine Art von Heiterkeit, die ich an ihm noch nicht bemerkt hatte, denn er erschien gewöhnlich traurig und wehmütig gestimmt.

»Er ist fort, Sir!« sagte er mit einem eigentümlich frohlockenden Tone.

»Wer ist fort?«

»Sir Mortimer! Nun kommen Sie rasch hinauf, Mylord kann die Zeit nicht erwarten, bis Sie da sind.«

»Wie lange hat er geschlafen?«

»Bis vor einer Stunde – und ist ganz munter – o, was Sie ihm aber auch gesagt haben!«

»Was habe ich ihm denn gesagt?«

»Was? Sir! Sie wissen es nicht mehr? O!« rief der alte treue Diener mit erhobenen Händen aus, und eine große Träne rollte über seine gefurchte Wange hinab, »gestehen Sie es – ja, ja – Sie wissen noch viel mehr – Sie wissen vielleicht Alles!«

»Was Alles, Alter, ich verstehe Euch nicht –.«

»Nein, Sir, nein! Vor mir brauchen Sie sich nicht zu verstellen! War es mir doch gleich, da Sie kamen, als wäre endlich einmal ein guter, versöhnender Geist in unser trauriges Haus eingezogen – ha! und diese Nacht und – erröten Sie nicht – Sie waren so bewegt wie er und ich, ja, ja – als Sie von Mylord Percy sprachen –«

»Ihr nehmt Anteil an ihm?«

»Wie, Sir? Haben ihn denn diese Arme nicht getragen, den kleinen, guten, braven Percy?«

»Aber diese Arme haben vielleicht auch Sir Mortimer getragen –«

»Ach! leider! Das haben sie, aber wer kann in die Zukunft sehen! Und Beide waren Söhne desselben Vaters! – O, kommen Sie, kommen Sie, er weiß Alles – Alles weiß er – es ist, als wenn er es geträumt hätte. Wenn Mortimer fort ist, sagt' er, ruf ihn dann und geh hinaus, mein Herz ist aus einem langen Schlafe erwacht, ich muß zu einem Menschen reden – er muß mir Alles sagen, und auch ich muß ihm viel – viel sagen.«

»Aber wie ist es möglich – diese plötzliche Umwandlung?«

»Ein Funke, ein einziger kleiner Funke, Sir, und eine ganze Tonne Pulvers brennt los! Ach, die vielen Jahre, die vielen einsamen, trostlosen Jahre, und das lange, stille, ungestörte Nachdenken – und hier, diese ewig schreiende Stimme in der Brust und das Andenken an vergangene Zeiten – das tut viel, das tut sehr viel. Und da kamen Sie! Sie waren der zündende Funke, denn Sie haben gesagt: er liebt Sie! Das hat er mir nie glauben wollen, und auch dem Pfarrer, Mr. Graham, hat er es nie glauben wollen –«

»Ha! kennt Ihr ihn? Wo ist er?«

»Ob ich ihn kenne! und wo er ist? Wissen Sie denn das nicht? Ich denke, Sie wüßten Alles –«

»Ich weiß nichts, Alter; gar nichts weiß ich – kommt, kommt, wir wollen gehen!«

Der Haushofmeister sah mich mit einem ungläubigen Blick von der Seite an, als wir die Treppe hinunterstiegen. Konnte ich dafür, daß er in meinem Herzen gelesen, da seine Augen so voller Liebe und die Schrift in meinem Herzen so deutlich und verständlich war?

Vor der Tür, die er mir öffnete, blieb er stehen, gab mir noch einmal einen ermutigenden Wink, und ich trat allein in das Krankenzimmer.

Der Marquis saß wie gewöhnlich auf seinem Sessel, den er weder bei Tag noch bei Nacht verließ.

»Treten Sie näher, rasch, näher, Sir!« rief er mir schon entgegen. »Ich kenne Ihren Schritt schon und erschrecke nicht mehr davor. Guten Morgen, Sir, guten Morgen!«

Und er reichte mir die Hand hin, die ich am Abend vorher, bebend und mit kaltem Angstschweiß bedeckt, in der meinigen gehalten hatte; heute aber war sie warm, und ich fühlte deutlich ihren fast herzlichen Druck, was ein seltenes Ereignis bei Seiner Herrlichkeit war.

»Sie befinden sich wohl, Mylord, nicht?«

»Wohl? Ach nein, noch nicht! Aber doch wohler als gestern – ich habe geschlafen und – geträumt – nicht wie sonst geträumt –«

»Und was haben Sie geträumt?«

»Daß Sie bei mir waren und mir eine Geschichte erzählten, daß Sie – ha! sehen Sie, wie lustig die Sonne hereinscheint – daß Sie – Percy kennten – ha! wie mir der Name jetzt leicht wird! – daß Sie ihn – ihn gesehen haben –«

»Nein, wahrhaftig! das habe ich Eurer Herrlichkeit gewiß nicht gesagt!« rief ich unwillkürlich aus.

»Nein! das sage ich auch nicht – ich habe es ja nur geträumt. Ach, Sir, aber dennoch! das war ein süßer – süßer Traum!«

Ich schwieg und blickte ihn mitleidig, aber freundlich an. Ich war einigermaßen verlegen – ich hatte mir einen anderen Plan ausgedacht, wie ich ihn auf Percy bringen wollte, der mir, in Bezug auf seinen Gesundheitszustand, weniger stürmisch vorkam. Jetzt gab er selbst die Richtung an, und ich sann einige Augenblicke nach, wie ich ihn wohl am besten in meine Ideen hinüberleiten könnte. Aber mein Gesicht mußte während dieses kurzen Nachsinnens etwas Unbestimmtes, Schwankendes verraten, denn der Greis, der mich aufmerksam betrachtete, nahm meinen Gesichtsausdruck anders auf, er wurde wieder traurig und sagte in einem wehmütigen Tone:

»Ach! es war ja nur ein Traum, und ich bin immer noch sehr unglücklich!«

Dahin wollte ich ihn haben. Ich tat schnell meine gewöhnlichen Fragen nach seinem Befinden, deren Beantwortung mich in der Tat sehr befriedigte. Aber während ich noch mit ihm sprach, verschwand plötzlich der helle Schein der Zuversicht und der Freude – und vielleicht der Hoffnung – der bei meinem Eintreten so sichtbar auf seiner Stirn geglänzt hatte, und an seine Stelle trat eine düstere und verderbenschwangere Wolke, die sich schnell über seine verfallenen Züge verbreitete und ihnen jenes traurig kummervolle und zugleich unheimliche Gepräge verlieh, welches dieses Antlitz einem Fremden beim ersten Anblick darbot. Er seufzte und blickte schweigend mit seinem gewöhnlich unruhigen Auge nach der Decke des Zimmers empor.

»Hören Sie, Sir!« sagte er plötzlich halblaut und gab mir mit der Hand ein Zeichen, näher zu ihm heranzutreten, »kommen Sie einmal ganz nahe zu mir – so – ich will Ihnen im Vertrauen einmal eine närrische Frage vorlegen, die mich – ich weiß nicht warum – schon lange quält und mir soeben wieder einfiel. Kann ein Mensch, ein gesunder, kräftiger, junger Mensch«, lispelte er fast nur, »kann er, wenn man ihn unter Verrückte und Wahnsinnige einsperrt – den Verstand verlieren?«

Aha! Er ging also wieder seinen eigenen Weg und ich konnte ihm auf meine Art nicht beikommen; nun, wohlan! so will ich ihm auch auf diesem Wege entgegengehen. Dennoch war ich einen Augenblick unschlüssig, was ich ihm auf seine sonderbare Frage antworten sollte. Die Wahrheit durfte ich ihm nicht sagen, sie konnte schlimme Folgen haben. Ich sagte also dreist und laut:

»Nein, Mylord!«

»Still! nicht so laut, Sir, nicht so laut – es braucht Niemand weiter zu hören – also nein? wirklich nein? Das ist gut, das ist sehr gut – hören Sie weiter. Sind Sie schon mit Sir John im Bethlehem-Hospital gewesen?«

»Ja!« sagte ich, »sehr oft bin ich mit ihm dagewesen.«

»Es ist wohl schrecklich da?«

Und seine Augen starrten mich bei dieser Frage grinsend wie die eines verstandeslosen Menschen an, denn in meiner Antwort lag für ihn Leben oder Tod.

»Nein, Mylord, es ist nicht schrecklich. Unglückliche werden dort getröstet und Kranke geheilt – das ist nicht schrecklich.«

»So, so – sie werden getröstet – das ist schön. Ach!«

Und er schöpfte tief Luft; ich hatte ihn durch meine Antwort augenscheinlich etwas erleichtert, aber nur etwas, denn noch eine andere Frage schien auf seinem Herzen zu liegen; allein es mochte eine ungeheure und für ihn zu große Anstrengung kosten, sie auf die Lippen zu bringen. Daher fuhr ich fort:

»Auch habe ich noch andere Irrenanstalten in England gesehen, die mir noch besser gefallen als das Bethlehem-Hospital –«

»Welche – welche?« fragte er mit bebender Lippe.

Ich nannte ihm die mir bekannten, doch bemerkte ich keine Veränderung dabei in seinen Gesichtszügen, obwohl seine Augen mit der angestrengtesten Spannung an meinem Munde hingen. Da fügte ich schnell und leise hinzu:

»Auch in St. James bin ich gewesen!«

»Ha!« schrie er laut auf und fuhr zusammen, als wenn ihn ein Blitzstrahl getroffen hätte.

Schon bereute ich das gesprochene Wort – da schien er sich wieder zu erholen. Er faltete die Hände, drückte sie zusammen und preßte sie gegen seine Brust. Dabei murmelte er etwas, indem er den Kopf vornüber beugte, was ich aber nicht verstand.

»Sie sind dagewesen?« stotterte er endlich.

»Ja, Mylord! Sogar längere Zeit, kennen Sie es auch?«

»Nein, nein, nein! ich kenne es nicht!« schrie er beinahe. »Fragen Sie mich nicht – kennen Sie jemanden da?«

»Ich kenne Viele da, Mr. Elliotson, den Direktor –«

»Hm! Ja – hm!«

»Mr. Lorenzen, den Oberarzt«, und ich nannte ihm alle mir bekannten Namen der Beamten her.

»Es sind viele Kranke und Unglückliche da?«

»Sehr viele, Mylord!«

»Kennen Sie Jemanden davon?« keuchte er mit großer Anstrengung und kaum verständlich hervor. »Ich meine, Einen oder den Anderen dieser – dieser Unglücklichen?«

»Ach so – o ja! ich kenne Viele.«

Und um der peinlichen Szene ein Ende zu machen, fügte ich hinzu:

»Wenn Sie mir nur den Namen nennen wollten!«

»Ha! der Name! Kommen Sie her – näher! ganz nahe! – Kennen Sie nicht – sahen Sie nicht – still! Mortimer ist doch nicht da – Mr. – Mr. Sid –«

»Sidney!« rief ich. »Ja, den – den kenne ich sehr gut!«

Kaum aber war der Name meinen Lippen entflohen, so hörte ich laut aufschreien – er sank zurück – Leichenblässe bedeckte sein Gesicht, aber nur einen Augenblick – dann hörte ich einen seltsamen Ton – dann Schluchzen, lautes Schluchzen – seine Hände griffen nach mir, sie umschlangen mich – sie zogen mich an seine Brust ich stand über ihn hingebeugt und er drückte meinen Kopf an sich. Tränen rannen über sein Gesicht und er weinte laut.

Das dauerte einige Minuten; dann sich die Tränen abtrocknend, sagte er mit einem ganz veränderten Tone und einer durchaus anderen Stimme und sah mich friedlich lächelnd dabei an:

»O, warum haben Sie mir nicht früher gesagt, daß Sie meinen – Percy kennen?«

»Mylord! wie konnte ich wagen – wie konnte ich hoffen?«

»Warum nicht, warum nicht? Hat er Ihnen denn nichts von mir gesagt? – Keinen Gruß, gar keinen Gruß?«

»Ach, Mylord, ich habe es Ihnen schon gestern gesagt: er liebt Sie, er betet für Sie – war das nicht ein hinreichender, verständlicher Gruß?«

»Es ist gut, es ist gut, Sir – schweigen Sie. Ich sehe es, Sie wissen Alles, Sie kennen meine Tat, meine schreckliche Tat, doch nicht meinen unglücklichen Charakter und – wie ich dazu kam. Sie sollen es aber hören. Jetzt muß ich allein reden, ich ganz allein, und nicht eher unterbrechen Sie mich, als bis ich die traurige Geschichte zu Ende erzählt, denn ich habe auch eine zu erzählen, und aus meiner Aufrichtigkeit sollen Sie schließen, ob ich es ehrlich mit Ihnen, mit mir meine. Da – da, setzen Sie sich, aber behalten Sie meine Hand, und wenn Sie Abscheu gegen mich fühlen, ziehen Sie die Ihrige von mir fort – ha! ich bin ein großer Sünder gewesen; aber Gott wird mir noch vor meinem Ende die Gnade gewähren, zu beichten, und Sie – Sie sollen mein Beichtvater sein.«

Ich setzte mich dicht vor ihn hin und hörte folgendes merkwürdige, in abgebrochener Redeweise vorgetragene Selbstgericht:

»Ich war ein stolzer Mann – ein eigensinniger, ein leidenschaftlicher Mann! Ich habe niemals ein Weib geliebt, und das – das ist das Härteste, was ich von mir sagen kann. Vor etwa neunundzwanzig Jahren – ich war damals schon einundvierzig – sah ich ein achtzehnjähriges Mädchen – die Tochter des Viscount von Dunsdale – ha! und zum ersten Male in meinem Leben erfaßte mich eine brennende Leidenschaft, eine Leidenschaft, die meine Vernunft umnebelte und mich zum Tiere erniedrigte. Denn je später eine solche Leidenschaft kommt, um so unnatürlicher tritt sie auf. Was ich tat – ach! was ich tat, Sir, das erlassen Sie mir zu erzählen – es soll ewig begraben und vergessen sein. Aber ich war zu stolz, zu nichtswürdig stolz, sie zu meinem Weibe machen zu wollen – denn ich wollte in keiner Art Sklave sein – doch ward ich gezwungen dazu, gezwungen von ihren Verwandten, von meinen Verwandten, und von der ganzen Welt gezwungen. Es war der erste Zwang, den ich erlitt, und es war genug, in mir den glühenden Durst nach Rache zu entzünden – und ich rächte mich. Auf Percy, meinen ältesten Sohn – auf ihn warf ich von seiner Geburt an die größte Hälfte meiner Rache, die andere blieb mir für seine Mutter. Denn er war ja für mich der unauslöschliche, lebendige Vorwurf meiner unwürdigen Leidenschaft, in ihm haßte ich mich selbst, denn er war ja auch die alleinige Ursache meines gedemütigten Stolzes und meiner unfreiwilligen, durch nichts abzuschüttelnden Knechtschaft. Ich verabscheute ihn, wie ich die verabscheute, die ihm wider meinen Willen das Leben gegeben hatte. Darum konnte ich ihn niemals sehen, ohne diesen Abscheu, diesen Ekel vor mir selbst zu empfinden, und ich entfernte ihn, ich schleuderte ihn von mir, wie man einen Skorpion von sich schleudert, der uns verwundet und unser Herzblut vergiftet hat. Aber, aber – die Vorsehung ist gerecht, und mit denselben Mitteln, womit wir ihr Hohn sprechen, bestraft sie uns – verwundern Sie sich nicht, aber verachten Sie mich – trotz meines Abscheus wurde ich noch einmal der nichtswürdige Sklave meiner blinden Leidenschaft. Diesmal konnte man mich aber nicht zwingen, die Mutter meines zweiten Sohnes zum Weibe zu nehmen; denn sie war schon mein Weib, die meines zweiten Sohnes Mutter wurde. Darum aber war mir Mortimer auch nicht zuwider, seine Existenz hatte mich nicht erniedrigt, und in meinen Augen war er nur mein einziger Sohn. Ich wollte an ihm wieder gut machen, was die Natur und Percy, meiner blinden Zuversicht nach, an mir schlecht gemacht hatten, und darum liebte ich diesen Mortimer, so gut ich lieben konnte. Aber, Sir, was soll ich Ihnen noch weiter von mir sagen – ich bin beinahe zu Ende, denn Alles, was noch übrig ist, war die Frucht dieser gottlosen, durch Haß und Abscheu entstandenen Liebe. Denn dieser Mortimer war ein Bube – er schmeichelte mir, er heuchelte vor mir und er beherrschte und verdarb mich mit seiner Schmeichelei – und ich beschloß: er soll mein Erbe sein.

Da kam Percy zu mir, den ich haßte, Percy, den ich nicht sehen konnte, ohne unwohl zu werden und ohne mich selbst verdammen zu müssen – und ich war grausam gegen ihn, der unschuldig an meinem Hasse war: ich jagte ihn von meiner Tür.

Da kam aber auch Mortimer zu mir und sagte: Vater! Percy trotzt nicht allein deinem Willen und deiner Absicht auf mich, deinen Erben – Percy ist nicht allein ein ungehorsamer Sohn, nein! Percy will auch deinem stolzen, reinen Namen einen Flecken anhängen, er will ein armes, namenloses Mädchen zum Weibe nehmen und so dein Blut besudeln und deinen Stammbaum verunreinigen. Da siehst du, was Percy ist, da erkennst du deinen Sohn und wenn du es hindern willst, so hindere es bald, sonst wird er dich zwingen, zu tun, was ihm beliebt. Sieh! ich will dich unterstützen, ich weiß eine gute Schule für ihn, denn dein lieber Sohn Percy ist wahnsinnig geworden – Das ist er! rief ich in meinem Zorn, und er soll mir büßen – büßen für mich und für sich – und ich will das Andenken an ihn aus meinem Geiste verlöschen. Gehe und tu' mit ihm wie mit einem Wahnsinnigen. –

Und er tat mit ihm wie mit einem Wahnsinnigen; und ich litt es, daß er es tat, noch mehr, ich – ich, sein eigener Vater – trieb ihn dazu. Da, da ward es Nacht um mich – ach! Graham hat es mir wohl und oft gesagt: Gott würde mich strafen, denn obgleich ich ein reicher, vornehmer und gewaltiger Mann sei, Gott habe doch mehr Gewalt als ich. Ich verlachte ihn, denn ich glaube, ich war selbst wahnsinnig in meinem Zorn. Aber er ließ noch nicht von mir ab, dieser Graham. Wie er sich früher mit Paul dem Abschlusse meines Testamentes widersetzte, wogegen auch alle Gerichte waren, so widersetzte er sich jetzt noch – er ging sogar an einem Morgen soweit, mir zu drohen, dieser Graham. Da wies ich auch ihn von meiner Tür und beschimpfte ihn, wie ich Percy beschimpft hatte, er ging, und – ich habe ihn nicht wiedergesehen.«

»Und das Testament?« fragte ich bebend.

»Ja, das Testament! – Gott sei Dank! ich hatte einmal eine gute Stunde – und Graham hatte mir diese verschafft – und ich ließ zwei Testamente machen – eines für Mortimer und eines für Percy, denn die Gerichte wollten es so und ich sah ein, daß es gut war, eine Hintertür zu haben, durch die ich entschlüpfen konnte, wenn etwa Gott käme und stärker sein wollte als ich – und – Graham sei gesegnet! diese beiden Testamente habe ich noch – und keines ist unterzeichnet!«

Ich war stumm vor Erstaunen – vor Rührung – vor Entrüstung – tausend Gefühle strömten durch meine Brust – dieser edle Graham! dieser edle Vater! Da fuhr er fort:

»Jetzt aber, jetzt ist der Augenblick gekommen – Gott ist da und ist stärker als ich und er hat es mich empfinden lassen – ich will unterzeichnen und Sie – Sie sollen mein Zeuge sein! – Da, hier!« rief er fast atemlos, »schnell! wir sind allein – hier ist der Schlüssel.«

Und er riß einen Schlüssel von einer Schnur, die an seinem Halse hing.

Jener Schrank da – schließen Sie auf – so, so – das ist recht – in dem Fache links muß es liegen – recht, recht – geben Sie her!«

Ich gab ihm ein kleines Paket Papiere, unter denen sich, obenauf liegend, das Testament zu Gunsten Mortimers befand.

»Geben Sie mir die Feder da«, fuhr er hastig fort, »und schieben Sie den Tisch heran – so, so – es ist gut.«

Ich schob den Tisch heran und gab ihm die Feder – er schrieb mit raschem, bebendem Zuge seinen Namen und seinen Titel mit dem Datum des Tages unter das Papier.

»Was tun Sie, was tun Sie da?« rief ich entsetzt aus. »Es ist das Testament zu Gunsten Sir Mortimers!«

»Sir!« antwortete er ruhiger als zuvor. »Glauben Sie, daß ich nicht weiß, was ich tue? So viel Verstand habe ich noch und – Sie werden sehen! Und nun unterzeichnen auch Sie und bemerken Sie dabei, daß ich vollkommen gesund und meines Verstandes mächtig bin – denn so will es mein lieber Sohn Mortimer.«

»Nein!« rief ich. »Nun und nimmermehr! Das wäre ein schändlicher Betrug!«

Und ich begann daran zu zweifeln, daß er seines Verstandes mächtig sei.

Der Marquis sah mich mit einem sonderbar verwunderten Blick an – er schien in diesem furchtbaren Momente lächeln zu wollen – seine Hand zeigte gebieterisch auf das Papier, das ich in meiner Hand hielt, und zum ersten Male sah ich einen leuchtenden, triumphierenden Ausdruck in seinen sonst so erloschenen Augen glänzen. Frohlockend rief er:

»Schreiben Sie getrost! Gott sieht es, was ich tue und was Sie tun – denn Gott ist mir jetzt nahe!«

Ich verstand ihn, glaubte ihn wenigstens zu verstehen, und ich unterschrieb das Blatt, wie Mortimer und sein Vater es gewünscht hatte.

Als ich fertig war, reichte ich ihm das Papier hin – er hielt es prüfend in seiner Hand, sein frohlockender Blick lief pfeilschnell darüber hin.

Da ging die Tür schnell auf und der Haushofmeister stürzte atemlos herein.

»Halten Sie ein, Mylord – Sir Mortimer kommt – soeben steigt er vom Pferde!«

Der greise Vater blickte in die Höhe – sein Lächeln wurde strahlend, würdevoll, als wäre es ihm von einer höheren Macht eingehaucht, und er sprach kein Wort als:

»Er kommt von Gott! Laß ihn herein – ich will ihn betrügen, wie er mich hundertfach betrogen hat!«

In diesem Augenblick trat Mortimer ein. Sein Gesicht ward, als er unser ansichtig wurde, unwillig gerötet – er überlief uns mit einem schnellen Blick – dann blieb er stehen und sagte:

»Nun, was ist denn geschehen? Was blickt Ihr mich so verwundert an?«

»Mortimer!« rief der Vater mit einem schrillenden Tone, der mir wie ein Messer durch das Herz fuhr, »Mortimer! Sieh da mein Testa – ment!«

Mehr konnte er nicht sagen – die geistige Aufregung, die ihn so lange kraftvoll erhalten, war vorüber – er brach wie ein geknicktes Rohr auf seinem Stuhle zusammen, seine frühere Furcht und Angst hatte ihn wieder ergriffen. Zitternd vor Schreck und Besorgnis, er könne in diesem entsetzlichen Augenblick sein Leben aushauchen, eilte ich zu ihm hin.

Mortimer aber, der glückliche Mortimer, das für ihn so verhängnisvolle Blatt in der Hand haltend und überfliegend, hatte nur eine Empfindung, und diese Empfindung trat, zum Lesen deutlich, auf sein wildes Gesicht. Es war die Empfindung des Frohlockens und des berauschenden Triumphes, endlich den Schritt vollendet zu sehen, um dessenwillen er alle seine schwarzen Taten verübt und dessen Beendigung er noch nicht so nahe geglaubt hatte.

Wie groß aber und wohlberechnet ist Gottes weise Allmacht! Wohl begabt er den Bösewicht mit Stärke und List, seine finsteren Taten zu erdenken und zu vollführen, aber er versagt ihm den gesunden geraden Blick des guten Menschen, der zur rechten Zeit den Wechsel seines Schicksals erkennt und anhält im Laufe, wenn er den Abgrund des Verderbens vor sich geöffnet sieht – er schlägt ihn mit Blindheit da, wo er den größten Scharfblick haben sollte im Erkennen seines Irrtums. Einmal von seiner Leidenschaft fortgerissen, hält er nicht eher an, als bis er an das Ziel alles Vergänglichen gekommen ist und einsieht: es ist zu spät, wieder umzukehren und von vorne anzufangen.

Hätte Mortimer in seiner blinden Zuversicht es verstanden, unsere entsetzten Gesichter zu entziffern, als er plötzlich und unerwartet in einem so bedeutungsvollen Augenblicke zu uns trat, er hätte etwas Anderes getan als frohlockt, und über seinen gewissen Sieg das Wichtigste vergessen: die Prüfung des Vertrauens seines mißhandelten Vaters und des Verdienstes seines eigenen Selbst – so aber sah er nur auf sein Testament, und er lächelte und glaubte sich selbst – und er war mit sich selbst zufrieden.

»Ich danke Ihnen, Sir!« sagte er eilfertig zu mir, indem er das inhaltsschwere Papier auf den Tisch legte, »ich danke Ihnen – bringen Sie ihn wieder zu sich. Nun kann ich ruhig zu meiner Jagd zurückkehren, denn ich weiß jetzt, was mich eigentlich hertrieb und warum ich kam. Ich habe es erreicht! Leben Sie wohl!«

Und hohnlächelnd grüßend, schritt er noch einmal so stolz zur Tür hinaus, als er hereingetreten war, ohne jedoch einen einzigen Blick auf seinen Vater zu werfen, der, wie es den Anschein hatte, sterbend in meinen Armen lag.

Aber die Szene war noch nicht vorüber – es war dies bloß der erste Akt eines Schauspiels, dem ein zweiter, wichtigerer, schönerer folgen sollte, wie man es so oft sieht, daß das Böse zuerst über das Gute triumphiert, zuletzt aber, dennoch bewältigt von der Allgewalt des Guten und Unvergänglichen, in den Staub getreten wird.

Ich stand noch erschüttert von den eben erlebten Ereignissen da – ich bebte noch vor Erwartung, denn obgleich ich dem äußeren Anblick nach wohl zweifeln konnte, so trug doch mein Herz kein Bedenken mehr, daß jetzt noch etwas Anderes vorgehen müsse.

Und es ging vor. Kaum war Mortimer hinaus – der Haushofmeister war, auf das Äußerste erschüttert, im Zimmer zurückgeblieben – da kam Mylord Seymour wieder zu sich und erhob sich in seinem Sessel.

»Ist er hinaus?« flüsterte er und blickte sich im Zimmer um.

»Ja, Mylord, ja – er ist hinaus.«

»Zu – geschwind die Tür zu – so – und nun – da, da«, fuhr er fort und riß mir das Blatt aus der Hand, welches ich wieder genommen hatte, und betrachtete, und gab es dem Haushofmeister hin, »fort – fort damit – da, in die Flammen – in den Kamin!«

Der Haushofmeister warf einen Blick auf seinen Herrn, einen Blick auf mich und noch einen auf das Testament – es war der wichtigste Augenblick in Mortimers Leben gekommen, aber er ging schnell vorüber wie alle Wendepunkte im menschlichen Dasein. Denn der Haushofmeister ging festen Schrittes, wie es das Bewußtsein einer guten Tat ihm erlaubte, nach dem Kamin; das Haupt zu seinem Herrn gewandt, den Arm mit dem Papier vor sich gestreckt, so näherte er sich dem Feuer, welches knisternd und prasselnd in dem alten Kamine aufloderte. Noch einen Blick, noch eine Pause und ein Wink von dem ihn anstierenden Auge seines Herrn, und er warf, wie man mit Abscheu etwas Befleckendes von sich wirft, das Papier auf die glimmenden Kohlen.

Ein Augenblick verging, ein einziger Augenblick, lautlos, aber schnell – da schlugen die Flammen um das Papier herum – sie verzehrten es – und noch ein kurzer Augenblick, und ein brenzlicher Rauch wälzte sich an die hohe Decke des Zimmers empor – das war das ganze Glück und die ganze Seligkeit des im Rausche seines Sieges davoneilenden Mortimer!

Wir standen sprachlos und ergriffen da – ein einziger erleichternder Seufzer entfloh unserer beklommenen Brust – er war das Sterbegeläute vieler glühender, soeben zu Grabe gegangener Hoffnungen – aber unsere starren Blicke waren noch immer auf die gierig leckenden Flammen gerichtet, die, nachdem sie ihre Schuldigkeit getan, sich ebenso schnell beruhigten und leise knisternd an den Kohlen herumnagten, als hätten sie nur ein gemeines Stück Papier verzehrt.

Der Marquis war der erste, der die Stille unterbrach.

»Nun, Paul – hier ist der Schlüssel!« Und er riß sich abermals einen Schlüssel vom Halse und gab ihn dem Diener, der ihn zitternd empfing. »Schließ auf – schließ auf, hinter mir – im Sessel – du weißt ja!«

Paul tat mit eiligen Händen, wie ihm befohlen war, und zog ein ähnliches Dokument, wie das soeben verbrannte, aus einem in dem Sessel verborgenen Kasten, worauf der Marquis Tag und Nacht, wie eine Henne brütend, gesessen, und reichte es ihm hin – es war das Testament zu Gunsten des erstgeborenen Sohnes.

»Die Feder!« rief er.

Er nahm die Feder und unterschrieb, dann reichte er mir das Blatt. Ich unterschrieb es mit denselben Worten, wie ich das vorige unterschrieben.

»Und nun, Paul, du auch – unterzeichne, du bist unser Zeuge.«

Paul nahm, vor Freude und Schrecken zitternd, das Blatt, die Feder und unterschrieb als Zeuge.

Da sahen wir alle Drei uns an und atmeten tief auf – das Werk war vollbracht. Percy war der unbestrittene Erbe des ehrenhaften Namens seiner Väter, wie er es nicht anders sein konnte und durfte.

+++

Am Abend dieses ereignisreichen Tages saß ich wieder bei meinem Kranken, der kaum noch krank zu nennen war, denn die geistige Last, die von seinem Herzen genommen war, hatte seine körperlichen Leiden wie mit der verhängnisvollen Schere der Parze abgeschnitten. Ich hatte Muße genug, die einzelnen Begebenheiten mit ihm durchzusprechen, die uns Beiden kein Geheimnis mehr waren.

Mortimer, der allzuglückliche Mortimer, saß unterdessen wieder mit seinen Gästen an seiner schwelgerischen Tafel und berauschte sich in zweifachem Weine, in dem Weine der Keller seines Vaters und in dem ungleich duftigeren seines unzerstörbar gewähnten Glückes.

Für mich war noch eins zu tun übrig, ehe ich schied. Ich mußte die Art und Weise ins Reine bringen, wie Percy zu seinem Vater zurückkehren sollte, und sein Vater selbst mußte mir die Mittel dazu an die Hand geben.

Ich hielt die Erreichung dieser Absicht für leicht, nachdem das Wichtigste, die Versöhnung, vorhergegangen war.

»Und nun kann ich ihn wiedersehen – zum ersten Male will ich meinen Sohn sehen!« sagte der Marquis zu mir, »denn Sie beteuern mir, er habe mir vergeben!«

»Und wo wollen Sie ihn sehen, Mylord?« fragte ich.

»Hier nicht, hier gewiß nicht – ich bin nicht mehr krank und brauche also keinen Arzt mehr in meiner Nähe, auch gefällt es mir in diesem Hause nicht. Ich werde morgen nach Codrington-Hall gehen, ich bin stark genug dazu. In demselben Hause will ich ihn väterlich wieder aufnehmen, aus dem ich ihn so unväterlich gestoßen habe, in demselben Zimmer will ich ihn segnen, wo ich ihm geflucht habe.«

»So sei es!« sagte ich, »das wird auch das beste sein; er wird zum ersten Male nach Codrington gekommen zu sein glauben und wird zum ersten Male seinen Vater sehen, den er noch nicht kennengelernt hat.«

»Aber wie werden Sie ihn zu mir führen?« fragte mich Lord Seymour mit einer Miene, die mich überraschte, weil sie mir wieder ängstlich und geheimnisvoll vorkam.

»Auf Ihr Geheiß, Mylord«, sagte ich, »Sie geben mir Ihre Befehle dazu schriftlich – damit wird es leicht sein, ihn aus seinen Banden zu lösen.«

Der Greis schien in ein peinliches Nachdenken versunken zu sein, er schüttelte den Kopf, und sich ängstlich umschauend, sprach er leise:

»Nein, Sir! Das kann ich nicht!«

»Wie?« rief ich, »das können Sie nicht?«

»Still, still – Mortimer möchte uns hören – wissen Sie denn nicht, daß ich noch einen Sohn habe und daß dieser Sohn Mortimer ist?«

»Wie?« stammelte ich, denn ich ahnte schon den traurigen Grund seiner neu erwachten Furcht.

»Nein, nein! Darf ich das wagen, da Mortimer um mich ist? Wenn er es erführe – wenn er es später auf irgendeine Weise erführe, daß ich – ich selbst ihn ausgelöst habe – ohne seine Einstimmung – schriftlich? Nein, das darf ich nicht!«

Ich betrachtete den von neuer Qual gefolterten Greis mit dem größten Erstaunen und der heftigsten Aufregung. Diese Weigerung hatte ich nicht im Geringsten vermutet.

»Warum können Sie das nicht? Sind Sie nicht Ihr eigener Herr? Sind Sie nicht der Marquis von Seymour und haben Sie nicht selbst –«

»Ach, Sir! Sie vergessen, was Mortimer ist. Er würde mich umbringen – in der Nacht – im Schlafe – und wenn ich mich schon vor Percys Gesicht fürchtete – sein Gesicht würde mich vernichten.«

»Ha!« rief ich, »also Furcht vor Mortimer?«

»So ist es, ja, so ist es!«

»Aber«, fuhr ich fort, »wenn er nun von selbst käme, wie dann? Wenn er zu Ihnen flüchtete – zu Ihren Füßen an Ihre Brust sich stürzte – fürchten Sie auch dann noch?«

»Nein, nein! Wenn er von selbst käme, so wäre das etwas ganz Anderes, und wenn er erst bei mir ist, so wird Percy mich gegen Mortimer schützen. Aber wo sollte ich den Mut hernehmen, ihm die Wahrheit zu verbergen, wenn er mich fragte: Hast du ihn hierhergerufen? Ach, ich bin so schwach, wenn Mortimer mich ansieht!«

»Gut! So soll er selber und aus eigenem Antriebe kommen, und – Mylord, darf ich bei ihm sein?«

»O, Sir, kommen Sie mit ihm, ja, kommen Sie mit ihm – ich habe Ihnen zu danken – dann meinen Dank – aber eher nicht, Sie müssen Ihr schönes Werk vollenden – und ich – ich muß ihn erst sehen – haben – halten – erst muß er mich retten, vor Mortimer retten, dann meinen Dank – meinen väterlichen Dank –«

Und so war es beschlossen.

Am nächsten Morgen stand ich reisefertig vor dem Marquis von Seymour; Sir Mortimer war zugegen.

»Ich gehe«, sagte ich, »denn Eure Herrlichkeit bedürfen meiner nicht mehr.«

»Ich gehe auch!« sagte Mylord Seymour, »nach Codrington-Hall. Gehst du mit mir, Mortimer?«

»Ich gehe voraus!« erwiderte dieser sinnend, »ich habe noch einen kleinen Umweg zu machen – ein Geschäft, das ich selbst zuvor verrichten muß, doch denke ich vielleicht schon vor dir da zu sein und somit sage ich dir bis dahin Lebewohl.«

Damit drehte er sich herum und wollte gehen, denn von mir hatte er bereits Abschied genommen.

»Mortimer!« rief der greise Vater.

»Ja, was willst du noch?«

»Du gehst – du könntest deinen Vater nicht wiedersehen – da – meine Hand –«

Mortimer ergriff kalt die Hand seines Vaters – die arme Hand, sie konnte ihm ja Nichts mehr geben!

»Früher küßtest du die Hand –«

»Ich küsse sie noch!« rief Mortimer und beugte sich schnell auf die Hand seines Vaters, »Adieu!«

Und mit seinen gewöhnlichen lauten und derben Schritten ging er zur Tür hinaus.

»Geh!« dachte ich, »geh! Wenn du vor ihm in Codrington-Hall ankommst, empfängt dich das Gespenst von St. James!«

Kapitel 21

In des Marquis von Seymour Wagen rollte ich rasch nach London und fuhr sogleich bei Sir John vor.

Als ich bei ihm eintrat, fand ich ihn, wie ich ihn vor einigen Tagen gefunden, an seinem Arbeitstische sitzend; auch streckte er mir wieder, sobald er mich sah, seine Hand von Weitem entgegen.

»Ah, kleiner Job, schon wieder da? Das ist mir lieb. Hast du Grund gefunden?«

»Sehr guten Grund, Ankergrund, mein teurer Sir«, antwortete ich ihm, »und doch nur die Hälfte vom Faden abgerollt!«

»Ha! gut gesagt! Und was haben Sie auf dem Grunde gefunden – he?«

»Echte Perlen, Sir, von unschätzbarem Wert –«

»Haha! Teufelsjunge, der kleine Job. Noch besser gesagt! Und wo bleibt dein Geheimnis?«

»Das werde ich mit Ihrer Erlaubnis noch eine Weile für mich behalten, doch zu rechter Zeit sollen Sie es erfahren, verlassen Sie sich darauf – es wird ohnedies nicht ganz verschwiegen bleiben.«

»Schön! dann ist es aber kein Geheimnis mehr – haha! siehst du wohl, was ich dir sagte! Ich wollte es gleich nicht wissen, dachte mir, daß es so kommen würde! Von zehn Geheimnissen, die man seinen guten Freunden anvertraut, möchte man neune immer wieder zurücknehmen – alte Geschichte!«

»Nun«, fuhr er fort, nachdem er einmal aufgehustet, und drehte sich ganz zu mir herum, »Sie speisen doch bei mir?«

»Auf keinen Fall, Sir!« entgegnete ich und erhob mich von meinem Stuhle, auf den ich mich soeben erst niedergelassen hatte, denn ich erinnerte mich bei dieser Frage, daß mir die Minuten kostbar waren.

»Und warum nicht, kleiner Job? Schon wieder Geschäfte?«

»Gewiß, Sir, und die allerwichtigsten, die keine halbe Stunde Aufschub erlauben –«

»Aha! eine geheime Angelegenheit –!«

»Es ist noch immer dieselbe, Sir!«

»So! Und wo soll's jetzt hingehen?«

»Nach St. James zurück.«

»Nach St. James? Ei! Immer unter Verrückten – halte deinen Kopf fest, kleiner Job, fängst zu früh an – war schon über Vierzig hinaus, als ich Geschmack daran bekam – fatales Ding das für einen jungen Menschen – die Welt wird ihm zu früh zu ernst – Leiden kommen zeitig genug. – Na! aber doch nicht wieder zu Pferd?«

»Ganz gewiß, Sir, das ist einmal die Aufgabe, die ich lösen muß.«

»Danke dafür – habe nur einmal in meinem Leben geritten und habe noch heute genug davon – verlor gleich die Bügel – haha! puff! da lag ich! Die Menschen sind schon mir hartmäulig genug, und nun noch Pferde! – Apropos St. James! Wissen Sie, was mir Mr. Lorenzen, der Oberarzt, für eine Frage vorgelegt hat?«

»Nein, das weiß ich nicht.«

»Närrischer Kauz! Erzählt mir da eine Geschichte von einem Manne, von dem er plötzlich nicht weiß, ob er verrückt ist oder nicht – kriegt mit einemmal einen Gewissensskrupel – und hat ihn schon vier Jahre unter seinen Händen.«

»Ah!« rief ich voll Erstaunen aus, »Mr. Sidney!«

»Richtig! Was! weißt du das auch, kleiner Job? – Und nun soll ich ihm in meiner Antwort meine Meinung schreiben, als wenn man das so leicht könnte, ohne den Mann gesehen zu haben – begreife den Doktor gar nicht – verrückt oder nicht ist eine Frage wie sein oder nicht sein! Das ist nicht so leicht abgemacht!«

»Schreiben Sie nicht, Sir«, sagte ich, »ich werde es mündlich ausrichten.«

»Gut gesagt, kleiner Job! sehr scharfsinnig bemerkt – muß es aber dann nicht doch immer eine Antwort sein? He?«

»Sie brauchen mir gar keine Antwort zu sagen – lassen Sie mich für Sie antworten.«

Sir John schaute mich mit einem seiner tief forschenden Blicke an.

»Wohl, Sir!« sagte er ernst, »das ist aber meine Sache!«

»Es soll auch die Ihrige bleiben, mein teurer Herr, ich werde keine Antwort geben, die Sie oder Ihren Ruf benachteilen könnte.«

»Ha! auch Geheimnisse mit mir? Das geht zu weit. Wer ist dieser Mr. Sidney?«

»Wissen Sie, Sir«, sagte ich, »dieser Mr. Sidney ist es, dessenwegen ich von St. James an Sie schrieb und Sie bat, mich hierherzurufen – dieser Mr. Sidney ist es, dessen Sache ich bei Lord Seymour geführt, ja, dieser Mr. Sidney ist es endlich, um den ich wieder nach St. James reise, und zwar zu Pferd reise.«

»Ah, ist es das? Gut, gut! Dahinter steckt also wirklich was?«

»Freilich! Und noch einmal, Sir, dieses Mr. Sidneys Geheimnis ist es, welches ich Ihnen mitteilen und Sie nicht wissen wollten, welches ich aber jetzt, nach reiflicher Überlegung, auf eine kleine Weile noch für mich behalten will, denn – Sie vergeben mir diesen kleinen Eigennutz – ich möchte gern den Ruhm, die Verwickelung seines Schicksals allein gelöst zu haben, für mich behalten.«

»Ja doch, ja – ich vergebe es Ihnen und bin es zufrieden – eifern Sie sich nicht – haben Sie schon gefrühstückt?«

»Ja, bei Mylord Seymour.«

»Aber nicht bei mir!«

Und er klingelte und ich mußte wenigstens frühstücken, da ich nicht bei ihm essen wollte.

»Was den Oberarzt betrifft«, fing er noch einmal an, als ich mich zum Gehen anschickte, »werde ich nicht von Ihnen erfahren, welchen Bescheid Sie ihm von mir geben wollen?«

»Ja gewiß Sir, werden Sie das«, erwiderte ich lächelnd, »und Sie können es sogleich erfahren. Ich werde einen Ausspruch tun, der nicht von Ihnen kommt und doch von Ihnen zu kommen scheint, und Mr. Lorenzen soll zu der Einsicht gelangen, daß dieser Ihr Ausspruch der allein richtige gewesen ist, obgleich Sie diesen Ihren eigenen Ausspruch selber nicht wissen.«

»Haha! da haben wir's! Das geht über meinen Verstand, kleiner Job – das ist lustig, haha! Nun – ich bin dabei, immer zu! – Sind Sie auch satt?«

»Auf drei Tage, Sir! Und nun leben Sie wohl!«

»Adieu, Geheimniskrä – krämer, adieu, kleiner Job, viel Glück auf den Weg!«

Und er schüttelte mir treuherzig aus allen Kräften die Hand.

Jetzt begab ich mich schnell in meine Wohnung. Bob, der mich schon mit Sehnsucht erwartet hatte, war außer sich vor Freude, mich wiederzusehen. Meine erste Frage war:

»Was machen die Pferde, Bob?«

»O, ganz wohlauf, Sir! Bravour ist ganz übermütig und der Kleine auch. Geht's bald wieder fort?«

»Sogleich, Bob, mache dich fertig. Und wenn Alles bereit ist, laß es mich wissen.«

Bob ging und schickte mir den Kellner mit der Rechnung. Als meine Geschäfte abgemacht waren, überlegte ich, ob es nicht jetzt schon Zeit sei, irgendwem eine Nachricht von mir zukommen zu lassen. Ich beschloß, noch zu warten, denn ich wollte erst Sir William Grahams verkauftes Landgut besuchen und dort Erkundigungen über den Aufenthaltsort seines Bruders Sir Robert Graham einziehen, zumal ich fürchten mußte, Mortimer möge mir hierin zuvorkommen oder vielleicht gar einen Gewaltstreich ausführen, der alle meine Bemühungen vereitelte. Was ich daselbst aber erfahren würde, wollte ich schnell Percy und Phillipps mitteilen und Beide auf meine Rückkehr vorbereiten, letzteren aber sogleich selbst nach St. James bescheiden.

Als Bob die Pferde auf den Hof führte und ich aufstieg, wurde ich auf eine sonderbare Weise seelisch bewegt. Ohne an etwas Bestimmtes zu denken, empfand ich plötzlich ein Übermaß, ich möchte sagen einen Rausch von Freude, der auf einen Augenblick meine ganze Seele erfüllte und mich der Gegenwart mit Gewalt entriß. War dieser so plötzlich entstehende und ebenso schnell wieder verschwindende Freudenrausch ein Pulsschlag meines im Stillen arbeitenden Geistes über das, was ich kurz vorher erlebt hatte, oder war es eine aus der Tiefe meiner Seele aufquellende Ahnung von dem, was mir in der nächsten Zukunft begegnen sollte?

Ich nahm dieses sonderbare Begegnis als ein günstiges Omen auf, aber enträtseln konnte ich es nicht. Denn wer kann sich die sturmwindartigen Regungen, die uns so häufig befallen, überhaupt erklären, wer nicht in die innere, ewig lebendige Werkstatt unseres geistigen Seins, in die dunkle, geheimnisvolle Kammer geschaut hat, wo die Gedanken sich erzeugen, wo die Empfindung geschaffen wird und das göttliche Prinzip in uns seinen kurzen, aber während unseres Daseins und Wirkens allmächtigen Thron auferbaut hat?

Wir hatten London bald wieder hinter uns. Unmöglich wäre es wenn ich auch die Nachsicht des Lesers wieder auf eine harte Probe stellen wollte – ihm die ungeordnete, lange Reihe meiner Gedanken vorzuführen, die mich auf dem Wege befielen, welchen ich jetzt mit Bob eingeschlagen hatte. Ich selbst war ihrer kaum Herr, sie rissen mich mit sich fort, sie spielten mit mir, und ich ließ es eine Weile ruhig, beinahe demütig geschehen.

Und dergleichen begegnet uns wohl zuweilen, besonders wenn sich, wie mir soeben geschehen war, ein Unternehmen nicht unserem Willen gefügt hat, sondern wir das Gelingen desselben dem Geschicke oder einer höheren, einsichtsvolleren Macht verdanken.

Daß diese in die Fugen meines Handelns mit eingegriffen hatte, wagte ich wenigstens damals nicht zu bezweifeln; und auch jetzt noch, nach Jahren, wo ich außerhalb des Rausches der augenblicklichen Einwirkung bin, bezweifle ich es nicht.

War denn nicht alles Bisherige anders gekommen, als ich es zu leiten beschlossen hatte? War ich eigentlich, wie ich wünschte, handelnd aufgetreten? Nein, gewiß nicht, vielmehr hatte ich mich duldend verhalten. Ich fand Alles schon fertig, vorbereitet, im Begriff auszubrechen; jeder Andere würde an meiner Stelle dasselbe getan oder vielmehr nicht anders haben tun können, da mir mein Benehmen im eigentlichen Sinne des Wortes in die Hände gespielt worden war. Wie ich es fand, so mußte ich es aufnehmen, ich mochte es wollen oder nicht.

Freilich wußte ich schon lange aus Erfahrung, daß Alles, was mit, um und durch uns geschieht, nie so geschieht, wie wir es uns vorgesetzt oder gedacht haben, und daß wir, wenn wir das vorgestreckte Ziel auch endlich erreichen, stets auf einem anderen Wege dahin gelangt sind, als wir beabsichtigt hatten.

So war es mir auch jetzt ergangen. Eins wenigstens hatte ich erreicht – Percy war zu dem Seinigen gelangt, sein Vater hatte ihn endlich anerkannt.

Freilich war noch Vieles zu tun, zu erreichen, zu überwinden. Noch waren die Wellen auf dem Meere seines Lebens nach dem großen Sturme, der ihn erfaßt, nicht beruhigt, sie schlugen sogar noch turmhoch über ihm zusammen. Aber der Orkan selbst schien sich wenigstens gelegt zu haben. Noch war eine große Gewitterwolke an dem Horizonte seines beweglichen Daseins sichtbar – Mortimer stand wie ein düster drohendes Gespenst zwischen ihm und dem Frieden seiner Seele, das erkannte ich wohl! Aber ich verließ mich bei der Beschwörung dieses furchtbaren Gespenstes auf die allmächtige Hand dessen, der dem Orkan Stillstand geboten hatte, und hoffte von ihm, daß er auch die Wellen besänftigen und die schwarzen Gewitterwolken zerteilen würde. Daher war denn auch mein Gemüt nicht mehr so stürmisch bewegt, eine sanftere Strömung hielt es in ruhigerem Atem, und ich sah mit Ergebung und Vertrauen durch die Fenster der Erwartung in das stille Haus des Friedens und des Glückes hinein.

Ach! ich wäre vielleicht ganz beruhigt gewesen, wenn ich eine nähere Auskunft über Ellinor und ihren Vater erhalten hätte. All mein Forschen nach ihr war bisher vergeblich gewesen, alle Nachrichten, die ich über sie eingezogen, unzureichend, eine die andere widerlegend.

Wo war sie? – Und Phillipps, er schwieg immer noch – war er glücklicher gewesen als ich? Noch hatte ich gar nichts von ihm vernommen; die Orte, an welchen ich eine Nachricht von ihm hätte erhalten können, hatte ich schon längst erreicht, sie lagen schon wieder hinter mir – nirgends eine Mitteilung seiner gewiß unermüdlichen Bestrebungen.

Und nun gar Sir William Graham gestorben! Er, der Einzige, auf den ich alle meine Hoffnungen gebaut hatte, auf den ich mich zuverlässig bei meinen Irrfahrten hätte stützen können, er, der allein Percys Geschick in seiner Hand zu halten schien! Arme Ellinor! Noch kein Schatten deines lieblichen Wesens, allein die wesenlose Erinnerung vergangener ruheloser Zeiten tauchte vor meiner Seele auf; dein Bild lebte in mir, und mit dem glühenden Verlangen, dich zu finden, spürte ich mit allem Eifer eines ungestüm Suchenden deinen Spuren nach, und du flohest immer weiter von mir. War denn keine Sympathie zwischen deinem und Percys Geschick vorhanden, die dich mir entgegen führte? – Nein, es schien keine vorhanden zu sein, und das war Grund genug, mich nachdenklich zu stimmen und mich vor dem allgewaltigen Willen einer höheren Macht gedemütigt zu fühlen; das war Grund genug, mit mir selbst unzufrieden zu sein und über meine eigene Zugänglichkeit in Zweifel zu geraten. Wäre ich umsichtiger, schneller, entschlossener gewesen, wäre ich nicht gerade ich gewesen, so hätte ich vielleicht längst ihre Spuren entdecken und mit größerem Erfolge und freudigerem Bewußtsein zu Percy zurückkehren können!

Doch dieses hypochondrische Klagen – ich nenne es selbst so – half nichts. Ergeben mußte ich mich in das Unabänderliche, und ich ergab mich und hoffte! Ich hoffte immer noch, obgleich jede neu verfließende Stunde mit schwächerem Vertrauen, jeden verzögernden Augenblick mit verzweifelterer Hingebung.

Aus dieser unbestimmten Ergebung in mein unabänderliches Geschick zog mich abermals mein junger Begleiter, indem er die Frage an mich richtete, was unser nächstes Ziel sei.

»Ich kann es dir nicht mit Bestimmtheit sagen, Bob«, erwiderte ich, »wir sind zwar auf dem Wege nach St. James, und ich hege die Absicht, mich mit deinem Vater zu vereinigen, aber vorher will ich erst noch einen kleinen Umweg nach der früheren Besitzung des verstorbenen Sir William Graham, des Bruders des Pfarrers Graham, machen und dort nach diesem und seiner Tochter forschen.«

»Mir schon recht!« sagte der Knabe, »ich gehe überallhin gern, und je weiter, umso besser – haben Sie den schwarzen Mann von mir gegrüßt?«

»Ja, Bob!« sagte ich lächelnd, »das habe ich, auf meine Art; ich habe ihn aber so ganz schwarz nicht gefunden, wie du ihn mir geschildert hast; Sir Mortimer ist viel schwärzer.«

Bob sah mich trübe lächelnd an und entgegnete:

»Das habe ich mir auch gedacht, ein alter Mann ist nie so böse wie ein junger – er muß ja doch ans Sterben denken!«

In dieser naiven Bemerkung des Knaben, die er so kindlich rührend und einfach aussprach, lag so viel Wahres und Richtiges und auf die vorliegenden Verhältnisse Passendes, daß ich mich unwillkürlich tiefer in den Sinn seiner Worte, deren Bezug er selbst nicht kannte, versenkte. –

Es ging schon stark gegen Mittag, als wir in der Nähe des Landsitzes Mylord Seymours vorüberkamen. Ich konnte das Schloß linker Hand liegen sehen, in welchem ich eben mein letztes Abenteuer überstanden hatte, und das Glück, womit ich es zu Ende geführt sah, gab mir wieder neuen Mut, frischere Tatkraft und gläubigeres Vertrauen für die Zukunft ein.

»Laß uns zureiten, Bob!« sagte ich. »Wir haben, wie ich genau erfahren habe, von hier noch zwanzig Meilen bis Grahamhouse, und dort erst denke ich zu übernachten.«

Wir ritten, ohne viel zu sprechen, einige Stunden weiter, dann fütterten und tränkten wir die Pferde, und der Abend begann bereits mit seinem falben Scheine heraufzudämmern, als ich in die Gegend kam, die mir früher so hoffnungsstrahlend, jetzt aber so hoffnungslos erschien.

Der Charakter derselben war friedlich und erquickend. Fruchtbare Felder, schon hier und da mit Stoppeln bedeckt, schattige Wälder, ewig grüner Rasen, wie so häufig und schön in England, dehnten sich weit und breit um uns aus. Endlich sahen wir durch eine Lichtung des Waldes, durch den wir eben ritten, das sehnlichst erwünschte Grahamhouse vor uns liegen.

Als wir näher kamen, bemerkten wir sogleich, daß ein Wechsel des Besitzers stattgefunden hatte. Das Herrenhaus war zwar ein stattliches, aber doch nur ein Stock hohes Gebäude. Gegenwärtig war von der es zunächst umgebenden Vegetation wenig oder gar nichts übrig, denn Maurer und Zimmerleute hatten mit ihren Materialien und Gerätschaften die ganze Umgebung in Beschlag genommen. Das Dach war abgedeckt, denn der neue Besitzer ließ ein Stockwerk aufsetzen und zwei neue Seitenflügel anbauen. Im Umkreise waren hölzerne Hütten aufgeschlagen, in denen die aus der Ferne angenommenen Arbeiter ein Unterkommen gefunden hatten.

Jetzt, am vorgeschrittenen Abend, wo die Vesperstunde längst geschlagen hatte und die Arbeit bis zum nächsten Tage ruhte, war Alles ungewöhnlich still; man hörte weder die Axt noch einen Hammer schallen, und nur hier und da sah man einen müden Arbeiter mit seinen Kindern und seinem Weibe vor einer der Hütten liegen und sein Abendbrot verzehren.

Um das Haus herumreitend, leuchtete mir bald ein, daß in dem zerstörten Innern desselben kein Mensch wohnen könne, und ich sah mich daher genötigt, mich an einen der Arbeiter zu wenden, um die Auskunft zu erlangen, auf die ich so begierig war.

Eben, als ich mich einer der Hütten nähern wollte, kam ein Mann, einen Stock in der Hand, seine Abendpfeife rauchend, auf mich zu und fragte, was mir gefällig sei.

»Guten Abend, mein Freund! Ist kein Architekt in der Nähe oder ein Aufseher dieses Baues, mit dem ich ein paar Worte reden könnte?«

»Nein, Sir, ein Architekt ist nicht gegenwärtig, denn er kommt nur alle zwei oder drei Tage hierher; ich selbst bin aber seit heute Mittag der Aufseher des Hauses.«

»Das freut mich – wem gehört dies Haus?«

»Vormals Sir William Graham, jetzt Sir Charles Osbeck!«

»Wie lange ist Sir William tot?«

»Etwas über zwei Monate, Sir!«

»Hat er allein dies große Haus bewohnt?«

»Nein, Sir, nein! Seine Familie war bei ihm, ein jüngerer Bruder, sein Erbe, glaube ich, und dessen Tochter, wenn ich recht gehört habe.«

»Warum haben die Erben das Haus verkauft?«

»Das weiß ich nicht.«

»Und wie lange sind sie fort?«

»Nun, seit wenigstens acht Wochen, denke ich.«

»Seit acht Wochen!«

Vor acht Wochen war Ellinor mit ihrem Vater in Dunsdale gewesen – es wurde mir immer deutlicher, daß sie diese Reise unternommen, um Percy den abermaligen Wechsel ihres Aufenthaltes anzuzeigen.

»Ach der Brief! Der unselige Brief!« dachte ich, und fühlte mich so betrübt, daß ich den Mann, der mich teilnehmend ansah, und Alles, was mich umgab, vergaß.

»Und ist Niemand hier, der mir sagen könnte, wohin Sir Robert Graham mit seiner Tochter gegangen?«

»Bedaure, Sir, es ist Niemand hier – heute Mittag erst ist der frühere Aufseher, ein alter Diener des Hauses, mit der Post nach London gefahren.«

»Mit der Post nach London?« wiederholte ich rasch. »Und er hat nichts hinterlassen?«

»Nichts, gar nichts. Aber in acht Tagen, so denk' ich, kommt er zurück und nimmt seine Stelle wieder ein.«

»In acht Tagen – das ist wenigstens etwas – oder wißt Ihr vielleicht, zu wem er nach London gegangen?«

»Gewiß, Sir, weiß ich das nicht – London ist groß.«

»Wohl, wohl, leider! Ist hier in der Nähe vielleicht irgendein Ort, wo ich während der Nacht mit meinen Pferden bleiben könnte?«

»Ja, Sir, anderthalb Stunden weiter ist ein Wirtshaus, klein, aber ziemlich gut, noch auf dem Grund und Boden Sir William Grahams – Sir Charles Osbecks, wollt ich sagen, und das da ist der Weg –«

»Ich danke, mein Freund, gute Nacht denn!«

»Gute Nacht, Sir! Machen Sie, daß sie hinkommen, Ihre Pferde scheinen müde, besonders der Kleine da ist ganz mit Schweiß bedeckt. Gute Nacht!«

Ich ritt schon davon, nachdem ich Bob zu mir gerufen hatte, der, noch eine Weile zögernd, sich nach dem Manne umsah.

»Was siehst du dich so lange um, Bob?« fragte ich. »Komm, es wird spät und dunkel!«

»Ich weiß nicht, Sir, aber der Mann mustert Sie so genau – ha! er winkt! Soll ich zurück-
reiten?«

Ich wandte mich um, der Mann winkte wirklich mit seinem Stocke und rief jetzt auch.

»Entschuldigen Sie, Sir!« sagte er, als er nähergekommen war, und nahm den Hut ab. »Entschuldigen Sie, daß ich Sie noch länger aufhalte, aber ich möchte mir noch eine Frage erlauben.«

»Nun, nur zu.«

»Sind Sie vielleicht in der Grafschaft Dunsdale bekannt?« Ich sah ihn betroffen an und zog
mein Pferd zurück, das vorwärts wollte.

»Wie kommt Ihr darauf, Freund? – Ich bin sehr wohl dort bekannt!«

»Nun, dann freut es mich, dann wird es richtig sein – ich habe Sie eben erst nach der oberflächlichen Beschreibung eines Mannes an Ihren Pferden erkannt.«

»Ha! Welches Mannes?«

»Ja, Sir, heute Mittag war ein Mann in Livree hier. Schwarz, mit Silber, und zu Pferd, aus
Dunsdale-Castle, wie er sagte, mit einem Briefe an einen fremden Herrn, der in Dunsdale-
Castle gewesen und hier bei Sir William Graham zu treffen sein sollte. Er hatte die Adresse
in London erfahren.«

Er war noch nicht zu Ende, als ich schon vom Pferde sprang und mich näher an ihn heran
begab.

»Um Gotteswillen! sagen Sie mir, wo ist der Mann oder sein Brief?«

»Ja, Sir! Fort ist er. Er kam gerade, als Mr. Cocksburn, der Aufseher, in die Postkutsche
stieg, und da hörte ich von ungefähr mit ihm reden.«

»Und wißt Ihr gar nichts mehr von ihm? Wohin er ging? Oder was ihm der Aufseher sagte?«

»Er bedauerte sehr, Sir, daß er keine Zeit mehr habe, ihm länger zuzuhören, und gab ihm
schnell den Bescheid, daß Sir Robert Graham den Besitz verkauft habe und weggezogen sei.«

»Und sagte er nicht, wohin?«

»Ich glaube, das sagte er ihm nicht, denn es sind so viele Anfragen hier nach Sir Robert
geschehen, und es war ihm, denke ich, verboten, einem Jeden zu sagen, wo er jetzt wohne.«

Es wurde immer lichtvoller in mir. Ich dachte sogleich an Mortimers Spione und konnte
mir nun auch denken, warum Graham dies Besitztum verkauft habe, welches, so nahe an den
Ländereien des Marquis von Seymour gelegen war.

»Aber es ist doch möglich«, sagte ich, »daß dieser Mann aus Dunsdale-Castle es erfahren
hat – wo ritt er hin?«

»Dorthin, Sir, nach dem Wirtshause, das ich Ihnen genannt, er wollte daselbst sein Pferd
füttern; aber er jagte tüchtig zu, es war ein braver Klepper, den er ritt, und Sie können ihn
nicht mehr einholen – diese Straße jedoch ist es.«

»Dann noch einmal gute Nacht und schönen Dank, mein Freund, es ist Zeit, daß ich ihm
nachkomme!«

Und auf mein Pferd mich werfend und Bob antreibend, trabte ich rasch auf dem mir bezeichneten Wege weiter.

»Die Pferde, ach! die Pferde!« seufzte Bob.

»Laß die Pferde Pferde sein! Jetzt gilt's, und wenn deins fällt, kauf' ich dir ein anderes –
Bravour hält es schon aus.«

Das war eine Hoffnung, eine schwache Hoffnung zwar, aber doch hinreichend, mein Blut
in frische Wallung zu setzen und alle meine Geistestätigkeit wieder in eine neue Richtung zu
treiben. Wie leicht war ich wieder, wie froh, wie heiter! Alle Schwere, aller Druck auf mein
Gemüt war verschwunden, es war mir, als wäre ich erst gestern ausgezogen und als sollte ich
schon heute mein Ziel erreichen.

Einholen konnte ich heute den Boten zwar nicht mehr, denn er war mir zu weit voraus, aber
ich konnte jedenfalls seiner Spur nachgehen und, wenn ich immer nur an dem Ort übernachtete,
wo er ein Unterkommen gefunden hatte, so mußte ich ihn doch endlich finden. Weiter dachte
ich fürs erste nicht.

Allmählich indessen wurde es immer dunkler, unsere Pferde trabten munter, obgleich das Pony etwas zurückblieb und mit dichtem Schweiß bedeckt war.

»Nun, Sir«, sagte Bob plötzlich, »ich weiß eigentlich nicht, warum wir es so eilig haben. Tag wird es doch heute nicht wieder, und wenn wir nicht weiter wollen als bis zu jenem Wirtshause, so werden wir das auch im Schritt erreichen; mein kleiner Wallach hat kein trockenes Haar mehr und tritt schon ganz unsicher auf.«

Sogleich hielt ich die Zügel an und sagte:

»Du bist vernünftiger als ich, Bob. Aber nimm mir's nicht übel, wenn ich einen Schimmer von einem Lichte vor mir sehe, so finde ich nicht eher Ruhe, als bis ich das Licht selber habe.«

»Wo ist denn ein Schimmer von einem Lichte? Ich sehe ja keinen.«

»Ich rede bildlich, Bob; ich meine die Hoffnung, mittels des Briefes, den mir jener Bote bringt, Sir Robert Graham zu finden oder wenigstens seine Wohnung zu erfahren.«

»Sie haben also jetzt mehr Aussicht, Ihren Wunsch erfüllt zu sehen?«

»Mehr als je, und darum eilte ich so. Nur ein wenig Glück, Bob, und wir sind am Ziele.«

»Haha!« lachte der Knabe. »Wie mein Vater sagt: Ein Quentchen Glück ist mehr wert als ein Lot Verstand.«

»Nicht immer, mein Junge! Es werden noch Gelegenheiten kommen, dir zu beweisen, daß der Verstand durch nichts ersetzt werden kann – doch da, glaube ich, ist das Wirtshaus!«

Und so war es auch. Dicht vor uns, gerade wo sich die gebahnte Landstraße mit unserem Waldwege kreuzte, stand es halb hinter einer Schlehdornhecke verborgen.

Beim Absteigen empfahl ich Bob, für doppelte Rationen und die weichste Streu Sorge zu tragen, denn man konnte nicht wissen, was unseren braven Pferden am morgigen Tage zugemutet werden würde.

Auf meine erste Anfrage erfuhr ich vom Wirte, daß der von mir verfolgte Mann wirklich hier gewesen, aber schon seit mehreren Stunden wieder fortgeritten sei. Glücklicherweise hatte er als sein Nachtquartier einen acht Meilen entfernten Ort und als nächstes Tagesziel ein Dorf E....., achtundzwanzig Meilen davon entfernt, angegeben.

Diese genaue Angabe war mir von großer Wichtigkeit. Natürlich war sein Weg auch mein Weg, jedoch war ich mit mir noch nicht einig, ob ich am nächsten Morgen ganz früh, vor Tagesanbruch, fort reiten und ihn noch in seinem Nachtquartier, oder ob ich lieber die Pferde ein paar Stunden länger ruhen lassen und dann, einen weiteren Weg als er zurücklegend, ihn Abends in dem Dorfe E.....treffen solle. Letzteres zog ich nach einiger Überlegung vor – einmal, weil ich meine Pferde schonen mußte, und dann, weil ich nicht bestimmt wußte, ob der Mann nicht, ebenfalls vor Tagesanbruch seine Reise beginnend, trotz meiner Eile mir vorauskommen würde.

Hätte ich übrigens in dem Wirtshause einen Wagen oder nur ein frisches Pferd vorgefunden, so hätte ich mich sogleich in der Nacht auf den Weg begeben, um ihn noch einzuholen, obgleich ich die Straße nicht kannte und durch einen leicht möglichen Irrtum von der geraden Richtung ganz abweichen konnte. Da dies nun aber nicht der Fall war, so mußte ich bleiben, den nächsten Morgen ruhig erwarten und auf meinem einmal gefaßten Entschlüsse geduldig beharren.

Und dieser Entschluß wurde auch als der beste durch den Erfolg gerechtfertigt. Denn als wir am nächsten Morgen nach dem Orte kamen, wo der Diener des Viscount von Dunsdale die Nacht zugebracht, hörten wir, daß derselbe schon sehr früh aufgebrochen sei, ich ihn also auf keinerlei Weise hierselbst getroffen haben würde.

An diesem Tage führte uns unsere Reise durch einen der schönsten oder wenigstens durch die Kunst veredeltsten Teile von England. Sanfte Abhänge, herrliches Grün am Boden und auf den uralten Bäumen waren überall zu sehen, wohin man das Auge richtete. Wie zu einer fortlaufenden anmutigen Kette aneinandergereiht zeigten sich die malerischen Landsitze des reichsten Adels des Landes; Wildpark folgte auf Wildpark, einer immer schöner eingezäunt als der andere, Gartenanlagen nach dem neuesten Geschmack, mit ungeheurem Luxus unternommene Wasserleitungen und Springbrunnen, Gefieder aller Art, in durchsichtigen Luftgittern eingehegt – alles dies wechselte in unaufhörlich bunter Reihenfolge miteinander ab.

Bob war vor freudiger Bewunderung außer sich; so schön hatte er sich die weite Welt nicht geträumt, und mehr als einmal bedurfte es von meiner Seite des antreibenden Wortes, um ihn von den Stellen fortzubringen, die er für die schönsten hielt und mit dem Ausruf: »Ach, wie schön!« und: »Ach wie herrlich!« tausendmal begrüßte.

»Du kannst dies alles künftig mit mehr Muße bewundern, mein lieber Bob!« sagte ich. »Nur heute laß uns vorwärtseilen, denn jede Minute längeren Aufenthaltes scheint mir ein Vergehen zu sein.«

Und so war es mir auch. Je weiter ich kam, je länger meine Reise dauerte, umso ungeduldiger, eilfertiger und nach dem Erfolg hitziger verlangend wurde ich, und wenn ich nicht Bob mit seinem schwächeren Klepper bei mir gehabt hätte, ich würde eine doppelte Tagesreise versucht haben, denn Bravour kannte keine Müdigkeit; wie sein glänzendes Haar durch keinen Schweißtropfen entstellt wurde, war er immer munter und feurig und sein Schritt Abends so leicht und sicher wie Morgens gleich nach unserem Aufbruch.

Endlich kamen wir in dem erwähnten Dorfe E..... an. In dem einzigen Wirtshause desselben erfuhren wir, daß der einige Stunden früher als wir angelangte Reiter nicht allein hier gegessen und getrunken hatte, sondern daß er sogleich und hastig auf einem frischen Pferde davongeritten sei.

Das war nun freilich gegen meine Erwartung und umso schlimmer, da Niemand die Richtung wußte, welche er eingeschlagen hatte. Sein von der eilfertigen Reise hart mitgenommenes Pferd hatte er zurückgelassen und ein anderes vom Wirte geborgt.

Ich begab mich sogleich in den Stall und erkannte in dem braunen großen Vollbluthengst eines der schönsten und stärksten Pferde des Viscount von Dunsdale, welches ich schon in dessen Schlosse bewundert hatte. Das edle Tier hatte sich nicht überlaufen, sondern war durch einen kleinen, zwischen Eisen und Huf gedrungenen Stein lahm geworden. Der Mann, den es hierhergetragen, hatte hinterlassen, er werde in einigen Tagen zurückkehren und sein Pferd mit dem erborgten wieder auslösen. Sein Ziel konnte also nicht mehr weit entfernt sein, und das beruhigte mich einigermaßen.

Nachdem wir uns den Weg, den unser hurtiger Vorgänger wahrscheinlich eingeschlagen, so gut wie möglich hatten beschreiben lassen, begaben wir uns am frühen Morgen wieder auf die Reise. Der Weg war mehr als gewöhnlich sandig und für die Pferde sehr ermüdend, es ging daher langsam vorwärts. Doch konnten wir die Spuren des Reiters im Sande verfolgen, und das war denn auch ein wichtiger Vorteil. Plötzlich aber hörte der Sand auf und wir kamen auf einen Anger, wo an die Auffindung einer Pferdespur nicht mehr zu denken war. Dennoch ritten wir getrost weiter.

Es mochte etwa die elfte Stunde des Morgens sein, als wir plötzlich den geraden vor uns liegenden Weg sich in einen rechten und linken teilen sahen so daß wir, unschlüssig, welchen von beiden wir wählen sollten, eine Weile überlegend anhielten.

»Das ist das Schlimmste, was uns begegnen konnte, Bob«, sagte ich, »und ich habe es schon längst im Stillen gefürchtet. Nun ist guter Rat teuer, denn während wir rechts reiten, geht unser Bote mit dem Briefe links, und einen Tag erst auseinander, treffen wir uns niemals wieder.«

Wir sahen uns Beide aufmerksam nach allen Seiten um; die weiten Stoppelfelder, von Wohnstätten entblößt, ließen uns keinen Menschen gewahren, der uns irgendeine erwünschte Auskunft hätte geben können.

Endlich kam Bob auf den naiven Einfall, unseren Pferden die Wahl zu lassen und in ihren Willen, wie in den Ausspruch eines Orakels, uns zu fügen.

»Sie wollten mir zeigen, daß der Verstand mehr wert sei als das Glück!« sagte er. »Gut, Sir – ich aber halte es mit dem Glück, und hier gleich wollen wir es versuchen.«

Wir ritten zurück, ließen den Pferden die Zügel und sprengten rüstig auf den Scheidepunkt los; Bob ritt links, ich rechts.

Nun ereignete sich aber der eigentümliche und am wenigsten von uns erwartete Fall, daß Bobs kleiner Wallach den Weg zur Linken, Bravour aber den zur Rechten einschlug, so daß wir sogleich voneinander getrennt wurden und, durch eine grüne Hecke, die zwischen beiden

Wegen eine Strecke hinlief, geschieden, uns bald aus dem Gesichte verloren. Schnell griffen wir nach den Zügeln, hielten die Pferde an und kehrten laut lachend an den Scheidepunkt zurück.

»Welches ist nun das Verstandes- und welches das Glückspferd?« rief Bob, »das, Sir, soll uns schwer werden zu entscheiden.«

»Wir wollen nicht in unser Geschick hineinrasen und uns noch weniger trennen, Bob, sondern mit ruhigem Verstande das Glück zu gewinnen suchen. So nur allein machen wir uns Beides zu Nutzen. Laß uns daher noch einmal umkehren und im Schritt dasselbe Wagestück versuchen, der Erfolg soll dann entscheidend sein.«

Wir ritten zurück und ließen die Pferde im Schritt ohne Zügel gehen. Jetzt aber blieben sie dicht beieinander und schlugen den Weg rechter Hand ein, den Bravour mit mir vorher schon gewählt hatte. Bob wollte noch einmal anfangen zu streiten, indessen schnitt ich seine Rede mit dem einfachen Ausspruche ab:

»Bravour hat zweimal denselben Weg eingeschlagen, und Puck, der Wallach, ist ihm einmal gefolgt – es ist so bestimmt, Bob! Reiten wir diesen Weg!«

Und wir ritten langsam den Weg zur Rechten weiter.

Doch es wurde Mittag und wir konnten keine von den Spuren, die wir suchten, entdecken; wir begegneten zwar einigen Landleuten, aber keiner von ihnen hatte den Reiter, dessen Kleidung sogleich ins Auge fallen mußte, bemerkt.

Wahrend der größten Mittagshitze ruhten und labten wir uns und unsere Pferde in einem kleinen Pächterhause, dessen Bewohner uns versicherten, daß kein Reiter seit vierundzwanzig Stunden an ihrer Tür vorübergekommen sei.

Das war nun freilich kein freundlicher Trost, und ich fing allmählich an, über die richtige Wahl unseres Weges einige Unruhe zu empfinden.

Als wir wieder aufgestiegen waren und unseren Weg fortsetzten, blickte mich mein junger Begleiter zwei- oder dreimal schalkhaft lächelnd von der Seite an, als wollte er mir dadurch zu verstehen geben, wir seien auf unrechter Fährte und der von ihm vorgeschlagene Weg der richtige gewesen, jedoch sprach er nicht darüber, da er bemerkte, daß ich beharrlich auf meinem Willen bestand und ununterbrochen den einmal betretenen Weg fortsetzte.

Und in der Tat, es war etwas in mir, was ich nicht Eigensinn oder Laune nennen kann, was mich aber widerstandslos vorwärtszog, eine unbekannte treibende, innerliche Kraft, die mich an keinen Zweifel mehr denken und getrost fortziehen hieß.

Schweigend ritten wir nebeneinander her; meine Blicke waren es allein, die, dem Zuge meines Herzens folgend, mit einer gewissen Unruhe rings über die Felder schweiften, jeden Weg, jeden Pfad musterten und auf jedem verdächtigen Gegenstande mit einer verstärkten Aufmerksamkeit haften blieben.

Es wurde Nachmittag – dieser ging auch vorüber, und es neigte sich zum Abend – aber ach! was für ein Abend! Ein sanfter, kaum fühlbarer Wind hatte die ermattende Hitze des Tages auf seinen kühlenden Schwingen längst mit sich hinweggetragen; jetzt aber war die Luft wieder ruhig, man merkte ihren leisen Atem kaum, und dabei so rein, so milde und mit so süßen Düften geschwängert, daß ich tausend Atemzüge in einer Minute hätte tun mögen, um nur ganz die frische lebendige Würze derselben einzusaugen.

Aber auch diese liebliche kurze Frist, die der Dämmerung vorherzugehen pflegt, ging vorüber, der Abend in seinem vollen feierlichen Glänze senkte sich mit ernstem, bedächtigem Fittich auf die reizende Gegend herab, und mit ihm sein steter und freundlichster Begleiter, die heilige, friedliche Stille, die des Menschen Herz und Seele läutert und der Vorbote der noch stilleren, aber unfreundlicheren Nacht ist.

Zwar war es noch dämmernd hell, noch klar ringsum, doch fingen die ferner liegenden Gegenstände schon an, allmählich ineinander zu verschwimmen, denn ein feiner, zarter, ich möchte sagen, mehr durch den Geruch als durch das Gesicht wahrnehmbarer Duft lagerte sich gruppenweise, wie eine halb durchsichtige Wolke, über die weiten Felder und deckte Höhe und Tal in sein luftig schimmerndes Gewand. Dabei war es so wonniglich lau, so erquickend, so bezaubernd freundlich in dieser balsamischen Abendluft, daß ich von Zeit zu Zeit mit meinem schnuppernden Pferde anhielt und in tiefes Anschauen der um mich liegenden weiten Strecken versunken blieb.

Ich hätte nicht geglaubt, daß in der windstillen Atmosphäre etwas so materiell Berauschendes liegen könne, wenn ich es jetzt nicht selbst empfunden, denn ich hatte bis jetzt nie, auch in wärmeren Himmelstrichen nicht, einen so vollkommen schönen Abend erlebt. Ich bewegte mich wie in einem neuen, feineren und gereinigteren Elemente, in einer Ätherluft abgeschiedener Geister, liebender Seelen und in göttlicher Seligkeit berauschter Herzen.

Aber vielleicht war auch mein Inneres in diesem Augenblicke vorbereitet, so wonnigliche Empfindungen in sich aufzunehmen. Ich war auf dem Wege nach einem holden Wesen begriffen, das ich bisher nicht finden konnte und welches mir darum nicht weniger teuer war, weil ich es noch nie gesehen hatte. Ach! gerade, weil es ein unbestimmtes Suchen nach einem unbekannten Gegenstande war, stimmte es mich umso wehmütiger, regte es mich umso leidenschaftlicher auf und verdoppelte den Wunsch in mir, es endlich zu finden. Und darum auch war meine Phantasie und mein Geist mit tausend lieblichen Bildern und Erscheinungen erfüllt.

Wir ritten langsam einen Hügel hinan, einen sanft ansteigenden, mit Rasen besetzten Hügel und – siehe: vor uns lag eine so überaus liebliche und einladende Gegend, daß wir Beide, wie durch einen gemeinschaftlichen inneren Impuls getrieben, stillhielten und uns ganz der Wirkung dieses wunderbar schönen Anblicks überließen.

Der Himmel rings um uns her war so klar und rein wie ein durchsichtiges Meer und nur am entferntesten Horizonte mit einem blaßroten Halbkreise umzogen; dort war die Sonne in das atlantische Meer versunken.

Vor diesem blaßroten Horizonte, viel näher zu uns heran, zog sich ein silberner Gürtel durch grüne Wiesen, hier hinter einem Hügel, dort hinter einem Gebüsche, gleichsam spielend, sich verbergend, bis er in unserer nächsten Nähe, wie er gekommen war, sanft und in schwachen Windungen sich wieder verlor, als ob er sich aus diesen gesegneten Fluren, wie der Geliebte bei sinkender Nacht von seiner Geliebten sich ungern trennt, nicht ohne große Selbstüberwindung losreißen und entfernen könne.

Der ganze Vordergrund war ein grüner, hier und da mit Baumgruppen besetzter weiter Raum, auf welchem rechts und links in gleich weiten Zwischenräumen riesenmäßige Heuhaufen aufgeschichtet standen, wie Wächter in dem stillen Tale, dessen Fruchtbarkeit sie ihr Dasein verdankten und dessen Gefilde sie mit ihren Wohlgerüchen durchdufteten.

Zwischen ihnen hindurch bewegte sich langsam, und nur dann und wann den summenden Laut ihrer Schellen bis zu uns herübersendend, eine lange, wogende Herde brauner Rinder und blökender Schafe, aber kein Staub wirbelte wie gewöhnlich über und hinter ihnen empor, denn sie schritten stattlich auf dem samtgrünen Rasen daher.

Links aber, an einer der tiefsten Stellen des Tales, stand ein einsames Gehöft, die Heimat der heimkehrenden Herden, und vor diesem von Linden beschatteten Gehöft erhob sich ein einzelnes Haus, größer gewiß, als es aus der Ferne erschien, aber in seiner anscheinenden Kleinheit umso reizender und zierlicher für das mit Wohlgefallen auf ihm ruhende Auge.

Sein ziegelrotes Dach blickte freundlich winkend über den Linden hervor, und vor der Tür standen die Hüter des Einganges, zwei ungeheuere Pappeln. Vor Allem aber schimmerten, lebhafter noch als der frische Teppich zu unseren Füßen, seine grünen Fensterläden uns entgegen, und einige blinkende Fenster glänzten in so feurigem Purpur, als wären sie von der ganzen liebesheißen Glut der wehmütig scheidenden Sonne angehaucht.

Das schöne Ganze war von einem blinkenden Metallgitter umgeben und lag da wie ein kleiner Edelstein, von einem goldenen Reifen eingefaßt.

Rechts von uns aber erhob sich ein noch höherer Hügel als der, auf welchem wir uns befanden, und beide waren durch jenen silbernen Wasserstreifen voneinander getrennt, über welchen eine kleine Brücke führte, wie auch eine zweite ähnliche das Gehöft mit dem größeren Hügel verband.

So war die Gegend beschaffen, die wir, auf der Spitze des Hügels haltend, schweigend betrachteten und die ich darum genauer beschrieben habe, weil mich eine doppelte Erinnerung auf ewig mit ihr verbinden wird. Denn nicht allein trugen sich in ihr einige Begebenheiten zu, welche ich hier zu erzählen habe, sondern sie rief auch außerdem die friedlichsten, heiligsten und zugleich wehmütigsten Empfindungen aus meiner Jugendzeit in mir hervor.

Gleich beim ersten Anblick fiel mir eine Ähnlichkeit auf; diese liebliche Gegend glich, bis auf geringe Kleinigkeiten, einer der besuchtesten in meinem Vaterlande, einer Stätte, die mich zum Knaben und Jüngling hatte reifen sehen und die mit unauslöschlichem Andenken in meine Seele gegraben war. Ach, an sie knüpften sich die ersten, lebhaftesten und glühendsten Gefühle meiner Jugend, der Jugend, welche im Menschenleben das Einzige ist, was, einmal entflohen, unwiederbringlich entschwunden und durch nichts zu ersetzen ist, was es auch in der weiten Welt Reiches, Schönes und Großes geben mag.

Und diese friedliche Gegend, an dem linden Abend mit dem balsamischen Hauche durchwürzt, rief jene Zeit und die Orte, wo ich diese Zeit verlebte, in mir wach – ich empfand plötzlich eine freudige, obgleich mit Wehmut gemischte Sehnsucht nach meinen vaterländischen Fluren, so daß ich, meinen Gedanken hingegeben, mich aus der Gegenwart immer mehr und mehr verlor und die Vergangenheit mit allen ihren Freuden und Schmerzen in meinem Herzen walten ließ. Ach, und diese Vergangenheit waltet über und in uns mit so linder und süßer Gewalt, daß ich den Menschen beneiden möchte, der darüber eine warme Träne fallen lassen kann.

Meine sich vollsaugenden Blicke schweiften den Hügel hinab über die Ebene hin und wurzelten endlich auf dem stillen Hause hinter dem schirmenden Gitter, aus dessen Schornstein ein matter Rauch in Form einer wolkigen Säule zum Himmel emporwirbelte.

»Wenn ihr da drinnen so friedlich gesinnt seid wie die Luft, die euch umfächelt, und so freundlich wie die Gegend, die ihr bewohnt«, dachte ich bei mir, »dann muß es ein Genuß sein, mit euch zu verkehren!«

Und ich beschloß, die Gastfreundschaft der Bewohner in Anspruch zu nehmen. Es war mir nun einmal so, als müßte ich meinen Fuß über diese gastliche Schwelle setzen, es zog mich wie mit einer unwiderstehlichen Gewalt zu diesem Hause.

»Doch nein!« dachte ich wieder; »es wohnt vielleicht ein begüterter Squire darin, ein Mann ohne Weib und Kind, was kümmert er sich um dich, den Fremden? Du willst weiterziehen und ein ärmlicheres Landhaus zu erreichen suchen, denn es würde dir wehe tun, dich in deinen Erwartungen getäuscht zu sehen und die Bewohner deinen Wünschen nicht entsprechend zu finden.« Und eben wollte ich diesen Gedanken verwirklichen, als ein Ausruf Bobs meine Aufmerksamkeit einen Augenblick lang auf einen anderen Punkt hinleitete.

»Sehen Sie, Sir«, rief er, »dort oben auf dem Hügel, da drüben, hält auch ein Mann zu Pferd und beschaut sich die Gegend wie wir.«

»Wo? – Da! Ja, richtig – ein Mann zu Pferd!«

Aber kaum, so wichtig diese Entdeckung auch für mich sein mußte, vermochte sie meinen tiefgewurzelten Träumereien mich augenblicklich zu entreißen.

»Reite hin zu ihm, Bob«, sagte ich leise, »man kann von hier nicht mehr genau erkennen, wie er aussieht, reite hin und sieh, wer er ist.«

Bob ritt den glatten Abhang vorsichtig hinunter, und ich war wieder allein. Noch einmal überflog ich die Gegend, das Haus, die Pappeln, den Horizont, dachte noch einmal an mein heimatliches Vaterhaus, und dann, wie mit Gewalt von dem gesegneten Anblick mich losreißend, ritt ich langsamen Schrittes Bob entgegen, der unterdessen zu dem Reiter gesprengt war, ein paar Worte mit ihm gewechselt hatte und nun ebenso ruhig, wie er fortgeritten war, zu mir zurückkehrte.

»Es ist nichts«, sagte ich zu mir, »sonst würde Bob rascher reiten!«

»Er war es nicht, Sir!« rief Bob, als er nähergekommen war. »Es ist ein Arzt aus dem nächsten Städtchen, der zu einem Kranken da unten gerufen ist.«

Damit zeigte er auf das stille Haus, das links zu unseren Füßen lag.

»Auch ein Arzt!« dachte ich, »der zu einem Kranken gerufen ist – und da unter dem friedlichen Dache soll er sein! Ach! ich suche auch eine Kranke, aber eine Herzenskranke, für die ich einen köstlichen Balsam bei mir trage.«

Und wir ritten still hinab, der kleinen Brücke zu, die wir überschreiten mußten, um auf das jenseitige Ufer des kleinen Baches zu gelangen. Aber auch jener Mann zu Pferd, ebenfalls seinen Weg zur Brücke nehmend, näherte sich schon von der anderen Seite, und wir mußten uns ungefähr auf der Mitte derselben begegnen.

Ich warf einen Blick auf ihn; dann mich etwas links wendend, um eine Vertiefung zu vermeiden, verfolgte ich ruhig meinen Weg.

In diesem Augenblicke blieb Bob etwas zurück. Er war vom Pferde gestiegen, um seinen gewichenen Sattelgurt fester zu schnallen.

Ich ritt langsam weiter und kam dem Häuschen schon näher, das sich immer größer und prächtiger erwies, je deutlicher es aus der dämmernden Ferne hervortrat.

Ich hielt noch einmal an und warf unwillkürlich einen Blick darauf.

Jetzt sah ich ganz deutlich innerhalb des durchsichtigen Gitters einen Mann stehen, dessen Gestalt ich aber nicht genauer erkennen konnte, denn die Dämmerung hatte allmählich zugenommen.

Da war es mir, als wenn ich zu den Füßen dieses Mannes etwas Dunkles sich bewegen sehe. Ich blickte genauer hin – noch einen Augenblick – und ich gewahrte einen großen, sehr großen schwarzen Hund, welcher, den Hals weit vorstreckend und den Schweif lang hinter sich tragend, aus dem Gitter hervorkam, anfangs langsam, gleichsam kriechend, dann schneller, immer schneller, und endlich in ungeheuren Sätzen auf mich lossprang.

Ich hielt Bravour an – ich hörte ein lautes wiederholtes Pfeifen vom Gitter her, aber der Hund gehorchte ihm nicht.

Ich griff nach meiner starken Reitpeitsche, denn schon war mir der Hund ganz nahe und schien es in der Tat auf mich abgesehen zu haben. Ich konnte den ungeheuren Kopf und die dichte Mähne, die seinen Hals löwenartig umgab, seine breite Brust und seine großen, glänzenden Zähne sehen – aber trotz dieses wilden Aussehens schien er keine böse Absicht zu verraten und verhielt sich ganz still, bis er, dicht an meiner Seite, plötzlich ein lautes, durchdringendes Geheul ausstoßend, an dem Halse meines Pferdes in die Höhe sprang, dann wieder hinter mir an das Roß hinanklomm schnuppernd, riechend – und endlich in ein noch lauteres Freudengeheul ausbrechend, in ungeheuren Sätzen und auf den gewaltigen Hinterläufen stehend frohlockend um mich herumsprang. Bravour seinerseits, anfangs still, mit dem linken Auge den Hund aufmerksam betrachtend, spitzte bei dem ersten Tone seiner Stimme die Ohren, dann aber, lauter als gewöhnlich und in abgebrochenen, stoßweise hervorgebrachten Tönen wiehernd, streckte er seinen stolzen Hals dem wie liebkosend ihn umspringenden Hund entgegen.

Ich sah wie bezaubert das Alles mit an – in diesem Augenblicke kam Bob herangeritten – ich blickte mich verwundert nach ihm um.

»Ha! Othello! Othello! Das ist ja Othello!« hörte ich ihn rufen und – ja – nun fiel es mir wie Schuppen von den Augen und von dem Herzen, ich hatte meine Träumereien, die Gegend, das Haus, das Vaterland vergessen, und beinahe einen plötzlich entstehenden, gewaltsamen, inneren Schmerz in meiner Brust empfindend, der mich wie ein Ruck ergriff, sprang ich vom Pferde, wie Bob, der sich sogleich dem Hunde nähern wollte.

Aber dieser, wie unsinnig vor Freude, sprang leise heulend dem Gitter zu – jetzt trat der Mann aus demselben näher an mich heran – es wurde dunkel, ganz dunkel vor meinen Augen – und doch sah ich hell, denn in meiner Seele war es licht wie Morgenrot – ich sah, wie mit meinen geistigen Augen, den Pfarrer Graham vor mir stehen.

Es war mir, als ob mein Herz plötzlich still stände – es durchfuhr mich ein entsetzlicher Schreck im Anfang – dann, gleich darauf fühlte ich eine unaussprechliche Beruhigung. Auf meinen Wink war Bob, der schon losbrechen wollte, sogleich still zurückgetreten, faßte die Zügel beider Pferde und ging abseits mit ihnen.

Noch einen Augenblick, und ich hatte mich gesammelt. Ich wußte, was ich sagen, was ich tun wollte, und demgemäß ging ich sogleich ans Werk.

»Sir!« sagte ich, zu dem alternden Manne tretend, dessen Züge ich nicht mehr genau unterscheiden konnte, »erwarten Sie einen Arzt?«

»Ach! Sind Sie es, Herr Doktor?« fragte er schnell und streckte mir die Hand entgegen. »Ich habe Sie schon lange erwartet – ach! Mein Kind! Mein Kind! – Still, Othello, was hast du denn? Geh!«

Der Hund ging zur Seite, wo Bob mit den Pferden stand – ich wollte hinblicken, aber eine andere Szene lenkte für den Augenblick meine Aufmerksamkeit auf sich.

Der andere Reiter nämlich war unterdessen ebenfalls herangekommen und begrüßte uns freundlich, indem er sich als den zu der kranken Dame gerufenen Arzt zu erkennen gab.

»Entschuldigen Sie, Sir!« sagte ich mit etwas bewegter Stimme zu Sir Robert Graham, denn er war es ja wirklich, »ich habe mit diesem Herrn einige Worte zu wechseln. Bitte! gehen Sie mir gefälligst in das Haus voran, ich komme sogleich nach.«

Sir Robert blickte etwas verwundert auf die beiden zugleich ankommenden Ärzte hin, doch verbeugte er sich, lüftete ein wenig das schwarze Käppchen, welches seinen Scheitel bedeckte, und ging sogleich in das Gitter hinein.

»Mein Herr!« wandte ich mich jetzt zu dem Arzte, indem ich mich dicht an den Sattel stellte, von dem er noch nicht abgestiegen war, und zwar mit dem freundlichsten Tone meiner Stimme, »mein Herr, ich habe nicht die Ehre, Sie zu kennen, und ich bitte Sie daher meine etwas dreiste Bitte zu entschuldigen – ich bin auch zu dieser Kranken berufen und – und möchte sie gern allein behandeln.«

Der Mann sah mich, wie es natürlich war, etwas verwundert, doch nicht böse an, und sagte weiter nichts als:

»Wie, Sir?«

Ich wiederholte meine Bitte und fügte hinzu:

»Es ist dies ein merkwürdiges Zusammentreffen hier, allein ich habe die wichtigsten Gründe, ganz allein zu dieser Kranken zu gehen. Gönnen Sie uns morgen die Ehre Ihres Besuches, und wenn dann noch Ihre Hilfe von Nöten sein sollte, so sollen Sie – seien Sie versichert – Ihr Meisterstück tun – ich bürge für einen freundlichen Empfang und für den aufrichtigsten Dank Sir Robert Grahams.«

»Ach so – Sie sind auch ein Arzt? Aha! Aber das ist sonderbar!«

»Äußerst sonderbar, Sir, ich gestehe es! Aber ich bitte Sie dringend – es waltet ein Irrtum, ein Geheimnis, wenn Sie wollen, mit meiner Erscheinung ob – darf ich Sie aber morgen wiedersehen?«

»Nun, ich verstehe, Sir«, sagte der bescheidene Mann, »ich verstehe – es ist in der Eile zu mehreren Ärzten geschickt, und Sie kamen vor mir an – viele Köche verderben den Brei – es ist natürlich. Ich gehe; gute Nacht, Sir! gute Nacht!«

Und er drehte schon den Kopf seines Pferdes herum.

Ich hätte ihn gern mit ins Zimmer genommen, aber durfte ein Fremder zugegen sein, wenn ich zu sprechen anfing?

»Sie kommen bestimmt morgen? Zu Tisch?« setzte ich hinzu. »Ich bitte Sie darum.«

»Schön, sehr schön, Sir! Ich werde kommen!«

»Ich danke Ihnen, Sir! Morgen mehr!«

Und er ritt davon – aber ich?

Ich trat über die Schwelle des Hauses Sir Robert Grahams, des ehemaligen Pfarrers auf Codrington-Hall!

Kapitel 22

Wenn sich Jemand genau in meine Lage versetzt und mein langes Streben nach dem heißersehnten Ziele auf so ungewissen und trügerischen Spuren vorstellt, dann sich aber meine Unruhe vergegenwärtigt, als ich, halb verzweifelnd an einem glücklichen Erfolge, plötzlich und unerwartet in den Mittelpunkt meines Begehrens und meiner Anstrengungen mich versetzt sah, dann kann er ungefähr das begreifen und empfinden, was in mir bei diesem schnellen Glückswechsel vorging.

Ich befand mich in einem freundlichen kleinen Gemach im Erdgeschosse des Hauses mit Sir Robert allein; das helle Licht einer Lampe fiel scharf zeichnend auf die stattliche, aber gebeugte Figur des ehrenwerten ehemaligen Pfarrers. Ach! wie treffend und genau hatte Percy ihn mir geschildert! Würde, menschenfreundliche, gedankenvolle Würde lag in seiner Miene und in seiner Haltung. Aber die Jahre und die mannigfachen Leiden, die über seinen Scheitel dahingegangen und seine Haare gelichtet, hatten auch diese festen männlichen Züge, zwar nicht abgespannt, aber doch weicher, ich möchte sagen wehmütig gemacht. Ein Ausdruck tiefen Schmerzes lag in den ehrwürdigen Falten um seinen Mund, und sein sonst so freundlich blickendes, wohlwollendes Auge schaute mich ernst mit dem still getragenen Bewußtsein seines verlorenen Glückes an. Er trug ein langes, schwarzsamtenes Hausgewand, welches seiner hohen Figur etwas Imposantes verlieh, aber seinen Schultern schien eine unsichtbare und zu schwere Last aufgebürdet zu sein, denn sie hing etwas nach vorn gebeugt, wie auch sein leicht gesenkter Kopf eine gewisse Ergebung andeutete, die bei seinem stillen Wesen ebenso natürlich wie würdevoll erschien. Was mir aber auf den ersten Anblick die feste und freudige Überzeugung gab, Sir Robert Grahams Geist und Herz erliege noch nicht den Schlägen seines Geschickes, das war die freie, kräftige, männliche Stirn, auf deren reiner und breiter Wölbung das festeste Gottvertrauen, die kindlichste, aber zugleich entschlossenste Ergebung in des allmächtigen Schöpfers unabänderlichen Willen thronten.

»Sie sind sehr gütig, mein Herr«, fing er mit einem Tone zu reden an, der etwas ungemein Ansprechendes und Wohllautendes an sich hatte. »Sie sind sehr gütig, daß Sie sich noch so spät auf meine Bitte zu mir bemühen – ich danke Ihnen herzlich dafür.«

Und er reichte mir noch einmal seine Hand hin.

Ich war entschlossen, ihn sogleich aus seinem Irrtum zu ziehen, denn es drängte mich, die Minuten seines Leidens abzukürzen und ihm schnell Alles zu bekennen, obgleich ich mir vorgesetzt hatte, bei meinen Enthüllungen mit aller möglichen Vorsicht zu Werke zu gehen. Ich erwiderte daher ohne Zögern:

»Sie irren sich in mir, Sir Robert! Ich bin nicht so glücklich, durch ihre Bitte hierher gerufen zu sein – was ich getan, habe ich aus eigenem Antriebe getan, denn ich suche Sie schon längst –«

Er blickte mich verwundert an und versetzte:

»Wie? Sind Sie nicht der Herr Doktor aus C...?«

»Ich bin wohl ein Arzt«, erwiderte ich, »aber ich bin nicht aus C ... Ich komme weiter her –«

Er wollte mich unterbrechen, aber ich legte meine Hand sanft auf seinen Arm und fuhr fort:

»Ich muß sogar um Entschuldigung bitten, den Arzt aus C ... fortgeschickt zu haben, aber ich glaube, Sie werden mir, obgleich Sie mich weder gerufen, noch kennen, mehr Vertrauen schenken als irgendeinem anderen Arzte, und ich werde im Stande sein, Ihnen und wer es von Ihrer Familie sei, der des ärztlichen Beistandes bedarf, am leichtesten helfen zu können.«

Diese mit einem bestimmten Ausdrucke und etwas laut gesprochenen, obgleich seltsam klingenden Worte machten einen noch ungewissen, doch sichtbaren Eindruck auf ihn. Er sah mich in der Tat höchst erstaunt an und verbeugte sich, faßte sich aber sogleich wieder und setzte mir einen Stuhl hin, indem er mir mit der Hand winkte, Platz zu nehmen. Den Stuhl ablehnend, fuhr ich fort:

»Ich werde mich nicht eher setzen, bevor ich Ihnen nicht das Wichtigste, was ich für Sie auf meinem Herzen trage, mitgeteilt habe – aber, ich sehe, Sie verstehen mich nicht, und darum muß ich deutlicher sprechen. Zur Sache denn – Sir Robert Graham! Ich brauche nur ein Wort zu sprechen oder nur einen Namen zu nennen, und Sie würden mir glauben und mich besser verstehen als alle die unerforschlichen Schicksalsschläge, die seit vier Jahren über Ihr Haupt hingegangen sind.«

Der Mann faltete ergebungsvoll die Hände und blickte mich, immer schweigsam, auf das Höchste betroffen an.

»Ja!« fuhr ich fort, »Sie kennen mich nicht, aber ich kenne Sie ich suche Sie schon seit neunundzwanzig langen Tagen – Sie waren Pfarrer auf Codrington-Hall – Ihre kranke Tochter heißt Ellinor ich komme aus der Grafschaft Dunsdale! – Wie, Sir, ist heute kein Bote zu Ihnen gekommen, der einen Fremden bei Ihnen suchte oder ankündigte?«

Ach! ich werde nie den Ausdruck des Blickes vergessen, mit welchem er in diesem, für mich köstlichen Augenblick nach jedem ferneren Worte von meinen Lippen gleichsam zu schnappen schien er stand vor mir, die Hände auseinandergebreitet, mit offenem Munde, und sagte noch immer nichts; er schien die Sprache verloren zu haben, denn das Erstaunen, der freudige Schreck und vielleicht seine Erinnerungen kamen zu schnell über ihn und erschütterten ihn zu heftig.

»Ha! der Brief! der rätselhafte Brief!« stammelte er endlich.

»Ja! heute Morgen – daher ja meine Verwunderung, meine Bestürzung, meiner Tochter Besorgnis, daher auch die plötzliche Verschlimmerung ihres Leidens –«

Und in seine Brusttasche greifend, zog er den Brief hervor und übergab ihn mir.

»Ist er auch wirklich an Sie, Sir? – Ja, ja, er ist's – ich sehe es– ach! wie hat er mich verwundet! Ich konnte leider über den Fremden keine Auskunft geben und der Bote ging wieder fort.«

Ich hielt den Brief in meiner Hand, den sehnlichst erwarteten und so lange gesuchten, hob ihn empor und sagte:

»Mein teurer Sir Robert Graham! Obgleich ich mich freue, diesen Brief bei Ihnen zu finden, so brauche ich ihn jetzt doch nicht mehr – in ihm liegt ohne Zweifel der Brief, den Ihre Tochter vor nicht langer Zeit in Dunsdale-Castle an Percy, Viscount von Dunsdale, selbst abgegeben hat –«

»Ha!« rief er, »und wozu alles das –?«

»Wozu alles das? – Danken Sie Gott mit mir, Sir! Alles das dazu, weil ein allmächtiger, vergeltender Gott im Himmel thront – weil das Ende Ihrer Schmerzen gekommen, Ihre Nacht vorüber und die Sonne neuer, entzückender Freuden aufgegangen ist – alles dies, damit Sie wissen, daß Percy, Viscount von Dunsdale, von seinem Tode erstanden, weil – weil ich imstande bin, mit einem Worte Sie zu dem glücklichsten Menschen zu machen – begreifen Sie nun, Sir, warum ich der beste Arzt Ihrer Tochter bin?«

Ich sehe ihn noch vor mir stehen – seine erste Bewegung war die, auf die Knie zu fallen – dann wollte er aus dem Zimmer stürzen, wahrscheinlich Ellinor zu benachrichtigen, sogleich sich aber besinnend, kam er schnell auf mich zu, und mich in die Arme schließend und an seine Brust drückend, sagte er bloß:

»O mein Gott! – o mein Gott!«

Und weiter nichts.

+++

Der erste, heftigste Sturm der Freude, der Überraschung und des Dankgefühls gegen Gott, den Urheber alles Glückes auf Erden, ging vorüber und wich bei Sir Robert einer stillen Erhebung und einer innigeren Empfindung dessen, was vorgegangen war, bei mir aber der Überlegung, was nun geschehen sollte.

Sir Robert überwand den betäubungsartigen Zustand, in den ihn meine Nachrichten versetzt hatten, bald; er fand sich und seinen männlichen Geist wieder, und nach einer kleinen Weile saßen wir nebeneinander, er meine Hand in der seinigen haltend, und ich erzählte ihm kurz und rasch alle Begebnisse, wie sie mir selber in so gedrängter Folge in dem kurzen Zeitraum von zehn Wochen begegnet waren, wie ich Percy kennengelernt – aber nicht wo, denn das durfte ich ihm nicht sagen – wie ich ihn liebgewonnen und er mir sein Vertrauen geschenkt und seine Geschichte mitgeteilt, dann, wie ich ihn, Sir Robert Graham, und seine Tochter mit Bob gesucht und nicht gefunden, wie ich nach Dunsdale-Castle gekommen und jener Brief verloren gegangen gewesen, auf wie merkwürdige Weise ich dann den Marquis gewonnen und was ich bei ihm ausgerichtet, wie ich nun endlich zu des verstorbenen Sir Williams verkauftem Landsitze gelangt und, ohne alle Nachricht, nur der dunklen Spur des Boten von Dunsdale folgend, dieselbe wieder verloren hatte und so endlich in diese Gegend gekommen sei, wo ich, beinahe an dem Erfolge verzweifelnd, einzig und allein durch die Lieblichkeit der Gegend und eine innere unbegreifliche Regung länger aufgehalten worden und so Sir Robert gefunden hatte.

»Und so«, schloß ich, »war es nicht die Vernunft oder der klügelnde Verstand der Menschen, nicht das Glück oder der so oft gepriesene Zufall, welcher mich sicher zu Ihnen geführt, nein! es war der Instinkt eines Tieres, der mich hierher geleitet, denn der Hund Othello hat das Pferd Bravour und das Sattelzeug seines Herrn erkannt, seines Herrn, den er vier Jahre nicht gesehen und dessen Andenken dennoch nicht aus seinem Gedächtnisse und seinen Sinnen gekommen ist.«

»Ah! Bravour ist da – und Bob, der Knabe, ist da – lassen Sie mich sie sehen – Sir, ich muß Alles greifen und fühlen, damit ich das Unglaubliche glauben und das Unmögliche für möglich halten kann. Ja, kommen Sie, ich muß Alles sehen und – und Zeit gewinnen, zu überlegen, wie ich es ihr – ihr beibringen soll.«

Und Sir Robert Graham, über das unerwartete Wiederauftauchen Percys beinahe außer sich, zog mich in seiner Freude fast mit Gewalt aus dem Zimmer noch dem Hofe, in den Stall, wo Bravour und Puck, der kleine braune Wallach, gastfrei untergebracht waren und, in wollene Decken gehüllt, sich das duftende Heu aus dem fruchtbaren Tal schmecken ließen. Erst nachdem er mehr als zwanzigmal das edle, treue Pferd gestreichelt, beim Namen gerufen und sich überzeugt hatte, daß es auch der wirkliche Bravour sei, und nachdem er dem guten Bob dreimal die Hand geschüttelt, hörte er auf die Worte eines Dieners, der ihm den Wunsch seiner Tochter überbrachte, zu ihr ins Herrenhaus zurückzukehren. Dennoch riß sich der alte Mann nur mit Gewalt von dem ungewohnten Entzücken los, ohne daß es ihm jedoch gelang, Othello mit sich zu nehmen, der dicht bei Bravour an der Krippe lag und sich nach so langer Trennung nicht mehr von ihm entfernen zu wollen schien.

So kehrten wir denn in das Haus zurück und traten in das Zimmer, welches wir soeben verlassen hatten.

»Ach! was fangen wir nun mit dem armen Mädchen an?« fragte er mich besorgt, »sie ist sehr leidend!«

»Überlassen Sie diese Sorge mir«, erwiderte ich, »mir ganz allein; wir müssen zwar vorsichtig zu Werke gehen, aber doch schnell zum Ziele kommen, denn ich sehe nicht ein, warum wir noch zögern und ihr nur einen Augenblick das große Glück vorenthalten wollen, welches das entsetzliche Elend, das sie erlitten hat, auf der Stelle aus ihrer Erinnerung verlöschen wird. Jedoch will es mir scheinen, daß es besser sei, sie selbst und allein aus undeutlichen Bemerkungen, die wir vorsichtig aussprechen, zu einem richtigen Bewußtsein der Gegenwart kommen zu lassen, als daß wir es ihr gerade heraus sagen – so wird es sie weniger erschüttern– lassen Sie mich nur machen, ich habe schon meinen kleinen Plan. Und nun«, fuhr ich fort, indem ich Ellinors Briefe, die ich an verschiedenen Orten gefunden hatte, hervornahm und den, welchen ich soeben erst erhalten, erbrach, »nun lassen Sie mich, bevor Sie zu Ihrer Tochter gehen und meine Ankunft melden, schnell diese Zeilen überlesen, dann aber, nachdem wir beide hinreichend gefaßt sind, wollen wir uns zu ihr verfügen und sehen, was wir ausrichten können.«

In dem Umschlag des an mich vom Haushofmeister zu Dunsdale-Castle überschriebenen Briefes fand ich Ellinors letztes Schreiben an Percy, welches mit mir zugleich an die Ziele meines Strebens angelangt war und welches ich ihr unerbrochen zustellen wollte. Später jedoch erfuhr ich, daß sie in demselben Percy von dem Verkaufe des alten Landgutes ihres Oheims und ihrem neuangekauften jetzigen Wohnorte unterrichtete, ohne ihm jedoch die Gründe dieses Wohnungswechsels anzugeben. Jedoch vernahm ich, daß meine Mutmaßung richtig gewesen war, daß nämlich Ellinor und ihr Vater durch die ihnen früher unbekannt gebliebene Nähe des Landsitzes Mylord Seymours zu ihrer Auswanderung sich bewogen gefühlt hatten.

Aus dem Schreiben des Haushofmeisters erfuhr ich dagegen, daß Mrs. Trallope den Brief Ellinors, um ihn recht sicher aufzubewahren, in das Kopfkissen ihres Bettes gesteckt hatte, daß sie dies aber in ihrer Zerstreutheit vergessen und das wichtige Dokument zu ihrem Schrecken, aber auch zu ihrer Freude, erst bei dem Wechsel der Bettwäsche entdeckt habe, welches mir nun sogleich, wie ich befohlen hatte, nachgesendet worden war.

Jetzt aber, meine drei Briefe wieder einsteckend, sagte ich zu Sir Robert:

»Ich bin fertig, Sir! Gehen wir an unsere heutige letzte, leichteste und schönste Aufgabe!«

Robert Graham öffnete die Tür zu einem Zimmer, welches dasjenige, in dem wir uns eben aufhielten, mit Ellinors Kabinett verband.

Ich trat ihm leise nach, denn die Tür zu diesem letzteren war geöffnet. Das kleine, aber äußerst geschmackvoll eingerichtete Zimmer war von zwei Lampen ziemlich hell erleuchtet. Ich setzte mich sogleich lautlos auf eine Ottomane, die in der einen Ecke stand, um ein ungesehener Ohrenzeuge von dem zu sein, was jetzt zwischen Vater und Tochter vorgehen würde; aber ich wollte auch – und warum soll ich es verschweigen – das Klopfen meines Herzens zu bewältigen suchen, welches, sobald ich mich in Ellinors Nähe wußte, so stark geworden war, daß ich es beinahe hören konnte.

Ich saß und gab dem Vater einen Wink, zu seiner Tochter hineinzugehen; er aber zauderte, denn auch ihm mochte die Brust von den mannigfaltigsten Gefühlen zum Zerspringen voll sein, die zu bemeistern dem alten bewegten Manne Mühe und Überwindung kostete! Noch immer stand er vor mir und fuhr sich mit der Hand über die Stirn, als wüßte er nicht, wie er beginnen sollte, mit der anderen stützte er sich auf einen Tisch – sein Auge aber leuchtete und seine Brust atmete tief auf.

»Vater!« rief es aus dem Nebenzimmer. »Vater! Bist du da? Wo bleibst du so lange? So komm doch herein!«

Ach! der Klang dieser Stimme war Musik für mein Ohr. Rein und klar, wie der schönste Harfenton, den der säuselnde Wind der goldenen Saite entlockt, schmiegte sich dieser Ton mächtig und innig an jedes fühlende Herz an – Percy! jetzt konnte ich begreifen, wie diese Stimme beruhigend sich an dein Herz gelegt hatte, als sie dir damals im grünen Walde harmonisch entgegenklang, da du, vernichtet vor der ganzen Welt, eines Engels Stimme, zu deinem Tröste gesendet, zu hören glaubtest. – O! die Gottheit vermag doch reiche Gaben zu verleihen! Wie schön ist die menschliche Stimme an sich! Wie gewaltig aber und wie allmächtig oft wird sie, wenn sie, über die Lippen eines Helden der geistigen Welt tönend, Wahrheit, Recht und Freiheit verkündet, oder wie lieblich und siegreich, wenn sie aus der unergründlichen Tiefe eines liebenden weiblichen Herzens heraufklingt und, Worte der Liebe und Hingebung flüsternd, den süßesten Rausch über die Seele ergießt, den unter den Sternen der glückliche Mensch empfinden kann!

Ich lauschte diesen sanften, klagenden Tönen, ich bog mich vor, um jedes Beben derselben zu erhaschen und auch nicht den kleinsten Laut davon zu verlieren.

»Ich bin schon da, Kind!« antwortete ihres Vaters friedliche, aber nicht mehr wie sonst so feste Stimme, denn Sir Robert konnte noch immer nicht die Bewegung seines Herzens überwinden.

»Was ist denn mit dem Othello?« fuhr sie fort, »er hat ja geheult, wie er es lange nicht tat – ist Jemand gekommen?«

Sir Robert Graham ging jetzt in ihr Zimmer hinein und setzte sich, wie ich hören konnte, auf einen Stuhl, der wahrscheinlich vor ihrem Lager stand.

»Der Arzt ist gekommen, Ellinor, und dem ist er entgegengesprungen – er kennt ihn vielleicht«, fügte er mit unsicherer bebender Stimme hinzu.

»Der Arzt? Und warum sagst du das so sonderbar? – Nein, nein! Das ist es nicht. Du verschweigst mir etwas – Wie? Mir verschweigst du etwas? Gib deine Hand – o! sie zittert! Was ist geschehen, Vater? O, sprich, ich bitte dich – du bist bewegt –«

»Ja, ich bin es, ich bin bewegt – ich kann es nicht leugnen, meine Tochter – aber du weißt ja, was mich den ganzen Tag bewegt hat und – jetzt mehr als sonst –«

»Und warum? Und wo ist der Arzt?«

»Ich bin hier!« sagte ich langsam, denn ich hörte an des Vaters immer unsicherer werdenden Stimme, daß seine Fassung schwinde und daß er nicht mehr wisse, was er sagen solle; und da ich fürchtete, er werde eine übereilte Entdeckung durch sein Benehmen herbeiführen, hatte ich mich leise der Schwelle genähert, war jedoch noch den Blicken des Vaters und seiner Tochter verborgen.

»Ach, Sir!« rief hier schnell der alte Graham, »kommen Sie herein – sie glaubt es sonst nicht – «

Und ich trat hinein – das Zimmer war beinahe so hell erleuchtet wie das erste. Auf einem Ruhebette lag eine Gestalt, ach! welche Gestalt! – Percy! wärest du an meiner Stelle gewesen und hättest du doch auch diesen Anblick gehabt!

Ein weißes, zartes Musselinkleid – weiß war ihre Lieblingsfarbe in der Kleidung – noch mit schwarzen Schleifen geziert, denn die Trauerzeit um der) verstorbenen Oheim war noch nicht vorüber, umhüllte diese schöne, elastische Gestalt bis zur Hälfte des glänzenden, sanft gebogenen Halses. Ihr Kopf war auf einen Arm gestützt, der, bis zum Ellbogen entblößt, die schönsten gerundetsten Formen zeigte. Aber dieser Kopf – wie soll ich den beschreiben? Die menschliche Schönheit läßt sich ja ebensowenig mit Worten beschreiben, wie mit dem Verstande begreifen. Dieser Kopf, umflossen von einem dichten Geringel der üppigsten hellbraunen Locken, die wie Seide glänzten, zeigte eine so vollendete Schönheit in seiner ovalen Form und in der Art und Weise, wie er dem Körper angefügt war, daß ich nicht allein überrascht, sondern fast geblendet dastand. Aber wie schön auch die feine, leicht gebogene Nase, wie schwellend und reizend der rosige Mund mit den halb geöffneten, den tiefen Schmerz ihres Busens verratenden Lippen, wie schwimmend diese sanften, großen blauen Augen waren – nichts ging über den Ausdruck, der auf diesem warmen, jetzt zwar bleichen, aber wie aus Marmor gebildeten, halbdurchsichtigen Antlitz und in dem schmelzenden Blicke dieser Augen lag.

Wenn es möglich wäre, eine schöne Seele verkörpert sich zu denken, hier war sie es! Der ganze tiefe, unheilbare Schmerz des verwichenen Lebens lag auf diesen offenen und kindlichen Zügen, aber auch die ganze ernste Tiefe, der Adel, die standhafte Weiblichkeit einer edlen Seele sprach sich in jedem kleinsten Zuge dieses wundervollen Antlitzes aus. Ja, ich war von einer Schönheit geblendet, die ich mir groß, hinreißend, unvergleichlich vorgestellt hatte, die ich mir aber in einer so eigentümlichen und bewunderungsvollen Weise nie hatte denken können, viel weniger aber je gesehen hatte.

Doch diese flüchtige Betrachtung, die ich soeben aus der Erinnerung niederschreibe, konnte ich bei Weitem nicht in dem ersten Augenblicke meines Eintretens anstellen, erst nach und nach kam ich dazu, denn Ellinor nahm sogleich auch meine Gedanken in Anspruch, und ich war genötigt, mich schnell aller der Umstände zu erinnern, die mich zu ihr geführt hatten.

Ich weiß nicht, wie es kam, aber waren die Muskeln meines Gesichtes meinem Willen nicht Untertan oder sprachen meine Mienen ohne mein Wissen aus, was in meinem Herzen vorging – genug, ihr Blick heftete sich, immer tiefer und tiefer dringend, mit einer eigentümlichen Schärfe auf mich, und dieser Blick war fragend und sich selbst die Antwort gebend zugleich, denn sie las mich nicht allein, sie schien mich zu studieren und meine innersten Gedanken auf die äußerste Oberfläche meines Seins heraufbeschwören zu wollen.

Sir Robert Graham stand von dem Stuhle vor ihrem Lager auf und winkte mir, darauf Platz zu nehmen – ich setzte mich mechanisch, denn ich fühlte meine Füße unsicher treten, meinen Kopf schwindelnd und alle meine Pulse klopfen.

»Ja, Miß Graham«, sagte ich absichtlich, um mich noch nicht zu verraten, »Ihr Arzt ist hier und er freut sich, Gelegenheit zu haben, Ihnen helfen zu können, obgleich er bedauert, daß sein Erscheinen nötig war.«

»Ich weiß nicht«, erwiderte sie, noch immer den Blick unverwandt auf mich gerichtet, »ich weiß nicht, Sir, aber – aber Ihr Gesicht, wie auch das des Vaters, ist mir unerklärlich – doch nein – ich irre mich wohl – gewiß, ich irre mich – ach, Sir! verzeihen Sie, aber da Sie einmal berufen sind, zu den Unglücklichen zu kommen, so braucht man sich ja nicht vor Ihnen zu scheuen, das Unglück zu verraten – und ich, ich glaube wieder von einer Täuschung heimgesucht zu sein, wie sie mein Herz mir bisweilen vorspiegelt –«

»Beruhigen Sie sich, Miß Graham«, sagte ich, »Sie kennen mich freilich noch nicht und deshalb sollte es mir leid tun, wenn mein Gesicht Ihnen Veranlassung gäbe, sich von mir getäuscht zu glauben –«

»Ach! Das ist es nicht – es ist etwas Anderes; Sie verstehen mich noch nicht, doch – verzeihen Sie – sind Sie wirklich ein Arzt?«

»Und warum fragen Sie mich danach?«

»Weil ich – vergeben Sie mir meine Offenheit – vielleicht Zutrauen zu Ihnen haben könnte, wenngleich ich bedauern muß, daß Sie sich vergeblich zu mir bemüht haben, denn ich bin nicht krank –«

Sie sah hierbei ihren Vater an, der mir einen verstohlenen Wink gab, aber nichts sprach.

»Sie sind nicht krank, Miß Graham!« fuhr ich fort, »so sagen Sie; und dennoch weiß ich, daß Sie leiden –«

»Wie? Seh' ich so aus – oder spricht meines guten Vaters Besorgnis aus Ihnen?«

»Beides, Miß Graham, Beides – indessen bitte ich Sie sehr, nicht besorgt zu sein, denn ich bin gewiß«, und ich erhob hier meine Stimme, »ich bin gewiß, Ihnen eine große Linderung, wenn nicht gänzliche Genesung verschaffen zu können –«

Hier schaute sie mich mit einem Blicke an, der so voller Wehmut war, indem sie den wundervollen Kopf leise schüttelte, daß ich zu eilen beschloß, um meinem Versprechen die Tat folgen zu lassen.

»Sie versprechen viel! Mehr als Sie halten können«, fuhr sie fort, »denn auch Sie, so gut und liebevoll Sie zu sein scheinen und soviel Mühe Sie sich mit mir geben möchten, auch Sie können nur leisten, was einem Menschen möglich ist; und das, fürchte ich sehr, reicht bei mir nicht aus. Nein, nein, Sir, schütteln Sie nicht den Kopf – Sie dürfen mir glauben. Ach! ich war einst gesund, gesund wie das Reh im Sonnenschein des Waldes – dann ward ich unglücklich – nicht wahr, mein Vater? – und da erkrankte ich, allmählich, langsam, aber für immer und in der Tiefe meiner Seele – können Sie mir jenes verlorene Glück wiedergeben? Ja, wenn das wäre, so will ich glauben, daß Sie mich auch heilen können! Doch nein, nein, nein! Menschen können dies nicht!«

»Wenn es auch Menschen unmöglich ist«, erwiderte ich und faßte schon unwillkürlich mit meiner Hand nach den Briefen, die sie selbst geschrieben hatte, »Gottes Macht ist groß und hat der Mittel und Wege viele, uns zu trösten und zu heilen – ja, Er allein kann uns heilen und jedes Glück wiedergeben, welches wir kurzsichtige Menschen auf ewig verloren wähnen!«

»Jawohl, das kann er; aber ich, Sir, hoffe für mich nicht mehr viel in diesem Leben. – Sagen Sie«, fuhr sie mit einer Wehmut im Tone fort, der eine solche Wirkung auf mich machte, daß ich mich beinahe verraten hätte, und so leise, daß ich sie kaum verstand, »haben sie schon geliebt? – Doch ja, was frage ich, da Sie verheiratet sind –«

Sir Robert sah mich mit den Augen blinzelnd an, als solle ich auf diese Annahme eingehen, ich aber schüttelte den Kopf, indem ich fragte:

»Verheiratet, Miß? Nein, das bin ich nicht – doch kann ich mir wohl denken, was Liebe ist und was der Verlust derselben oder vielmehr des Gegenstandes derselben für Schmerzen erzeugt!«

»Denken? Ach nein, Sir, das läßt sich nicht denken, gewiß nicht denken – aber dann wissen Sie auch nicht, wenn Sie noch nicht geliebt haben, welche Krankheit die Liebe hervorrufen kann –«

Sie schwieg und deutete mit einer leicht zu erratenden Bewegung ihrer Hand auf ihr Herz – dann fuhr sie fort:

»Haben Sie den Tau, der dieses welke Herz wieder erfrischen, den Regen, der die vertrocknete Quelle meiner Hoffnungen wieder schwellen machen kann? Nein, den haben Sie nicht – doch, wie ist mir denn? – Sie sagen, Sie sind nicht verheiratet, und du sprachest doch davon, mein Vater, daß der Arzt eine Frau habe?«

Hier entstand eine Pause, die für Vater und Tochter etwas Peinliches zu haben schien, während ich innerlich frohlockte. Dreist erwiderte ich daher:

»Sie sind im Irrtum, Miß Graham. Hat Ihnen Ihr Vater nicht gesagt, daß ich nicht der Arzt bin, nach dem er gesendet hat, sondern der, an welchen der Brief von heute Morgen –«

Sie ließ mich nicht ausreden:

»Ha!« rief sie und richtete sich plötzlich empor, ihre Hand ergriff zitternd meinen Arm und ihr bisher so sanft blickendes Auge funkelte vor Glanz und Leben bei dem Blicke, den sie bald auf mich, bald auf ihren Vater warf, der seinerseits bebend und ungewiß des nun Kommenden dastand und mich bedenklich ansah, »ha! der Brief aus Dunsdale-Castle ist an Sie?«

Jetzt erhob ich mich auch, und die drei Briefe emporhaltend, sprach ich so ruhig wie möglich:

»Hier, Miß Ellinor, hier ist der eine von heute Morgen, und hier, und hier sind noch zwei andere – aus früherer Zeit –«

Ich sah sie fest, aber milde an. Sie griff mechanisch nach dem ersten, dem zweiten, dem dritten – sie warf einen Blick auf die Aufschrift –

»Ach, mein Gott!« rief sie und verhüllte ihr Gesicht mit beiden Händen.

»Miß Ellinor! Miß Ellinor!« rief ich laut, »Miß Ellinor, hören Sie mich! Fassen Sie sich – ich bin noch lange nicht zu Ende –«

»Nein, nein! Es ist etwas geschehen, es ist etwas Schreckliches geschehen – Sie bereiten mich vor –«

»Beim allmächtigen Gott! Es ist nichts Schreckliches geschehen – im Gegenteil sogar –«

»Wer hat diese Briefe erbrochen?« fragte sie rasch und sah mir beinahe drohend in die Augen.

»Ich – Mylady Dunsdale!« sagte ich.

Während ich diese beiden Worte langsam, aber mit scharfer Betonung sprach, beobachtete ich genau die Wirkung derselben. Sie war wunderbar. Anfangs glich ihr Staunen einer Erstarrung, die sich über das ganze Gesicht verbreitete und dasselbe mit Leichenblässe bedeckte – dann fing sie an zu zittern – auch dies ließ nach es folgte ein Lächeln, ein blitzschnell vorüberfliegendes Lächeln, das einer flüchtigen Erinnerung an ein halbvergessenes Traumgebilde glich – dann kam das Mißtrauen mit seinem schüchternen, ungewissen, halb glaubenden, halb zweifelnden Blicke – da sie mich aber ernst, glücklich ernst sah, verflog auch das und der besänftigende Ausdruck des Friedens, wie ihn nur ein Engel tragen kann, malte sich in allen ihren Zügen ab, zugleich aber wurde sie purpurrot und blickte zu Boden. Dann, den Blick wieder erhebend, fuhr sie mit der Hand über die Augen, die sich mit Tränen zu füllen schienen, über die Stirn, als wollte sie sich auf etwas längst Vergessenes besinnen, und so sprach sie flüsternd wie zu sich selber:

»Lady Dunsdale? Wie ist mir denn – war ich es nicht einmal – ach! der Augenblick war so kurz und die Trennung so lang – ich glaube, es war wohl nur im Traume –«

Halblaut sagte ich, auch als wenn ich zu mir selber spräche:

»Kurze Träume sind oft die süßesten und umso schöner, wenn das Erwachen zeigt, daß es kein Traum war, was uns umschwebte, sondern daß das Schicksal mit lebendiger Wirklichkeit unsere heißesten Hoffnungen und Wünsche gekrönt hat.«

Es herrschte eine Totenstille im Gemache um mich her – Ellinor lag noch immer in jenem Zustande der Erschöpfung, der Betäubung oder der halb wachen Träumerei; ich hörte nur das laute Atmen ihrer Brust, und an ihrem kämpfend auf- und niedersteigenden Busen sah ich, daß Vergangenheit und Gegenwart in ihr um die Herrschaft stritten.

Ebenso leise wie vorher fuhr ich fort:

»Auch ich kenne einen Menschen, der einen so kurzen, holden, unvergeßlichen Traum geträumt, der, kaum mit derjenigen verbunden, die er liebte und die ihn ohne Grenzen wieder liebte, von ihr gerissen ward und in vier Jahren sie nicht wiedersah –«

Ellinors Hand fiel von der Stirn – ihr lächelndes Auge ruhte wie entzückt auf mir; eine rosige Glut überflog ihre Wangen und sie sah aus wie der junge, eben erst aus der traurigen Nacht geborene Tag – sie fuhr fort in ihrem Flüstern, und es war mir, als spräche ihre Stimme nicht zu uns heraus, sondern in ihre Brust, in ihr Herz hinein:

»Und wer war der Unglückliche, der über Alles unglückselige Mensch?«

»Ach! es war mein Freund, oder vielmehr – es ist mein Freund, mein teuerster Freund.«

»Hat er für Sie einen Namen?«

»Ich weiß es nicht, wie er für Andere heißt, für mich heißt er – Percy, Viscount von Dunsdale, des Marquis von Seymour ältester Sohn –«

»Vater!« schrie sie laut, sprang wie der Blitz von ihrem Lager auf und warf sich an die Brust des schweigenden, seligen, keines Wortes mächtigen alten Mannes, »Vater! rette mich vor ihm – er will meine Seele belügen, damit sie noch einmal aufatmen und dann auf ewig verhauchen solle!«

Aber ihr Vater hatte keine Worte für sein Glück – mit der einen Hand hielt er sein Kind umfaßt, die andere hatte er gegen mich ausgestreckt, gleichsam winkend, fortzufahren. Ellinor selbst, an seine Brust geschmiegt, wandte halb ihr Lockenhaupt herum – fürchtend, hoffend, als suche ihr Auge in mir eher einen Andern als mich.

»Ich belüge keine Seele, wie es die Ellinor Grahams ist«, fuhr ich fort, »aber wenn Percy selbst mich sendet, seinen Namen zu nennen und seine Gattin zu suchen – was kann ich dafür, wenn diese mich nicht anerkennen will?«

Und eine halbe Wendung machend, als wollte ich zurücktreten, mußte ich mir eine Träne aus dem Auge wischen, die mir in dasselbe gekommen war. Kaum aber war es mir ungesehen gelungen, da taten die Beiden einen Schritt zu mir, des Pfarrers Graham Arm umschlang mich, zog mich heran und mit brechender Stimme schluchzte er:

»Ach, Sir! bleiben Sie, sagen Sie ihr, daß er lebt, daß Sie wissen, wo er lebt, und – daß er zu uns zurückkehren wird.«

»Nein, nein!« rief sie, »sagen Sie es nicht, wenigstens nicht mit Bestimmtheit – es ist unmöglich – diese Unwahrheit wäre zu fürchterlich – fürchterlicher noch als mein schreckliches Geschick!«

»Und dennoch ist es wahr, Mylady«, sagte ich und legte die Hand auf meine Brust, »dennoch lebt er, und er lebt, um zu lieben und zurückzukehren, und ich bin nur hier, um zu sagen, daß es so ist!«

+++

Leser! Erlaß mir die Aufgabe, die nun folgenden Augenblicke zu beschreiben, ich bin dazu nicht imstande.

Als ich nach einiger Zeit zu einer ruhigeren Empfindung der Gegenwart kam, fühlte ich mein Gesicht von Tränen gebadet – ach! es waren nicht meine Tränen allein, auch andere hatten sie auf mein Gesicht geweint. Da saßen wir drei denn an dem Lager, auf welchem soeben noch die kranke Ellinor gelegen, wir drei saßen da, vereinigt durch Körper und Seele, indem ich die Hand Grahams, der Vater die seines Kindes und sein Kind meine Hand hielt, als wollten sie mich nicht wieder von sich lassen, um nicht mit mir die größte Glückseligkeit ihres Lebens zu verlieren. Das war der Augenblick, wo Percys Geist freudestrahlend uns umschwebte, wo wir alle drei, in eine Empfindung uns teilend, weiter nichts auf der großen weiten Welt kannten und wußten, als diese eine Empfindung allein. Vier Jahre um einen Gatten weinen, den man nur eine Minute besessen, ihn ganz verloren geben und dann so plötzlich, so unerwartet wiederzufinden – das ist zuviel des Glückes für eine liebende Menschenbrust – das ist zuviel!

Ja, wenn jeder Arzt solche Mittel in Händen hätte, seine Kranken auf den Weg der Genesung zu führen und jahrelange Leiden vergessen zu machen, wie ich in diesem Falle, dann lohnte es noch die Mühe, sich dem schweren Berufe desselben mit Freuden hinzugeben und zu wollen und zu wirken, was das Schönste auf Erden ist – Schmerzen zu lindern und gebrochene Herzen wieder aufzurichten.

Ich bekenne es, und ich bekenne es mit Stolz: Dieser Augenblick war der Glanzpunkt meines Lebens; was mir bisher geschehen war und was mir noch geschehen konnte, was war es gegen diese eine Minute, in welche Alles, was der gute Mensch Schönes und Edles empfinden kann, zusammengedrängt war, das Bewußtsein, ein paar Menschenseelen glücklich gemacht zu haben.

Was mußte ich nun im Verlaufe dieses unvergeßlichen Abends nicht noch Alles sagen und hören! Mitternacht war längst vorüber, und wir sprachen, wir fragten immer noch und waren noch immer nicht zu Ende mit unseren gegenseitigen Mitteilungen. Vergebens verlangte ich im Namen Percys Ruhe für Ellinor – man hörte mich nicht, es war an keine Trennung zu denken! Kaum bemerkten wir den verlöschenden Schein der Lampen, der uns erinnern wollte, daß es Nacht und daß die Nacht für die Müden sei, aber es gab unter uns keine Müden – wachen Geistes durchlebten wir in diesen stillen wonnigen Stunden noch einmal den Raum vier langer, in Seufzen und Schmerz hingebrachter Jahre, aus denen wir nun mit einem Freudenrausche erwacht waren, ja! und was noch schöner ist, wir durchlebten in diesen stillen wonnigen Stunden eine Zukunft, die länger war als alle Vergangenheit, und die süßer und seliger werden sollte, als aller Schmerz und alles Leid bitter und herbe gewesen waren.

Kapitel 23

Kurz vor Tagesanbruch endlich trennten wir uns, nicht um zu ruhen, sondern um uns zu sammeln, zu fassen und für die nächsten Tage und Handlungen eine bestimmte Richtung zu gewinnen.

Ich warf mich halb angekleidet auf das mir zugewiesene Lager, denn ich hatte viel zu bedenken, zu ordnen, vorzubereiten. Das begonnene Stück war noch lange nicht zu Ende gespielt, erst der lange Vorakt war hinter uns; der Knoten war geschürzt, aber er mußte gelöst werden. Doch die Sonne der Zukunft ging im Halbschlafe strahlend vor mir auf, sie blendete mich zwar, aber sie kräftigte und erleuchtete mich auch. Ich fuhr empor – die wirkliche Tagessonne selbst schien mir warm ins Gesicht. Ich hatte einen Augenblick geträumt, also hatte ich auch geschlummert – ach! wie erquickend war mir diese Sonne, wie anders war ihr Glanz als an irgendeinem vorhergegangenen Morgen! Sie rief mich wach, um mich des gefundenen Schatzes bewußt, freudig bewußt werden zu lassen und mich von allen vorübergegangenen Sorgen und Zweifeln zu entlasten, sowie einem neu erwachten Glücke entgegenzuführen.

Ich war noch nicht ganz mit meinem Umkleiden fertig, als Sir Robert schon in mein Zimmer trat. Aber nicht mehr der duldende, traurige, gedrückte Pfarrer Graham kam zu mir, nein! er war ein anderer Mann geworden. Lebhaft verlangend, freudig stand er vor mir, und seine gestern noch eingefallenen Wangen waren heute von der unvergänglichen Jugend des aufgelebten Herzens frisch gerötet.

»Kommen Sie, Sir!« rief er jubelnd. »Kommen Sie an unsern Teetisch – Sie sollen meine Ellinor kennenlernen, wie sie früher war; sie ist mir wiedergegeben, wiedergeboren – ich habe mein Kind, meine Ellinor wieder!«

Sogleich gingen wir hinab in das Zimmer, wo wir am vergangenen Abend gewesen waren. Aber es war kein Krankenzimmer mehr, jede Spur des Leidens war daraus entfernt. Blumen, frische, duftende Blumen prangten auf den Tischen und von den Fenstern; es war ein Festtag, der uns entgegenlachte. Und da war Ellinor mit den Blumen beschäftigt, die sie lange nicht mehr gewartet hatte, selbst die schönste, frischeste Blume – wo war die krankhafte Blässe, die hinschmelzende Traurigkeit, der verödende Schmerz auf ihrem Antlitz geblieben? Wie eine Rose, die am heißen Mittag, des Taues entbehrend, ihr Haupt senkte, nun, vom Abend erfrischt, gelabt, ihren duftenden Kelch wieder geöffnet hat, stand sie da; die spielenden Locken umflossen glänzender ihre glatte Stirn, freudige Wallung hob ihren Busen, und wie die Morgenröte eines jungen Maitages funkelte das süße, nur ihr eigentümliche Lächeln auf ihre rosigen Wangen. Freudestrahlend streckte sie mir ihre beiden Hände entgegen.

»Nun?« fragte ich, »und wie nun? War ich ein guter und ein besserer Arzt, als der andere, den ich wider Ihr Wissen fortgeschickt?«

»Ach, mein teurer Freund!« erwiderte sie und preßte meine Hände in die ihrigen, »ja! Sie hatten den Tau, Sie hatten den Regen für dies welke Herz – sehen Sie, wie es mich gestärkt hat – alle Angst und Beklommenheit ist fort – ich fange wieder von Neuem an zu leben!«

Und nun ging es wieder an die noch übrigen Mitteilungen und Erklärungen, während wir unser Frühstück einnahmen und uns wechselweise einer an dem Andern ergötzten.

Die mir aber wiederholt von beiden Teilen vorgelegte Frage, wo Percy sei und was ihn verborgen gehalten habe, wies ich, mir selbst ein unverbrüchliches Stillschweigen auflegend, von mir ab, indem ich Ellinor und ihren Vater darauf aufmerksam machte, daß dies nicht mein, sondern allein Percys Geheimnis sei und daß, wenn ich auch von ihm befugt sei, ihnen Alles zu eröffnen, ich es doch der Wichtigkeit des Falles und der gegenwärtigen Sachlage gemäß ihm allein überlassen müsse, ob er irgendetwas davon mitteilen wolle oder nicht.

Zu diesem Rückhalte hatte ich mich aus doppelten Gründen entschieden. Einmal hatte der Marquis von Seymour seinen Willen in Bezug auf Percy geändert und den Weg der Milde eingeschlagen. Daher mußte ich dankbar gegen ihn sein und durfte sein früheres, in einem entsetzlichen Momente ausgeführtes und so innig bereutes Verbrechen nicht enthüllen. Sodann aber, wie konnte ich den reinen Glanz der Freude in Ellinors Herzen dadurch trüben, daß ich das Gehässigste, was es für Percy auf der Welt gab, diesen Schandfleck in seiner eigenen Familie, seine Einsperrung in ein Irrenhaus, denen aufdeckte, für die es auf ewig das außerordentlichste, fürchterlichste und abscheulichste Ereignis sein und bleiben mußte. Für sie war es viel besser, noch einige Tage in Unwissenheit und Unruhe über seinen Aufenthaltsort zu verharren, als durch einen neuen Kummer das Entzücken, endlich ihn wiederzuerhalten, weniger rein zu empfinden. Wußte ich doch nicht, ob Percy in seinem Edelmute nicht selbst Alles aufbieten würde, diesen bittersten Tropfen seines Lebens aus dem Kelche des Glückes seiner liebenswürdigen Gattin fern zu halten und sie über die letzten vier entschwundenen Jahre wie über einen düsteren, nebelgleichen Traum in Ungewißheit zu lassen. Wenigstens er nur allein konnte hierüber urteilen und beschließen, daher durfte ich durch eine voreilige Enthüllung ihm nicht zuvorkommen.

Es gelang mir auch, Beide zu überreden, daß Unwissenheit in diesem Punkte besser sei als Aufklärung, und sie begnügten sich vollkommen mit meinem Versprechen, Percy selbst in längerer oder kürzerer Zeit ihnen zuzuführen und von ihm alle näheren Aufschlüsse zu erwarten.

»Und wie lange wird seine Abwesenheit noch dauern?« fragte Ellinor leise erbebend.

»Das weiß ich nicht!« war meine Antwort. »Über vierzehn Tage aber, denke ich, dauert es gewiß nicht; doch hängt es von Zufällen ab, welche herbeizuführen keineswegs in unserer Macht steht.«

»Er ist also noch immer gebunden?«

»Ich kann es nicht leugnen, er ist es noch!«

»Und die Gewalt, die ihn von meiner Seite riß, schwebt sie noch immer über seinem Haupte?«

»Nein! – ja! wie Sie wollen –«

»Was heißt das?«

»Das heißt, daß die Gewalt wohl noch da ist, daß wir aber die Mittel bereits in Händen haben, über sie zu triumphieren.«

»Zu triumphieren? Ach! muß denn Gewalt mit Gewalt vertrieben werden und ist abermals Gefahr dabei?«

»Keine, Mylady, keine! Ich versichere es, und namentlich keine Lebensgefahr, das kann ich verbürgen. Sollte das Unternehmen nicht glücken, dann könnte höchstens eine Verzögerung von einigen Tagen die Folge davon sein; und das ist freilich für Sie schon schlimm genug«, setzte ich lächelnd hinzu.

»Ach! ich habe ihn so lange vergeblich erwartet, daß ich ihn jetzt mit der Hoffnung, ihn wiederzusehen, gern noch einige Tage länger erwarten will, wenn es mit weniger Gefahr verbunden ist. Werden Sie ihn hierherbringen?«

»Ohne Zweifel! So ist es wenigstens meine Absicht.«

»Oder sollen wir vielleicht«, fiel Sir Robert ein, »ihm entgegengehen?«

»Nein, nein! Sie bleiben Beide hier und erwarten, wenn nicht meine schnelle Rückkehr, doch meine Nachrichten.«

»Und Sie wollen uns auch nicht den geringsten Aufschluß über diejenigen geben, die Percy in die Lage seines Zwanges brachten?«

»Haben Sie keine Vermutungen?«

»Vermutungen wohl, aber keine einzige Gewißheit. Wie ich Ihnen schon sagte, damals, als Percy plötzlich ausblieb und wir atemlos, trostlos, verzweiflungsvoll ihn erwarteten und endlich die schreckliche Gewißheit erhielten, er sei durch irgendeine Gewalttat ergriffen und fortgeführt, glaubten wir jeden Augenblick, sein böser Dämon – mochte es sein, wer es wollte – würde auch uns erscheinen und seine schwere Hand auf uns legen – aber Niemand kam, wenigstens nicht unmittelbar bis zu uns.«

»Wohin richteten Sie Ihren Weg zunächst?«

»Unsere erste Absicht oder unser Entschluß – wenn wir überhaupt in dem verhängnisvollen Momente etwas beschließen konnten – war, unsere Reise nach Dunsdale fortzusetzen, indem wir immer noch die Hoffnung hegten, Percy werde Mittel und Wege finden, sich zu befreien und alsdann dahin kommen, wohin er uns auf dem Wege wußte.«

»Wohl! es wäre gut und schlimm gewesen, wenn Sie nach Dunsdale gegangen wären.«

»Warum gut, warum schlimm?«

»Gut, weil Sie dort vielleicht Percys Diener, Phillipps, gefunden hätten und, mit ihm in Verbindung bleibend, wahrscheinlich schon vor zwei Jahren Percys Aufenthaltsort erfahren hätten –«

»Ha!«

»Denn er erfuhr es zufällig zu dieser Zeit, weil er unausgesetzt Percy suchte, wie er auch Sie bereits seit vier Jahren sucht.«

»Der edle, edle Mensch!«

»Schlimm aber wäre es gewesen, weil Sie auf diesem Wege wahrscheinlich demjenigen in die Hände gefallen wären, der seinerseits bestimmt anzunehmen schien, daß Sie Dunsdale-Castle erreichen wollten –«

»Also wirklich – wir hätten eine und dieselbe Meinung?«

»Ich spreche nichts Bestimmtes aus, Mylady, ich nehme nur die größte Wahrscheinlichkeit an – sagen Sie mir lieber, wie kamen Sie von Ihrem Entschlüsse, nach Dunsdale zu gehen, ab?«

»Durch eine unzweifelhaft falsche Nachricht, Percy sei nach London gebracht, die uns derselbe Mann gab, der Percy das Pferd geborgt hatte und welcher unschuldig und unwissend gewesen zu sein schwur. Wir gingen oder flogen vielmehr nach London – aber kein Percy, wohin wir uns auch begaben – wir reisten in ganz England umher, aber immer noch kein Percy – ach, Sir! diese trostlosen, verzehrenden Reisen und unsere traurige, verzweifelnde Stimmung dabei – wie können wir sie Ihnen schildern?«

»Und gab Ihnen Ihr guter Bruder keinen Rat, Sir Robert Graham?«

»Wozu sollte er raten, Sir? Er sah als Gerichtsmann scharf und richtig genug, aber es fehlte uns an allen notwendigen Beweisen, vorzüglich an den Urhebern der entsetzlichen Tat. Wer waren unsere Widersacher? – Warum handelten Sie aber nicht öffentlich vor aller Welt? werden Sie fragen. Konnten wir es denn, konnten wir öffentliche Nachforschungen anstellen, solange wir nicht mit Bestimmtheit wußten, auf welche geheimnisvolle Weise, zu welchem verborgenen Zwecke Percy uns entrissen worden war, solange wir noch hoffen durften, unsere geheimen Unterhandlungen und Nachforschungen würden uns von Nutzen sein? Gestehen wir es ein, die ganze traurige Begebenheit war äußerst scharfsinnig eingeleitet und in so viele Rätsel und Dunkelheit gehüllt, daß wir, von dem Geschick niedergedrückt, an unserer eigenen Aufrechterhaltung arbeitend, nicht einmal wußten, wen wir anklagen sollten, da Percy gegen den das Verbrechen selbst verübt war, nicht persönlich als Kläger auftreten konnte. Und dann, Sir, bedenken Sie, eine verzweifelnde Tochter, ein trauerndes, duldendes Weib war meine Gefährtin! Und endlich, wenn wir auch die Überzeugung hatten, Niemand anders als Percys eigene Familie sei des Verbrechens schuldig, wegen dessen wir klagen wollten, durften wir daran denken, gerichtlich gegen seinen Vater und Bruder aufzutreten, die, in Unschuld sich hüllend, eine Unwissenheit zur Schau trugen, die uns nichts zu hoffen übrig ließ und gegen welche öffentlich einzuschreiten Percy selbst stets die größte Abneigung gezeigt hatte? Inwieweit waren sie überhaupt, oder nur einer von Beiden, in unser neues Verhängnis verwickelt?«

»Ich begreife es, leider! ich begreife es – und dann?«

»Nun, wir blieben bei meinem Bruder, teils in London, teils auf seinem Landsitze, wie es die Jahreszeit mit sich brachte. Ellinor schrieb an alle Welt, in der Hoffnung, eine ihrer Nachrichten werde irgendwo und irgendwie Percy erreichen – da starb vor kurzer Zeit mein edler Bruder und wir befanden uns in einer neuen Verlegenheit. Denn kurz nach Übernahme meiner Baronie erfuhren wir, was wir bis dahin nicht gewußt hatten, daß in der Nähe –«

»Still, Vater, still! Das weiß Percys Freund –«

»Ich ahne es eher, als ich es weiß«, sagte ich. »Und haben Sie keine ferneren Nachstellungen zu überstehen gehabt?«

»Nicht, daß wir es gemerkt hätten. Aber England ist groß und Gott deckt oft einen schützenden Schleier über die Unschuld, die er erhalten und einem besseren Geschicke aufbewahren will, und so haben wir denn mit seiner Hilfe diesen Tag erreicht.«

»So ist es!« erwiderte ich und mir fiel ein, was ich Mortimer beim Trinkgelage zu seinen Freunden hatte sagen hören. »Erlauben Sie mir aber noch eine Frage. Warum gingen Sie später nicht nach Dunsdale-Castle, welches Ihr Eigentum war?«

»Ach, Sir! Der, der es mir zum Eigentum machte, wo war er? Durfte ich es ohne ihn als dasselbe betrachten und zu den Seinigen sagen: hier bin ich – ich bin eure Herrin, aber euer Herr selbst ist nicht da?«

»Das waren zarte Rücksichten, freilich! und doch gingen Sie endlich hin?«

»Ja, aber nur, um nach ihm zu forschen und ihm zu melden, daß wir unser Obdach bei meinem Oheim mit dem vertauscht hatten, wo Sie uns gestern gefunden haben.«

»Das war es, ich weiß genug!«

»Und was werden Sie nun zunächst tun?« fragte mich Sir Robert.

»Das will ich Ihnen sagen. Ich habe drei Briefe zu schreiben.«

»An Percy! an Percy!« rief Ellinor jubelnd.

»Nicht eine Zeile –«

»Mein Gott! Und ich auch nicht?«

»Doch, doch! Sie können an ihn schreiben, aber den Brief geben Sie mir, nur ich allein kann ihn überbringen.«

»Schön, schön! Dann erhält er ihn gewiß – ach! es ist der erste, den er empfängt – und an wen werden Sie schreiben?«

»Einmal an Phillipps, der Sie in einer anderen Gegend sucht. Ich muß ihn benachrichtigen, daß seine Mühe fernerhin vergebens ist, daß er komme, um Percy hierher zu begleiten. Zweitens an den Haushofmeister in Dunsdale-Castle und drittens an eine Person, die in Percys Nähe ist und durch die er erfahren soll, daß ich glücklich in meinem Unternehmen gewesen bin.«

»Sie schreiben also in der Tat nicht an ihn selbst?«

»Kein Wort; wie die Sachen jetzt liegen, ist es unmöglich.«

Das Erstaunen, welches dieses Rätsel über Vater und Tochter verbreitete, war grenzenlos, und doch vermochte ich nicht, ihnen den geheimnisvollen Schleier desselben zu lüften. Ich setzte mich noch an demselben Morgen an den Schreibtisch und schrieb jene drei Briefe.

In dem ersten benachrichtigte ich Phillipps oberflächlich und ohne einen Namen zu nennen von den glücklichen Ereignissen dieser Tage und beschied ihn augenblicklich nach St. James, um dort in Gemeinschaft mit mir des Viscounts von Dunsdale Flucht zu bewerkstelligen.

Im zweiten, an den Haushofmeister zu Dunsdale-Castle gerichteten Schreiben befahl ich im Namen des Viscount selbst, den besten Reisewagen mit sechs Pferden bespannt und außerdem sechs wohlberittene und bewaffnete Diener an einen zunächst St. James gelegenen Ort, den ich genau beschrieb, auf der Stelle zu senden, dort auf mich oder meine weiteren Befehle zu warten und sich jeden Augenblick zum Aufbruch bereit zu halten.

Den dritten Brief schrieb ich an den Direktor zu St. James, teilte ihm die Beendigung der Geschäfte und meine in zwei oder drei Tagen erfolgende Rückkehr mit.

Dies war natürlich nicht notwendig, aber ich hatte die Absicht, Percy solle durch diese Nachricht von meiner baldigen Ankunft und dem Gelingen unserer Pläne in Kenntnis gesetzt werden, und damit dies gewiß geschehe, fügte ich folgende Nachricht bei:

»Was Mr. Sidneys Pferd anbetrifft, so sagen Sie in meinem Namen dem Besitzer desselben meinen aufrichtigsten Dank, den ich ihm noch mündlich wiederholen werde, für die außerordentlichen Dienste, die mir dasselbe geleistet hat. Sie hätten die Wette verloren, die Sie gegen ihn bei meiner Abreise eingehen wollten, denn ich habe nie ein dauerhafteres Pferd gesehen. Es hat mich schneller zu meinem Ziele getragen, als ich erwarten konnte, und so gebührt auch ihm der Dank für die glücklichen Erfolge, die ich dadurch in allen meinen Angelegenheiten erlangt habe. Ich liefere es gesund und kräftig, wie ich es erhalten habe, dem Eigentümer zurück und hoffe, er werde den Dank genehmigen, wie sie die Achtung, mit der ich die Ehre habe usw., usw.«

Diese drei Briefe wurden sogleich abgesendet, und nun erst hatte ich vollkommen das beruhigende Gefühl, eine mit Sorge und Eifer begonnene Sache nach Wunsch beendet zu haben.

Gegen Mittag kam der Arzt aus C ..., die Patientin zu sehen, die durch einen anderen Doktor schneller geheilt worden war, als es ihm bei dem besten Willen würde möglich gewesen sein. Voller Verwunderung über den überaus raschen Erfolg seines Kollegen, aber auch voller aufrichtiger Freude, daß sein eigener Besuch überflüssig geworden, speiste er mit uns und begab sich dann nach Tische wieder nach Hause zurück.

Gleich darauf wurde Bravour, nachdem Ellinor und ihr Vater den zärtlichsten Abschied von ihm genommen, vollständig gesattelt und gezäumt von einem berittenen Diener Sir Roberts nach einem nur zwanzig Meilen von St. James gelegenen Ort geführt, mit der Weisung, mich daselbst zu erwarten. Denn teils um einige Stunden länger bei Sir Robert verweilen zu können, teils aber auch, um schneller und mit frischeren Kräften in St. James anzukommen, hatten wir beschlossen, daß ich bis zu jenem Orte mit Sir Roberts Wagen fahren und erst von dort aus meine Reise zu Pferde fortsetzen solle.

Bob blieb, so gern er auch mit mir gereist wäre, zurück; jedoch versprach er mir, sich jeden Tag mit Othello, der sich sehr bald wieder an ihn gewöhnt hatte, einige Stunden auf die Lauer zu begeben, um meinem Eintreffen mit dem Viscount von Dunsdale entgegenzusehen.

Den übrigen Teil des Tages wie auch den folgenden brachten wir mit Unterhaltungen zu, wie sie in unseren, seit kurzem erst begonnenen, aber schnell gediehenen Verhältnissen natürlich waren. Wir fühlten uns zweifach glücklich: das größte und längste Leiden siegreich überstanden zu haben und das dauerhafteste neue Glück vor uns liegen zu sehen. Ach, es ist so wohltuend, eine lange Trauerzeit, die in Freude und Zufriedenheit übergeht, in allen ihren Einzelheiten noch einmal vor die Erinnerung zu rufen! Wir durchleben dann das Geschehene noch einmal, aber in dem bestimmten Bewußtsein, daß es vorüber ist und nie wiederkehren werde; wir freuen uns selbst, daß wir Kraft genug hatten, das Schwerste zu ertragen, und haben endlich die beseligende Genugtuung, einzusehen, daß die allgütige Vorsehung uns nicht aus den Augen gelassen und mit lindernder Hand die Wunden heilen will, welche das verhängnisvolle Geschick mit prüfender Gewalt uns geschlagen hat.

Auf diese Art verstrich uns die Zeit schnell; denn wie sie dem Unglücklichen, der immer zu gewinnen hofft, langsam verschwindet, so verrinnt sie dem Glücklichen, der nur zu verlieren fürchten kann, allzu rasch, und der Augenblick war nicht mehr fern, wo ich das friedliche Haus und das gesegnete Tal verlassen und neuen Ereignissen entgegengehen sollte. Je näher dieser Augenblick kam, umso ernster wurde Sir Robert gestimmt, umso einsilbiger wurde unser Gespräch, und über Ellinors blühend schönes Antlitz legte sich wieder ein Schatten, der mir die Gewißheit gab, daß noch nicht aller Friede, noch nicht alle Ruhe in diese schöne Seele zurückgekehrt seien.

Endlich, am Morgen des dritten Tages, fuhr der mit vier tanzenden Schimmeln bespannte Reisewagen Sir Roberts vor die Tür, und ich selbst stand reisefertig vor meinem Wirte und seiner Tochter, um einen Abschied zu nehmen, der uns Allen gleich schwer zu werden schien.

»Lassen Sie mich kurz sein!« sagte ich zu Beiden, »ich kam, um Sie zu erheitern und zu beruhigen, und ich gehe, um Ihr Glück vollständig zu machen.«

»Und Gott wird Sie geleiten!« fügte Sir Robert hinzu. »Sie haben Ihre Reise zu uns mit größerer Besorgnis und geringerer Hoffnung angetreten als diese; jetzt gehen Sie einem gewissen Ziele entgegen und die Vollendung Ihrer edlen Aufgabe wird die allmächtige Hand auf sich nehmen, die über uns allen schwebt.«

»Ach, mein teurer Freund!« sagte Ellinor, und sie bemühte sich nicht, den sanften Tränen Einhalt zu tun, die einen nur umso milderen Schimmer über ihr seelenvolles Antlitz warfen, »es ist so kurze Zeit, daß wir Sie kennen, und dennoch haben Sie uns soviel Gutes zugefügt! Ich sollte Sie wohl mit Freuden von uns lassen, und dennoch liegt es schwer auf meinem Herzen, da Sie gehen wollen. Wenn ich nicht bedächte, daß die Morgenröte, die Sie uns brachten, dem Anbruch des Tages vorhergeht, den Sie uns jetzt heranführen wollen, so würde ich sogar Schmerz empfinden, von Ihnen scheiden zu müssen – ja! gehen Sie denn mit Gott und kommen Sie mit ihm wieder!«

»Mit Gott und mit ihm!« wiederholte ich und reichte Sir Robert die Hand, die er einen Augenblick schüttelte, dann aber seine Arme öffnete und mich an sein Herz schloß.

»Leben Sie wohl, Mylady!« sagte ich zu dieser und neigte mich auf ihre schöne Hand, »leben Sie wohl! Wenige Tage nur, und Sie werden keinen traurigen Abschied mehr zu bestehen haben, die Sonne wird hell und klar auf Ihrem Gesichte lächeln und Sie werden gleichfalls mit Lächeln dieser Sonne in das Auge sehen – leben Sie wohl!«

Sie geleiteten mich vor die Tür, wo ich die ganze Dienerschaft fand; denn die guten Leute wußten alle, daß ich zu erfreuen gekommen war und daß ich zu beglücken wieder ging. Noch einen Händedruck, noch einen freundlichen Blick mit auf die Reise – ich stieg ein und die unruhigen Pferde stoben davon, den Hügel hinauf und wieder hinab, und es dauerte keine halbe Stunde, so lag das friedliche Tal mit seinen ebenso friedlichen Bewohnern schon wieder hinter mir.

Ich fuhr ohne Aufenthalt bis Nachmittags drei Uhr, dann machte ich Halt, ruhte einige Stunden, und um sechs Uhr befand ich mich wieder unterwegs. Da der Weg uns günstig war, denn wir fuhren auf der geraden Landstraße, so kamen wir schnell vorwärts. Nachts elf Uhr gelangten wir in unser Nachtquartier und blieben bis Morgens zehn Uhr. Abermals ging es in raschem Tempo vorwärts und es war erst sieben Uhr Abends, als wir die Station erreichten, wo der vorausgeschickte Diener mit Bravour meiner harrte.

Obgleich ich mich sehnte, das Ziel meiner Reise bald zu erreichen, so war es doch unnütz, noch diesen Abend aufzubrechen, denn ich hätte erst mitten in der Nacht nach St. James gelangen können. Darum blieb ich bis zum anderen Morgen sieben Uhr.

Ich schrieb einige Zeilen an Sir Robert Graham und sandte seinen Wagen und seine Pferde mit dem herzlichsten Dank zurück. Dann bestieg ich mein Pferd, das lustig wieherte, als es mich wieder auf seinem Rücken fühlte, und nun flog ich im leichten Trabe dem nächsten Ende meiner Reisen zu.

Ich befand mich auf wohlbekannter Straße, aber die Empfindungen, die über mich kamen, als St. James mir immer näher rückte, waren mir bisher unbekannt geblieben. Länger als vier Wochen war ich unterwegs gewesen, mit Hoffnung zwar, aber mit einer umflorten Hoffnung; wie bei bedecktem Himmel war ich ausgezogen, im Bewußtsein, jene Hoffnungen erfüllt zu sehen, kehrte ich im hellen Sonnenschein zurück – und es war Mittag ein Uhr, als ich auf dem schon erwähnten Gipfel des Berges hielt und das große und mir ewig denkwürdige Gebäude von St. James wieder vor mir liegen sah.

Mir klopfte das Herz vor Erwartung, ihn zu sehen, um dessenwillen ich gegangen und nun wieder gekommen war – ob er eine Ahnung von meiner Rückkehr hatte? Ob er mich erwartete? Ich blickte lange hin. Ich hatte mit ihm verabredet, auf dem Gipfel des Berges, bei der Krümmung der Straße, die man von St. James aus mit den Augen erreichen konnte, zu halten und zum Zeichen meiner glücklichen Rückkehr ein weißes Tuch wehen zu lassen.

Ich hob meinen Arm empor und schwenkte das Tuch freudig in der Luft – aber Niemand erwiderte meinen Gruß, ja, Niemand vielleicht bemerkte ihn.

Ach! wir glauben, wenn wir nach langer Abwesenheit an einen uns teuren Ort zurückkehren, alle uns umgebenden Gegenstände müßten unsere Freuden und Gefühle teilen, und wie oft glauben wir dies vergebens! Die Gegenstände um uns sind, wie sie alle Tage sind, kalt und gleichgültig; sie empfinden nichts, sie fühlen nichts – nur in unserem ewig bewegten Herzen wog diese Empfindung und lebt dieses Gefühl, und durch das trübe und klare Glas unserer Stimmung sehen wir die Umgebung, die Menschen, die Welt. Alles weint, wenn wir weinen, Alles lacht, wenn wir lachen, und somit liegt in unserer eigenen Brust das Urteil, welches diese Welt, diese Menschen, rückwärts wirkend, über uns fällen, denn wir legen es ihr in den Mund durch unser eigenes Selbst.

Ich ritt über die kleinen Zugbrücken, an den Wärterhäusern vorbei, deren Bewohner mich freundlich willkommen hießen, denn sie kannten mich sehr gut; und so gelangte ich in den Park. Er war wenig besucht, denn es war die Stunde des Mittagessens. Ich näherte mich langsam den Stallgebäuden, die seitwärts lagen, und hier war es, wo ich einen der Knechte, der mir mein

Pferd abnahm, fragte, ob Alles wohl sei? Das gutmütige Wort: Alles, das so Vielerlei bedeutet, wo man nur ein Einziges im Sinne hat, mußte auch hier wieder herhalten.

»Alles, Alles, Sir!« antwortete er. »Ah, da ist Bravour wieder nun, er sieht ganz niedlich rund aus.«

»Was macht sein Herr?«

»Mr. Sidney? Heute habe ich ihn noch nicht gesehen, gestern aber war er noch ganz munter!«

»Heute habe ich ihn noch nicht gesehen, gestern aber war er noch ganz munter!« wiederholte ich mir im Stillen und fühlte dabei eine kleine Beklemmung über Percys Gesundheitszustand. Wir sind argwöhnisch in Bezug auf das Wohl unserer Lieben, wenn man mit uns von gestern spricht, während wir nur das Heute vor Augen haben.

Von einem mir entgegenkommenden Diener erfuhr ich, daß der Direktor, zu dem ich mich anstandshalber sogleich begeben wollte, mit den übrigen Herren im Konferenzzimmer sei, und ich verfügte mich sogleich dahin.

Ich fand fast alle Beamten, den Prediger nicht ausgenommen, um den großen grünen Tisch versammelt und ward in der Tat höchst freundschaftlich bewillkommnet. Ermüdet und betäubt, wie ich war, setzte ich mich zu ihnen und beantwortete, so gut ich konnte, den ganzen Schwall von Fragen, der sich über mich ergoß. Nur der Oberarzt schien ausnahmsweise etwas still und zurückhaltend zu sein und es war mir, als beobachtete er mich bisweilen mit einem eigenen, erwartungsvollen Blick von der Seite.

»Sie haben doch meinen Brief erhalten?« fragte ich den Direktor, als mir vom Antworten so viel Zeit blieb, um auch eine Frage zu stellen.

»Sicher! Schon vorgestern, er kam ja mit der Post, und ich habe auch Mr. Sidney sogleich Ihren Dank abgestattet.«

Das war es, was ich wissen wollte, und ich verbeugte mich beifällig vor ihm.

»Er ist heute etwas unwohl, wie ich höre«, fuhr er fort, »und hütet sein Zimmer. Sie werden ihn gewiß erfreuen, wenn Sie nachher die Güte hätten, ihm Ihre Rückkehr durch Ihren persönlichen Besuch anzuzeigen.«

»Das ist noch besser!« dachte ich, und so ruhig, wie ich es nur sein konnte, erwiderte ich:

»Ich werde von Ihrer gütigen Erlaubnis Gebrauch machen – er ist aber doch nicht ernstlich krank?«

»Nichts, nichts Bedeutendes!« sagte der Oberarzt etwas hastig, indem er mit der Achsel zückte, »ein kleiner Katarrh, weiter nichts!«

Seine Miene schien mir aber ausnahmsweise viel Bedeutung auf das nichts Bedeutende der Krankheit Mr. Sidneys legen zu wollen.

»Sie kommen uns übrigens gerade erwünscht«, fuhr Mr. Elliotson fort, »wir beraten eben über die Aufführung unseres König Lear, die nächsten Freitag stattfinden soll. Es wird ein großer Festtag werden.«

»Das ist mir sehr lieb, mein lieber Mr. Elliotson! Am Freitag also?« fragte ich, und im Stillen rechnete ich schon, wieviel Zeit uns bis dahin bliebe, Vorbereitungen zu Percys Flucht zu treffen. Wir hatten Montag, mithin blieb uns vier und ein halber Tag, wenn Phillipps zu rechter Zeit eintraf.

»Freitag, Freitag und immer wieder ein Freitag!« rief Mr. Derby, der Unterarzt. »Es sollte lieber ein anderer Tag gewählt werden, Gentlemen, wir haben mit unseren Freitagen kein Glück – wissen Sie noch, Mr. Elliotson, daß alles Unglück im vorigen Jahre –«

»Ach, Sie sind ein Fatalist!« unterbrach ihn der Direktor lächelnd. »Aber meinetwegen kann es auch am Sonntag stattfinden!«

»Meine Herren!« rief der Prediger und hob salbungsvoll einen Finger in die Höhe, »der Sonntag ist mein Tag!«

»Ja so!« erwiderte schalkhaft der Unterarzt, »da führen Sie Ihre Komödie auf. Ich hatte gedacht, der Sonntag wäre Gottes Tag, und es wundert mich, daß auch Mr. Bromfield darauf Anspruch macht!«

Man lachte und sah den Prediger an, der seinerseits den Spaß ganz gut zu finden schien, denn er lachte mit und schlug in die Hand ein, die ihm Mr. Derby hinreichte. Beide kannten sich hinreichend, und man war es gewohnt, ähnliche Neckereien zwischen ihnen zu hören, die auch stets so friedlich endeten wie diesmal.

Man sprach noch einiges hin und her über das Fest, und es blieb bei dem Freitag, worauf die Sitzung ein Ende hatte, da die Glocke zum Mittagessen bereits läutete.

»Wenn Sie nicht zu ermüdet sind«, sagte der Direktor zu mir, »so speisen Sie bei mir; meine Frau wird Ihnen einige Fragen über London vorzulegen haben.«

»Die ich wahrscheinlich ex tempore werde beantworten müssen!« dachte ich, nahm aber dankend das freundliche Anerbieten an.

Wir waren schon aufgestanden und im Begriff auseinanderzugehen, als mich der Oberarzt beim Arm ergriff und leise sagte:

»Sie kleiden sich doch wahrscheinlich um, ehe Sie zu Tische gehen! Wenn Sie erlauben, so begleite ich Sie auf Ihr Zimmer.«

»Es wird mir ein Vergnügen sein, Mr. Lorenzen!«

»So kommen Sie denn!«

Und wir begaben uns in mein Zimmer, wo ich Alles fand, wie ich es verlassen hatte. Ich kleidete mich sogleich um, rasierte und wusch mich, wobei ich den Vorteil hatte, Mr. Lorenzen nicht immer ins Gesicht sehen zu müssen, der nicht ganz ohne Verlegenheit zu sein schien, denn ich ahnte schon, was er auf dem Herzen und worüber er mit mir zu sprechen hatte.

»Was ich Sie fragen wollte«, begann er endlich, »sind Sie so gütig gewesen, meinen Brief an Sir John … zu übergeben?«

»Gewiß! und ich habe auch eine Antwort für Sie!«

»O, warum gaben Sie mir die nicht sogleich?«

»Einfach darum, weil ich notwendig dazu mit Ihnen allein sein mußte, denn ich habe nichts Schriftliches –«

»Nichts Schriftliches?« rief Mr. Lorenzen verwundert und konnte eine leichte Röte nicht unterdrücken, die über seine Stirn und seine gewöhnlich blassen Wangen lief. »Also Sir John hat Ihnen meine Bedenklichkeiten hinsichtlich Mr. Sidneys mitgeteilt?«

»Das hat er!« sagte ich und sah im Spiegel, vor dem ich mich eben rasiert hatte, das ziemlich verlegene Gesicht des guten Oberarztes. »Sir John hat kein Geheimnis darüber vor mir gehabt, er hat mich sogar um meine Meinung gefragt –«

»Um Ihre Meinung? Doch das ist ganz natürlich, da Sie ihn auch gesehen haben –«

Hier schien es Mr. Lorenzen zum ersten Male einzufallen, daß er dieselbe niemals von mir zu hören verlangt habe.

»Die natürlich nur eine oberflächliche und unvorgreifliche sein konnte«, erwiderte ich, »denn Sie sahen ihn vier Jahre und ich nur sechs Wochen!«

»Und darf ich vielleicht wissen, welche Meinung Sie gegen Sir John ausgesprochen haben?«

»Dieselbe, die ich vom ersten Augenblick an hatte.«

»Wie, Sir – es sollte mir leid tun, wenn mein langes Schweigen über einen so wichtigen und interessanten Gegenstand in der Wissenschaft –«

»Auf Sie selbst zurückgefallen wäre – wollen Sie sagen.«

»Ganz und gar nicht, Sir! Doch wie Sie wollen – sprechen Sie sich vollständig aus, ich werde auf Alles mit meiner wahrhaftigen Überzeugung antworten – also die Meinung Sir Johns?«

»Hm! Ja! Er trug mir auf, Ihnen anzuzeigen, daß sie in spätestens vierzehn Tagen die bestimmte – merken Sie wohl – die bestimmte Überzeugung von Mr. Sidneys Gesundheitszustand in Händen haben würden.«

»In vierzehn Tagen? Die bestimmte Überzeugung in Händen haben?« wiederholte Mr. Lorenzen und wurde noch weit verlegener, als er vorher gewesen war. »Das verstehe ich nicht recht; kennt er ihn etwa?«

»Er muß doch wohl!« entgegnete ich und band mir die Schleife meines Halstuches fest.

»Hm! hm! Erlauben Sie, Sir, daß ich Ihnen jetzt auch meine Meinung über Mr. Sidney aus-spreche, da Ihnen Sir John wahrscheinlich die seinige mitgeteilt hat. Sehen Sie, ich begreife den Menschen jetzt gar nicht, wie er sich so plötzlich hat verändern können. Namentlich seitdem Sie fort sind, hat er sich so ruhig, besonnen und gleichmäßig betragen, daß ich mich über ihn verwundern mußte.«

»Und konnten Sie es anders erwarten?« warf ich ihm ein, indem ich mir, um meine Bewegung zu verbergen, ein Glas Wasser eingoß.

»Wie? Wie erwarten, Sir? Ich verstehe Sie nicht!«

»Nun, nach so vielen Anstrengungen von Ihrer Seite, ihn auf den rechten Weg zu bringen –«

»Ach so, ach so! Sie sind sehr gütig! Doch das hilft nicht immer. Aber hören Sie weiter. Dieses vernünftige Betragen im Allgemeinen war es auch nicht allein. Sie kennen seine Wider-spenstigkeit, seine Hartnäckigkeit, sein Beharren auf seinen Ideen, wenn er auf dem Konver-sationsstuhle sitzt –«

»Ich habe wenigstens davon gehört –«

»Nun ja, und seinen Wetteifer, seine sogenannten logischen, aber immer für ihn ungebühr-lichen Herausforderungen gegen uns – nichts mehr davon ist zu merken – er hörte Alles ruhig an und antwortete zuletzt: ich sehe es ein, Sie mögen Ihrerseits ganz Recht haben!«

Ich mußte wider meinen Willen lächeln, und antwortete:

»Er hat vielleicht gar nicht auf die Ermahnungen, die ihm eingetrichtert wurden, gehört.«

»Eingetrichtert? Sie brauchen ein sonderbares Wort – nun, meinetwegen! Und was das merk-würdigste dabei ist, mit dieser Ruhe, diesem gleichmäßigen besonnenen Betragen ist ein so fei-nes, vornehmes Wesen über ihn gekommen, daß er in meinen Augen ein durchaus veränderter Mensch ist.«

»Wie, lieber Doktor, wäre ihnen dieses feine Wesen jemals entgangen?« fragte ich und konnte nicht unterlassen, ihm aufrichtig, aber etwas scharf in die Augen zu sehen. »Es sollte mir leid tun, wenn Sie in einem Irrenkranken, wie Mr. Sidney einer ist, nicht auch einen gebildeten, so-gar einen hochgebildeten Geist und einen festen, fast erhabenen Charakter gewahren könnten.«

»Sie haben Recht, Sir, ich gebe es zu, es war immer so etwas an ihm – aber wer ist er denn? Ein simpler Mister, der Sohn eines reichen Mannes, vielleicht eines Kaufmannes, etwas ver-zogen und von frühester Jugend an die Gesellschaft und ihren Luxus gewöhnt – wir sind aber hier in St. James!«

»O, über die Kurzsichtigkeit!« dachte ich.

»Wenn das so fortgeht, so halte ich ihn für geheilt!«

Hier sah mir der gute Mann treuherzig in die Augen, und ich freute mich in seiner Seele über diesen seinen Ausspruch, obgleich ich bedauerte, daß es so vieler Zeit bedurft hatte, ihn hervorzubringen, und ich mich unwillkürlich an die Gewohnheit eines in meiner Vaterstadt bekannten Homöopathen erinnerte, der alle Welt für krank erklärte, nachdem er aber seine Besuche gemacht, seine Kügelchen gegeben, seine Diät verordnet und seinen Gang bezahlt bekommen hatte, beweisen wollte, seine Patienten seien vollkommen gesund und durch ihn allein hergestellt worden. Doch wollte ich mit dieser Erinnerung dem guten Oberarzte nicht zu nahe treten, er war gewiß in seinem Herzen von dem Vorhandensein einer früheren Krank-heit Mr. Sidneys und seiner jetzt erst erfolgten Herstellung überzeugt, und es freute mich sehr, daß seine eigene Anschauung endlich das Dunkel, welches auf Percy lag, durchdrungen und das einem Unbefangenen so hell scheinende Licht seines gesunden Verstandes wahrgenommen hatte. Sogleich hielt ich seinen Ausspruch fest und fragte:

»Da entlassen Sie ihn ja wohl bald?«

»Entschuldigung, Sir! Sie wissen, daß mich das nichts angeht, daß die Entlassung vielmehr Sache der Direktion ist. Und soviel mir bekannt, steht in den Instruktionen, die über Mr. Sid-ney von seinen Verwandten eingelaufen sind, daß er nicht eher entlassen werden soll, als bis nach ganz vollendeter und einzig durch die Zeit geprüfter Heilung, und daß dann erst die Be-stimmung seiner Verwandten, die wahrscheinlich durch ihn viel gelitten haben, einzuholen sei, was man mit ihm beginnen und wohin man ihn senden solle.«

»Hm! Also ist gar keine Aussicht vorhanden, daß Mr. Sidney bald entlassen werde?«

»Keine, vorerst gewiß gar keine.«

»Gehen wir denn zum Essen!« sagte ich und nahm meinen Hut.

»Sie wollten mich noch Ihre eigene Meinung über Mr. Sidney wissen lassen.«

»Nun, mit kurzen Worten gesagt, hege ich von Mr. Sidney Ihre Meinung, das heißt Ihre jetzige, und habe sie vom ersten Augenblicke an, wo ich, in den Garten tretend, zufällig Mr. Sidney zu Gesichte bekam, nicht anders gehegt.«

»Ah! bah!«

Ich tat, als merkte ich nicht im Geringsten das Erstaunen, welches sich handgreiflich in allen Zügen Mr. Lorenzens aussprach, und fuhr fort:

»Ein Längeres und Breiteres aber, mein lieber Doktor, werde ich Ihnen in derselben Nachricht mitteilen, die Sie, wie ich schon vorher gesagt habe, in spätestens vierzehn Tagen erhalten werden.«

»Aha, so wollen Sie also bald wieder von hier fort?«

»Ja, ich beabsichtige, Freitag Morgen zu reisen, da ich zum Sonnabend meine Ankunft an einem anderen Orte schon angesagt habe. Weil ich aber gern Ihrem Feste beiwohnen möchte, so bin ich genötigt, noch Freitag Nacht – so denke ich – meine Reise anzutreten, sobald König Lear gestorben sein wird.«

Und den Arm des Arztes nehmend, den er mir etwas verdutzt überließ, ging ich mit ihm über den Korridor, empfahl mich ihm und trat in das Zimmer des Direktors, dessen Familie mich ebenfalls herzlich willkommen hieß.

So kurz eine Stunde sonst ist, wenn man sie in freundlich teilnehmender Gesellschaft und an wohlbesetzter Tafel verbringt, so wurde mir diese eine Stunde jetzt doch unendlich lang und zuletzt peinlich. Indessen da ich den eigentlichen Grund meiner Unruhe nicht merken lassen durfte, so schützte ich, was mir natürlich auch geglaubt wurde, Ermüdung vor und sah mich dadurch früher beurlaubt, als es sonst geschehen wäre. Aber vorher hatte ich nicht unterlassen, meiner durch die Verhältnisse beschleunigten Abreise zu gedenken, nur hatte ich dem Direktor versprechen müssen, was denn auch ganz mit meiner Absicht übereinstimmte, den festlichen Freitag in St. James zu verleben.

Jetzt endlich war ich frei und konnte mich zu Percy begeben, zu dem alle meine Wünsche strebten; kaum konnte ich den Zeitpunkt erwarten, nur die Tür seines Zimmers zu sehen; ich flog die Treppen hinauf, ich stand vor der Tür und war so atemlos, daß ich einige Minuten zögern mußte, bis ich wenigstens meiner Sprache wieder mächtig war. Leise öffnete ich die Tür – da stand er vor mir: seine hohe, edle Gestalt gerade aufgerichtet – und welches Gesicht sah ich wieder! O, diese schönen, geistreichen und offenen Züge, sie waren alle dieselben, wie ich sie früher so oft mit Wohlgefallen betrachtet hatte, aber der geistige Reiz, der sie heute belebte, der freudige Glanz und die strahlende Erwartung, die mir von ihnen entgegenblitzte – alles das war mir neu, das hatte ich noch nicht an ihm gesehen, und ich stand eine Weile vor ihm, keines Wortes, nur der Bewunderung und innigsten Freude fähig.

Wie ein leuchtender Blitz fuhr ein Freudenstrahl über sein Gesicht, als er mich erblickte; er streckte seinen Arm hastig nach mir aus und sagte nur:

»Sie sind da – und ich weiß es, ich fühle es, was ich von Ihnen zu erwarten habe!«

»Und Sie sind nicht krank?« fragte ich schnell und besorgt.

»O, vergessen Sie die unwürdige List, aber wie konnte ich sonst zu der Freiheit gelangen, mit Ihnen nach Herzenslust verkehren zu können?«

»Aha!« sagte ich. Mehr vermochte ich nicht hervorzubringen, denn er hatte mich mit seinem starken Arme umfaßt und drückte mich innig und lange an seine Brust.

»Und was nun, Freund meiner Seele?« fragte er.

»So, Percy, so wie eben jetzt an Ihrem Herzen, habe ich an dem Ihres Vaters gelegen und an Sir Robert Grahams Herzen –«

»Ha!« jauchzte er auf. »Und Ellinor?« während eine dunkle Purpurröte über seine bleichen Wangen sich ergoß.

»Und Ellinor? – Hier spricht sie selbst!«

Damit ließ ich ihren Brief in seine Hände fallen, die schon geöffnet dem teuren Kleinod entgegeneilten und es nun mit dem sanftesten Drucke umschlungen hielten.

Wenn die Brust eines Menschen vor Freude zerspringen könnte, Percys Brust wäre gewiß zersprungen, während er die ihm von mir überbrachten Zeilen las. Er lachte, er weinte, er jauchzte, er klagte und küßte jede Zeile, jeden Ort, wo ihre teure Hand geruht und barg endlich den Brief, nachdem er ihn wenigstens dreimal gelesen, auf seiner Brust. Dann aber, keines Wortes mächtig, schritt er mit großen Schritten durch das Zimmer, hob die Hände empor und stammelte endlich:

»Dank, Dank dir, Vater da oben! Du hast meine Gebete erhört!«

Und wiederum zu mir tretend, umfaßte er mich abermals.

»Freund meiner Seele!« flüsterte er mehr als er sprach, »der Sie mir den Himmel auf Erden geöffnet haben – wie, wo, womit, durch welchen Zufall haben Sie sie gefunden?«

»So und so!« sagte ich und erzählte bald dies, bald das, wie es mir gerade vorschwebte und wie es uns gewöhnlich ergeht, wenn unser Herz zu voll ist und die Gefühle überströmten, und die Lippe, die Pforte des Herzens, nicht groß genug ist, alle Seligkeit auf einmal herauszulassen, und ich sprang von Ellinor auf Lord Seymour, von diesem auf Sir Robert Graham über, bis ich endlich, ruhiger geworden, soviel Fassung gewann, mich mit Percy zu setzen, der, seinen Arm auf meine Schulter stützend, neben mir saß und berauscht von Glück, wonnetrunken mir die Worte vom Munde ablas.

Ohne irgendeine Unterbrechung von seiner Seite, als vielleicht einen Ausruf der Verwunderung, des Beifalls oder des Zweifels hier und da ausgenommen, war ich endlich, da ich nur das Wichtigste und Notwendigste heraushob, mit meinem Berichte fertig. Ich blickte auf Percy hin, der sich in die Ecke des Sofas gelehnt hatte, die Blicke starr nach oben gerichtet. Seine Brust hob sich – tausend freudige und qualvolle Empfindungen mochten sein starkes Herz durchwühlen – er schien in der Vergangenheit umherzuschweifen und suchte vielleicht auch die Dunkelheit der Zukunft zu ergründen.

Doch endlich schien das auf- und niederjagende Gewölk seines irrenden Geistes auf einen Punkt sich zusammenzuziehen; es zuckte, wie wenn ein Blitzstrahl aus den Wolken bricht, ein düsteres Leuchten über sein Antlitz, und wie aus der tiefsten Tiefe seiner Brust drang das eine Wort hervor:

»Mein Vater!«

Allmählich erst hob sich seine Stimme wieder, seine Rede wurde verständlicher, seine Mienen, die in krampfhafter Bewegung gewesen waren, beruhigten sich.

»Mein Vater!« fuhr er fort. »Also Furcht war es – und vor deinem Sohne! Ein Vater fürchtet den einen Sohn und flucht deshalb dem anderen! Kann es dahin kommen? Darf man's glauben? – Und die Strafe? – Ach, Ellinor!« Und seine Stimme wurde plötzlich weich, ein tiefer Seufzer erleichterte seine volle Brust. »Ellinor! Nein! ja! – Versöhnerin! Du Mittlerin zwischen meinem bösen Verhängnis und meinem eisernen Willen! Du willst es nicht, du willst es nicht – du beschwörst mich in deinem Briefe, zu vergessen – Ach! und das Testament verbrannt! – Und er soll nichts haben – arm sein, ganz arm, der sich schon so reich dünkte – nein, nein! Das soll er nicht – ich habe ja entsagt!«

»Was!« rief ich wider meinen Willen laut aus, »Sie wollen der Erbschaft entsagen?«

»Der Erbschaft gewiß, mein Freund, wenn auch nicht dem Namen, denn den darf ich nicht verschenken – mag er das Übrige nehmen, die Schlösser, die Ländereien, das schnöde Geld und Gut, mag er sich damit berauschen, mag er es mit seinen Gesellen vergeuden, in alle Weltgegenden zerstreuen – ich will es nicht, bei Gott! ich will es nicht!«

»Gott, Gott!« dachte ich, »welche Wunderwerke hast du in eine menschliche Brust niedergelegt! Einen Berg, einen ungeheuren Berg von Schmerz hast du auf dieses Herz gewälzt, und das Gefühl der Rache, das wollüstige Gefühl der Rache und der brennende Wunsch, sie zu kühlen, ist ebenso groß wie dieser Berg von Schmerz – und ein Gedanke an seine Liebe, ein einziger augenblicklicher Gedanke von dieser Liebe auf jenen Berg gerollt, und er fällt in sich selbst zusammen. Die Lust der Rache schmilzt, wie der weiche Schnee vor der gewaltigen Sonnenglut zerschmilzt! Ja, so ist der Mensch! Ein Titan in seiner Leidenschaft, wenn sie geweckt ist – ein Lamm in seiner Liebe, wenn sie die wirkliche, echte, wahre Liebe ist!«

»Und Sie haben nichts mit den Gerichten zu tun gehabt? Sie haben keinen Menschen in das unglückselige Geheimnis eingeweiht?«

»Keinen Schritt habe ich dazu getan!«

»So segne Sie Gott! Diese Gerichte, diese gerecht sprechenden Gerichte, Glocken mit Herzen von Metall und mit posaunenden Zungen, die die Ehre haufenweis fressen, wo sie die Gerechtigkeit pfennigweise von sich geben, mit ihren nimmersatten Bäuchen, in denen sie Hab und Gut der Armen, der Gerechtigkeit zu Liebe, verschlingen – wie hasse, wie verachte ich sie! Nein! Über meine Sache soll kein Gericht sitzen – Gott oder ich allein soll Richter sein zwischen ihm und mir, und lieber will ich mein Brot vor den Türen betteln gehen, als ihrer Gunst einen kurzen Glückstraum verdanken, nachdem sie meinen guten Namen und meine unangetastete Ehre verschlungen haben! Mortimer! Mortimer! danke du deinem Schöpfer, daß ich Ellinor gefunden – sie ist dein guter Engel geworden – denn hättest du ihr ein Haar gekrümmt, bei Gott! ich hätte vergessen, daß deine Mutter auch meine Mutter war – du wärest verloren gewesen!

»Er will mich also nicht auslösen!« fuhr er langsamer fort. »Er fürchtet sich vor Mortimer! Wieder Furcht vor Mortimer! O, dieser Mortimer, ist er denn wirklich so furchtbar – ich möchte ihn wohl in seinem Glanze sehen – ha! ihn sehen, und mit einem Blicke wollte ich diesen furchtbaren Mortimer zermalmen, der es gewagt hat, seinen alten gebeugten Vater vor Furcht zittern zu machen. Gut! nun soll er mich nicht lösen, ich werde mich selbst lösen, ich werde mich befreien! – Und Sie gehen mit mir?« fragte er plötzlich mit so weicher und besänftigender Stimme, daß ich ihn verwundert ansah, denn ich glaubte, ein anderer Mensch spräche aus ihm, »Sie gehen mit mir? Nicht wahr, und jeden Augenblick?«

»Sobald Sie wollen – doch ich denke, am Freitag wird es am besten gehen!«

»So denke ich auch. Chappert ist gewonnen, er hilft uns bei der Flucht und folgt mir nach. Phillipps wird kommen, und wie ich höre, haben Sie alles Übrige in Bereitschaft gesetzt?«

»Es ist Alles fertig, wir brauchen nur zu wollen!«

Hier unterbrach uns der Oberarzt, der sich nach Mr. Sidneys Befinden zu erkundigen gekommen war.

»Es geht mir leidlich!« erwiderte der Gefragte mit einer so wunderbaren Fassung und Geistesruhe, daß kein Mensch ihm hätte anmerken können, er habe noch vor wenigen Augenblicken wie ein Vulkan Blitze und Flammen ausgespieen.

»Das freut mich!« sagte der Oberarzt und warf mir einen triumphierenden Blick zu. »Trinken Sie Ihre Medizin weiter und bleiben Sie auf Ihrem Zimmer.«

»Ach, aber die Langeweile, Doktor –«

»Nun, ich komme ab und zu, und hier, unser Freund, kommt noch öfter, er hat ja nichts zu versäumen.«

»Das ist etwas, dürfen wir eine Partie Billard machen?« »Gewiß, und das sogleich, wenn ich mit dabei sein darf.« »So gehen wir!«

Und wir gingen; denn Percy wußte, daß dies die beste Art und Weise war, Mr. Lorenzen fortzubringen, der leidenschaftlich dem Billardspiel ergeben war.

Kapitel 24

Daß ich von der Erlaubnis des Direktors und des Oberarztes, Mr. Sidney häufiger und länger besuchen zu können, hinlänglich Gebrauch machte und auch von dem geringeren Mißtrauen, welches man jetzt in den seiner vollkommenen Gesundheit entgegenschreitenden Patienten setzte, Vorteil zog, um ungestört mit ihm zu verkehren, brauche ich wohl nicht besonders zu erwähnen.

Schon am nächsten Tage war der Viscount von Dunsdale mit allen Ereignissen meiner Reise und deren Erfolgen ebenso vertraut wie ich. Ich hatte ihm nichts verschwiegen, selbst nicht den Grund des ehemaligen Hasses seines Vaters gegen ihn, so schwer und niederbeugend diese Entdeckung auch für ihn sein mochte. Aber es schien mir auf alle Fälle geratener, ihn die Wahrheit einsehen als glauben zu lassen, seines Vaters Abneigung gegen ihn sei mehr ein persönlicher Haß, als ein in seinen früheren Verhältnissen begründeter Unglücksfall, da dieser Umstand Percy seinen Vater mehr bedauern und ihn als ein Opfer seiner eigenen Leidenschaften betrachten ließ, als daß er ihn mit Abscheu und persönlichem Widerwillen erfüllt hätte.

Ebensowenig verschwieg ich ihm die freilich fruchtlosen Nachstellungen Mortimers und seine gegen Ellinor ausgesprochenen Drohungen; denn wer konnte in die Zukunft sehen und für Mortimers geläuterten Sinn bürgen, wenn Percy, nichts Böses argwöhnend, seinem guten, edlen Herzen freien Lauf ließ. Nein, es mußte mir daran liegen, Percy zu bewegen, auf seiner Hut zu sein, um Ellinor sowohl wie sich selbst gegen jedes fernere Mißgeschick sicherzustellen.

Freilich durfte ich mir nicht verhehlen, daß durch all diese traurigen Enthüllungen viele Bitterkeit in den süßen Becher seines Glückes gemischt wurde, indes, wer konnte es ändern! Die Verhältnisse und meine wahrhafte Freundschaft für ihn geboten mir Aufrichtigkeit und Offenheit, und dann war ja Percy der Mann dazu, auch diese letzten Schicksalsschläge würdig zu ertragen und ihnen männlich entgegenzutreten, zumal die unverhofft glückliche Wendung seines Geschickes, besonders die Auffindung Ellinors, seinem Geiste den höchsten Schwung und seinem Herzen die vollkommenste Freudigkeit wiedergegeben hatte. Nun wußte er Alles, nichts war ihm mehr verborgen und er konnte die geeignetsten Maßregeln für die Zukunft ergreifen.

Zunächst war denn alle unsere Aufmerksamkeit und unser ganzes Bestreben auf die Möglichkeit einer Flucht gerichtet, denn ich hatte ebenfalls nicht unterlassen, Percy mitzuteilen, wie sich das Urteil des Oberarztes über ihn zwar geändert habe, aber dadurch seine Entlassung aus St. James noch nicht nähergerückt sei, und so hatten wir denn, wie schon gesagt, die Nacht vom Freitag zu Sonnabend zu diesem Wagnis festgesetzt, vorausgesetzt, daß Phillipps bis dahin eintraf und der Haushofmeister von Dunsdale meinen Anordnungen nachgekommen war. Von diesem letzteren Umstande beschloß ich mich durch einen Spazierritt ins Freie vorher zu überzeugen. Nur ungefähr zwei Meilen von St. James entfernt sollten Wagen und Pferde eintreffen, und fand ich diese am Tage vorher schon vor, dann durfte uns selbst Phillipps' Abwesenheit, so sehr sie auch das Unternehmen erschwerte, von der einmal festgesetzten Entweichung nicht zurückhalten.

Die Art und Weise, wie wir dabei der Örtlichkeit und den Umständen gemäß verfahren mußten, war genau zwischen uns verabredet; wir hatten alle Wahrscheinlichkeiten, sogar alle Möglichkeiten wohl ins Auge gefaßt und für jeden etwaigen Unfall einen Ausweg offen gelassen. Die festliche Stimmung, in welcher sich alle Bewohner des Hauses in der Nacht vom Freitag zum Sonnabend befinden würden, ließ uns auf Gelegenheiten hoffen, die sonst unter keinen Umständen vorhanden gewesen wären und, einmal unbenutzt vorübergegangen, sobald nicht wiederkehren dürften; daher war es an uns, Alles, was uns günstig und zweckdienlich schien, auf das Genaueste zu erforschen und zu unserem Besten möglichst auszubeuten.

Nur eine einzige Bedenklichkeit war es, die mich abermals, wie sie es schon früher getan hatte, einen Augenblick länger überlegen ließ, doch auch diese überwand ich, und nun blieb nichts mehr zu beschließen übrig. Es betraf dies das Verhältnis der Dankbarkeit und Ergebenheit, in welches ich zur Anstalt überhaupt, insbesondere aber zum Direktor derselben getreten war, der mich mit Gastfreundschaft aufgenommen und alle Wünsche und Absichten, die mich nach

St. James gerufen, bereitwillig gefördert hatte. Es war ganz natürlich, daß auf mich der nächste Verdacht fallen mußte, Mr. Sidney zur Flucht behilflich gewesen zu sein, wenn man in Betracht zog, wie häufig ich mit ihm zusammen gewesen, wie ich höchstwahrscheinlich sein Vertrauen genossen und nun der Flüchtling in derselben Nacht entwichen sei, in welcher ich selbst St. James verlassen hatte. Aber damit das Erniedrigende, welches für mich in einem solchen Verdachte lag, gehoben und mein Tun in ein freundlicheres Licht gesetzt würde, so hatte sowohl Percy wie ich jeder eine besondere Schrift aufgesetzt, die dem Direktor von unserem ersten Halteplatze sollte zugesandt werden und worin ihm, als einem Ehrenmanne, der das Unglück Anderer achten und verschweigen würde, sowohl Percys Verhältnisse als auch mein Anteil daran mitgeteilt und die Beweggründe, die uns Beide geleitet hatten, aufgedeckt wurden. Zugleich statteten wir darin nochmals unseren Dank für alle seine Gefälligkeiten ab und versprachen ihm, wenn ihm unsere Aufklärung noch nicht genügen sollte, Beweise in die Hände zu liefern, die unser zweideutig erscheinendes Benehmen vollkommen aufklären und rechtfertigen sollten. Indem wir uns so auf die Rechtlichkeit seines Charakters, seine Einsicht und Humanität stützten, hofften wir in gutem Einvernehmen mit ihm zu bleiben und späterhin auf die eine oder andere Weise wieder in ein näheres Verhältnis zueinander treten zu können, je nachdem der Erfolg unserer Pläne ein günstiger und sein eigenes Verhalten in diesem außerordentlichen Falle ein angemessenes sein würde.

In solche Beschäftigungen und Beschließungen vertieft, verfloß uns die Zeit schnell, und es war der Nachmittag des Donnerstag gekommen, als ich mir Bravour satteln ließ und langsam durch den Park, bei den Wärterhäusern vorbei, über die letzte Brücke ritt, die das freie Feld von dem Gebiete von St. James trennt.

Es war der erste September und die Witterung zwar noch leidlich angenehm und warm, aber doch verkündete schon ein leichter Morgen- und Abendnebel das allmähliche Herannahen des Herbstes. Ein zwar leiser, doch fühlbarer Wind entblätterte hier und da schon einzeln stehende Bäume, deren Sommerschmuck bereits eine fahlere Farbe anzunehmen anfing, und die in einen trüben Dunstkreis gehüllte Sonne sah aus, als treffe sie Anstalten, sich in ihren dichteren Wintermantel zu hüllen. Ja, der Herbst, mit seiner belebenden Frische, mit seinen neuen, das Gemüt des Menschen so gewaltig bewegenden Erscheinungen, zog mächtig heran, und der leise Schauer, der mich dann und wann durchrieselte, ließ mich gewahren, daß die Temperatur der Luft sich um ein Bedeutendes abgekühlt habe.

Ich weiß nicht, ob jeder Mensch so empfindlich gegen den Wechsel der Jahreszeiten ist wie ich; aber ich komme mir stets wie ein lebendiges Barometer vor, welches, den leisesten äußeren Eindrücken nachgebend, auch seine eigene innere Bewegung nicht unterdrücken kann. So habe ich meine eigentümlichen Frühlings-, Sommer-, Herbst- und Wintergefühle, von denen die des Frühlings und Herbstes die heftigsten, ich möchte sagen, die leidenschaftlichsten sind, denn die einen blicken in die Zukunft, die anderen in die Vergangenheit. Vor allen aber hatte ich den Herbst von jeher, als meinem Naturell am meisten zusagend, geliebt. Ich fühlte mich immer stärker während seiner Dauer; es war, als wenn eine warnende Stimme mich ermutigte, die mir verliehene Kraft zu benutzen und damit vorwärtszustreben. Darum war ich nie zum Wollen und Vollbringen geneigter als zu dieser Zeit; und besonders an diesem Tage, der so merkwürdig eine Periode in meinem Leben abschloß und eine neue ahnungsvoll heraufdämmern ließ, empfand ich eine so lebhafte Begierde zum Handeln und Wagen, daß ich beinahe Mühe hatte, meiner Meinung entgegen, langsam zu reiten, denn ich verband mit dieser langsamen Bewegung diesmal eine Absicht. Mit einem Worte, ich wollte von den Wärtern, bei denen ich vorüberkam, bemerkt sein, doch ich sah noch keinen; erst vor dem letzten Häuschen standen ihrer drei zusammen und unterhielten sich freundschaftlich. An sie heranreitend, hielt ich still und begrüßte sie.

»Wollen sie schon wieder auf die Reise, Sir?« fragte der Eine. »Sie sollten einen Mantel mitnehmen, die Nacht wird kühl.«

»Nein«, erwiderte ich, »heute will ich noch nicht fort, aber morgen —«

»Morgen, Sir? Wollen Sie denn nicht die Komödie sehen?«

»Erst nachdem diese vorüber ist, in der Nacht reise ich ab – und da soll euer Rat Gehör finden, ich werde mich vorsehen – ich glaube, wir bekommen nächstens einen starken Nebel.«

»Ganz gewiß, Sir, die Sonne sinkt so schwerfällig hinab – aber Sie wollen bei Nacht fort? Warum das?«

»Nicht um euch zu stören, liebe Leute«, sagte ich, »sondern um das ganze Fest morgen bis zu Ende mitfeiern zu können und doch schon Sonnabend früh drüben in L...zu sein, wo ich bestimmt erwartet werde. Überdies haben wir Mondschein, und meine Reise zu Pferd wird kurz sein.«

»Schon recht!« bemerkte einer von den Dreien. »Aber wann werden Sie morgen reisen?«

»Habt Ihr eine Absicht auf morgen Nacht?« fragte ich, denn es kam mir so vor, als ob der Mann mit dieser Frage etwas Besonderes sagen wolle.

»Nun, das nicht, Sir, aber man schläft gern, wenn man bis nach Mitternacht getanzt hat, und die Barrieren sind geschlossen, wenn wir schlafen.«

»Aha! Dann braucht Ihr mir ja nur zu sagen, wo der Schlüssel liegt, und ich werde mir selbst öffnen.«

»Ja, ja, Sir, das ginge wohl! Aber es geht doch nicht, denn es ist wider die Instruktion – ha, der Dienst ist streng!«

»Dann muß ich am Ende, um euch nicht im Schlafe zu stören, bis zum Morgen mit meiner Reise warten?« sagte ich lächelnd.

»O nein, nein, Sir! Darum nicht! Kommen Sie nur, ich werde schon munter sein – werden Sie allein reisen?«

»Wieso?« fragte ich, doch sogleich setzte ich hinzu: »Ganz gewiß, wenn ich nicht unter den Gästen Gesellschaft finde, die gleichfalls so früh aufbrechen werden.«

»Haha! Sie haben recht, es wird übermorgen manchem der Kopf weh tun – haha! Nun, kommen Sie nur. Adieu, adieu, Sir!«

Ich grüßte sie noch einmal und ritt dann freudig im Galopp weiter, die Straße, die den Hügel hinaufführte entlang, bis ich auf dem Gipfel desselben war. Dann bog ich rechts in den Wald ein und gelangte, einen Fußpfad verfolgend, zu einer kleineren Landstraße, wo ein Häuschen stand, hinter dem ich die Diener des Viscount von Dunsdale zu finden hoffte.

Und so verhielt es sich auch. Sie waren am Morgen dieses Tages eingetroffen, Diener, Pferde, Wagen, Alles, wie wir es gewünscht und erwartet hatten.

Die Freude der mir in Dunsdale-Castle bekanntgewordenen Leute, mich hier wiederzufinden und von mir zu hören, ihr längst ersehnter Herr werde bald auch zur Stelle sein, war groß; sie überbrachten mir die ehrerbietigsten Grüße des Haushofmeisters und zeigten mir, was ich sehen wollte, Pferde, Waffen und Wagen.

»Sind gute Läufer unter den Pferden – für den Notfall?« fragte ich.

»Ja, Sir, ja! Mr. Trallope hat aus Vorsicht zwei Vorreiter mit Rennern hinzugefügt, für den Fall, daß Sie mit Mylord etwa reiten wollten.«

»Das ist brav von ihm – wo ist der älteste Vorreiter?«

Ein bärtiger, handfester Mensch trat vor und nahm tief den Hut ab.

Ich gab ihm eine Rolle Papier, die den Weg verzeichnet enthielt, den ich mit Percy nehmen wollte, ermahnte ihn, alle Diener genau davon in Kenntnis zu setzen, und befahl, in der folgenden Nacht, Punkt zwölf Uhr, mitten auf der Landstraße mit angeschirrten Pferden zu halten und uns zu erwarten, empfahl endlich Aufmerksamkeit, Pünktlichkeit und Schweigen und ritt dann freudigen Herzens wieder zurück.

Als ich in St. James angekommen war und vor Mr. Sidneys Zimmer stand, hörte ich leise darin reden. Ich öffnete schnell die Tür und sah zu meiner großen Zufriedenheit Phillipps vor dem Viscount von Dunsdale stehen, der jedoch aus Vorsicht mehrere seiner Waren auf dem Tische ausgebreitet hatte. Percy hatte ihm soeben meine Reise und deren Erfolg bis zu Ende erzählt, und sobald er mich eintreten sah, sagte er:

»Sieh, da ist er, Phillipps – das alles hat er allein getan!«

Die immer treuherzige Miene des ehrlichen Dieners nahm hier so rührenden Ausdruck an, daß er nahe daran war, in Tränen auszubrechen. Sein starkgebräuntes, vom dichten schwarzen Barte eingefaßtes Gesicht zog sich in ein glückliches Lächeln zusammen, als ich ihm die Hand reichte und sagte:

»Nun, Phillipps, habe ich nach Eurem Willen und nach Eurer Absicht gehandelt?«

»Das weiß Gott, Sir!« antwortete er leise und feierlich. »Nun, es hat so sein sollen und ich bin ihm ebenso dankbar, als wenn er mir dies Glück beschieden hätte!«

»Jetzt aber die ehrerbietigsten Grüße von Ihren treuen Dienern – Pferde und Wagen sind seit heute Morgen da, Percy«, rief ich frohlockend aus.

Der Angeredete stand vor mir und blickte mich schweigend an, nur sein großes, freudestrahlendes Auge sprach die Gefühle aus, die in seinem Herzen auf- und niederwogten.

»Es ist gut, mein Freund, mein teurer Freund!« waren die einzigen Worte, die er sprach, und die Hände vor die Brust gekreuzt, schritt er gesenkten Hauptes einigemal vor uns auf und ab.

»Ich werde sie wiedersehen! ja, ich werde sie wiedersehen!« rief er dann und schlug vor Freude die Hände schallend gegeneinander.

»Ist es denn möglich!« rief Phillipps, »der Marquis hat Eure Herrlichkeit wirklich zum Erben eingesetzt?«

»So ist es, Phillipps!«

»Wenn Sie es mir nicht sagten, Sir, ich glaubte es nicht. Das muß gewaltig gestürmt haben hier in seinem bösen Herzen, ehe die Wogen die Perle auswarfen – jawohl, jawohl, ich kenne ihn ja! Und kommende Nacht wollen Euer Herrlichkeit fort?«

»Ja, Phillipps, ja!« rief der Viscount. »Du bist doch fertig?«

»Gewiß, Mylord, gewiß! Wenn Sie heute hinten bei den Pferdeställen vorübergehen – in dem Schuppen, dicht neben Bravours Stall, können Sie das Reisegefährt einen Augenblick betrachten, in welchem ich Sie über die Brücken fahren werde. Haha! diesmal geht es mit der Hundepost fort und es soll mir Niemand Schnittwaren aus dem leeren Behälter abhandeln – aber was werden sie hier sagen?«

»Sie werden eine große Wunde empfangen, diese guten Leute!« sagte Percy lächelnd. »Aber nachher werden sie doch Gott danken, daß ich fort bin und daß sie so billigen Kaufes von mir losgekommen sind. Wie dann, wenn ich mit der ganzen Reihe meiner Zeugen im Gefolge gegen sie als Kläger auftreten wollte?«

»Lassen Sie das fallen, Percy«, sagte ich, »die größte Strafe wird ihnen ihr eigenes Bewußtsein zuerkennen, blind und taub gegen die Stimme der Vernunft gewesen zu sein – o, ich kenne das Gefühl, wenn sich ein Arzt in seiner Überzeugung getäuscht sieht, und nun auf solche Art – und ein Irrenarzt!«

»Ich bin auch ganz damit zufrieden; so soll denn das ihre Strafe und meine Rache sein!«

»Sie werden ihnen keine härtere auferlegen können, verlassen Sie sich darauf.«

Phillipps packte seine Sachen zusammen.

»Wo willst du hin?« fragte ihn der Viscount.

»Zum Herrn Direktor, Mylord, und ihn um Erlaubnis bitten, bis morgen Abend hierbleiben und das Schauspiel mit ansehen zu dürfen – das ist nötig.«

»Geh, geh, sprich mit ihm und sage auch, wann du abreisen willst, damit man es vorher weiß und keinen Verdacht hegt, wenn du so spät aufbrichst.«

»Ich werde Alles einleiten, wie es nötig ist – und nun guten Abend, Mylord, guten Abend, Sir!«

Er ging und bald nachher ging auch ich, denn ich hatte noch Verschiedenes zu meiner Abreise vorzubereiten.

Ich schlief die folgende Nacht keinen Augenblick und die Finsternis schien mir nie aufhören zu wollen. Endlich brach das Licht des Freitagmorgens an. Ich öffnete ein Fenster. Es wehte ein rauher und kalter Wind und ein dichter Nebel lag rings auf der ganzen Natur. Ich kleidete mich an, nahm mein Frühstück ein, das mir mein blödsinniger Knabe wie gewöhnlich brachte, und begab mich, sobald die Stunde es erlaubte, zu allen meinen Bekannten, um Abschied von ihnen zu nehmen, denn ich konnte nicht hoffen, im weiteren Verlaufe des Tages einen geeigneteren Augenblick dazu zu finden, da bei dem erwarteten zahlreichen Besuche die Tätigkeit eines Jeden in Anspruch genommen ward.

Den Prediger, die Ärzte, den Verwalter und einen Teil der übrigen mir näherstehenden Beamten hatte ich besucht und trat jetzt beim Direktor ein. Ich traf ihn beim Ankleiden, wobei er eilig sein Frühstück einnahm; er war allein und heiter, obwohl vielfach mit mannigfaltigen, den Tag betreffenden Anordnungen beschäftigt.

»Ich komme, Mr. Elliotson«, begann ich, »um von Ihnen Abschied zu nehmen, denn obgleich ich Sie noch den ganzen Tag sehe, so werden doch Ihre neuen Gäste Ihre Zeit vollständig in Anspruch nehmen, und wir möchten uns ferner nicht ungestört unterreden können.«

»Sie sind sehr gütig, Sir«, erwiderte er und bot mir die Hand, »also soll es wirklich und diesmal ohne Wiederkehr fortgehen?«

»Ohne Wiederkehr, Sir – und Sie haben mir so viele Beweise Ihres Vertrauens und Ihrer Freundschaft während meiner langen Anwesenheit gegeben, daß ich nicht anders als mit dem Gefühle der aufrichtigsten Dankbarkeit von Ihnen scheiden kann.«

»Ach, Sie sind sehr nachsichtig, Doktor; es freut mich, wenn Sie wenigstens unseren guten Willen erkannt haben und überzeugt sind, daß wir mit unseren besten Kräften nach dem vorgesteckten schweren Ziele streben – was mich betrifft, so habe ich nur meine Schuldigkeit gegen Sie getan. Ein Deutscher ist den Briten immer willkommen und ein deutscher Arzt uns doppelt. – Sie sind zufrieden mit der Anstalt?« fragte er dann mit einem gewissen Blicke stolzer und doch bescheidener Selbstgenügsamkeit.

»Ich habe mich oft genug darüber ausgesprochen – ich wollte, es wäre überall so, überall so gute Mittel und so treffliche Hände, diese Mittel anzuwenden – nicht allein in England, sondern auch bei uns.«

»Nun, vollkommen sein ist überall schwer – wir sind es noch lange nicht – und besonders in Erfüllung unseres Berufes – Sie gehen sogleich nach Deutschland, nicht?«

»Noch nicht, nein, noch nicht! Ich habe noch einiges zu besichtigen und nachzuholen, dann aber kehre ich zurück.«

»Aber Sie werden England wieder besuchen?«

»Ich weiß es nicht; ich könnte Sie zum letzten Male gesehen haben.«

Des Mannes aufrichtiges Auge wurzelte freundlich teilnehmend auf mir, er drückte meine Hand und sagte:

»Wie Gott es will! Wir finden uns Alle, um uns einmal wieder aus den Augen zu verlieren.«

»So ist es. Aber –«

»Aber? Wollen Sie mir noch etwas sagen? – sprechen Sie dreist – haben Sie ein Anliegen?«

»Ich habe eins und habe auch keins, wenigstens ist es ein höchst unbestimmtes. Ich für meinen Teil bin in Allem befriedigt, was Ihre Güte mir hat widerfahren lassen – darf ich die Überzeugung mit mir nehmen, daß Sie es auch mit mir sind?«

»Hoho! Das ist sonderbar, Sir! Was wollen Sie eigentlich damit sagen?«

»Ich will sagen, daß ich Ihr Schuldner bin und vielleicht noch Ihr größerer Schuldner werde – ich nehme von Ihnen viel mit mir –«

»Ah! ist es das! Wir geben und nehmen Alle, einer dem Andern und einer von dem Andern – ich besuche Sie vielleicht einst in ihrem Vaterlande, das kann kommen, und dann sind wir quitt.«

»Aber ich kann Ihnen das nicht bieten, was Sie mir geboten haben –«

»Ein guter Wille ist die beste Gabe, denke ich.«

»Das wohl, aber dennoch –«

»Nun, was noch? Kann ich mehr verlangen?«

»Doch! Sie dürften noch von mir hören, wenn ich fort bin!«

»Das sollte mir lieb sein – es kann nur Gutes sein!«

»Es ist auch nur Gutes – aber Sie nehmen es vielleicht anfangs nicht so auf –«

»Ah! Wollen Sie sich über uns lustig machen? Es scheint mir beinahe so. Indessen wissen Sie, John Bull versteht einen guten Spaß.«

»Das wohl, Mr. Elliotson, aber John Bull kann auch sehr ernsthaft sein.«

»Nun, nun, lieber Doktor, ich verstehe Sie nicht – lassen Sie es gut sein; machen Sie, was Sie wollen, denken Sie nur stets von uns das Beste!«

»Und Sie von mir auch –«

»Auf mein Wort! Das wollen wir.«

»So leben Sie wohl – ich habe Ihnen nichts mehr zu sagen.«

»Und Sie wollen meinen Wagen nicht?«

»Ich danke! Mr. Sidney ist so gütig, mir sein Pferd bis L... zu geben, und Phillipps, der Krämer, der dieselbe Straße fährt, wird mein Gepäck auf seinen Wagen nehmen.«

»Des Menschen Wille ist sein Himmelreich! Sie machen es sich selber unbequem, doch tun Sie, was Sie nicht lassen können.«

»Guten Morgen!«

»Guten Morgen, Doktor, und einen recht fröhlichen Tag!«

Noch ein Händedruck und noch ein freundlicher Blick, und auch dieser Abschied war von meinem Herzen.

Jetzt ging ich noch einmal die verschiedenen Krankensäle durch und sagte auch ihnen Lebewohl.

Es ist dies für einen Arzt, der es redlich mit sich und Anderen meint und seinen Beruf mit Hingebung und Liebe erfüllt, ein schwerer, ja ihn oft überwältigender Moment. Ich hatte viele Krankenanstalten in meinem Leben besucht und war in mehreren selbst handelnd und tätig gewesen, aber jedesmal war mir der Abschied von meinen Kranken, die ich anderen Händen überlassen mußte, außerordentlich schwer geworden. Die leidenden und an unser Herz sprechenden Gesichtszüge dieser Unglücklichen, die, von ihrer Familie und ihrem Umgange getrennt, in einer neuen und nicht gerade schöneren Welt leben, die Art und Weise, wie sie unsere Bemühungen dankbar aufgenommen, wie auch der Umstand, daß wir ihr Leiden alle Tage gesehen und sie mit immer wachsender Teilnahme getröstet und aufgerichtet haben – ach! wir lieben so leicht, was wir wahrhaft trösten – daß wir sie haben dahinwelken oder gesunden sehen, alles das hat sie unglaublich innig und fest an uns gekettet, und wir müssen uns oft Gewalt antun, unsere Teilnahme von ihnen loszureißen und sie in ihren Schmerzen, die wir nicht lindern können, hinter uns zu lassen. Namentlich gibt es aber unter so vielen Kranken immer einige, die unseren vollkommensten Anteil in Anspruch genommen, ja, die unsere ganze Neigung gewonnen haben und von denen wir wirklich wie von alten Freunden nur mit Schmerz und Rührung scheiden können.

So ging es mir auch hier. Die Bekanntschaft mit Mr. Sidney sowie das besondere Interesse, welches mich so innig mit ihm und seinen Schicksalen verbunden, hatte mich meinem Berufe keineswegs untreu gemacht, obwohl ich – um es offen zu bekennen – wenn mein Geschick mich ihm nicht entgegengeführt hätte, gewiß mehr für das Allgemeinere gelebt haben würde.

Nach Beendigung dieser traurigen Abschiedsvisiten besuchte ich noch einmal die mir besonders lieb gewordenen Plätze und Stellen, deren es für uns an jedem Orte gibt, wo wir längere Zeit mit Neigung geweilt und gewirkt haben, und die letzten Stunden des Vormittags endlich widmete ich der Betrachtung der Vorbereitungen, die man zu dem bevorstehenden Festtage traf.

Das ganze Haus war in einer lebendigen und freudigen Bewegung. Man hatte frühzeitig Einladungen an die benachbarten Baronets und Gutsbesitzer wie auch an alle Gönner und Freunde der Anstalt gesendet und man erwartete sogar den Lord C..., den Schutzherrn und obersten Leiter der Anstalt, der dieselbe in der Regel alle Jahre einmal besuchte.

Um nun die ehrenwerte Gesellschaft mit gebührender Achtung zu empfangen und ihr den kurzen Aufenthalt in St. James so erfreulich wie möglich zu machen, war man bemüht, das Haus von außen und innen, die Speisesäle, die Krankenzimmer, die Korridore, sowie den Platz vor dem großen Eingangstore festlich und würdig auszuschmücken.

Schon vom frühen Morgen an waren die arbeitsfähigen Kranken beiderlei Geschlechts, die sich immer gern dergleichen feierlichen Arbeiten unterziehen, beschäftigt, aus Eichen- und anderem Laube, das sich genug im Parke vorfand, und aus den mannigfaltigsten Blumen Kränze und Gewinde zu flechten und sie gehörig und sinnreich aufzuhängen.

Vor der Tür selbst war eine Art Ehrenpforte errichtet, unter welcher der Direktor mit den versammelten Beamten die Gäste empfangen und begrüßen wollte.

Von Absatz zu Absatz auf den Treppen waren kleinere Wiederholungen derselben angebracht, die Geländer selbst mit grünem Laube umwunden, Kränze hingen an den Türen, große und kleine und von allen erdenkbaren Formen.

Am reichsten aber war der große Speisesaal ausgestattet, denn hier sollten die Ehrengäste mit den Beamten ihr festliches Mahl halten und die gebräuchlichen Reden gesprochen werden. In der Mitte desselben, dem Eingange gegenüber, hing das schöne Bildnis der Königin Victoria in einer reichen Fülle bunter Blumen und Blätter, und rings herum an den Wänden zogen sich duftende Girlanden, Porträts von allerlei Personen umgebend, die sich im Laufe der Zeiten um die Anstalt verdient gemacht hatten.

Ich ward beim Eintritt in denselben freudig überrascht, ihn so festlich geschmückt und doch zugleich so heiter zu finden. Auf der hohen Zinne des Gebäudes selbst aber entfaltete sich in dem leisen Winde, der die Morgennebel zerteilt hatte, das große schwere Banner des Hauses mit dem schönen alten Wappen Englands, welches ein bleicher Strahl der Septembersonne matt, aber freundlich beleuchtete.

Auch hatte man in Erwartung eines hinreichend schönen Abends an eine Erleuchtung des Gartens gedacht; farbige Lampen hingen in großer Menge und in sinnbildlichen Zusammen-stellungen an Bäumen und eigens dazu aufgerichtetem Lattenwerk und vervollständigten so in den Augen der armen Unglücklichen, um derentwillen die Feier veranstaltet war, die Freude, mit der sie in bald ernster, bald kindischer Lust, wie es der Charakter ihrer Krankheit mit sich brachte, alle diese Vorrichtungen betrachteten und kaum die Stunde erwarten konnten, in der mit der Ankunft der Gäste die Feierlichkeit ihren Anfang nehmen sollte.

Diese Letzteren erwartete man um zwei Uhr Mittags. Um zwölf Uhr war indessen schon Alles geordnet; die Kranken befanden sich in ihren Sonntagskleidern innerhalb der Säle, die Aufseher und Wärter standen auf ihrem Posten, und alle die langen, mit schönen Blumen ver-zierten Speisetafeln, an denen heute fast sämtliche Kranke mit einem leckeren Gerichte bewirtet werden sollten, schienen nur des Augenblicks zu harren, wo die große Glocke läuten und die vollen Küchen sich ihres duftenden Inhalts entleeren sollten.

Um halb zwei Uhr trat der Direktor, von seinen Beamten begleitet, vor das große Eingangstor und stellte sich mit ihnen in geziemender Ordnung unter den grünen Bogen und Kränzen der Ehrenpforte auf. Die Sonne leuchtete matt über die Festlichkeit hin, als Punkt zwei Uhr die ersten Wagen durch die geöffneten Barrieren in den Vorderraum einrollten. Einer der Ersten, welche erschienen, war Lord C... in seiner prächtigen Karosse, die mit vier schwarzen Hengsten bespannt war und von zwei glänzenden Vorreitern begleitet wurde. Allmählich kamen auch die Wagen der anderen Teilnehmenden, mit ihren Familien, Frauen und Kindern, und um halb drei Uhr waren alle Gäste versammelt und es begann der erste Teil des Festes, der jedoch nur für einen kleineren Teil der Bewohner von St. James, nämlich für die Beamten allein, berechnet war.

Lord C... war ein alter, aber feurig blickender, ernster, aber freundlicher Herr; er liebte die Anstalt und setzte auf ihren Ruf und ihre Verschönerung seinen ganzen aristokratischen Stolz. Er besuchte zuerst, gefolgt von dem ganzen Dienstpersonale, alle Krankensäle, die Zimmer für den Unterricht und die Spiele, die Bäder und die sonst zur Anstalt gehörenden Räumlichkeiten, indem er sich von der Zweckmäßigkeit und den Fortschritten derselben persönlich überzeugte. Fast überall ließ er seine Bemerkungen hören, die mich sein gesundes Urteil und seine wahrhaft erstaunenswerte Sachkenntnis bewundern ließen, und meist sprach er sich lobend und ermun-ternd, selten tadelnd oder verwerfend aus.

Nachdem diese Wanderung beendigt war, begab man sich in den großen Konferenzsaal, und hier wurden Seiner Herrlichkeit die Ereignisse und Vorkommenheiten des letzten Jahres der

Anstalt, ihre Ausgaben und Einnahmen, ihre Erweiterungen und Verbesserungen, ebenso ihre Hoffnungen und Wünsche vorgetragen, worauf Seine Lordschaft abermals verbindlich und zuvorkommend erwiderte und die huldvollsten Versprechungen gab.

Nachdem auch dies beendet war und während man sich in den großen Speisesaal verfügte, ging ich einen Augenblick zu Mr. Sidney, der wegen seines noch immer scheinbar fortdauernden Katarrhs auf seinem Zimmer geblieben war und nur an dem die Feierlichkeit beschließenden Schauspiel am Abend teilnehmen wollte. Nachdem ich einige Minuten mit ihm geplaudert und ihn von dem Vorgehenden in Kenntnis gesetzt, redeten wir noch einmal die Zeit unseres Vorhabens ab und dann kehrte ich wieder in den Speisesaal zurück, wo ich bereits sämtliche Gäste versammelt fand.

Das Mahl begann, ernst, aber heiter, still, aber freundlich, und schloß, obwohl etwas lärmender als es angefangen, im Ganzen doch gemessen und in würdiger, entsprechender Haltung. Es wurden viele Reden dabei gehalten, wie das gewöhnlich ist, gute und schlechte, treffende und ungehörige, die beste aber und mir am meisten zusagende sprach Lord C...selbst. Ihrer charakteristischen Färbung wegen setze ich sie hierher; sie war kurz, aber dennoch erschütternd und schloß, wie alle englischen Reden, die bei Tische gehalten werden, mit einem Haufen von Toasten. Lord C...war ein bündiger, aber ausgezeichneter Redner, der, was und wo er auch sprach, seines Erfolges gewiß sein konnte. Er erhob sich mit Würde und begann mit weicher, leiser, allmählich sich aber hebender Stimme, die zuletzt zu einer solchen überzeugenden Gewalt anschwoll, daß alle Hörer fortgerissen und entzückt wurden und in den ungeteiltesten Beifall ausbrachen.

Die Worte aber, die er sprach, waren folgende:

»Geist und Licht zu verbreiten, ist von jeher die Aufgabe und das Bestreben ganzer Völker und einzelner erleuchtender Menschen gewesen! Wenn man das Licht hat, dann ist es leicht, einen dunklen Raum zu erhellen, aber das geistige und unsichtbare Licht durchläuft weniger schnell die Welt, als das sinnliche und sichtbare. Kräfte müssen dabei in Bewegung gesetzt und guter Wille herausgefordert werden, die oft tief, schwer und lange geschlummert haben! – Ihnen aber, meine teuren Freunde und Landsleute, ist die trübste, traurigste und verborgenste Dunkelheit übergeben worden, daher sollen Sie das heiligste, glänzendste und erhabenste Licht ausstreuen. Das aber kommt allein von oben! Gott segne und erleuchte Sie damit, und er wird Sie segnen und erleuchten. Denn wie den glühenden, verbrecherischen Fanatismus, der die Welt zerfleischt, der reine Glaube besiegt und überlebt, weil er ohne Leidenschaft ist, die sich selbst zerstört, so wird die gesunde Vernunft, weil sie göttlich ist, den geistigen Irrwahn überleben und besiegen, weil er irdisch ist.

Von unserem Vaterland aber hierhergestellt und Ihren Eifer anzuspornen berufen, spreche ich Ihnen das Vertrauen aus, welches dies Vaterland in Sie setzt. Sie werden Lehrer und Verbreiter der gesunden Vernunft sein, wie es von Ihnen erwartet wird. Gott erhalte die Königin! Gott erhalte England, Schottland und Irland! Gott erhalte unser ganzes, schönes, großes Vaterland!«

Bei jedem dieser Toaste wurde angehalten und ein volles Glas Wein geleert. Der Redner fuhr fort:

»Auch den Gemahl unserer teuren Königin möge Gott erhalten! Ein Hurrah dem Parlament und der Verfassung der Freiheit! Ein Hurrah dem guten Geist, und darum erschalle unser alter Spruch: Sankt Georg und das lustige England!«

Nach dem Essen begab man sich in den Park, um den Spielen der Irren, die gespeist und erfrischt waren, zuzuschauen. Es waren verschiedene Preise für verschiedene Übungen, namentlich im Turnen, ausgesetzt, und es ist kaum der Eifer zu schildern, mit welchem sich diese guten, armen Menschen, die so wenig gesunde Urteilskraft besaßen, dem Triebe ihrer Leidenschaft ergaben. Aber freilich, beides steht ja in geradem Gegensatz – Vernunft und Leidenschaft! Bei gesunden Menschen sogar, wieviel mehr nicht bei denen, die jenes göttlichen Funkens entbehren, der erst den Menschen zum Menschen macht.

Allmählich aber wurde es dunkler und kühler; die anwesenden Damen zogen sich in die Zimmer zurück, wo Tee verabreicht wurde, und ihnen folgten bald auch die Männer.

Um sieben Uhr endlich war der Zeitpunkt gekommen, wo der schönste Teil des ganzen Festes, das sehnlichst erwartete Schauspiel selbst, beginnen sollte. Die große Glocke gab dazu abermals das Zeichen.

Ich begab mich sogleich in den für das Schauspiel eingerichteten großen Konzertsaal. Die größere Hälfte desselben war für die Zuschauer wie gewöhnlich mit Stühlen und Bänken besetzt, den kleineren Teil nahm die Bühne ein; diese trennte ein ziemlich hoher Absatz mit dem kleinen Orchester davor und ein sehr wacker ausgeführter Vorhang von dem Zuschauerraume. Auf dem Vorhange selbst waren zwei riesige Gestalten, im Kampfe miteinander ringend, dargestellt; die eine mit leidenschaftlicher, finsterer, dämonischer Miene und angst- und hohnverzerrten Gesichtszügen unterlag der anderen, die mit Hoheit, Kühnheit und einem gewissen herausfordernden Triumphe auf die Niederlage ihres Gegners blickte.

Die Wände des Saales waren ebenfalls mit Blumenkränzen behangen, die Fenster durch dunkelrote Vorhänge beschattet, und zahlreiche Kerzen und Lampen auf den großen Kronen- und Wandleuchtern erhellten vollkommen und angenehm das würdige Ganze.

Jetzt öffneten sich die Türen und es wurden, wie damals beim Konzert, zuerst die Frauen, dann die Männer hereingeführt. Die Vorder- und Seitenplätze blieben für die Gäste und die Beamten leer. Im Hintergrunde nahmen die einstweilen von ihren Dienstpflichten erlösten Wärter und Aufseher ihre Stellen ein, unter denen ich, an einem der Türpfosten im Hintergrunde des Saales lehnend, die große dunkle Gestalt des auf Alles aufmerksamen Phillipps bemerkte, dessen Haltung wie gewöhnlich ruhig war, in dessen umherschweifenden Blicken aber dennoch eine gewisse Unruhe lag, die seinem charakteristischen Gesichte einen eigenen Ausdruck der Spannung und Erwartung gab und mir, dem Eingeweihten, seine innersten Gedanken verriet.

Bevor Lord C... mit der übrigen Gesellschaft eintrat, hörte ich folgendes Gespräch, das dicht an meiner Seite von zwei Irren flüsternd geführt wurde, von denen der Eine schon längere Zeit einheimisch, der Andere aber erst vor einigen Monaten in die Anstalt gekommen war. Letzterer sah sich neugierig und etwas unruhig rings im Saale um, der unverhoffte Glanz mochte ihn blenden und verwirren, endlich aber blieben seine glitzernden Augen unverrückt auf dem Vorhange haften, denn die beiden kämpfenden Figuren mochten wohl seine ganze Einbildungskraft in Anspruch nehmen.

»Toms!« sagte er leise zu seinem Nachbar, der ruhig und gefaßt neben ihm saß, indem er mit zwei Fingern in die Luft nach dem Vorhange hin tippte. »Was sollen die Männer bedeuten, die da mit den bloßen Schwertern aufeinander loshauen? Sieh – der Eine wird den Andern tot machen, ich sehe es kommen. Au, au! ich möchte den Hieb da nicht haben.«

»Das will ich dir sagen, Sam«, erwiderte der Gefragte. »Sieh, der Eine da, der unten liegt, das ist die Lüge, die in dir steckt, und der Andere über ihm, das ist die Wahrheit, die sie dir noch predigen werden.«

»Ah!« stieß der Belehrte mit einer Miene der Verwunderung hervor. »Sind denn Lüge und Wahrheit Männer mit Schwertern?«

»Das verstehst du nicht, das verstehe ich kaum, denn mit dir ist es hier oben nicht recht richtig!« näselte der Andere. »Du wirst es aber noch hören, denn es wird uns hier immer gesagt.«

Und während er dies sprach, brach er in ein so grinsendes Lachen aus, daß seine ohnehin schon nicht angenehmen Gesichtszüge krampfhaft und abschreckend verzogen wurden.

»Ha!« rief der Sam Genannte etwas lauter, »Toms, du bist die Lüge! Sieh, wie dir der Mann, der unten liegt, ähnlich sieht!«

Der Lacher machte ein erstauntes Gesicht und schielte den Sprecher entsetzlich verwirrt an.

»Ruhig da!« rief der Aufseher, und in diesem Augenblicke trat Lord C... mit der ganzen Gesellschaft ein und nahm in der vordersten Reihe auf einem etwas erhöhten Sessel dicht hinter dem Orchester Platz. Seinem Beispiele folgten die übrigen Gäste, und auch die Beamten setzten sich zur Seite auf ihre gewöhnlichen Stühle. Mir gerade gegenüber bemerkte ich Mr. Sidney, der in der gewöhnlichen schwarzen Kleidung, die er im Irrenhause trug, ein ruhiger und gleichgültiger Zuschauer blieb.

Sobald sich alle Anwesenden niedergelassen hatten, herrschte einen Augenblick lang eine atemlose Stille, obwohl mehr als fünfhundert Personen in dem gedrängt vollen Saale versammelt waren. Da erhob sich Lord C..., wandte sich zur Versammlung um und sprach mit seiner schönen, durchdringenden und jedes Gemüt bewegenden Stimme folgende Worte:

»Ihr Männer und ihr Frauen! Ich grüße euch! Wie alle Jahre, so seid ihr auch heute hier versammelt, um an einem Vergnügen teilzunehmen, das wir euretwegen veranstaltet haben. Aber nicht allein um des Vergnügens willen seid ihr hier, sondern auch eine Lehre sollt ihr aus diesem Saale mit euch nehmen, die euren Geist zum Nachdenken und euer Herz zur Teilnahme stimmen wird. Sehet hier«, und der Redner zeigte mit seiner Hand auf die drohende, aber überwundene Gestalt auf dem Vorhang hin. »Das ist der böse Geist der Lüge, der in allen Menschen steckt, obwohl er in dem Einen größer, in dem Anderen kleiner ist. Er drängt sich still und ungesehen in unser Herz und will unsere heiligsten Gefühle und unsere reinsten Gedanken vergiften und besudeln. So stark er aber ist und so gewaltig er auch sein verheerendes Schwert führt – ihr seht ihn dennoch unterliegen. Denn das Böse darf, kann und soll nicht auf der Welt herrschen. Aber es ist die Wahrheit, die unsterbliche Wahrheit, die die Lüge besiegt, ihr Geist ist stärker als jener Geist, und wenn auch die Lüge lange triumphiert, endlich einmal wird sie doch von der kräftigen Hand der Wahrheit ergriffen und bestraft werden.

Warum aber sage ich das zu euch? Darum, damit ihr erkennen und es beherzigen sollt, daß auch ihr von dem bösen Lügengeiste hinterlistig ergriffen, und daß wir, mit der Kraft und Unbesiegbarkeit der Wahrheit ausgerüstet, die Lüge in euch vernichten und aus euch vertreiben wollen. So helft uns denn und steht uns bei zu eurem eigenen Besten, daß es uns bald und vollständig gelinge, und ihr werdet wieder freie und glückliche Menschen sein.

Jetzt aber merkt auf und vergnügt euch, und je mehr ihr die Wahrheit in dem vorzuführenden Schauspiele erkennt, umso weiter werdet ihr schon von der Lüge entfernt sein. Also merkt auf!«

Der Redner ließ sich auf seinen Sessel nieder und ein allgemeines Beifallsgemurmel zeigte, welchen Eindruck seine Worte auf die Zuhörer gemacht hatten. Der Irre Sam sah seinen Nachbar Toms mit einen bedeutungsvollen Kopfnicken und einer ausdrucksvollen Miene des Verständnisses an. Alles aber war ringsum still. Lord C...nahm den Theaterzettel zur Hand, der auf seinem Stuhl gelegen, las darin und gab dann das Zeichen zum Beginne der Musik.

Sogleich begann die Musik. Es war eine jener ernsten, feierlichen und hinreißenden Symphonien, die das Innerste unseres Herzens zu erschließen vermögen und, alles Unreine verwehend, dem Reinen allein Tor und Tür öffnen. Eine klagende Flöte, ungemein zart und innig geblasen, hatte die ersten Sätze allein vorzutragen, sie glich dem leisen Winde, der dem Anfang der Sonne und dem Erwachen des Tages vorangeht. Jener Schauer, der uns so oft überkommt, wenn die Geister der Töne entfesselt werden und in unser Ohr flöten und brausen, ergriff mich auch diesmal und riß mich wider Erwarten gewaltsam in die Gegenwart herüber, der ich durch den Gedanken an das mir in dieser Nacht Bevorstehende doch schon längst entflohen zu sein wähnte. Noch mehr, eine Rührung überwältigte mich, der ich kaum zu widerstehen vermochte, denn ich sollte nicht allein, wie damals im Konzert, von Wahnsinnigen eine sinnige Musik vortragen hören, sondern ich sollte sie wie geistig Gesunde reden hören und handeln sehen. Das Erschütternde jedoch, welches in diesem Gedanken lag, wurde durch das Belebende, welches er zu gleicher Zeit einflößte, gemildert, und so wandte ich denn mit Spannung Auge, Ohr und Herz dem vor mir Liegenden zu; ich vergaß, was mir heute noch zu tun oblag, die sanften, schwellenden und zuletzt wild tobenden Töne, die mich umgaben, berauschten meine Seele, und es sollte nicht lange dauern, so war mein Geist in einem neuen, schöneren und erhabeneren Elemente gefesselt. Das ist der Sieg der göttlichen Kunst über die irdischen und leidenschaftlichen Sinne der Menschen.

Die Musik war zu Ende, die Glocke erschallte und der Vorhang flog auf. Das Bild, welches sich unseren überraschten Blicken darbot, war reizend und rührend zugleich. Die Dekorationen und Kostüme waren reich, geschmackvoll und entsprechend gewählt, die Direktion hatte darin Alles getan, was mit Umsicht und Neigung geleistet werden konnte. Sämtliche auf der Bühne Anwesende zeigten sich nicht allein von ihrer besten Seite, sondern sie übertrafen in Stellung,

Gebärde und Ausdruck jede mäßige Erwartung. Ich sah den Oberarzt flüchtig an und bemerkte ein wohlgefälliges Lächeln um seine ernsten Züge spielen, sein Blick flog unruhig fragend nach allen Seiten zu den Zuschauern hinüber, und da sein Auge auch auf mich fiel, nickte ich ihm unverhohlen meinen Beifall zu. Und doch, Leser! waren es nur Bewohner eines Irrenhauses, die wir vor uns sahen. Wie war es möglich, hier das zustande zu bringen? Aber so viel vermag eine kluge Leitung, ein zweckmäßiger Unterricht, Ausdauer und guter Wille! Es war mir eine Lehre, Wahnsinnige zu behandeln, es war die fruchtbarste Stunde für mich, die ich in St. James zugebracht hatte. Alles war in Enthusiasmus, als der Vorhang zum ersten Male fiel.

Die Zuschauer schöpften tief Atem und schienen der Ruhe zu bedürfen. Ich suchte Percy mit den Augen, der mir seinen Beifall zuwinkte, doch bemerkte ich, daß er seine Uhr hervorzog.

Es wurde warm im Saale, man fühlte allgemein eine Art von Aufregung. Den Gästen wurde Tee und Eis herumgereicht, dann nach einer kleinen Pause flog der Vorhang wieder in die Höhe.

Auch dieser Akt ging ganz regelrecht vorüber. Im dritten Akt, der auf vernünftige Menschen den größten Eindruck hervorbringt, weil Gewitter, Sturm, Regen und Leidenschaften, die noch stärker wüten als die grollende Natur, sich zerstörend kreuzen, war ich besorgt, ob die Schauspieler sich noch in ihren Leistungen steigern könnten, aber ich war es umsonst gewesen, denn sie hielten sich Alle sehr wacker. Aber auf die anwesenden Irren schienen Blitz und Donner einen tieferen Eindruck zu machen als die ihnen weniger verständliche Handlung. Sie fürchteten sich, drückten sich zusammen und sahen einander mit entsetzten Mienen an – hier und da hörte man den halb unterdrückten Ausruf: »Das ist schrecklich! Das ist fürchterlich – ach! wenn es doch erst zu donnern aufhören wollte!«

Tausendmal war ich während des weiteren Verlaufes der Vorstellung in Angst, die wahnsinnigen Schauspieler würden ihre Rolle und ihre Vorstellung vergessen und, sich in das Chaos ihres eigenen Irrwahns verlierend, uns ein neues, unerwartetes Schauspiel vorführen, aber immer wieder fanden sie sich zurecht, keinen Augenblick vergaßen sie sich, sie hielten ihre Stichwörter wie der besonnenste Schauspieler, und keiner beging einen auffallenden Fehler, der das Ganze in Verwirrung gebracht hätte.

Der Vorhang war zum letzten Male gefallen und ein gewaltiger Beifallssturm ließ sich von allen Seiten vernehmen und schien nicht enden zu wollen. Lord C... beabsichtigte, noch einige Danksagungsworte zu reden, aber es war nicht möglich, die einmal entfesselten Zungen der so gern Sprechenden und so ungern Hörenden zu bewältigen. Er ergab sich mit lächelnder Miene in sein Schicksal und ging dann, von dem Direktor und einigen Beamten begleitet, denen ich mich anschloß, auf die Bühne.

Hier fanden wir die Schauspieler in Schweiß gebadet, auf Stühlen und in deren Ermangelung auf der Erde sitzen und liegen; jedoch erhoben sich Alle sogleich, als Lord C... eintrat. Dieser lobte und ermunterte sie, dankte für das ihm bereitete Vergnügen und teilte zuletzt an sämtliche Schauspieler einige kleine Geschenke und Erinnerungen aus. Am besten kamen dabei, wie immer, die Damen weg, denn sie erhielten goldene Ringe, Armbänder und was dergleichen ein junges Mädchen erfreuen kann.

Jetzt versammelte sich die geladene Gesellschaft noch einmal in ihren Zimmern, besprach und freute sich des gehabten Genusses, drückte ihre Dankbarkeit aus und dann begannen die Abschiedszeremonien.

Die Wagen fuhren bald darauf vor, die Damen hüllten sich in ihre Mäntel, und nach fünfzehn Minuten standen die Säle, die soeben noch voll von Menschen, ihren Taten und ihren Worten gewesen waren, leer. Ich drückte noch einmal dem Direktor und dem Oberarzte zum Abschiede die Hand, dann verfügte ich mich in mein Zimmer, eben als die Hausuhr den Ablauf der elften Stunde hören ließ.

Percy wußte ich ebenfalls schon auf seinem Zimmer; Phillipps erwartete ich bei mir und der Wärter Chappert stand auf seinem Posten.

Das war mein letzter Abend in St. James!

Kapitel 25

In unruhiger, aber freudiger Erwartung der Dinge lauschte ich in meinem Zimmer auf die Bewegungen, die sich von Zeit zu Zeit über und unter mir in dem allmählich stiller werdenden Hause hören ließen.

Nach etwa einer Viertelstunde vernahm ich deutlich den Tritt des Beamten, der jeden Abend um elf Uhr alle Räume untersuchte, um sich sowohl von der Anwesenheit aller Bewohner wie auch von den getroffenen Maßregeln wider Feuersgefahr mit eigenen Augen zu überzeugen.

Es ist dies eine sehr nachahmungswerte Vorsicht, die man in allen öffentlichen Anstalten einführen sollte, denn wenn einmal unglücklicherweise Feuer in einem großen Kranken- und Irrenhause ausbräche, in welchem immer mehr oder weniger Menschen an ihre Schlafstätten gefesselt sind, wieviel unglückselige und unrettbare Opfer würden dann zu beklagen sein!

Als ich die Türen der Gänge und Zimmer wieder hatte schließen hören und die Schritte des umgehenden Beamten verhallt waren, vernahm ich aus der Ferne die lustige Tanzmusik und das dumpfe Geräusch, welches die über den Boden scharrenden Füße, bisweilen untermischt mit fröhlichem Gelächter, in der Stille der Nacht bis zu mir gelangen ließen.

Der Saal, welcher zu dieser Festlichkeit hergegeben war, lag am Ende des Hauptgebäudes, und zwar auf der linken Seite desselben, die, wie sich der Leser erinnern wird, den sogenannten Männerflügel in sich begriff, weil nur männliche Kranke denselben bewohnten.

Die Direktion hatte diesen Saal gewählt, weil er geräumig genug war und in der Regel leer stand, wenn die Zahl der Kranken die gewöhnliche Höhe nicht überstieg; und es hatten sich an diesem Abende so viele Unterbeamte versammelt, wie bei dem gewöhnlichen Nachtdienst entbehrt werden konnten, um während einiger Stunden sich ihrem beliebtesten Vergnügen harmlos hinzugeben.

Weiß der Himmel! Überall auf der Erde tanzen die Leute gern, es muß also doch wirklich ein großes Vergnügen sein! Denn wo man tanzen sieht, da ist man auch gewiß, Frohsinn und Lebenslust zu Hause zu finden.

Als ich auch diesen für mich nicht sehr verführerischen Tönen eine Weile mein Ohr geliehen, trat ich an ein Fenster und öffnete es. Es war ziemlich finster, naß und kalt; ein feiner Sprühregen schlug mir ins Gesicht, der auch dazu beigetragen hatte, die wenigen bunten Lampen, die der stoßweise daherfahrende Wind verschont, frühzeitig zu verlöschen. Dieser Teil des Festes war also ganz gestört worden.

Es war eine unerquickliche Nacht, mit einem Worte eine jener Nächte, die man sich freut, in seinem Hause, womöglich im warmen Bette, im tiefsten Schlafe verbringen zu können. Und wir sollten in dieser Nacht aus St. James fliehen!

Es schlug halb zwölf Uhr. Gleich darauf trat Phillipps bei mir ein und sagte mit seinem gewöhnlich stillen Lächeln:

»Guten Abend, Sir! Ich soll Sie noch einmal vom Herrn Direktor grüßen und Ihnen seinerseits eine glückliche Reise wünschen.«

»Wie! so habt Ihr ihn noch gesprochen?«

»Ich bin ihm soeben auf der Treppe begegnet, er hat heute in höchsteigener Person die Hausrunde gemacht. Auch würde er noch einmal selbst gekommen sein, sagte er, um Sie bis an die Tür zu begleiten, aber er sei von der Aufregung des Tages übermäßig angegriffen und bedürfe der Ruhe. Daher bitte er um Entschuldigung.«

»So danken wir also der Anstrengung dieses Tages diesen Glücksfall!« erwiderte ich, »er ist sehr gütig, aber heute gehe ich lieber ohne seine Begleitung, so ehrenvoll mir dieselbe auch sonst gewesen wäre. – Ist Alles fertig, Phillipps?«

»Ja, Sir! Alles bereit; Pferd und Hunde sind angeschirrt; Ihre Sachen liegen vor dem Regen sicher – denn in Wahrheit, es ist ein verteufeltes Wetter, und – hören Sie doch, die Menschen lärmen und tanzen da unten, als wenn sie uns recht absichtlich wollten ungestört davonschlüpfen lassen. Hat der Chappert die Schlüssel zu den Korridoren schon gebracht?«

»Nein, er bringt sie erst nach zwölf Uhr auf Mylords Zimmer, wenn er bestimmt weiß, daß Alles in Ruhe und Ordnung ist.«

»Das wird ein unangenehmer Gang werden für Sie da hinauf; könnten Sie denn nicht gleich von hier unten aus mit Mylord nach dem Hofe gelangen?«

»Nein, Phillipps, ich muß hinauf, denn heute kann ich ungefährdeter zu ihm als er zu mir kommen. Und käme er auch herab durch den Korridor, wo die Leute tanzen, können wir doch nicht, da ein fortwährendes Aus- und Einlaufen in jenem Flügel stattfindet. Auf der Seite hier unten hinaus können wir auch nicht, denn da wohnen die Beamten, und wenn die nur das Geräusch wie von einer Ratte an ihren Türen vorbeischleichen hörten, so kämen sie heraus und sähen –«

»Was es für eine große Ratte ist, haha!«

»Nun, seht Ihr, da bleibt uns nichts Anderes übrig, als im obersten Stockwerk bei den schlafenden oder abwesenden Wärtern vorbeizugehen, durch den Weiberflügel die rechte Hintertreppe zu gewinnen und von da aus ins Freie zu gelangen, wo Ihr uns sogleich erwarten und durch die bewußten Zeichen Halt! oder Vorwärts! gebieten müßt.«

»Daran soll's nicht fehlen. Schlag zwölf Uhr verfüge ich mich hinaus und erwarte Sie bei den Ställen. Verfehlen Sie aber nicht den rechten Weg und gehen, statt nach diesen, auf die erste Brücke los, denn der alte Jakob, glaube ich, ist nicht bei dem Balle, der sitzt in seinem Hause und kann nicht schlafen wegen seines Rheumatismus.«

»Ich weiß es wohl; der Brunnen bleibt links – wir gehen rechts! Wie steht's mit der Finsternis?«

»O, das geht! Fünf Minuten im Dunkeln, und Alles wird zum Greifen deutlich; der Regen aber ist kalt und wird uns ins Gesicht schlagen bei der Flucht.«

»Das schadet nichts! Besser der Regen als der Feind!«

»Wollen Sie nicht Ihren Mantel über Ihren Rock ziehen – es wird kalt sein und Sie werden sich auf Ihrer Flucht erhitzen.«

»Ich denke den Mantel an Chappert zu geben, damit er Grund hat, mich bis zum Stalle zu begleiten.«

»So, so, es ist gut, Sir! Sie haben an Alles gedacht!«

Dieses Gespräch wurde in meinem Zimmer flüsternd geführt; ich habe es darum hierher gesetzt, um den Leser über die Einzelheiten unserer bevorstehenden Flucht aufzuklären. Wenn er sich an die gleich zu Anfang meiner Ankunft in St. James erwähnte Einrichtung des Irrenhauses erinnert, so wird er einsehen, daß wir nicht gut anders entweichen konnten als durch das obere Stockwerk des Weiberflügels, indem in dem Männerflügel heute Nacht, wie schon gesagt, ein größerer Verkehr stattfand und die große vordere und hintere Tür von einem Portier, der fast beständig wachte, verschlossen gehalten wurde, und daß es somit unnütz gewesen wäre, Percy zu mir herabkommen zu lassen, da wir doch wieder hätten hinaufsteigen müssen.

Jetzt schlug es zwölf Uhr. Phillipps nahm noch einen kleineren Teil meines Gepäcks auf den Arm und ging, indem er sich von dem Portier aufschließen ließ, durch die große Hintertür in den Park hinaus, nachdem er mir noch den glücklichsten Erfolg gewünscht hatte. Ich selbst löschte jetzt mein Licht, trat in den Korridor und schloß die Tür hinter mir zu, indem ich den Schlüssel mitnahm, um ihn an Chappert zu geben, der ihn nachher dem Oberportier einhändigen sollte. Mit diesem selbst hatte ich mich schon abgefunden und ihm gesagt, ich würde mich durch die Hintertür im Männerflügel entfernen, da ich noch Willens sei, dem Tanze eine Weile zuzuschauen. So konnte sich Niemand wundern, daß ich nicht durch den großen Torweg hinausging.

Die Lampen brannten hell auf den Treppen und Korridoren, aber es herrschte überall das tiefste Schweigen. Die Türsteher auf den einzelnen Treppenabsätzen schliefen in ihren Zimmern oder waren im Tanzsaale. Dennoch stieg ich so leise wie möglich die zwei Stockwerke in die Höhe und stand bald vor der bekannten Tür. Die gegenüber liegende Wärtertür war geschlossen, und da ich nicht wußte, ob der darin befindliche Wärter schlief oder ob er anwesend sei, machte ich so wenig Geräusch, wie ich konnte. Leise pochte ich mit dem verabredeten Zeichen an, und sogleich hörte ich den Schlüssel im Schlosse langsam sich umdrehen, den Chappert uns zu verschaffen gewußt hatte. Die Tür öffnete sich lautlos und ich trat in das dunkle Zimmer.

Wir boten uns einen guten Abend; Percy drückte mir die Hand, als ich ihn leise fragte:

»Ist Chappert schon mit den Schlüsseln hier gewesen?«

»Nein, aber vor etwa einer halben Stunde war der Direktor selber bei mir.«

»Wehe, wenn er eine halbe Stunde später gekommen wäre!«

»Gewiß! Glücklicherweise aber hatte ich das Licht schon gelöscht und kleidete mich im Nebenzimmer an.«

»Sind Sie da, Mr. Sidney?« fragte er.

»Jawohl, Herr Direktor!«

»Ah, Sie kleiden sich aus; haben Sie sich heute Abend amüsiert?«

»Es war ganz allerliebst, Sir!«

»Das denke ich auch. Nun, so schlafen Sie wohl! – Und damit schloß er die Tür. Aber sagen Sie mir, ist Phillipps schon im Stall?«

»Alles ist fertig! Doch haben Sie kein Wasser hier? Ich werde von einem entsetzlichen Durst gepeinigt.«

»Still! stoßen Sie sich nicht – da steht es auf dem Tische.«

Ich trat an den Tisch und tastete darauf herum. Ich fühlte ein Blatt Papier.

»Aha!« flüsterte ich. »Sagen Sie Ihren Freunden ein schriftliches Lebewohl?«

»Muß ich es doch, denn mündlich hätten sie es nicht angenommen.«

»Was ist das hier?« fragte ich, indem ich noch ein kleines Stück Papier in die Höhe hob.

»Nun, damit die Bitterkeit des großen Schreckens, den sie morgen früh hier empfinden werden, durch einiges Süße wenigstens gemildert werde, habe ich eine Fünfhundertpfundnote auf den Tisch zu dem Schreiben gelegt und den Direktor gebeten, sie für arme Kranke oder für ein neues Theaterstück zu verwenden, damit im letzterem Falle ein anderer Mr. Sidney wieder Gelegenheit finde, sich an seinem eigenen Kamine wärmen zu können. Man muß doch den Verwalter wenigstens liebkosen, wenn man den Direktor verletzt. Auch habe ich ihnen in meinem Lebewohl gesagt, daß sie noch mehr von mir hören werden und daß sie mir, wenn sie mich wiederhaben wollten in der Grafschaft Dunsdale einen Besuch abstatten sollten.«

»Sie sind bitter gestimmt, Percy, aber freilich! ich verdenke es Ihnen nicht.«

»Ich mir auch nicht. Im letzten Augenblick fällt mir Alles ein, was ich hier erlitten und draußen in der Welt entbehrt habe – großer Gott! vier Jahre!«

»Sie haben Recht! Aber um wieder auf den Schrecken zu kommen, den sie morgen hier haben werden – der erste Anfall wird lähmend sein.«

»Und gerade heute, an einem so ehrenvollen Festtage, einen solchen unerwarteten Verlust zu erleiden, das ist das Empfindlichste bei der Sache. Das ist die Belohnung, die Krone für so große Mühen, werden sie sagen. Hahaha! Ich sehe sie schon laufen und suchen und fragen und verlegen sein, dann gibt einer dem Andern die Schuld – hahaha! – Haben Sie noch nicht das Wasser?«

»Ja, ja, hier ist es und ich habe auch schon getrunken.«

In diesem Augenblick tat Percy einen Schritt und ich hörte das Klirren von Sporen an seinen Füßen.

»Aber um Gotteswillen! Sie tragen Sporen!« rief ich.

»Ich weiß es wohl, daß sie klingen, und werde sie noch einwickeln. Aber ich befinde mich in demselben Anzuge, in welchem ich herkam. Ellinor soll mich so wiedersehen, wie sie mich verlassen hat – ich habe die Kleider seit jenem Unglückstage nicht wieder angehabt – es war mein improvisiertes Hochzeitskleid! – Fühlen Sie, wie entsetzlich mager ich geworden bin –«

Er führte meine Hand an seine Brust – in diesem Augenblick huschte etwas draußen vor der Tür vorbei. Gleich darauf ließ sich das leise Pochen hören, das uns Chappert ankündigte. Percy umwickelte seine Sporen, während ich die Tür öffnete. Es war Chappert.

»Hier bin ich, Gentlemen!« sagte er. »Guten Abend, oder vielmehr gute Nacht und guten Morgen! Es ist Alles, wie es sein soll; aber es tut mir leid, die Schlüssel zum großen Korridor

Ihnen nicht einhändigen zu können – ich habe sie nicht erhalten können; die Teufel von Frauenzimmern haben sie mit zum Tanze genommen, als wenn sie auch da etwas zu verschließen hätten!«

»Wie kommen wir hinaus?« fragte ich, nicht ohne Verlegenheit und einiges Herzklopfen.

»Ruhig, Sir! Ich habe Ihnen einen anderen Weg vorzuschlagen. Er ist freilich etwas unangenehmer, sonst aber ebenso sicher. Sie müssen durch die Krankenzimmer selbst –«

»Durch die ganze Reihe der Frauensäle?«

»Durch die ganze Reihe – es geht nicht anders.«

»Aber man wird uns erkennen, es werden nicht Alle schlafen – man wird Lärm machen, Chappert –«

»Man wird keinen Lärm machen, man wird sich viel zu sehr fürchten. Freilich werden nicht alle Weiber schlafen und man wird Sie wenigstens erkennen. Das schadet aber nichts, man kennt Sie als Arzt, aber hier Mr. Sidney – Seine Herrlichkeit, wollt' ich sagen – den darf man nicht erkennen, und deshalb habe ich den Mantel wieder mitgebracht, den ich schon unten auf dem Pferde hatte – und das ist auch die Ursache meiner Zögerung gewesen – Sie müssen sich das ganze Gesicht einhüllen, Mylord!«

»Das ist sehr unangenehm – und wo sind die Schlüssel zu den Krankenzimmern?«

»Hier ist der eine – von der ersten Tür – nehmen Sie ihn, aber verwechseln Sie ihn nicht mit dem andern –«

»Nein!« sagte ich, und steckte ihn in die rechte Tasche.

»Und hier ist der zweite für die letzte Tür.«

Ich nahm ihn und steckte ihn in die linke Tasche.

»Die Zwischentüren sind, wenn nicht offenstehend, doch unverschlossen; meine Frau, die noch auf ist, hat es mir versichert –«

»Aber die Wärterinnen, werden uns die nicht verraten?«

»Nein, das werden sie nicht; denn ein Teil von ihnen ist zum Tanze gegangen und ein anderer schläft fest, und sollte irgendeine zufällig noch wach sein, nun, dann müssen Sie auf einige kleine Aushilfen bedacht sein.«

»Gut! Wir gehen also geradeaus – bis zur letzten Tür, die verschlossen ist?«

»So ist es, und verschließen Sie sie wieder von außen und bringen Sie mir den Schlüssel zurück, damit ich ihn wieder an seinen Ort lege, denn es darf Niemand wissen, daß er in fremden Händen war.«

»Aber die Türsteher auf der hinteren Treppe?«

»Sie schlafen oder tanzen. Die Tür, welche von dem untersten Flur ins Freie führt, werde ich, ehe Sie da sind, von außen öffnen; im Park gehen Sie vorsichtig bis zum Brunnen, und da müssen Sie warten, Mylord, während wir nach den Ställen gehen und Ihr Pferd holen.«

»Es ist gut, es ist ganz gut«, sagte Percy, »ich weiß es.«

»Aber noch einmal, gehen Sie vorsichtig, meine Herren.«

»Gewiß, und am ersten Oktober erwarte ich Euch in Dunsdale – Ihr versteht mich?«

»Ich komme, o, ich komme gewiß; man wird mir keine angenehmen Tage hier geben, das versichere ich Ihnen, und darum kündige ich morgen schon meinen Dienst auf – doch, meine Herren, ich denke, es wird Zeit, es geht auf ein Uhr!«

»So gehen wir denn mit Gott!« sagte Percy. »Lebe wohl, Zimmer – wenn ich euch wiedersehe, meine Tröster in der Einsamkeit, meine Bücher und dich, meine Orgel, dann werde ich glücklicher sein – lebt für jetzt wohl!«

Chappert schlich zuerst hinaus, und schlüpfte die Treppe hinab. Percy, bis an die Augen in seinen großen Reitermantel gehüllt, den Hut tief in die Stirn gedrückt, trat auf den blendend hellen Korridor hinaus; ich folgte ihm, schloß leise die Tür und steckte den Schlüssel zu mir.

Auf den Zehen schleichend drückten wir uns an des Türstehers Tür vorüber und kamen an die Tür, welche den Mittelflur von dem Weiberflügel trennte. Sie war, wie immer bei Nacht, verschlossen. Ich nahm den Schlüssel aus der rechten Tasche und schloß, ohne Geräusch zu machen, langsam auf. Wir sahen in einen langen, ebenfalls hell erleuchteten Korridor tief hinab bis zu eben der letzten Tür, die verschlossen sein sollte und zu welcher Chappert den Schlüssel nicht hatte erhalten können. Gern hätte ich mich davon überzeugt, denn wir hätten, wenn das nicht der Fall war, nicht durch die Krankenzimmer zu gehen brauchen, wogegen ich einen großen Widerwillen hegte. Doch Chappert hatte es so gesagt und ihm mußte ich glauben. Wir traten durch die erste Tür zur linken Hand und befanden uns in einem großen Krankensaale von etwa sechs bis sieben Fenstern Länge. An beiden Seiten und in schönster Ordnung standen die Bettreihen, auf jeder Seite etwa acht. Eine grüne beschattete Lampe hing in der Mitte von der Decke herab und erleuchtete matt den stillen, langen Saal. Wir hörten die Töne des gesunden Schlafes, des Schnarchens, auch wohl einen langgezogenen Seufzer, mit Husten und Räuspern abwechselnd, als wir durch die freie Mitte des Saales schritten, und kamen zu der angelehnten Tür am Ende des Saales.

Ich machte sie auf und streckte vorsichtig den Kopf hinein – es war das erste Zimmer der Wärterinnen – kein Mensch befand sich darin.

Wir schritten hindurch und gelangten in den zweiten, fast noch einmal so langen Krankensaal, als es der erste gewesen war. Die Lampe an der Decke brannte weniger hell und verbreitete ein düsteres, fahles Licht ringsum. Kaum waren wir eingetreten, so fuhren wir zurück, denn wir gewahrten an dem entgegengesetzten Ende eine aufrecht und langsam einherwandelnde, in einen weißwollenen Nachtmantel gehüllte Gestalt. Man hörte nicht ihren geräuschlosen Schritt, nur ihr auf dem Boden lang nachschleppender Mantel verursachte ein gespensterhaftes Scharren, und sie schien, wie sie so gemessen daherkam, nicht zu gehen, sondern zu schweben. Die nackten fleischlosen Arme hielt sie vorn unter der Brust gekreuzt.

Ich blieb einen Augenblick stehen und sah sie mir genauer an da hatte sie uns aber auch schon erblickt und trat, ohne im Geringsten erschreckt zu sein, mit feierlich langsamen, pathetischen Schritten auf uns zu.

Sogleich erkannte ich an dieser abgemessenen Bewegung und an den langen, weit über die Schultern und fast bis zu den Hüften herabfließenden hochblonden Haaren, sowie an dem beinahe kreideweißen Gesicht eine jener ruhelosen, aber gutmütigen Unglücklichen, die nie schlafen, nie toben, nur in ewig redseliger Stimmung jeden Anlaß ergreifen, diese ihre Lieblingsneigung zu befriedigen.

Sie kam allmählich zu uns heran, und da sie mein Gesicht sehen konnte, auf welches der blasse Schein der Lampe fiel, glaubte ich, sie würde mich erkennen, denn sie hatte mich oft auf ihrem Saale gesehen und mit mir gesprochen.

Als sie dicht vor mir war, blieb sie stehen, heftete ihre glanzlosen Augen, in denen der Wahnsinn seine ewige Wohnung aufgeschlagen zu haben schien, auf mein Gesicht, lächelte und sagte anfangs leise, als ob sie die um uns herum Schlafenden nicht stören wollte, aber mit jenem gebrochenen Tone, den nur diese Kranken haben und der, einem pfeifenden Winde ähnlich, aus der klanglosen Brust über die immer bebenden Lippen tritt:

»So spät noch Besuch? Ei, ei! das ist hübsch von Ihnen, setzen Sie sich!«

»Still!« flüsterte ich, indem ich auf die Schlafenden wies, und wollte an ihr vorüber gehen; aber die Unglückliche, die so ungern allein war, wollte ihren späten angenehmen Besuch nicht so bald entschlüpfen lassen und, ohne daß ich es verhindern konnte, mit einem ihrer knöchernen Finger sich in eins meiner Knopflöcher einhakend, hielt sie mich unwiderstehlich fest und fuhr fort:

»Nicht so schnell, Männchen – ach! ich bin so allein! Wenn sie wüßten – ach!«

»Ich weiß, ich weiß!« sagte ich und suchte mich von ihr loszumachen.

»Was? was wissen Sie? Sie wissen nichts«, fing sie schon lauter an. »Man ist nicht so heftig und kurz gegen mich, das bin ich nicht gewohnt – wissen Sie, daß ich die Königin Elisabeth bin?« Hier warf sie sich in die Brust und sah mich mit einem stolzen, gebieterischen Blick an, »und daß Sie eigentlich vor mir knien müßten – he, wissen Sie das?«

»Jawohl, das weiß ich –«

»Und warum knien Sie nicht? Spricht so ein Untertan mit mir?«

Diese Worte sprach sie noch lauter, denn sie vergaß ihre Umgebung und gab sich schrankenlos ihren Einbildungen hin.

»Lassen Sie mich los, Königin Elisabeth!«, flüsterte ich ihr ins Ohr, »ich hole auch den Grafen Leicester!«

»Den Grafen Leicester! hoho! meinen Geliebten! hoho! meinen Sie? O, der kommt nicht, der schläft, der schläft fest –«

Ich sah Percy schon an der nächsten Tür stehen – ich hätte alles mögliche getan, um von dem verrückten Weibe loszukommen, riß daher ihren Finger gewaltsam aus meinem Knopfloche und sagte hart:

»Wenn Ihr mich nicht gehen laßt, hole ich die Peitsche!«

»Hoho! die Peitsche!« rief sie jetzt laut aus. »Wann hat Elisabeth die Peitsche zu fühlen gehabt! Oho! die Männer! Küsse und Peitschen! Küsse und Peitschen! – Geht, geht, Ihr seid nicht mein Freund!«

Und ein gellendes Gelächter ausstoßend, wandte sie sich herum und schritt gravitätisch und in sich hineinkichernd den Saal hinab.

Ich eilte Percy nach, der schon im nächsten Wärterzimmer stand, welches ebenfalls leer war.

Wir kamen in das dritte Krankenzimmer, welches ein kleines Gemach war und nur vier Betten enthielt. Die Lampe desselben war dem Verscheiden nahe und flackerte nur bisweilen noch etwas heller auf, dennoch aber konnten wir unter derselben, wo die Stühle zusammengestellt waren, drei Gestalten in ihren weißen Nachtkleidern erkennen, die, sobald wir eintraten, wie aufgescheuchte Vögel in einem lauten Angstruf auseinanderstobend in ihre Betten flüchteten.

Wir schritten rasch durch das Gemach und standen schon an der Tür, als das vierte, im Bette liegende Mädchen sich aufrichtete, schnell Percys Mantel ergriff, den sie plötzlich und so heftig anzog, daß dem Erfaßten und auf diese Weise aufgehaltenen vom unerwarteten Ruck der Hut vom Kopfe fiel. Ich stand sogleich neben dem Bette, hob den Hut auf und sagte:

»Lassen Sie uns gehen, wir haben Eile!«

»Eile? Ei, sieh doch!« lachte das Mädchen und erhob ihren lockigen Kopf gegen mich. »Alle, die zu uns kommen, haben Eile, wieder fortzugehen – haben wir denn Eile? O nein! es ist so schön bei uns – bleiben Sie doch – da ist Betty – da Mary – da Emmy – sehen Sie doch, und ich bin Caroline, die schöne, aber arme Caroline, ach! ich habe noch immer keinen Geliebten!«

»Das ist schade!« sagte ich. »Wir müssen aber gehen, lassen Sie den Mantel los, Caroline!«

»Wo wollen Sie hin? Müssen Sie zu ihr? Erwartet sie Sie? – Ha! das muß schön sein – ich warte schon lange – sagen Sie mir erst, wer sie ist – ich bin neidisch – es braucht keine Andere glücklich zu sein – ich bin es auch nicht, haha! Ach, Caroline ist nicht sehr glücklich!« seufzte sie und ließ den schönen Kopf hängen, so daß die blonden verworrenen Locken ihr Gesicht fast bedeckten, aber immer noch hielt sie den Mantel mit beiden Händen auf ihrem Busen fest.

Noch einmal versuchte ich, ihr den Mantel mit Gewalt zu entreißen, aber es war vergebliche Mühe. Plötzlich aber ließ sie ihn von selbst los, sprang mit einem großen Satze aus dem Bette, umklammerte mich mit ihren bloßen Armen und drückte mir so fest den Hals zusammen, daß ich im ersten Augenblick nicht wußte, wie mir geschah.

Ich weiß nicht, wie wir losgekommen wären, wenn jetzt nicht eines der in ihre Betten geflüchteten Mädchen sich erhoben und mit ernster Stimme gerufen hätte:

»Laß los, Caroline! Es ist ja der Herr Doktor!«

»Ach, der Doktor, und immer nur der Doktor und nie ein Anderer!« flüsterte diese, ließ mich hastig los und kroch in ihr Bett zurück.

Noch einen Blick warf ich auf die vier Betten, unter deren Decken sich die Mädchen verborgen hatten, dann ging ich rasch weiter.

»Das ist schrecklich!« flüsterte Percy, »machen Sie, daß wir entkommen!«

Die dritte Tür war ebenfalls nur angelehnt, sie führte wieder in das Wärterzimmer, und in dem einen Bette desselben lag, laut schnarchend, eine Frau mit einem Kinde an der Brust. Wir schlichen auf den Zehen rasch hindurch und gewannen das vierte Krankenzimmer, welches, in einen Winkel gebogen, halb in dem Hauptgebäude, halb in dem rechten Hinterflügel lag. In der ersten Hälfte, die ziemlich dunkel war, bemerkten wir nichts als schlafende Frauen; aus der zweiten Hälfte aber, die durch den vorspringenden Winkel des Gebäudes von der ersten geschieden wurde, vernahmen wir eine für uns eben nicht erfreuliche Aufmunterung, weiter zu gehen, nämlich ein wildes Kreischen, unterbrochen von einer ernsten, zuredenden Frauenstimme. Es half nichts, wir mußten um die Ecke biegen. Da hatten wir denn das störende Schauspiel vor uns. Auf einem Tische, neben einem Bette, stand eine hell brennende Lampe. An dem Bette stand eine Wärterin – es war glücklicherweise Chapperts Frau – und bemühte sich, ein ungezogenes Mädchen, das sich fast alle Kleider vom Leibe gerissen hatte und ihren Händen entwischen wollte, zu bändigen; aber es gelang ihr nicht, da sie allein war.

Beide waren über unser plötzliches leises Eintreten einen Augenblick betroffen, aber die Wärterin erkannte uns sogleich und sagte:

»Ah, Sie sind es, Herr Doktor! Es ist gut, daß Sie kommen; helfen Sie mir Jane ins Bett bringen und ihr die Zwangsjacke anlegen, sie ist unartig.«

»Nein, nein! ich will nicht die Jacke!« kreischte diese und schlug und biß wütend um sich.

Ich ergriff ihre Hand und die eine Hälfte der Jacke, aber auch unseren vereinten Kräften war es unmöglich, sie zu bewältigen; sie war so rasch, so glatt, so klug, uns immer wieder ihre schlanken Glieder zu entreißen, wenn wir sie fest zu haben glaubten.

Percy schaute diesem sonderbaren Kampfe eine Weile zu, dann trat auch er näher, ergriff den einen Arm des Mädchens mit seiner kräftigen Rechten, schob ihn heftig in den Ärmel der Jacke und hielt sie fest.

Dieser schnelle Gewaltstreich mußte der Tobenden zu überraschend und unwiderstehlich vorkommen, denn sie wurde auf der Stelle ruhig und ließ sich von der Wärterin einschnüren.

Während diese noch damit beschäftigt war, sie an das Bett zu befestigen, schlüpften wir rasch durch das nächste Zimmer, welches leer stand, und gelangten in den letzten Krankensaal, der wieder ziemlich lang war und an dessen Ende die Tür lag, die verschlossen gehalten wurde und von uns geöffnet werden mußte.

Eben als ich mich des Schlosses bemächtigt hatte, schoß abermals plötzlich ein Mädchen von ihrem Lager empor, stürzte auf mich los und, ihre Arme wie eine eiserne Klammer um meinen Hals werfend, schrie sie laut auf:

»Da habe ich sie, die Diebe! Sie wollen stehlen – Hilfe, Hilfe! Feuer, Feuer!«

Der entsetzliche Ruf würde in jedem anderen Hause sogleich alle Aufmerksamkeit erregt, und eine Menge Menschen herbeigezogen haben. Hier aber war man an dergleichen Ausbrüche toller Leidenschaft glücklicherweise gewöhnt, so daß man nicht mehr darauf achtete, als hätte Jemand: »Wasser, Wasser! mich dürstet!« geschrien.

Dennoch aber konnte der Ruf uns heute verderblich werden, denn wenn nur ein einziger Mann sich von dem Tatbestande näher überzeugen wollte, so waren wir verraten. Es mußte daher schnell gehandelt werden.

Auf einen Wink von mir bemächtigte sich Percy des Mädchens und hielt sie fest, die sich wütend verteidigte und in seinen Mantel biß, während ich den Schlüssel in meiner linken Tasche suchte, um rasch aufzuschließen.

Aber – o Schrecken! Er ging wohl ins Schloß, aber er öffnete es nicht, ich mochte ihn drehen und wenden, wie ich wollte. Einen Augenblick stand ich verwirrt und in der Tat unschlüssig da – da war es mir, als hörte ich von ferne und hinter uns her Jemanden dem Saale näher kommen, die höchste Eile war vonnöten – da, meinen Irrtum erkennend, bemerkte ich, daß ich den Schlüssel zu Percys Stubentür genommen und den rechten noch in derselben Tasche hatte.

Sogleich schloß ich auf. Nun faßten wir beide das sich sträubende Mädchen, trugen es auf das nächste Bett, banden sie, die entsetzlich nach Hilfe und einmal um das andere Feuer! schrie, mit einem danebenliegenden Gürtel um den Leib an das Bett und – wir hörten schon den schnell näherkommenden Tritt – entfernten uns hastig durch die Tür, die wir eiligst wieder verschlossen.

Es war die höchste Zeit, denn gleich hinter uns trat Jemand ein. Da er aber keinen Schlüssel zu der Tür hatte, konnte er uns nicht nachfolgen – wer es war, weiß ich nicht – es mochte Chapperts Frau gewesen sein, doch war es für uns ein höchst beunruhigender Zufall.

Jetzt befanden wir uns, von den gehabten Anstrengungen tief Atem schöpfend, auf dem Korridor. Wir sprachen nicht, aber wir blickten uns Beide lächelnd an. Dies geschah, während die Lampe, die auf diesem Korridore neben der Treppe, dicht über unseren Köpfen, brannte, noch einmal hell aufflackerte, dann aber plötzlich erlosch und uns in der dunkelsten Finsternis, nicht wissend, wohin wir uns wenden sollten, zurückließ.

Ich war nie diese Treppe hinuntergegangen, wußte daher nicht, wo die ins Freie führende Ausgangstür sich befand; dennoch stiegen wir, so leise wir konnten, die zwei Stockwerke hinab.

Ohne die Vorsicht Chapperts, der glücklicherweise die Tür, die in den Park rührte, offen gelassen hatte, die sich uns durch abwechselndes, vom Winde hervorgebrachtes Auf- und Zuschlagen bemerklich machte, wären wir in die größte Verlegenheit geraten, denn ein einziges Herumtasten an einer falschen Tür konnte uns verraten. Percy, der, voller Trieb und Sehnsucht, ins Freie zu kommen, mir voranging und den die soeben erlebten Szenen erschüttert haben mochten, erspähte sie zuerst, und in dem freudigen Bewußtsein, jetzt die längst ersehnte Freiheit vor sich zu haben, sprang er rasch hinaus – und das war ein großes Glück. Denn in demselben Augenblick, wo ich ihm nachfolgen wollte, öffnete sich hinter mir eine Tür und eine rauhe Stimme sagte:

»Wer geht da?«

»Ich bin es!« sagte ich laut und fest.

»Wer, zum Teufel! ist das – ich?« fragte der Portier des Hinterflügels, denn er war es, »ich kann nicht alle Stimmen kennen!«

»Ich, der Doktor...!« sagte ich. »Ich komme eben die Tür herein, die ich offen finde, und weiß nicht, wo ich bin – ich suche mein Pferd –«

»Ah, Sir, Sie sind's! Na, ich dachte schon – aber, zum Teufel noch einmal, wer hat die Tür aufgemacht?«

»Das weiß ich nicht, ich fand sie offen – aber es ist so verzweifelt finster, daß ich mich gar nicht zurechtfinden kann; ich glaube, ich bin in eine falsche Richtung gekommen.«

Der Mann mußte halb im Schlaf sein, denn sonst hätte er Verdacht schöpfen müssen – was hatte ich denn in diesem Flügel zu suchen? Und dann war es auch unwahr, was ich über die Finsternis sagte. Im Korridor freilich war es ganz dunkel, aber außen gewiß nicht so, daß ich nicht hätte den Stall vom großen Irrenhause unterscheiden können.

Ich mußte späterhin selber über meine einfältige Ausrede lächeln, als ich mir das Erlebte zurückrief – genug aber, ich kam mit meiner Aussage davon. Der gefällige Mann beschrieb mir kurz die Richtung, in der ich den Stall finden würde, dann schob er hinter mir den Riegel vor die Tür und sprang, da ihn in seiner dünnen Bekleidung frieren mochte, in sein Zimmer und sein Bett zurück.

Jetzt waren wir endlich unentdeckt im Freien. Im vollen Laufe stürzten wir auf den Brunnen los – hier blieb Percy stehen. Ich selbst verfügte mich in den Stall, der am Ende des rechts führenden Weges lag.

Das Wetter war in der Tat abscheulich, ein kalter Regen strömte herab, der umso empfindlicher war, da bis vor wenigen Tagen eine so große Hitze geherrscht hatte; und der heulende Wind jagte in kurzen abgebrochenen Stößen, Bäume und Sträucher niederbeugend, über die Erde.

In die Nähe des Stalles gelangt, ward ich durch Phillipps, der uns schon sehnlichst erwartete, benachrichtigt, daß Alles zur Abreise fertig sei. Chappert gab mir meinen Mantel, den er bis hierher getragen, und empfing darauf sämtliche Schlüssel von mir. Dann ward Bravour von einem Stallknecht, der des Trinkgeldes wegen, das er von mir erwartete, im Stall geblieben war, herausgeführt und ich setzte mich sogleich auf. Niemals habe ich so große Freude empfunden, in den Bügeln zu sitzen, wie diesmal.

»Wo ist er?« flüsterte Chappert.

»Am Brunnen!«

»Gut! so werde ich ihn bis an das Gebüsch vor der ersten Brücke bringen. Halten Sie daselbst still. Und nun gute Nacht!« setzte er laut hinzu, »leben Sie wohl – ich wünsche eine glückliche Reise!«

Gleich, nachdem er in der Dunkelheit verschwunden und auch der Stallknecht seine Gebühren empfangen und davongeeilt war, fuhr Phillipps mit seinem kleinen Wagen, den drei große gelbe Doggen zogen, aus dem Stalle ins Freie hervor. Vorn auf dem Wagen lagen mein Gepäck und diejenigen Sachen, die Percy gern hatte mitnehmen wollen und die schon Tags zuvor von Phillipps aus seinem Zimmer geschafft worden waren. Hinten stand der schon früher erwähnte große Korb, von Weidenruten geflochten und diesmal mit starken Stricken an den Wagen befestigt, groß genug, um einen Menschen, wenn auch in zusammengekauerter Stellung, verbergen zu können. Die Hunde bellten freudig, als es fortging, und zogen kräftig an – wir bewegten uns langsam der ersten Brücke zu.

Es war nicht so dunkel, um nicht die nächste Umgebung wahrnehmen zu können, obwohl es schwer war, in der Ferne einen Menschen von einem anderen Gegenstande zu unterscheiden. Zu dem vorher erwähnten Gebüsch gelangt, hielten wir still und blickten uns um. Ein leises Pfeifen verriet uns die Anwesenheit Chapperts und seines Schützlings. Phillipps lenkte ganz nahe an das Gebüsch, dann hielt er an und schlug ohne Aufenthalt den Deckel des Korbes zurück. Percy sprang sogleich hervor, warf seinen Mantel hinein und kletterte dann mit unserer Hilfe selbst nach. Darauf wurde schnell der Deckel übergeworfen, mit einem Vorlegeschloß, um jede mögliche Neugier zurückzuhalten, verschlossen, dem zurückbleibenden braven Chappert eine gute Nacht gewünscht, und nun ging es vorwärts auf die Brücke los. Diese war durch das gewöhnliche Gitter versperrt.

Phillipps klopfte an ein Fenster des Wärterhäuschens, welches dunkel war. In diesem Augenblick schlug die große Uhr die erste Morgenstunde – so lange waren wir innerhalb des Hauses aufgehalten worden.

Aber kein Mensch regte sich in dem Wärterhause. Es wurde lauter geklopft. Nichts antwortete – das Haus war verschlossen. Trotz seines Rheumatismus hatte der alte Jakob Toby wahrscheinlich doch nicht dem Verlangen widerstehen können, dem Tanze beizuwohnen.

Nun war guter Rat teuer – wir durften uns nicht zu lange aufhalten, denn durch irgendeinen unglücklichen Zufall konnte trotz aller von uns angewendeten Vorsicht Percys Flucht entdeckt werden.

Ich stieg daher selbst ab und näherte mich dem Gitter in der Absicht, das Schloß aufzubrechen. Eben mit der Arbeit beginnend, bemerkte ich zu meiner freudigsten Überraschung, daß der Schlüssel im Schlosse steckte. Jetzt wurde das Gitter leicht und schnell geöffnet und wir eilten, so rasch wir konnten, hindurch. Die zweite Brücke war ebenso durch das Gitter verschlossen, aber auch hier war der Schlüssel zurückgelassen.

Jetzt mit lebhafterer Hoffnung, das Freie zu gewinnen, rückten wir der dritten Brücke näher – das Gitter war verschlossen, aber kein Schlüssel vorhanden. Es wurde an das Fenster gepocht, aber keine Antwort erfolgte.

»Klopft noch einmal, Phillipps, und lauter!« rief ich stark.

»Hollah! was gibt's?« schallte eine rauhe Stimme heraus.

Bald darauf trat der aus dem Schlaf geweckte Wärter ans Fenster, öffnete es und schaute heraus.

»Aha! Warten Sie einen Augenblick, Sir!« rief er. »Ich will nur meinen Pelz anziehen – das ist ja eine verdammte Nacht!«

Gleich darauf kam er heraus.

»Also Sie wollen wirklich fort?« fragte er; »da wäre ich doch lieber die Nacht im Trockenen geblieben – o, die armen Hunde!«

»Schließt schnell auf«, sagte ich, »Ihr werdet sonst sehr naß; und hier habt Ihr eine Kleinigkeit!«

Damit reichte ich ihm eine Guinea für seinen guten Willen hin, die ich schon in Bereitschaft gehalten hatte.

»Danke, danke, Sir – glückliche Reise!«

»Adieu!« sagte Phillipps lächelnd. »Grüße den Herrn Direktor von mir und sage ihm auch in meinem Namen den schönsten Dank, daß er mich mit meiner Schmuggelware so ungestört hat reisen lassen.«

»Welche Schmuggelware, he?«

»Das wird er dir morgen aufs Wort selber sagen, wenn du ihn danach fragst.«

»Werd's ausrichten, Hundekutscher – wünsche eine recht angenehme Nacht!«

»Und ich einen angenehmen Morgen, wenn du berichtest! Gute Nacht, gute Nacht!«

Ich atmete frei auf – der Schweiß tropfte mir von der Stirn, ungeachtet es nichts weniger als warm war. Wir hielten noch einen Augenblick, während sich Phillipps vorn auf seinen Wagen setzte, dann peitschte er seine Hunde an und wir flogen, was die Tiere laufen konnten, die kleine Anhöhe hinan.

»Zehn Minuten so!« rief Phillipps, »und wir müssen die winzige Meile, und was darüber ist, hinter uns haben!«

Wir erreichten bald den Gipfel des Hügels, dann ging es noch schneller den Berg hinab. Nach wieder etwa zehn Minuten sahen wir auf der Straße vor uns Licht. Wir kamen ihm näher – es waren die Laternen an des Viscount Wagen. Jetzt hielten wir an. Der Korb wurde geöffnet, Percy sprang heraus. Ich war vom Pferde gestiegen und half ihm dabei. Er fiel mir und Phillipps mitten auf der Straße um den Hals.

Dann schritten wir rasch dem Wagen zu, der, mit Sechsen bespannt, im vollen Regen mitten auf dem Wege hielt.

In diesem Augenblick wurde es etwas heller, und obgleich der Mond unter dem düsteren Wolkenschleier, welcher den Himmel bedeckte, nicht sichtbar wurde, so wußten wir doch, daß er aufgegangen war, einiges Licht wenigstens auf unseren dunklen Weg zu streuen.

Aber dieser Weg, so finster er auch sein mochte, für uns hatte er seine Dunkelheit verloren. Es war Tag in uns, und vor dem glänzenden Lichte dieses Tages mußten selbst die Schatten einer englischen Nacht weichen.

»Hier bin ich!« rief der Viscount mit lauter Stimme seinen Dienern zu, als er ihnen nahe gekommen war.

Die guten Leute konnten nicht vergessen, daß sie Engländer waren, sie begrüßten ihren so lange nicht gesehenen Herrn mit einem lauten und wiederholten Hurrah.

Bravour war jetzt mit einer Decke bekleidet, einer der Diener nahm ihn neben sein Pferd an die Leine. Sonst wurde kein Wort gewechselt.

Als alle wieder aufsaßen, Phillipps die auf dem Wagen liegenden Sachen in die Reisekutsche geschafft, seine Hunde losgeschirrt und seinen Karren in einen Graben geworfen hatte, stiegen wir drei rasch ein.

»Fahrt in scharfem Trabe, bis es Tag wird«, rief der Viscount den Vorreitern zu; »den Weg wißt Ihr und nun mit Gott vorwärts!«

In scharfem Trabe ging es vorwärts, querfeldein auf dem Wege fort, den ich selber als den kürzesten und besten bezeichnet hatte.

Das war unsere längst beabsichtigte Flucht aus dem Irrenhause zu St. James.

Kapitel 26

Wenn wir lange Zeit von Allem, was wir das Unsrige nennen und worunter wir nicht allein unsere Besitztümer, unsere Verwandten und Freunde, sondern auch unsere Gewohnheiten, Neigungen und tagtäglichen Beschäftigungen begreifen, getrennt gewesen sind, namentlich wenn eine unbezwingliche Gewalt uns von ihnen entfernt gehalten hat – wie wächst da nicht mit jeder Stunde unser Verlangen, das so lange und schmerzlich Entbehrte wieder vor unsere Sinne zu ziehen, wie sehen wir nicht dem ersten Pulsschlage der Freiheit mit Wonne und Entzücken entgegen, der uns zuruft: Du bist jetzt frei, da hast du wieder, was dir gehört und was du so lange bitter vermißt und so sehnlichst erstrebt hast!

Wenn aber dieser schöne Moment der Freiheit und des uns neu gewordenen Besitzes gekommen, wenn wir den ersten warmen Sonnenstrahl des wieder erwachten Glückes empfinden und nun zum ersten Male die Hand begierig nach dem, was unser ist, ausstrecken – wie schnell und plötzlich ist jene laute Wonne, jenes maßlose Entzücken von uns gewichen, wie schnell erkaltet unser kaum erwärmtes Herz wieder und wie bald ist unser heißes Begehren gedämpft! Sollten wir in diesem erkältenden Gefühle nicht an uns selbst zu zweifeln beginnen und uns fragen, ob wir wirklich das besitzen, was wir zu besitzen so sehnlich verlangten?

Worin liegt diese so schnell erkaltende Stimmung, diese, ich möchte fast sagen, so plötzlich entstehende Fühllosigkeit, diese geistige Erschlaffung?

Liegt sie an dem Nichtigen unserer Wünsche oder in dem Luftgebilde unseres Besitzes, oder vielleicht auch der Überschwänglichkeit unserer aufgeregten Erwartung?

Nein, darin liegt sie nicht, wenigstens nicht allein; sie liegt vielmehr in dem geheimnisvollen Plus und Minus unserer innersten Natur, an dem halb Göttlichen, halb Irdischen in unserer schwachen Brust; sie liegt in dem zwischen Tag und Nacht schwankenden Chaos unserer auf- und niedersteigenden und alle Augenblicke wechselnden Gedanken!

Ach! unsere größte Wonne besteht nur in dem ungestillten Sehnen – im Ehrgeiz wie in der Liebe – unser größtes Entzücken liegt allein in der nebelgleichen Hoffnung eines zu erreichenden Besitzes – die Glückseligkeit selbst, die in den Duft unserer Phantasie gehüllte Glückseligkeit, existiert körperhaft, tastbar und sichtbar nicht, sie ist nur ein geistig ätherisches Wesen, ein Wolkenbild, das wohl in unseren Träumen an unseren Sinnen vorüberzieht, nie aber im Wachen des Lebens und der Wirklichkeit lebt!

Ging etwas von dem, was ich soeben zu entziffern versucht habe, gegenwärtig in Percys Herzen vor, als er stumm, den Kopf auf die Brust gesenkt, die Hände wie im Gebet gefaltet, neben mir saß, während seine schnaubenden Rosse ihn schnell seinem Ziele entgegentrugen? Ich weiß es nicht! Ach! wer kann ein zärtliches Herz ergründen und den beweglichen Geist verstehen, die beide nach langem Leiden, nach einem dem Tode ähnlichen Dasein, sich erst wieder an die Freude und die Welt voller Glück gewöhnen müssen, die vor ihnen ausgebreitet liegt; wer kann sagen, so hat dies Herz empfunden, so hat dieser Geist gedacht, wenn dieses Herz stillzustehen und dieser Geist zu schlummern scheint!

Ich vermag es in Wahrheit nicht zu sagen – ich wollte ihn in seinem stillen Nachdenken nicht stören, es war dies heilig und feierlich für mich. Aber das weiß ich, daß Percy nicht der Mann war, laut und lärmend seine Freude kundzutun, sein Herz war zu edel und sein Gemüt zu fromm dazu. Wie der größte Schmerz auf Erden, der Seelenschmerz, nur still und stumm getragen wird, so wird auch das größte Glück und die größte Freude nicht gesprochen, sondern nur empfunden. Sie spricht nicht zu den Menschen, sie spricht und erhebt sich zu Gott. Auch Er, der Urheber alles Glückes und aller Freude, spricht im Stillen zu unseren Herzen, und wir – wir verstehen ihn doch.

Es war gegen Anbruch des Tages, als Percy aus seinen Träumereien emporfuhr. Er nahm den Hut ab und strich sich mit der Hand über die immer noch bleiche, gedankenschwere Stirn, als wolle er das Letzte, was ihn gequält, wegwischen und neue, frohere Lebensbilder seinem aufgeregten Geiste entgegentreten lassen. Er nahm meine Hand und drückte sie innig.

»Vergeben Sie mir, mein Freund«, sagte er, »daß ich so lange schwieg – mein Herz ist wahrlich nicht stumm gewesen. Aber ich habe so viele Gedanken in mir und nur so wenige Worte dafür! Freiheit – Ellinor – mein Vater – und die Zukunft! in diesen vier Worten ist Alles enthalten, was ich Ihnen sagen könnte.«

»Tun Sie sich keinen Zwang an«, erwiderte ich, »schweigen Sie, reden Sie, wie Sie wollen, ich verstehe Sie doch!«

»Ach ja, Sie verstehen mich! Wie ist dieses Bewußtsein so süß, von denen verstanden zu werden, die auf unserer dornenvollen Lebensreise unsere Gefährten, unsere Brüder sind, wie Sie mir Beides geworden sind.« Er drückte meine Hand fester mit der seinigen und blieb dann wieder still.

»Ach!« fuhr er nach einer Weile fort, »sehen Sie, die dunkle Nacht schwindet, und der helle Tag bricht an!«

Er ließ ein Wagenfenster herunter und blickte hinaus.

»Freiheit! Freiheit! Wie bist du so süß! – Luft! Luft! Wenn du auch kalt und feucht bist, wie erwärmst du mein erstarrtes, durch Sklaverei erstarrtes Herz. – Wie lange haben wir noch, bis wir bei ihr sind?«

»Wenn wir so Tag und Nacht fortfahren könnten, so würden wir vielleicht morgen Mittag da sein.«

»Und darf ich nicht erfahren, wo es ist?«

»Nein, Sie sollen sehen und dann erst erfahren.«

»Gut! ich ergebe mich in Ihren Willen; tun Sie, was Sie wollen, Sie haben es gut mit mir gemeint vom Anfang an und werden nicht nachlassen bis zum Ende!«

Der Tag brach an. Er brachte heiteres Wetter mit sich; der Regen hörte auf und auch der Wind ließ etwas nach, so daß hier und da schon einige hellblaue Streifen wolkenlosen Himmels durch den Nebelflor blickten.

Um acht Uhr Morgens hielten wir in einem Dorfe an, wo die Pferde einige Stunden ruhten und wir ebenfalls, denn wir verspürten einige Müdigkeit, nachdem wir schon mehrere Nächte wegen der großen Aufregung schlaflos zugebracht hatten.

Um zwölf Uhr Mittags fuhren wir wieder weiter und hielten schon Abends acht Uhr an, um unsere erste Nachtruhe zu halten. Morgens sieben Uhr aber waren wir schon wieder unterwegs, und ich gedachte am Morgen des nächsten Tages bei Sir Robert Graham einzutreffen; doch bestimmte ich nichts voraus, da ich beabsichtigte, Percy mit der freudigen Nachricht zu überraschen, wir seien, wo wir sein wollten.

Allein je weiter wir an diesem Tage vorrückten, umso unruhiger wurde er. Viertelstundenlang lehnte er aus dem Wagen und musterte scharfen Blickes rings die Gegend, als ob er die Stätte suchen wollte, die würdig wäre, das Kleinod seines Herzens zu beherbergen.

Es wurde Mittag. Wir stiegen aus, um zu essen, aber er berührte kaum die ihm vorgesetzten Speisen. Hastig und mit langen Schritten ging er im Freien auf und nieder, richtete keinen Blick mehr auf die Gegend, auf seine herrlichen Pferde, die er erst so aufmerksam bewundert hatte, auf seine treuen Diener, die ihre Augen mit dem lebhaftesten Entzücken auf sein schönes und Vertrauen erweckendes Antlitz gerichtet hielten.

Wir fuhren wieder vorwärts; der Nachmittag rückte weiter vor. Unterdessen war der Himmel klar geworden und die Sonne schien freundlich auf unseren Weg, den wir so eilig zurücklegten. Jetzt aber sank sie wieder tiefer, die Schatten der Gegenstände um uns her wurden allmählich länger.

Percy bewegte sich auf seinem Sitze hin und her, Unruhe sprach aus allen seinen Zügen und Gebärden. Ich merkte ihm wohl an, daß er etwas auf dem Herzen hatte, bisweilen sogar trat es ihm bis auf die Lippen, aber noch zauderte er, es auszusprechen.

Ach! ich wußte wohl, was es war. Ich frage dich noch einmal, Leser, hast du schon geliebt? Und wenn du diese Frage bejahend beantwortest, o, dann sei auch so aufrichtig und sage mir, wann hast du am heißesten, aber auch am zartesten geliebt?

Ich weiß, was du mir sagen willst – am innigsten und zugleich am feurigsten, aber auch am verlangendsten hat dich die untergehende Sonne an deine Liebe erinnert!

Es wird ruhiger, stiller, feierlicher um dich her, es wird traulicher, einsamer, und diese Einsamkeit ruft das Nachdenken hervor. Alle deine Gedanken und Empfindungen, die am Tage nach Außen strömten und im ganzen reichen Umkreise der Natur wie fleißige Bienen umherschwärmten, kehren in ihre Heimat, in deine Brust zurück.

Und wie der schlummernde Abend sich mit seinem sanften, schattigen Fittich langsam und nebelhaft auf die Gefilde legt, so zieht eine unbestimmte Traurigkeit, die aber nicht bitter, sondern süß ist, in dein Herz, und du wendest alle deine Gedanken und Gefühle auf den innersten Kern deines Daseins, auf das Mädchen deiner Liebe.

O, wenn sie jetzt bei dir wäre, mit dir diese sinkende, große Sonne zu betrachten, mit dir sich in dieses Feuermeer zu tauchen und die duftige berauschende Luft in ihre Seele einzuschlürfen! Wenn sie jetzt, neben dir sitzend, ihren Kopf an deine klopfende Brust lehnte, und du, ihre Hand in deiner Hand haltend, ihren träumerischen Blick mit deinem durstigen Blicke trinkend, ihr Alles, Alles sagen könntest, was in deinem Herzen für sie schlummert – dann wärest du glücklich, dann wärest du nicht allein! Die irdische Sonne, sie erlischt dir und du willst ein anderes Licht, deine Seele zu entzünden, und sie ist dieses Licht und diese Sonne, und in ihr liegt die Wärme und die Liebe, die die ganze Welt deiner unermeßlichen Träume beleben und verwirklichen könnte!

Endlich sah ich ihn an und lächelte heiter.

»Sie wollen mir etwas sagen, Percy, lassen Sie es mich doch hören.«

»Ja!« erwiderte er. »Sie haben es erraten. Es ist nicht ganz richtig hier in mir, die Zeit währt mir zu lange. Gibt es keine Möglichkeit, sie noch heute Abend zu erreichen?«

»Zu Wagen nicht!« entgegnete ich.

»Also doch, doch auf andere Weise?« fragte er rasch.

»Nun ja, wenn die Pferde es aushielten und wir sie tüchtig ausgreifen ließen, könnten wir wohl gegen die elfte Stunde der Nacht da sein.«

»Ha! und da zögern Sie noch? Und wenn alle diese Pferde zusammenstürzten, ich muß hin! – Halt!« rief er dem Kutscher zu, »Halt!«

Wir waren im Nu aus dem Wagen. Bravour und zwei der tüchtigsten Renner wurden sogleich ausgewählt und reisefertig gemacht. Percy bestieg den ersteren, ich und Phillipps die anderen. Den Dienern ward die Weisung gegeben, langsam nachzukommen, Phillipps Doggen wurden in den Wagen gesperrt und nun jagten wir ohne Rast und Aufenthalt davon.

Ich habe nie ein tolleres Reiten erlebt. Nach den ersten zehn Minuten glaubte ich, Percy werde nachlassen in seiner Hast, aber es ging nur immer schneller und reißender vorwärts. Es war ein Reiten, was man auf Tod und Leben nennt. Nichts hielt uns auf, und glücklicherweise waren die Pferde vortrefflich. Gräben, Hecken, Zäune – Alles, was uns in den Weg kam, ward übersprungen, Alles überrannt, der kürzeste Weg war unserem leidenschaftlichen Führer, von dem alle Ruhe gewichen war, immer der liebste, und davon ging es wie in der wildesten Jagd.

Hier konnte sich die Ausdauer und Tüchtigkeit der ausgezeichneten Pferde bewähren. Aber so willig und kräftig unsere beiden englischen Renner waren, so wacker sie anfangs Stich hielten, es war keine Möglichkeit, mit dem unglaublichen Feuer und der Leichtigkeit, womit er Alles übersprang, mit Bravour zu wetteifern, dessen Kräfte sich von Augenblick zu Augenblick zu verdoppeln schienen. Hätte ihn sein vollkommen sicherer und gewandter Reiter nicht gehalten, er wäre lange vor uns am Ziele gewesen. So aber kannte der Viscount die Gegend und die Wege nicht genau, durch die ich schon mehrere Male gekommen war, und somit war er gezwungen, bei uns zu bleiben.

Während Phillipps Pferd und das meinige bald mit weißem Schaume bedeckt waren, schien Bravour kein nasses Haar zu haben. Seinen kleinen Kopf mit den schnaubenden Nüstern und den flammenden Augen vorweg in die Höhe geworfen und den wallenden Schweif horizontal von sich gestreckt, sprang er mehr in ungeheuren Sätzen, als er lief, über den Anger, die Wiesen, den Berg und das Tal und warf uns den moorigen Boden, den sein flüchtiger Huf aufriß, gegen die Brust und in das Gesicht.

»Das geht lustig her, Sir!« keuchte Phillipps hervor, der neben mir jagte, während der Viscount einige Pferdelängen vor uns voraus war. »Sehen Sie das Tier, wie es fliegt, als wenn es die Sehnsucht seines Herrn teilte, ja, ja, das ist arabisches Blut, so weit haben wir es mit den unsrigen noch lange nicht gebracht. Und wie sein Haar glänzt, als wenn es von flüssiger Seide wäre – herrliches Tier!«

Ich nickte ihm zu, denn ich hatte ein Tuch in meinen Mund genommen, weil ich sonst kaum Atem schöpfen konnte.

Die Sonne war längst unter dem Horizonte, aber der Himmel klar, die Luft heiter, daher die Dämmerung erträglich hell. Dann aber blickte zuerst der Abendstern neugierig aus einer kleinen silbernen Wolke hervor, allmählich mehr und mehr, und endlich das ganze unzählige Heer funkelnder Gestirne.

Es wurde mir immer beklommener ums Herz – der Kopf fing mir an zu schwindeln – ich sehnte mich nach dem Ende des tollen Rittes. Ich sah Phillipps an – er sprach auch nicht mehr, sondern deutete mit der Hand auf die Brust, als wolle er sagen, es greife auch ihn an. Lange hätte ich es nicht mehr ausgehalten, aber das Ziel unserer Reise war uns wie auf Windesflügeln näher gerückt.

Eben jagten wir über ein großes, weites, etwas wellenförmiges Stoppelfeld, welches ein kleiner, schmaler Bach in leicht geschwungener Windung durchfloß. Vor uns lag ein höherer Hügel. Ich blickte sehnsüchtig nach ihm hin, denn die Gegend kam mir bekannt vor, obgleich ich sie von dieser Seite noch nicht gesehen hatte.

»Robert! Kennen Sie die Gegend?« rief Percy zurück.

»Ja, ja!« rief ich, so laut ich konnte, indem ich das Tuch aus dem Munde nahm.

»Wohin geht's nun – rechts oder links?«

»Immer geradeaus, den Berg hinauf! Dann halt, halt!« schrie ich, denn er flog wie auf Adlerschwingen weit vorauf. Er kam oben an – er hielt. Wir folgten ihm nach und hielten auch, dann sprangen wir alle drei von den keuchenden Pferden, die kaum noch Atem hatten.

Ich sah mich einen Augenblick um – so benommen mir der Kopf und so atemlos ich war, das Herz bebte mir vor Freude bei dem vor mir liegenden Anblick.

»Wo sind wir?« fragte Percy.

»Warten Sie – gleich – ich muß mich erst umsehen und erholen –«

Dem Punkte, wo wir hielten, gegenüber lag ein ebenso hoher Berg wie der, auf dessen Spitze wir uns befanden. Rechts war ein tiefes, breites, liebliches Tal – im tiefsten Grunde desselben stand ein einzelnes Haus mit grünen Läden – dahinter ein größeres Gehöft, eine dunkle Laubmasse davor – Leser, weißt du, wo wir waren?

Ja, wir waren angelangt und es war noch nicht neun Uhr. Ach! und ich sah ein freundlich blinkendes Licht vom Tale heraufschimmern – es drang aus dem einen der Fenster hervor – das war das Gemach, worin Ellinor auf ihrem Krankenbette gelegen, von dem ich sie so schnell hatte erstehen lassen – sie saß wieder darin – mit ihrem Vater – sie erwartete uns vielleicht – gewiß, denn sie erwartete ihn ja jeden Tag, jede Stunde, jeden Augenblick. Und der rechte Augenblick war nahe. Er war da, Percy war da – schon vor der Tür – o, wenn sie es gewußt hätte! Wie, sagte es ihr das Herz nicht mit seinem ungestümen Pochen, seiner weiblichen, ewig lebendigen Sympathie?

»Nun?« fragte Percy ungeduldig. »Sind Sie fertig mit Ihrer Untersuchung? Ist es noch weit? Kennen Sie die Gegend?«

»Ja, mein teurer Freund!« erwiderte ich. »Ich kenne sie!« Und ich legte meine Hand auf seine Schulter.

Er blickte mir mehr verwundert als überrascht ins Gesicht. Ich fühlte selbst, daß mich sowohl in meiner Haltung wie in meiner Stimme eine gewisse Rührung übermannte.

»Sie zittern – ha! sind wir da?«

Ich nickte.

»Wir sind da?«

»Ja!« sagte ich, »Gott hat gewollt, daß wir da sind, und so sind wir da.«

»Wo, wo ist sie?« fragte er schnell, »dort – dort?«

»Dort! ja – dort!«

Und ich zeigte mit der Hand nach dem stillen, friedlichen Häuschen, in dem sich soeben das Licht aus dem einen Zimmer ins andere bewegte.

»O mein Gott!« rief Percy und sank auf die Knie.

In diesem Augenblicke schaute ich zufällig nach dem Hügel hin, der uns gegenüber lag – und wie wir damals von drüben aus einen Reiter auf unserem Gipfel hatten halten sehen, so schien mir auch jetzt einer auf den anderen zu halten. Doch mußte er soeben erst hinaufgekommen sein, denn vor einer Minute war er noch nicht da gewesen.

Ich machte Phillipps darauf aufmerksam, dann auch Percy, der, wie er in seiner Leidenschaft vorher unruhig gewesen war, jetzt stumm wie das Grab dastand, in tiefes Anschauen und Nachdenken verloren, die Hände gefaltet, ohne Bewegung und scheinbar ohne Anteil in die halbdunkle Ferne hineinschauend, aus der uns jenes Licht wie ein hoffnungsstrahlender Stern entgegenblinkte. So glich er mehr einer Bildsäule als einem gedankenschweren und empfindungsvollen Menschen.

»Wenn er einen Hund bei sich hätte, würde ich ihn für keinen anderen als Bob halten!« sagte ich.

»Er hat einen Hund bei sich, so wahr ich lebe!« rief Phillipps sogleich.

»Nun, dann ist er es auch – er scheint uns zu betrachten, wie wir ihn betrachten –«

»Bei Gott! es muß mein Junge sein mit dem Othello!«

Der Name Othello schüttelte Percy aus seinen tiefen und stummen Betrachtungen. Er horchte auf; wir zeigten ihm noch einmal den Reiter und den Hund und teilten ihm unsere Vermutungen darüber mit. Er blickte wiederholt scharf hinüber.

»Es scheint mir auch so! Aber seid still!« sagte er; »ich will sehen, ob er mich noch kennt, wenn er es ist.«

Er hielt darauf zwei Finger an den Mund und ließ ein langgezogenes, anfangs sanftes, allmählich stärker und schneidender werdendes Pfeifen hören, dessen durchdringender Ton weit über Wald und Flur dahinschwoll. Kaum aber war der letzte, hinschwindende Schall des Pfiffes in die stillen Lüfte verflogen, so hörten wir ein dumpfes, kurz abgebrochenes Geheul – augenblicklich stürzte der Hund sich uns entgegen, eine halbe Minute, er war uns nahe.

Percy sprang freudig wie ein Kind vor und rief:

»Hollah! Othello! Hollah!«

Ach, wer beschreibt diese Szene! Zwölf Schritte ungefähr von Percy entfernt, hielt das treue Tier still, schlug sich heftig die Flanken mit dem Schweife und ließ seine gewöhnlichen Nasentöne hören, als wolle es sich erst von der Echtheit seines Herrn überzeugen. Aber dies dauerte nur so lange wie ein kurzer, flüchtiger Gedanke. Dann ein leises, halb unterdrücktes Wimmern ausstoßend, sprang er dem Mann, den er so lange nicht gesehen und doch auf den ersten Blick erkannt hatte, entgegen, ebenso sein Herr auch ihm und wie ein Freund dem anderen nach langer Trennung die Arme um den Hals wirft, so lagen die mächtigen Pfoten des großen Tieres auf Percys Schultern, so umarmte auch Percy den treuen Hund und rief einmal über das andere:

»O, mein Othello! mein treuer Othello! mein Othello!«

Als er ihn endlich losließ und der Hund sich nun an seine Füße, an seine Knie, an seine Hände schmiegte und ein leises, heiseres, gleichsam weinendes Freudengeknurr ausstieß, und ich nun näher zu ihm hintrat, sah ich, daß Percy die Augen voller Tränen hatte. Aber dieser Hund – woran erinnerte ihn der? Die ganze frühere Geschichte seines Lebens ward lebendig vor seiner Seele – doch, Leser, das weißt du ja, was soll ich dich noch damit ermüden!

»Nun, Percy«, sagte ich, als der Hund auch zu Phillipps stürzte und ihn lebhaft begrüßte, »sind Sie jetzt zufrieden?«

»Ja, beruhigt wenigstens bin ich – denn wo er ist, ist auch sie – gehen wir jetzt langsam und vorsichtig hinab, damit wir sie nicht erschrecken.«

Und zu meiner Verwunderung wurde er so ruhig, wie er gewöhnlich war, wenn ihn keine Leidenschaft aufregte. Der schnelle Ritt, die furchtbare Eile – er wollte damit die Gewißheit erjagen, daß er zu ihr gelangen würde; jetzt, da er sah, wo sie war, schlug sein Herz wieder wie das leidenschaftslosestes Kinderherz.

Nun kam auch Bob auf seinem Ponywallach herangaloppiert und begrüßte uns und ward von Allen auf das Herzlichste begrüßt. Dann nahmen er und sein Vater, die sich viel zu erzählen haben mochten, die Pferde, um sie hinabzuführen, während Percy und ich Arm in Arm den Hügel hinabgingen und dem freundlichen Hause entgegentraten.

Das große Gittertor stand offen. Bob, der es soeben erst verlassen hatte, weil er, wie er sagte, für sich die bestimmte Überzeugung hegte, heute würden und müßten wir kommen, hatte es offen gelassen.

Wir schritten hindurch. Jetzt fühlte ich Percy, den starken Percy wieder an meinem Arme zittern, da wir ihr so nahe kamen. Wir gelangten an die Haustür, vor der die großen Pappeln standen – ich machte sie leise auf.

»Nun«, sagte ich mit bebender Stimme; »die Tür ist offen – in diesem Hause atmet Ellinor!«

»Ach!« flüsterte er, »Ruhe! Fassung! Meine Brust will zerspringen – wenn sie nur da ist – laßt einen Augenblick noch mich erholen.«

Wir standen still, er lehnte sich an den Türpfosten – ich glaubte sein Herz klopfen zu hören.

»Wie Gott will!« sagte er plötzlich und richtete sich hoch und stolz auf, »ich habe mich wieder, kommen Sie!«

»Nein!« erwiderte ich, indem ich meine Hand von der seinigen, mit der er mich erfaßt hatte, losmachte, »ich gehe nicht mit hinein – gehen Sie allein – ich kann mir das alles denken!«

Wir traten in den Flur, in das Vorzimmer – ich machte die zweite Tür weit auf – ein helles Licht leuchtete uns aus dem Nebenzimmer entgegen.

»Guten Abend, Graham!« rief ich hinein, schob dann Percy vor und schloß gleich hinter ihm wieder die Tür, hinter welcher ich stehen blieb. Dann lehnte ich mein Ohr daran – ich horchte – Alles war still – ich lauschte – ich war nur Ohr – da, mit einem Male – »Percy!« hörte ich aufschreien – »Ellinor! Ellinor!« – »Percy!« Und Alles war wieder still – ich wußte, an meinem eigenen Herzen fühlte ich, was geschehen war!

Ja freilich, wenn Wiedersehen nicht wäre, dann wäre jede Trennung von dem Gegenstande unserer Liebe wie der Tod – aber darum hat ja die Vorsehung den Himmel des Wiedersehens uns gegeben, damit dieser die Hölle der Trennung vergessen mache, und auf daß die Bitterkeit derselben durch die Süßigkeit jenes Momentes vertrieben werde, wo Herz an Herz sich wieder schlagen fühlt und Auge gegen Auge Liebe um Liebe tauscht!

Wie lange ich in der oben erwähnten Stellung verblieb und was mir während der Zeit durch Kopf und Herz fuhr – ich weiß es nicht. Nur soviel ist mir bewußt: daß ein Entzücken mich überströmte, als wenn ich selbst eine Ellinor gefunden hätte, oder wie es wohl ein Feldherr nach einer gewonnenen Schlacht oder ein König nach Eroberung einer wichtigen Stadt empfinden mag.

Endlich wurde die Tür aufgemacht und vor mir stand, eine brennende Kerze in der Hand haltend, die ehrwürdige Gestalt Sir Robert Grahams, das Gesicht mit Tränen übergossen, die Lippe bebend, aber einen strahlenden Glanz in den feuchten Augen, wie ihn das Licht der Kerze, und wären ihrer tausend angezündet, nicht zu geben vermocht hätte.

»Kommen Sie«, sprach er milde, als er mich sah, »kommen Sie, er sagt uns, Sie seien hier!«

Mechanisch folgte ich ihm bis zu Ellinors Zimmer – hier hielten wir an und erblickten ein Schauspiel, welches mir ewig unvergeßlich bleiben wird.

Auf einem Sessel ohne Lehne saß die nach vorn gebeugte Gestalt Ellinors; zu ihren Füßen, den Kopf auf ihren Schoß gedrückt, lag Percy. Ihre Hände hielten seinen schönen Kopf umschlossen und ihre Lippen waren in seinen dunklen Locken verborgen. Daneben aber saß hoch aufgerichtet der riesige Hund, den klugen Kopf halb zur Seite gewandt, und blickte, von Zeit zu Zeit ungeduldig knurrend und mit dem zottigen Schweife den Boden peitschend, mit seinen großen Augen bald Percy, bald Ellinor gleichsam fragend an.

Sir Robert Graham und ich standen eine Weile sprachlos und sahen dem rührenden Auftritte zu. Kein Laut, kein Seufzer, kein Ausruf der Liebe oder der Freude kam über die Lippen derer, die sich endlich wiedergefunden hatten; ihre Liebe, ihre Freude war allein in ihnen, und sie wußten es, sie brauchten sie einander nicht zu erkennen zu geben. Es lag eine heilige Stille auf diesem vorher so unglücklichen und jetzt so glückseligen Paare; wie im Gebet waren ihre schönen Seelen vereint, sie schienen in diesem Augenblick zu dem zurückgekehrt zu sein, von dem sie ausgegangen waren.

Sir Robert, mit der einen Hand meine Hand haltend, mit der anderen noch immer ein Tuch an seine nassen Augen drückend, stand neben mir, und kein Wort kann aussprechen, welcher Ausdruck auf dem Gesichte dieses tugendhaften und im Dulden so starken Mannes in diesem köstlichen Augenblick lag.

Endlich, durch das Geräusch aufgeweckt, welches Othello verursachte, indem er laut zu wimmern anfing, richtete Ellinor ihr von Glück und Tränen strahlendes Antlitz empor – sie sah mich, und sogleich fuhr sie auf. Percy folgte ihrer Bewegung, auch er erhob sich und nun sahen Beide mich an.

»»Da ist er!« rief sie. »Er hat Wort gehalten!«

Und auch ich fühlte mich von ihren Armen umschlungen und von ihren Tränen benetzt. Ach! die Worte, die mir da gesagt wurden, werden mir in meinem Leben nicht wieder gesagt werden, aber auch das reine Entzücken, welches ich empfand, werde ich nie wieder empfinden.

Ich hänge einen Vorhang über das, was nun folgte. Denn wie man nicht in das Herz blicken kann, in dem das Glück lebendig wird, so kann man auch die Ausflüsse dieses Herzens nicht schildern, welches endlich den Gefühlen freien Lauf lassen darf, die es so lange im Verborgenen getragen hat.

Drei Tage vergingen und sie gingen wie im Fluge dahin, drei Tage auf stiller, heiterer See, im Sonnenschein der Liebe, der Freundschaft und des Vertrauens. Aber auch die reine christliche Ergebung in ein unvermeidliches böses Geschick wurde in Anspruch genommen, denn in diesen drei Tagen erfuhren Sir Robert und seine Tochter, wo Percy so lange gewesen und wie er dahin gekommen war. Auch das Erstaunen, das Entsetzen, die geistige Erstarrung, die diese Mitteilung hervorgerufen, waren vorüber und Alle empfanden demnach nur umso tiefer den Wert und die Bedeutung der immer noch verhängnisvollen Gegenwart.

Innerhalb dieser drei Tage sandten der Viscount von Dunsdale und ich an den Direktor und Oberarzt des Irrenhauses zu St. James unsere schon lange Zeit vorbereiteten und aufgesparten Briefe. Percy erzählte darin mit kurzen Worten seine Geschichte, ohne jedoch seinen Angehörigen zu nahe zu treten; er berührte schonend und verzeihend die schrecklichen Irrtümer, deren ebenso unschuldiges wie unglückliches Opfer er gewesen war. Auch ich fügte hierüber meine Erläuterungen bei. In Sir Johns ... Namen sprach ich gegen den Oberarzt das fest begründete Urteil aus, daß er auf Treu und Glauben Mr. Sidney für vollkommen gesund betrachten könne und daß derselbe nie geisteskrank gewesen sei. Die Wirkung dieser unerwarteten Lehre muß auf den sonst so biederen, kenntnisreichen und in seiner Kunst so zuversichtlichen Mann eine schreckliche, sie muß für sein ganzes übriges Leben andauernd gewesen sein.

Aber Percy war großmütig, wie es kaum ein Anderer gewesen wäre. Er dankte noch für die mannigfachen Gefälligkeiten und Freiheiten, die man ihm während seines langen Aufenthaltes in St. James erwiesen und gestattet hatte, und bat um Verzeihung wegen des Schreckens, den seine plötzliche Entweichung ihnen verursacht haben mußte. Er nannte St. James ein gastfreies und ein auf ewige Zeiten ihm nie aus der Erinnerung kommendes Haus; und Beides war gewiß wahr und wurde aufrichtig und ohne einen Anschein von Ironie gesprochen. Er bat ferner nur um die Übersendung seiner Orgel und seiner Bücher, alles Übrige, was er zurückgelassen, schenkte er der Anstalt; auch hatte er eine jährlich zu zahlende, nicht unbedeutende Summe zur Unterstützung bedürftiger Kranken ausgesetzt. Endlich aber schloß er mit der Bitte, ihn in Dunsdale mit recht zahlreichem Besuche zu beehren und so auch seine Gastfreundschaft baldigst in Anspruch zu nehmen. Seinen Namen und seinen Titel setzte er, um die Wahrheit seiner Aussage zu bestätigen, vollständig unter dieses Schreiben.

Einer von des Viscount Dienern, die unterdessen mit Wagen und Pferden nachgekommen waren, wurde als Bote mit diesem inhaltreichen und für die Annalen von St. James bedeutungsvollen Briefe an den Ort seiner Bestimmung abgesandt.

Nachdem auch dies erledigt war, wandten wir uns eifrig den Obliegenheiten zu, die von Percy zunächst erfüllt werden mußten und nach denen jetzt, nachdem er Ellinor wiedergefunden hatte, sein ganzes Gemüt dürstete. Es betraf dies die Versöhnung mit seinem Vater, dem Marquis von Seymour.

Die Erwähnung des Namens Mortimer aber, die hier nicht ausbleiben konnte, drang wie ein schneidendes Messer in die Brust aller derer, die dieser Mensch so elend, so unaussprechlich elend gemacht hatte. Percy war aber wieder der erste, der sich zum schnellen und ernsthaften Handeln entschloß. Er war voll Hoffnung und Vertrauen, und das konnte er sein, denn er nahte sich seinem Vater wie seinem Bruder mit edlen Vorsätzen, mit großmütigen Aufopferungen, dem Ersteren sogar mit neu erwachter und nie ganz erloschener Zärtlichkeit und Liebe.

Kapitel 27

Es war abermals am Freitag, Morgens zehn Uhr, als wir Alle, die wir das Drama im Hause Sir Robert Grahams glücklich hatten enden sehen, mit dem Gefühle einer ernsten, aber notwendigen Pflichterfüllung den großen Reisewagen des Viscount von Dunsdale bestiegen, um uns insgesamt nach Codrington-Hall zu begeben. Nicht die Macht einer ganzen Welt hätte Percy jetzt von seiner Ellinor getrennt, er hatte ihr und sich selbst gelobt, sie keinen Augenblick aus dem Auge zu verlieren, denn man wird mißtrauisch auf ein kostbares Besitztum, welches man schon einmal und fast unwiederbringlich verloren hatte, und fürchtet es stets von Neuem zu verlieren.

Um die Reise aber möglichst zu beschleunigen, hatte Percy seine eigenen Pferde schon zwei Tage vorausgeschickt, während wir jetzt mit Sir Robert schönen Schimmeln unseren Weg antraten und von der Dienerschaft des Viscount begleitet wurden.

Das Wetter begünstigte unser Vorhaben eben nicht, denn es regnete, stürmte und wetterte, wie es der September im nördlichen England leider recht oft mit sich bringt. Doch was konnte uns vier Personen die Witterung anhaben, die wir in einem bequemen, dicht verschlossenen Wagen saßen und das Glück, unter uns und beisammen zu sein, mit uns auf die Reise nahmen!

Sonnabend und Sonntag Morgen wechselten wir die Pferde, und es kam die Abendstunde des Sonntags heran, als wir die Grenze der umfangreichen Güter des Marquis von Seymour vor uns liegen sahen.

Die Betrachtungen, die dieser längst vorhergesehene und jetzt wirklich ins Leben getretene Augenblick in jedem Einzelnen von uns erweckte, waren besonderer Art und von entschiedener Wirkung auf unsere gegenseitige Stimmung und Unterhaltung. Bisher hatten wir froh und harmlos miteinander geplaudert – und es plaudert sich so schön in trautem Beisammensein nach schwerer und langer Arbeit und Mühe. Wir wurden einsilbig, allmählich stiller und stiller, und zuletzt verstummten wir ganz. Der dumpfe Flügelschlag einer ernsten Stunde mochte mahnend an unser inneres Ohr schlagen – wir hatten Ursache genug, die nächste Zukunft nicht mit allzu glänzenden Farben uns auszumalen.

Denn ach! es war nicht mehr der lachende, heitere, grüne, von Ellinor einst so kindlich geliebte Wald, in dessen kühlen Schatten wir, gastlich aufgenommen, treten sollten; es war das stille Waldhäuschen nicht mehr, die unbescholtene Wohnung des tugendhaften Pfarrers, welche Ellinors friedliche Kindheit, ihre Jugenderinnerungen und ihre heimischen Freuden und Genüsse umschloß die verhängnisvolle, schwere Hand eines trostlosen Geschickes hatte sich auf diese Fluren, auf diese Wohnung des Friedens gesenkt – hier war das Gräßlichste selbst geschehen: der Vater hatte seinem Kinde geflucht, der Priester war von seinem Altar getrieben worden, Bruder hatte gegen Bruder die mörderische Hand erhoben – hier flammte der Herd des Unheils, das während vier unvergeßlich langer Jahre auf die Häupter so vieler Unschuldigen geschleudert worden war. Hatten wir nicht Grund genug, mit einem gewissen gerechtfertigten Grauen diese verlassene und mit Entsetzen bezeichnete Öde zu betreten?

Wir kamen rasch näher und näher; jeder Baum, jeder Strauch, vom heulenden Winde geschüttelt, sprach seine Mitwissenschaft an den hier verübten Verbrechen aus – jeder Schritt unserer Pferde führte uns dem Orte näher, an dem so viele Seufzer hingen und um den so viele Tränen geflossen waren. Kaum waren diese getrocknet, da erinnerte er uns schon wieder, daß er neue hervorrufen könnte.

Jetzt erst bemerkten wir, daß es kein heiterer Sonnentag war, dessen Luft wir einatmeten. Zum ersten Male hörten wir deutlich das Heulen des Windes, das Krachen der brechenden Äste und Zweige, das Rauschen des fallenden Laubes – es wurde plötzlich eisiger Winter in unserer lebenswarmen Brust.

Ellinor schmiegte sich fester an Percy. Percys Auge schaute düster und traurig in den Wald; auf seiner zusammengezogenen Stirn lag eine dunkle Wolke, das Zeichen eines in seiner Brust heraufziehenden Gewitters. Sir Graham saß voller Spannung da, ich voll banger Erwartung des nun zunächst Kommenden.

Da hielt der Wagen an – uns Alle befiel ein Beben, das Gefühl eines nahenden und sich entscheiden sollenden Verhängnisses ergriff uns. Wir stiegen aus; nur Ellinor blieb in dem Wagen sitzen, während Phillipps an der Tür desselben Wache hielt. Und siehe! da standen wir vor dem traurig und verlassen blickenden grauen Waldhause mit den beiden runden Türmen von Stein. Noch waren, wie damals, seine Türen und Fenster geschlossen, nur dichter noch bedeckte ein modernder Rasen seine so lange unbetretene, ungastliche Schwelle. Keine harmlose Rauchsäule, aus den zerfallenen Schornsteinen aufsteigend, verkündete, daß Leben und Behaglichkeit in seinen kalten Mauern herrsche, kein lebendiger Laut verriet, daß irgendein Mensch seine schweigenden Zellen bewohne. Es war finster, unerfreulich und kalt von Innen wie von Außen.

Da traten wir, Percy, Sir Robert und ich, ein paar Schritte zur rechten Hand an das Ufer des sturmbewegten Sees. Er schüttelte wie in krampfhaftem Schmerze seine langen, düsteren Wogen, die schäumend an das kahle Ufer schlugen – der ganze Himmel, soweit das Auge reichte, war mit dichten, grauen Wolken umzogen, die sich wie erbitterte Feinde auf- und niederjagten, und kein Fleckchen des lächelnden, durchschimmernden Blau leuchtete im ganzen Umkreise des erzürnten Horizontes hervor.

Da ergriff Sir Robert Graham des Viscount von Dunsdale Arm.

»Sieh, mein Sohn, meine Prophezeiung scheint in Erfüllung zu gehen«, sprach er in feierlich tiefem Tone. »Dein Geschick hat die lange vorher verkündete Wandlung erfahren – Wolken und Wogen stürmen gegeneinander, aber in dein Herz wird Ruhe und Friede versöhnend einkehren!« Wir standen lautlos und schauten in das Brausen der schaumgekrönten Flut – unsere Blicke allein begegneten sich freundlich und bejahten schweigend die Wahrheit des eben Gesprochenen.

Endlich raffte sich Percy zusammen.

»Wir müssen handeln!« sagte er. »Gehen Sie, mein Freund, und tun Sie den letzten Schritt – dort hinten ist meines Vaters Haus gehen Sie zu ihm und – Sie wissen ja – tun Sie das Ihrige!«

»Ich werde gehen!« antwortete ich. »Und wenn Sie erlauben, so werde ich dem Haushofmeister einen Wink geben, daß er diese Tür öffnen und diese Zimmer wohnbar machen lasse. Es sind Gäste gekommen, wie sie nicht alle Tage da sind, Gäste, die des wohnlichen Herdes und des flackernden, heimischen Feuers bedürfen. Bleiben Sie denn Alle hier, bis ich Sie rufen lasse, behalten Sie aber Ihre Diener bei sich – doch ich hoffe, es wird keine Gefahr mehr vorhanden sein.«

Wir drückten uns die Hände und ich ging – ging noch einmal auf das alte Codrington-Hall los, dessen graue Mauern mir, wie das erste Mal, unfreundlich und kalt entgegentraten.

Bei dem Unwetter hielt sich kein Mensch draußen auf. Ich näherte mich unbeobachtet dem Eingangstor und bewegte den Klopfer, dessen dumpfe Töne wie damals durch das ganze Haus schallten.

Die Sonne war jetzt von unserer Halbkugel verschwunden, und die Nacht brach eilend herein.

Derselbe Diener, der mir bei meinem ersten kurzen Besuche in Codrington-Hall den barschen Bescheid gab, der Marquis sei nach London gereist, öffnete mir zufällig auch diesmal die Tür.

»Wer klopft so stark?« schrie er mich an. »Weiß man nicht, daß Seine Herrlichkeit kein Geräusch vertragen kann – ha!« und er fuhr zurück, als er mein Gesicht sah, das ich durch Mantel und Hut bisher etwas verborgen gehalten hatte.

»Warum erschreckt Ihr?«

»Sind Sie nicht der Herr, der neulich – vor wenigen Wochen –«

»Der bin ich!«

»Und der den Gruß von St. James an mich zurückgelassen hat?«

»Der bin ich, der bin ich – warum?«

»Nun, Sir, ich danke Ihnen, die richtige Bestellung hat mir Peitschenhiebe eingetragen –«

»Peitschenhiebe? Das wäre! Von wem?«

»Von wem sonst als von Sir Mortimer.«

»Warum? – Geschwind, warum?«

»Ja, was weiß ich! Er schrie: du lügst, du lügst! Du hast ein Gespenst gesehen, es ist nicht wahr, nicht möglich – und da ich es versicherte, schlug er auf mich mit seiner Jagdpeitsche los und wollte mir das Gesicht austreiben –«

»Welches Gesicht?«

»Nun, das Ihrige wahrscheinlich –«

»Aha! Und darum erschrakt Ihr – doch wo ist Sir Mortimer?«

»Fort! Schon seit drei Tagen fort, zu Pferd und ganz allein.«

»Wohin, wißt Ihr nicht?«

»Das weiß kein Mensch! Sir Mortimer pflegt Niemandem zu sagen, wohin er geht und von wannen er kommt.«

»Ruft mir sogleich den Haushofmeister hierher!«

»Bedaure sehr – Sie sprechen zwar in sehr bestimmtem Tone, aber er kann dennoch nicht kommen.«

»Und warum kann er nicht?«

»Weil er bei Seiner Herrlichkeit sitzt und sich die Lunge ausschwatzen muß, um Seiner Herrlichkeit schwarze Gedanken zu vertreiben – hm!«

»Er muß dennoch kommen und sogleich – ich will es – im Augenblick – geht hinein und sagt ihm, der Arzt aus St. James sei da!«

Der Mann starrte mich mit einer Miene an, die mir unter anderen Umständen ein Lachen ausgepreßt haben würde, so halb verwunderungsvoll, halb ängstlich war sie.

»Schon wieder aus St. James?« rief er. »Ich werde mich hüten.«

»Ihr werdet Euch hüten, meine Befehle nicht zu erfüllen; noch einmal, ich will es, ich befehle es Euch im Namen Eures Herrn, der mich erwartet – jede Zögerung komme auf Euer Haupt!«

»So? Ha! das ist was Anderes – entschuldigen Sie, Sir!«

Und er verschwand.

Ich trat in die Vorhalle, das Wetter war zu abscheulich draußen. Es dauerte nicht lange, so kam der Haushofmeister herabgestürzt.

»Gott sei Dank, daß Sie da sind, Sir!« rief er mir lebhaft entgegen. »Das ist gut, das ist sehr gut!«

»Ist irgendetwas geschehen?«

»Nein, nein! Aber er ist wieder – ganz verdreht. Ich glaube, die Angst vor Sir Mortimer – ist Mylord Percy mit Ihnen?«

»Ja, er hält mit seinen Leuten vor dem Hause da unten am Ende der Kastanienallee – laßt es aufschließen und Feuer anzünden, denn es ist nicht angenehm im Freien.«

Der Mann sah mich wie versteinert an.

»Vor dem Hause dort unten? Dem alten Pfarrhause? Da will er einkehren? Warum nicht hier?«

»Es ist nur für den Augenblick, bis ich ihn hierher rufen lassen kann – es sind noch Andere mit ihm –«

»Ja so, ja so – ich werde sogleich Befehl geben – heda!«

Und er rief die Namen mehrerer Diener.

»Ah, Sir, gehen Sie eine Treppe hinauf – das zweite Zimmer links, Sie können es nicht verfehlen – ich werde Alles so schnell wie möglich einrichten lassen –«

Der brave alte Diener lief in seiner Freude und Überraschung atemlos zurück, die zögernden Diener selbst aufzusuchen und zur Eile anzuspornen.

Ich stieg eine Treppe hinauf und kam an die zweite Tür links. Alles war wieder so still und einsam, wie es in Seymour-Castle gewesen war; ebenso dichte Teppiche wie dort deckten auch hier den Boden der Gänge und Treppen. Ich pochte an die Tür. Niemand rief: herein! – Ich drückte das Schloß leise auf und trat ein – ich schauerte unwillkürlich – es war vielleicht dasselbe Zimmer, aus dem Percy verjagt worden war.

Und was sah ich? Ein düsteres, wieder von dunklen Vorhängen beschattetes Gemach, den Boden wieder mit dem schwarzgrünen Velourteppich belegt – und wäre nicht ein ziemlich helles

Kaminfeuer dagewesen, ich hätte, da bereits die Dämmerung eingetreten war, nichts um mich her erkennen können.

Dicht am Kamin, auf seinem gewöhnlichen Sessel und in Pelze gehüllt, saß, lag oder kauerte vielmehr die mir so wohlbekannte abgezehrte Gestalt des alten Marquis von Seymour.

Aber es war eine Veränderung mit ihm vorgegangen, eine große Veränderung, die mir sogleich auffiel. Er war noch bleicher, aschfarbener, hohläugiger geworden, als er bei meinem ersten Besuche gewesen war. Die Sonne, die einen Augenblick über seinen abirrenden Geist aufgegangen, hatte sich wieder hinter trüben Wolken verborgen. Der Einfluß meiner Gegenwart war zwar für den Augenblick stark, aber nicht dauernd gewesen – ich bemerkte einen eigentümlichen, mir sehr bekannten und charakteristischen Zug in seinem verschrumpften Gesichte, seine Augenbrauen waren, wider seine Gewohnheit, beide nach Außen in die Höhe gezogen, und verliehen seinem abgemagerten Antlitze mit der totenähnlichen Physiognomie jenen auffallenden Ausdruck des Irrwahnes, den man leider so häufig in Irrenhäusern wahrzunehmen Gelegenheit hat.

»Hu!« schrie er auf, als ich eintrat, und wehrte mit seinen mir zugekehrten Handflächen meine Erscheinung ab. »Wer kommt da? Was wollt Ihr?«

»Ich bin es, Mylord!« sagte ich und trat ihm näher, indem ich Hut und Mantel, die ich in der Eile noch nicht abgelegt hatte, beiseite warf.

»Wer, wer? Mein Sohn? – Mortimer?«

»Nein, Mylord!« entgegnete ich, faßte seine kalten Hände und stellte mich dicht vor ihn, so daß das Licht vom Kamin aus auf mein Gesicht fiel, »ich, der Arzt, der Sie vor wenigen Wochen in Seymour-Castle besuchte –«

»Ha!« rief er, und schien sich zu freuen, »Ja, ja, ich besinne mich – ach! daß Sie da sind, das ist gut, das ist schön – aber Sie – Sie wollten nicht – allein kommen!«

»Ich komme auch nicht allein, ich bringe – ihn, ihn – ja, ihn!«

»Ihn? Wen? – Mortimer?« fragte er mit ängstlich gespannter Miene.

»Nein, Mylord! Percy, Ihren Sohn, Ihren teuren, lieben Sohn Percy –«

»Ha! Percy! Wird er mich nicht umbringen? Ich habe ihn schlecht behandelt – sehr schlecht – «

»Vergessen Sie das, Mylord, das war ja früher – davon weiß er nichts mehr. Sie haben ihn ja auch gesegnet, da Sie wissen, er liebt Sie, er betet für Sie!«

»Ach ja!« sagte er und stützte sein eisgraues Haupt auf die eine Hand, als besänne er sich. »Ja, er betet für mich – das ist sehr gut!«

»Wissen Sie denn nicht mehr, Mylord«, fuhr ich mit lauterer Stimme fort, um die Sprache seines Gewissens zu übertönen, »Sie gaben mir ja den Auftrag, ihn zu Ihnen zu rühren –«

»Ich besinne mich – ich weiß es, ja, jetzt weiß ich's – haben Sie denn den Auftrag erfüllt? Wo ist er? Ich sehe ihn nicht –«

»Wollen Sie ihn sehen? Er kann jeden Augenblick hier sein – er ist im Pfarrhause –«

»Im Pfarrhause? Bei Graham? – ha!«

»Bei Sir Robert Graham, ja! Und mit Sir Robert Graham und Lady Ellinor, seiner Gattin!«

Der Greis richtete sich höher auf und blickte mich verwundert an; er schien sich allmählich zu besinnen und sich der vergangenen Umstände klarer bewußt zu werden.

»Bei Sir Robert Graham und mit ihm?« sagte er wieder; »und mit Lady Ellinor? Ist denn der Pfarrer auch wieder da?«

»Ja, Mylord, er wartet nur auf Ihre Befehle, um Ihnen seine Freundschaft, seine Achtung zu beweisen.«

Der Marquis lächelte schmerzlich.

»Graham mir seine Freundschaft – seine Achtung! Und ich jagte ihn fort!« lispelte er.

»Das hat er vergessen, Mylord; jetzt ist er nicht mehr der Pfarrer, jetzt ist er Sir Robert Graham, der Baronet, und der Schwiegervater Mylord Percys, des Viscount von Dunsdale, Ihres Sohnes –«

»Sir Robert Graham – Baronet – Schwiegervater Percys – so, so, ist es das! Nun, das ist mir lieb – ja, ja, ich habe schon davon gehört – es ist aber lange her – und er will auch zu mir kommen?«

»Gewiß will er das – und Lady Ellinor will auch kommen und will Ihre Knie umfassen, an Ihr Vaterherz will sie sich legen und Sie um Ihren Segen bitten –«

»Meinen Segen – o! Wenn ich noch einen habe, will ich ihn ihr gern geben – aber sie werden mir nicht böse sein – ich bin so schwach!«

»Keinen Augenblick, Mylord; im Gegenteil sie freuen sich, endlich einmal vor Eurer Herrlichkeit zu erscheinen.«

»Nun, und warum kommen Sie nicht?«

»Sollen sie, sollen sie gleich kommen?«

»Ja!« brachte er langsam und zitternd hervor.

Ich wollte mich entfernen, um Percy rufen zu lassen.

»Halt!« rief er mir nach. »Wo wollen Sie hin? Ich kann nicht allein bleiben – Mortimer –«

»Ich will nur den Befehl geben, Mylord Percy rufen zu lassen.«

»Percy! – Ja! Aber Mortimer? Mortimer?« fragte er flüsternd, »was wird der sagen? Wird er mich nicht umbringen?«

»Mortimer ist nicht da, Mylord, er wird Sie nicht umbringen, Percy wird bei Ihnen bleiben und Sie gegen ihn in Schutz nehmen.«

»Das ist gut, das ist recht – ach! ich fürchte mich so sehr!« In diesem Augenblick trat der Haushofmeister lauter als gewöhnlich ein.

»Ich habe ihn gesehen, ich habe ihn gesehen!« rief er. »Ach! Euer Herrlichkeit Sohn – Mylord Percy ist da – er hat mir die Hand gedrückt!«

Der Greis nickte mit dem Kopfe und schien zu lächeln.

»Geht schnell und ruft ihn her!« sagte ich. »Er und Alle mögen kommen, der rechte Augenblick ist da.«

Der Haushofmeister verschwand sogleich. Gleich nach seinem Weggehen kam der Diener und stellte zwei große, silberne Armleuchter, auf denen je vier Wachskerzen brannten, auf zwei sich gegenüberstehende Tische.

Als jetzt alles wieder im Zimmer still war, hörte man den spritzenden Regen laut an die Fenster schlagen und auch der Wind sauste ungestüm im Kamin.

Ich stand bei dem Marquis und hielt seine zitternde, kalte Hand. Er sah mich ängstlich, aber doch mit einem unbestimmten Ausdruck halb erwachter Freudigkeit an. Ich sprach ihm Trost und Mut ein – es vergingen einige Minuten wieder im Stillschweigen ich wartete, ich horchte, ich wußte nicht, warum ich die nächste Szene zu beeilen wünschte.

Da hörte ich rasch Jemanden die Treppe heraufstürzen – es waren die Tritte, die Stimmen mehrerer Menschen – die Tür flog mit beiden Flügeln auf – Percy, Ellinor an der Hand haltend, war der erste auf der Schwelle, hinter ihm Sir Robert Graham, gefolgt von dem atemlosen Haushofmeister und Phillipps. Alle stürzten jetzt auf einmal herein, Alle vom gleichen Wunsche beseelt, einer Szene beizuwohnen, welche das unverhofft glückliche Ende eines langen Trauerspiels sein sollte.

Eine Sekunde blieben sie an der Schwelle stehen – sie suchten den unglücklichen Greis mit den Augen – sie hefteten einen ängstlich zagenden Blick auf die gebeugte, welke Gestalt, die ich kaum atmend in meinen Armen hielt, dann, laut aufschreiend Vater und Sohn schrien zugleich auf – flog Percy zu seinen Füßen, umklammerte seine Knie und schluchzte laut:

»Mein Vater! mein Vater! Ach! mein armer Vater!«

Da ermannte sich der unglückliche Greis – er machte eine Bewegung aufzustehen, worin ich ihn unterstützte.

»Steh auf, steh auf, mein Sohn!« rief er.

Percy erhob sich – da fiel der Vater zu Boden und umklammerte die Füße seines Sohnes.

Es war der ergreifendste Moment, dem ich je beigewohnt.

Aber Percy, schnell, augenblicklich, hob den knieenden Vater in seinen starken Armen empor, preßte ihn mächtig an sein Herz und wir hörten glühende, kindliche Küsse, die ersten in seinem ganzen Leben, die er auf die fahle Wange seines Vaters drückte.

»Mein Vater, mein Vater!«

»Mein Sohn, mein Sohn!« war Alles, was wir vernahmen.

Da trat auch Ellinor, auf ihren Vater gestützt, der seine Tränen nicht zurückhalten konnte, heran.

»Guten Abend, Mylord!« sagte ganz einfach und mit unaussprechlicher Rührung der ehemalige Pfarrer und streckte seinem früheren Herrn versöhnend die Rechte entgegen.

Der Marquis ließ Percy los und blickte Sir Robert an.

»Graham! Graham!« rief er, »und auch Ihr?«

»Auch ich, auch ich, Mylord, und meine Tochter – Ihre Tochter!«

Und abermals öffnete der erschütterte Greis seine Arme und Sir Robert und Ellinor umschlossen ihn.

Nach fünf Minuten saßen wir Alle beieinander, dicht vor dem wohltätigen Feuer des prasselnden Kamines. Der Marquis hatte sich etwas erholt und lächelte so freundlich, wie er lächeln konnte. An der einen Hand Percy, an der anderen Ellinor haltend, sah er zärtlich bald den einen, bald die Andere an. Sein Herz war aufgegangen, seine Seele war noch eine kurze Zeit bei uns.

»Das war schön – sehr schön!« sagte er. »Dreißig Jahre Haß und eine Minute Liebe – und doch ist mir so wohl!«

»Und auf ewig deinen Segen, mein Vater, nicht wahr?« fragte Percy.

»Auf ewig!« wiederholte der Vater und schaute seinem edlen Sohn zum ersten Male in seinem Leben mit dem Blicke eines entzückten Vaters an.

»O, wie mir leicht ist!« lispelte er, »wie leicht! Meine Brust ist offen – ich sehe Alles – Alles! ich weiß Alles – wer hätte das denken können! Mir ist, als wenn es erst gestern geschehen wäre, und als wäre ich erst heute aus einem langen, traurigen Traume erwacht. Ach, das Leben ist doch sehr schön! Nicht wahr, Graham? Nicht wahr, Percy? Nicht wahr, Ellinor? Und ihr seid meine Kinder ach! ich glücklicher alter Mann!«

Da kam ein heftiger, harter Tritt die Treppe herauf – eilig, hastig. Die Tür ward aufgerissen – Alle sprangen von ihren Stühlen heftig empor – es entstand eine Pause, in der kein Laut sich hören ließ. Alle Gesichter waren erschreckt, bleich, Besorgnis und Unwillen ausdrückend zur Tür gewandt – denn durch diese war, die Haare in Unordnung, die Kleidung naß, die Fäuste geballt und die Augen voll stechender Wut – Sir Mortimer eingetreten.

Er sah uns erschrocken, erstaunt und drohend, aber mehr drohend als erschrocken an, und blieb an der Tür, wie von Geistern gebannt, stehen. Er wollte sprechen, aber er vermochte es nicht seine Brust arbeitete bloß in einem ohnmächtigen Versuche. Seine Blicke schweiften fragend, suchend im Kreise umher – endlich blieben sie auf Ellinor haften – mit der Rechten schlug er sich, daß es laut in dem stillen Gemach widerhallte, vor die Stirn, und es entfuhr seinen geöffneten Lippen nur der einzige, aber mit furchtbarem Entsetzen hervorgebrachte Laut:

»Ha!«

Da trat ihm Percy entgegen, abwehrend, besänftigend. Auch seine Augen flammten, auch seine hohe, freie Stirn leuchtete, doch wie himmelweit verschieden war der Ausdruck dieser beiden, an Gesichtsbildung sich sonst so ähnlichen Brüder!

Abermals standen Beide einander gegenüber – Mortimer hatte geschworen, es solle dies ein Zusammentreffen auf Tod und Leben sein.

»Mortimer!« rief Percy mit sanfter, überredender Stimme, »Mortimer!«

Da erkannte er erst Percy vollständig, da sah er uns Alle auch erst einzeln an, denn seine Überraschung hatte ihn bisher nur das allgemeine Bild unserer Vereinigung auffassen lassen. Aber dieses Erkennen war schrecklich – er zuckte zusammen wie vom Blitze getroffen – er wandte sich halb ab – das strahlende Auge Percys war zu siegreich, zu niederschmetternd, denn der gute Geist war in demselben lebendig und sprach aus ihm, und nie hat diesem der böse Geist offen ins Gesicht blicken können.

»Guten Abend, Mortimer!« sagte Percy noch einmal.

»Ha!« rief jener. »Du hier? Was willst du?«

»Habe ich nicht gleiches Recht, hier zu sein, wie du? Doch wenn du es wissen willst – meinen Vater sehen und seinen Segen empfangen! Uns aber, da wir einmal Brüder sind, laß uns, wenn auch nicht lieben, doch einander ertragen lernen!«

»Und mich um meine Erbschaft bestehlen, setze nur hinzu, nicht?«

»Mortimer! Sei ruhig! ich warne dich! Laß die vergangenen Zeiten, laß sie schlafen – ein neuer Tag leuchtet herauf – erinnere mich bei deinem Leben nicht an die Vergangenheit – ich will sie, unserem Vater und unserer Mutter zuliebe, vergessen!« rief Percy mit einem zugleich bittenden, aber festen und vorwurfsvollen Tone.

»Ja, Percy, ja!« antwortete Mortimer höhnisch, »du willst vergessen, aber ich mag nicht.«

»Ha!« unterbrach ihn Percy, aber er schwieg sogleich wieder.

»Ich ganz gewiß nicht! Ein neuer Tag leuchtet heran, du hast Recht – aber dich erkenne ich nicht als meinen Bruder an – denn du bist verrückt, du kommst aus dem Tollhause – ich, ich allein bin der Erbe des Marquis von Seymour!«

»Verrückt!« schrie Percy und ein bitteres Lächeln flog wie der Schatten der finsteren Nacht über sein stolzes, in diesem Augenblick zwar schönes, aber zugleich schrecklich anzusehendes Gesicht, »ha! mahne mich daran nicht – ich vergesse mich sonst, so gern ich mich beherrschen möchte.«

Und es war, als wenn er mit einem Blick in sich hinein schaute die Vergangenheit kam über ihn – ich fürchtete einen Augenblick die rasende Heftigkeit dieses entfesselten Herzens, doch er bezwang sich. Er sah Ellinor, er sah Graham, er sah seinen Vater und mich an, als wollte er zu uns sagen: »Ihr hört es – Ihr seht es – Ihr wißt es – und ich, ich bleibe gelassen!«

»Willst du etwa wieder mit mir kämpfen, ringen, du Athlet?« fragte Mortimer spöttisch. »Kämpfen um dieses schöne Erbe? Du siehst mir ganz danach aus. Hast du wieder deinen Wolfshund hinter dir, du schlauer Spion? – Nein, er scheint nicht hier zu sein haha! du möchtest dich irren, ich kämpfe nicht mehr mit dir um das, was mein ist – du kennst mich nicht! – Aber beruhige dich, mein Bruder, wenn du dich doch so nennst – rolle die Augen nicht so fürchterlich – dein Blick zerschmettert mich nicht und ich fürchte dich nicht, denn – denn, haha! das Testament ist gemacht und unterzeichnet – haha! Der da!« und er zeigte auf mich, »und der da!« und er zeigte auf den Haushofmeister, »Beide deine Freunde wahrscheinlich – haben es unterschrieben, als der da«, und hierbei zeigte er auf seinen eigenen Vater, »der jetzt hier wie tot liegt, noch bei Verstande war. Haha! weißt du es nun? Da, da, in jenem Kasten liegt es«, und er deutete auf einen kleinen elfenbeinernen, mit Silber ausgelegten Kasten, welcher auf einem Tischchen dicht neben Lord Seymours Sessel stand.

Mylord Seymour, durch diese hohnlachende Rede bis in die tiefsten Fugen seines morschen Lebens erschüttert, sank, als er auf das Kästchen zeigte, wie ein gebrochenes Rohr zusammen, denn ihn erfaßte die entsetzliche Angst, der wütende Sohn werde von ihm den Schlüssel fordern und den ihm gespielten Betrug entdecken. Ellinor kniete neben ihm auf einer Fußbank und verbarg das Gesicht in ihren Händen, denn auch sie fürchtete eine unnatürliche Tat. Phillipps stand dicht hinter seinem Herrn, Entschlossenheit in seinen kräftig arbeitenden, scharf markierten Zügen und seine Blicke abwechselnd von Percy zu Mortimer und von Mortimer zu Percy jagend, als wollte er jeder feindlichen Bewegung zuvorkommen, die gegen seinen Herrn mutmaßlicherweise würde gerichtet werden. Sir Robert Graham sah unverwandt auf Percy, denn die herrliche Stellung desselben und der fürstliche, gebieterische Ausdruck seines in diesem schrecklichen Augenblick von allem Glanze des guten Gewissens strahlenden Antlitzes mochte den alten Mann zur Bewunderung hinreißen. Ich aber blickte auf Percy und Mortimer zugleich, denn ich glaubte jeden Augenblick, der eine oder andere würde auf diese oder jene Weise der gräßlichen Szene ein Ende machen.

Es entstand eine lautlose Stille. Hastigen Trittes, das Auge funkelnd vor Rachgier, schritt jetzt Mortimer durch das Zimmer auf den Kasten los – er nahm ihn in die Hand – er verlangte nicht von dem Vater den Schlüssel – das hätte ihn zuviel Zeit gekostet, – sondern er schlug mit der geballten Faust darauf, daß er krachend auseinandersprang und mehrere Papiere aus ihm herausfielen.

Percy hatte jede seiner Bewegung mit dem Auge eines Falken verfolgt. Sobald er erkannte, was Mortimer beabsichtigte, rief er mit abmahnender, halb bittender Stimme:

»Laß das Testament, Mortimer! laß es, ich brauche es nicht, ich will es nicht.«

Aber der Ruf kam zu spät oder wurde nicht beachtet; der Schlag war geschehen und die Wirkung davon sollte nicht ausbleiben.

»Aber ich, ich brauche es und ich will es!« schrie Mortimer, wühlte unter den Papieren, die herausgefallen waren, warf die übrigen beiseite und hielt jetzt das gesuchte seinem Bruder frohlockend entgegen in die Höhe.

»Lies!« jauchzte er beinahe, »lies! und ihr Alle lest!«

»Lies du, wenn du es gelesen haben willst!« donnerte jetzt Percy, dessen Geduld zu Ende war, und schleuderte einen furchtbaren Blick auf den wie im berauschten Zustande wütenden Menschen, den ihm die Natur aus Irrtum zum Bruder gegeben hatte.

Und dieser Blick tat eine entsetzliche Wirkung. Der Donner seiner gewaltigen Stimme hallte an den Wänden, der Decke des Zimmers und in unser Aller Brust wieder. Mortimer, der fürchterliche, starke Mortimer selbst schrak vor dieser Stimme und vor diesem Blicke zusammen – denn so hatte er seinen gehaßten Bruder nie gesehen. Es lag etwas Zermalmendes in dem Blicke dessen, den er zu demütigen und zu enterben gekommen war.

Langsam, allmählich, wie von einem inneren abmahnenden Geiste aufgehalten, erhob er das verhängnisvolle Blatt vor sein Gesicht – er schlug es auseinander – er schien darin zu lesen – und ein Schatten, schwarz wie die Nacht, flog über seine erbleichenden Züge.

»Ha!« rief er bebend vor Wut und Schrecken, und das Blatt entfiel seiner zitternden Hand. Dann gegen uns Alle speiend und mit von den finstersten Leidenschaften entstelltem Gesichte zur Tür schreitend, drehte er sich noch einmal herum, als er schon auf der Schwelle stand:

»Bestien! Hunde! die ihr seid, ich speie euch an – ihr Alle seid Verräter – Ihr – Ihr –« und der Zorn erstickte seine Stimme, »ihr sollt von mir hören!«

Er verschwand durch die Tür – sie schlug krachend hinter ihm zu, daß durch die sich fortpflanzende heftige Erschütterung mehrere Kerzen von den Leuchtern fielen – wir standen sprachlos, entsetzt, starr – es war eine fürchterliche Pause!

»Er bringt mich um!« wimmerte der Marquis und knickte auf seinem Stuhle zusammen. »O! ich – sterbe!«

Alle eilten zum Sessel zu, wo der unglückliche Vater lag – er sah einer Totenmaske ähnlich – sein gläsernes Auge starrte uns stier an – er schüttelte noch einmal den greisen Kopf und sank dann zurück – sein Verstand war völlig von ihm gewichen.

+++

Es war eine späte Stunde der Nacht, die diesem verhängnisvollen Abend gefolgt war, als ich in mein Zimmer zurückkehrte, das mir im Schlosse des Marquis von Seymour angewiesen war. Ich war bis dahin bei dem unglücklichen Greise geblieben, hatte an seinem Bette gesessen und den plötzlichen vollständigen Ausbruch der traurigsten und lange schon vorbereiteten Krankheit mit ihren schnellen Fortschritten hinreichend beobachtet, um mir selbst ein Zeugnis ihrer Unheilbarkeit ablegen zu können. In der Tat, der Sturm des Unglückes hatte entsetzlich in diesem Hause und in dieser Familie gewütet; jetzt aber, bei der Ruhe der Nacht, welche alle Aufregungen besänftigt, war ihm eine tiefe, wenigstens scheinbare Windstille gefolgt, man atmete wieder freier, man blickte wieder hoffnungsvoll in alle vier Weltgegenden der Möglichkeiten und gab sich einer ungewissen, aber doch nicht völlig trostlosen Zukunft hin.

Percy hatte auf allen Wegen vertraute Boten nach seinem Bruder ausgesandt, der nach jenem Auftritt im Zimmer seines Vaters, vom Sturme seiner Leidenschaften gepeitscht, allein in die stürmische Nacht davongeritten war. Percy, der gute, edle Percy, hatte diese Boten ausgesandt, um ihm zu sagen, daß er selbst aus freien Stücken auf die Erbschaft verzichte, daß Alles, Alles ihm allein zufallen, daß er nur kommen und seinen Bruder erkennen und begreifen solle.

Jetzt war er mit seiner Gattin in einem neben dem meinigen gelegenen Gemache zur Ruhe gegangen, mit ihr, die ja den Trost und Schutz, den es für sie gab, nur an seiner starken Brust allein zu finden vermochte. Sie schliefen gewiß schon lange den Schlaf der Müden, die in ihrer Brust den Frieden haben, der der köstlichste auf Erden ist und den die Natur allen guten Menschen gibt, die nur mit Schmerz den Kampf erblicken und bestehen, den das Zerwürfnis der Welt und ihre irdischen Verhältnisse so oft wider unseren Willen an unserer friedlichen Schwelle aufpflanzen.

Auf der anderen Seite neben meinem Zimmer war das Schlafgemach Sir Robert Grahams zubereitet. Die Tür zwischen unseren beiden Zimmern war nicht verschlossen, nur angelehnt; ich horchte einmal an ihr, und da ich die ruhigen, sanften Atemzüge des alten Mannes hörte, schloß ich die Tür leise, um ihn nicht durch mein Auf- und Niedergehen zu stören, denn es war mir unmöglich, mich anfangs irgendeinem ruhigen Gedanken, viel weniger aber dem Schlafe hinzugeben.

Ich war so gern des Nachts wach, wenn Alles um mich schlief, ich hörte so gern das gleichmäßige, gesunde, stille Atmen einer Menschenbrust; denn dann pflegte jene geistige Stille über mich zu kommen, die der Gedanken Element und der festen, männlichen Entschlüsse günstigste Rennbahn ist.

So war es mir auch in dieser Nacht. Allmählich wurde ich ruhiger, die Verhältnisse lagen klarer vor mir; ich sah, was ich sehen wollte, sowohl was mich, als was Andere betraf. Ich blickte in die Gruft der Vergangenheit zurück und suchte in den zeugungsreichen Schoß der Zukunft einzudringen. Meine Tage in England waren gezählt; noch wenige Wochen nur durfte ich bei den mir so Teuren verweilen, dann rief mich meine Pflicht und mein Beruf in mein Vaterland zurück.

So sehr ich auch an den Meinen hing, diesmal wogen sie leichter in der Wagschale meiner Liebe. Ich hatte auch hier Herzen gefunden, an die ich mit unzerreißbaren und heiligen Banden geknüpft war. Das allmächtige Band der Freundschaft umschloß fest meine Brust, ich fühlte mich wider meinen Willen gehalten, und schon der Gedanke an die nahe bevorstehende Trennung preßte mir einen unglaublichen Schmerz aus. Auch glaubte ich, hoffte ich – o nein! ich wußte es bestimmt, daß auch Percy und seine Verwandten mich ungern würden scheiden sehen, und ich baute schon im Voraus Pläne, wie wir uns auf den breiten und langen Wegen des weitverzweigten Lebens einmal wieder treffen könnten.

Aus diesen stillen, zugleich bitteren und süßen Betrachtungen zog mich das mit jeder Minute stärker tobende Unwetter draußen. Der Regen schlug in großen Tropfen prasselnd an meine Fenster, deren Vorhänge noch nicht herabgelassen waren, und der Wind heulte in dem Rauchfange meines Kamins und fing sich bisweilen dergestalt darin, daß die Funken in meinem Zimmer spielend umherstoben. Ich sah und hörte diesem Spiele der Elemente mit gemischten Gefühlen der Lust und Erregung zu. Ich liebte den Sturm, mochte ich ihm ausgesetzt oder vor ihm geborgen sein; gern hatte ich es, wenn auf der Reise der Regen mir ins Gesicht schlug, und das ungestüme Heulen des Windes war meinen Ohren von jeher Musik gewesen. Aber auch in einem warmen behaglichen Zimmer geborgen, hörte ich es gern, wenn die Außenwelt im Kampf und Streit ist; dann am lodernden Kamin zu sitzen, bringt jene innerliche und gesellige Behaglichkeit mit sich, die wir Deutsche fast gar nicht aus Erfahrung und nur durch Überlieferung von Reisenden und Schriftstellern kennen.

Da der Wind immer stärker wurde und ich für mein Zimmer und mein Feuer besorgt war, schloß ich die Klappe halb, die oberhalb meines Kamins angebracht war und durch einen Draht in Bewegung gesetzt werden konnte, schürte dann langsam die Brände an und stellte zum Schutze gegen die sprühenden Funken das feine messingene Drahtgitter davor, welches man in jedem wohleingerichteten Hause in England zu diesem Behufe vorfindet.

Mich fing an zu frösteln, und doch fühlte ich keine Neigung, mein Lager zu suchen, welches in einem Alkoven stand, der nach Sir Roberts Zimmer hineintrat. Neben diesem Alkoven befand sich die Tür, die in dieses Zimmer führte, ihr gegenüber aber eine andere, welche Percys Zimmer von dem meinigen trennte; eine dritte war den Fenstern gegenüber befindlich und führte auf den Korridor.

Ich war eben im Begriff, den leichten Rock, den ich trug, mit einem wärmeren zu vertauschen, als ich ein leises Kratzen an dieser letzteren zu vernehmen glaubte. Ich hielt in meiner Beschäftigung inne, trat näher zur Tür, die verschlossen war, und horchte noch einmal genauer hin. Es war wieder still.

Ich glaubte mich getäuscht zu haben und trat wieder zurück an das Feuer vor dem Kamin, auf dem zwei Kerzen brannten und, mit der düsteren Glut der Kohlen vereint, ein nicht allzu lebhaftes Licht durch das Zimmer warfen, denn dieses war groß und hoch.

Da glaubte ich, das Kratzen wieder zu hören, und diesmal lauter als vorher.

Ich ging nochmals zur Tür, lauschte noch einmal und hörte jetzt deutlich neben dem Kratzen das schnuppernde Nasengeräusch eines Hundes.

Leise, um Niemanden zu stören, öffnete ich, und siehe, da trat Othello bei mir ein. Aber obgleich er, wie zum Danke, mit dem Schweife wedelte, freute er sich doch nicht wie gewöhnlich, wenn er zu mir trat, kaum sogar erhob er seinen Kopf gegen mich. Wie eine Katze schleichend, ging er mehrere Male, den Kopf tief zur Erde gebeugt, im Zimmer umher, beroch mein Bett, einige Stühle und blieb endlich vor der Tür liegen, die in Percys Schlafkabinett führte.

»Was der Hund für einen unglaublichen Instinkt hat!« dachte ich, und bewunderte das schöne Tier, das sich so dicht wie möglich an der Tür niedergestreckt hatte. »Er weiß, daß sein Herr darin ist, und nun will er nicht von seiner Schwelle weichen.«

Ich bückte mich nieder, streichelte ihn und flüsterte:

»Du gutes, treues Tier!«

Aber der Hund achtete gar nicht auf meine Liebkosungen, sein Auge und sein Ohr hingen unabgewandt an der Tür, als vermute oder erwarte er, sein Herr werde daraus hervortreten. Es kam mir dies durchaus nicht ungewöhnlich vor, denn unsere Bekanntschaft schrieb sich erst aus einer kürzeren Zeit her.

Während ich dies oder etwas dergleichen bei mir dachte, erhob sich der Hund plötzlich, spitzte die Ohren und schlug mit seinem großen zottigen Schweife heftig seine Flanken und seinen Rücken. Jetzt erst ward ich aufmerksamer, ich wandte ebenfalls meine Blicke und mein Ohr unwillkürlich auf die Tür.

»Was geht da vor?« dachte ich und sann einen Augenblick nach.

Da erhob sich der Hund auf seine Hinterpfoten und legte leise die Vorderläufe gegen die Füllung der Tür. In dieser Stellung war er so groß wie ein erwachsener Mensch. Aber immer noch gab er keinen Laut von sich als bisweilen ein ängstlich klingendes und mir wahrhaft Besorgnis einflößendes leises Gewimmer.

»Othello!« rief ich ihm halblaut zu, »was willst du?«

Der Hund schien nicht auf mich zu hören – jetzt knurrte er aber schon weniger leise und heiser – da war es mir, der ich ein scharfes Gehör habe, als wenn ich im Nebenzimmer ein knackendes Geräusch vernähme. Mechanisch trat ich zum Kamin, nahm den Armleuchter herunter und kehrte wieder zur Tür zurück – atemlos horchte ich – es war so natürlich, in diesem Hause Furcht zu empfinden und Gefahr zu ahnen, und doch hatte ich jetzt noch gar nicht daran gedacht. Aber noch wollte ich mich über das ungestüme Klopfen meines Herzens mit Vernunftgründen beruhigen, als ich plötzlich im Nebenzimmer einen lauten Schrei ausstoßen und dann Alles wieder still werden hörte.

Jetzt war keine Zeit zur Überlegung mehr vorhanden; auch sprang der Hund wütend und laut aufheulend gegen die Tür und biß in das Holz und den metallenen Drücker, daß ich seine Zähne daran knirschen hörte. Ich setzte den Armleuchter auf den Boden und ergriff den Drücker – die Tür war von Innen verschlossen.

»Hilfe! Hilfe!« hörte ich es jetzt aus dem Nebenzimmer schallen – dann folgte ein dumpfes Stampfen mit den Füßen, und ein Ächzen, ein Stöhnen wie das zweier um Tod und Leben ringender Menschen.

Sir Robert Graham, von dem Lärm und dem Hundegebell erweckt, war schon bei mir – wir warfen uns mit Gewalt, mit aller Anstrengung gegen die Tür – der Hund heulte vor Wut und biß sich selbst in die Pfoten – wir stießen mit aller Kraft der Verzweiflung mit den Füßen gegen das Schloß – es gab nach – die Tür sprang krachend auf – unser Licht drang hinein – wir stürzten – vor großer Gott, was sahen wir!

Aber Alles, was wir sahen, war das Werk eines kurzen Augenblickes – es befand sich kein Licht im Gemach – das unserige erleuchtete zuerst die Szene dieses entsetzlichen, unnatürlichen Kampfes – denn wir standen mit hocherhobenen Lichtern und keuchender Brust da – sahen Ellinor in ihrem Bette kniend, die Hände gegen uns – gegen – ha! gegen Mortimer erhoben, der, wie ein blutdürstiger Tiger dastehend, einen blanken Dolch in der hocherhobenen Rechten schwingend, auf Percy losstürzte, der ihm, fast ganz entblößt, entgegengesprungen war und mit seiner Linken die so schrecklich bewehrte Rechte seines Bruders umklammert hielt.

Kein Laut wurde jetzt gehört – ein heftiges, schweigsames, aber um so verzweifelteres Ringen fand statt – in diesem Augenblick kamen wir – Percy schleuderte mit einer furchtbaren Gewalt seinen vorstrebenden Bruder rückwärts und war im Begriff, nach einem Degen zu greifen, der, von seiner Scheide entblößt, dicht neben ihm auf einem Tische lag.

Da sprang der Hund, brüllend wie ein Löwe und unaufhaltsam in seiner lange zurückgehaltenen und nun endlich losgelassenen Wut auf sein längst gesuchtes Opfer – ein wilder Sprung – ein kräftiger Biß – ein Ruck, und er stürzte mit Mortimer zugleich, mehrere Stühle zusammenbrechend, die im Wege standen, zu Boden und stand nun, ein schrecklicher Sieger, über ihm.

Aber wo war der Dolch? Wo war die starke Rechte, die ihn so mörderisch geschwungen hatte? Weg war die Waffe und kraftlos die Hand. Wir hörten nichts als ein tonloses Ächzen.

Aber Percy war sogleich über den Hund hergesprungen, riß ihn, mit beiden Armen das mächtige Tier gewaltig umschlingend, mit lautem Zuruf zurück, trug ihn so in unser Zimmer, schloß die Tür und stürzte schnell wie der Wind wieder zur Szene des Kampfes zurück.

Und was sahen wir nun? Mortimer blieb am Boden liegen und regte sich nicht – ein Strom warmen dampfenden Blutes drang aus seiner Seite hervor.

Percy kniete neben ihm.

»Mortimer! Mortimer!« rief er. »Was ist dir? Was hast du? – Hörst du mich?«

Aber Mortimer antwortete nicht; er gab nicht einmal ein Zeichen von sich. Nur seine Hände zogen sich krampfhaft zusammen und seine Augen rollten gläsern in ihren Höhlen herum.

»Mortimer! mein Bruder!« schrie er lauter. »Was willst du von mir? Die Erbschaft? Nimm sie, nimm sie – ich will sie nicht, wenn du dadurch glücklich werden kannst.«

Aber Mortimer antwortete auch diesmal nicht, hörte nichts mehr. Durch den unerwarteten und gewaltsamen Angriff des treuen Hundes zurückgeworfen, hatte er im Fallen sich selbst den Dolch in die rechte Seite gestoßen. Noch ein Seufzer, noch ein Ächzen ließ sich hören – und der verzweifelnde Mensch, der Bruder Mylord Percys, der Sohn Mylord Seymours, lag als Leichnam am Boden.

Wir standen entsetzt und blickten uns und den Toten an – kein Mensch wußte noch, wie das alles begonnen, und schon war es beendet.

»Das war Gott und seine allmächtige Hand!« sprach tief ergriffen Sir Robert Graham.

Jetzt stürzten die Diener, von dem entsetzlichen Lärmen herbeigezogen, ins Zimmer – es entstand ein lautes Gedränge – Percy zog die Vorhänge des Bettes, in dem Ellinor halb bewußtlos noch immer auf den Knien lag, zusammen und ließ den Leichnam seines Bruders hinaustragen.

Für diese Nacht war natürlich unsere Ruhe dahin, und ach! als der erste bleiche Morgenstrahl in die Fenster von Mylord Seymours Schloß drang, wie anders war es da, als es kurz vorher gewesen – ich hatte alle Hände voll zu tun, denn ich hatte einen Toten, einen Wahnsinnigen und eine Ohnmächtige, die sich noch immer nicht erholen konnte, außerdem aber zwei weinende Männer, deren Tränen Gold waren und deren Schmerz wie glühendes Eisen in ihrem Busen wühlte.

Kapitel 28

Ungefähr zehn Tage nach den soeben erzählten Ereignissen zu Codrington-Hall – die Leiche Sir Mortimers war schon längst in dem Familienbegräbnis beigesetzt – sah man einen bequemen Reisewagen mit vier Postpferden bespannt auf dem Wege von London her vor die große Eingangspforte des Schlosses fahren. Ein Blick von mir reichte hin, das Wappen an dem schon haltenden Wagen zu erkennen, es war das Sir Johns ..., des berühmten Arztes am Bethlehem-Hospitale zu London. Der alte Mann war auf Percys und auf meine Bitten gekommen, um sich selbst von dem Gemütszustande Seiner Herrlichkeit des Marquis von Seymour zu überzeugen, nachdem ich ihm durch einen Kurier die bedeutendere Erkrankung desselben und den dringenden Wunsch der Familie, ihn selbst zu Rate zu ziehen, mitgeteilt hatte.

Wir eilten ihm alle entgegen, als er, auf einen Diener gestützt, die steinernen Stufen zum Eingange heraufstieg. Als er uns sah und erkannte, blieb er stehen und nahm den Hut ab. Seine spärlichen weißen Haare flatterten im Winde und sein schnelles Auge überflog teilnahmsvoll und aufmerksam die Gesellschaft; denn er bemerkte sogleich, daß Percy und die Dienerschaft in Trauerkleidern war.

»So bin ich zu spät gekommen, Mylord?« war seine erste Frage. »Und ich muß, nachdem der Schlag geschehen, dennoch das traurige Geheimnis Ihrer Familie erfahren? – Guten Tag, kleiner Job!«

»O nein, Sir John«, erwiderte Percy und führte ihn am Arme ganz herauf, »Sie sind nicht zu spät gekommen. Sie finden uns vielmehr in doppelter Trauer über ein Geschick, das schon vollendet ist, und über ein anderes, welches seiner Vollendung entgegensieht. Ich bedaure den Tod meines Bruders und Sie sind der Krankheit meines Vaters wegen hierhergekommen.«

»So drücke ich Eurer Herrlichkeit mein zweifaches Beileid aus!« entgegnete Sir John mit würdevollem Tone und senkte sein ehrwürdiges Haupt.

Nach diesen kurzen Begrüßungen führten wir den willkommenen Gast in ein Zimmer, daß mit allem zu seiner Bequemlichkeit Notwendigen versehen war. Mir aber war es wiederum vorbehalten, meinem alten Freunde die Aufklärungen zu geben und ihm die Vorfälle, von denen ich Zeuge gewesen war, mitzuteilen, und ich tat es sogleich, nachdem der Viscount und Sir Robert das Zimmer verlassen hatten.

Sir John hörte aufmerksam der langen Erzählung zu, er sprach kein Wort dazwischen; nur als ich auf Mr. Sidney kam und erwähnte, daß der Viscount von Dunsdale derselbe sei, rief er:

»Ach, ist es möglich! Das habe ich nicht gedacht!«

Als ich mit meinem Berichte zu Ende war, blickte ich Sir John an. Er schwieg und schüttelte den Kopf.

»Ja! das ist ein Geheimnis«, sagte er endlich in einem so traurigen Tone und mit einer so niedergeschlagenen Miene, wie ich sie bei ihm noch nicht wahrgenommen hatte, »das ist ein Geheimnis, welches der Mühe wert ist, als solches bewahrt zu werden, und zugleich von einer Art, wie es wohl schwerlich oft in diesen Tagen vorkommen dürfte. Ich würde es kaum glauben, wenn Sie es mir nicht sagten und ich die Beweise nicht vor mir sähe. Aber dennoch ist mir Alles klar – ich erkenne den menschlichen Geist wieder, in seinen Tiefen und in seinen Höhen, und das ist einmal wieder ein Ausbruch, eine feuerspeiende Epoche dieses ewig ruhelosen, die ganze sittliche Welt untergrabenden Vulkans. Zwar wundere ich mich darüber nicht, denn wenn Sie so alt wären wie ich, mein junger Freund, so würden auch Sie sich über nichts mehr wundern, was dieser Engel oder Teufel von menschlichem Geist – denn eins von beiden ist er immer mehr oder weniger – zu Wege bringt, man kann von ihm Alles erwarten.«

Darauf begaben wir uns in das Zimmer des Marquis, bei dem zwei zuverlässige Diener Wache hielten, denn er hatte schon mehrere Male die Absicht verraten, sich selbst ein Leid anzutun, indem er sich in die Glut stürzen wollte, die in seinem Kamine glimmte.

Wie gewöhnlich fanden wir ihn auf seinem Sessel, aber er war kaum wiederzuerkennen. Bleich, mager und abgezehrt war sein Gesicht schon vorher gewesen, furchtsam und ängstlich hatte sein Auge stets geblickt; jetzt aber waren seine Mienen ganz unkenntlich, seine Züge zerrissen und der Ausdruck des ganzen Gesichtes der des vollkommensten Wahnsinns.

Wir traten ein und Sir John setzte sich auf einen Sessel, dem Marquis gegenüber, ungefähr zwei Schritte von ihm entfernt. Nichts gab uns an diesem zu erkennen, daß er an irgendetwas, was um ihn her vorging, Anteil nähme. Sir John winkte ihm zu – der Marquis beantwortete diesen Wink nicht.

»Guten Morgen, Mylord!« sagte Sir John mit einer so lauten und eindringlichen Stimme, wie er sie so gut und ergreifend dergleichen Kranken gegenüber hören lassen konnte, wenn es notwendig war.

Der Marquis wandte sein erloschenes Auge auf den Sprecher, aber nur einen Augenblick, solange die eben ausgesprochenen Worte noch in seinem Ohre tönten. Dann sank er wieder in seinen vorigen apathischen Zustand zurück.

»Ich muß ein kräftigeres Mittel anwenden, um seinen irrenden, schlaffen Geist zu erwecken«, sagte Sir John zu mir, »passen Sie auf! – Mortimer!« rief er in einem scharfen, so unnachahmlich durchdringenden Tone, daß mir das Wort gleichsam in die Seele schnitt.

Sogleich fuhr der Marquis in die Höhe – seine Unterlippe ließ ein kaum bemerkbares Beben gewahren und er wandte sein erschrocken blickendes Auge nicht mehr von dem Arzte ab, der noch näher an ihn herangerückt war.

»Ist – er – da?« stammelte der Marquis mit einem heiseren Geflüster.

»Er kommt!« antwortete Sir John wie oben.

»O, lassen Sie ihn nicht herein – er wird mich töten – Gift – Gift! – aber ich esse und trinke nichts mehr –«

»Aha!« sagte Sir John zu mir, »das ist eine neue fixe Idee. Nun werden wir Mühe haben, ihn nicht Hungers sterben zu lassen.«

Wir blieben ungefähr noch eine Stunde bei dem Kranken, während welcher Zeit Sir John sich von dem Zustande desselben hinreichend überzeugte. Dann standen wir auf und begaben uns zu Percy, den wir unruhig und erwartungsvoll unserer harrend fanden. Seine Blicke hingen forschend an Sir Johns Munde, als wir eintraten.

»Mein teurer Sir John!« sagte er. »Was für Hoffnungen?«

»Gerade herausgesagt, Mylord – keine!«

»Keine?«

»Gar keine! Sie sind ein Mann und deshalb spreche ich unumwunden die Wahrheit aus.«

»Und gibt es kein Mittel auf der Welt, ihn zu retten?«

»Ihn zu retten? Nein, Mylord, hoffen Sie nichts – ich kenne keines.«

Percy warf einen Blick gen Himmel, faltete die Hände und sagte:

»Großer Gott! ich kann nicht dafür!«

»Es kommt jetzt allein darauf an«, fuhr Sir John fort, »ihn vor allem möglichen Schaden zu bewahren, und da scheint es mir am besten zu sein, wenn Sie ihn unter eine fortwährende ärztliche Aufsicht brächten« – Percy sah ihn unruhig, ahnungsvoll an – »nach London nicht – das würde zu viel Aufsehen machen. Die Welt braucht nichts davon zu wissen –«

»Was meinen Sie, Sir – wohin wollen Sie ihn bringen?«

»Gerade herausgesagt, noch einmal – denn ich kenne keinen besseren, stilleren Ort – ich schlage vor – nach St. James –«

»Halten Sie ein, Sir, halten Sie ein! Nun und nimmermehr! Soll das eine Wiedervergeltung sein? Lieber will ich mich allein mit ihm in eine dunkle Kammer schließen und so lange seine Hände halten und ihm jeden Bissen selbst hineinzwingen, ehe ich das zugebe.«

Diese Worte wurden mit einem Ausdruck der Bestimmtheit und mit einer so ergreifenden Wahrheit in Blick und Gebärde gesprochen, daß ich erkannte, Percy habe seinen unabänderlichen Willen hiermit kundgetan.

Sir John heftete einen seiner geheimnisvollsten, durchdringendsten Blicke auf den Viscount von Dunsdale. Aber er sah Percy nicht nur an – es war, als ob er durch ihn hindurch schaute, in das innerste Reich der Natur hinein, und als wollte er mit diesem Blick einen Schluß ziehen aus den geheimnisvollen und ewig dunklen Problemen, welche der denkende Mensch der Natur stets abzulauschen bemüht ist, denen er aber Zeitlebens nachspüren wird, ohne sie zu erreichen.

»Es ist gut, Mylord!« sprach er endlich mit der größten Gelassenheit und Milde. »»Es ist gut, ich habe Ihnen nichts mehr zu sagen. Ich sehe, es gibt eine Vergeltung – da oben über uns – aber es gibt auch noch Menschen, die edel, groß und dieser Vergeltung würdig sind. Ich danke Ihnen! Sie haben mir noch am Ende meines Lebens einen Aufschluß über dieses Leben selbst gegeben – es tut mir doch recht leid, daß ich bald davon scheiden muß. Lassen Sie meinen Wagen vorfahren!«

»Wie, Sir John? Sie wollen schon fort?«

»Ja! Ich kam Ihres Herrn Vaters wegen hierher – leider kann ich ihm nicht helfen! Ich glaubte, Ihnen nützlich sein zu können, Mylord, und ich allein habe nur Vorteil aus dieser meiner letzten Reise gezogen. Ich will fort!«

Und Sir Johns Wille war, wie immer, unbeugsam.

Zwei Stunden später fuhr er wieder dahin, wohin er gekommen war, nachdem er mit mir noch einiges über Mylord Seymour gesprochen hatte.

Als sein Wagen in den Schatten des Waldes verschwunden war, fuhr von der anderen Seite des Schlosses ein zweiter heran, ebenfalls von vier schäumenden Pferden gezogen. Erwartungsvoll blickten wir hin, da wir nicht ahnen konnten, wer es so eilig hatte, in das Haus der Trauer zu gelangen.

Aber wie erstaunt waren wir, als wir, nachdem ein Diener den Schlag geöffnet, Mr. Elliotson, den Direktor von St. James, aus dem Wagen steigen und rasch auf uns zukommen sahen. Seine Miene war zwar nicht von Verlegenheit frei, aber seine Haltung sicher und fest, als er sich gegen Percy tief und achtungsvoll verbeugte. Allein ehe er noch ein Wort gesprochen, ging ihm dieser schon entgegen und rief:

»Das ist ein vortrefflicher Gedanke von Ihnen, mein lieber Mr. Elliotson! Treten Sie näher, treten Sie näher!«

Und ihn unter den Arm fassend führte er ihn ohne weiters in das Zimmer, in welchem sich Sir Robert Graham und seine Tochter befanden.

Ich gestehe, der gute Mr. Elliotson befand sich in keiner beneidenswerten Lage, aber er verbesserte sie sogleich dadurch, daß er die Sache am rechten Ende ergriff.

»Gentlemen!« sagte er mit bescheidener, aber sicherer Stimme, »und besonders Ihnen, Mylord, bemerke ich, daß ich mich in einer peinlichen Lage vor Ihnen befinde – ich verhehle mir das selbst nicht; indessen, es kann nicht gut anders sein und ich ergebe mich darein. Mylord! Sie sandten mir einen Boten und luden mich freundschaftlich ein, nach Ihrem Landsitz in Dunsdale zu kommen. In welchen Betrachtungen und Entschließungen uns dieser Bote traf, will ich unerörtert lassen. Nur soviel erlaube ich mir zu bemerken, daß ich sogleich Postpferde nahm und Tag und Nacht nach Dunsdale unterwegs war. Allein ich traf Sie daselbst nicht mehr, vernahm aber mit ziemlicher Wahrscheinlichkeit, daß Sie hier wären – und so komme ich auch hierher, Mylord! ich hoffe, nicht zu spät, Ihnen jede Genugtuung zu Füßen zu legen, die Sie von mir verlangen können. Wenn ich in Ihren Augen strafbar erscheine, so glaube ich Ihnen das gern und habe nichts dagegen vorzubringen. Indessen meine Ehre gebietet mir zugleich, Ihnen mein Bedauern über alles – alles Vergangene auszudrücken, aber zugleich auch Ihre großmütige Verzeihung für mich und die Meinigen in Anspruch zu nehmen.«

»Mein teurer Mr. Elliotson!« erwiderte der Viscount von Dunsdale freundlich, »es freut mich, daß Sie meine Bitte so bald erfüllt haben; ich habe es dringend gewünscht, aber nicht so bald erwartet. Da ich Sie aber nicht eingeladen habe, mit mir eine traurige Vergangenheit noch einmal zu durchleben, sondern uns vielmehr der Gegenwart hinzugeben, wie sie nun einmal ist, so erlauben Sie mir, daß ich Sie mit diesen meinen beiden teuren Verwandten bekannt mache – es ist meine Gattin und deren Vater, Sir Robert Graham – und dieser, meine Lieben, ist mein Freund, Mr. Elliotson!« fügte Percy, an beide Letztere sich wendend, hinzu, indem er auf den Direktor deutete.

Dieser verbeugte sich ehrfurchtsvoll vor Lady Dunsdale und ihrem Vater, fuhr aber sogleich, gegen Percy gewandt, wieder fort:

»Ich glaube es wohl, Mylord, daß die Gegenwart mehr Reize für Sie hat als die Vergangenheit und somit alles verschlingt, was hinter Ihnen liegt, mich aber rief die Vergangenheit hierher, und ehe ich diese nicht von meinem Herzen abgeschüttelt habe, darf ich kann ich es nicht wagen, mich der Gegenwart hinzugeben. Haben Eure Herrlichkeit die Gewogenheit und beantworten mir kurz nur eine Frage – von dieser Ihrer Antwort wird alles Übrige abhängen: Sprechen Sie Ihr Schuldig oder Unschuldig über mich aus?«

Percy lächelte, nahm mich bei der Hand und entgegnete:

»Wenn ich auch einst in einer bitteren Stunde versucht war, Ihnen eine gewisse Schuld aufzubürden – und wie konnte ich anders – dieser hier, mein teuerster Freund, hat sie von Ihnen genommen, indem er mich Ihre Bemühungen um mich in einem anderen und besseren Lichte erblicken ließ – und was mich betrifft, so bin ich jetzt so vollkommen von seiner Meinung überzeugt, daß ich Sie hier im Schlosse meines Vaters als meinen Freund willkommen heiße – ist Ihnen diese Genugtuung hinreichend oder wollen Sie mehr?«

»Mylord! ich bin still – ich kann nichts weiter tun, als Ihnen durch mein Schweigen meinen innigsten Dank abtragen. Es liegt etwas zwischen uns, was uns verbinden wird, solange wir beide leben – auf Ihrer Seite die großmütige Handlung des Vergebens, auf der meinigen ein nie ganz zu beseitigender Vorwurf – nein! wir werden uns, wir können uns nie ganz vergessen. Daß ich aber später, Ihrer jetzigen Versicherung nach, nur mit einem stillen, aber freundlichen Bedauern an Sie denken kann, ist mir die süßeste Beruhigung. Ich bin für mich fertig – hier aber habe ich noch einen Brief an Eure Herrlichkeit von unserem guten Mr. Lorenzen, dem Oberarzt – lesen Sie und antworten Sie mir auch für ihn, denn er zählt die Minuten, bis ich ihm Nachricht gebe, wie Sie von ihm denken.«

Das Wort Oberarzt schien Ellinor und ihren Vater vollständig aufzuklären, sie hatten bisher nur eine unvollkommene Ahnung von dem Verhältnisse gehabt, welches zwischen Percy und Mr. Elliotson obwaltete. Jetzt gewann der neuangekommene Besuch für sie ein größeres Interesse, sie wandten sich mit tausend Fragen an ihn, denn er war es ja, der mit Percy die vier traurigsten Jahre seines Lebens zusammen verlebt hatte.

Dieser hatte unterdessen den Brief des Oberarztes zu Ende gelesen und lächelte abermals.

»Der gute Mann«, sagte er, »tut mir Unrecht, wenn er glaubt, ich würde ihm nie verzeihen können. Freilich, hart muß für ihn die Lehre gewesen sein, wie er sagt, die er durch diesen Mr. Sidney empfangen hat. Indessen da ich nun einmal diesen bewußten Mr. Sidney sehr gut kenne, so werde ich für Mr. Lorenzen ein gutes Wort bei ihm einlegen, und ich hoffe, es wird nicht vergebens sein. Sagen Sie ihm das und grüßen Sie ihn von mir, wenn Sie zurückkehren, jetzt aber seien Sie mein Gast und kommen Sie zu Tische, denn ich höre bereits die Eßglocke läuten.«

Man ging zu Tische, von dem sich jedoch Percy mehrere Male erhob, um zu seinem Vater zu gehen und sich nach seinem Befinden zu erkundigen.

Noch oft kam im Laufe des Tages das Gespräch auf den Zustand des Marquis von Seymour und wie man am besten für seine Zukunft Sorge tragen könne. Was ich aber auch sprach, und wie vortreffliche Anerbietungen Mr. Elliotson dem Viscount von Dunsdale machte, dieser blieb bei seinem unwiderruflich gefaßten Entschlüsse, indem er zu dem Direktor sagte:

»Mr. Elliotson! Ich danke Ihnen für Ihre Güte; ich weiß, was Sie leisten können und was Sie unter diesen Umständen leisten würden. Aber es ist genug, daß Sie von der Vorsehung einen Irren von St. James erhalten haben – dieser, mein unglücklicher Vater, ist für mich, und dieses Haus soll eine Krankenanstalt und ich allein werde sein Arzt und sein Wärter zugleich sein.«

+++

Wie edel, großmütig und echt kindlich dieser Entschluß auch war und wie würdig er ausgeführt worden sein würde – die Vorsehung hatte es anders beschlossen. Schon die sechste Abendstunde dieses Tages verkündete der Umgegend durch die im leisen Abendwinde flatternde große Trauerflagge auf der Zinne des Schloßturmes, daß der Besitzer desselben, der Marquis von Seymour, Graf von Codrington, nicht mehr am Leben sei.

Drei Wochen später befand ich mich, nachdem ich vorher in London von Sir John und meinen anderen Freunden Abschied genommen und alle meine Angelegenheiten in Ordnung gebracht hatte, in Dunsdale-Castle, wo wir denn nun endlich Alle, die an Percys Geschick näheren oder entfernteren Anteil genommen hatten, in innigster Freude und Eintracht versammelt waren: der gute Phillipps mit seinen Söhnen, der Wärter Chappert mit seiner Familie und alle die alten Diener aus Codrington-Hall und Seymour-Castle hatten sich hier um die drei Personen eingefunden, die auch unsere Aufmerksamkeit während des Laufes meiner Darstellungen am meisten in Anspruch genommen.

Es war aber auch nichts Schöneres und Befriedigenderes denkbar, als die von Glück strahlende Ellinor an der Seite ihres edlen Gatten zu sehen und zu beobachten, mit welchem stillen, ich möchte sagen heimlichen Entzücken Sir Robert Graham diese wunderbare Liebe Beider zu betrachten schien. Jetzt war seine ehemalige Prophezeiung ganz in Erfüllung gegangen, denn nun erst hatten sich alle Wolken über des Viscount von Dunsdale Schicksal zerteilt und er stand da wie der kühne Seemann, der, nachdem er den drohendsten Sturm bekämpft hat, stolz auf sein herrliches Schiff sieht, welches er an Klippen und Untiefen vorbei in das heimische, friedliche Gewässer sieg- und ruhmgekrönt zurückgeführt hat.

Es war an einem schönen Oktobermorgen, die Sonne schien so sanft und warm wie kaum im Mai, und die Luft hauchte so hell und klar, wie am lieblichsten Sommerabend; außer der bunteren Farbenpracht der Bäume verriet nichts im ganzen Umkreise der Natur, daß der Sommer vorüber und der Winter im Nahen begriffen sei.

Vor uns auf dem grünen Rasen trabten Bravour und die kleinen Ponies Sir Roberts mit Othello um die Wette herum, mit denen die Knaben Bob und Will mutwillig spielten; der alte Phillipps selbst aber stand, zu einer Reise gerüstet, unfern von uns vor dem Eingange des Schlosses und beobachtete uns, die wir in der großen marmornen Vorhalle standen und in ein ernsthaftes Gespräch vertieft waren.

In diesem Augenblick fuhr ein mit Vieren bespannter Reisewagen vor und hielt vor der Terrasse; ein Diener öffnete den Schlag und blieb davor stehen, den Reisenden zu erwarten, der sich hineinsetzen sollte. Phillipps trat einen Schritt näher an die Vorhalle heran, zog seinen Hut und verkündete, daß Alles bereit sei.

Ellinor brach bei diesem Zuruf in Tränen aus, Sir Robert Graham sah mich gerührt an, Percy aber hielt meine Hand fest und drückte sie wiederholt.

»Es hat Alles in der Welt sein Ende, meine Lieben«, sagte ich endlich, »das Glück wie das Unglück. Glauben Sie mir, ich scheide ungern, ja mit Schmerz; ich bliebe so gern, ach wie gern hier! Allein, ich kann es nicht ändern, auch ich habe ein Vaterland und Verwandte, die meiner mit Sehnsucht schon lange harren.«

»Wenn Letzteres nicht wäre«, nahm der Viscount das Wort, »dann kämest du auch von hier nicht fort, denn was das Vaterland betrifft, so würde es mein Stolz sein, dir ein neues unter uns zu schaffen und dir in uns selbst Verwandte zu geben, die einzig nur des schönen Vorrechtes entbehren, sich deine Blutsverwandten zu nennen, sonst aber in jeder Hinsicht sich als die deinigen betrachten. – So aber bist du nicht zu halten und kaum kann ich mir mein Leben fernerhin ohne dich denken. Und was bleibt von dir hier, um die Lücke auszufüllen, die dein Abschied in unsere Familie reißt?«

»Das Andenken an St. James, Percy!« erwiderte ich, »und die Hoffnung, bald, recht bald wieder beieinander zu sein.«

»Halten Sie Wort, mein teurer Freund«, sagte Ellinor und reichte mir ihre schöne Hand, »halten Sie Wort und denken Sie, wie ich gewohnt bin, mich nicht von Ihnen in meinen Erwartungen getäuscht zu sehen.«

Alle diese Worte machten mir das Herz schwer, ich blickte wehmutsvoll die liebenswürdige Gattin meines Freundes an, und Alles, was mir mit ihr begegnet war und was ich sonst von ihr erfahren hatte, kam lebendiger und vollkommener denn je in meine Erinnerung zurück. Unwillkürlich trat mir eine Träne ins Auge, die ich aber schon im Entstehen zerdrückte, denn ich wünschte als Mann von dieser Familie zu scheiden. Ich wollte eben etwas erwidern, als Sir Robert, der bis jetzt geschwiegen hatte, das Wort nahm.

»Mein lieber, guter Freund«, sagte er, »ich war bis jetzt still und habe die Anderen reden lassen, denn ich wußte, daß ich noch immer ein offenes Ohr und ein williges Herz bei Ihnen finden würde.«

»Sprechen Sie, mein lieber Graham, sprechen Sie!«

»Ach, mein junger Freund, was Sie auch an Percy und Ellinor getan haben, eigentlich bin doch ich derjenige, für den Sie das Meiste taten.«

»Das ist nicht wahr!« unterbrach ihn der Viscount von Dunsdale.

»Nein, Vater, nein!« rief Lady Ellinor.

»Unterbrecht mich nicht, Kinder! Ihr wißt es nicht, was es heißt, einen alten Mann mit grauen Haaren und fast erstorbenem Herzen, der schon das traurigste Ende seines Lebens vor sich sah, noch einmal dem Leben und einem schöneren Leben wiedergegeben zu haben.«

»Schweigen Sie, schweigen Sie!« rief ich. »Nun ist die Reihe, Sie zu unterbrechen, an mich gekommen.«

»Nein, nein, noch lange nicht – auch Sie dürfen mich nicht unterbrechen; ich bitte ernstlich, mich fortfahren zu lassen. Ja, Sir, Sie allein haben mich diesem schönen Leben wiedergegeben, indem Sie mir meine Tochter und meiner Tochter ihren Gatten zurückgaben.«

»Das habe ich nicht allein getan!« rief ich laut.

»Wohl weiß ich, daß Sie das nicht allein vollbracht haben. Kein Mensch tut etwas Gutes allein, er ist stets das Werkzeug einer höheren Hand – und wenn Sie es denn wollen, durch Sie hat er da oben es getan! Nun gut! Jetzt erlauben Sie mir noch eine Frage. Sie wollen zu den Ihrigen zurück – wer sind diese Ihrigen?«

»Ein Vater und eine Schwester!« antwortete ich erwartungsvoll, denn ich wußte nicht, was er sagen wollte.

»Ist Ihre Schwester verheiratet?«

»Nein, sie ist es nicht, Sir!«

»Gut! So kommen Sie mit ihr und Ihrem guten Vater hierher, und wenn Sie nicht mit ihnen bei uns, ich meine bei Percy und Ellinor, wohnen wollen, so wohnen Sie mit Ihrer Familie in jenem stillen Hause mit den grünen Fensterläden – in dem friedlichen Tale – Sie wissen.«

»O, Vater! woran mahnst du mich!« rief Percy und zog die Hand zurück, mit der er mich bis jetzt gehalten hatte.

»Still, Percy! Still, Ellinor! Noch spreche ich! Und wenn Sie darin wohnen und es Ihnen gefällt, dann ist es – Ihr Eigentum – ich, ich werde bei meinen Kindern einen Platz finden, denn von ihnen trenne ich mich nicht mehr.«

Percy wollte ihm abermals in das Wort fallen, Sir Robert aber hielt ihn zurück, indem er fortfuhr:

»Mein Sohn! Nur noch ein Weilchen schweige – jetzt spricht er – du kannst noch immer deine Bitte für dich behalten.«

»Sir Robert Graham!« erwiderte ich und faßte seine beiden Hände. »Ich fühle, ich begreife Alles, was Sie mir damit sagen wollen, indem Sie mir diese friedliche Wohnung antragen, und ich bin tief gerührt von ihrer Güte! Aber ach, was soll ich dort? Ja – wenn ich eine Ellinor hätte, die mit mir darin wohnen könnte – dann, dann möchte es sein – doch so – jeder Augenblick, jeder Raum daselbst würde mir sagen, daß ich keine habe –«

»O, Sir«, rief Lady Ellinor, »dann kommen Sie zu mir, zu uns – dann haben Sie eine!«

»Ich verstehe!« erwiderte ich. »Aber es geht nicht – später vielleicht, später –«

Und ich konnte nichts mehr sagen, denn meine Tränen erstickten meine Worte.

»Nein, nein!« sagte Percy mit Betonung, »wenn Jemand ihm etwas anzubieten wagen darf, dann ist es allein an mir, denn ich bin sein größter Schuldner – aber ich wußte es vorher, er nimmt es nicht an! Da du aber einmal diesen Punkt berührt hast, den ich am liebsten unberührt gelassen hätte, so zwingst du mich, das, was ich bis jetzt vor euch Allen verborgen gehalten habe, in diesem Augenblicke zu offenbaren – du verzeihst mir, mein Freund«, sagte er zu mir, indem er seine beiden Hände auf meine Schultern legte und mir unendlich liebevoll in die Augen sah, »du verzeihst mir, ich weiß es. Daß du hier bei uns eine Heimat findest, wenn du sie früher oder später suchen willst, brauche ich dir nicht zu sagen. Davon rede ich jetzt nicht. Das aber wisse, daß es mein tägliches Gebet zu dem göttlichen Wesen über uns sein wird, daß dir dort oben angerechnet werden möge, was du an mir getan hast. Alles Übrige, was wir tun können, ist eine Kleinigkeit und es verlohnt der Mühe nicht, noch davon besonders zu sprechen. Nun aber muß ich es tun. Und so noch einmal, verzeihe mir, wenn du, zu Hause angelangt, eine kleine Erinnerung von mir vorfindest – daß ich – daß ich –«

Auch er konnte nicht weiter sprechen – er fiel mir um den Hals und sein Herz klopfte an dem meinen.

»Was hast du, was willst du?« fragte ich. »Welche Erinnerung könnte mir schöner sein als die, die ich im Geiste mit mir trage?«

»Laß das, Robert! Es war meine Schuldigkeit, was ich tat. Mein Herz liebt dich nun einmal wie einen Bruder, und da mir das Schicksal wider meinen Willen so viel gegeben hat, so laß mich eben meinem Bruder eine Kleinigkeit davon mitteilen. Versprich mir also, den Brief, den du in deiner Heimat von mir vorfinden wirst, nur als einen Erguß dieser meiner brüderlichen Liebe aufzunehmen.«

Ich stand und sah in verwundert, aber tief ergriffen an. Der Abschied wurde mir immer schwerer.

»Leben Sie wohl! Leben Sie Alle wohl!« rief ich, mich schnell ermannend, und trat eine Stufe der Treppe hinunter, die zum Wagen führte.

»Halt!« riefen Alle und zogen mich wieder zurück.

»Mir fällt noch eins ein«, sprach Percy, und auch ihm waren die bittersüßen Tränen des Abschieds in die Augen getreten, »ich begleite dich bis nach Yarmouth, wo du dich einschiffen willst.«

»Und ich auch!« rief Ellinor.

»Und ich auch!« rief Sir Robert Graham.

»Nein!« sagte ich bestimmt, »Sie bleiben Alle zurück, und ich gehe allein, wie ich gekommen bin, Phillipps nur begleitet mich. Der Abschied würde, länger hinausgeschoben, nur umso schwerer werden, und er ist mir jetzt schon – zu schwer! Bleiben Sie also, wo Sie sind – ich kann nicht bestimmen, wann ich wiederkomme, Percy, denn ich weiß nicht, was mich erwartet, aber mir sagt es mein Herz, wir werden, wir müssen uns wiedersehen. Bis dahin wechseln wir getreulich Briefe und dann wollen wir hören und sehen, was die Zukunft uns vorbehalten hat.«

»Ach! daß es nicht immer Gegenwart sein kann!« rief Percy begeistert aus und umarmte mich stürmisch – kaum erkannte ich den sonst so ruhigen Mann in ihm wieder. Auch Ellinor umarmte mich und Sir Robert Graham – dann riß ich mich schnell los, stürzte mich, ohne daß sie es hindern konnten und ohne mich noch einmal umzuschauen, in den Wagen, gab Phillipps ein Zeichen, und im Galopp stoben die Pferde mit uns davon.

Jetzt, da ich gänzlich von ihnen gerissen war, fiel mir der Abschied erst wie Blei aufs Herz – ich lehnte mich zum Wagen hinaus, ich winkte noch einmal mit der Hand, sah sie noch einmal, mit Tüchern wehend, in der schönen, mir unvergeßlichen Gruppe beisammenstehen – da tanzten die wiehernden Pferde schon auf dem schönen Rasenteppiche hin, der durch den grünen Eichenwald nach Dunsdale-Castle führte, und bald, bald war das schöne Schloß mit seinen von der Morgensonne leuchtenden Zinnen, seinen Blumen, seinen Hecken und seinen mir so teuren, unvergeßlich teuren Menschen hinter mir verschwunden.

+++

Jetzt, nachdem ich seit längerer Zeit Englands Boden verlassen, stehen noch alle jene Erinnerungen so lebendig vor meiner Seele, als wären sie erst vom gestrigen Tage her in meine Sinne gegraben. Nur noch soviel, daß ich, zu Hause angelangt, eine Erinnerung von Percy vorfand, die, seiner Aussage nach, nicht der Mühe verlohne, von ihr zu reden, die aber wahrhaft eine fürstliche Erkenntlichkeit in sich schloß.

Jetzt mit der Abfassung der Schilderungen zu Ende, erhalte ich soeben einen Brief aus Dunsdale-Castle.

Darin schreibt mir Percy, jetziger Marquis von Seymour, Viscount von Dunsdale und Codrington, er billige meinen Wunsch, diese Schrift zu veröffentlichen, wenn ich seinen wirklichen Namen verschwiege, was ich ohnehin schon getan habe, ja, er freue sich schon darauf, noch einmal, wie in einem Spiegel, jene dunkle Epoche aus seinem denkwürdigen Leben durchlaufen zu können. Er würde mit mir noch mehr darüber sprechen, wenn er auf seiner Reise nach Italien, zu der er mich abzuholen nach Berlin komme, in vier Wochen bei mir eintreffen würde. Er bringe Ellinor, die in immer neuen Reizen strahlende Ellinor, und einen kleinen Percy mit, der aber hoffentlich nicht bestimmt sei, ein zweiter Irrer von St. James zu werden. Auch begleite ihn Sir Robert Graham, Phillipps und dessen Söhne, wie auch der gute Chappert. Deutschland sei ihm nun noch einmal so wert wie früher, da er wisse, daß ich in diesem schönen Lande lebe, und er komme, um sich noch einmal mit mir von Mr. Sidney, dem Irren von St. James, zu unterhalten.